ANNE RIVERS SIDDONS

Licht über den Hügeln

Buch

Cathrine Gaillard hat das, wovon viele nur träumen: ein schönes Haus, kultivierte Freunde und einen gutaussehenden, klugen Ehemann, Joe. Mit ihm lebt sie in einem kleinen Paradies, einem Collegestädtchen in Tennessee. Joe und ihr gemeinsames Haus in den Hügeln geben Cathrine die Sicherheit, die sie seit ihrem fünften Lebensjahr immer gesucht hat – damals starben ihre Eltern an den Folgen eines tragischen Unfalls. Doch Cathrine spürt, dass sie eines Tages diese Geborgenheit zurücklassen muss. Irgendwann wird sie den Hügel hinunter und in eine andere Welt gehen müssen. Doch erst mit Anfang Vierzig verlässt Cathrine ihre stille, behütete Welt. An der Seite von Joe reist sie nach Italein, wo ihre besten Freunde heiraten. Im Reisegepäck hat sie immer ihre panische Angst vor allem Fremden. Doch zwischen Angst und Faszination schwankend, erkennt Cathrine bald, dass das Leben viel mehr Herausforderungen für sie bereit hält, als sie bisher wahrgenommen hat – und sie wagt einen mutigen Neuanfang ...

Autorin

Anne Rivers Siddons, vielgereist und lebensklug, gilt als eine der ganz großen Erzählerinnen des amerikanischen Südens.

Anne Rivers Siddons

Licht über den Hügeln

Roman

Aus dem Englischen
von Uta Angerer

blanvalet

Die amerikanische Originalausgabe erschien unter dem
Titel »Hilltowns« bei HarperCollins, New York.

Verlagsgruppe Random House FSC-DEU-0100
Das FSC-zertifizierte Papier *Holmen Book Cream*
für dieses Buch liefert Holmen Paper, Hallstavik, Schweden

Deutsche Erstausgabe April 2010 bei Blanvalet,
einem Unternehmen der Verlagsgruppe Random House GmbH, München.

Umschlaggestaltung: HildenDesign München unter Verwendung
von Motiven von Andy Z. / Shutterstock; kwest / Shutterstock
Hk · Herstellung: sam
Druck und Einband: GGP Media GmbH, Pößneck
Printed in Germany
ISBN: 978-3-442-37369-7

www.blanvalet.de

Dieses Buch ist der Erinnerung an meinen Vater
Martin Rivers
gewidmet, der eine Rundreise durch die Toskana genossen hätte,
und Cliff und Cynthia, die sie gemacht haben.

»Nur wer sehr jung ist, kann im Paradies leben. Wenn Unschuld länger anhält, übersieht man lediglich die gemachten Erfahrungen, und Wissen, das man ignoriert, wird zu einem Stein im Kopf.«

ANDREW LYTLE

»Von Rom ist mir vor allem der entsetzliche Streit, den Zelda und ich in dieser Stadt hatten, im Gedächtnis geblieben.«

SCOTT FITZGERALD, Brief 1922

1. Kapitel

Als ich fünf Jahre alt war, entschloß ich mich in trostloser Verzweiflung, für immer in einer Stadt zu leben, die auf einem Hügel liegt. Und so habe ich es seit jener schrecklichen Juninacht bis zum heutigen Abend, siebenunddreißig Jahre und einen Monat danach, auch gehalten. Wenn es mir geschadet hat, was mir in letzter Zeit immer mehr Leute sagen, so kann ich nur feststellen, daß alles andere noch viel schlimmer gewesen wäre.

»Sie haben ihn überhaupt nicht kommen sehen, sie merkten gar nicht, was sie traf«, sagten alle Leute, nachdem meine Eltern auf der alten Hängebrücke über den Tolliver's Creek von einem Lastwagen mit hoher Geschwindigkeit überfahren worden waren. Man blieb nur am Leben, wenn man stets sah, was auf einen zukam, und immer wußte, was einen treffen konnte; das machte mir dieses Ereignis mit einer so unverbrüchlichen Sicherheit klar, wie sie nur ein Kind haben kann. Daher schrie ich unaufhörlich, als mich die Eltern meines Vaters, freundliche und bodenständige Leute von der Küste Virginias, bei denen ich alle Möglichkeiten gehabt hätte, nach der Beerdigung zu sich nehmen wollten. Ich schrie so sehr, daß sie mich schließlich verzweifelt bei der exzentrischen Familie meiner Mutter zurückließen, die oben auf dem Berg wohnte, wo meine Eltern gestorben waren. Ich mochte meine Großeltern aus Virginia sehr, und die launenhaften, zurückgezogen lebenden Cashs, die selbst in diesem Hügelland, wo es üblich ist, sonderlich zu sein, als Sonderlinge galten, konnte ich eigentlich nicht leiden. Aber das verfallene und bewachsene Haus der Cashs überragte die Ausläufer der Blue-Ridge-Berge in allen Himmelsrichtungen. Dort würde ich immer wissen, was auf mich zukam. Dort sah ich alles, bevor ich selbst gesehen wurde.

Im Alter von fünf Jahren hätte ich das natürlich nicht erklären können, und erst vor kurzem ist es mir wirklich bewußt geworden.

Damals wußte ich nur, daß ich mich oben auf dem Berg sicher fühlte und im Tal nicht. Als sie an diesem sonnigen Nachmittag mit ihrem behäbigen alten Chrysler von dem düsteren, schattigen Haus meiner Großeltern Cash wegfuhren, strebte mein ganzes kleines Wesen zu Großmutter und Großvater Compton; ich hatte das Gefühl, daß sie das Sonnenlicht, das Lachen und die ganze Fröhlichkeit meiner Kinderzeit mit sich nahmen. Aber die neue Angst vor dem Tal war stärker. Als ich mein Gesicht dem wenig einladenden Schoß meiner Großmutter Cash zuwandte, nahm sie an, ich weinte aus Trauer über meine Eltern und sagte zum ersten von vielleicht tausend Malen: »Das war richtig. Das hast du ganz richtig gemacht. Du bleibst hier bei deinen eigenen Leuten. Deine Mama würde jetzt nicht im Grab liegen, wenn sie bei ihren eigenen Leuten geblieben wäre.«

Aber so klar wie Quellwasser erinnere ich mich noch daran, daß ich dachte: Ihr seid aber nicht meine Leute. Euch brauche ich nicht. Euer Haus brauche ich. Und den Berg.

Das war, wie mir heute klar wird, eine außerordentliche Einsicht für ein kleines Kind. Und es dauerte mehr als dreißig Jahre, bis sie wieder an die Oberfläche gelangte. Ihre Kraft allerdings blieb wirksam. Sie hielt mich auf dem Berg trotz allem, was danach geschah, während jener Jahre, die ich, rückblickend betrachtet, in grüner Dunkelheit verbrachte, bis ich in meinem letzten Jahr am Trinity College Joe Gaillard kennenlernte und sich die letzten noch verbliebenen Schatten in flammendes Licht verwandelten.

Als ich ihm vom Tod meiner Eltern erzählte – und das tat ich erst lange nachdem ich ihn kennengelernt hatte, nur wenige Tage, bevor er mir einen Heiratsantrag machte –, kamen ihm die Tränen. Ich starrte ihn voller Zweifel an, denn niemand hatte bisher geweint, wenn er hörte, wie sie gestorben waren, und manche hatten sogar gelacht, ein nervöses, hastig unterdrücktes Lachen. Nicht einmal ich selbst hatte nach der ersten, vernichtenden Trauer noch Tränen vergossen. Ich war schon alt genug, um zu verstehen, daß sie auf eine irgendwie lächerliche Art gestorben waren. Schon früh lernte ich mitzulachen, wenn mich die Kinder der Montview-Tagesschule, die ich dank der Großzügigkeit meiner fernen Großeltern Compton besuchen konnte, deswegen verspotteten: »Cats Mama und

Papa haben sich zu Tode gevögelt!« – »He, Cat, willst du nicht auf die Brücke gehen und ein bißchen bumsen?«

Als ich später die ungefähre Bedeutung dieser Sätze verstand, hörte ich auf zu lachen und begann zu kämpfen. Mit zehn Jahren stand ich kurz davor, wegen Gewalttätigkeit von der Schule verwiesen zu werden. Die Zeit und der Einfluß von Cora Pierce verhinderten das, aber noch immer höre ich in den langen Nächten auf dem Berg gelegentlich jenes Lachen.

»Ich habe Glück gehabt, daß du weder ein Serienmörder noch Republikaner bist«, sagte ich später einmal zu Joe. »Ich hätte dich nämlich auf jeden Fall geheiratet, denn du warst der erste Mann, der nicht zusammenzuckte, ein dämliches Grinsen aufsetzte und sagte: ›Na ja, wenigstens sind sie glücklich gestorben.‹«

»Ihretwegen habe ich nicht geweint; sie sind wohl wirklich glücklich gestorben«, sagte er. »Ich habe deinetwegen geweint. Über die Trauer eines Kindes sollte niemand lachen. Niemand. Niemals.«

»Eigentlich haben die Leute nicht über meine Trauer gelacht«, sagte ich. »Es ist nur – man kann ja verstehen, daß es lustig ist, auf eine furchtbare Art, nicht wahr? Ich meine, sie lagen da auf dieser Brücke, etwas außerhalb der Stadt, und dann kommt dieser Hühnerlaster...«

»Niemand«, sagte Joe heftig. »Niemals. Unter keinen Umständen. Mein Gott, wenn ich mir vorstelle, in welchem Licht sich die Welt dir mit diesem Lachen gezeigt hat...«

»Es hat mir gezeigt, daß ich nie auf einer Brücke vögeln sollte«, sagte ich, und jetzt lachte er, jenes ausgelassene, helle Lachen, das andere stets dazu brachte, unwillkürlich die Mundwinkel hochzuziehen. Ich wußte, daß er hauptsächlich deshalb lachte, weil ich es so wollte. Damals war Joe ein gutaussehender Mann, mit der unverbrauchten Jugendlichkeit eines noch nicht Dreißigjährigen.

Mein Vater war ein großgewachsener, hellhäutiger Junge, der aufs Trinity College ging, weil schon sein Vater und sein Großvater dort gewesen waren, und vor ihnen sein Urgroßvater Cornelius Compton, Bischof der Episkopalkirche, der im Süden zu bescheidenem Ruhm gelangt war, bei der Gründung der Universität mitgewirkt hatte. Von Anfang an hatte es Comptons auf dem Trinity gegeben. Das theologische Seminar, die Compton Hall, trug ihren Namen, und der junge Corny Compton IV. vom Tidewater an der Küste Virginias war dazu bestimmt, in der zweiten Hälfte des zwanzigsten Jahrhunderts den angestammten Platz als Priester der südlichen Episkopalkirche einzunehmen. Wie jeder seinen stolzen Eltern versicherte, schien ihm eine wahre Leidenschaft für das Priestertum im Blut zu liegen.

Statt dessen lernte er zu Beginn seines letzten Studienjahres meine Mutter kennen, in unserer chemischen Reinigung im Dorf. Sie war aus dem alten Haus der Cashs, das versteckt ganz oben auf dem Mount Morgan lag, hierhergekommen, um Geld zu verdienen und das wirkliche Leben kennenzulernen, und augenblicklich wandte sich seine legendäre Leidenschaft von der Kirche ab und richtete sich auf sie. Vermutlich im wahrsten Sinne des Wortes. Sie heirateten an Neujahr, und ich wurde in den ersten Maitagen geboren. Ich war ein ruhiges Kind, das viel von den Gesprächen der Erwachsenen mitbekam, und schon als ich ganz klein war, wußte ich, daß meine Mutter und mein Vater es praktisch seit dem Tag, an dem sie sich kennengelernt hatten, taten, und zwar wo und wann immer sie konnten. Ich hatte Glück gehabt, daß sie es lange genug unterbrachen, um zu heiraten und mir einen Namen zu geben. Ganz vage wußte ich, was »es« war; oft genug hatte ich sie in der Nacht und manchmal auch tagsüber gehört, wie sie flüsterten und lachten, dann heftig und stoßweise zu atmen begannen, und schließlich stöhnten und laut schrien. Ich war längst nicht mehr neugierig auf das, was da eigentlich geschah und versuchte niemals, ihnen aufzulauern. Vermutlich nahm ich an, daß alle Eltern so waren. Es störte mich nicht im geringsten; bis heute glaube ich, daß sie einander ebenso tief liebten, wie sie einander begehrten, und ein großer Teil dieser Liebe floß auch auf mich über. Wir waren eine glückliche kleine Familie, auch wenn uns beide Großelternpaare den sicheren Ruin voraussagten.

Hätten sie länger gelebt, dann hätte es möglicherweise noch mehr Kinder gegeben. Nach der Wahrscheinlichkeitsrechnung wäre das trotz des eifrigen Gebrauchs von Verhütungsmitteln früher oder später geschehen. Zwischen den Stürmen im Bett schaffte es mein Vater nur mit Ach und Krach, seinen Abschluß am Trinity zu machen. Eine meiner Cash-Tanten bemerkte dazu: »Anscheinend ist ihm das Hirn in die Hosen gerutscht.« Seine Noten waren mittelmäßig, sein Ehrgeiz hatte sich verflüchtigt, und nach der Abschlußfeier blieb er einfach in Montview, wo er einen Job in einem Eisenwarengeschäft fand. Dieselbe Tante behauptete, daß er die Stelle nur deshalb annahm, weil es die einzige war, die es ihm erlaubte, mittags nach Hause zu kommen und mit meiner Mutter zu vögeln. Ich glaube nicht, daß diese Tante jemals geheiratet hat.

Zu dem Zeitpunkt, als ich fünf Jahre alt war, hatte die Leidenschaft meiner Eltern noch immer nicht nachgelassen, doch sie wählten immer abenteuerliche Gefechtsorte. Sie hoben mich schlafend aus meinem Bett, verstauten mich auf dem Rücksitz ihres alten Nash, und dann fuhren sie in mondhellen Nächten durch die Berge. Während der Fahrt lachten sie und streichelten einander, und gelegentlich langte meine Mutter nach hinten, um zu überprüfen, ob ich gut zugedeckt war, oder mich mit einer Berührung wieder einzuschläfern. Hatten sie eine einladende Stelle gefunden, und später eine, die einen gewissen Mut erforderte, hielten sie an und vergewisserten sich, daß ich schlief. Dann stiegen sie aus und liebten sich unter dem kalten Lächeln des Mondes. Ich vermute, daß sie zu dem Zeitpunkt, als sie starben, schon ein wenig abgestumpft waren, denn die Plätze, die sie wählten, wurden immer waghalsiger. Die alte Hängebrücke über den Tolliver's Creek war selbst bei Tageslicht furchteinflößend. Sie hing gut fünfzehn Meter über der brodelnden Gischt, und über ihr, unter ihr und um sie herum war gähnende Leere. Ich haßte die Brücke schon vor dieser Nacht.

Aber als sie in jener Juninacht unsicher und leer vor meinen Eltern schwankte, war sie wohl unwiderstehlich, denn sie parkten den Nash etwas abseits von dem farnbewachsenen Abbruch der Schlucht, und ließen mich schlafend darin zurück. Dann gingen sie auf die Mitte der Brücke, zogen ihre Kleider aus und begannen sich zu lieben. Im Augenblick der letzten, höchsten Erregung, in der sie blind und taub waren, donnerte Leon Crouch betrunken im Hühnerlaster seines Vaters über die Brücke und fegte sie auf die Granitfelsen und Stromschnellen hinunter. Wenn sie im Augenblick des Sturzes noch nicht tot waren, dann doch mit Sicherheit, sobald sie auftrafen. Beim Begräbnis mußten die Särge geschlossen bleiben, und das schien den Cashs fast genauso schändlich wie die Art und Weise ihres Todes.

Ich hörte den Lastwagen nicht kommen. Ich hörte auch den Aufprall nicht. Ich hörte lediglich einen Augenblick später das Quietschen von Bremsen und Leon Crouchs wiederholtes Aufschreien: »Ach du heiliger Bimbam! Verdammte Scheiße!«

Und dann, als er mich auf dem Rücksitz des Nash fand: »Verdammt sollen sie sein, diese verdorbenen Schweine! Direkt vor ihrem kleinen Kind!«

So lautete in den Augen der Bergbewohner der Grabspruch für Rosellen und Cornelius Compton. Darin waren sich von Anfang an alle einig. Die meisten Tränen, die für die beiden vergossen wurden, waren von verlegenem Lachen hervorgerufen. Nur meine Tränen und vielleicht die meiner Großeltern waren echt, und meine flossen nur innerlich.

Das Trinity College thront wie ein akademisches Barett, eine Feldmütze oder vielleicht auch die Mitra eines Bischofs auf dem flachen Gipfel des Mount Morgan, und alle drei Vergleiche passen zu ihm. Es wurde kurz nach dem Bürgerkrieg (den man auf dem Berg als den Krieg um die Unabhängigkeit des Südens bezeichnet) ausdrücklich zu dem Zweck gegründet, die jungen Männer in den südlichen Diözesen der Episkopalkirche im christlichen Geist zu erziehen. Soweit dies menschliche Unzulänglichkeit erlaubte, war es den ehrwürdigen anglikanischen Colleges in England nachempfunden, und während der ersten schwierigen Jahre wurde es von der ungenutzten Leidenschaft zahlreicher arbeitsloser konföderierter Offiziere am Leben erhalten. Viele Bischöfe aus dem Süden segneten es, und nicht wenige unterrichteten auch dort. Einige tun das heute noch. Die ersten Hausmütter waren Witwen von konföderierten Offizieren oder episkopalen Geistlichen. Schon früh scherzte man liebevoll, die »Dreieinigkeit«, die der Namen des Trinity beschwor, umfasse Gott Vater, Gott Sohn und General Robert E. Lee.

Die folgenden Generationen von Trinitarianern sahen keinen Grund, diesen Witz nicht mehr zu erzählen. Gott Vater und Gott Sohn sind in der zartgrauen Düsternis der Allerseelenkapelle und des Compton-Seminars bis heute präsent, und das Porträt von General Lee, flankiert von Fahnen der Konföderierten in dekorativem Faltenwurf und von gekreuzten Ehrensäbeln, hängt noch immer im Speisesaal.

Die Ausbildung, über die diese ehrenwerten Herren wachen, umfaßt unverändert nur die klassischen Geisteswissenschaften, ist allerdings erstklassig, und aus diesem Grund kommen heute die Studienanfänger aus allen Teilen des Landes, ja sogar der ganzen Welt. Nur sehr wenige von ihnen beabsichtigen, sich von Gott und Robert E. Lee auf das Leben und den Dienst in der untergegangenen Welt der christlichen Herrengesellschaft des Südens vorbereiten zu lassen, und viele der neuen Studenten lachen höhnisch, wenn sie zum ersten Mal auf den Berg kommen. Selbst wer ständig hier lebt, lacht oft darüber, mit welcher Hybris auf dem Trinity die Ziele und Traditionen hochgehalten werden, und oft heißt es auf Fakultätstreffen auf dem Berg, daß das »Durchlaufen des Trinity« auf nichts anderes mehr vorbereite als auf das Trinity selbst.

Aber diejenigen, die bleiben, wollen nicht mehr weg. Und die Jungen, die lachend kommen und bis zum Abschluß durchhalten, nehmen, wenn sie vom Berg in die Welt hinausgehen, fast immer das unsichtbare Rauschen akademischer Talare und eine ganze Reihe geradezu ritterlicher Tugenden mit. Diese alten grauen Steine, die hier oben auf dem Mount Morgan zu Mauern hochgezogen wurden, besitzen eine außerordentliche Kraft. Sie verändern die Wirklichkeit und halten die Zeit an. Ich wundere mich nicht darüber, daß sich unter den Absolventen des Trinity so wenige erfolgreiche Börsenmakler und Politiker finden. Die tägliche winzige Dosis Ehre bildet einen lebenslangen Schutz gegen eine gewisse Art von modernem Ehrgeiz. Manchmal stelle ich mir vor, daß die gerade Graduierten, wenn sie durch den Steinbogen hinausfahren, der die Südgrenze der Domäne – wie wir den Campus nennen – markiert, bis zuletzt vom triumphierenden Gelächter der längst verstorbenen Bischöfe und Generäle begleitet werden.

Ein großer Teil der Kraft, die das Trinity ausstrahlt, beruht auf seiner Schönheit. Der Berg und das Dorf Montview wirken in ihrem Liebreiz wie ein Traumbild. Für mich gibt es auf der ganzen Welt keine Berge, die den hiesigen gleichkommen. Sie zählen zu den ältesten der Erde, und ihre Hänge haben sich im Lauf der Jahrhunderte so abgeschliffen, daß sie den glatten Wölbungen des Körpers einer schlafenden Frau ähneln. In gleichmäßig weichen, nebelverhangenen Wellen ziehen sie sich durch den mittleren Süden. Der Mount Morgan erhebt sich etwas abseits von den übrigen, eine letzte Zuckung, die das Ersterben der Appalachen anzeigt. Und er ist grün, überall und immer grün, er zeigt alle Grüntöne dieser Erde, einen jeden zu seiner Jahreszeit. Der Gipfel des Mount Morgan ist eine Welt aus Grün, die in der dünnen, klaren blauen Luft des südlichen Hochlandes schwimmt. Nur in dieser Luft kann jemand, der ständig im Trinity lebt, noch gedeihen. Ich war immer davon überzeugt, daß wir unfähig sind, über längere Zeit eine üppigere, weniger reine Luft auszuhalten.

Natürlich ist diese verträumte, alte Schönheit eine Falle. Diejenigen, die sie nicht wirklich brauchen, bleiben nicht. Eine große Zahl von Studenten kehrt nach dem ersten oder zweiten Studienjahr nicht mehr zurück. Einige deshalb, weil sie durchgefallen sind, aber viele, weil sie zurückwollen in den satten, stärkenden Gestank der Welt. Wer bleibt, ist angewiesen auf die Glockenklänge, die Choräle und die zahllosen Engel, die auf einer Nadelspitze tanzen. Es ist außerdem ein Glück für die übrige Welt, daß nur relativ wenige bleiben, denn was sollte sie mit all diesen elitären jungen Philosophenprinzen anfangen, wenn es sie haufenweise gäbe? Wo sollte man so viele melancholische, gut ausgebildete, anglophile, junge Menschen unterbringen?

Aber diejenigen, die bleiben ... ach, die alten, moosbewachsenen Steine, die wehenden dunklen Talare und die aufgereihten Fähnchen in der Kapelle, die wie mittelalterliche Banner wirken, der langsame Einzug der Herbstfarben im großen Laubwald und die herbstlichen Nebel, der weiße Schnee des Hartriegels im Frühjahr und die Welt, die sich um den Berg herum ausbreitet, der bittersüße Rauch der Holzfeuer, der Rausch von Poesie und Mathematik, der stets fließende Bourbon, die nächtliche Musik der Konzerte und Tanzveranstaltungen, die durch das junge Blattgrün dringt, das leicht obszöne Gelächter junger Mädchen und der Glanz ihrer Haut und ihrer Haare, und schließlich diese ganz besondere, bebende Wachheit im kalten Tau der Morgendämmerung, wenn ein ausgewachsener Kater bevorsteht, weil man die ganze Nacht über wunderbare oder furchtbare Dinge geredet, viele Lieder gesungen und vielleicht noch einen Spaziergang zum See oder zum Felsabbruch hinüber gemacht hat: dies alles sind goldene Pfeile im Fleisch, die sich nicht mehr lösen lassen. Das Trinity ist verschroben, elitär, chauvinistisch, unschuldig, arrogant und etwas ganz, ganz Besonderes. Und es nimmt sich das Seine wie ein großer, grauer Raubvogel.

Mein Großvater Cash war dort Hausmeister.

»Wie war das für dich?« fragte mich Joe, als er erfuhr, daß mein einer Großvater das Gebäude zu reinigen hatte, das den Namen des anderen trug. Allerdings nicht lange, denn seit ein Compton zu seiner Familie zählte, weigerte sich Papi Cash, mit seinen Schrubbern und Besen das Compton-Seminar zu betreten. Jeder im Trinity verstand das.

Joe war von meiner bizarren Familiengeschichte geradezu magisch angezogen, und er fand sie nicht bloß amüsant, sondern sie interessierte ihn wirklich. Joe war der geborene Literaturprofessor.

»Das ist die amerikanische Tragödie in Reinform«, sagte er immer wieder. »Wirklich, darin findet sich die ganze Folklore und Literatur: die Montagues und die Capulets, die Medicis, eine ganze Menge Faulkner...«

In diesem Winter besuchte ich sein Seminar für die Abschlußklasse, über die Literatur des amerikanischen Südens. So lernten wir uns kennen. Ich wußte, daß er die Geschichte meiner Herkunft bereits kannte, bevor wir uns trafen; jeder am Trinity kannte sie. Ich machte mir darüber schon lange keine Gedanken mehr. Die durch Christentum und Geisteswissenschaften geförderte Vorliebe des Trinity für verletzte Vögelchen und das Fasziniertsein vom eigenen erinnerungsträchtigen, historischen Umfeld brachten es mit sich, daß ich von Anfang an der Liebling des Campus war. Für gewöhnlich begleitete ich meinen Großvater Cash zur Arbeit und saß fügsam auf den Stufen des Gebäudes, das er gerade putzte, da Mami Cash zu dieser Zeit praktisch schon reif für die Heilanstalt war. Ich hatte eigentlich niemals das Gefühl, ein Außenseiter in der Domäne zu sein. Jeder kannte und bedauerte mich, die seltsame kleine Hybridmischung aus Dorf und Universität. Und wahrscheinlich war ich auch ein reizendes Kind, denn das bekam ich oft zu hören. Ich war schmal und hoch aufgeschossen, hatte einen Lockenkopf wie ein kleiner griechischer Knabe, nur daß meiner blond war, und ein feingeschnittenes, zartes Gesicht. Alle Welt fand und findet noch immer, daß ich wie mein Vater aussehe, abgesehen von den dunkelbraunen Augen, die ich von meiner Mutter habe. Wären da nicht die feinen, trockenen Fältchen um Augen und Mund, dann könnte man mich noch heute für einen ziemlich jungenhaften Teenager halten. Auf den Fotos, die von meinem Vater kurz vor seinem Tod gemacht wurden, sieht er mir ähnlich, und auch mein Urgroßvater Compton, dessen Porträt im Seminar hängt, ähnelt mir in seiner weltfremden, verträumten Art. Er wirkt so aristokratisch wie ein überzüchteter Collie. Dieses Aussehen hat uns Comptons vermutlich allen gute Dienste geleistet, selbst meinem armen Vater. Es ermöglichte und entschuldigte eine ganze Menge.

»Wie das für mich war?« antwortete ich Joe, als er mich zum ersten Mal fragte. »Um die Wahrheit zu sagen, es gab mir das Gefühl, etwas Besonderes zu sein. Jeder überschlug sich geradezu, damit ich mich nicht ausgeschlossen oder abgelehnt fühlte, nur weil mein Großvater auf dem Campus ein untergeordneter Hausmeister war. Ich glaube, ich war ziemlich lange das Maskottchen des Trinity. Papi sprach zu dieser Zeit den Namen meines Vaters nicht einmal aus, aber ich wußte, daß das Seminar so hieß wie ich, und irgendwie wußte ich auch, daß dieser Teil von mir eng mit dem College verbunden war. Nach einiger Zeit schritt Mrs. Pierce, die Frau des Rektors, ein und sagte, es sei eine Schande, wenn die Urenkelin von Bischof Compton den ganzen Tag neben Schrubbern und Besen auf der Treppe sitze, und sie holte mich zusammen mit ihrer Haushälterin in ihr Haus. Von da an lebte ich während der Woche mehr oder weniger dort; ich besuchte den kleinen Kindergarten des Trinity, die Kinder des Kollegiums kamen, um mit mir zu spielen, und ich wurde auch zu den netten kleinen Kindergeburtstagen auf dem Berg eingeladen, zu den Spielgruppen und zum Montview Day. Ich weiß, daß meine Großeltern Compton das Schulgeld zahlten, und möglicherweise auch noch einiges mehr in dieser ersten Zeit, aber ich glaube, sie haben das Geld direkt an die Pierces geschickt oder einen diskreten kleinen Fond in der Schule eingerichtet. Das Erbe kam dann viel später, nach ihrem Tod. Hätten sie das Geld an meine

Großeltern Cash geschickt, dann hätte Mami Cash es augenblicklich ihrer Kirche gegeben, das weiß ich. Sie war damals schon dem Prediger und seinen Schlangen verfallen.«

Joes Augen glänzten hinter seiner runden, randlosen Brille. Noch mehr Faulkner; das übertraf seine wildesten Träume. Ich konnte beinahe zusehen, wie im Innern seines langen, eleganten Schädels eine Monographie Gestalt annahm: »Das Überleben der Tradition des Grotesken im Hochland des amerikanischen Südens.«

»Wirklich schade, daß die Geschichte so ein gewöhnliches, glückliches Ende hat«, sagte ich.

Er gab sich nicht so leicht zufrieden.

»Da habe ich aber etwas anderes gehört«, sagte er. »Man hat mir erzählt, daß du mit deinen Großeltern Cash Schlimmes durchgemacht hast, ehe sie starben. Es ist bei Gott kein Wunder, daß du diesen Ort nicht verlassen willst. Er muß dir wie die einzige Zuflucht erscheinen, die du jemals hattest.«

Ich machte mir nicht die Mühe zu fragen, wer ihm von der anderen Seite meiner Kindheit erzählt hatte, der Seite, die vorherrschte, wenn ich jeden Nachmittag mit Papi Cash nach Hause ging. Jeder hätte ihm davon erzählen können, denn es war Teil der liebevoll gepflegten Legende der Catherine Compton. Sehr viel später erfuhr ich, daß ein Professor, ein blasser junger Mann im Fachbereich Musik, der die Balladen von John Jacob Niles sehr bewunderte, einmal über mich ein Lied geschrieben hatte, nachdem er sich auf einer Fakultätsparty mit Faßwein betrunken hatte: »Die Ballade von Cat Compton.« Ich hörte es erst mit einunddreißig Jahren, als ich schon längst wohlbehütet mit Joe und unserer Tochter Lacey in meinem gemauerten Haus am Felsabbruch lebte, von dem aus man das gesamte Tal überblicken konnte, und amüsierte mich darüber. Hätte ich es früher gehört, so wäre es mir unendlich peinlich gewesen. Damals wünschte ich mir nichts mehr, als mein gesamtes Leben, das in dem dunklen, weinbewachsenen Schuppen auf der anderen Seite des Berges stattfand, hinter mir lassen und in Trinity aufgehen zu können.

Es war dunkel … du lieber Gott, die Dunkelheit, die um und in diesem Haus herrschte! Das waren nicht nur die dichten Knollengrische und die Weinranken, die es umhüllten und die schwarzen, verwitterten Bretter zusammenhielten, nicht nur die dunklen Kiefern um das Haus und der feuchte graue Felsvorsprung, der sich so weit darüberwölbte, daß man zwischen den Bäumen und dem Felsen niemals die Sonne oder den blauen Himmel sah, wenn man nicht in den Vorgarten hinausging. Nein, die Dunkelheit in Burrell und Mattie Cashs Haus drang auch aus den Wänden und den Bretterböden, aus den fleckigen Stoffteppichen, dem rissigen Linoleum und den wenigen verkratzten alten Möbelstücken aus rauchgeschwärzter Eiche, aus dem schwarzen Eisenofen, der Waschschüssel in der Küche und dem windschiefen, mit glitschigem Moos bewachsenen Außenklo in den Kiefern hinterm Haus, aus den vier kargen, kleinen Feuerstellen in den vier Zimmern, die meist kalt, feucht und leer waren, außer im tiefsten Winter, und auch, so kam es mir vor, aus dem Stoff der formlosen, ausgewaschenen Kleidung meiner Großeltern, die fast genauso aussah wie meine eigene, und aus ihren dunklen, verschlossenen Gesichtern sowie den verhangenen, schwarzen Augen aller Cashs.

Ich habe nie erfahren, warum meine Großeltern so kalt und voller Wut waren. Mein Vater konnte nicht der einzige Grund sein, und auch nicht der schandhafte Tod, den meine Mutter zusammen mit ihm auf der Hängebrücke starb, denn sie waren schon vorher schweigsam und zornig gewesen. Ich kann mich noch vage daran erinnern, daß ich zu Lebzeiten meiner Eltern regelrecht Angst hatte, das Haus meiner Großeltern zu betreten. Ich fror dort ständig, und schließlich nahm meine Mutter mich nicht mehr mit. Keiner von Rosellen Cashs älteren Brüdern und Schwestern lebte, soweit ich mich erinnern kann, im Haus der Eltern. Sie waren alle geflohen, sobald sie ihren Unterhalt anderswo verdienen konnten. Drei der Cash-Tanten hatten mit sechzehn, so früh, wie es das Gesetz nur erlaubte, geheiratet und waren ins Flachland gezogen, wo sie, wie es mir schien, unendliche Reihen von dunklen, hohnlachenden Cash-Cousins und -Cousinen aufzogen. Auch zwei der Cash-Onkel waren in die Ebene geflohen, hatten aber nicht geheiratet und schienen den größten Teil ihrer Zeit damit zu verbringen, sich herumzuprügeln. Von Papi wurden sie bedauert und von Mami verdammt, und ich bekam sie nie zu Gesicht, auch dann nicht, als ich in das Haus zog, in dem sie ihre Kindheit verbracht hatten.

Ich glaube heute, daß die Dunkelheit in diesem Haus – die metaphorische Dunkelheit, nicht die reale, die ins Auge stach – ihren Ursprung im Irrsinn meiner Großmutter Mattie Cash hatte. Ich bin davon überzeugt, daß ich schon als kleines Kind diesen Irrsinn roch, so wie junge Tiere verstecktes Blut aufspüren können, und deshalb ihr Haus fürchtete, als sei es ein Leichenhaus. Und es zeigt wohl deutlich, was für eine entsetzliche Angst vor dem Zufälligen, vor der Möglichkeit, getötet zu werden, durch den Tod meiner Eltern in mir erwacht war, daß ich dieses Haus wählte statt des freundlichen Hauses meiner Compton-Verwandtschaft. Es war noch nicht offensichtlich, aber Mattie Cash war damals schon verrückt, Außenseiter mochten das für die Verschlossenheit einer Bergbewohnerin halten, für eine seltsame, überkommene Lebensform und vielleicht auch die Folge langer Inzucht. Das gab es damals in dieser Berggegend dank der Enge, der Unzugänglichkeit und einer soliden Fremdenfeindlichkeit nicht allzu selten. Aber die Verdrehtheit, die wie unsichtbarer Rauch aus dem alten Haus drang, war reiner und purer Irrsinn, und im Fall meiner Großmutter war Gott das Objekt.

Von dem Tag, an dem sie mit sechzehn Jahren auf der dem Trinity College abgewandten Seite des Berges von einem herumziehenden und schreiend das Fegefeuer beschwörenden Prediger bekehrt worden war, war meine Großmutter eine religiöse Fanatikerin. Zu der Zeit, als ihre Tochter nackt und in ihrer Lust starb und ich zu ihr kam, befand sie sich bereits in einem göttlichen Rausch. Und als mein Großvater begann, mich zur Arbeit mitzunehmen, war sie so sehr vom Heiligen Geist besessen, daß sogar er, der selbst ein innerlich versteinerter und kalter Mensch war, Angst hatte, sie könnte mir etwas antun, wenn ich allein mit ihr war. Mami versuchte bis zum Schluß jeden, der in ihre Nähe kam, durch Weinen, Drohen und apokalyptische Zitate aus dem Alten Testament oder der Offenbarung zu ihrem schrecklichen Gott zu bekehren.

Und er war wirklich schrecklich. Er war ein Gott des Feuers, des Blutes und der Rache, der das Fleisch, die Treue und das Geld seiner Anhänger forderte und was immer sie sonst zu bieten hatten. Er nahm, er richtete, und er verdammte. Nach den wirren Aussagen meiner Großmutter hatte er es ihr zur Aufgabe gemacht, die Seelen zu retten, und sie angewiesen, dazu ihre Zunge, die Hände, den Besen und gelegentlich, wenn sich die Gelegenheit ergab, auch das Küchenmesser zu verwenden. An einem schwülen Junitag ermordete sie eine von Papis preisgekrönten Färsen, die eigentlich wachsen und gedeihen sollten, um uns in den kommenden Wintern mit Milch und Butter zu versorgen, weil ihr Gott von ihr das Opfer eines fetten Kalbs verlangte. Mit demselben Messer stürzte sie sich auf die Sozialarbeiterin des Bezirks, die von dem Kalb gehört hatte und überprüfen wollte, unter welchen Bedingungen ich lebte. Nur die Fürsprache des Pastors der Kirche, zu der meine Großmutter gehörte, und das Versprechen meines Großvaters, mich von ihr fernzuhalten, rettete sie davor, augenblicklich in die Irrenanstalt nach Knoxville eingewiesen zu werden.

Papi war weder dumm noch bösartig, er war nur erstarrt in seiner Bitterkeit. Er sah die Schwierigkeiten voraus, die mein blondes, schlankes Äußeres und die trügerischen, schokoladenbraunen Augen meiner Mutter mir bescheren würden. Und was Pastor Elkins angeht, so war er tatsächlich ein Schlangenbeschwörer und selbst halb verrückt, aber er war ein eifriger Sammler milder Gaben. Sein schäbiges, von Prophezeiungen widerhallendes Tabernakel in der labyrinthischen Höhle am Fuß des Berges verdankte die Hälfte seines Unterhalts dem Geld, das Mami von Papis Lohn abzweigte, Geld, das eigentlich dazu dienen sollte, uns zu ernähren und zu kleiden. Noch großzügiger ging sie mit den Summen um, die meine Großeltern Compton regelmäßig für meine Ausbildung und meinen Unterhalt schickten. Ich habe keine Zweifel daran, daß diese freundlichen, kultivierten Anglikaner den Unterhalt für mehr als eine dicke, verschlagene, tödliche Bergklapperschlange oder Mokassinschlange bezahlten. Pastor Elkins blickte in das verzückte, verrückte Gesicht seiner Magd und sah darin noch viele Jahre des Überflusses von der virginischen Küste kommen, bevor ich die Volljährigkeit erreichte. Darum schenkte er den Bezirksbeamten sein bleiches, wildes Lächeln und versprach, daß Schwester Cash in Zukunft keinen Ärger mehr machen würde.

»Sie ist von ganzem Herzen eine Tochter Gottes«, sagte er. »Sie ist nur so erfüllt vom Heiligen Geist, daß er gelegentlich überläuft.«

»Heiliger Geist, du lieber Himmel. Diese alte Schachtel ist komplett verrückt«, hörte ich die junge Frau von der Bezirksverwaltung zu ihrem Vorgesetzten sagen, als sie wieder in ihre zerbeulte Limousine stiegen und aus unserem Hof holperten.

Am nächsten Morgen fuhr ich zum ersten Mal mit meinem Großvater in seinem alten Lastwagen die kurvige Straße hinauf zum Trinity College und unter dem Steinbogen hindurch in die Domäne.

»Ja«, flüsterte jener kleine Teil tief in mir, der über solche Dinge Bescheid wußte, »das ist es. Das ist der richtige Ort.«

Wie mich mein Großvater angewiesen hatte, saß ich still auf den grauen Steinstufen der Lawler Hall, wo sich die Verwaltungsbüros des Colleges befanden, und als das erste Kollegiumsmitglied vorbeikam, hob ich den Kopf und lächelte.

»Ein schöner Morgen, nicht wahr?« sagte ich, und wenn die Professoren stehenblieben, mich nach meinem Namen fragten und sich erkundigten, wessen kleines Mädchen ich denn sei, sagte ich, ich hieße Catherine Rose Compton, meine Mutter und mein Vater seien tot, und jetzt lebte ich bei Papi, der das College saubermache. Und ich lächelte erneut.

Damals war ich sechs Jahre alt, und an diesem Tag zog ich mich am eigenen Schopf auf dem Sumpf.

»Und der Rest ist Geschichte, wie man so sagt«, erklärte ich Joe schon nach kurzer Bekanntschaft. Außer von der Art und Weise, wie meine Eltern gestorben waren, erzählte ich Joe, kurz nachdem wir uns kennengelernt hatten, alles. Und auch davon berichtete ich nur kurz darauf, denn schon nach wenigen Monaten wußte ich, daß wir heiraten würden, und daß ich mit etwas Glück für immer auf dem Berg leben würde. Erst dann hatte ich das Gefühl, Joe das anvertrauen zu können, was den Kern meiner Angst, den Berg zu verlassen, bildete, obwohl ich von Anfang an wußte, daß ich es erklären mußte.

Ich erzählte es ihm schließlich an dem Tag, als er mich bat, mit ihm ins Tal zu fahren, nach Chattanooga, um dort in einer der großen Episkopalkirchen ein Orgelkonzert anzuhören. Wie viele andere, die eben erst dem Oxbridge-Zauber des Trinity verfallen waren, war Joe von allem Anglikanischen hellauf begeistert, und er wünschte sich leidenschaftlich, daß ich mit ihm Bach und Palestrina auf der neuen Orgel von St. Anselm hörte. Für mich war dies völlig unmöglich, aber keine Entschuldigung zählte. Ich war vollkommen gesund, lebte in einem der Wohnhäuser, meine Hausmutter hatte mir das Konzert wärmstens ans Herz gelegt, und zu dieser Zeit verabredete ich mich mit keinem anderen außer ihm.

»Ich habe hier oben alles, was ich von Gott brauche«, sagte ich schließlich. »Auf eine weitere Dosis Gott kann ich verzichten.«

Er sah mich mit schlecht verhohlenem Schrecken an. Joe war ein ordentlicher, kongregationalistischer Junge aus einem armen, steinigen Dorf im ländlichen Vermont, und er betrachtete die dichte, halb mystische Atmosphäre in der Domäne noch immer sowohl verzaubert als auch argwöhnisch. Vermutlich erwartete irgendein verborgener, puritanischer Teil in ihm, daß ich plötzlich den ordentlichen, träumerischen graugrünen Bann des Trinity löste und selbst mit Schlangen zu hantieren begann.

»Ich habe mich oft gefragt, was für ein Gottesbild du nach all den Jahren wohl hast«, sagte er. »Ich meine, da ist der Fanatismus deiner Großmutter, und dann das alles hier oben, dein Urgroßvater und die Compton Hall. Gott muß für dich etwas außerordentlich Verwirrendes gewesen sein. Nichts an ihm konnte für dich zusammenpassen.«

»Ich glaube eigentlich nicht, daß ich verwirrt war«, sagte ich. »Warum sollte ich erwarten, daß etwas zusammenpaßt? Ich schloß daraus lediglich, daß es zwei davon gab. Einen für hier oben und einen weiteren für... du weißt schon. Da draußen. Da unten.«

»Cat«, sagte Joe. »Was soll dieses Gerede von da draußen, da unten? Warum willst du diesen Berg nie verlassen? Wovor fürchtest du dich?«

Und dann erzählte ich es ihm. Und er weinte. Und ich wußte, daß ich ihn heiraten würde, falls er mich fragte, und er würde mich möglicherweise fragen. Und nicht lange danach fragte er mich tatsächlich.

Ich verliebte mich gleich am ersten Tag seines Seminars in ihn, im Winter meines letzten Studienjahres. Als er in den Kurs kam, trug er die graue, flache Feldmütze eines konföderierten Offiziers. Auf seinem dichten, hellen Haar und zu seinem seidigen vollen Schnurrbart und dem kurzgeschnittenen, goldenen Bart sah die Mütze sagenhaft lässig und ganz wie aus der damaligen Zeit aus; es war, als begegne man Jeb Stuart persönlich, oder jemandem, der mindestens ebenso mythisch und hinreißend war. Sein Talar war nachlässig über ein abgetragenes Jackett aus Harris-Tweed geworfen, der Kragen seines blauen Oxfordhemdes stand offen, und seine Krawatte hatte er in eine seiner Hüfttaschen geschoben. Seine Augen waren blau und strahlten hell hinter der runden Nickelbrille, und sein Gesicht war schmal, mit scharfgeschnittenen Zügen, und gebräunt von den Freizeitbeschäftigungen des vergangenen Sommers, bevor er ins Trinity gekommen war. Wir hatten gehört, daß man ihn irgendeinem sagenhaften College wie Yale oder Williams weggeschnappt hatte, und daß er als enormer Zugewinn für das Trinity betrachtet wurde. Er war das erste aus einer Flut von jungen, an Ivy-League-Universitäten ausgebildeten Fakultätsmitgliedern, die das Trinity Anfang der siebziger Jahre, dem Jahrzehnt der größten Veränderung, in den Süden locken konnte, und diejenigen von uns, die sich für sein Eliteseminar qualifiziert hatten, saßen still da und starrten ihn an. Er sagte nichts, stand nur da mit seiner Feldmütze, das Gewicht auf ein Bein gelegt, und sah uns ebenfalls an. Er war groß und sehr dünn.

»Hallo, alle miteinander«, sagte er. Sein Versuch, einen südlichen Tonfall anzunehmen, glich einer grauenhaften Parodie. Seine Stimme war flach, nasal und rauh, und in ihr klangen zweihundert Jahre Neuengland durch. Sein »Hallo« hörte sich an wie ein Hupsignal, und wir brachen in Gelächter aus. Er grinste, und ich hielt den Atem an.

Wenn er lächelte, sah er genauso aus wie mein Vater, mein junger Vater auf der einzigen Fotografie, die ich von ihm hatte, und auf der er meine Mutter und mich an einem längstvergangenen, sonnigen Tag am Rand des Felsabbruchs von oben herab anlächelte. Mami hatte alle anderen aussortiert und verbrannt.

»Mein Name ist Joe Gaillard«, sagte er. »Josiah Peabody Gaillard. Der Josiah und der Peabody stammen aus einer Vermonter Yankee-Familie, die sich bis auf Adam zurückführt, aber der Gaillard ist ein Matrose der Handelsmarine aus dem Cajun-Süden Louisianas, den meine Mutter auf einem Schulausflug mit ihrer High-school-Klasse kennenlernte und den sie drei Stunden vor meiner

Geburt heiratete. Ich dachte mir nur, daß ich die Dinge gleich von Anfang an klarstelle und Ihnen zeige, daß Sie hier unten das Groteske nicht für sich gepachtet haben.«

Wir lachten erneut, und ich war verloren.

2. Kapitel

Ich heiratete ihn am Nachmittag nach meiner Abschlußfeier am Trinity, in der schmucklosen kleinen St.-Rhoda-Kapelle in der Sakristei der Allerseelenkirche. Wenn wir gewollt hätten, dann hätten wir vermutlich auch das große, mit Fähnchen behängte Hauptschiff füllen können, denn das gesamte College schwärmte von unserer Hochzeit. Moden sprießen auf dem Berg so schnell wie Pilze nach einem Regen, und wir waren eben der Schlager dieser Saison. Selbst jetzt noch dringt wenig Ablenkung von außen auf den Berg, und das galt vor zwanzig Jahren noch viel mehr. Selbst der Feuersturm der Unruhe und der Veränderung, der das Land Anfang der siebziger Jahre überzog, erreichte das Trinity nur als Echo.

Natürlich machte man auch Konzessionen an die Zeitläufte. Im Trinity wurden weibliche Studenten aufgenommen. Ein guter Teil des Kollegiums rekrutierte sich inzwischen von außen, aus anderen Teilen des Landes oder aus dem Ausland. Sowohl den Männern als auch den Frauen hing das Haar bis auf die Schultern ihrer schwarzen Talare, an den Knöcheln sah man Blue jeans, jeder trug Batikkleidung, und ein neuartiger Rauch mit süßlichem Geruch stieg sowohl bei Studenten- als auch bei Kollegiumsfesten auf. Aus den erleuchteten Fenstern klangen gelegentlich Protestlieder, und man hörte sowohl Rockmusik als auch Respighi. Aber der Berg blieb, wie er war. Die Domäne war stärker. Der weltabgeschiedene Traum, den das Trinity darstellt, wurde von der Gegenwart nie wirklich gestört. Das Wassermannzeitalter trieb wie Rauch über den Berg hinweg und faßte nicht Fuß.

Die wenigen Menschen, die wir als Gäste für unsere Hochzeitsfeier ausgewählt hatten, gehörten so eindeutig zu Trinity, daß das Dämmerbild im düsteren Licht in der Kapelle auch aus den vierziger oder zwanziger Jahren oder sogar vom Ende des letzten Jahrhunderts hätte stammen können. Blumenhüte blühten, und weiße Handschuhe und der unvermeidliche weiße Leinenanzug waren zu sehen. Ich trug ein einfaches weißes, geknöpftes Kleid, in dem schon Cora Pierce geheiratet hatte, und Wildblumen vom Felsabbruch im Haar, und Joe hatte über seinem Trinity-Talar den Doktorhut aus Dartmouth aufgesetzt. Dafür hatten wir eine kirchliche Erlaubnis erbitten müssen, aber Reverend Dr. Scofield hatte keine Einwände gehabt. In gewisser Weise heiratete an diesem Tag Trinity selbst, und daher paßten die Hüte und Talare sehr gut.

Dr. Scofield kannte uns beide, seit wir auf dem Trinity waren. Für mich gehörte er ebenso zur Allerseelenkirche wie das berühmte Rosettenfenster. Ich wußte, daß es vor allem sein Einfluß gewesen war, der das College davon abgehalten hatte, Joes Werbung um mich zu unterbinden. Damals waren Liebesbeziehungen zwischen Studenten und Professoren untersagt, und man runzelt auch heute noch die Stirn darüber. Aber wie ich bereits sagte, Joe war der erste Goldjunge des Trinity, der aus der Ivy League kam, und ich war das Maskottchen. Joe hatte jeden Widerstand schon im Entstehen gebrochen, indem er einfach zu Dr. Pierce ging, der noch immer unser Rektor und seit dem Tod beider Großelternpaare mein inoffizieller Schutzengel war, und ihm formell seine ehrenhaften Absichten in bezug auf mich mitteilte. Ich glaube, er hat dabei vielleicht sogar um meine Hand angehalten, obwohl er darauf besteht, daß es nicht so war.

Dr. Pierce besprach sich mit Dr. Scofield, der in seiner netten anglikanischen Art, die ihn vor Jahrzehnten auf geradem Weg auf den Berg und nach Allerseelen gebracht hatte, sagte: »Wenn es hier, in dieser Bastion der denkenden Menschen, keine Ausnahmen von den Regeln geben kann, dann sollten wir aufhören, uns ein Lehrinstitut für freie Geisteswissenschaften zu nennen.«

Mrs. Pierce erzählte mir später, daß er zudem noch sagte: »Und außerdem löst es das Problem um Catherines Zukunft aufs Beste. Ich habe mir schon Sorgen gemacht, sie könnte vielleicht jemanden heiraten, der nicht vom Trinity kommt.«

»Oder gar niemanden«, sagte ich später lachend zu Joe. »Auf diese Weise bist du es, der mich versorgen muß, und das Geld der Comptons fließt in die Kasse des Colleges. Sonst hätte mich die

Schule vielleicht bis zu meinem fünfundneunzigsten Lebensjahr ernähren müssen.«

Meine Großeltern Compton hatten bei ihrem Tod fünf Jahre zuvor dem theologischen Institut ein umfangreiches Legat hinterlassen, das sehr viel größer als erwartet, aber mit der Bedingung verbunden war, daß davon meine gesamten Schulgebühren, das Zimmer und das Essen bestritten wurden, zusammen mit einer großzügigen Summe für meinen Unterhalt, bis ich entweder heiratete oder starb. Wenn eines dieser beiden Ereignisse eintrat, fiel der Rest an die Universität, die das Geld verwenden konnte, wie sie wollte. Dr. und Mrs. Pierce wurden gebeten, den Fonds zu verwalten und sich, solange ich auf dem Berg blieb, um mein Wohlergehen zu kümmern. Da ich seit meinem dreizehnten Lebensjahr, als meine Großeltern Cash gestorben waren, weil die verrückte Mattie Cash schließlich das alte Haus angezündet hatte, bei ihnen lebte, waren sie damit einverstanden – und wahrscheinlich auch erfreut.

Es war eine ungewöhnliche Regelung, aber in bezug auf meine Person war das Trinity an ungewöhnliche Regelungen gewöhnt. Ausnahmen für Catherine Compton wurden regelmäßig gemacht. Offenbar war die Freigebigkeit des alten Bischofs Compton tatsächlich sehr groß gewesen. Und ich liebte dieses freundliche, kinderlose alte Ehepaar, das mich vor so vielen Jahren auf einer steinernen Türschwelle aufgelesen hatte, und ich wußte, daß sie mich ebenfalls sehr gerne hatten. Sie waren für mich jene Großeltern geworden, die die Comptons mir hätten sein können, wenn ich es über mich gebracht hätte, den Berg zu verlassen. Aber selbst mit dreizehn war die Angst vor der Welt außerhalb, die am Tolliver's Creek erwacht war, dafür noch zu stark und zu real. Kurz nach Papis und Mamis Tod hatte ich meine Großeltern Compton einmal zu Hause besucht, und die Angst war so überwältigend gewesen, daß ich drei Tage lang zitterte und mich erbrach, und erst wieder damit aufhörte, als ich wieder unter dem Steinbogen hindurch in die Domäne fuhr.

Damals kam von Großmutter Compton zum ersten Mal der Vorschlag, daß der vorsichtige Einsatz einer Psychotherapie vielleicht nicht verfehlt wäre. Aber als sie ihn machte, sprühte ich gerade so sehr vor Selbstsicherheit und Glück in meiner Erleichterung, wieder im Trinity zu sein, daß ich richtiggehend strahlte.

»Es ist nicht euretwegen«, sagte ich, das Gesicht an den fliederduftenden Hals meiner Großmutter gepreßt. »Du weißt doch, daß ich dich und Großpapa liebe. Es ist nur, daß ... ich hier oben sein muß. Das muß ich einfach.«

»Meine liebe Cat, dann sollst du das auch«, sagte sie, umarmte mich fest und ging mit Großpapa Compton zu den Pierces, um mit Dr. und Mrs. Pierce über die Angelegenheit zu sprechen. Erst als sie wieder weggefahren waren, fiel mir auf, daß die Tränen auf meinem Gesicht ihre und nicht meine gewesen waren.

Danach sah ich meine Großeltern Compton regelmäßig, zu feierlichen Gelegenheiten wie Geburtstagen, Abschlußfeiern und der Verleihung akademischer Ehren. Aber immer nur im Trinity. Nachdem ich mich nach dem Abschluß der Montview Day Highschool eingeschrieben hatte und in das Wohnhaus der weiblichen Studienanfänger gezogen war, verließ ich den Berg nur noch selten und zögernd zu Einkäufen und akademischen Exkursionen ins nahe Chattanooga, nach Knoxville oder Nashville, und ganz ausnahmsweise einmal nach Atlanta. Ich fuhr unter dem wohligen Schutz eines Beruhigungsmittels, das mir der Collegearzt, ein alter Freund der Pierces, verschrieb, ohne Fragen zu stellen. Selbst damit lag die Angst zusammengerollt wie eine Schlange in meiner Magengrube, schlafend, aber wachsam. Zu dem Zeitpunkt, als ich Joe kennenlernte, hatte ich den Berg über ein Jahr nicht mehr verlassen. Nach dem Collegeabschluß hatte ich vor, eine Stelle am Trinity anzunehmen, als Assistentin am Kunstinstitut, während ich mein Graduiertenstudium in Kunstgeschichte abschloß. Die Zusage hatte ich bereits; glücklicherweise war ich eine gute Studentin und als Lehrassistentin begehrt. Aber selbst wenn ich schlecht gewesen wäre, hätte mich vermutlich irgend jemand nehmen müssen. Es entging mir nicht, daß ich zu diesem Zeitpunkt bereits eine Campusberühmtheit war, und es gefiel mir auch nicht.

Es war eine schöne kleine Hochzeit, wenn ich das selbst sagen darf, in zarter, süßer Atmosphäre. Die wenigen Gleichaltrigen, die damals dabei waren, reden oft davon. Francesca Leatherberry aus Louisville, die während des letzten Studienjahrs meine Zimmergenossin war, jetzt als Vizepräsidentin einer großen Bank in Richmond arbeitet und oft auf den Berg kommt, sagt, daß so eine

Hochzeit nur in der Domäne möglich war, und zwischen niemand anderem als Joe und mir.

»Es war irgendwie mittelalterlich«, erzählte sie mehr als einmal. »Diese grauen Mauern, das grüne Licht, und du mit deinen Wildblumen wie Julia, und Joe mit seinem sagenhaften Hut. Und nur Kerzenlicht und Purcell vom Kassettenrecorder. Ihr beide habt natürlich genau wie Bildnisse auf einem alten Kreuzfahrergrab in Westminster Abbey ausgesehen. Seid ihr sicher, daß ihr nicht eigentlich Bruder und Schwester seid, die bei der Geburt getrennt wurden?«

»Mein Gott, hoffentlich nicht«, meinte Joe, als sie das zum ersten Mal sagte. »Denn wenn das zuträfe, würden wir bestimmt in der Hölle landen, so wie wir es treiben. Und unser Nachwuchs wären idiotische Albinos mit Bocksfüßen.«

Ich habe oft an ihre Worte gedacht und an seine Antwort. Und ich weiß, daß es Joe ebenso ging.

Selbst seine Freundin Corinne Parker, damals eine zynische, zu unflätigen Ausdrücken neigende Doktoratsassisentin am psychologischen Institut, mit einem höchst einnehmenden Wesen, und heute eine erfolgreiche Psychologin mit eigener Praxis in Montview, die größtenteils von Trinitarianern besucht wird, war von der Zeremonie angerührt.

»Ich wünschte mir beinahe, heterosexuell zu sein«, sagte sie nicht lange nach der Hochzeit auf der ersten Party, die wir in unserem gemieteten, winzigen Häuschen hinter einem großen Steinhaus im Dorf gaben. »Diese Unschuld hätte ein Mastodon zu Tränen gerührt. Noch eine Woche danach sehnte ich mich nach einem weißen Schleier.«

Corinne war lesbisch und lebte ganz offen mit einer anderen Frau in einer Wohnung in einem Flachbau draußen in der Nähe des Gasthauses. Niemand störte das sonderlich. Das Sexualleben anderer ist kein wichtiges Thema im Trinity; Sinnlichkeit ist hier oben ein so selbstverständliches Element wie die dünne reine Luft und das kalte, süße Quellwasser. Wie könnte es auch anders sein, angesichts des nahen Zusammenlebens, der Verzückung und der reinen Jugend? Und Beziehungen zum eigenen Geschlecht gediehen hier schon immer. Zwar handelt es sich dabei meistens um jene alles umfassenden ersten Jugendfreundschaften, die für kleine Colleges eigentümlich sind, aber auf dem Berg verwischen sich die Grenzlinien. Zu meiner Zeit am Trinity verurteilte die Kirche Homosexualität natürlich offiziell, aber angesichts der leidenschaftlichen Freundschaften, die im Seminar entstanden, konnte sie es sich kaum leisten, diese Haltung massiv zu vertreten, und im großen und ganzen kümmerte sie sich nicht darum. Es war viel vernünftiger, die Salven für Angriffe auf die wirklichen Sünden aufzubewahren, wie Korruptheit, Materialismus und andere weltliche Geschmacklosigkeiten.

»Du könntest einen weißen Schleier haben, wenn du willst«, sagte Joe und fuhr ihr durch das kurze, kupferfarbene Stoppelhaar. »Wer sagt denn, daß nur Mädchen so etwas tragen können? Schau dir doch Cat an, sie sieht aus wie ein vierzehnjähriger Basketballspieler.«

»Ich würde aussehen wie ein Hydrant, um den jemand ein Geschirrtuch gewickelt hat«, schnaubte Corinne. »Cat hingegen sah aus wie Ophelia zu ihren besten Zeiten. Nichts da. Wenn Amy und ich den Knoten knüpfen, tun wir das in schwarzem Leder auf Harleys, zur Musik von Three Dog Night. Ihr dürft gerne kommen, wenn ihr euch anständig benehmt.«

Im folgenden Jahr verließ Amy die Flachbauwohnung und den Berg, aber Corinne blieb, als gute Therapeutin und gute Freundin. Sie hat jetzt eine neue Freundin, aber wenn sie uns besucht, kommt sie in der Regel allein. Einmal, ein paar Jahre nach Laceys Geburt, sagte sie zu mir: »Ich weiß, daß es mich nichts angeht, Cat, aber wenn du einmal mit jemandem über deine Agoraphobie reden möchtest, dann könnte ich dir vielleicht helfen. Ich hatte ein paar ansehnliche Erfolge damit…«

Ich umarmte sie. »Rinnie, ich habe keine Agoraphobie. Ich lebe nur genau da, wo ich leben möchte. Aber trotzdem vielen Dank.« Und sie lächelte und umarmte mich ebenfalls. Sie sprach das Thema nicht mehr oft an, aber wenn sie mich auf Partys in unserem Haus manchmal nachdenklich ansah, wußte ich, woran sie dachte.

Sie und Cesca Leatherberry waren auf unserer Hochzeit die einzigen beiden Studenten des Trinity. Natürlich waren Dr. und Mrs. Pierce da, und der Professor, dessen Assistentin ich im Herbst werden sollte, und der Leiter von Joes Institut und dessen Frau, und zwei oder drei andere Kollegiumsmitglieder, mit denen ich in meinen Jahren bei den Pierces näher bekannt geworden war. Joes Mutter war bettlägrig wegen eines Emphysems und sein Vater schon seit einigen Jahren tot, aber seine älteren Geschwister kamen, der Bruder Caleb und die Schwester Sarah. Sie waren schweigsam, zuverlässig und dunkel, die lebendige Hinterlassenschaft des Cajun-Seemanns, ohne allerdings dessen Feuer zu besitzen. Ich mochte sie, aber wir hatten einander wenig zu sagen, und ich glaube, sie fanden das Trinity und den Berg ziemlich kraftlos, ein bißchen vergeistigt und überfeinert im Vergleich mit der steinigen Kargheit ihrer Farm in Vermont. Sie übernachteten im Gasthaus und fuhren schon früh am nächsten Morgen wieder, und ihre Einladung, sie in Vermont zu besuchen, und meine Versicherung, das würde ich gerne tun, klangen noch nach.

Irgendwie wußte ich, daß ich niemals hinfahren würde. Ich glaube allerdings nicht, daß Joe es wußte; damals noch nicht.

»Laß ihnen ein bißchen Zeit«, sagte er, während er ihrem Mietwagen nachsah, der auf dem Weg zum Flughafen nach Chattanooga war. »Der Berg ist für die meisten Leute aus Vermont eine ziemlich unverständliche Angelegenheit. Für sie zählen wir zu einer völlig anderen Gesellschaftsschicht, denn mit Türmen assoziieren sie kein College, sondern die Sendetürme eines Fernsehsenders. Sie haben noch nie jemanden kennengelernt, der aus dem Süden stammt, und die erste, die sie treffen, heiratet gleich ihren kleinen Bruder. Du wirst sie besser kennenlernen, wenn wir hinfahren, um Mama zu besuchen. Auf eigenem Grund und Boden werden sie viel unkomplizierter mit dir umgehen.«

»Es wäre schön gewesen, wenn deine Mutter gekommen wäre«, sagte ich und fühlte schon die alte, vertraute Furcht in der Magengrube. Wir hatten bisher noch nie davon gesprochen, den Berg zu verlassen und seine Mutter zu besuchen. Wir hatten überhaupt noch nie vom Wegfahren gesprochen.

»Es wäre auch schön gewesen, wenn deine Eltern dabeigewesen wären«, sagte er leise.

»Ja.« Meine Augen brannten plötzlich. Ich sah sie wieder vor mir, wie auf dem Bild, das ich in meiner Kommode aufbewahrte. Damals waren sie nur wenig älter gewesen als ich jetzt und hatten mich angelächelt. »Die Hochzeit war auch für meine Mutter, nicht nur für mich. Auf dieser Hochzeit hat niemand gelacht.«

Er zog mich an sich und hielt mich fest. Durch das T-Shirt, das er eilig übergezogen hatte, um seinen Bruder und seine Schwester zu verabschieden, fühlte ich die Wärme seines Körpers an meinem Gesicht, das noch vor einer Stunde auf seiner nackten Haut gelegen war. Ich schloß die Augen und drückte den Kopf fest an seine Brust, um die brennenden Tränen zu vertreiben und seine Wärme und Festigkeit zu fühlen, die jetzt auf wunderbare Weise zu mir gehörten.

»Komm, wir gehen nach Hause«, sagte er. »Das Bett ist noch warm.«

Und das taten wir.

In der Nacht hatten wir zum ersten Mal miteinander geschlafen. Für mich war es das erste Mal überhaupt gewesen, was Joe bemerkenswert fand in einer Zeit, in der Sexualität unter jungen Leuten gleichsam verpflichtend vorgeschrieben war. Überall und ständig, sogar auf dem Berg oder vielleicht gerade dort, trieb man es damals miteinander, im Auto, in den Zimmern der Wohnheime, in den Wäldchen und hinter den nachtdunklen Gebäuden. Am Felsabbruch mußte man vorsichtig sein, um Liebende nicht zu stören. So dick wie Rauch hing der Sex in der Luft.

»Ich kann gut verstehen, daß du es noch nie getan hast, im Hinblick auf deine Eltern und so«, sagte er, als wir zum ersten Mal darüber sprachen, nicht lange nachdem wir uns kennengelernt hatten. Von Anfang an fiel es uns schwer, die Finger voneinander zu lassen, und wir hatten beide das Gefühl, daß wir uns überlegen mußten, wie wir mit Sex umgehen wollten.

»Wie meinst du das?« gab ich zurück. »Sie haben es gerne gemacht. Sie haben es die ganze Zeit getan. Ich habe sie gehört, auch wenn ich sie niemals dabei gesehen habe. Sie hörten sich an wie ein Wildkatzenpärchen. Praktisch jeder auf dem Berg wußte über sie Bescheid; sie waren berühmt.«

»Ich meine die Art und Weise, wie sie starben«, sagte er zögernd. »Das würde jedem Angst einjagen.« Joe sprach noch immer voller Ehrfurcht von dem an Faulkner erinnernden Tod meiner Eltern.

»Ich habe keine Angst«, sagte ich aus tiefster Überzeugung. »Ich denke kaum mehr daran. Ich habe es nur deshalb nicht getan, weil ich vor dir noch niemanden kennengelernt hatte, mit dem ich es gerne getan hätte. Und kannst du dir vorstellen, im Haus der Pierces zu vögeln? Wir würden uns im Moment des Startschusses sofort in Salzsäulen verwandeln.«

Er lachte und zog mich an sich, und wir nahmen das hypnotische, unendlich langsame, gegenseitige Berühren unserer Gesichter und Körper wieder auf, das uns damals als Vorspiel zu etwas diente, von dem wir wußten, daß es bald kommen würde. Wie konnte ich nach diesen Nachmittagen und Nächten, die ich damit verbracht hatte, seinen großgewachsenen, festen Körper Zentimeter für Zentimeter mit den Fingerspitzen auswendigzulernen, noch Angst haben? Jeder von uns kannte den Körper des anderen bis in den letzten Winkel. Wenn wir endlich auseinandergingen, war ich schwach und starr vor Begehren nach ihm und fast nicht fähig, aufrecht zu stehen. Und er war schweigsam und schwitzte.

»Kann man von zurückgehaltenem Sperma Krebs bekommen?« fragte er immer wieder und schnitt eine Grimasse.

Aber wir vollzogen es nicht. Wir waren uns einig. Nach der Wartezeit würde es um so süßer sein. Und für uns war es richtig so.

Es war seine Entscheidung. »Wenn wir es schon vor der Hochzeit miteinander machen, hätte ich das Gefühl, mit dem Maskottchen des Trinity zu vögeln«, sagte er. »Ehe wir verheiratet sind, gehörst du Trinity. Aber warte nur, Kleines, bis nachher. Danach gehörst du mir.«

Und so japsten, brannten und fummelten wir bis zu unserem Hochzeitstag. In dem Augenblick, als wir das Zimmer im Gasthaus, das uns die Pierces bezahlten, betreten hatten, schlugen wir die Tür hinter uns zu, verriegelten sie, und sahen einander an. Dann schälten wir uns aus den Hochzeitskleidern, umarmten einander heftig und taten noch dort auf dem Webteppich, der zweifellos in einem anderen Jahrhundert von einer sittsamen Bischofsgattin gewebt worden war, das, worauf wir so lange gewartet hatten. Es war schon weit nach Mitternacht, als wir endlich zusammen in dem ersten der Betten lagen, die wir in unserem Leben miteinander teilen sollten. Seit jenem Tag habe ich nicht mehr oft allein geschlafen.

Ich fand es großartig. Ich fand es von Anfang an großartig. Mit Joe zu schlafen ist eine der wenigen, absolut erfüllenden Beschäftigungen, die ich kenne, es ist das reine Gefühl, die reine Erhöhung, ungestört von irgendeinem äußeren Element. Zu Beginn unserer Ehe war es wie ein warmes, feuriges Erdbeben, das mich erschütterte, bis ich im wahrsten Sinne des Wortes das Bewußtsein verlor. Später wurde es süßer, länger, tiefer, und noch später wie die Fahrt mit einem langsamen, schwankenden Küstensegler, dessen Kurs ich so gut kannte wie den nächtlichen Weg vom Bett zum Badezimmer. Jeder Zentimeter und jede Stufe waren mir vollkommen vertraut, aber die abschließende, weiße Explosion war nicht weniger transzendent als beim ersten Mal. Ich wußte, daß es Joe ebenso ging. Ich wußte das aus den Bewegungen, die er machte, den Worten, die er flüsterte, den Tönen, die er beim Höhepunkt ausstieß, und aus seinem lauten Lachen danach, das sich wie das Jubeln eines kleinen Jungen anhörte.

Was mich anging, so mußte ich entdecken, daß ich keinen Ton herausbrachte. Weder beim ersten Mal noch je danach konnte ich flüstern, wimmern, aufschreien oder lachen. Ich spürte, wie die Töne in mir aufstiegen, wenn Joe mich ausfüllte und sich in mir bewegte, ich fühlte den langen, klagenden Schrei der Hemmungslosigkeit und der Erfüllung aus meiner Lunge in die Kehle steigen, ich fühlte sogar, wie sich mein Mund öffnete, wie sich meine Lippen zurückzogen und sich für den lauten Schrei der Liebe vorbereiteten, und wie sich die Sehnen in meinem Hals spannten, aber ich brachte keinen Ton hervor.

Anfangs war Joe erstaunt darüber, dann leicht erschrocken, und schließlich wurde es zur Herausforderung, zur Ehrensache, zur Kränkung. Bis wir beide endlich unseren Frieden geschlossen hatten mit meiner Unfähigkeit, während der Liebe einen Ton hervorzubringen, warf er sich manchmal so kraftvoll auf mich, als wollte er mit aller Gewalt einen Ton aus mir herausstoßen, eine Bestätigung herauspresssen. Gelegentlich schwieg er danach und wandte sich von mir ab, und ich spürte, wie Tränen der Schuld in meine Augen stiegen. Dann rollte ich mich auf ihn und reizte ihn mit Händen und Mund, bis wir es noch einmal tun konnten, in der Hoffnung, daß diesmal der Damm in meiner Kehle brechen oder er mir mein

Schweigen vergeben würde. Das letztere geschah immer, das erstere hingegen nie. Ich war so unfähig wie ein Stein, meine Liebe herauszuschreien.

Schließlich gelang es uns, Witze darüber zu machen und uns damit abzufinden.

»Warum spielt das eine Rolle? Es ist doch nur Lärm«, sagte ich. »Du solltest allmählich wissen, daß es mir irgendwie gefällt.«

Und er lachte – er mußte lachen, denn es gab keinen Zweifel darüber, wie ich den Liebesakt mit meinem Ehemann empfand. Noch ein Blinder hätte es an meinem zappelnden Körper gemerkt, an dem starken, stillen Krampf der Leidenschaft, der meinen Hals nach hinten bog und mein Gesicht rötete. »Der stille Tod«, nannte es Joe später.

Eines Sommernachmittags, als wir windgeschützt im Schatten unserer Gartenmauer im Gras lagen, sagte ich lachend: »Es ist nur, damit ich höre, wie du kommst.«

Eine lange Weile sagte keiner von uns beiden etwas. Ich wußte, daß ich damit die innerste Wahrheit über mein Schweigen ausgesprochen hatte. In diesem letzten, lösenden Augenblick war mir nichts auf der Welt wichtiger, als zu hören, was auf mich zukam. Damit ich nicht, wie meine Eltern, in der Liebe starb.

»Genau«, sagte Joe ruhig. »Genau, meine arme Cat.«

Danach schien er sich mit meinem Schweigen abzufinden. Auf eine seltsame Art schien es ihm sogar zu gefallen und selbst zu etwas Erotischem zu werden. Nach diesem Tag taten wir Dinge, die wir noch nie getan hatten; er bewegte sich auf neue Art und nahm neue Worte in den Mund. Ich war erfreut und erleichtert, aber auf eine obskure Weise auch verunsichert. Es war, als sehe er in dieser komischen, traurigen Unfähigkeit die Bestätigung des anfänglichen, verführerischen Grotesken, das ihn an mir angezogen hatte. Ich hatte das Gefühl, er schlafe mit einer Frau in einer Ballade aus den Appalachen, der Cat Compton aus dem albernen Lied, anstatt mit der lebendigen, atmenden, individuellen Frau, mit der er verheiratet war. Aber das erwähnte ich ihm gegenüber nicht. Um diese Zeit hatte ich mir mein Paradies geschaffen und ihn darin aufgenommen. Und an dessen Grundfesten wollte ich nicht rütteln.

Seit ich mit ihm zusammenlebe, habe ich mich gefragt, was Joe am

Süden so faszinierend findet, besonders an den dunklen und geheimen Adern des Bizarren, die überall durch diesen alten Teppich fließen. Selbst so viele Jahre später kann ich darauf noch keine eindeutige Antwort geben. Aber ich glaube, daß der Ursprung in der harten, steinübersäten Farm außerhalb von St. Albans im Franklin County, in der Nordwestecke von Vermont, liegt.

Selbst bei Tageslicht, so erzählte Joe, lag eine gewisse Dunkelheit über dem Land. Es war nicht die üppige, fruchtbare grüne Dunkelheit des Berges und des ganzen Südens, sondern eine oberflächliche, harte Trübheit, die nicht nährte. In der Nähe der Farm befand sich keine auch noch so kleine Stadt; viele Meilen von den zivilisierten Küsten Massachusetts, New Hampshires und Maines entfernt versorgten seine Mutter, ihre Kusinen und die Kinder ihre wenigen sanften Neuenglandrinder und zogen ein paar der hochgelobten Neuenglandkartoffeln. Die Farm verdiente diese Bezeichnung kaum, und der frühe Verfall und Tod seines Vaters, und dazu noch die chronische Krankheit seiner Mutter und das fortgeschrittene Alter der beiden Kusinen trieb die Familie beinahe in die völlige Verarmung. Vor und nach der Schule und im Sommer arbeitete Joe auf der Farm. Es gab genug zu essen, und genügend abgelegte Kleider von Caleb, um seinen schlaksigen Körper zumindest notdürftig zu bekleiden, aber die Stille des Hauses, die rauhen Töne in den kranken Lungen seiner Mutter und die dahinsiechenden Straßendörfer hungerten seine Seele aus. Joe arbeitete schweigend, lernte mit wütender und eifriger Konzentration und dachte an die Musik, das Lachen und Tanzen, das mit seinem Vater, von dem er nur noch eine vage Vorstellung hatte, aus dem Süden gekommen war. Trotz der vielen Arbeit auf der Farm waren seine Noten sagenhaft, und die Ergebnisse seiner Abschlußprüfungen machten die Lehrer sprachlos. Eine junge Stipendienberaterin, die selbst aus einem anderen Teil des Landes kam, war klug genug, ihm früh bei der Bewerbung für mehrere Ivy-League-Universitäten zu helfen, und zu Beginn des dritten Collegejahrs war er von allen angenommen.

Er wählte Dartmouth. Der Grund dafür war teilweise die Tatsache, daß die Universität in einem Dorf und daher im Rahmen seiner begrenzten Erfahrungen lag, und teilweise, weil er Jahre zuvor einen widerlich romantischen Film über den Karneval dort gesehen hatte, der ihn bezaubert hatte. Als er sich von seiner Mutter, Caleb und Sarah verabschiedete, wußten alle, daß es für lange Zeit sein würde.

Im ersten Jahr in Dartmouth landete er in einem Kurs über die Literatur des Südens, und dort entdeckte er soviel nahrhafte Fülle, geheimnisvolle Romantik und lässige Schönheit, daß sein Herz, das bisher nur Granit und Stille gewohnt war, aufblühte wie wildes Geißblatt. Und er war verloren. Mit einem frisch erworbenen Abschlußzeugnis und einem Hunger nach dunklem Lehmboden, wie Faulkner ihn geschildert hatte, ging er in den Süden, fand den Berg und fing an, dankbar Wurzeln zu schlagen, noch ehe er den Motor seines alten Volvo-Kombi ausgeschaltet hatte. Zu dem Zeitpunkt, als er mich kennenlernte, war er das vollkommene Medium für solche besonderen Kulturpflanzen, wie sie hier bei uns wachsen. Wahrscheinlich hätte er sich sogar dann in mich verliebt, wenn ich eine Figur wie Brünhilde, einen Schnurrbart und das Hirn eines Spatzen gehabt hätte. Dafür hätte die außergewöhnliche Geschichte meiner Eltern und der Großeltern Cash, und dazu die ganze verführerische und schöne, sakrale Philosophie des Berges schon ausgereicht. Daß ich zudem noch klug genug, amüsant und verletzlich war und ihm an Größe, Schlankheit und übertriebener viktorianischer Klarheit der Gesichtszüge gleichkam, war lediglich ein zusätzliches Plus.

Bei ihrer Abreise hatte er Caleb und Sarah versprochen, mich in den Norden mitzunehmen, damit ich seine Mutter kennenlernte; doch nach ein paar unruhigen Tagen und Wochen verlor ich die Furcht, Joe könnte den Berg verlassen und mich mitnehmen. Der erste Sommer in dem kleinen gemauerten Gästehäuschen, das wir in einem Laubwald am Felsabbruch gemietet hatten, war wie verzaubert. Ich legte den ersten jener Gärten an, für die ich eine gewisse bescheidene Berühmtheit erlangt habe, begann mit den kleinen Abendeinladungen zu Essen, Getränken und Gesprächen, die im Trinity zu einer Tradition geworden sind, und entwarf in vollem Bewußtsein, und so gut ich konnte, für Joe ein Leben, das so geordnet, erfüllt und reich war, daß er seine Bewegungsfreiheit nicht vermißte. Wenn er wußte, was ich vorhatte, so ließ er sich zumindest nichts anmerken. Natürlich muß er es gewußt haben, denn von Anfang an waren Joe und ich fähig, die Gedanken und Gefühle des anderen zu lesen. Aus seinem Schweigen und der Zufriedenheit, mit der er zuließ, daß ich ihn in ein Netz aus wunderschönen Tagen einsponn, schloß ich, daß er zu mir sagte: Ja. In Ordnung. Gib mir hier ein Leben, das ich nirgendwo anders führen könnte, dann werde ich dich nicht bitten, den Berg zu verlassen. Ich lasse dich hier eine Welt bauen, und die äußere Welt wird zu uns kommen.

Aber zur Sicherheit und der Ausgewogenheit wegen warf ich die kleine runde Pappscheibe mit der Pille, die mir der Collegearzt gegeben hatte, am zweiten Tag nach unserer Hochzeit in die Müllverbrennung des Colleges. Ich sagte Joe nichts davon, schlief weiterhin mit ihm, kochte, gab Einladungen, lachte und plauderte mit ihm bis in die Sommernächte hinein und wartete. Und ohne jeden Zweifel spürte ich exakt den Augenblick, in dem ich schwanger wurde. Es war in einer verregneten Augustnacht, während der Duft nach frischen Blumen aus meinem neuen Garten hereinwehte. Und ich wußte, daß ich jetzt zumindest einige Monate lang sicher sein würde.

Im nächsten April, als unsere Tochter Lacey blind zur Welt kam, wußte ich, daß ich für immer sicher sein würde. Jetzt würden wir den Berg nicht mehr verlassen. Wenn Lacey schon ohne Augenlicht leben mußte, dann würde sie wenigstens im Paradies leben. Die Welt, die mir Sicherheit gab, würde auch ihr Sicherheit geben.

Erst Jahrzehnte später erfuhr ich, daß Joe gelegentlich von Phantasien geplagt wurde, ich hätte sie mit meiner schrecklichen Angst regelrecht geblendet und meine Sicherheit mit ihrer Blindheit erkauft. Aber ich glaube wirklich, daß es schon sehr lange her ist, seit er das dachte, und daß ihm solche Gedanken auch damals nicht oft kamen. Und in der Zeit nach Laceys Geburt gab es keine solchen und ähnlichen Gedanken, die mir in Nächten, wenn ich nicht schlafen konnte, nicht selbst schon gekommen wären.

Fast einundzwanzig Jahre später saßen wir in einem Garten, der genauso sicher lag wie der erste, bei Drinks in der kalten, abendlichen Frühlingsdämmerung und lasen einen Brief unserer Tochter, die am anderen Ende des Kontinents im College lebte. Sie schrieb uns, daß sie im Sommer mit Freunden nach Europa fahre, auf eine Rucksacktour durch Spanien, Italien und Südfrankreich, und daß sie hoffe, wir würden uns später anschließen und mit ihr durch Jugoslawien reisen. Ihre Freunde müßten sie in Rom verlassen, aber sie brenne darauf, noch weiter zu fahren, in das seltsame, zusammengewürfelte alte Land, das gegenüber von Italien an der Adria lag.

Ich habe gehört, daß Dubrovnik die schönste Stadt der Welt sein soll, hatte sie in dunklen, eckigen Buchstaben auf das mit einem Gitter aus erhabenen Linien versehene Papier, das sie immer verwendete, geschrieben. *Ich wünsche mir so sehr, daß ihr kommt, um meine Augen zu sein. Es gibt jetzt doch eigentlich keinen Grund mehr, weshalb ihr nicht fahren könntet. Ich habe das Nest längst verlassen. Und Dubrovnik wollte ich immer schon sehen.*

Joe legte den Brief beiseite und blickte über die Steinmauer, die mit weißblühenden Clematis überwuchert war, in die leere, blaue Luft über dem Rand des Felsabbruchs. Wie eine Burg stand unser Haus über dem Tal. Er sagte nichts, aber ich wußte, daß er dasselbe dachte wie ich: Obwohl sie blind war, würde Lacey Dubrovnik wahrscheinlich früher und deutlicher sehen als wir beide. Beim Gedanken an den fröhlichen Mut meiner Tochter und meine eigene Feigheit, die wie eine Behinderung war, wurde meine Kehle eng. Und auch beim Gedanken an meinen Mann, der nicht aussprach, was ich doch wußte: daß er sich nichts mehr wünschte als mit seiner Tochter auf der Kaimauer dieser alten Stadt zu stehen, ihr seine Augen zu leihen und von ihrem Sehen zu lernen.

»Wir sollten fahren«, sagte ich durch eine wildsprühende Furcht hindurch mit einer Stimme, die nicht die meine war. »Sie hat recht, es gibt einfach keinen Grund, der dagegen spricht. Es ist albern. Genug ist genug.«

»Das würde ich dir nie antun, Cat«, sagte Joe, und in seiner Stimme klang nichts als alte Liebe. Alte, lange Liebe ...

»Joe ...«

»Nein. Das würde ich nicht. Es wäre, als hielte ich dir eine Pistole an den Kopf und drückte den Abzug. Wer glaubst du denn, daß ich bin?«

»Ein fünfzigjähriger Mann, der noch nie in Europa war«, sagte ich, stand auf, ging ins Haus und rief Corinne Parker an.

3. Kapitel

»Es gibt Banden von Zigeunerkindern, ganz kleine Kinder, die wie Horden herrenloser Hündchen durch die Straßen laufen. Sie kleiden sich in Fetzen und betteln dich weinend um Geld an, und während dir das Herz bricht und du deine Brieftasche zückst, schleicht sich ein anderes hinter dich und räumt dir die Taschen aus. Oder sie stürzen sich von hinten auf dich, so leise, daß du sie gar nicht kommen hörst, und klauen dir einfach die Handtasche und sind schon zwei Straßen weiter, ehe du überhaupt realisiert hast, was geschehen ist. In Rom sind sie überall. Niemand scheint ihr Treiben unterbinden zu können. Aber natürlich bemüht sich in Rom auch niemand sonderlich darum.«

Hays Bennett, der in diesem Jahr den Vorsitz des Fakultätsrats innehatte und Joes zweiter Mann im Institut war, nahm einen tiefen Schluck von seinem Gin Tonic und blickte sich mit einem durchtriebenem Grinsen im Zimmer um. Er hatte ein scharfgeschnittenes Gesicht, einen Busch roter Haare und sah ein bißchen wie ein Fuchs aus. Hays war derjenige unserer Freunde, bei dem ich mich am wenigsten wohl fühlte. Er wirkte immer so, als meinte er die bissigen Bemerkungen, mit denen er sein Geplauder spickte, zum Teil ernst. Vielleicht waren sie nicht wirklich ernst gemeint, zumindest behauptete Joe das. Aber er war der einzige von denen, die regelmäßig auf unsere Partys kamen, der mich neckte, weil ich den Berg nie verließ, und er tat das so oft, daß ich es kaum als zufällig oder beiläufig abtun konnte. Jetzt blickte er mich an. Ich wußte, daß der Bericht über die Zigeunerkinder wie ein Pfeil auf mich gezielt war. Colin und Maria hatten Joe und mich gerade eingeladen, uns mit ihnen im Juli in Rom zu treffen, wo sie heiraten wollten, und alle Partygäste unterhielten sich aufgeregt über diesen Reisevorschlag. Mein Schweigen war Hays nicht entgangen.

»Das hört sich schrecklich an«, sagte ich wahrheitsgemäß. Tatsächlich fand ich die Vorstellung dieser wortlosen, ausschwärmenden Bande, die ohne Vorwarnung grapschend und packend neben mir auftauchte, erschreckend und abstoßend. Aber ich gab mich gelassen.

»Ach, sie verletzen niemanden, außer vielleicht aus Versehen«, sagte Hays. »Sie wollen nur dein Geld, nicht dein Leben. Das ist nicht wie auf dem San Diego Freeway oder in Atlanta. Italiener sind eigentlich keine gewalttätigen Menschen. Wäre es dir lieber, gewaltsam ausgeraubt und ermordet als nur überrascht zu werden?«

»Für Cat ist das schon so«, meinte Joe vom Sofa her, wo er entspannt saß und einen Bourbon-Soda in der Hand hielt. Ich drehte mich überrascht zu ihm um und verspürte jenen kurzen, verletzten Schock, wie man ihn auch empfindet, wenn ein geliebtes Kind oder Haustier nach einem schlägt. Joe wußte, was ich von Hays' Nadelstichen hielt.

»Das stimmt beinahe«, sagte ich lächelnd. »Der Tod ist nicht so schlimm wie der tödliche Schrecken.« Die kleine Versammlung im Wohnzimmer lachte, und Joe und Hays lachten ebenfalls.

»Für wen gilt das nicht? Zu Tode erschreckt zu werden hat keinen besonders hohen sozialen Stellenwert«, sagte Corinne Parker, grinste kurz und sah mich scharf an. Wieder lachten alle, der Augenblick war vorbei, und das Fest ging weiter.

Es war eine schöne, eine gelungene Party, wie fast alle unsere Feste. Ich wußte, daß ich eine Begabung dafür hatte, Menschen miteinander ins Gespräch zu bringen, und durch Entschlossenheit und stete Wiederholung hatte ich das zu einer Kunstform gemacht. Ich mochte das Gefühl, für andere zu sorgen und die Menschen, deren Leben mit unserem verbunden war, glücklich zu machen. Nach dreiundzwanzig Jahren zählten dazu die meisten Trinitarianer und viele Leute, die im Dorf und auf dem Berg wohnten. Ein Fest bei den Gaillards bedeutete beinahe die offizielle Aufnahme in die Gesellschaft von Trinity, und im Lauf der Jahre hatte ich Partys zu jedem vorstellbaren akademischen Anlaß gegeben, zur Feier von Abschlüssen, Berufungen, Promotionen, Veröffentlichungen, erhaltenen Stipendien und verliehenen Graden, und zum Empfang von Neuankömmlingen oder dem Abschied von Emeritierten. Mit Essen, Getränken, Blumen, Kerzenlicht und Lachen begingen wir in unserem Haus am Felsabbruch die zahllosen Verlobungen, Hochzeiten, Geburten, Jubiläen und ein- oder zweimal sogar Scheidungen unserer Mitbewohner auf dem Berg, und ich sammelte, wie Joe behauptet, genug Spenden, um das Trinity bis ins nächste Jahrhundert hinein zu unterhalten.

Auch Joe liebte unsere Partys. Er genoß es, den Gastgeber zu spielen, es gefiel ihm, anderen Leuten Freude zu schenken, und er war stolz auf unser Haus, wie das nur jemand sein kann, der seine Kindheit in ärmlichen Verhältnissen verbracht hat. Auf den Partys war er der absolute Herrscher in seinem kleinen, wohlausgestatteten Königreich, und er blieb stets ein eleganter, charmanter und wohlwollender Monarch. Diese Feste veranstaltete ich für ihn. Von Anfang an hatte ich gespürt, daß es tief in Joe einen Abgrund gab, der nach feierlichen Ritualen und besonderen Gelegenheiten hungerte. Auch ich hatte dieses Bedürfnis, und im Laufe der Jahre hatten die Partys für uns beide diesen Hunger gestillt. Und außerdem waren sie ein weiteres Band, Mörtel für die vollkommene Welt, die uns auf dem Berg hielt. Wie mein wunderschöner Garten. Wie die Musik. Wie die Bücher, die Bilder und das Essen. Durch jahrelange Übung war ich eine ausgezeichnete Köchin geworden. Ich wollte vermeiden, daß irgendein Hunger, den Joe verspürte, unbefriedigt blieb. Seine Bedürfnisse sollten im Haus am Felsabbruch und im College auf dem Berg vollständig erfüllt werden.

Ich dachte, das wäre mir gelungen. Aber seine gelassenen Worte heute abend hatten mir einen Schreck eingejagt. Wenige Worte nur, aber sie verrieten eine klaffende Leere, die ich nicht vermutet hatte, und ich bekam Angst.

Ich sah wieder zu ihm hinüber. Er saß in dem warmen Lichtschein einer der beiden hohen Kupferlampen, die hinter dem großen Wohnzimmersofa auf dem Lesetischchen standen. Seine langen Beine, die in Khakihosen steckten, hingen über die Armlehne des Sofas, und sein Kopf lag auf einem Kissenberg. Vom Tennisspielen in der dünnen, klaren Frühlingsluft war seine Haut gebräunt, und das Haar hing ihm in die blauen Augen, denn es hätte geschnitten werden müssen. Ich liebte das dichte, flachsfarbene Haar, wenn es zu lang war. Im Lauf der Jahre hatten silberne Strähnen es heller werden lassen, es hatte jetzt die Farbe von altem, vergoldetem

Kupfer und war wie sein Schnurrbart heller als die Haut, so daß die Zähne strahlendweiß herausblitzten. Seine Augen wirkten heute abend blauer und dunkler als sonst, vielleicht wegen der Kontaktlinsen, die er seit kurzem trug, oder dem Lampenlicht und dem Bourbon. Von letzterem hatte er schon ziemlich viel getrunken. Hinter ihm standen Hartriegelzweige in einer Glasvase, die in dem dunklen Raum wie frisch gefallener Schnee leuchteten, und auch ihr Glanz ließ wohl seine Augen dunkler wirken. Er sah noch immer sehr gut aus, war noch immer so mager und sehnig, hatte dasselbe schmale Gesicht und das dichte Haar, und war noch immer so kräftig und graziös wie an dem Tag, an dem ich ihn kennenlernte. Lediglich seine Haut wirkte etwas grauer als damals und war mit einem Netz aus unendlich vielen trockenen Linien durchzogen, sie war gröber, mit größeren Poren, tieferen Falten und schärfer hervortretenden Knochen. Er war noch immer der alte Joe, nur ein wenig härter geworden.

Das stand ihm nicht schlecht. Wie viele Männer auf dem Berg war er im Alter fester und nicht weicher geworden. Hier oben setzen die Männer selten Fett an oder verlieren ihre Form, statt dessen trocknen sie aus. Es gibt etwas in dieser dünnen Luft, was sie sowohl metaphorisch als auch in der Wirklichkeit fast wie Mumien konserviert. Allerdings gibt es auch wenig dicke Frauen am Trinity. Vielleicht sind wir eine vergessene Art, die man tausend Jahre später in einem legendären, luftabgeschlossenen Grab wiederfinden wird?

Plötzlich hatte ich keine Lust mehr, dieser Metapher noch weiter zu folgen. Ich wußte, was mit den schönen, ausgetrockneten Toten passiert war, als die Gräber geöffnet wurden und die Luft der Welt hineindrang.

Ich betrachtete meinen Mann im Schein der Lampen, und einen Augenblick lang kannte ich ihn nicht.

Ich sah mich in meinem Wohnzimmer um und sah die Leute, die zu meiner Party gekommen waren, und ich kannte auch sie nicht.

»In einer Viertelstunde gibt es Abendessen«, sagte ich, stand auf und ging durch die Küche zur Toilette im Erdgeschoß, wo ich mit geschlossenen Augen vor dem Spiegel über dem Waschbecken stehenblieb.

»Hoffentlich bin ich das wirklich«, sagte ich und schlug die

Augen auf. Ich war es, aber etwas war anders geworden. Das war noch immer ich, aber mehr als früher. Oder vielleicht ich, aber weniger...

Seit fast genau zwei Jahren war ich nun bei Corinne Parker in Therapie. Angefangen hatte ich in der Woche, nachdem wir im Garten Laceys Brief gelesen hatten, in dem sie uns bat, mit ihr nach Jugoslawien zu fahren. Wir waren nicht gefahren; Lacey hatte es auch nicht wirklich erwartet. Seit ihrer frühen Kindheit wußte sie, daß ich den Berg nicht verließ, obwohl ich schließlich darauf bestanden hatte, daß sie selbst fortging. Nach den Gründen fragte sie so wenig wie unsere Freunde im Dorf und im Trinity, es war einfach eine feststehende Tatsache. Mutter verließ den Berg nicht. Vermutlich kam es ihr gar nicht seltsam vor. Lacey war zwischen Tausenden großer und kleiner Seltsamkeiten aufgewachsen, denn das Trinity war immer schon stolz auf seine Myriaden eleganter Exzentrizitäten. Laceys Welt war voll mit Menschen, die Dinge taten oder nicht taten, die für die Unglücklichen, die nicht auf dem Berg leben durften, ganz selbstverständlich waren. Ich glaube, diese Tatsache half ihr auch dabei, ihre Blindheit so problemlos anzunehmen. Sie überredete schließlich eine ihrer Mitreisenden, noch in Europa zu bleiben und mit ihr über die Adria zu fahren, und Joe und ich waren zu Hause und freuten uns mit ihr, wenn wir ohne offenkundiges Bedauern ihre Briefe lasen.

Aber ich war fest entschlossen, in Joes Augen nie wieder eine solche Sehnsucht treten zu lassen, nach etwas, das ich ihm vorenthielt, und ich arbeitete mit Corinne, wie ich noch nie zuvor gearbeitet habe. Es kostete mich sehr viel, aber der Blick in seine Augen, nachdem er Laceys Brief gelesen hatte, war schlimmer gewesen. Ich zitterte, schwitzte und keuchte, mein Herz klopfte, ich weinte, und ein- oder zweimal übergab ich mich sogar in Corinnes ordentlichem kleinen Badezimmer neben ihrem Büro, während sie mich zurückführte in jene Nacht an der Hängebrücke und die schrecklichen Tage und Jahre danach im Haus meiner verrückten Großmutter und meines erstarrten Großvaters. Eine Weile lang schluckte ich Valiumtabletten, als wären es Bonbons, schlief zu wenig, verlor Gewicht, schimpfte auf Corinne und weinte endlos, wenn ich dachte, Joe könne mich nicht hören. Als ich mich dann im zweiten

Jahr mit Corinne an meiner Seite auf erst kürzeren und dann längeren Fahrten vom Berg wegbewegte, wanderte ich in den Nächten zuvor weinend und voller Übelkeit durchs Haus oder den Garten, bis der Morgen graute. Aber nie verbarg ich etwas vor Corinne. Und ich versäumte keine einzige Stunde.

Anders? Wie hätte ich nach alldem unverändert sein können? Vielleicht sah ich noch so aus wie früher – denn wie Joe war ich großgewachsen, schlank und hatte lockiges Haar, und ich besaß noch immer das kleine Gesicht und den weichen Mund eines Kindes, und hatte wie früher Sommersprossen auf Nasenrücken und Wangenknochen – aber etwas Grundlegendes war anders geworden. Nur eine Sache, und die war von außen nicht zu erkennen. Aber sie machte mich von Grund anders. Davor war ich Cat gewesen, die den Berg nicht verlassen konnte. Jetzt war ich Cat, die es konnte. Zögernd, noch immer voller Angst, nicht weit und nur, wenn zuvor Fluchtwege und Zufluchtsorte festgelegt worden waren... aber ich konnte den Berg verlassen. Selbst wenn ich es nie mehr tun würde, so wußte ich doch, daß ich es konnte. Und Joe wußte es auch.

Ich sah im Spiegel die Cat, die den Berg verlassen konnte, und ich wußte, daß ich gewachsen war, und daß Joe sich davor fürchtete und heute abend unter dem Einfluß dieser Furcht gesprochen hatte. In diesem Moment hätte ich am liebsten alles rückgängig, die ganzen Stunden mit Corinne ungeschehen gemacht und wäre zu dem Zeitpunkt zurückgekehrt, bevor Laceys Brief kam. Und dann wäre ich zu Joe gerannt, hätte meine Arme um ihn geworfen und hätte gerufen: Ich bin wieder da, ich bin hier, das bin ich, denk nicht so über mich, sag so etwas nie wieder zu mir! Schau, ich habe alles rückgängig gemacht. Laß uns wieder so sein, wie wir damals waren.

Aber das war nicht mehr möglich. Ich war dazu verdammt, eines Tages geheilt zu sein, selbst wenn es zögernd und unvollständig geschah.

Ich lehnte meine Stirn gegen die kalte Spiegelfläche und schloß erneut die Augen. »O mein Gott«, flüsterte ich laut. »Warum habe ich das nur nicht kommen sehen?«

Corinne hatte es gesehen. Sie hatte es gesehen und versucht, mich darauf hinzuweisen. Aber ich wollte, ich konnte es nicht erkennen.

Nachdem sie ein Jahr lang mit mir ergebnislos über Joes Rolle bei meiner Gesundung gestritten hatte, sagte sie schließlich erschöpft zu mir: »Also, dann machen wir es eben verdammt noch mal ohne ihn. Aber das gefällt mir nicht, Cat. Ich glaube nicht, daß dir klar ist, wie sehr sich Joe von all dem bedroht fühlt. Ich glaube auch nicht, daß ihm das selbst bewußt ist. Er hat die Fähigkeit, alles zu sabotieren, wofür wir hier arbeiten, er kann dir die Beine unter dem Leib wegziehen. Natürlich würde er nicht merken, daß er das tut, er würde glauben, er beschütze dich. Ich kenne ihn länger, als du ihn kennst, und ich habe gesehen, wie er sich in beruflichen Situationen verhält. Er würde nicht zögern, das zu tun, und er würde niemals zugeben, daß er dir damit Schaden zufügt. Es wird an dir liegen, dich zu schützen.«

»Ich dachte, du wärst ihm eine gute Freundin, ich dachte, du hättest ihn so gerne«, rief ich voller Wut.

»Das bin ich auch, und das habe ich auch«, sagte sie. »Aber ich mag ihn so, wie er ist, und es gibt nichts, was ich von ihm brauche. Ich kann ihn im Augenblick sehr viel klarer sehen als du.«

»Corinne«, sagte ich noch immer ärgerlich. »Ich glaube zwar, daß du vielleicht die beste Therapeutin westlich von Wien bist, aber wenn du zu mir noch ein einziges Wort gegen Joe sagst, dann breche ich die Therapie ab. Sofort. Und das meine ich ernst.«

Sie sah mich einen langen Augenblick über ihre Hornbrille hinweg an. Als Frau war Corinne hübscher, als sie es als Mädchen gewesen war, ihr gebräuntes, faltendurchzogenes Gesicht war lebendig und zeigte Intelligenz und Fürsorge. In ihren Augen stand keinerlei Ärger, nur eine gewisse Erschöpfung.

»Du hast recht«, sagte sie. »Ich habe gerade als Freundin gesprochen und nicht als Therapeutin. Das ist eine der ständigen Gefahren. Tut mir leid, Cat. Ich sage nichts mehr über Joe. Es war viel zu früh.«

Ich beließ es dabei. Eigentlich vergrub ich es tief und vergaß es. Zumindest dachte ich das. Aber als ich jetzt in den Spiegel starrte, sah ich uns, Joe und mich, während der letzten zwei Jahre, als stünden wir auf einer Bühne, und ich sähe aus dem Zuschauerraum zu.

Anfangs hatte er keine Einwände gegen meine Besuche bei Corinne geäußert, er hatte nur gesagt: »Es ist schade, das alles noch einmal aufzurollen, nachdem du schon deinen Frieden damit geschlossen hast. Aber wenn du unbedingt willst ...«

»Das will ich«, sagte ich. »Ich mache es für uns beide.«

»Meinetwegen mußt du es nicht tun«, gab er zurück. »Ich mag uns genauso, wie wir sind. Ich liebe dich so, wie du bist.«

Aber er sagte nichts weiter, und ich begab mich auf die lange Reise mit Corinne durch die Trümmer meiner Kindheit, von denen ich nicht erwartet hatte, sie wiederzufinden.

Wenn ich anfangs bleich und erschöpft nach Hause kam oder in der Nacht weinte, nahm er mich in den Arm und tröstete mich. Aber bald schienen ihn die Krisen der Furcht und Traurigkeit, die sich zweimal wöchentlich einstellten, zu irritieren und zu ärgern.

»Ich kann nicht mitansehen, was diese Therapie mit dir macht«, sagte er, strich mir das Haar aus dem Gesicht und hielt mich fest an sich gedrückt. »Sie bringt dich um und ist zudem völlig überflüssig. Ich werde mit Corinne sprechen ...«

»Nein«, sagte ich. »Nein, Joe. Sie ist *nicht* überflüssig. Das ist eine Arbeit, die ich damals nicht geleistet habe. Ich muß da durch, ich kann mich nicht darum drücken. Sag nichts zu Corinne, das ist *meine* Therapie.«

Danach versuchte ich zu weinen, wenn er mich nicht hören konnte. Ich glaube, es gelang mir auch. Er sprach die Sache nicht wieder an.

Aber er begann mich zu necken, kleine Hiebe, die mich verletzt hätten, wären sie nicht so witzig gewesen. Joe war und ist ein sehr humorvoller Mann. Er hat ein sehr genaues und bösartiges Auge und Ohr für Absurditäten. Corinne konnte er perfekt nachahmen, und trotz meines Ärgers mußte ich lachen, wenn er Dinge sagte wie: »Nun sag mal, Catherine, wann hast du denn zum letzten Mal diese schreckliche Angst, auf Hängebrücken zu vögeln, bemerkt?« oder »Heute werden wir auf die Brücke gehen und den ganzen Nachmittag dort sitzen. Du wirst sehen, daß nicht ein einziges Paar kommt, um dort den großen Ritus zu vollführen.«

Aber diese Vorfälle erwähnte ich Corinne gegenüber nie. Irgendein kleiner, tief versteckter, gesunder Teil in mir wußte genau, was sie daraus machen würde.

Als ich später die Anzahl meiner Sitzungen bei ihr auf dreimal wöchentlich erhöhte, weil ich zum ersten Mal einen Spalt Tageslicht in meiner Mauer der Angst sah, begann Joe mir zusätzliche Aufgaben aufzudrängen. Er band mich noch mehr in die Angelegenheiten des Colleges ein, obwohl ich bereits mehr Komiteesitzungen und Tee- und Kaffee-Einladungen hatte, als ich absolvieren konnte, verabredete noch mehr Abende bei Freunden zu Hause und noch mehr Feste in unserem eigenen Haus.

»Du scheinst noch ungenutzte Energien zu haben«, sagte er, als ich schließlich vorsichtigen Protest anmeldete. »Ich dachte, du würdest gerne auch einmal etwas mit mir machen.«

»Aber Liebling, natürlich!« rief ich. »Ich wollte dich nicht vernachlässigen. Mir war nicht klar, daß ich das getan habe...«

»Na ja«, sagte er. »Ich weiß ja, daß dich diese Therapie sehr beschäftigt.«

Also besuchte ich die zusätzlichen Komiteesitzungen und ging auf Partys und gab welche. Aber ich reduzierte die Therapie nicht.

Schließlich, um die Mitte des zweiten Jahres, begann ich mit Corinne, vom Berg aus Ausflüge zu machen. Anfangs ganz kleine, Fahrten an den Fuß des Berges und wieder hinauf, oder eine Fahrt in ihrem Auto zu einer nahegelegenen Einkaufsstraße in den Außenbezirken von Chattanooga, wo ich im Auto blieb und mit geschlossenen Augen und klopfendem Herzen wartete, bis sie wieder aus dem Laden kam. Als wir zurückkamen, war ich naß von Schweiß und Tränen, und so schwach, daß ich sofort nach Hause gehen und mich hinlegen mußte, aber ich schaffte es. Vorher hatte ich es nicht geschafft. Bald fuhr ich mit dem eigenen Auto, und sie saß auf dem Beifahrersitz, und wir fuhren weiter weg und blieben länger. Die Ausflüge waren anstrengend – ich kann niemandem klarmachen, wie anstrengend –, aber ich wußte, daß ich es schaffte und daß mich die Angst nicht umbrachte. An einem Tag im Januar, an dem wir bis nach Atlanta gefahren und in einem Hamburgerlokal vor der Stadt zu Mittag gegessen hatten, ohne daß ich auch nur eine einzige Valium nahm, verkündete Corinne, es sei nun an der Zeit, daß ich einige Ausflüge ohne sie unternahm.

Augenblicklich war die Angst wieder da, mit all ihrem alten, kalten Druck.

»Das kann ich nicht«, flüsterte ich. »Ich kann das nicht allein.«

»Ich habe ja nicht gesagt, daß du allein fahren sollst«, sagte sie. »Ich sagte, ohne mich. Du stützt dich zu sehr auf mich. Bitte Joe, daß er mit dir fährt. Bestimmt weiß er, wie wichtig das für dich ist und wieviel Mühe du dir gegeben hast.«

»Ich habe ihm von den Ausflügen nichts erzählt«, erklärte ich, ohne sie anzusehen.

Sie sagte nichts.

Als ich ihn fragte, wollte er nicht fahren.

»Ich kann einfach nicht, Süßes«, sagte er beim ersten Mal. »Mitten im Quartal, das ist einfach die schlimmste Zeit für mich, jetzt, da Carlton und Hank nicht da sind. Kann das nicht bis zum Anfang des nächsten Quartals warten?«

Zu Beginn des nächsten Quartals hatte er einen weltberühmten Dichter für drei Wochen voller Seminare und Empfänge auf den Campus eingeladen. Es war eine großartige Sache, und ich sah ein, daß er den königlichen Besuch nicht unterbrechen konnte, um mit mir dreißig Meilen zu einem Hamburgerlokal zu fahren.

Im März verknackste er sich den Knöchel beim Tennisspielen.

Ich nahm eine dreifache Dosis Valium und machte den ersten Ausflug ganz allein, in einem weißen Nebel aus Beruhigungsmittel und Panik. Es grenzte an ein Wunder, daß ich dabei niemanden über den Haufen fuhr. Den zweiten machte ich mit zwei Valium, und auf meinem dritten Ausflug nahm ich nur eine, obwohl die Angst wirklich schrecklich war. Ich erzählte weder Joe noch Corinne, daß ich allein gefahren war.

Noch immer sah ich nichts Ungewöhnliches an Joes Weigerung, mit mir zu fahren. Wir sehen wirklich nur das, was wir sehen müssen, und nichts anderes.

Ende April wollte Corinne, daß Joe und ich den Berg verließen, um für ein Wochenende irgendwohin zu fahren.

»Mietet euch in einem Edelhotel in Atlanta ein«, sagte sie und grinste anzüglich. »Dort laßt ihr euch vom Zimmerservice versorgen und den Alkohol in Strömen fließen und vögelt, bis ihr nicht mehr könnt. Ich kann aus eigener Erfahrung das Wochenend-Sonderangebot im Ritz Carlton in Buckhead empfehlen.«

Ich lachte und reservierte noch am selben Nachmittag ein Zimmer. Als wir am Abend bei einem Gläschen zusammensaßen, erzählte ich Joe davon. Ich dachte, er wäre angetan von dem, was ich erreicht hatte, und ich wußte, daß er das Buckhead Ritz Carlton mochte. Er übernachtete dort, wenn er zu Spendenaktionen für Ehemaligentreffen oder Anglistenkongresse in Atlanta war.

»Wie findest du das?« sagte ich und spähte über den Rand meines Wodka-Tonic. »Ich könnte mir ein neues Negligé kaufen, das du mir herunterreißen kannst. Oder etwas Exotisches, um den ehelichen Freuden nachzuhelfen. Wir könnten uns ein Pornovideo ausleihen.«

Er sagte nichts, und er sah mich nicht an.

»Ich finde einfach, wir sollten nicht beide zur selben Zeit wegfahren, Cat«, sagte er schließlich. »Was ist, wenn ... wenn Lacey ganz plötzlich nach Hause kommen möchte? Willst du denn nicht für Lacey zu Hause sein?«

Ich erzählte Corinne davon. Diesmal mußte ich es erzählen. Sie schwieg eine Weile, dann seufzte sie, stand auf und ging zum Fenster, um in das junge Grün hinauszusehen, das den Berg überzog.

»Ich werde dir jetzt einen Vortrag halten, Cat, und dann werde ich das Ganze nicht mehr erwähnen. Du kannst dir aussuchen, was du tun willst. Wenn du lieber aufhören möchtest, habe ich nichts dagegen. Wirst du mir zuhören?«

Sie drehte sich nicht zu mir um.

»Ich werde dir zuhören«, erklärte ich.

»Gut. Ich glaube, bei der ganzen Sache – der Angst, Joes eigentümlicher Reaktion auf deinen Umgang mit der Angst, und deine *äußerst* ungewöhnliche Reaktion auf seine Reaktion – geht es um Kontrolle. Nur um Kontrolle. Hier oben kannst du deine Welt unter Kontrolle halten ... und du hast dir eine erstaunliche Welt geschaffen. Sie ist geordnet, sie ist heiter, sie ist schön. Nur sehr wenige Menschen können so leben wie du und Joe, und fast niemand kann es an einem Ort wie diesem. In der Domäne. Der berühmten Domäne. Du hast deine Welt unter Kontrolle, du kontrollierst Joe, und er kontrolliert dich. Und das alles unter dem Vorwand einer Art ... Besonderheit. Wer, wenn er noch alle Tassen im Schrank hat, würde schon freiwillig aufhören, jemand Besonderer und Wunderbarer zu sein? Joe nicht. Und du auch nicht. Ich weiß, daß du als Kind einen schrecklichen Schock erlebt hast und daß du ein paar scheußliche Jahre mit deinen Großeltern durchmachen mußtest. Aber schau dir an, wie du lebst, seit du so eng mit Trinity verbunden bist. Ich glaube nicht, daß du Angst hast, die Sicherheit zu verlieren, du hast vielmehr Angst, nichts Besonderes mehr zu sein. Hier oben bist du keine einfache Hausfrau, du bist ein Teil der Domäne. Joe ist kein gewöhnlicher Englischprofessor, er ist Leiter des anglistischen Instituts in der Domäne. Auf dem Berg. Glaubst du, er wünscht sich, daß du hinunterrennst ins Flachland und das Paradies verläßt, wann immer du das willst? Verdammt noch mal, natürlich nicht; denn er müßte mit dir gehen oder er würde dich verlieren, und beides will er verhindern. Mach weiter, Cat. Fahr allein. Miete dich im Ritz ein, lies ein paar tolle Bücher, genieße das Essen, den Swimmingpool und die Geschäfte, trinke Champagner, schau fern und laß dich ein auf das wirkliche Leben. Soweit man natürlich das Ritz Carlton als wirkliches Leben bezeichnen kann. Wenn du jetzt nicht gehst, glaube ich nicht, daß du es jemals schaffen wirst.«

Das war eine lange Rede für Corinne, und ihre untersetzte Gestalt wirkte leidenschaftlich und angespannt. Aber sie drehte sich nicht zu mir um. Ich wußte nicht, was ich sagen sollte und stand schweigend da.

»Und was wäre, wenn Lacey aus irgendeinem Grund nach Hause kommt?« sagte ich mit brüchiger Stimme und wußte schon, während ich die Worte aussprach, wie lächerlich das klang.

»Cat, Lacey kommt nicht mehr nach Hause«, sagte Corinne. »Das weißt du doch. Du hast dir alle Mühe gegeben, damit sie nicht mehr nach Hause kommen muß, und es ist dir gelungen. Du weißt, daß sie nicht kommen wird, und Joe weiß es auch.«

»Ja«, flüsterte ich. »Ich weiß, daß sie nicht kommt.«

Und ich drehte mich um und verließ Corinnes Büro.

Ich ging nicht mehr zurück. Als ich sie anrief, um ihr von meinem Entschluß, die Therapie zu beenden, zu erzählen, sagte sie nur: »Na ja, wahrscheinlich war es an der Zeit. Du hast gute Arbeit geleistet, und das meine ich wirklich ernst. Bleiben wir weiter Freundinnen?«

»Für immer«, sagte ich voller Überzeugung. »Für immer. Ich werde nie vergessen, was du für mich getan hast.«

»Dann überweise mir mein Honorar«, sagte sie lachend, und ich lachte ebenfalls und hängte auf. Ich fühlte mich erlöst und schwach vor Erleichterung. Zwischen Corinne und mir war alles in Ordnung. Alles war wie immer. Ich konnte ihre Freundin bleiben, sie zu meinen Partys einladen, und Joe würde sie weiterhin auf den Kollegiumssitzungen und im Club sehen. Und der Frühling war da, der unbeschreiblich schöne, grüne Frühling auf dem Berg. Die ganze Domäne stand in Blüte.

Ich fuhr nicht ins Ritz Carlton nach Atlanta. Ich ließ mich von dem angenehmen Gesellschaftsrummel, der uns im Frühling regelmäßig überfällt, davontreiben, schmiedete Pläne für den Tag im Juni, an dem Lacey während ihrer kurzen Sommerferien nach Hause käme, bevor sie zu ihrem letzten Studienjahr nach Berkeley zurückkehrte. Sie würde nach Hause kommen und wieder weggehen. Corinne hatte recht. Lacey würde nicht mehr auf Dauer auf den Berg zurückkehren. Dafür hatte ich in der Tat gesorgt.

Bei ihrer Geburt zeigten ihre Augen nicht das Dunkelblau normaler Neugeborener, sondern waren so klar und hellblau, daß sie beinahe silbrig aussahen. Sie glänzten, als stünden Tränen darin, obwohl keine zu sehen waren. Von Anfang an war sie ein glückliches Kind. Ich kann mich nicht entsinnen, daß Lacey einmal nicht krähte, gurgelte oder laut lachte. Sie hatte Joes bezauberndes, quakendes Lachen, das bei einem Baby ziemlich lächerlich klang. Alle waren von ihr begeistert.

Ich glaube, vom ersten Augenblick an, als ich sie in den Armen hielt, spürte ich, daß etwas mit ihr nicht in Ordnung war, etwas, das mit diesen seltsamen, schönen Augen zusammenhing, obwohl ich mir das erst sehr viel später eingestand. Als ich es endlich einsah, lange nachdem Joe und der Arzt einen Verdacht geäußert hatten und auch ich ihr regungsloses Starren nicht mehr auf die unentwikkelten Augenmuskeln eines Säuglings schieben konnte, spürte ich unter dem Schmerz und der Trauer einen kurzen, heftigen Stich der Dankbarkeit. Voller Selbsthaß schob ich das Gefühl beiseite. Aber das Bewußtsein davon blieb.

»Es hätte viel schlimmer kommen können«, sagte ich zu Joe, um ihn in seinem Kummer zu trösten. »Es hätte etwas Tödliches sein können. Es hätte etwas sein können, das ihr wehtut, Schmerzen verursacht. Es hätte etwas... Verunstaltendes sein können.«

»Na, über ihr Aussehen wird sie sich keine Gedanken machen müssen, nicht wahr?« sagte er durch die ersten und einzigen Tränen hindurch, die ich jemals in seinen Augen sah. »Mein Gott, Cat, wie kannst du nur sagen, daß es ihr keinen Schmerz verursachen wird! Du weißt doch, wie die Welt blinde Menschen behandelt – wie Zurückgebliebene!«

»Nun, dann wird sie eben nicht hinausgehen in die Welt«, sagte ich voller Entschiedenheit. »Sie wird bei uns auf dem Berg bleiben. Das ist ein wunderbares Leben, hier oben hat sie alles, was sie braucht. Sie wird kaum merken, daß sie... nicht sehen kann.«

Sehr lange Zeit konnte ich das Wort »blind« nicht aussprechen.

»Du bist froh darüber, nicht wahr? Jetzt mußt du nie mehr weggehen. Sie wird dich an den Berg binden.«

Ich sah ihn kaum an und hielt mein Baby im Arm.

»Tut mir leid, Cat«, flüsterte er, und sein Gesicht verzog sich. »Es tut mir leid. Bitte vergib mir. Es ist nur... ich wünschte, ich könnte meine Augen gegen ihre austauschen. Ich... sie wird diesen wunderbaren Ort niemals sehen können. Sie wird niemals dein schönes Gesicht sehen...«

Über das Baby hinweg streckte ich meine Arme nach ihm aus, und er ließ sich hineinfallen, und einen langen Augenblick hielt ich sie beide und versuchte mit aller Kraft, die mir zur Verfügung stand, ihnen etwas Heilendes zu vermitteln. Vielleicht gelang es mir bei Joe ein bißchen. Er weinte nie wieder, zumindest nicht, wenn ich es sehen konnte. Nicht wegen Lacey.

Lacey brauchte nichts Heilendes von mir. Das hatte sie nie nötig.

Wir behielten sie bei uns. Es war Joes Entscheidung ebenso wie meine und vielleicht sogar noch mehr die seine. Ich hatte niemals den Eindruck, daß er es mir zuliebe tat. Es war nicht schwer, unser kleines Haus für ein blindes Kind umzugestalten, oder zumindest nicht für ein Kind, wie Lacey es war. Sie war angstfrei und anpassungsfähig in einem Grad, der mich, die ich das nicht bin, einfach staunen machte. Wenn sie hinfiel, rappelte sie sich auf und stolperte weiter. Wenn sie an etwas stieß, ärgerte sie sich ein bißchen und fuhr dann fort mit dem, was sie vorhatte. Wir polsterten Ecken, sicherten die Teppiche, räumten Krimskrams aus ihrer Reichweite und versuchten, sie weitgehend wie ein normales Kind zu behandeln. In dieser Beziehung war sie uns Lichtjahre voraus.

Da sie niemals etwas gesehen hatte, schien sie Gefahren, die sie nicht sehen konnte, gar nicht wahrzunehmen, und wir mußten auf sie aufpassen. Ihre anderen Sinne waren ungeheuerlich. Noch bevor sie speziellen Unterricht erhalten hatte, konnte sie sich in ihrer Welt mit Ohren, Nase und Fingerspitzen orientieren. Sie begann früh und voller Begeisterung zu sprechen, und ihr Gedächtnis war phänomenal. Corinne erklärte uns, daß Laceys IQ – »wenn so eine idiotische Sache für euch eine Rolle spielt« – möglicherweise erstaunlich sei.

»Sie muß kein eingeschränktes Leben führen«, sagte Corinne, als Lacey noch klein war. »Mit ihrer Intelligenz und ihrer Energie kann sie fast alles erreichen, was sie möchte. Fast alles tun und fast überallhin fahren. Es gibt spezielle Schulen, die ihr dabei helfen können, so normal zu leben wie jedes andere Kind. Ich habe mich erkundigt...«

»Sie wird hier bleiben«, sagte Joe. »Wir werden sie unterrichten. Später wird sie Lehrer bekommen für alles, was sie benötigt. Ich habe mich schon mit dem Nationalen Blindeninstitut in Verbindung gesetzt, sie schicken mir Informationsmaterial. Wenn es an der Zeit ist, wird sie alles haben, was sie braucht.«

»Sie braucht die wirkliche Welt, Joe«, sagte Corinne.

»Das hier ist ihre wirkliche Welt«, erklärte er. »Es gibt nichts, was sie braucht und was sie hier nicht haben könnte. Wer würde nicht gerne an so einem Ort aufwachsen? Hier wird sie niemand als blindes Kind abstempeln.«

»Aber sie *ist* ein blindes Kind«, sagte Corinne. »Das muß sie begreifen und verarbeiten, ebenso wie ihr. Du kannst sie nicht ihr ganzes Leben lang in einen Turm verbannen. Was geschieht, wenn sie etwas will, was sie hier oben nicht haben kann? Was passiert, wenn sie einmal heiratet und ihr Ehemann irgendwoanders leben möchte... falls ihr überhaupt jemanden nahe genug an sie heranlaßt? Was passiert, wenn ihr einmal sterbt, oder habt ihr vor, das nicht zu tun?«

Sie stritten sich über Lacey beinahe so heftig, wie sie über alles andere debattierten. Nach dieser Auseinandersetzung sprach Joe einfach nicht mehr mit Corinne über Lacey. Und sie erwähnte den Streitpunkt ebenfalls nicht mehr. Lacey blieb bei uns auf dem Berg, in unserem kleinen Haus und dem ummauerten Garten, und sie lernte Blindenschrift und einfache Orientierungsfähigkeiten von einem jungen Blindenlehrer, der jeden Tag aus dem Flachland heraufkam. Ihre Schularbeiten bewältigte sie mit Freude und Leichtigkeit, sie spielte zufrieden in ihrem Kinderzimmer oder in unserem Garten mit den Kindern von Freunden und Kollegen, die jeden Nachmittag und am Wochenende kamen, und sie hatte Spielsachen, Haustiere, einen Radioapparat und einen Plattenspieler. Sie genoß es, dem Ton des Fernsehers zu lauschen.

Joe und ich verbrachten praktisch unsere gesamte Freizeit mit ihr. Diese ersten Jahre erlebte ich als die Jahre, in denen der Berg zu uns kam. Wir gingen nicht aus, aber wir litten nie unter einem Mangel an Gesellschaft, und Lacey auch nicht. Sie war ein hübsches, koboldhaftes Kind, so klein und rundlich wie meine Mutter, aber mit Joes dichtem, hellem Haar. Und sie hatte schöne, strahlende blaue Augen, die fesselnd wirkten. Wenn sie diese Augen, vom Klang der Stimme geleitet, auf einen richtete, vergaß man beinahe, daß sie nichts sehen konnte. Ihr Lachen klang glockenhell, und jeder, der sie kennenlernte, liebte sie. Irgendwie gelang es uns, sie nicht zu verwöhnen. Ich glaube wirklich, daß es ihr sonniges Gemüt und die enorme Neugier waren, die das verhinderten.

»Manchmal vergesse ich stunden- oder sogar tagelang, daß sie nichts sehen kann«, sagte Joe gelegentlich, und ich mußte ihm zustimmen. Ich war stolz und dankbar, daß es uns gelang, unserem Kind eine Welt zu schaffen, in der das Sehen tatsächlich unnötig war. Ich war glücklich damals, nicht weniger glücklich, als ich es vorher gewesen war. Es kam mir so vor, als umfasse unser Mikrokosmos alles Wertvolle und Schöne der Welt.

Ich dachte niemals lange voraus. Lange Zeit sah ich dafür keine Notwendigkeit.

Als sie zehn war, begannen Joe und ich das Haus zu planen, in dem wir den Rest unseres Lebens verbringen wollten. Seit Jahren hatten wir darüber geredet, und endlich kauften wir ein Grundstück. Es waren die rückwärtigen eineinhalb Hektar eines alten Guts, das direkt am Felsabbruch lag und bis zu dem Granitfelsen, der die Grenze zwischen dem festen Land und der reinen Luft bildete, dicht und gleichmäßig mit niedrigen Laubbäumen, Hartriegel, Lorbeer und Rhododendren bewachsen war. Es hatte einst dem ersten heimatverbundenen General gehört, der sich nach »jenen unangenehmen Ereignissen« auf den Berg zurückgezogen hatte, um seine Wunden zu lecken und die Bergfeste zu errichten, wo die Söhne der Konföderierten wiederum das lernen konnten, was ihre Väter in den Krieg getrieben hatte. Der letzte seiner Nachfahren war gestorben, und Joe hatte den Nachlaßverwaltern sein Gebot unziemlich früh nach der Messe in Allerseelen überreicht. Es gab sehr viel höhere Gebote, aber sie kamen alle aus dem Flachland, und ich vermute, daß die Treuhänder wußten, was ihre Pflicht war. Ein befreundeter Architekt setzte unsere Ideen in Zeichnungen um, und als wir uns an einem Abend mit ihm zusammensetzten, um die Pläne zu besprechen, saß Lacey daneben, den Kopf auf Joes Knie gelegt. Wir schenkten ihr wenig Aufmerksamkeit. So saß sie oft bei uns, wenn wir Freunde zu Besuch hatten, und unterbrach uns selten. Meist hatte sie sich in ihre eigene Welt zurückgezogen, die Welt hinter ihren Augen, in die wir ihr nicht folgen konnten. Dort hielt sie sich oft auf.

Philip sprach darüber, wie die neuen Zimmer ausssehen würden, und wie wir darin leben würden, und wie er sich vorstellte, daß die Möbel und Bilder, die wir angesammelt hatten, dort hineinpaßten. Er sprach von der Luft, der Sonne, dem Raum und dem sagenhaften Panorama, die das Grundstück bot, und die er ebenso als Teil des Hauses einplante wie die Steine, den Mörtel und die Eichenbalken. Er sprach davon, daß der Raum und die Luft ein architektonisches Element seien und wie sich die Wände scheinbar endlos öffnen würden, um Sonne, Regen und den Wechsel der Jahreszeiten ins Haus zu lassen.

»Ich stelle es mir vor wie ein Haus ohne Grenzen«, sagte er. »Wie ein Haus, in dem ihr nicht wißt, wo das Gebäude endet und die Wälder und der Himmel beginnen. Das hier war zwar ein hübsches Haus für den Anfang, Kinder, aber in diesen kleinen Zimmern lebt ihr ja wie in Schuhschachteln. Das ist ein Kaninchenbau. Und so altmodisch. In dem Haus, das ich für euch bauen werde, werdet ihr leben wie im Wald, mit den Bäumen als Dach und der ganzen Welt als Garten.«

Da begann Lacey zu schreien. Innerhalb von Sekunden war sie völlig hysterisch und so in Atemnot, daß wir schließlich einen Kinderarzt rufen mußten. Erst nach einer Beruhigungsspritze und viel Festhalten und Wiegen konnten wir ihr Worte entlocken.

Lacey hatte Angst, aus dem neuen Haus direkt in den freien Raum zu fallen. Und Philips Worte über das einzige Haus, das sie kannte, trieben sie zur Verzweiflung.

»Das ist gar nicht wahr, so sind sie nicht!« sagte sie über die Zimmer, die er als Schuhschachteln, als Kaninchenbau beschrieben hatte. »Das stimmt nicht! Unser Haus ist schön! Ich hasse das neue Haus! Ich will dort nicht wohnen! Ich gehe hier nicht weg!«

Zum ersten Mal wurde mir klar, daß die Welt, die sich Lacey hinter ihren Augen errichtet hatte, größer und schöner war als alles Irdische. Wenn wir »Haus« sagten, dann sah Lacey etwas Wundervolles, Strahlendes, für uns Unvorstellbares. Wie hätte es auch anders sein sollen? Welche Vergleichsmöglichkeiten hatte sie?

Und zum ersten Mal erkannte ich, was Joe und ich ihr antaten, wenn wir sie auf dem Berg hielten, fern von der übrigen Welt.

Am nächsten Morgen besuchte ich Corinne Parker, und im Herbst war Lacey für das Langzeit-Rehabilitationsprogramm für Kinder am Sehzentrum Cleveland eingeschrieben. Als sie im September fortging, um das Leben in der Welt zu lernen, wurde sie natürlich von Joe und nicht von mir begleitet. Corinne war der Meinung gewesen, das sei am besten so, und die Leute im Sehzentrum ebenfalls.

»Sie hat jetzt schon Angst«, sagte Corinne. »Und bei ihrem Einfühlungsvermögen wird sie unausweichlich deine Angst vor dem Wegfahren spüren, ohne sie zu verstehen, und annehmen, sie begebe sich da draußen in Gefahr. Joe soll sie allein hinbringen. Sie weiß, daß er einen Beruf hat und nicht bei ihr bleiben kann, und darum ist es leichter für sie, ihn gehen zu lassen. Weine nicht, Cat. Es ist das Beste für sie, und es wurde höchste Zeit. Jetzt beginnt ihr wirkliches Leben.«

Aber ich weinte dennoch. Ich weinte nicht nur um mein Kind, mein Kind mit den Silberaugen, das in seiner Blindheit Paläste, Einhörner und Wunder sah, und jetzt lernen mußte, nur noch die Wirklichkeit wahrzunehmen, sondern auch um Joe, der in schmerzlicher Liebe zu ihr lebte und sie nun der Aufsicht Fremder überlassen mußte – und um mich. Ich würde sie so sehr vermissen wie meine Hände oder das Klopfen meines Herzens, und ich würde jeden Augenblick Angst um sie haben.

Und voller Haß registrierte ich, daß ein guter Teil meiner Tränen auch in purer Dankbarkeit floß, weil niemand von mir verlangt hatte, den Berg zu verlassen. Denn ich wußte Bescheid.

Natürlich war es die richtige Entscheidung. Lacey lernte ausgezeichnet. Wie ein Verhungernder alles Eßbare schlang sie Wissen in sich hinein; wie in die Arme eines Liebhabers warf sie sich in die Welt, deren Gestank, Dreck, Gefahren, Bösartigkeiten und Herrlichkeiten. Sie besaß die notwendigen Gerätschaften dazu: den Tongeber, der ihr durch Resonanzen dabei half, Entfernungen und Positionen abzuschätzen, den weißen Stock, die zahlreichen Tricks, wie das Kochen nach Geräuschen und die Anordnung von Essen in Uhrzeigerpositionen auf ihrem Teller, den Computer, der ihr Zugang zur Welt der Wörter ermöglichte und auf dem sie in Blindenschrift ausdrucken konnte, was immer sie wollte. Und die wunderbaren Hunde, mit denen sie sich fast wie eine Sehende in der Welt bewegen konnte. Der erste, der nach Luke Skywalker Luke genannt worden war, liegt inzwischen im Garten des neuen Hauses, das sie schließlich doch lieben lernte, unter ihrem liebsten Rotahornbaum. Der zweite, ein liebevoller schwarzer Labrador namens Joe, nach ihrem Vater, ist mit ihr in Berkeley und wird sie auch an die Western Michigan University nach Kalamazoo begleiten, wo sie sich mit ihrem Graduiertenstudium auf die Arbeit zur Rehabilitation anderer sehbehinderter Menschen vorbereitet.

Als sie uns von diesen Studienplänen erzählte, neckte Joe sie mit dem Namen Kalamazoo.

»Kalamazoo? Wieso willst du denn ausgerechnet in Kalamazoo studieren? Das klingt ja wie ein scheußliches russisches Dorf.«

Ich wußte, daß er sich Hoffnungen gemacht hatte, sie würde zum Graduiertenstudium zurück auf den Berg ins Trinity kommen, obwohl er das ihr gegenüber natürlich nicht erwähnte. Aber er war auch stolz, daß sie ihr Leben der Arbeit mit anderen blinden Menschen widmen wollte. Und dabei konnte ihr das Trinity nicht helfen.

»Na und?« Lacey grinste. »Das macht Joe und mir doch nichts aus. Ich kann Kalamazoo nicht sehen, und er weiß nicht, wie man es schreibt.«

Als Lacey nach Europa fuhr, war der Hund Joe bei uns im Haus am Felsabbruch geblieben, und auch wenn er freundlich und gut erzogen war, und Joe und mir gehorchte, so wußte ich doch, daß er sich nach Lacey sehnte und sein Herz mit ihr reiste. Oft drehte er den großen Kopf zu der Tür, durch die sie beim Abschied verschwunden war, und als er lange vor mir das Tappen ihres Stocks auf dem Weg hörte, nachdem Joe sie in Atlanta vom Flughafen abgeholt hatte, ließ er ein Bellen hören, das freudiger war als jeder Ton, den ich kannte. Vorher hatte er nie gebellt, nicht für uns.

Ja, ich hatte vor so vielen Jahren die richtige Entscheidung getroffen. Lacey lebte fast ganz und gar in der nach außen gewandten Welt, und es war die Welt, die sie sich gewählt hatte, und Joe und ich lebten im Haus unserer Träume in der Welt, die wir uns gewählt hatten. Er war der Institutsleiter, der er immer hatte werden wollten, mit Dekanswürde und einer absehbaren weiteren Karriere, und ich hatte alles, was ich mir immer gewünscht hatte, in Reichweite und die Welt jenseits des Berges ebenfalls, wenn ich es wollte.

Ich streckte die Hand aus und berührte die Nase der Frau im Spiegel.

»Eigentlich hat sich gar nichts geändert«, sagte ich zu ihr. Sie sah nicht ganz überzeugt aus. Ihre Augen waren von Zweifeln umschattet.

»Nicht wirklich«, sagte ich zu ihr. »Es ist immer noch dieselbe Welt, deine und Joes Welt. Ganz genau dieselbe, die sie immer gewesen ist. Vielleicht strahlt sie nicht mehr ganz sosehr, vielleicht hat die Welt jenseits des Berges sie etwas trübe werden lassen. Aber es ist noch immer dieselbe. Und du auch. Und er.«

Und ich biß mir auf die Lippen, um sie röter erscheinen zu lassen, einen Trick, den ich mit elf Jahren bei der Lektüre von *Vom Winde verweht* gelernt hatte, und ging zurück zu meinen Partygästen.

Colin Gerard war Joes Ziehkind. Er war während der ganzen vier Jahre seines Studiums Joes Lieblingsstudent gewesen, der Star seiner kleinen Seminare und Prüfungskurse, der Auserwählte, der designierte Thronfolger. Die meisten Professoren am Trinity haben solche Studenten. Colin stammte aus einer alten Familie aus Richmond, in der es von Bischöfen, Generälen und Akademikern nur so wimmelte, und mindestens drei seiner Vorfahren hatten ebenfalls das Trinity besucht. Er gliederte sich in die Welt des Berges so leicht ein, als sei er dort geboren. Sein Spezialgebiet waren die Dichter um die Zeitschrift »The Fugitive«, und obwohl Colin längst seinen Abschluß gemacht hatte und inzwischen Joes Assistent war, sprach Joe noch immer von seiner Arbeit über Allen Tate.

Ich wußte, daß Colin vorhatte, für immer am Trinity zu bleiben, wenn nicht eine unvorstellbare, unvorhergesehene Katastrophe geschah. Meiner Ansicht nach war er ein junger Mann, den die Gene für den Berg geradezu programmiert hatten: auf etwas schlampige Art gutaussehend, mit zartem Knochenbau, graziös und mit der beiläufigen Lässigkeit, die gut zu einem Talar paßt, humorvoll auf jene sarkastische, selbstverachtende Weise, die hier oben so bewundert wird, Mitglied der Leichtathletikmannschaft, Präsident seiner Studentenverbindung und Anführer seiner Freundesclique, ein kultivierter Bourbontrinker und von brillanter Klugheit. Er wurde in fast jedes Amt gewählt, für das er sich bewarb, erhielt beinahe jede Ehrung, die das Trinity zu bieten hatte, und außerdem war seine Familie auch noch ziemlich reich. Alter Reichtum. Colin Gerard ist das, was ich unter einem »Goldjungen« verstehe. Wie, um Himmels willen, er sich derart blind in Maria Facaros Condon aus Newark, New Jersey, verlieben konnte, war auf dem Campus ein Thema, über das viel spekuliert und eine Menge geklatscht wurde. Colin hätte sich eine sehr viel bessere Frau aussuchen können, lautete die allgemeine Meinung.

Maria kam mit einem Vollstipendium aufs Trinity, um hier politische Wissenschaften zu studieren. Sie lernte Colin in ihrem ersten Studienjahr kennen, als er gerade drei Jahre hier war. Doch Chemie kann man nicht erklären; sie ist dunkel, untersetzt, klein, hat einen wilden Haarschopf und so große Brüste, daß man auf dem Campus darüber lacht. Außerdem ist sie so schweigsam, daß ich sie, bis sie mit Colin auf unsere Partys kam, nie ein Wort sprechen hörte. Auch dann sagte sie nur wenig. Sie ist ungeheuer gescheit, und da sie nicht durch Aktivitäten außerhalb des Studiums abgelenkt wird, sind ihre Noten sogar noch besser als die von Colin. Ihr Graduiertenstudium absolvierte sie mit einer Leichtigkeit, von der die Kollegiumsmitglieder heute noch schwärmen, und sie wird als die beste junge Lehrerin am Trinity betrachtet. Um Kleidung kümmert sie sich wenig, sie trägt kein Make-up, und obwohl sie ein hübsches, fast mittelalterlich wirkendes Gesicht und eine wirklich schöne, tiefe, füllige Stimme hat, gibt es außer ihrer Klugheit und ihren Brüsten nur wenig Bemerkenswertes an ihr. Colin ist ihr vollkommen ergeben. Wenn die beiden zusammen sind, brodelt er geradezu vor Erregung, und sie ebenfalls, und es gelingt ihnen fast ständig, einander irgendwie anzufassen. Abhängig vom Blickwinkel fühlt man sich in ihrer Gesellschaft entweder unwohl oder man amüsiert sich. Wie kann er nur? fragt sich der gesamte Campus immer wieder. Es ist, als wäre er mit einer Kuh zusammen.

Natürlich würde niemand offen sagen, daß sie gewöhnlich ist, aber wenn sie mit anderen zusammen ist, dann hängen diese Worte in der Luft.

Ich mag sie gern, und ich mag Colin lieber, weil er sie liebt. Mit ihm bin ich nie richtig warm geworden. Maria Condon ist, so wurde mir schließlich klar, wie ich, nur in einer anderen Haut. Eine Außenseiterin.

»Vor allem, weil sie keine Konkurrenz für ihn ist«, sagte ich einmal zu Joe, als er zum tausendsten Mal fragte, warum Colin meiner Meinung nach so verschossen in sie sei. »Er ist tausendmal hübscher als sie. Schau doch, was er an ihr hat: dieser Busen und Essen, Bett und ewige Bewunderung und dazu noch ihre Klugheit, auf die er verweisen kann, wenn jemand zu sehr auf sie herabschaut. Und was das Beste ist, sie ist seiner Mama ein Dorn im Auge. Kannst du dir vorstellen, wie es für Lucy Semmes Gerard sein muß, sie in die edle Gesellschaft von Richmond einzuführen? Mach Maria nicht schlecht, Joe. Ich mag sie außerordentlich gern. Weißt du, sie ist genau wie ich.«

»Wovon redest du?« protestierte er. »Du warst immer elegant, eine richtig schöne Elfe. Ein kleiner griechischer Junge, ein Athener an der Schule Platos. Das bist du selbst jetzt noch. Sie hingegen ist eine athenische Wirtstochter.«

»Vielleicht eine sizilianische. Sei nicht so arrogant, Liebling, das steht dir nicht. Was stört es dich, solange Colin glücklich ist? Und er ist wirklich glücklich! Ich finde, sie sollten möglichst bald heiraten, bevor sie noch glücklicher werden. Könntest du sie nicht fragen, ob sie gerne in unserem Garten Hochzeit feiern möchten? Ich weiß, daß er ihn sehr mag, und das würde möglicherweise das Problem mit seiner Mama lösen.«

Aber heute abend hatte Colin verkündet, daß er und Maria beschlossen hätten, in Rom zu heiraten, auf Michelangelos schöner Piazza del Campidoglio, während der Feiertage um den kommenden vierten Juli. Und, fügte er hinzu und sah sich grinsend im Raum um, am Abend zuvor finde in Trastevere ein Essen statt, zu dem wir eingeladen seien, wenn wir Zeit hätten. Es würde von Sam Forrest auf seinem Dachgarten veranstaltet.

Es folgte eine kleine Lärmexplosion und ein aufgeregtes Geschnatter, soweit so etwas auf dem Berg überhaupt möglich war. Sam Forrest! Er war Amerikaner und lebte seit Jahren in Italien, ein Maler von solcher Berühmtheit und solchem Charme, daß es kaum einem internationalen Hochglanzmagazin gelang, eine Ausgabe zu veröffentlichen, ohne ihn und seine schöne italienische Frau Ada mit ihren legendären Partys und seinen extravaganten Ausstellungen und Vernissagen zu erwähnen. Seine riesigen Gemälde in obszönen, flammenden Farben und von wilder Eleganz hingen in jedem wichtigen Museum der Welt und in den meisten großen Privatsammlungen. Die ganze Welt wußte Bescheid über seine Affären, Fehden und Raufereien, und auch über die Zeiten, da er sich in seinem Studio einschloß oder in einen gemieteten Raum zurückzog und wie besessen oft monatelang malte, bis er dünn und erschöpft wiederauftauchte, mit einem Werk, das für eine neue Ausstellung reichte. Irgendwie gelang es ihm, sich nicht zu wiederholen, und bisher hatte nichts seinen kometenhaften Aufstieg ins Schwanken gebracht. Sein Talent war wirklich immens. Das Leben, das er mit Ada Forrest führte, war, wie er in den Zeitschriften immer wieder verkündete, genau das Leben, das ein Künstler führen mußte. Keiner der beiden verlangte etwas vom anderen oder kümmerte sich darum, was der andere tat. Und was sie, gemeinsam oder getrennt, taten, war so bekannt wie seine Gemälde. Sam Forrest. Was hatte Sam Forrest mit diesem jungen Universitätsassistenten und diesem schwerfälligen Kind aus Newark, New Jersey, zu tun?

»Hast du diese Hochzeit in einem Radiowettbewerb gewonnen?« bemerkte Hays Bennett.

»Er gehört eigentlich zur Familie«, sagte Colin und lächelte breit vor Zufriedenheit.

»Aha, zur Familie«, sagte Hays. »Aus der Familie deiner Mutter oder deines Vaters?«

»Nun... eigentlich zu Marias Familie. Er ist ihr Onkel oder so etwas. Angeheiratet. Ich glaube, er hat die Kusine ihrer Mutter geheiratet. Die Familie lebt noch heute in Florenz.«

»In Neapel, Colin«, sagte Maria mit ihrer rauchigen Stimme. Sie lächelte ihn nachsichtig an. »Im Mezzogiorno. Das ist ein gewaltiger Unterschied.«

»Nun, wo auch immer«, sagte Colin. »Ist das nicht toll? Nicht einmal ich wußte etwas davon, und dann gibt sie mir diesen Brief von ihm...«

Wir alle sahen Maria an. Sie senkte die Augen.

»Das klingt so prahlerisch«, murmelte sie.

»Na ja, auf jeden Fall seid ihr alle eingeladen«, krähte Colin. »Und jetzt, vor Gott, den Menschen und dieser Versammlung, wollen Maria und ich eine offizielle Einladung an Joe und Cat aussprechen, uns zu begleiten und mit uns durch die Toskana zu reisen. Unsere Flitterwochen. Ist das nicht hinreißend? Wie wäre es, Joe? Zeig uns das Italien der Literatur. Sei unser Cicerone.«

Alle wurden still. Joe sagte nichts. Ich spürte Hays' Blick auf mir.

»Komm, wir machen es«, sagte ich, während mein Herz unter der Seidenbluse ausschlug wie ein wildes Pferd. »Wir machen es einfach.«

»Mein Gott, ich würde ja liebend gerne, aber wir können nicht«, sagte Joe. »Cat kann nicht...«

»O doch«, sagte Corinne Parker. »Cat kann schon.«

»Kannst du wirklich?« Joe sah mich an. Alles Unausgesprochene und nie Gesagte hing zwischen uns in der Luft. Ich konnte den Blick in seinen Augen nicht lesen. Es waren noch immer die Augen des Fremden, der vorhin diese Bemerkung gemacht hatte.

»Ja«, sagte ich.

»Na gut«, meinte Joe lächelnd, »dann fahren wir. Auf deine Verantwortung.«

4. Kapitel

Schon vor unserer Abfahrt – schon Wochen zuvor – verwandelte sich die Welt auf dem Berg auf seltsame Weise. Alle Farben schienen viel zu leuchtend und lebhaft, und während meiner Reisevorbereitungen kam es mir so vor, als würde meine Umgebung ständig von hellen Tageslichtlampen ausgestrahlt.

»Fühlst du dich auch so, als drehten wir einen Film darüber, wie man sich auf eine Italienreise vorbereitet?« fragte ich Joe.

»Überhaupt nicht«, meinte er. »Ich habe das Gefühl, wir seien schon dort. Seit langer Zeit ist mir nichts mehr so wirklich vorgekommen wie diese Reise.«

Seit Wochen hörte er italienische Sprachkassetten, studierte Reiseführer und las ungeheuer viel über die Städte, die wir besuchen wollten. Bücher über die Hügelstädte der Toskana, über etruskische Geschichte und Kunst, über Essen, Sitten und Architektur füllten sein Arbeitszimmer und den großen Raum mit Ausblick auf den Felsabbruch, in dem wir hauptsächlich lebten. Das idiomatische Italienisch der Kassetten beherrschte er bereits fließend, und er würzte seine Gespräche mit Sätzen, die ihm gefielen.

»Buon giorno, Catti. Ho fame. Quando si fa colazione? Vorrebbe darmi un bicchiere. Dove sono i gabinetti?«

»Guten Morgen«, antwortete ich dann. »Frühstück gibt es, sobald du es dir machst. Und es ist noch etwa zwölf Stunden zu früh, um Alkohol zu trinken. Und du weißt verdammt genau, wo die Toilette ist. Joe, ist dir eigentlich klar, daß praktisch alles, was du bisher gelernt hast, mit Essen, Trinken oder dem Gegenteil davon zu tun hat?«

»Ich habe eben meine Prioritäten«, sagte er. »Na gut, wie wäre es mit *spogliati*?«

»Wenn es nichts mit Essen oder Scheißen zu tun hat, bin ich dabei«, sagte ich.

»Es heißt, zieh deine Kleider aus«, meinte er mit aufreizendem Grinsen.

»Tut man denn so etwas in Italien?« wollte ich wissen, während ich mich im Rhythmus einer imaginären Stripteasemusik langsam aus meinem Nachthemd schälte.

»Warum sollten sie denn sonst von zwölf Uhr mittags bis vier Uhr nachmittags die Läden schließen? Oh, Cat, dir wird in Italien jeder Mann in den Hintern kneifen. Bei deinem Aussehen! Geschmeidig wie eine kleine Weide, und ganz und gar blond, abgesehen von den bösartig funkelnden schwarzen Augen ...«

»Basta«, sagte ich mit heiserer Stimme, den Mund an seinen Hals gepreßt. »Ich werde dir zeigen, wo die Prioritäten liegen.«

In den Tagen vor unserer Abreise liebten wir uns sehr oft, aber ich weiß noch immer nicht, warum. Es war nicht die langsame, tiefe, honigweiche Liebe unseres etablierten Ehelebens, sondern die leidenschaftliche, fiebrige, suchende Liebe aus jener Zeit, als wir unsere Körper kennenlernten. Wir schliefen miteinander an vielen Orten, an denen wir es seit dem ersten Rausch der vollständigen Freiheit nicht mehr getan hatten: auf dem Küchentisch, dem Teppich vor dem Kaminfeuer im großen Zimmer, im Garten, im Badezimmer. Joe kam mir unersättlich vor, und ich fühlte mich ähnlich. Es war, als versuchten wir, uns das Abbild des anderen Körpers in Seele, Herz und Eingeweide einzubrennen. Es war, als hätten wir nicht mehr viel Zeit dafür. Es war, als würden wir voneinander getrennt und wollten sichergehen, daß wir einander nicht vergaßen ...

»Wir sollten wirklich mal ein bißchen Pause machen, sonst haben wir schon einen Jet-Lag, bevor wir überhaupt einen Jet gesehen haben«, sagte ich ein paar Tage vor der Abreise. Wir lagen auf dem Sofa unter der Fensterwand, die auf den Felsabbruch und den blauen Sommerhimmel darüber hinausging. Wir waren völlig nackt und schweißbedeckt, und ich mochte gar nicht daran denken, wie bald schon unsere Gäste auftauchen würden. Colin und Maria besuchten uns zu ihrem letzten Abendessen in Amerika, sie wollten am nächsten Vormittag fahren, um noch einige der scheinbar unüberwindlichen bürokratischen Hindernisse anzugehen, die zu Hochzeiten von Ausländern in Italien gehören. Auch Corinne kam.

Ich hatte toskanische Bohnensuppe auf dem Herd, und im Ofen etwas, das soweit wie möglich dem Landbrot Italiens ähnelte.

»Ich will nur sicherstellen, daß du an mich denkst, wenn dich so ein großspuriger römischer Sexbolzen anmacht, und daß du ihm den kalten Rücken zeigst«, sagte Joe.

»Ich kann mir nicht vorstellen, daß ich das jemals mit einem anderen machen möchte als mit dir«, sagte ich ehrlich und spürte, wie mir plötzlich und unerklärlich Tränen in die Augen stiegen. Ich umarmte ihn fest. Und ich dachte wieder einmal, wie wunderbar sich doch sein magerer Körper, der von unserem Schweiß geölt war und an dem ich deutlich jeden einzelnen der langen Muskeln mit meinen Fingerspitzen ertasten konnte, unter meinen Händen anfühlte. Jeder andere Körper, besonders ein dunkler, untersetzter, muskulöser, verursachte mir wahrscheinlich Übelkeit. Ich liebte alles an Joe: Geist, Herz, Seele, Hirn und auch seine Fehler und Exzentrizitäten, aber es war sein Körper und sein schönes, schmales, gedrechseltes Gesicht, das mir die Knie weich und die Zunge dick werden ließ. Ich habe mich oft gefragt, was wohl wäre, wenn er plötzlich vollkommen anders aussehen würde, etwa durch einen schweren Unfall oder eine auszehrende, verunstaltende Krankheit. Könnte ich noch immer diese fraglose, freudige Lust mit ihm spüren, die die ganzen Jahre unserer Ehe angehalten hatte? Wahrscheinlich könnte ich es inzwischen, aber es würde mir Mühe bereiten, und ich mußte vielleicht die Augen schließen...

»Ich habe nicht vor, mit Italienern davonzulaufen«, sagte ich und fuhr mit den Fingerspitzen über seinen Rücken bis dorthin, wo die Spalte an seinem schmalen Hinterteil ansetzte.

»Nein, laß das, wirklich. Wenn wir uns jetzt nicht anziehen, kommt Corinne herein und treibt uns mit kaltem Wasser auseinander.«

Ich glaube, in diesen letzten paar Tagen war Joe vollkommen glücklich. Er pfiff, er sang in der Dusche, er machte kleine, alberne Tanzschritte, wenn er zu seiner täglichen Arbeit aufbrach. Ganze Notizbücher füllte er mit dem, was wir in jeder Stadt tun und sehen sollten, und daneben legte er eine Liste mit Restaurants und Kneipen an. Fast jeder, den wir auf dem Berg kannten, war schon einmal oder mehrmals in Italien gewesen und machte Vorschläge. Joe lauschte aufmerksam und notierte, schrieb und vervollständigte seine Listen, und er lachte nur über die Bemerkungen seiner weitgereisten Kollegen über ahnungslose Reisende im Ausland und häßliche Amerikaner. Joe war weder ahnungslos noch häßlich, und das wußte er. Im Geiste hatte er Italien wohl schon so gründlich erobert wie den Berg, denn er hatte damit begonnen, sobald wir wußten, daß wir wirklich fahren würden. Der Fremde, der mich an dem Abend von unserem Frühlingsfest ein bißchen verhöhnt hatte, war verschwunden, und der Mann, den ich seit mehr als zwanzig Jahren liebte und kannte, war wieder da, und mehr als das.

Ich selbst war die Fremde.

»Ich fühle mich, als wäre ich nicht ich selbst«, sagte ich an diesem Abend in der Küche zu Corinne. »Ich bin nicht aufgeregt, ich fühle mich völlig unbeteiligt, ich habe nicht einmal Angst. Im letzten Jahr habe ich es nicht geschafft, nach Atlanta zu fahren, und jetzt soll ich bis nach Italien, und ich brauche noch nicht einmal eine Beruhigungstablette. Ich kneife mich ein dutzendmal am Tag, ob das auch alles Wirklichkeit ist, oder ob ich nicht doch einen Film anschaue oder träume. So fühle ich mich nämlich. Völlig... unwirklich. Ist das die Heilung oder eine neue Form des Zusammenbruchs, die ich noch nicht kenne?«

»Das mußt du wissen. Es ist deine Psyche«, sagte Corinne und riß ein Stück Kruste von dem noch warmen Brotlaib. »Mmmm. Gut. Keins von beiden möglicherweise. Vielleicht ist das nur eine neue Verteidigungsform deines Unterbewußtseins, ein Leuchtzeichen, daß es begriffen hat, daß du dich so weit wie nur möglich vom Berg wegbewegen wirst. Laß dich darauf ein. Es ist der klügste Teil deines Geistes. Übrigens habe ich dir ein bißchen Munition mitgebracht.«

Sie langte in die Tasche ihrer Wolljacke, zog mehrere Zettel heraus und steckte sie mir in die Schürzentasche, da meine Hände voll Olivenöl und Weinessig waren.

»Danke. Was ist das?«

»Die Namen vertrauenswürdiger, englischsprechender Therapeuten in jeder Stadt, in die du reisen wirst. Und ein paar Rezepte für Beruhigungstabletten. Außerdem meine Telefonnummer am Cape. Dort bin ich die meiste Zeit, während ihr in Italien seid.«

Ich sah sie an. Sie lächelte, aber offenbar meinte sie es ernst.

»Joe kann sich um mich kümmern, falls das nötig sein sollte«, sagte ich. »Ich werde ja niemals allein sein. Aber trotzdem vielen Dank.«

»Du brauchst selbst Sicherheiten, Cat, auch wenn es nur Pillen und die Adressen von Therapeuten sind«, sagte Corinne. Jetzt lächelte sie nicht mehr.

»Aber Joe...«

»Und was ist, wenn Joe von einem Fiat angefahren wird?«

Im stillen, weißen Schneegestöber der Unwirklichkeit sammelte sich die alte Panik, stieß zu wie eine Schlange und verschwand schnell wieder.

»Dann nehme ich die ganze Packung Tabletten und rufe einfach an, wen ich gerade erwischen kann«, sagte ich mit schneidender Stimme. »Ich kann nicht betäubt durch Italien fahren, Rinnie.«

»Mir ist lieber, du fährst betäubt, als daß du erstarrt in irgendeinem Hotelzimmer sitzt«, sagte sie. »Nimm das Zeug mit und streite dich nicht mit mir. Wenn du es nicht brauchst, in Ordnung. Italien ist schön, Cat. Es ist wirklich etwas ganz Besonderes, und auf die eine oder andere Weise ist es unser aller Ursprungsland. Laß dir nichts entgehen. Es muß ganz dir gehören, nicht nur dir und Joe.«

»Warst du dort?«

Sie lächelte und ließ sich mit der Antwort Zeit.

»Ich war dort«, sagte sie. Ihr Tonfall war so, daß ich nicht fragte, wann oder mit wem. Italien bedeutete etwas für Corinne. Ich dachte plötzlich, wie gut ich sie kannte – und wie wenig.

»Also, was soll ich dann einpacken?« wollte ich wissen.

»Klopapier und schweißstoppendes Deo.« Sie grinste. »Und laß die Pullover und Schals zu Hause. Ich habe deine Koffer gesehen. In Rom und Florenz wird es wie in einem Ofen sein, und in Venedig wie in einem Dampfbad.«

»Es ist komisch, aber wenn ich mir diese Reise vorstelle, denke ich nicht an Rom, Florenz oder Venedig«, sagte ich. »Ich meine, ich weiß ja, daß wir erst dorthin fahren, aber was ich vor mir sehe, sind die Städte auf den Hügeln. Die Städte in den Bergen der Toskana. Dort droben in den schattigen alten Mauern braucht man bestimmt Pullover und Schals.«

Ich hörte, wie Joe im Wohnzimmer Colin und Maria begrüßte. Darum trocknete ich mir die Hände ab, Corinne schnappte sich noch einen letzten Bissen Brot, und wir begaben uns ins Wohnzimmer.

»Wenn du wieder hier bist, Cat«, sagte sie über ihre Schulter hinweg, »dann müssen wir einmal über diese Städte in den Bergen sprechen. Das haben wir immer ausgespart. Ich hoffe, daß du, wenn du in der Toskana warst, einsiehst, daß eine Festung auf einem Berg nichts Besonderes ist, sondern ein Ort wie jeder andere auch.«

»Ich habe nie etwas anderes behauptet«, sagte ich und spürte, wie die Panik an mir nagte und wieder verschwand.

»O doch, das hast du«, meinte sie. »Auf tausend verschiedene Arten.«

Nach einem fast unberührten Steak zum Abendessen und einem Film, der an mir vorübergegangen war, hatte ich fast eine Stunde lang fest und schwer geschlafen, als ich mit klopfendem Herzen und dem Gefühl, eine Verabredung verpaßt zu haben, erwachte. Ich sah mich in dem stillen, abgedunkelten Passagierraum des riesigen Flugzeugs um. Die Leute schliefen zusammengesunken in ihren Sitzen oder verdreht gegen die Wand oder die Schultern ihres Reisepartners gelehnt, so wie Joe, der an meiner Schulter lehnte, den hellen Kopf halb in das kleine Papierkissen vergraben, das die Stewardeß zusammen mit den übelriechenden Decken der Fluglinie ausgeteilt hatte. Vermutlich schliefen fast alle. Ich hatte das deutliche Gefühl, der einzige wache Mensch im ganzen Flugzeug zu sein. Ich fühlte mich so einsam wie noch nie in meinem Leben, aber ich wollte Joe nicht aufwecken. So saß ich da und spürte dieser Empfindung nach, um zu sehen, was noch kommen würde.

Es kam nicht mehr viel. Bald zog sich sogar die eisige Einsamkeit tief in mein Inneres zurück, und ich konnte nur noch das leichte, andauernde Summen in meinen Adern und meinen Ohren hören, ausgelöst von der doppelten Dosis Beruhigungsmittel, die ich bei unserer Abfahrt auf dem Berg genommen hatte. Sie hatte ausgereicht, um mich durch das Autobahnlabyrinth um Atlanta zu tragen, durch den großen, vor Menschen wimmelnden, hallenden Schlund des Hartsfield-Flughafens, die endlose Wartezeit in der internationalen Abflughalle und schließlich hinein in das Flugzeug, das uns etwa neun Stunden später auf einem anderen Kontinent absetzen würde.

»Alles in Ordnung?« erkundigte sich Joe gelegentlich. Er trug Khakihosen und ein Oxfordhemd in der Farbe seiner Augen, und über die Schulter hatte er einen alten blauen Blazer geworfen, in dessen Tasche sich ein Taschenbuch mit Dante-Texten befand. Im Gegensatz zu fast allen, die mit uns flogen, hatte er kein Handgepäck bei sich, nicht einmal unsere Kamera, denn die hatte ich. Er sah aus, als wäre er schon oft nach Europa geflogen; er sah fünfzehn Jahre jünger aus; er sah hervorragend aus. Ich hatte unter den Passagieren mehr als ein weibliches Augenpaar entdeckt, das ihn erst kurz ansah und ihm dann einen längeren Blick zuwarf.

»Es geht mir großartig«, antwortete ich dann und lächelte aus der angenehmen, tiefen Brandung meines beruhigten Blutes heraus.

»Du siehst auch großartig aus«, sagte er. »Du siehst aus wie das hübscheste Mädchen auf dem College, das sich nach einem Abschluß auf dem Weg nach Europa befindet. Bestimmt siehst du nicht aus wie eine ältere, verheiratete Dame, die vor noch nicht ganz sechs Stunden auf dem Wohnzimmersofa gevögelt wurde und bis zum Rand mit Beruhigungsmitteln angefüllt ist.«

»Na wunderbar. Willst du das Vögeln in weiteren sechs Stunden noch einmal probieren? Hast du schon einmal vom Höhenmeilenclub gehört?« Ich war nur einen Wimpernschlag davon entfernt, in verrücktes, endloses Kichern auszubrechen. »Deine sechs Stunden sind vorbei«, flüsterte ich Joe jetzt zu, aber er rührte sich nicht. Ich langte in die Tasche an der Rückseite des Sitzes vor mir, zog die Reiseroute heraus, die ich dort verstaut hatte, und las sie noch einmal durch. In dem düsteren, grünlichen Licht wirkte der Plan plötzlich unglaublich und völlig absurd. In diesem Augenblick kam es mir so vor, als hätten wir uns etwas *Riesenhaftes* vorgenommen, das von ganz zarten Bändern getragen wurde. War es möglich, daß die beiläufigen Absprachen, die zwischen der Fluglinie, den Hotels und uns vor vielen Wochen getroffen wurden, ausreichen würden, um uns durch diese ungeheure Reise zu lenken und zu leiten? Eine viertausend Meilen lange Brücke aus Worten über ein endloses Meer ...

Nach dem Ende des Films bat uns die Stewardeß, die Jalousien, die das sommerliche Dämmerlicht aussperrten, noch geschlossen zu halten, damit diejenigen, die noch schliefen, nicht vom anbrechenden Tag gestört wurden. Wir flogen der Nacht davon und würden die Morgendämmerung kurz hinter Land's End an der britischen Küste einholen. Es war seltsam, der Dunkelheit nur zuzunicken, und schon brach der neue Tag an...

Ich versuchte, ganz still zu sitzen und meinen Geist frei zu machen für das, was da kommen würde. Ich hatte nur sehr wenig geschlafen, mein biologischer Rhythmus war vollständig durcheinandergeraten, und wenn es mit rechten Dingen zuging, würde ich die legendäre Wirkung des Jet-Lag nur allzubald spüren. Aber in diesem Augenblick spürte ich nichts außer dem Wirbel des Beruhigungsmittels im Pulsschlag meiner Handgelenke und eine Art enormer, ruhiger Erwartung. Etwa eine Stunde später, um fünf Uhr morgens auf meiner schon umgestellten Armbanduhr, wurden die Ritzen an den undurchsichtigen Jalousien hell, und ich wußte, daß Cornwall unter uns bald erwachen würde. Ich zog die Jalousie ein Stück weit nach oben und spähte hinaus, aber ich sah nur Wolken, so dick und gleichmäßig wie geschlagene Sahne auf einem riesigen Kuchenstück. Ich phantasierte, daß ich, wenn ich durch die Wolkendecke die Erde sehen könnte, die winzigen Lagerfeuer der ersten kleinen, dunklen Kelten erblicken würde, die aus Felshöhlen ans englische Tageslicht traten.

Dann waren plötzlich alle um mich herum wach, streckten sich, rieben sich den Schlaf aus den Augen und zogen die zerknitterte Kleidung glatt. Die Stewardessen teilten hastig ein Frühstück aus, und an den Toiletten bildeten sich lange Schlangen. Schnell, wir müssen uns beeilen; wir sind schon über Deutschland; wir sind schon im Einzugsbereich des Towers von München; bitte schnallen Sie sich an und bringen Sie Ihre Lehne in senkrechte Position...

Der Lautsprecher knisterte und krachte, und dann war der Pilot zu hören. Er sagte, von den Alpen her ziehe ein ziemlich starkes Gewitter über München auf, und daher müßten wir eine Weile kreisen. Es könne einige Turbulenzen geben, aber wir sollten uns keine Sorgen machen, das wären nur ein paar Luftlöcher. Noch bevor er seine Rede beendet hatte, waren wir schon mittendrin.

Da ich noch nie zuvor in einem Flugzeug gesessen hatte, besaß ich keinen Vergleichsmaßstab für das, was während der nächsten zehn Minuten folgte. Aber Joe sprach noch lange Zeit danach von dieser Erfahrung. Das Flugzeug schien seinen bisherigen Kurs zu verlassen und abzusacken. Es fiel nach unten, bis sich mir der Magen hob, rollte dann seitlich hin und her, fiel wieder, bockte und sackte erneut ab. Manchmal schien es endlos zu fallen, und die Passagiere hielten den Atem an, hörten auf zu lärmen und wurden totenstill. Bald waren bei jedem größeren Schlingern unterdrückte Schreie zu hören, und ich vernahm um mich herum angstvolles Schluchzen. Ich klammerte mich an Joes Arm, machte die Augen zu und stemmte meine Füße gegen den Vordersitz. Aber selbst inmitten der schlimmsten Turbulenzen merkte ich, daß ich mich nicht vor einem Flugzeugabsturz fürchtete – so etwas schien selbst in dieser Situation noch unglaublich –, sondern daß die ursprüngliche Angst vor dem Fallen jene andere existentielle Furcht in der Mitte meines Seins, die Therapie und Medikamente zurückgedrängt hatten, wekken und wieder hervorrufen würde.

Ganz plötzlich fielen wir aus den Wolken in strömenden Regen, und rotbraune Erde und kleine, runde, grüne Hügel, geformt wie die Brüste von Frauen, empfingen uns. Tatsächlich schienen wir sie fast zu berühren. Das Flugzeug dröhnte, stieg steil auf und lag dann wieder gerade, um einen langsameren Abstieg zu beginnen. Hinter uns verschwand die letzte Reihe zackiger Berge schnell im Regen, und die Erde unter uns sah aus wie eine Illustration aus einem Märchenbuch. Die nassen roten Felder, die schwarzgrünen Wälder und Hügel von Bayern waren durchsetzt mit hübschen runden Heuhaufen und Ziegeldächern, auf denen man Störche vermutete. Der Lautsprecher knisterte erneut, und der unsichtbare Pilot erzählte uns lakonisch, es sei ihm leider nicht möglich gewesen, dem Unwetter auszuweichen, und der Tower des Münchner Flughafens habe uns bis zur Landung geleitet.

Das ganze Flugzeug applaudierte. »Willkommen in München«, sagte Joe. »Von hier aus ist es nicht mehr weit.«

Wenn jemand von Deutschland her zum ersten Mal nach Rom kommt, kann man ihn kaum auf das vorbereiten, was ihn erwartet.

Vielleicht kann man einen Neuankömmling ohnehin nicht angemessen auf Rom vorbereiten, aber Deutschland ist der Ladestock und die Munition, die eine Reise über die Alpen wie einen Kanonenschuß wirken lassen. Nach einem kühlen, grauen, verregneten und von Müdigkeit durchsetzten Tag und einer Nacht in München kam uns die Landung in Fiumicino vor, als würden wir aus dem Krater eines Vulkans gespien. Noch erfüllt von der fernen Majestät der Alpen und gedämpft von einer ausgezeichneten Flasche Orvieto Classico auf dem Mittagsflug von München, stolperte ich und fiel beinahe hinein in das dröhnende Gedränge des römischen Flughafens. Nur Joes Hand am Rücken meines Blazers und die dicht stehenden Passagiere vor mir retteten mich.

Vielleicht war es nicht schlecht, daß ich so plötzlich in Italien eintauchte. Ich glaube, wenn ich in normaler Geschwindigkeit angekommen wäre und dabei alles gesehen, gerochen und gehört hätte, wäre ich wohl in der alten Furcht ertrunken. Der Flughafen von Rom ist ein unaufhörlicher, vierundzwanzigstündiger Angriff auf unsere Sinne. Aber nun war ich, noch bevor ich mich gefaßt hatte, schon mittendrin und eilte mit den anderen Passagieren in einer ungeordneten Zweierreihe auf die Gepäckausgabe zu. Joe hielt sich unerschütterlich hinter mir, seine Hand an meinem Ellbogen steuerte mich, und der Tweedrücken des Mannes vor mir wirkte so fest und tröstlich wie ein Berg. Die Angst zog sich wieder in ihre Höhle zurück. Ich holte tief Luft und sah mich um.

»Warum ist es hier so dunkel?« sagte ich zu Joe. Das waren die ersten Worte, die ich auf italienischem Boden sprach.

In der großen Halle war es nicht nur düster, sondern auch unerträglich heiß. Während ich mir Mühe gab, um etwas zu erkennen, drehte ich mich im Kreis, wobei ich die Menschenmassen um uns halb fühlte und halb sah. Die Dunkelheit war fast undurchdringlich. Irgend etwas war hier nicht in Ordnung. Die Haare in meinem Nacken stellten sich unwillkürlich auf. Auch andere Leute in der Menge sahen sich um, und summende Töne des Unbehagens wurden laut.

»Verdammte Scheiße«, flüsterte Joe halblaut in mein Ohr. »Da sind überall Maschinengewehre. Dieser Typ da drüben auf dem Balkon hat eines direkt auf *uns* gerichtet.«

Ich blickte nach oben. Auf der Galerie über dem Boden der Halle, in der wir uns aufhielten, stand ein schlaksiger junger Wachsoldat in einer eng geschnittenen Uniform und hielt ein unheimlich glänzendes Maschinengewehr auf Hüfthöhe locker in Schußposition. Ich starrte in sein dunkles Gesicht, und es kam mir so vor, als starrte er mich einen langen Augenblick ebenfalls an. Keiner von uns rührte sich. Ich wagte nicht, tief einzuatmen. Langsam, wie die Gestalten auf einem Foto, das in Entwicklerflüssigkeit liegt, erschienen andere bewaffnete Wachposten auf dem Balkon. Alle hatten ihre Gewehre auf die Menge darunter gerichtet. Keiner von ihnen bewegte sich.

»Joe, was ist los?« flüsterte ich atemlos.

»Ich weiß nicht. Möglicherweise gar nichts. Diese Kerle haben vielleicht *Nerven.*«

Er wandte sich schnell um und trat aus der Reihe, um auf einen Wachposten zuzugehen, der nicht weit von uns entfernt an einer Säule lehnte. Ich hatte ihn nicht gesehen, aber nun entdeckte ich auf einmal noch viele andere, und alle waren bewaffnet, sahen düster drein und standen unbeweglich da. Auf verrückte Weise fühlte ich mich an eines dieser Bilderrätsel in Kinderzeitschriften erinnert: »Kannst du die wilden Tiere in dieser Zeichnung erkennen?« Überall befanden sich plötzlich Maschinengewehre und Wachposten.

Als Joe sich bewegte, trat der Wachposten, der uns am nächsten stand, einen Schritt vor, legte das Maschinengewehr an und zielte auf Joe. Er sagte nichts, und sein Gesichtsausdruck änderte sich ebenfalls nicht. Joe blieb stehen.

Im Gemurmel der Menge fing ich das Wort *»terrorista«* auf, und mein Herz blieb stehen. Um Himmels willen, hatte es eine Bombendrohung gegeben oder lief da gerade ein politischer Terrorakt ab, dessen Ausgang noch ungewiß war? Ich dachte an die Zeitungsbilder, die ich gesehen hatte, von ermordeten Frauen und Kindern in Banken, Bahnhöfen und anderen öffentlichen Orten irgendwo im Mittelmeerraum, ich dachte an Aldo Moros erschütternden Leichnam im Kofferraum eines Wagens an einer römischen Straße, ich dachte an mein blindes Kind, das eine Waise werden würde...

Joe hörte es ebenfalls, zog seinen italienischen Sprachführer aus der Tasche und begann wie wild zu blättern. Verzweifelt überlegte ich, was wohl das italienische Wort für »Bombe« war.

Dann hörten wir in den Reihen vor und hinter uns ein Wort, das wir nicht kannten, das aber unsere Mitpassagiere aus München sichtbar entspannen ließ: *»Sciopero, sciopero.«*

Die Leute wurden ruhiger, und wir hörten verächtliches Schnauben und ein oder zwei Ausbrüche leisen Gelächters.

»Mi scusa«, sagte Joe zu dem Mann in Tweed, der vor mir stand. *»Che cosa significa ... äh, sciopero?«*

Joes Englisch ist eine Mischung aus Universitätsenglisch und Südstaatenakzent, was seiner Sprache eine schleppende, kultivierte Eleganz verleiht. Auf einmal war mir, als hörte ich diesen Tonfall zum ersten Mal. Sein Italienisch wurde durch diese Sprachfärbung völlig unverständlich, selbst für mich, die ich ihm seit Wochen zugehört hatte. Der große Mann drehte sich um und starrte ihn völlig verblüfft an.

»Warum die Gewehre?« sagte ich langsam und hielt ein imaginäres Gewehr an meine Hüfte.

»Oh«, sagte er, und sein Tonfall verriet die Herkunft aus Brooklyn oder vielleicht auch New Jersey. »Das ist bloß wieder so ein verdammter Streik. Diesmal ist es die Stromversorgung. Vielleicht auch nur das E-Werk, das diesen Teil von Rom versorgt, oder möglicherweise auch nur der Flughafen. In höchstens einer Stunde ist es vorbei, die längeren heben sie fürs Wochenende auf. So etwas gibt es hier alle Viertelstunde. Letzte Nacht sind die Busse drei Stunden lang nicht gefahren, und am letzten Wochenende waren die Fluglotsen sauer und haben einen Tag Pause eingelegt. Wir haben Glück, daß es nur die Elektrizität ist. Sie haben das Notaggregat eingeschaltet, und wenigstens fahren Taxis und Busse. Es ist ziemlich beschissen, wenn es keine Taxis gibt. Die Wachposten stehen bloß da, weil das Licht nicht brennt und weil man in Italien nie weiß, was da passieren kann. Aber ich würde keine unerwarteten Bewegungen machen.«

»Vielen Dank«, sagte ich, schwindlig vor Erleichterung.

»Nichts zu danken«, antwortete er und wandte sich ab.

Joe stopfte seinen Sprachführer in die Jackentasche und sagte nichts.

Als wir durch die Paßkontrolle waren und unsere Pässe zurückerhalten hatten, herrschte noch immer düsteres Zwielicht, und wir stiegen die stehende Rolltreppe hinunter zur untersten Ebene, wo unser Gepäck ankommen sollte. Draußen im strahlendweißen Sonnenschein konnte ich einen Parkplatz und Busspuren schimmern sehen. Die düstere Flughafenhalle sah aus, als sollte sie eigentlich kühl sein, aber das war sie nicht. Meine Strumpfhose und die Unterwäsche waren feucht, und mein Rock und die Bluse klebten mir am Körper. Joe hatte seinen blauen Blazer über den Arm gelegt. Sein helles Haar und der Schnurrbart waren dunkel von Schweiß, und er blinzelte immer wieder. Offenbar liefen ihm die salzigen Tropfen in die Augen und hinter seine Kontaktlinsen.

»Eine Dusche wäre jetzt himmlisch«, sagte ich.

»Na, tun dir deine Äußerungen über das arme, alte Cavalieri Hilton jetzt nicht leid?« fragte Joe grinsend. »Wenigstens kannst du sicher sein, daß es im Hilton eine Dusche gibt. Und eine Klimaanlage.«

»Falls der *sciopero* sie nicht lahmgelegt hat«, sagte ich, und er zog eine Grimasse. Dann glättete sich sein Gesicht.

»Dann gibt es immer noch den Pool.«

»Ach ja, den Pool«, sagte ich. »Den ersten und einzigen Grund, weshalb wir viertausend Meilen weit bis nach Rom geflogen sind und in einem Hilton-Hotel wohnen.«

Das Cavalieri Hilton International Roma war Marias Idee gewesen. Oder genauer gesagt, die Idee von Ada Forrest, der berühmten entfernten Kusine ihrer Mutter. Ada hatte geschrieben, daß die amerikanischen Freunde von Maria und Colin vielleicht gerne in einem Hotel mit Swimmingpool wohnen würden, das wollten Amerikaner oft, und ihr gefalle das Cavalieri Hilton sehr. Es liege, so schrieb sie, auf einem schönen Hügel, gleich über der Wohnung der Forrests in Trastevere, und Ada und Sam gingen gerne zum Schwimmen hin, wenn Freunde dort wohnten. Es gebe auch ein hübsches Restaurant mit einem atemberaubenden Blick über Rom, das sie außerordentlich empfehlen könne. Sie und Sam hätten dort viele köstliche Mahlzeiten zu sich genommen. Dank dieser transatlantischen Unterstützung und angesichts der Tatsache, daß Joe und ich die Gastfreundschaft der Forrests mehrmals in Anspruch nehmen würden, schien es äußerst unhöflich, nicht in einem Hotel abzusteigen, mit dessen Pool und Restaurant wir uns erkenntlich zeigen konnten. Aber… ein Hilton? Ich hatte mir ein kleines, altertümliches, mit Wein bewachsenes Hotel vorgestellt, mit hölzernen Fensterläden und abblätternden Wänden, das an einer Piazza mit einem Springbrunnen stand und von den gepflasterten Straßen, den Dachgärten und der Bildhauerkunst des alten Rom umgeben war.

»Das haben wir alles in Venedig, Florenz und der Toskana«, sagte Joe. »Vielleicht ist es eine gute Idee, uns mit einem Hilton die Ankunft in Italien zu erleichtern.«

Während ich jetzt, schweißnaß und mit einem schlechten Geschmack im Mund von der Hitze und der Anspannung, neben ihm durch das Halbdunkel auf das Gepäckband zustolperte, um unsere Koffer und Taschen zu holen, dachte ich, daß er vielleicht recht haben konnte.

Doch das Band war leer. Die wenigen verbliebenen Gepäckstücke waren seitlich aufgeschichtet. Zusammen mit anderen Nachzüglern aus unserem Flugzeug machten wir uns an dem Haufen zu schaffen und zogen schließlich meinen großen Koffer und zwei kleine Taschen heraus. Joe griff nach seinem Koffer, runzelte dann die Stirn und richtete sich auf.

»Das ist nicht mein Koffer«, sagte er. »Er sieht aus wie meiner, aber der Kofferanhänger fehlt, und da ist auch kein Kratzer an der Seite.«

Wir sahen uns erneut um, aber sein Koffer war nicht da.

»Ach du heiliger Himmel«, sagte er müde. Es war offensichtlich, was geschehen war. Jemand mit einem Koffer, der seinem glich, hatte Joes Gepäckstück mit seinem eigenen verwechselt und mitgenommen. Joe untersuchte den Koffer genau, aber entdeckte keinen Anhänger, mit dessen Hilfe wir den Eigentümer aufspüren und unser Eigentum zurückfordern konnten. Ich dachte an das feierliche Abendessen auf dem Dachgarten der Forrests, an dem wir in weniger als vier Stunden teilnehmen würden, und an meine beiden besten Kleider, die ich noch in letzter Minute in Joes Koffer gelegt hatte. Vermutlich konnten wir zu Colins und Marias Party, wo wir Sam Forrest zum ersten Mal begegnen würden, nicht in den Kleidern gehen, die wir für diese Gelegenheit vorgesehen hatten.

Wir trugen den fremden Koffer zur Kabine des Gepäckmeisters.

Er war sehr freundlich, bedauerte unser Mißgeschick außerordentlich, war eifrig darauf bedacht, uns zu helfen und wirklich ärgerlich auf solche nachlässigen Menschen, die Gepäckstücke einfach mitnahmen, ohne zu überprüfen, ob sie tatsächlich ihnen gehörten. Er sprach sehr gut Englisch. Die amerikanischen Geldscheine, die Joe ihm in die Hand drückte, nahm er dankbar an und erklärte, daß er uns persönlich noch in derselben Minute, im selben Augenblick, in dem der Koffer zurückgebracht wurde, benachrichtigen würde. Wir seien im – äh, dem Cavalieri Hilton, nicht wahr? Ein gutes Hotel, viele Amerikaner übernachteten dort, die Empfangschefin sei eine Freundin von ihm – wir könnten den Koffer dann bei ihr abholen. Und es täte ihm sehr leid, er sei wirklich untröstlich, aber er könne den anderen Koffer nicht öffnen, um nachzusehen, ob man den Besitzer identifizieren könne. Das sei verboten. Der Besitzer könne klagen, wenn das Gepäck ohne seine Erlaubnis geöffnet worden sei. Er, Guido, würde seine Stelle verlieren. *Che posso fare?* Was könne er schon tun?

»Aber ich habe keine anderen Kleider als die, die ich am Leib trage«, sagte Joe ungläubig, als ginge ihm diese Tatsache gerade erst auf. »Ich habe nicht einmal saubere Unterwäsche. Und ich muß heute abend auf ein sehr wichtiges Fest.«

Der Gepäckmeister war erschüttert. Aber dann hellte sich sein braunes Gesicht wieder auf. Es gebe sehr gute Läden im Cavalieri Hilton, sagte er, Läden, die auf amerikanische Herren und deren Bedürfnisse eingerichtet seien. Er sei sicher, Joe würde dort ewas Passendes und Elegantes für eine Abendeinladung finden.

»Gehen Sie zu Ortini in der Hotelhalle, und sagen Sie dort, Guido habe gesagt, er solle Sie ausstatten«, sagte er so strahlend, als habe er gerade ein außerordentliches Problem gelöst. »Ich schicke viele Amerikaner zu Ortini.«

»Jeden, dessen Gepäck nicht auftaucht«, sagte Joe sehr leise und gab Guido noch einen Dollar.

Guido überreichte Joe eine Handvoll Formulare und verschwand.

Mit Hilfe des Sprachführers benötigten wir fast eine Stunde, um die Formulare auszufüllen. Als wir sie zur Kabine des Gepäckmeisters zurückbrachten, war Guido verschwunden, und eine sehr dünne, gelangweilte blonde Dame mit schwarzen Augen und Haarwurzeln legte eine Filmzeitschrift beiseite, nahm die Formulare, warf einen Blick darauf und legte sie in eine Schublade.

»Ich bin nur wenige Tage in Rom«, sagte Joe deutlich und langsam, während sein Hals schwoll und rot anlief. »Ich muß den Koffer wiederhaben, bevor ich fahre. Guido sagte, er würde sich darum kümmern.«

»Dann tut er das auch«, sagte die junge Frau in akzentuiertem Englisch. »Guido ist nach Hause gegangen, aber er wird sich morgen darum kümmern oder gleich dann, wenn er wieder da ist.«

»Was geschieht mit meinem Koffer, wenn derjenige, der ihn mitgenommen hat, ihn zurückbringt und Guido gerade nicht da ist? Kümmern Sie sich dann darum?«

Die junge Frau sah ihn an, als hätte er den Verstand verloren. Sie hatte noch nie erlebt, daß jemand einen Koffer zurückbrachte, das war deutlich zu erkennen. Ich war mir auf einmal ziemlich sicher, daß wir, wenn wir uns auf den Koffer, der so aussah wie der von Joe, stürzen und ihn aufreißen würden, darin nur abgetragene, billige Kleidungsstücke finden würden, die ihre besten Tage längst hinter sich hatten. Niemand, der noch alle Tassen im Schrank hatte, würde die guten Hosen und Jacketts von Brooks Brothers, die Ralph-Lauren-Poloshirts und die dicken, weichen Oxfordhemden, die Joe eingepackt hatte, wieder zurückgeben. Oder meine beiden Kleider. Es waren bei weitem die hübschesten und teuersten Kleider, die ich jemals besessen hatte. Oder jemals wieder besitzen würde.

Natürlich würde der Koffer nicht mehr auftauchen.

»Morgen ist mein freier Tag«, sagte die junge Frau. »Aber wenn Sie noch einmal vorbeikommen wollen, der Koffer steht dann dort drüben.« Sie deutete zum leeren, bewegungslosen Band hinüber. »Wenn derjenige ihn zurückbringt, meine ich.«

»Keine Sorge, ich regle das vom Hotel aus oder vielleicht über die Botschaft«, sagte Joe wütend, drehte sich eilig um und ging davon. Hinter ihm zuckte das Mädchen die Achseln.

»Che posso fare?« sagte sie und griff wieder nach ihrer Zeitschrift.

Wir brachten mein Gepäck ohne Zwischenfall durch die Zollkontrolle. Draußen stand die Sonne bereits niedrig über den Reihen der rußspuckenden Busse und den in wirrem Durcheinander stehenden Taxis. Mir kam es vor, als könnte man jede einzelne Hupe von jedem einzelnen Fahrzeug in ganz Rom dröhnen hören. Ich sah auf meine Uhr. Fast vier Uhr. Das Fest begann um sieben, und wir hatten keine Ahnung, wo es genau stattfand, außer, daß es irgendwo in Trastevere war. Wir sollten Colin und Maria bei den Forrests anrufen, wenn wir angekommen waren, dann würden sie uns den Weg erklären.

»Joe, warte«, rief ich hinter ihm her, als er meinen Koffer packte und auf den Taxistand zumarschierte.

»Was ist?« Es war ein kalter, bellender Ton.

Ich spürte einen scharfen, verwirrten Stich, gefolgt von einer langsameren, tieferen Welle der Verletztheit. Joe fuhr mich nur höchst selten an. Und ich war genauso müde, verschwitzt und erschöpft wie er, und außerdem nagte, wie er sehr gut wußte, noch immer die nicht ganz beschwichtigte Furcht in mir. Aber die beiden Wellen verliefen sich wieder. Auch wenn ich kein hübsches Kleid für die Party heute abend hatte, so besaß ich doch wenigstens saubere Kleidung, genug, um durch Italien zu kommen. Joe hatte nichts.

»Tut mir leid«, sagte ich, als ich ihn eingeholt hatte, »aber bevor wir ein Taxi nehmen, müssen wir einen Reisescheck einlösen. Erinnerst du dich nicht, daß du gesagt hast, wir sollten es hier tun? In deinem Reiseführer steht, daß an der Tür neben dem Taxistand eine Wechselstube ist.«

Wir sahen uns um. Tatsächlich befand sich dort ein Schalter, an dem man ausländische Währung tauschen und Reiseschecks einlösen konnte. Ein einziger Schalter mit einem einzigen Angestellten.

Während wir darauf zugingen, scheuchte eine massige, schwarzgekleidete Nonne eine Herde asiatischer Schulmädchen an den Schalter und begann mit einer komplizierten Aktion, bei der jedes Mädchen scheu kichernd zum Fenster ging, eine Handvoll Dokumente hineinreichte und dann, einen Finger in dem rosigen kleinen Mund, wartete, bis der Angestellte mit der stahlharten Genauigkeit eines sibirischen Grenzpostens jedes Dokument geprüft hatte. Ich spürte, wie mir Tränen in die brennenden Augen stiegen, und hörte Joe leise etwas schrecklich Böses sagen.

Ich zählte.

Es waren zweiunddreißig asiatische Kinder.

Als wir endlich wieder draußen auf dem Bürgersteig standen, war es halb sechs, und die erste abendliche Brise über der Ewigen Stadt fuhr mir wie der Hauch aus einem Hochofen über Gesicht und Hals. Wortlos kletterten wir in das erste Taxi in der Reihe, und Joe sagte: »Hotel Cavalieri Hilton, *per favore*.«

»Dort hinauf fahre ich nicht«, sagte der Fahrer, ohne sich umzusehen und ohne von der gründlichen Politur aufzublicken, die er seinen Fingernägeln angedeihen ließ.

»*Wo* hinauf?«

»Dort hinauf. Auf den Berg«, sagte der Fahrer mit einer geringschätzigen Geste.

Joe wühlte in seiner Jackentasche und schob eine Handvoll Geldscheine durch die Schutzscheibe aus Plexiglas, die den Fahrer offenbar vor Barbaren wie uns schützen sollte. Ich konnte nicht erkennen, wieviel es war, aber die Ziffern waren nicht einstellig.

Der Fahrer grunzte, schob die Banknoten in seine Tasche, legte den Gang ein, und wir rollten hinaus in den Verkehrsstrom, der auf Rom zufloß.

Ich habe eine deutliche Erinnerung an meinen ersten Blick auf Rom und kann mich doch an nichts erinnern. Die schwankende Fahrt mit Kreischen, Hupen, Schreien, Herzklopfen und Bremsenquietschen dauerte eindreiviertel Stunden, und doch ist mir kein einziges klares Bild im Gedächtnis geblieben. Später erfuhren wir, daß Leo – das war, wie ein Aufkleber auf der schmutzigen Plexiglastrennscheibe verriet, der Name unseres Fahrers; Joe hielt ihn für ein Pseudonym – ohne Zweifel die allerlängste Fahrtroute gewählt hatte. Das glaube ich sofort. Römer riechen Hilflosigkeit bei Fremden so sicher, wie Wölfe Blut riechen, und natürlich fanden wir uns um diese Zeit mitten im schlimmsten abendlichen Verkehrschaos Roms. Außerdem liegt Monte Mario sehr weit entfernt von Fiumicino, genau gesagt, fast am anderen Ende von Rom. Aber dennoch ist es seltsam, so lange Zeit in einem Auto zu sitzen und sich nicht an eine deutliche Szene, einen herzergreifenden Anblick, einen atemberaubenden Moment erinnern zu können.

Aber Eindrücke und Bilder sind nicht das gleiche. Trotz all der Zeit, die wir seit jenem ersten Tag in diesem Land verbracht haben und gereist sind, sehe und fühle ich, wenn ich das Wort »Italien« denke oder höre, noch immer diese selbstmörderische Fahrt in einem verbeulten, quietschenden, übelriechenden Taxi vor mir. Es waren beinahe zwei Stunden in einem unglaublichen Verkehrschaos in unerträglicher Hitze und inmitten von Abgasen und Flüchen, und wir sahen Motorräder vorüberflitzen, dunkle, herumbummelnde Männer und lebhafte Frauen in Stöckelschuhen an überfüllten Straßenecken, Balkone und Dächer voll Weinranken und Blumen, Cinzanoschirme in Straßencafés und dunkle, enge gepflasterte Straßen, die in unergründliche, schattige Höhlungen führten. Wir erhaschten einen schnellen Blick auf den dunklen Tiber in seinem Betonbett (»Aber das ist ein Abwasserkanal, Joe!«) und auf Heiligenfiguren mit schlimmen Pockennarben, die an einer Brücke standen, und eine hoch aufragende Erscheinung, die Engelsburg. Schiefe Mauern aus Ziegeln, die so alt waren, daß man die einzelnen Steine kaum mehr erkennen konnte, und mittelalterliche Piazze sausten vorbei, und dann kamen Läden, Gemüsehändler, Apotheken und Pizzerien, und schließlich eine kurvige Fahrt auf einen besiedelten Berg, der ohne weiteres in Kalifornien oder Oregon hätte liegen können. Als ich allerdings durch das Rückfenster hinausblickte, breitete sich die ganze alte Stadt in erdbraun, rotbraun, kupferfarben, alabasterweiß, creme- und rostfarben über ihre Hügel aus, gebadet in einem klaren, graugoldenen Licht, das geradewegs der Erde und dem Himmel zu entspringen schien. Und in ihrer Mitte erhob sich groß und leuchtend der Dom von St. Peter. Ich begann zu weinen. Ach, Italien! Da kam ich zum ersten Mal von meinem Berg herunter und landete ausgerechnet hier!

Joe legte seinen Arm um meine Schulter und tätschelte mich, und ich wußte, er betete zu Gott, daß ich nicht einen schrecklichen, ausgiebigen Panikanfall bekam. Seine Hand war schwer und unbeweglich, und ich wußte, daß er einem hysterischen Ausbruch nicht mehr gewachsen gewesen wäre. Ich ergriff und drückte seine Hand, um ihm zu zeigen, daß es nicht die Angst war, die mich zum Weinen brachte. Aber ich wußte auch nicht, was es war, und ich konnte nicht aufhören, bis das Taxi kreischend um eine letzte Haarnadelkurve bog, durch ein riesiges offenstehendes Tor auf einen weiten Parkplatz schoß und mit quietschenden Bremsen schaukelnd vor dem Eingang des Cavalieri Hilton International zum Stehen kam. Dann hörte ich auf, bekam einen Schluckauf und begann dann zu kichern.

»Ob Donald Trump diesen Ort kennt?« brachte ich hervor.

»Ich finde, es sieht verdammt noch mal ziemlich gut aus«, sagte Joe, sprang aus dem Taxi und begann in der Jackentasche wütend nach seiner Brieftasche zu kramen. Ein Regen zerknüllter Geldscheine und Silbermünzen ergoß sich vor die Füße des uniformierten Türstehers, der in diesem Moment auftauchte. Er und der Taxifahrer stürzten sich auf die Beute. Joe wurde erst rot und dann kalkweiß, und ich floh in den sicheren Hafen der riesigen, reich geschmückten, eiskalten Eingangshalle und ließ mich auf eine mit bernsteinfarbenem Samt bezogene Bank fallen, wobei ich verzweifelt versuchte, mein verrücktes Kichern zu bezwingen. Ich war dreckig, verschwitzt, spürte den Jet-Lag und war so angespannt wie eine Violinsaite, denn die Angst versuchte sich durch meine Brust und die Kehle an dem Lachen vorbei nach oben zu kämpfen, und in diesem Augenblick war ich dem alten Conrad Hilton für seinen Traum von klimatisierter Großartigkeit unendlich dankbar.

»Wenn sie direkt unter unserem Hotel wohnen, dann müssen sie in einem Baum leben«, murmelte Joe eine halbe Stunde später. »Offensichtlich ist Ada Forrest unfähig, Entfernungen abzuschätzen.« Wir saßen in einem anderen Taxi und kurvten die Bergstraße, die wir vorhin hinaufgefahren waren, wieder hinunter, aber diesmal fuhren wir in leiser, kalter Stille. Der Türsteher, der in Joe offenbar eine Quelle unendlicher amerikanischer Großzügigkeit sah, hatte zwei oder drei Taxis, die in einer Reihe am Ende des Parkplatzes warteten, herbeigerufen und wieder weggeschickt, bis er schließlich diesen neuen Wagen mit Klimaanlage auswählte. Der Fahrer hatte weder geflucht noch gestikuliert noch auch nur ein einziges Mal auf den Kotflügel seines Fahrzeugs geschlagen. Er hatte eigentlich überhaupt kein einziges Wort gesprochen. Als Joe sagte: *»Via della Lungara in Trastevere, per favore«*, sah er ihn nur teilnahmslos an. Joe zog den Zettel heraus, auf den er, auf Colins Vorschlag hin, Sam und Ada Forrests Adresse und den Weg dorthin notiert hatte, und der Fahrer starrte gleichermaßen ungerührt darauf. Der Türsteher spazierte herbei, nahm dem Fahrer den Zettel aus der Hand, las ihn gründlich und sagte dann zu Joe: »Sind Sie sicher? Das ist in der Altstadt. Das ist kein besonders guter Ort für Amerikaner. Da gibt es nicht viel Nachtleben.«

»Es ist eine Privatadresse«, sagte Joe. »Wir gehen dort auf eine Party. *Un ricevimento*.«

»Aha«, antwortete der Türsteher. »Eine Party.« Und er nickte weise. Dann beugte er sich ins Taxi und stieß ein schnelles, an den Fahrer gerichtetes Kommando aus. Dieser nickte und schloß das Fenster. Wie in einer Gondel, abgeschirmt gegen Rom durch neues Vinyl, Stahl und kühle Luft, glitten wir den Berg hinunter. Zum ersten Mal, seit wir in München am Flughafen angekommen waren, entspannten wir uns und atmeten tief durch. Am Ende dieser Fahrt erwarteten uns Lichter, Festlichkeit, Zuneigung, bekannte Gesichter und eine vertraute Sprache, und etwas zu essen, Getränke und Fröhlichkeit. Colins Stimme am Telefon hatte jubilierend und sicher geklungen, ganz anders als sonst, sehr... italienisch. Marias Stimme war klangvoll, und es lag etwas in ihr, was ich noch nie zuvor an ihr vernommen hatte, eine Art neckischer Sinnlichkeit, etwas Niedliches und sehr Weibliches.

»Es ist so unglaublich schön, Joe«, sagte sie. »Wie in einem Märchen. Und ich kann es kaum erwarten, bis ihr Sam kennenlernt. Er sagt, ihr sollt dem Fahrer erklären, daß er nach dem Laternenpfahl mit der weißen Blumengirlande Ausschau halten soll, von dort aus ist es die dritte Tür an der linken Seite. In der ganzen Straße fehlen nämlich die Hausnummern. Ach, wie freue ich mich darauf, euch endlich zu umarmen! Beeilt euch!«

»Ich fürchte, Maria hat etwas zuviel Wein erwischt«, sagte Joe, als er den Hörer auflegte. Das Telefon stand auf einem hübschen Schreibtisch aus hellem Holz, von dem aus man auf den Balkon blickte. Der Balkon ging nicht auf die Stadt hinaus, sondern auf den hinteren Parkplatz, eine niedrige Hügelkette und eine Art Tafelland in der Ferne, wo etwas stand, was ich als Wasserkraftwerk identifizierte. Das Zimmer, das wir reserviert hatten, war bei unserer Ankunft – »Ich bedauere« – *occupato*. Anstatt abzuwarten, bis ein anderes Zimmer auf der Vorderseite fertiggemacht wurde, was, wie der zerknirschte Empfangschef meinte, drei Stunden gedauert hätte, erklärten wir uns mit diesem und einer niedrigeren Rechnung einverstanden. Nachdem wir für Joe einen Schlafanzug und zwei taillierte seidene Hemden in dem entsetzlich teueren Herrengeschäft in der marmornen Eingangshalle erstanden hatten, duschten wir und brachen sofort nach Trastevere auf. Ich trug ein leichtes geblümtes Kleid aus Baumwolle, das wohl eher zu einem Vormittag in Florida als einer Verlobungsparty gepaßt hätte, aber das störte mich nicht. Joe hingegen fühlte sich in seinem modischen römischen Hemd nicht wohl.

»Ich komme mir vor, als trüge ich unter der Hose einen knappen Slip aus Stretchsatin.«

»Das steht dir womöglich noch bevor. Ich kann mir nicht vorstellen, daß man hier Brooks Brothers Boxershorts findet«, sagte ich und lächelte ihm zu. Joe haßte das neue Hemd. Er ähnelte darin in keiner Weise dem üblichen Joe Gaillard, sondern sah fremdländisch, neureich und auf protzige Art hübsch aus. Ich wollte gerade eine Bemerkung über Goldketten und Brusthaare machen, hielt mich dann aber zurück.

Auf der Fahrt den Berg hinunter war wenig vom Panorama Roms zu sehen. Der Himmel war inzwischen dunkelviolett, aber nur wenige Lichter glänzten. Vielleicht wurde Rom in der Nacht nicht so erleuchtet wie eine amerikanische Stadt? Einzelne Lampen, aufgereiht wie eine Halskette, durchzogen die Fläche unter uns, und verstreute Lichter erhellten die Vorstadt, durch die wir fuhren, aber die Neonlichter waren noch nicht angeschaltet. Nur der weiße Geist einer feinen Mondsichel hing weit im Westen am Himmel. Es war schwer abzuschätzen, wo wir uns befanden. Wir sprachen nicht viel.

Wir erreichten den Fuß des Berges, fuhren um eine Kurve und durch eine Gegend, an die ich mich von der Herfahrt zu erinnern glaubte. Sie war bedeckt von neuen Wohnhäusern mit Läden und Straßencafés, und es wimmelte von Fußgängern und jenen stumpfnasigen kleinen Autos, mit denen die Römer wie mit Raketen aufeinander loszugehen schienen. Überall flitzten wie leuchtende Fischschwärme Fiats und Vespas vorbei. Alles sah fröhlich, freundlich und sehr wirklich aus, und ich wünschte mir flehentlich, daß Sam und Ada hier oder in einer ähnlichen Gegend wohnten. Während wir vorüberfuhren, gingen die Lichter an, wie zur Weihnachtszeit glühten farbige Laternen auf, in den Fenstern leuchtete das Licht und auf den Tischen der Dachgärten standen Kerzen.

Aber wir verließen das Viertel, und fuhren über eine Brücke, die ich zwar kannte, aber nie zuvor gesehen hatte, in eine völlig andere Welt. An den engen, gewundenen Straßen, den bröckelnden Fassaden der Häuser, die sich darüber beugten, den düsteren Plätzen und den hohen, verschlossenen Fensterläden erkannte ich, daß wir uns in einem sehr alten Teil von Rom befanden.

»Trastevere?« sagte ich zu Joe. Aus irgendeinem Grund flüsterte ich.

»Das hoffe ich«, antwortete er ebenso leise. »Ich glaube eigentlich nicht, daß wir noch in Kansas sind.«

Ich hatte von den berühmten Plätzen, den Kirchen und Brunnen Trasteveres gelesen. Eigentlich hatte ich in dem ältesten Stadtviertel Roms, wo angeblich die Nachfahren der ersten Römer gelebt hatten, ein lebhaftes Straßenleben erwartet, und Arbeiterinnen, die sich in den *Caffés* und Bars drängten. Aber die Straßen, durch die wir uns in unserem großen, kalten Auto schoben, waren meist dunkel, und die wenigen Straßenlaternen wirkten düster und grau, als bekämen sie nicht ausreichend lebenswichtigen Sauerstoff. Ich sah nur wenige Menschen auf der Straße und wenige Lichter hinter den geschlossenen Fensterläden. Diese Gegend kam mir außerordentlich unfreundlich vor.

Der Fahrer bog mit dem Wagen durch ein bogenförmiges Tor und in eine noch schmalere, dunklere Straße, an deren Rand eine Galerie für Fußgänger verlief. Ich wußte, daß sich dort unten der Tiber befinden mußte, aber ich konnte weder etwas sehen noch etwas hören. Weiter unten auf einer Fußgängerkreuzung sah man ein paar blasse Lichter und Leute, die vorübergingen, aber die Straße, auf der wir fuhren, war nur von hohen, alten Häusern begrenzt, die von den jahrhundertelangen Unbillen des Wetters heruntergekommen und fleckig wirkten, und die dunkel und verschlossen waren. Keine Menschenseele war zu sehen, und nicht einmal eine der berühmten, buckeligen, wilden Katzen von Rom. Der Fahrer bremste und blieb stehen, und Joe und ich sahen einander an.

Als wir nicht ausstiegen, verließ der Fahrer den Wagen, ging um ihn herum zu der Tür an meiner Seite, öffnete sie und streckte mir hilfreich eine Hand entgegen. Nicht im Traum hätte ich mich ihm widersetzt. Joe stieg auf seiner Seite aus. Es waren Geräusche zu hören, aber die schienen aus der Ferne zu kommen und nicht aus einem der dunklen Häuser, vor denen wir standen. Ich konnte mir nicht vorstellen, daß hier Leute lebten.

»Via della Lungara?« fragte Joe. Seine Stimme hallte dünn in der Stille. »Nummer zwanzig? *Venti*?«

Der Fahrer nickte. Wir sahen uns um. Wir entdeckten keine Hausnummern.

Der Fahrer nickte noch einmal. Dann sahen wir an dem Laternenmast in der düsteren Ecke einen kleinen Kranz weißer Blumen. Nun, dann mußte es wohl stimmen. Maria hatte gesagt, wir sollten nach dem Kranz Ausschau halten...

Joe bezahlte den Fahrer, und dieser rollte schweigend durch die altertümliche Straße davon. Seine Reifen hoppelten leise auf dem Kopfsteinpflaster. Die ganze Fahrt über hatte er kein Wort gesagt. An der Ecke leuchteten die Bremslichter rot auf, und dann war das Auto verschwunden. Wir sahen ihm nach. Vielleicht war es eine Erscheinung gewesen.

»Also«, sagte Joe mit angespannter Stimme. »Dritte Tür auf der linken Seite. Laß uns gehen.«

Er nahm meine Hand, und wir tasteten uns über das schiefe Kopfsteinpflaster der alten Straße und spähten in Tordurchgänge. Die Tore waren aus wuchtigem Holz, das so alt schien wie die Erde. Alle waren dunkel und so fest verschlossen, als wären sie zugenagelt. Wir kamen zur dritten Tür, die genauso tot, versiegelt und dunkel aussah wie der Rest. Joe hob die Hand, um zu klopfen, und ließ sie dann wieder sinken.

»War es die dritte«, sagte er, »oder die vierte?«

Ich sah ihn an. In dem düsteren Licht konnte ich ihn nicht genau erkennen, aber er ähnelte überhaupt nicht dem Joe, den ich kannte. Weder sein silbriges Haar noch der Schnurrbart, das enge italienische Hemd, die sauberen Hände – nichts an ihm war Joe. Ich sah mich um. Die Straße schlief in der Dunkelheit, träumte in ihrer üppigen Altertümlichkeit, schien in Stille getaucht. Die Häuser standen so eng zusammen, daß ich den Himmel kaum erkennen konnte und schon gar nicht den skelettartigen Mond.

»Ich weiß nicht, welche es war«, sagte ich, und die alte Angst und die Tränen vom Nachmittag stiegen kalt und dick in meiner Kehle auf. Ich preßte meine Fingerknöchel fest gegen meinen Mund. Im nächsten Moment würde ich vor Panik schluchzen, das wußte ich genau.

Die dritte Tür auf der linken Seite flog auf, gelbes Licht strömte auf die Straße und auf uns, und eine tiefe klangvolle Männerstimme, im warmen, vertrauten Ton des amerikanischen Südens, rief: »Kommt hier herein!«

Und wie ein kleines Tier in seinen Bau oder ein Kind, das nach Hause läuft, lief ich geradewegs in die ausgestreckten Arme von Sam Forrest.

5. Kapitel

An jenem Abend betrank ich mich mit Sam Forrest. Wäre es an einem anderen Abend oder einem anderen Ort gewesen, dann hätte ich mich wohl für den Rest meines Lebens mit glühender Scham daran erinnert. Sam Forrest? Der Maler, dessen brillantes, wildes Frühwerk mich während meines Kunstgeschichtsstudiums so begeistert hatte, diese Ikone des zu Ende gehenden Jahrhunderts, der inzwischen dafür berühmt war, berühmt zu sein, wie Truman Capote einmal über sich selbst sagte? Mit ihm hatte ich mich, kaum daß ich ihn zwei Stunden kannte, auf seinem eigenen, überwältigend schönen, römischen Dachgarten betrunken? Betrunken und »Stars Fell on Alabama« gesungen? Oh, Cat.

Aber damals erschien es mir genau richtig, es war das einzig Richtige, und das gilt noch immer. Ich glaube, daß mir Sam Forrest an diesem Abend das Leben rettete, und das sage ich nicht einfach so dahin. Hätte er von mir verlangt, mit ihm auf einer Bank zu sitzen und Fuselöl zu trinken, dann wäre ich auch dieser Aufforderung dankend gefolgt. Sonst hätte ich nur noch über das Balkongeländer in die Dunkelheit hinunterspringen können, so sehr hatte mich die Angst im Griff.

Nachdem er mich durch die alte Tür in den düsteren Innenhof gezogen hatte, fiel mir zuallererst auf, daß er viel größer war als auf Fotografien und sehr viel lebhafter. Ich kannte ihn zwar von Zeitschriftenfotos, hatte aber nicht erwartet, daß er ein derart rothaariger Typ war. Er war ein breitgebauter Mann mit mächtigen Schultern und einem kräftigen Bauch, Armen und Beinen wie kleine Baumstämme, und Händen, die so groß und so vollkommen geformt waren wie die einer Skulptur von Michelangelo. Er trug ein zerknittertes weißes Seidenhemd, das fast bis zur Taille offenstand und Khakihosen wie die, die Joe zu Hause anzog, nur daß seine für einen Riesen geschnitten waren. Er hatte keinen Gürtel an, und die

Hose hing ihm an den Hüften. Das Hemd stand wohl nicht der Wirkung wegen offen, so wie die wenigen, die ich bisher in Rom gesehen hatte, denn zwei Knöpfe fehlten, und in dem dichten, roten und eisgrauen Haar auf seiner Brust glitzerte keine Kette. Vermutlich war Sam Forrest einfach ein von Grund auf schlampiger Mensch, und das gefiel mir. Es gab mir eine Art von Heimatgefühl und machte die Tatsache, daß ich durch die Tür in seine Arme gestolpert war, ein bißchen weniger peinlich. Er roch nach Gin, scharfem Zigarettenrauch und kraftvollem Schweiß, drei Gerüche, die ich noch nie an einem Mann wahrgenommen hatte. Kein Mann, den ich auf dem Berg kannte, rauchte Zigaretten oder trank Gin, und wenn sie schwitzten, dann wuschen sie sich, noch bevor der Schweiß getrocknet war. Mir wurde klar, daß all das zu Sam Forrest gehörte, auch wenn ich innerlich die Nase rümpfte. Ich wußte, daß Joe irgendwann eine Bemerkung zu diesem Geruch machen würde, und dieses Wissen ärgerte mich seltsamerweise ein bißchen.

»Ich besitze Ihren *Blick auf Gahanna.* Es war der erste signierte Druck, den ich jemals gekauft habe«, plapperte ich und sah ihn mit verwirrten Augen an. »Ich bin Catherine Compton. O mein Gott, ich meine natürlich Gaillard. Hat Ihnen schon einmal jemand gesagt, daß Sie wie Errol Flynn aussehen? Ich meine, wenn er nicht so dünn wäre...«

Meine Stimme versagte, und ich spürte, wie mich von der Brust bis zum Haaransatz eine Hitzewelle überflutete.

»O verdammt«, sagte ich.

Sam Forrest lachte so dröhnend wie ein Sturmwind.

»Tatsächlich hat einmal jemand geschrieben, ich sähe aus wie eine aufgeblasene Errol-Flynn-Gummipuppe«, sagte er. Sein Südstaatendialekt war stärker als alles, was ich von zu Hause her kannte, und wirkte beinahe gekünstelt. Nur wußte man bei Sam Forrest instinktiv, daß er sich bei so kleinen Dingen nicht die Mühe machen würde, sie zur Schau zu stellen. Große Dinge ja, aber kleine nicht.

»Ich bin Joe Gaillard, der Mann, der Cat Compton nach Rom begleitet hat, um einen anderen berühmten Rotschopf zu paraphrasieren«, sagte Joe und streckte die Hand aus. Seine Stimme klang kühl, amüsiert und professoral.

»Das habe ich mir schon gedacht«, sagte Sam. »Maria meinte, ich sollte nach einem Mann Ausschau halten, der das lebende Abbild von Ashley Wilkes in einem Leinenanzug sei. In dieser Umgebung trifft das nur auf Sie zu. Wenn man einmal vom Leinenanzug absieht.«

Seine Augen waren klein, sehr strahlend blau und verschwanden fast in einem Netz aus feinen Fältchen. Offenbar lachte er sehr viel. Seine buschigen Augenbrauen waren so rot wie rostiger Stahl, und wie sein Haupt- und Brusthaar mit Grau durchsetzt. Er war übersät mit Sommersprossen, die so dicht saßen, daß sie auf dem Rücken seiner dünnen Adlernase beinahe zu einer kupferfarbenen Maske zusammenflossen. Sogar seine dünnen Lippen waren von Sommersprossen umgeben, und auch auf den Händen und Armen saßen sie. Sein Haar war dick und auf eine Art gekräuselt, als hätte er früher einmal Locken gehabt, die jetzt zu einer Krause ausgewachsen waren, und er trug es in einem Pferdeschwanz zurückgebunden. In einem Ohr hatte er einen Goldring. Was bedeutete das? Hatte mir nicht jemand erzählt, das sei ein Erkennungszeichen für Homosexualität? Oder war es nur eine Mode unter jungen Leuten? Er sah aus wie ein riesiger, brüllender Pirat, ein moderner Barbarossa. Mit Sicherheit war dieser große, rothaarige Mann nicht schwul, denn er dampfte vor Männlichkeit wie vor Schweiß. Die schmalen blauen Augen betrachteten Joes Hemd amüsiert und sogar voller Mitleid, aber ich hörte die Steifheit in Joes Stimme, als er sagte: »Wenn es nach mir gegangen wäre, wäre ich schon im Leinenanzug gekommen. Irgendein Trottel am Flughafen hat meinen Koffer mitgenommen. Ich mußte nehmen, was es im Laden des Hotels gab.«

»Na ja, Sie kennen ja das alte Sprichwort«, sagte Sam Forrest und drehte sich um, »wenn man in Rom ist... Kommen Sie mit nach oben. Die Party kommt gerade in Schwung, und Colin und Maria können es kaum erwarten, Sie beide zu sehen. Sie können es überhaupt kaum mehr erwarten, was das angeht. Mein Gott, ich dachte schon, er verliert irgendwann die Beherrschung, wirft sie auf den Tisch und legt los, noch bevor der Abend richtig angefangen hat. Er brodelt geradezu. Was macht ihr eigentlich mit den beiden in Tennessee, haltet ihr da ständig einen Feuerwehrschlauch auf sie?«

Wir folgten ihm durch den schwach erleuchteten Innenhof, wo neben einem trockenen Brunnen, der Jahrhunderte alt zu sein schien, eine vertrocknende Palme stand, und Fahrräder in einem feuchten Tordurchgang lehnten. Mich überfiel plötzlich das erstaunliche und alberne Bedürfnis, meine Schuhe auszuziehen und barfuß, hüftenschwenkend, kaugummikauend und kehlig lachend dahinzuschlendern. Ich zog das Vorderteil meines Sonnenkleids höher und strich mein Haar nach hinten, das in dieser feuchten Hitze unordentlich abstand. Wann war es so heiß geworden? Ich konnte mich nicht erinnern, diese Hitze schon vorher gespürt zu haben.

»Na ja, zu Hause tat sich da einfach nichts«, sagte Joe in der Dunkelheit hinter mir. »Gebrodelt hat da vor allem sie. Ich fragte mich sogar, was Colin eigentlich an ihr fand. Ich meine, sie ist nicht gerade Gina Lollobrigida...«

Ich zuckte zusammen und konnte geradezu spüren, wie sich meine Augen krampfhaft schlossen und mein Mund sich schweigend verzog. Was, um Himmels willen, war bloß in Joe gefahren? Nahm er an, Sam Forrest mache seinen Schützling irgendwie schlecht? Und seit wann machte er sich über Marias Begierde Gedanken? Ich wußte, daß er sie ebensosehr mochte wie ich und daß er ihre Freundlichkeit und Ergebenheit Colin gegenüber und ihren sagenhaften Intellekt bewunderte. Ausgerechnet Gina Lollobrigida. Wie lange war es her, daß Joe einen Film mit ihr gesehen hatte oder daß sie überhaupt zum letzten Mal einen gedreht hatte?

Ohne sich umzusehen, sagte Sam Forrest: »Maria hat sich offenbar gründlich verwandelt, und zwar in eine üppige und fremdartige Frau. Ich glaube, jeder Mann auf der Party weiß ziemlich genau, was dieser junge Leslie Howard in ihr sieht. Sie gerät offenbar nicht nach ihrer Kusine zweiten Grades, oder wie immer Ada auch mit ihr verwandt ist. Da schlägt wohl die toskanische Seite der Familie durch. Ada stammt aus dem tiefen Mezzogiorno, obwohl sie behauptet, es wäre Florenz. Hier ist der Aufzug. Passen Sie auf Ihre Arme und Beine auf, er ist unberechenbar. Sehen Sie diese X-Zeichen an der Wand? Jedes steht für einen römischen Schwanz, den dieser Mistkerl erwischt hat.«

Ich lachte schnaubend, und Joe sagte leise etwas Unverständliches. Die Tür schloß sich, Sam drückte Knöpfe, und wir ruckelten aufwärts. Scheinbar endlos zogen sich die Augenblicke, die wir eng gedrängt in der winzigen, schmuddeligen Zelle standen, im uringelben Licht der verzierten einzigen Lampe und den vermischten Gerüchen nach Essen, modrigen Teppichen, Sam Forrest und Generationen von Römern, die hier auf- und niedergefahren waren. Und dann blieb der Aufzug knirschend stehen, die Tür öffnete sich quietschend, und wir traten hinein in die Party, die auf Sams Dachgarten stattfand.

Ich mußte tief Luft holen, so schön war der Anblick. So etwas Herrliches, Exotisches, völlig Unerwartetes wie diesen mit Kerzen erleuchteten Dachgarten in Rom am ersten Abend, den ich hier verbrachte, hatte ich noch nie gesehen. Vermutlich werde ich auch nie wieder etwas so Schönes sehen. Mein Leben zu Hause war zwar auch reich an Schönem, das ich mir selbst geschaffen hatte, und ich war keineswegs ahnungslos im engeren Sinne. Aber für diesen Anblick fand ich keinen Vergleich und keinen Maßstab. Sein Zauber war aus passenden, sorgfältig ausgewählten und ungekünstelten Einzelteilen gewebt: Die Blumen waren lockere Sommersträuße in Vasen und Tontöpfen, die Kerzen steckten in unterschiedlichen Ständern, auf Untertassen und in Windlichtern, die kleinen Tische trugen Narben und eine schöne dunkelsilberne Patina von unzähligen Sommern auf dem Dach, der Nachthimmel hatte das tiefe, weiche Mitternachtsblau eines römischen Juli, die Luft duftete nach den fremdartigen Kletterpflanzen, die überall in Töpfen standen, nach dem Leben um und unter uns, und nach Obst, Brot und Wein. Wie Quellwasser drang Musik aus einem kleinen Radio, das auf der breiten Brüstung stand: Vivaldi. Menschen lachten und unterhielten sich leise. Und als stünden wir mitten im Meer, erstreckte sich um uns das erleuchtete, pulsierende, summende, glitzernde Rom. Die Kuppel von St. Peter, und Reihen von Zypressen und schirmförmigen Pinien hoben sich schwarz gegen das dunkle Blau ab. Fast direkt über uns strahlten erleuchtete Säulen auf dem langen Rücken eines Hügels, wie eine Phantasie unter den dunklen Pinien.

Sam Forrest drehte sich herum und lächelte uns an. Er deutete auf den Hügel.

»Janiculum«, sagte er. »Dort wurde Petrus gekreuzigt. Jenseits davon ist der Aventin. Das ist einer der großen sieben.«

Ein Schauder durchlief mich, so tief wie eine erotische Empfindung. Wie sah wohl ein Leben aus, wenn man tagtäglich von Monumenten umgeben war, die von Ereignissen zeugten, die für die gesamte Welt die Zeitrechnung verändert hatten? Wie konnte ein Leben hier trivial sein? Ich langte hinter mich, nahm Joes Hand und drückte sie. Er drückte die meine ebenfalls.

Eine Frau löste sich aus der Menge und kam auf uns zu. Zunächst hielt ich sie fast für einen Albino, so hell war sie. Ihr Gesicht und das Haar hatten fast das gleiche Perlweiß, und sie war auch weiß gekleidet, mit einer wundervoll geschnittenen Seidenhose und einem Seidenhemd, das bis zur Taille offenstand und dort verknotet war. Sie war nicht groß, aber sehr dünn, und daher wirkte sie lang, eine milchweiße Schwalbe. Um den Hals und an den Ohren trug sie dicke, unregelmäßige Barockperlen, und ihr Mund war ein scharlachroter Strich in all dem glitzernden Weiß. Meine geblendeten Augen sahen in ihr erst etwas seltsam Unnormales, eine Art Monstrosität, wie aus einem Fellini-Film. Aber als sie uns erreicht hatte, sah ich, daß sie sehr schön war. Ihre Gesichtszüge waren zwar bleich, aber gut geschnitten, und ihr seidiges weißes Haar, das ihr offen und lang auf die Schultern fiel, war einfach erstaunlich. Ihre Augen hatten das Blau von beleuchtetem Schnee, eine Farbe, die auf der Farbskala soweit wie nur möglich von dem strahlenden Dunkelblau der Augen Sam Forrests entfernt war. Ihre Hand, die sie um die meine legte, war lang und fest, und zwar trocken, aber so warm, daß man es beinahe heiß nennen konnte. Wie konnte in diesem Marmorgrab von einem Körper ein solches Feuer brennen? Wie waren sie zusammengekommen, die Schneefrau und der Feuermann?

»Ich bin Ada Forrest«, sagte sie. »Willkommen in Rom und auf unserem Fest. Wir haben schon alle von Ihnen gehört.«

In ihrer Stimme klang keine Spur von Akzent.

Sie beugte sich vor und küßte mich nach römischer Sitte erst auf die eine und dann auf die andere Wange. Ihr Gesicht war heiß, und ihr Atem fühlte sich warm an auf meiner Wange. Sie roch nach etwas Klarem, Dunklem und leicht Bitterem, das mir so fremdartig vorkam wie sie selbst.

»Mein lieber Joe«, sagte sie, ging an mir vorbei auf Joe zu und küßte ihn ebenfalls.

»Das Vergnügen, Sie kennenzulernen, ist ganz auf meiner Seite«, sagte Joe, noch immer mit seiner kühlen Professorenstimme. Ich wußte, daß ihn Ada Forrest ebenso verwirrte wie mich. Die Stimme, die Joe bei Frauen hat, ist gewöhnlich warm und ein bißchen spöttisch. Allerdings dürfte er sich dessen so wenig bewußt sein wie der Luft um ihn herum.

Ada zog uns zu der Gruppe von Menschen auf dem Dachgarten. Bevor sie sich umdrehten, um uns zu begrüßen, sah ich sie an: Fast jede Frau hatte etwas Seidenes an, und etwas, das entweder bodenlang war wie Adas Hose oder so kurz, daß die Beine bis weit über die Knie hinauf zu sehen waren. Die Stoffarben waren hektisches Scharlachrot, Schwarz oder Weiß. Die Männer trugen elegant geschnittene leichte Jacketts über Hemden mit offenem Kragen und Hosen, die entweder eng oder, wie in Europa üblich, in tiefe Falten gelegt waren. Jeder hielt ein Stielglas in der Hand, und viele rauchten. Die Schuhe liefen sämtlich spitz zu und waren geschlossen. Niemand trug ein pastellfarbenes Sommerkleid und Sandalen, und niemand außer Sam Forrest trug Khakihosen. Und natürlich Joe. Ich, die ich mich nie darum gekümmert hatte, was ich trug, weil es immer ohne jeden Zweifel passend gewesen war, fühlte mich plötzlich rückständig, unerfahren und auf eine schmerzlich unpassende Weise jugendlich. Ich fühlte mich genauso, wie ich aussah: eine ältere Frau im Kleid eines Teenagers. Am liebsten hätte ich die Gruppe angeschrien: Ich besitze auch richtige Kleider, aber irgendein römischer Idiot hat sie gestohlen! Joe, der noch immer hinter mir war, murmelte: »*La dolce vita.*« Ich wußte, daß er sich ebenso unwohl fühlte wie ich.

Plötzlich löste sich Maria aus der Gruppe, rannte auf uns zu und schloß uns in die Arme, und dann kam Colin, der uns wie wild auf den Rücken klopfte und uns über Marias kleinen Körper hinweg umarmte. Da zerbrach die Schale des Mißbehagens, Wärme und Fröhlichkeit überfluteten uns, und wir tauchten ein in das Fest.

Ich kann mich heute nicht mehr an jeden erinnern, den wir an diesem Abend kennenlernten. Die meisten von ihnen sah ich nie wieder. Es waren, so vermutete ich, Sam und Ada Forrests engste Freunde, diejenigen, die man einlud, wenn man wichtige Ereignisse im Leben feierte. Ich wußte, daß die Forrests Maria vorher nie getroffen hatten, und Colin natürlich ebenfalls nicht, aber der italienische Familiensinn ist wohl tief verwurzelt, und Ada Forrest hielt den Kontakt mit ihrer Verwandtschaft in Amerika, so daß sie regelmäßig die Neuigkeiten über die Tochter ihrer Kusine erfuhr, das gescheite Kind, das diesen außergewöhnlichen jungen Mann aus dem Süden heiratete. Ich fand es eine schöne Geste, die beiden nach Rom einzuladen und ihnen vorzuschlagen, das gemeinsame Leben hier zu beginnen – und vor allem den größten Teil der Reise zu bezahlen. Vielleicht vermißte Ada Facaros ihre Kusine, Marias Mutter, und wollte die alten Blutsbande erneuern. Ich fand es anrührend, daß ein so international berühmtes Paar wie sie und Sam eine so einfache und anmutige junge Frau wie diese Verwandte ihren Freunden vorstellten und sie einluden, die Feier am Beginn ihres neuen Lebens mit ihr zu teilen. Es wirkte freundlich und irgendwie tröstlich. So etwas taten wir zu Hause auf dem Berg auch.

Aber die Menschen, die Joe und ich an diesem Abend kennenlernten, waren ganz anders als die Leute zu Hause auf dem Berg. Mit wenigen Ausnahmen glichen sie in nichts den Menschen, die ich bisher kennengelernt hatte.

Vor der Abreise zu Hause hatte ich mir diese Party vorgestellt und im Geiste eine Art idealisierter Versammlung internationaler Künstler vor mir gesehen, das Beste, was die europäische Kunstszene zu bieten hatte. Ich erwartete intensive Gespräche über entstehende Arbeiten, Namen, die ich aus den Kunstzeitschriften kannte, und einige oberflächlich bekannte, ernste italienische Akademiker.

Aber außer Ada Forrest und einer dunklen, schwerfälligen jungen zweiten Ehefrau eines Dokumentarfilmproduzenten waren keine Italiener anwesend. Wir lernten Engländer kennen, ein oder zwei Leute aus orientalischen Ländern und einen flachshaarigen Finnen, der ein langes Gesicht hatte und sehr komisch war. Und wir trafen viele Amerikaner, die beinahe alle aus dem Süden stammten. Das hätte mir das Unbehagen nehmen sollen, wie es Sam Forrests Akzent getan hatte, als er zum ersten Mal den Mund aufmachte, aber seltsamerweise war es nicht so. Sie gehörten nicht zu unserem Süden, keiner von ihnen entstammte unserer akademischen Welt. Da waren zwei oder drei andere Künstler aus verschiedenen Sparten, bedeutend mehr Leute, die »beim Film« arbeiteten, sieben oder acht, die etwas beim Fernsehen machten, einige, die erklärten, sie betrieben »Geschäfte« und lächelten, als sollte ich wissen, was sie damit meinten, ein großgewachsener Mann vom Mississippi, der sagte, er spiele Tennis, ein paar Journalisten, und eine Reihe von Schriftstellern, deren Namen und Arbeiten ich nicht kannte. Nach Joes äußerst interessiertem und gefaßtem Gesichtsausdruck zu urteilen, kannte auch er sie nicht. Ich empfand eine gewisse Peinlichkeit und tiefe Verwirrung für uns beide. Es war unser Beruf, Schriftsteller zu kennen.

Ich hatte den Eindruck, daß die meisten Leute, die sich beim Kennenlernen mit ihrem Beruf vorstellten, Männer waren. Die Frauen gingen entweder keiner Arbeit außer Haus nach oder sprachen nicht darüber. Einige wurden als die Frau des Soundso vorgestellt, aber viele andere lediglich mit ihrem Namen. Es waren Frauen jeder Altersgruppe da, angefangen von Marias Alter bis etwa ein Jahrzehnt älter als Joe und Sam Forrest, der, wie ich wußte, Anfang Fünfzig war. Nicht alle waren schön oder auch nur hübsch, aber soweit ich das beurteilen konnte, hatten sie alle Stil und waren ausnahmslos interessant. Das lag nicht nur an der Kleidung oder dem Verhalten, sondern irgendwie in ihrer Art. Keinesfalls sahen sämtliche Frauen in Sam und Adas Dachgarten besonders glücklich oder angeregt aus, aber alle wirkten sicher in dem Bewußtsein, mit jedem Molekül ihres Wesens genau dorthin zu gehören, wo sie sich gerade befanden.

Der grundsätzliche Unterschied zwischen ihnen und mir schien in Neonfarben in die feuchte Luft geschrieben zu sein. Daß sie dazugehörten, triefte ihnen aus jeder Pore, genau wie mir anzusehen war, daß ich nicht dazugehörte. Während ich voller Verzweiflung spürte, wie die Angst wieder ansprang, fragte ich mich, ob wir auf dem Berg auf Besucher und Neuankömmlinge eigentlich auch so wirkten. Falls das so war, sollten wir uns dafür schämen. Noch nie war ich mir so fremd und unbehaglich vorgekommen, und das Gefühl schien sehr viel mehr zu umfassen, sehr viel grundlegender zu sein, als nur die Tatsache, daß ich auf der Party eine Fremde war. Es war offensichtlich, daß nur wenige der Leute es wußten oder spürten, und in meiner wachsenden Angst und Verlegenheit konnte ich nicht glauben, daß sie sich, falls sie es bemerkt hätten, darum gekümmert hätten. Selbst Maria und Colin mischten sich, nachdem sie uns umarmt und vorgestellt hatten, wieder in die Menge, zwei junge Leute, die mir vollkommen fremd waren. Sie hingen aneinander, als folgte ihnen kein einziger nachsichtiger Blick, küßten sich oft, und einmal sah ich, wie Colin Marias feuchtes Haar beiseite schob, um ihr etwas ins Ohr zu flüstern und seine Zunge hineinzustecken. Fast verzweifelt drehte ich mich zu Joe um.

»Komm, wir holen uns etwas zu trinken«, sagte ich, und meine Stimme hörte sich in meinen Ohren hoch und gekünstelt an.

Die Bar befand sich in der Ecke des Dachgartens, von der aus man auf die dunkle Straße hinunterblicken konnte. Sam Forrest führte uns hinüber und fragte, was wir trinken wollten, aber noch bevor wir antworten konnten, packte ihn der junge Mann, der gesagt hatte, er spiele Tennis, am Arm und zog ihn zu einer Gruppe am Ende des weißgedeckten Tisches. Geplauder und Gelächter erklang. Sam machte eine Geste, als wollte er sagen: »Ich bin gleich wieder da«, und verschwand in der Gruppe. Ich sah mich aufmerksam um. Niemand sah uns an. Dann schenkte ich Joe das strahlendste Lächeln, das ich meinen Wangenmuskeln entlocken konnte.

»Was darf ich Ihnen anbieten?« fragte der junge Barmixer, der aussah, als sei er der Sohn oder Neffe von irgend jemandem.

»Bourbon und Wasser«, sagte ich, und er wurde verlegen.

»Ich glaube nicht, daß wir welchen haben«, sagte er. »Aber wir haben Scotch. Und verschiedene Brandys.«

»Geben Sie mir Brandy«, sagte ich. »Auf Eis.«

»Und was möchten Sie, Sir?«

»Einen Campari-Soda«, sagte Joe.

Ich starrte ihn erstaunt an. Joe trinkt immer Bourbon. Immer.

»Wenn man in Rom ist...«, sagte er und blickte sich mit deutlichem Interesse auf der Dachterrasse um. Sein Arm lag lose auf meiner Schulter, und ich konnte den Schweiß auf seiner Handfläche fühlen. Ich vermutete, daß nicht nur die schwere, heiße Nachtluft daran schuld war. Alles an Joe war wie immer, er war genauso großgewachsen, hager und schlaksig wie immer, und sein Gesicht wirkte im weichen, flackernden Licht der Windlichter an der Bar so schmal, gefurcht und gutaussehend, wie ich es kannte. Aber ich fühlte seine Unruhe. Es war, als wäre unter der Oberfläche eines glatten, vertrauten Teiches plötzlich ein unberechenbarer Wirbel entstanden. So eine tiefe Unsicherheit hatte ich an Joe noch nie wahrgenommen, nicht einmal während meiner Therapie, und es war ein Gefühl, als hätte ein Baum oder Findling dem bloßen Auge plötzlich seine dichtgedrängten, schwärmenden Atome gezeigt. Winzige, scharfe Pfeile der Panik entsprangen meinen Handgelenken, und mein Gesicht begann dumpf zu prickeln.

Ich goß den Brandy in einem Schluck hinunter und reichte das Glas zurück, um es wieder auffüllen zu lassen.

»Herrgott, Cat«, sagte Joe leise. »Das scheint mir nicht gerade der geeignete Ort, um sich zu betrinken.«

Ich trank den zweiten Brandy, und die Angst zog sich etwas zurück.

»Laß mich nur nicht allein«, flüsterte ich Joe zu, der noch immer an seinem Campari-Soda nippte und seine Blicke über den Dachgarten schweifen ließ. »Ich weiß, daß wir uns unter die Leute mischen müssen, aber laß mich bitte nicht allein.«

»Bestimmt nicht«, sagte er und lächelte, und das Gefühl der Fremdheit verschwand noch etwas mehr. »Aber halte dich mit dem Brandy zurück. Ich möchte mich nicht mit Sam Forrest oder diesem Tennisspieler um deine Ehre prügeln müssen.«

»Wann mußtest du das jemals?« fragte ich verletzt.

»War nur ein Witz, Cat. Sei doch fröhlich. Ich werde dich nicht alleinlassen.«

Aber er ließ mich allein. Schon nach wenigen Minuten teilte sich die dichtgedrängte Menge der Gäste, die sich fast alle um das Büfett am anderen Ende des Dachgartens versammelt hatten, und Colin Gerard rief: »He, Joe! Komm her und sag diesen Ahnungslosen, was der größte Dichter von Trastevere über die Trasteverinos geschrieben hat!«

Joe lächelte, löste den Arm von meiner Schulter und ging von mir weg auf die Gruppe zu. Ich machte einen Schritt hinter ihm her und blieb dann stehen. Meine Füße wollten mir nicht gehorchen.

»Möchten Sie noch einen Brandy, Ma'am?« fragte der junge Barmixer.

»Ja, danke.«

Er goß mir ein, und ich nippte daran, dankbar für das Feuer, das sich in meinem Magen ausbreitete. Es war ein sehr leerer Magen. Weder Joe noch ich hatten seit dem Mittagessen auf dem Flug etwas gegessen.

Von der anderen Seite des Daches und scheinbar aus weiter Ferne hörte ich Joe mit lässiger Professorenstimme sagen: »Nun, wenn mich meine Erinnerung nicht trügt, sagte Carl Alberto Salustri, den man auch als Trillussa kennt:

Keine Lust zur Arbeit habe ich, ich mag nicht schaffen.
Dafür eigne ich mich nicht, und Arbeit langweilt mich.
Muß ich noch mal sagen: Keine Lust zur Arbeit habe ich,
oder darf ich eine Pause machen und ein wenig schlafen?«

Joe hielt inne und sah sich unter den Gästen um, die ihn mit milden Blicken betrachteten. Er lachte, ein leiser, trockener Ton, und auch Colin lachte. Aber sonst niemand.

Joe erklärte: »Ein anderer eurer literati, ein Auswanderer wie ihr, sagte darüber: ›Hier kann man ebensogut wie anderswo das Ende der Welt abwarten.‹ Ich glaube, das kommt in Fellinis *Roma* vor.«

Colin lachte wieder, aber außer ihm lachte keiner. Joe hatte zu Hause ein Buch entdeckt, das den Titel *Ein literarischer Begleiter durch Rom* trug, und zahllose Epigramme auswendiggelernt, die andere Reisende im Lauf der Jahrhunderte über die Stadt geäußert hatten. Colin gegenüber zitierte er sie ständig, und diesem gefielen sie. Mir gefielen sie ebenfalls. Ich erfuhr gerne, was andere Reisende hier für sich selbst entdeckt hatten, denn dann fühlte ich mich, als besäße ich anstatt der von der Natur gegebenen Sinnesorgane ein Vielfaches davon. Die Worte, die Joe heute abend zitiert hatte, hatte ich schon oft gehört.

»Ich glaube, Gore Vidal hat das gesagt«, ergänzte Joe in das Schweigen hinein. Niemand antwortete.

Mein Herz krampfte sich zusammen vor Mitleid mit meinem Mann, meinem schönen, gescheiten Mann, der mit seiner Genauigkeit auf diesem haßerfüllten Dachgarten erstickte wie ein Fisch auf dem Trockenen. Gerne wäre ich zu ihm gegangen, hätte meine Hand in seine gelegt und einfach gesagt: Ich glaube, wir gehen jetzt heim. Und das würden wir dann auch tun. Vielleicht fuhren wir sogar ganz nach Hause, Joe und ich gemeinsam, wie vor der Reise. Wenn ich meinen Brandy ausgetrunken hatte, würde ich zu ihm gehen.

»Hat er das wirklich gesagt?« wollte eine der Frauen wissen, eine große Blonde in einem kurzen schwarzen Lederrock. »Das klingt gar nicht nach Gore. Ich spiele Tennis mit ihm, wenn er in Rom ist. Ich werde ihn fragen.«

Ich starrte sie an. Schweißperlen standen auf ihrem Gesicht und liefen ihr über die glatten, braunen Beine. Na ja, kein Wunder, Leder im Juli, in diesem Schmelzofen von einer Stadt. Mit Freude hätte ich ihr in das schweißige, herablassende Gesicht geschlagen. Aber Joe würde schon mit ihr fertigwerden, ein leise dahingemurmelter Satz würde sie auf ihre angemessene Größe zurückstutzen. So etwas hatte ich sooft bei ihm gehört. Ich hatte noch niemanden kennengelernt, den Joe mit seinem Witz und seiner Professorenstimme nicht in Schach halten konnte.

»Vielleicht war es auch nicht Vidal«, sagte Joe, diesmal nicht in seiner professoralen Stimme, lächelte und zuckte mit den Achseln. Das Lächeln sah aus, als hätte es jemand mit einer Glasscherbe in sein Gesicht geschnitten.

»Das habe ich mir auch gedacht«, sagte die Frau und wandte sich wieder den anderen zu. Mit einem lauten Knall stellte ich das Glas auf die Bar und ging auf Joe zu. In diesem Moment tauchte Ada Forrest so geschmeidig wie ein weißer Hai aus dem Schatten hinter dem Büfettisch auf, nahm seinen Arm und zog ihn auf die andere Seite des Daches, wo einige niedrige Holzstühle standen und eingetopfte Bäume, die, mit winzigen Lichtern besteckt, eine Laube bildeten. Sie stand neben ihm, ihr weißer Kopf reichte ihm gerade bis ans Kinn, sie hatte den Arm unter seinen geschoben und flüsterte ihm etwas ins Ohr. Ich sah, wie er den Kopf zurückwarf und lachte, und sie lachte ebenfalls, ein fülliger Ton wie rotbrauner Portwein. Sie drehten der steinernen Brüstung den Rücken zu, und ich näherte mich ihnen, voller Dankbarkeit gegenüber Ada Forrest und froh, die Sicherheit im Lachen meines Mannes zu hören. Aber sie ließen sich auf zwei Stühle sinken, von denen aus sie die Stadt überblicken konnten, und begannen sich zu unterhalten. Ich konnte nicht hören, was sie sagten. Sie drehten sich nicht nach mir um.

Ich blieb stehen und ging dann wieder zur Bar, um mein Glas zu holen und mich umzusehen. Niemand warf mir einen Blick zu. Ich trug mein Glas zu einer verzierten Steinbank, die an der Brüstung stand, im Schatten einer großen, knorrigen alten Kletterpflanze ... eine Glyzinie, dachte ich dumpf, im Frühling sah sie bestimmt herrlich aus. Ich stützte meine Unterarme auf die Brüstung. Hier stand ich im dunklen Schatten der Kletterpflanze und neben der warmen, ziegelroten Wand eines kleinen Dachaufbaus, in dem sich möglicherweise ein Waschbecken, ein Kühlschrank und eine Toilette oder vielleicht Gartengeräte und Blumentöpfe befanden.

Die Brüstung lag an der Rückseite des Hauses, hinter dem sich ein großer, schwarzer Hügel erhob, gekrönt von einem dunklen, mittelalterlich wirkenden Bauwerk. Zwischen den Rückseiten der alten Mietshäuser und dem Abhang des Hügels befand sich ein breiter Graben, eine Schlucht, die an den Rändern dicht mit Unterholz bewachsen und in der Mitte tiefschwarz war. Ich starrte hinunter. Ganz plötzlich wirkte diese schwarze Tiefe freundlich, verführerisch, kühl und unendlich weich. Die Angst stieg aus meinem tiefsten Inneren empor und überrannte mich wie ein Feuersturm. Sie erfüllte mich bis in die Haarspitzen, bis in die Spitzen meiner Finger und Zehen, bis in meine eng zusammengepreßten Lippen. So eine rasende Panik hatte ich nie zuvor gespürt, nicht einmal während meiner schlimmsten Zeiten auf dem Berg. Nie zuvor ...

Ich schloß die Augen. Ich spürte, wie mir das Brandyglas aus den plötzlich gefühllos gewordenen Fingern fiel und am Rand der Brüstung zerschellte, aber ich hörte nicht, wie die Scherben am Grunde der schwarzen Schlucht auftrafen. Vielleicht hatte sie gar keinen Grund. Ich fühlte, wie ich schwankte und sich die Dachterrasse wellenartig und glitschig unter meinen Füßen bewegte.

Jemand legte mir die Hand auf die Schulter. Joe war es nicht, es war nicht seine Berührung. Mir schien, als könnte ich die Augen nicht öffnen.

»Ich wäre Ihnen sehr verbunden, wenn Sie mir die Ehre erweisen würden, sich mit mir auf diese Bank zu setzen und zu betrinken«, sagte Sam Forrest. Nun öffnete ich die Augen. Er stand neben mir wie ein mächtiger Berg, seine Zähne und Augen glitzerten in der Dunkelheit, und er roch stark und wunderbar nach Schweiß und Erde. In einer Hand hielt er zwei Gläser und in der anderen eine Flasche Bourbon.

»Ich habe immer eine Flasche in Reserve für besondere Gelegenheiten«, sagte er. »Es gibt nicht viele Leute, denen soviel Klasse angeboren ist, daß sie danach fragen. Ich habe mich gefreut zu hören, daß Sie es taten. Pur oder mit Wasser? Ich glaube nicht, daß es in ganz Italien heute nacht einen einzigen Eiswürfel gibt, aber ich kann nachsehen ...«

»Pur«, sagte ich. Meine Stimme klang normal, und ich staunte, wie das möglich war.

Er goß Bourbon, der die Farbe von schönem, warmem, lebendigem Bernstein hatte, in zwei Gläser, und stieß mit mir an. Meine Hand zitterte nur leicht.

»Auf den Beginn einer schönen Freundschaft«, sagte er.

Er trank seinen Bourbon schnell aus, und ich ebenfalls. Ohne mich zu fragen, füllte er unsere Gläser nach, ließ sich schwer auf der verzierten Bank nieder und klopfte auf den Sitz neben sich. Vom Whiskey von der Kehle bis zum Bauch erwärmt, setzte ich mich. Eine kurze Weile sprach keiner von uns, ich nippte an meinem Getränk und sah mich auf der Dachterrasse um. Meine Lippen prickelten wie betäubt, und ich fragte mich, was, um Himmels willen, ich zu Sam Forrest sagen konnte, damit er neben mir sitzen blieb ... denn mein Hirn war völlig leergefegt und blank, abgesehen von dem starken Wunsch, auf diesem Dach nicht länger allein zu sein. Mir kam der Gedanke, daß Ada Forrest mich vielleicht hier stehen sah und ihn zu meiner Rettung geschickt hatte. Ich konnte mir ihre weiche, lässige Stimme vorstellen, wie sie sagte: »Ach, Sam, sei doch um Himmels willen so nett, geh hinüber und rede mit ihr. Niemand sonst tut es, und offenbar mischt sie sich nicht unter die Leute. Das hat man davon, wenn man Leute, die man nicht kennt, zu diesen verdammten Partys einlädt.«

Diese Vorstellung wäre mir unter normalen Umständen tödlich peinlich gewesen, aber zu diesem Zeitpunkt stand ich längst unter Wirkung des Alkohols, und ich fühlte mich meiner Umgebung so fern, als stünde ich hinter einer warmen, sauberen Glasscheibe. Ich sage alles, was nötig ist, um ihn bei mir zu halten. Ich werde so kluge und gescheite Dinge sagen, daß er die ganze Nacht bleiben will. Joe wird mich früher oder später suchen, und dann können wir nach Hause gehen. Warum habe ich nur nicht früher daran gedacht, mich zu betrinken? Auf lange Sicht ist es besser als Valium.

In der schattigen Dunkelheit fühlte ich, wie Sam Forrest mich ansah; ich konnte seinen Blick auf meiner Wange spüren. Ich wandte mich ihm zu und lächelte. Es war, so phantasierte ich, ein weises, ein abgeklärtes Lächeln.

»Erzählen Sie mir, woran Sie gerade arbeiten«, sagte ich.

Er lachte.

»Im Augenblick arbeite ich daran, einen Kater zu bekommen«, antwortete er. »Abgesehen davon, überhaupt nichts. *Nulla. Niente.* Seit letztem Jahr um diese Zeit habe ich nicht ein einziges winziges Stück fertigbekommen. Ich dachte, daß ich im Frühjahr wieder in die Gänge komme, aber dem war nicht so, und jetzt ist Sommer, und niemand kann im Sommer in Rom arbeiten, wegen der ganzen Touristen und der Besucher, die vorbeikommen und wissen wollen, woran man arbeitet.«

Nicht einmal der Whiskey konnte die Flamme der Peinlichkeit löschen, die in meiner Brust und meinen Wangen brannte. Ich wußte, daß er dort die Zeichen erkennen konnte. Natürlich haßte er die zahllosen Leute, die ständig an seine Tür klopften, aus heiterem Himmel, wie Joe und ich, angezogen von seinem Charisma, seiner Berühmtheit, seiner meisterhaften Kunst...

»Daran hätten wir denken sollen«, sagte ich steif. »Natürlich können Sie nicht arbeiten. Hören Sie, Sam, bitte fühlen Sie sich nicht verpflichtet, hier zu bleiben und sich mit mir zu unterhalten. Ich fühle mich wohl so, es ist wunderschön, den Ausblick von hier zu genießen. Außerdem müssen Joe und ich ohnehin bald gehen, weil es ungelogen Ewigkeiten dauert, bis wir wieder bei unserem Hotel sind...«

Er streckte die Hand aus und legte sie auf meine. Erst jetzt bemerkte ich, wie kalt mir trotz der schwülen Hitze war. Seine Hand fühlte sich an wie ein Kätzchen, das am Feuer gelegen hatte.

»Ich habe nicht Sie gemeint, Cat«, sagte er. »Nein, kommen Sie, sehen Sie mich an. Es tut mir leid. Herrgott, irgend jemand sollte mir den Mund stopfen. Ich habe Sie nur angeknurrt, weil ich seit einem Jahr unfähig bin zu arbeiten, und daran ist niemand schuld außer mir selbst, und es macht mir angst und macht mich zu einem übelgelaunten Scheißkerl. Ich würde auch dann nicht arbeiten, wenn Sie und alle anderen in Rom mich den Rest meines Lebens in Ruhe ließen, und ich trinke hier Bourbon mit Ihnen, weil es auf diesem verdammten Dach sonst niemanden gibt, mit dem ich lieber zusammen wäre. Sie und Joe müssen nicht gehen, und Ada wird ihn erst entlassen, wenn es dreizehn schlägt. Machen Sie sich um Joe keine Sorgen. Dem geht es ausgezeichnet.«

Ich blickte über die Dachterrasse zu der Gruppe, die sich um die Bar scharte. Wie die berühmten Motten um das Licht flatterten alle um Ada Forrest, die weiß strahlte. Auf ihrer einen Seite standen Colin und Maria Arm in Arm und lachten. Maria trug einen bunten Baumwollrock, der ihr bis zu den Knöcheln reichte, und eine weiße Bluse, die über ihre braunen Schultern nach unten gezogen war. Selbst von hier aus konnte ich die breite Fläche ihrer Brüste und den Spalt dazwischen erkennen. Sie wirkte in gewisser Weise ozeanisch, eine archetypische Gestalt, deren Fruchtbarkeit in jeder Linie, jedem Schwung ihres Körpers zu erkennnen war. Ihr Haar hing ihr wild auf die Schultern und fiel über eines ihrer schwarzen Augen. Ich dachte an die Venus von Willendorf und fühlte Ehrfurcht und Ungläubigkeit angesichts dieser Verwandlung. Neben ihr schien Colin irgendwie geschrumpft zu sein, trotz des halboffenen italienischen Hemds und der engen Hosen. Es war, als hätten die Hitze und die Schwüle der Nacht die Vitalität aus seinem strahlend goldenen Haar gesaugt und seine schöngeschnittenen, schmalen englischen Gesichtszüge vergröbert.

Auf der anderen Seite von Ada, den Arm noch immer mit ihrem verhakt, lachte Joe, hob sein Glas und sagte etwas zu der Versammlung um sich, und alle antworteten mit einem Lachen. Gläser klirrten, und Maria rannte hin und küßte Joe auf die Wange, und Ada drückte seinen Arm ein bißchen.

Es ging Joe in der Tat ausgezeichnet.

»Wenn er so weitermacht, sind wir erst morgen früh zu Hause«, sagte ich und versuchte ein leises Lachen, das in einem Schluckauf endete. »O Gott. Entschuldigen Sie.«

»Wo wohnen Sie?« fragte Sam.

»Im Cavalieri Hilton. Irgendwo da oben. Ich würde es niemals wiederfinden.«

Er lachte ebenfalls.

»Könnte es sein, daß ich in der Wahl Ihrer Unterkunft die zarte Handschrift meiner Frau erkenne? Ich habe recht, nicht wahr? Niemand kommt auf die Idee, dort abzusteigen, wenn ihm nicht Ada diesen Floh ins Ohr setzt. Ich glaube, sie wird dafür bezahlt.«

»Es ist kein schlechtes Hotel«, sagte ich. »Eigentlich ist es sogar ziemlich hübsch.«

»Es ist ein schreckliches Hotel.« Er grinste. »Aber von reichen Amerikanern wird es sehr geschätzt, und Ada genießt es, dort am Pool herumzuliegen. Für ein altes Weib sieht sie im Bikini phantastisch aus, und ich glaube, sie denkt, wenn wir lange genug dort oben liegen, könnte ich eine Menge Aufträge von meinen reichen Landsleuten bekommen, etwa für ein Wandgemälde in einer Einkaufspassage in Kansas City oder eine heroische Statue als Kunst am Bau für eine Katzenfutterfabrik in Scranton.«

»Nehmen Sie denn Aufträge an?« wollte ich wissen. Das Gerede über Ada gefiel mir nicht.

»Zum Teufel, ja«, sagte er. »Im Augenblick würde ich den Auftrag der Katzenfutterfabrik sofort annehmen, wenn ich glaubte, er könnte mir aus meinem Tief heraushelfen.«

»Arbeiten Sie hier zu Hause?« fragte ich.

»Nein, ich habe ein Studio in einem Haus drüben am Campo de' Fiori. Wenn Sie Lust haben, nehme ich Sie einmal mit, solange Sie hier sind.«

»Das würde mir sehr gefallen«, sagte ich und trank noch mehr Bourbon. Es war sehr leicht, sich mit Sam Forrest zu unterhalten. Ich wußte nicht mehr, warum ich angenommen hatte, das wäre nicht der Fall. Wahrscheinlich konnte ich mit ihm über alles reden.

»Haben Sie Kinder?« fragte ich und war über mich selbst erstaunt. An Kinder hatte ich gar nicht gedacht, zumindest nicht bewußt.

»Nicht mit Ada«, sagte er. »Aber ich habe einen Sohn, Terry. Er lebt in Tuscaloosa, Alabama, und führt dort in der Gegend zwei oder drei Ford-Verkaufshäuser. Er ist jetzt... warten Sie mal... zweiunddreißig oder dreiunddreißig. Er hat eine hübsche kleine blonde Frau und zwei hübsche, kleine, blonde Kinder. Ich bin tatsächlich Großvater.«

»Wie, um Himmels willen, kommt er denn nach Tuscaloosa?«

»Na ja, ich habe seine Mutter kennengelernt, als ich in Alabama studierte, und dann blieb ich dort und unterrichtete an der Kunstakademie, und wir heirateten, und er wurde geboren, und so kam eines zum anderen, und seine Mutter und ich ließen uns scheiden, und sie blieb ... und er auch. Für eine bestimmte Art von Amerikanern aus dem Süden ist es schwer, von zu Hause wegzugehen. Etwa für Cheerleader und Ford-Verkäufer.«

Ich wandte den Kopf und sah ihn an. In den Worten klang eine Spur von Bitterkeit, aber in seinem barbarischen roten Gesicht war nichts davon zu erkennen, da standen nur gelassener Humor und eine Art trägen Genusses.

»Sie war Cheerleader?«

»Das war sie. Das hübscheste Mädchen in ganz Alabama in diesem Jahr. Sie brachte mich völlig um den Verstand. Sterne fielen auf Alabama, wie es in dem Lied heißt.«

Das amüsierte mich, und leise begann ich zu singen: *»We lived our little drama, we kissed in a field of white, and stars fell on Alabama ... last night.«*

Bei der letzten Zeile fiel er ein, mit einer guten Tenorstimme, die rauchig war vom Bourbon. Die Gruppe an der Bar drehte sich zu uns um, sah uns an, lächelte und wandte sich wieder ab.

»Aber Sie sind nicht geblieben«, sagte ich. »Könnte ich noch etwas Bourbon haben?«

»Aber bitte. Halten Sie Ihr Glas ruhig. Nein. Ich bin nicht geblieben. Ich begann zu wachsen und mich zu verändern, und sie nicht, und außerdem kam ich an den Punkt, an dem ich alles gemalt hatte, was es um Tuscaloosa zu malen gab. So bin ich schließlich weggezogen. Ich glaube, sie war eigentlich nur erleichtert.«

»Und der Rest ist Geschichte.«

»Der Rest ist Geschichte, wie man so sagt.«

Hinter uns, von weit oben am Hügel, klang jammernd eine Stimme aus der Dunkelheit, ein hohes, langes Tremolo. Das Lamento einer verlorenen Seele. Es erstarb in einer Art Schluchzen.

»Was war das?« fragte ich und bekam eine Gänsehaut. Ich drehte mich um und sah nach oben, aber außer der dunklen Masse des riesigen Gebäudes über uns und dem Sternenhimmel dahinter konnte ich nichts erkennen.

»Das war einer der guten Bürger von Regina Coeli«, sagte er, stand auf, ging zur Brüstung und stützte seine Unterarme darauf. Ich folgte ihm, wobei ich leicht schwankte.

»Gelegentlich läßt sich einer von ihnen vernehmen. Das ist die römische Version urbaner Kojoten. Der Herr sagt, er hätte gern einen Rechtsanwalt. Es ist in der Regel das oder eine Frau. Wenn es nicht dunkel wäre, dann könnten Sie auf der Mauer die Wachposten mit ihren Maschinenpistolen sehen. Das macht eine gute Stimmung in dieser Gegend.«

Ich schauderte. »Das war ... dämonisch. Die armen Menschen. Mir ist auf der Fahrt hierher das Gefängnis kaum aufgefallen.«

»Na ja, in gewisser Weise ist es nicht viel schlimmer als sein Nachbar«, meinte er. »Sehen Sie das Dach dort oben, gleich darunter? Das zweistöckige Gebäude?«

Ich sah hinauf und suchte in dem Durcheinander von Dachziegeln, Kletterpflanzen und Fernsehantennen über der Brüstung, bis ich das Dach entdeckte, das er meinte. Das obere Stockwerk war dunkel, aber das untere war noch erleuchtet. Durch kleine, tiefe, altertümliche Fenster konnte ich Gestalten an einem Tisch arbeiten sehen, der vermutlich in einer Küche stand.

»Das ist ein Heim für pensionierte Priester und Nonnen«, sagte Sam. »Die Priester wohnen im oberen Stockwerk. Sie sitzen den ganzen Tag herum, trinken Wein und lassen sich ihre Mahlzeiten von den armen kleinen pensionierten Nonnen unten im Erdgeschoß sechs- bis siebenmal täglich über die Treppe nach oben schleppen. Die Priester lehnen sich während ihrer lang ersehnten Pensionierung in ihren Sesseln zurück, während ihnen die verhutzelten, kleinen alten Frauen in langen, schwarzen Gewändern die Kutten waschen und für sie kochen und saubermachen. So sieht nämlich die Pensionierung der Nonnen aus. Sie sind die halbe Nacht wach, sie sind jede Nacht wach. *Spiritus sanctus*.«

»Was ist das für eine ... seltsame Stadt«, sagte ich und spürte das Seltsame daran sehr deutlich, wußte aber auch, daß die Worte reichlich unpassend waren.

»Das stimmt«, sagte er. »Es ist wirklich eine verdammt seltsame Stadt. Ich weiß auch nicht, warum ich hierbleibe. Ein geistig normaler Mensch kann hier eigentlich nicht leben, alles ist teurer als irgendwo sonst in Europa, die Inflationsrate ist einfach zum Heulen, die Arbeitslosenzahlen sind längst jenseits von allem, sie klauen einem die Füllungen aus den Backenzähnen, wenn sie irgendwie rankommen können, es ist dreckig, es ist laut, der Verkehr ist höllisch, das Land ist vollständig pleite und die Wahrscheinlichkeit ist ziemlich hoch, daß man von einer Bombe getroffen wird oder sie einem die Kniescheiben wegschießen, sobald man auch nur auf den Markt um die Ecke geht.«

»Aber.«

»Genau. Aber. Es ist so verdammt schön, daß mir das Herz stehenbleibt, wenn ich am Morgen meinen Kopf auf die Straße hinausstrecke. Jedes Mauerstück an jeder Straße ist wie ein Gemälde, die Gebäude stehen hier teilweise seit ... mein Gott, seit der Renaissance. Seit dem Mittelalter. Jedesmal, wenn sie irgendwo anfangen zu graben, stoßen sie auf Säulen oder eine Ruine aus dem Altertum. Noch die schlimmste Bruchbude in Rom hat Blumen und Verzierungen, und überall diese wundervollen Braun- und Goldtöne. ›Pfirsichbraun‹, hat Keats es genannt. Es ist ein Dorado für einen Künstler. Selbst für einen Künstler, der nicht arbeitet.«

»Sie werden bald wieder arbeiten«, sagte ich völlig überzeugt. Mir war, als kannte ich diesen Mann schon mein halbes Leben.

»Vielleicht«, sagte er. »Vielleicht.«

»Es gefällt mir, daß Sie aus dem Süden stammen«, sagte ich. »Das nimmt mir etwas von meinr Befangenheit, weil Sie so berühmt sind. Es fällt mir nicht so schwer, mich mit Ihnen zu unterhalten. Natürlich erleichtert auch meine Trunkenheit einiges. Wenn ich nicht betrunken wäre und Sie nicht aus dem Süden stammten, dann bekäme ich kein Wort heraus.«

Er lachte und tätschelte meine Schulter.

»Heute abend sind nur Leute aus dem Süden da«, sagte er.

»Wie kommt das?« fragte ich. »Warum sind alle Ihre Freunde Amerikaner aus dem Süden? Wo sind die italienischen Grafen, die Rennfahrer, die französischen Modeschöpfer und die internationalen Künstler? Wo sind die reichen Drogenhändler?«

»Sind Sie enttäuscht? Nun, zum einen sind Leute aus dem Süden in der Fremde gut zu ertragen. Ausgezeichnet. Sie sind attraktiv, gut erzogen, interessant und fühlen sich überall zu Hause. Wissen Sie, was der Grund dafür ist?«

Er war vermutlich ebenfalls ziemlich betrunken. Seine Stimme klang belegt, und seine Augen waren starr wie die einer Eule.

»Weil die Amerikaner aus dem Süden instinktiv tiefe Wurzeln schlagen, wo immer sie auch landen?« meinte ich.

»Nicht schlecht. Aber der wirkliche Grund ist, daß die Leute aus dem Süden ein Gefühl für die Feinheiten der Dekadenz haben, und die meisten Orte, an denen man wirklich gerne leben möchte, sind dekadent.«

»Definieren Sie dekadent«, sagte ich mit schwerer Zunge.

»Das da ist es«, sagte er und machte eine Geste zu dem dunklen Umriß von Regina Coeli hinüber.

»Diese armen Kerle?« Ich fühlte mich verpflichtet, die liberale Empörung des Südens zu zeigen.

»Nein. Daß Sie sie nicht gehört haben. Daß Sie nicht einmal wußten, was da oben war.«

»Ich glaube, das ist nur äußerer Schein«, sagte ich undeutlich.

»Nun, Cat aus Tennessee«, erklärte Sam Forrest, »wir achten alle auf nichts anderes als den äußeren Schein. Es ist die einzige Art, wie man hier leben kann.«

Ich sagte nichts, sondern blickte über die Dächer von Trastevere und spürte, wie der Alkohol in meinem Blut sang. Es schien völlig unglaublich, daß ich jetzt hier war, auf diesem Dachgarten in der alten Stadt Rom, und dieses Gespräch mit einem der berühmtesten Künstler meiner Zeit führte.

»Ich weiß nicht, was mir besser gefällt«, sagte ich. »Daß ich jetzt hier bin oder daß ich mich später daran erinnern werde.«

Er lachte, und dann sagte er: »Wovor fürchten Sie sich, Cat?«

Ich drehte mich zu ihm um, und das Wort *nichts* lag auf meinen Lippen, und dann sagte ich: »Ich fürchte mich vor allem. Ich fürchte mich vor der ganzen Welt außer vor den Dingen, die sich zu Hause auf dem Berg befinden, und ich trage diese Angst mit mir herum, seit ich fünf Jahre alt bin.«

»Erzählen Sie mir davon«, sagte er. Und wir setzten uns auf die

Bank, tranken noch mehr Bourbon, und ich erzählte ihm alles. Es dauerte ziemlich lange.

Als ich zu reden aufhörte, schwieg er eine Weile, und dann sagte er: »Ihre Eltern hätte ich gerne kennengelernt. Sie hatten einen ganz besonderen persönlichen Stil, der mich anspricht.«

»Ich weiß, daß es lustig ist«, sagte ich lächelnd, aber mit dem unerklärlichen Gefühl, durch seine Worte entwürdigt zu werden. »Sie müßten ein Fels oder ein Baum sein, um es nicht lustig zu finden.«

»Ich finde es nicht lustig«, sagte Sam. »Ich habe es so gemeint. Hören Sie, Cat, vor Rom müssen Sie sich nicht fürchten. Es ist einfach zu reich, es gibt hier so vieles, was Sie einfach *haben* müssen. Alles da draußen, die ganze Architektur, diese... Geometrie, die reine Physik. Mein Gott... es würde einen verrückt machen, wenn man es wirklich vollständig aufnehmen könnte. Das müssen Sie tun. Sie müssen alles in sich aufnehmen. Ich wette, das könnte Sie heilen.«

»Diese ganze Geometrie und Physik machten mir eine Heidenangst«, sagte ich. »Wo sind Seele und Geist in Geometrie und Physik? Wo sind die Menschen?«

»Na ja, hier gibt es überall ziemlich viel Göttliches. Diese ganzen Heiligen, die Engel, die Kirchen. Der Dom von St. Peter. Ich glaube, daß Gott erfunden wurde, um die Physik auf ein menschliches Maß zu reduzieren, aber wenn Sie mich fragen, dann ist ihm das in Rom nicht gelungen.«

»Nein«, sagte ich. »Gott wurde erfunden, um Physik erträglich zu machen.«

In der Dunkelheit sah er mich eine Weile an, und ein kleines Lächeln spielte um seine dünnen, bronzefarbenen Lippen. Unter der Kletterpflanze sah er aus wie ein Etrusker, altertümlich und mythisch. Selbst der dünne Pferdeschwanz paßte dazu.

»Ich möchte zwei Sachen machen, während Sie in Rom sind, Cat Gaillard«, sagte er. »Ich möchte Ihnen *mein* Rom zeigen. Und ich möchte Sie malen. Wissen Sie, Ihr Gesicht ist in der ganzen Stadt zu sehen. Man findet es auf praktisch jedem heidnischen Kunstwerk und auch auf ein paar ausgewählten christlichen. Es ist wirklich erstaunlich. Würden Sie mich das machen lassen?«

»Was das Gemälde angeht, bin ich mir noch nicht sicher«, sagte ich. »Nach dem heutigen Abend habe ich vermutlich einen derartigen Kater, daß man mich zehn Jahre lang nicht malen kann. Aber Ihr Rom würde ich gerne sehen. Kann Joe auch mitkommen?«

»Natürlich«, sagte er. »Das machen wir, bevor Sie nach ... wohin fahren Sie als nächstes? Gehe ich recht in der Annahme, daß Sie und Joe diese geilen Kinder auf ihren Flitterwochen begleiten werden?«

»Stimmt. Ist das nicht schamlos? Von hier nach Venedig, und dann nach Florenz und ins Hügelland der Toskana ...«

»Ach ja«, sagte er. »Das Hügelland. Bring Cat zurück auf ihre Hügel, von wo ihr Hilfe kommen soll. Na gut, dann machen wir es vielleicht an dem Tag vor Ihrer Abfahrt. Ich sage Ihnen Bescheid. Bis dahin ... trinken Sie noch etwas.«

Wir tranken noch etwas. Und wir tranken noch mehr. Irgendwann an diesem Abend begannen wir wieder zu singen. *»Stars fell on Alabama«* heulten wir hinaus in die weiche Nacht über Rom, und von weit über uns klang es wie eine Antwort: *»Vorrei una dama! Vorrei una dama!«*

»Ich auch, Mann!« schrie Sam zurück.

Es war schon ziemlich spät, als Joe, noch immer an Ada Forrests Arm, zu mir kam, um mich nach Hause zu bringen. Plötzlich stellte ich fest, daß wir fast die letzten Gäste auf dem Dach der Forrests waren. Es hätte mir etwas ausmachen sollen, aber zu diesem Zeitpunkt war mir alles egal.

»We lived our little drama«, schmettete ich, torkelte auf Joe zu und hielt mich an ihm fest.

»Eine Kutsche für dich, Prinzessin«, sagte er und grinste mir nicht sonderlich gut gelaunt zu. Zusammen mit Sam, Maria und Colin fuhren wir mit dem knirschenden und holpernden kleinen Aufzug nach unten, um ein Taxi zu organisieren. Aber am Telefon erfuhren wir, daß die römischen Taxifahrer streikten, und so fuhr uns schließlich Sam Forrest mehr schlecht als recht in einem nicht gesellschaftsfähigen, keuchenden alten Wagen finnischer Herkunft den ganzen Weg hinauf auf den Monte Mario. Ich schlief während der ganzen Fahrt.

6. Kapitel

An meinem ersten Morgen in Rom schlief ich lange und unruhig. Immer wieder warf ich mich hin und her, leckte mir über die trockenen Lippen und grub meinen Kopf tief in die Kissen, um dem kalten Luftzug aus der Klimaanlage und den Speeren der weißen Lichtstrahlen vom Fenster, das auf das Wasserkraftwerk hinausging, zu entkommen. Als ich im Morgengrauen erstmals aufwachte, hatte ich rasende Kopfschmerzen, und ich wußte, sobald ich mich bewegte, würden sie unerträglich werden. Mein Magen revoltierte. So hatte ich mich noch nie in meinem Leben gefühlt, aber ich wußte, daß es sich um einen ausgewachsenen Kater handelte. Meine einzige Hoffnung war, noch einmal in die tiefe Bewußtlosigkeit zu versinken, die mich am Abend zuvor in dem Augenblick überfallen hatte, als ich den Kopf aufs Kopfkissen legte. Aber bevor ich wieder einschlief, tauchten die Bilder von dem Abend auf dem Dach über Trastevere wieder auf, der Bourbon, Sam Forrest und unser angeheitertes Singen. Und ich zuckte zusammen, aber selbst das tat weh. Ich zwang mich weiterzuschlafen. Als ich von neuem erwachte, war es elf Uhr vormittags, und Joe schüttelte mich an den Schultern und hielt mir eine Tasse Kaffee unter die Nase. Einen Augenblick lang fürchtete ich, mich auf den starken, dunklen Geruch hin übergeben zu müssen.

»Guten Morgen, Signora Fellini«, sagte Joe, stellte den Kaffee auf den Nachttisch und ließ sich auf dem Bettrand nieder. Er fuhr mir durchs Haar. Bei der Berührung schnitt ich eine Grimasse und setzte mich auf. Meine Lider klebten zusammen, und mein Mund war ausgetrocknet und angeschwollen. Ich hatte starken, heftigen Durst, aber nicht auf den scharfen römischen Kaffee.

»Ist Wasser da?« krächzte ich.

»Es gibt *aqua minerale,* aber ohne Eis.« Ich hörte ein Plätschern und Zischen, und streckte blind die Hand nach dem Glas aus. Auf einem Sitz goß ich das Wasser hinunter. Es landete sehr plötzlich in meinem Magen und drohte, augenblicklich wieder nach oben zu schwappen. Da fiel mir ein, daß ich am Abend zuvor nichts von Ada Forrests schönem Büfett gegessen hatte.

»Kann man an so etwas sterben?« fragte ich.

»Nicht in Rom«, meinte Joe. »Wenn der letzte Abend beispielhaft war, dann fühlt sich die Hälfte der Ewigen Stadt beim Aufwachen so. Ich habe auch einen leichten Kater.«

»Kein Wunder, daß sie ihren Staatshaushalt nicht in Ordnung bekommen«, sagte ich, setzte mich auf und sah Joe aus trüben, zusammengekniffenen Augen an, während ich darauf wartete, daß das Zimmer aufhörte, sich um mich zu drehen.

Er lachte, nahm das Glas weg und hielt mir wieder den Kaffee hin. Dazu reichte er mir einen kleinen Teller mit einem harten Brötchen und einem Eck Weichkäse. Er sah nicht so aus, als ob er einen Kater hätte. Vielmehr sah er ... erstaunlich aus. Er trug weiße Shorts wie zum Tennisspielen, die dafür allerdings viel zu eng und zu kurz waren, ein ärmelloses T-Shirt mit breiten Streifen in Grün, Weiß und Rot, das so eng anlag wie ein Unterhemd, und dazu Badeschlappen aus Gummi. Ich starrte ihn an. Noch nie hatte ich Joe Gaillard in Kleidern gesehen, die auch nur im entferntesten dieser Kostümierung ähnelten, nicht einmal, wenn er nur Unterwäsche anhatte. Unterhemden trug er sonst nie, und seine Boxerunterhosen waren sehr viel weiter und länger geschnitten als diese Shorts. Er sah so vollkommen anders aus als der Mann, mit dem ich seit dreiundzwanzig Jahren zusammenlebte, daß ich nicht beurteilen konnte, ob diese Kleidung an ihm gut aussah. Möglicherweise stand sie ihm sogar. Er war muskulös, schlank und gebräunt vom Tennisspielen, und die Haare auf seinen Armen und Beinen waren dunkelgold und nicht, wie sein Haar und der Bart, von Silberfäden durchzogen. Ja, seine neuen Kleider sahen unzweifelhaft gut an ihm aus. Aber ich hatte noch immer das Gefühl, in Anwesenheit eines Fremden in meinem Schlafzimmer aufgewacht zu sein.

Er sah an sich herab und zuckte die Schultern.

»Na ja, etwas anderes, das mir gepaßt hätte, gab es bei dem berühmten Ortini nicht. Hier ist alles für winzige, kleine, schmalhüftige Männer geschnitten. Ich habe das andere Zeug zum Waschen geschickt und für heute abend eine Hose gekauft. Die Kleider, die ich gestern anhatte, standen von alleine. Komm, Cat, hör auf, mich anzustarren, als hätte ich ein Kleid an. Am Pool tragen alle solche Sachen oder noch schlimmere. Wäre es dir lieber, wenn ich mir eine winzige Badehose kaufen würde?«

»Am liebsten wäre es mir, du bekämst deinen Koffer wieder«, sagte ich, stand auf und ging auf wackligen Beinen ins Badezimmer. »Es kommt mir so vor, als wäre ich in einem fremden Schlafzimmer neben Casanova aufgewacht. Aber ich bin froh, daß du noch mit mir redest. Hoffentlich tun die anderen das auch. O Gott, mein Kopf. Wie ertragen Alkoholiker bloß das Aufwachen? Warst du schon unten am Pool?«

»Ja. Es ist schön dort, möglicherweise ist es der einzige kühle Ort in ganz Italien. Mach dir wegen gestern abend keine Sorgen. Du warst süß«, sagte er nachsichtig, und ich sah ihn über meine Schulter hinweg an. Joe hatte mich in seinem ganzen Leben noch nicht süß genannt. Ich hätte nicht vermutet, daß sich das Wort überhaupt in seinem Wortschatz befand. Neckte er mich? Auch das hatte er bisher nie getan. Aber in seinem Gesicht waren lediglich Heiterkeit und Zuneigung zu lesen. Ich betrat das erstaunliche Badezimmer, das, abgesehen von einer Spiegelwand über dem Waschtisch, eine achteckige Höhle aus rotbraunem Marmor war, kletterte unter die Dusche und stellte sie so heiß und so hart, wie ich es ertragen konnte. Danach fühlte ich mich besser.

Als ich wieder ins Schlafzimmer kam, hielt Joe mir eine winzige Handvoll Stoff hin und grinste.

»Bevor du nein sagst, probiere ihn erst einmal an«, sagte er. »Du wirst sagenhaft aussehen. Alle am Pool tragen knappe Badekleidung. Ada hat einen Bikini an, und Maria auch, weiß Gott. Sogar Sam trägt nur eine winzige Badehose, stell dir vor. Wenn Maria und Sam Forrest enge Badekleidung tragen, dann kannst du das auch. Die Signorina, die ihn mir verkauft hat, wollte schwören, daß sie vor kurzem Julia Roberts genau den gleichen verkauft hat.«

Ich nahm den Stoff und hielt ihn vor mich hin. Es war tatsächlich ein Bikini, zwei schwarze Stücke aus seidigem Stoff, die nicht einmal für ein Staubtuch gereicht hätten.

»Ada und Sam sind hier? Am Pool? Ich dachte, wir hätten die Zeit bis zur Trennung heute nachmittag für uns. Habe ich sie eingeladen? Joe, dieses Ding *kann* ich nicht anziehen. Ich habe Besenreiser, bin bleich wie ein Gespenst, und meine Rippen stehen vor. Es ist lieb von dir, daß du an mich gedacht hast, aber ich will wirklich nicht schwimmen.«

»Ich habe sie gestern abend eingeladen«, sagte er. »Ada hat immer wieder davon geredet, wie heiß es doch sei, und wie herrlich es jetzt irgendwo wäre, wo es feucht und kühl ist. Ich wußte ja, daß wir uns irgendwann revanchieren müssen, und auf diese Art und Weise haben wir den morgigen Abend für uns. Wir gehen schwimmen, trinken und essen etwas« – er lachte über meinen Gesichtsausdruck – »oder du trinkst Pellegrino und ißt etwas, und wir trinken Alkohol, und dann gehen alle nach Hause und ziehen sich für die Hochzeit um, und um fünf treffen wir uns alle auf dem Campidoglio. Komm schon. Zieh das an und komm nach unten, ich muß wieder zurück. Wir haben sehr erlesene Gäste heute morgen. Weißt du, wer außerdem noch da ist?«

»Johannes Paul der Zweite?« bemerkte ich schneidend. Mir stand überhaupt nicht der Sinn danach, freundlich mit Sam und Ada Forrest zu plaudern. Ich hatte auch nicht vor, diesen lächerlichen Bikini anzuziehen und um den Hollywood-Swimmingpool, den ich am Abend zuvor gesehen hatte, zu spazieren, und außerdem mochte ich weder die Aufmachung meines Mannes noch den nachsichtigen Ton in seiner Stimme. Am allerwenigsten mochte ich mich selbst. Ich hatte wertvolle Stunden in Rom in betäubtem Schlaf verbracht, und Joe redete mit mir wie mit einem Kind, das einen Fehler gemacht hatte. Das brachte unsere Beziehung in eine Schräglage, die ich nicht für möglich gehalten hatte.

»Wenn du so willst«, sagte Joe, »Yolanda Whitney, der Papst des schönen Heims – oder sagt man die Päpstin? In mehr als beachtlichem Fleisch und Blut, und in einem der knappsten Bikinis, die ich jemals gesehen habe. Du wirst sie, wenn du das anziehst, wie eines ihrer quiltbezogenen Sofas aussehen lassen. Sie ist in Rom, um eine Sendung über italienisches Kunsthandwerk im Durchschnittshaushalt des Mittleren Westens oder so etwas Ähnliches zu drehen. Offenbar kennen die Forrests sie schon ewig. Ein Dreijähriger würde merken, daß sie auf Sam steht. Anscheinend übt er generell Anziehungskraft auf Frauen aus.«

Er grinste mich vielsagend an, und ich wußte, er war nicht ganz glücklich darüber, daß ich am Abend zuvor soviel Zeit an der Seite von Sam Forrest verbracht hatte. Nun ja. Ich hätte überhaupt keine Zeit mit Sam verbracht, wenn Joe sich nicht von Ada hätte wegziehen lassen, ohne sich auch nur nach mir umzudrehen.

»Ausgezeichnet«, stöhnte ich. »All das, und dazu auch noch Yolanda Whitney. Herz, was willst du mehr.«

Yolanda Whitney war eine Berühmtheit, wie sie nur das amerikanische Fernsehen hervorbrachte, von jener Art, in der sich sowohl Amerika als auch das Fernsehen selbst feiern. Sie hatte mit einer Kolumne über Kunsthandwerk und ländliche Wohnungseinrichtung im Frauenblättchen eines Supermarkts begonnen, hatte dann eine Talkshow bekommen und erwies sich als außerordentlich beliebt bei den Zuschauerinnen, denen sie zeigte, wie man dekorative Gegenstände und Nippes aus ganz alltäglichem Material herstellen konnte. Sie bastelte Puppen und Tischschmuck aus den Hüllblättern von Maiskolben, Girlanden, Kränze und Fahnen aus getrockneten Blumen, sie bemalte Schwemmholz, vergoldete Kürbisse und lackierte Herbstblätter und Beeren. Auf diese Weise verwandelte sie gewöhnliche Häuser und Wohnungen von der Ost- bis zur Westküste in jahreszeitlich wechselnde kleine Wunder, deren Ursprung das ländliche Vermont des neunzehnten Jahrhunderts war. Dank Yolanda Whitney hatte inzwischen jeder dritte amerikanische Haushalt einen Quiltständer, eine eiserne Wärmflasche, Whiskeyfässer voll getrockneter Pflanzen, Trockenblumen in der ganzen Küche und zu Weihnachten sandgefüllte Papiertüten mit Kerzen am Rand der Garagenauffahrt. Sie hatte jetzt auch eine eigene Zeitschrift, präsentierte sich aber vor allem in ihrer Fernsehshow regelmäßig in ganz Amerika. Ich hatte sie ein paarmal gesehen, mit ihrer hübschen, rundlichen Figur, einer gestärkten Schürze, vor Begeisterung überströmend, die Wangen gesund gerötet und das glänzende braune Haar in einer lockigen Krone um den niedlichen Kopf.

»Ich wette, sie riecht ständig nach Pinienzapfen und Salzteig«, hatte ich vor ein paar Jahren während der Weihnachtszeit verdrießlich zu Joe gesagt, als ich sie eine nördliche Phantasiewaldlandschaft auf einen festlichen Tischschmuck nähen sah.

Jetzt dachte ich, daß ich mich lieber mit einer Drahtbürste durchprügeln ließe, als mich an diesen Esther-Williams-Pool zu setzen und Yolanda Whitney begeistert über Macramé und Ausschneidearbeiten reden zu hören. Woher, um Himmels willen, kannten die Forrests sie bloß?

»Geh schon vor«, sagte ich. »Ich komme gleich nach. Yolanda Whitney. So eine Scheiße.«

»Sei nicht sauer. Vielleicht erklärt sie dir, wie man Tischschmuck aus vergoldeter Eichhörnchenscheiße macht«, meinte Joe. Er schnitt eine Grimasse und verließ das Zimmer, und ich ließ mein Handtuch auf den Boden fallen, ging vom Spiegel hinüber zum Tisch und zog den Bikini an. Er gab mir das Gefühl, als wäre ich noch unendlich viel nackter als nackt. Ich stellte mich vor dem Spiegel in Positur und schloß die Augen. Und dann öffnete ich sie. In dem schattenlosen Licht des weißen und beigefarbenen Raumes sah ich eine große Frau, eher dünn als schlank, mit einer bläulich-weißen, durchscheinenden Haut, auf der jeder Kratzer, jede geplatzte Ader, jede Narbe und jede Verfärbung farbenfroh erstrahlten. Ihre Rippen wirkten wie ein altmodisches Waschbrett, und Hüftknochen, Knie und Ellbogen standen so deutlich hervor wie Verdickungen am Stamm eines jungen Baumes. Ich zog meinen kleinen Bauch ein, schob die Schultern und den Kopf zurück und lächelte. Der Bikini drückte meine ohnehin schon kleinen Brüste flach gegen meinen Brustkorb und schnitt zwischen den Beinen scharf ein. In dem künstlichen Licht sah mein Haar weiß aus und wirkte wie eine wilde Mütze aus kurzen Zuckerwattelocken über einem schmalen Gesicht, das zu viele Höhlungen und viel zu viele Zähne hatte. Ich griff nach einem Lippenstift und malte mir Rot auf den Mund.

Als hätte jemand das Schulskelett des dritten Jahrgangs geklaut, es mit Lippenstift beschmiert und ihm einen Bikini angezogen, dachte ich wütend, schälte mich aus dem Ding und zog das Sommerkleid an, das ich bereits gestern abend getragen hatte. Dann besprühte ich mich über und über mit Parfüm und ging hinaus, wobei ich die Tür fest hinter mir zuschlug. Den Bikini hinterließ ich als zusammengeknüllten Ball mitten auf dem Fußboden.

Hast du noch ein paar tolle Tricks auf Lager, Joe Gaillard?

Die große marmorne Eingangshalle war düster und fast leer, so daß man beim Betreten der dahinterliegenden Poolterrasse den Eindruck hatte, aus einer Höhle hinaus in die Wüste zu treten. Zunächst nahm ich nur die azurfarbene Raute des Wassers wahr, die leuchtenden Primärfarben der umstehenden Sonnenschirme, und einen großen Abgrund aus strahlendem Licht, wo sich das weite Panorama von Rom befinden sollte. Ich zog eine Sonnenbrille aus der Tasche, setzte sie auf und blieb einen Augenblick stehen, um meine Augen an das Licht zu gewöhnen. Langsam erkannte ich mehr von der Szenerie um den Pool. Stühle, von denen aus man aufs Wasser blicken konnte, standen in Doppelreihen, und auf ihnen lagen Körper, die nicht viel mehr zeigten als eingeölte, braune Haut. Auf den geschwungenen Eisenstühlen um die Schirmtische saßen ebenfalls fast nackte Menschen; schöne junge Männer in Hotellivree deckten mehrere Reihen Tische für das Mittagessen; dazwischen befanden sich mehrere Bartheken mit Markisen und Stühlen, an denen man schnell bedient wurde, und überall üppig blühende Kletterpflanzen, Zypressen und Blumen in Töpfen. Unterhalb der Terrasse tauchte blaß und flach die Stadt Rom aus einem Schleier weißlicher Hitze auf. Sie sah aus wie ein sehr ausgebleichtes Tuch, denn der starke Sonnenschein glich alle Tiefen und Höhen aus. Still, sehr heiß und scheinbar völlig zeitlos lag sie da. Selbst die amerikanische Rockmusik, die aus mehreren riesigen Lautsprecherboxen neben den Liegestühlen um den Pool drang, klang gedämpft und dünn. Die Sonne lastete strafend auf meinem Kopf, und ich bekam kaum Luft. Das Becken war fast menschenleer, und das Wasser sah wundervoll aus. Ich stellte mir vor, hineinzutauchen. Wie es wohl in dem kühlen, sonnendurchstrahlten, welligen, blauen Wasser war, das nur der silbrige Schaum meines Atems störte? Einen Augenblick lang bedauerte ich, daß der Bikini zerknüllt auf dem Fußboden lag, aber nur einen Augenblick lang.

Ich hörte, wie jemand meinen Namen rief, drehte mich um und sah meine Freunde am anderen Ende des Beckens. Maria war aufgestanden und winkte mir zu, und ich ging an der glühendheißen Betonbrüstung entlang auf sie zu. Dabei hatte ich das Gefühl, durch nassen Zement zu waten, während die spöttischen dunklen Augen jedes einzelnen dieser öligen, nackten braunen Menschen, an denen ich vorüberging, meine vorgebeugte, überschlanke, weiße Gestalt betrachteten. Ich nahm nur ein verwirrendes Bild wahr, zusammengesetzt aus viel dunklem, nassem Brusthaar, hängenden Goldketten, nach Kokosnuß riechendem Öl, grünem Lidschatten und etwa einer Million brauner Brüste, auf denen Tropfen von Wasser aus dem Pool oder Schweiß glitzerten. Als ich den Schirmtisch und die Gruppe der Liegestühle, die um ihn herum aufgestellt waren, erreicht hatte, lief mir der Schweiß herunter, und der Kater pochte in meinem Kopf.

»Ich weiß wirklich nicht, wie ich das aushalten soll«, sagte ich sehr leise, aber hörbar. Dann grüßte ich mit lauterer Stimme: »Guten Morgen, alle miteinander. Ist es in Rom immer so heiß?«

Ein Durcheinander von Stimmen antwortete mir.

Da hörte ich Joe sagen: »Tra-*ra!* Sie ist auferstanden! Aber wo ist dein neuer Badeanzug?«

Sam Forrest ertönte: »Guten Morgen, junge Frau. Sie haben absolut kein Recht, so gut auszusehen.«

Maria meinte: »Komm, setz dich her, damit wir ein bißchen plaudern können, wir hatten gestern abend gar keine Gelegenheit dazu. Ich bin so froh, daß du da bist, es ist einfach göttlich hier.« Maria Condon, die »göttlich« sagte? Maria in einem Bikini?

Colin meinte: »Cat! Geh wieder hinauf und zieh deinen Bikini an! Es ist grausam, erst in allen fleischliche Gelüste zu wecken und sich dann zu drücken!« Colin Gerard, der zu mir von Bikinis und fleischlichen Gelüsten sprach?

Und Ada Forrests honigweiche Stimme sagte: »Hören Sie nicht auf dieses dumme Gerede. Sie sind vernünftig, wenn Sie nicht ins Wasser gehen. Diese Sonne würde Ihre hübsche weiße Haut in einer halben Stunde so rot kochen wie Schweinefleisch.«

Ada Forrest lag wie eine weiße Perle in der prallen Sonne. Ihr Mund und ihr Bikini bildeten scharlachrote Streifen, auf ihrer durchscheinenden Haut war kein Tropfen Schweiß zu sehen und ihre weißen runden Brüste, die kurvigen Hüften und der Bauch zeigten keine Spur von dem Rosa gekochten Schweinefleischs, das sie mir prophezeite. Ihre sagenhafte weiße Mähne war in ein scharlachrotes Handtuch gewickelt, und ihre eisblauen Augen versteckten sich hinter einer riesigen schwarzen Sonnenbrille. Unter den fleischigen braunen Körpern um das Becken sah sie unwirklich und geradezu gespenstisch aus.

Ich ließ mich in den Stuhl neben Maria fallen und umarmte sie, als sie sich vorbeugte, um mir einen Kuß zu geben. Ein starker Geruch nach Schweiß, Sonnenöl und etwas, das wohl nur Sperma sein konnte, ging von ihr aus. Joe hatte recht gehabt, Maria war überwältigend in ihrem rotgeblümten Bikini: Überall wölbte sich braunes, glitzerndes Fleisch, die großen, schwellenden Brüste waren kaum verdeckt, und ihr ganzer Körper hatte die feste, gesunde Konsistenz von sonnenheißem Gummi. Sie lächelte breit und freudig, beinahe lachte sie laut auf vor lauter Glück. In einem Anfall reiner Liebe drückte ich ihre Hand. An diesem Tag reduzierte Maria alles um sich auf seine einfachste und elementarste Form; ihr glühendes Fleisch, ihre kaum gesättigte Sinnlichkeit ließ Untertöne und Zynismen beinahe obszön wirken.

»Ich hoffe, daß du immer so glücklich bist wie in diesem Moment«, flüsterte ich ihr zu, und sie umarmte mich ebenfalls.

»Rom sehen und sterben.« Sie lachte.

»O Gott, hoffentlich nicht«, sagte Colin von einem der Liegestühle aus. Er trug eine amerikanische Badehose in ausgebleichtem Schottenmuster, die ihm auf den schmalen Hüften hing. So etwas trugen alle jungen Trinitarianer auf dem Berg, aber hier wirkte es kindisch, provinziell und unpassend. Er schien das zu spüren, denn er hatte die Hosenbeine an seinen schönen, braunen Sportlerschenkeln so hoch wie möglich nach oben gerollt und saß so da, daß die Muskeln an seinem trainierten Oberkörper bei jeder Bewegung spielten. Er war dick mit Öl eingeschmiert und trug wie Ada eine schwarze Sonnenbrille. Er schien den Blick nicht von Maria wenden zu können.

Sam Forrest hätte in der kleinen, blauen Badehose, die unter seinem vorgewölbten Bauch beinahe verschwand, eigentlich obszön aussehen sollen, aber das war seltsamerweise nicht der Fall. Sein Körper war mächtig, kupfergold vor Sommersprossen und mit einem Pelz aus goldenen Haaren überzogen, die fest waren und wie Bernstein oder Marmor glänzten. Ich mußte an einen großen, heidnischen Koloß denken. Er hatte ein Handtuch über seinen Kopf gelegt und trug eine Sonnenbrille, trank ein Glas Rotwein und schob sich Trauben von einem Teller in den Mund. Zum Satyr fehlten ihm nur noch die spitzen Ohren, die Hufe und die Flöte.

Neben ihm wirkte Joe in seinen neuen italienischen Freizeitkleidern bleich und beinahe pedantisch, wie der klassische komische Engländer, der sich in den Ferien am Mittelmeer beklagt, daß man Wein anstatt Tee trinkt. Ich schämte mich für meine bösartigen Gedanken und wünschte mir, er würde sich von Sam weg und woandershin setzen. Aber der einzige leere Platz befand sich neben Ada, und mir wurde bewußt, daß ich ihn dort auch nicht sehen wollte. Wo, fragte ich mich, war die sagenumwobene Yolanda Whitney?

Wie als Antwort auf meinen Gedanken stemmte sich eine Frau aus dem Schwimmbecken, kam auf uns zu und ließ sich schnaubend auf den Stuhl neben Ada fallen, wobei sie überall helle Wassertropfen verspritzte.

»Verdammt, Yolie, du bist schlimmer als ein nasser Hund«, sagte Sam mit milder Stimme, und Ada warf ihr kommentarlos ein Handtuch zu. Energisch trocknete sich die Frau ab und ließ es dann neben dem Stuhl auf den Boden fallen.

»Darf ich unsere Freundin Yolanda Whitney vorstellen«, sagte Ada, und die Frau sah mich aus zusammengekniffenen Augen an. »Yolie, das ist Catherine Gaillard, Marias und Colins Freundin aus Amerika. Joe hast du ja bereits kennengelernt.«

Yolanda Whitneys Augen glänzten nicht. Sie waren so ausdruckslos und dunkel wie Kieselsteine oder Murmeln. Ihr Haar war nicht in glitzernden Zöpfen um den Kopf gewunden, sondern hing ihr in nassen Spiralen wie einer Medusa um den Kopf. Sie wirkte sehr viel voluminöser als im Fernsehen, beinahe fett. Ihr Körper war tief mahagonifarben, aber unter der Bräune schimmerte es ungesund bläulich, und das Fleisch war schlaff und mit gelblich verfärbten blauen Flecken übersät. Die Farbe ihres Gesichts wirkte hektisch, es war Sonnenbrand und keine natürliche Rosigkeit. Sie sah keineswegs gesund aus, sondern verbraucht, geradezu verlebt, und Jahre älter, als ich nach ihren Fernsehsendungen geschätzt hätte. Der süßliche Geruch von Alkohol wehte mich an, daß sich mir der Magen zusammenzog. Ich konnte kaum glauben, daß dies dieselbe

Frau war, die der Welt die Herstellung von Puppen aus Maisstroh beibrachte.

»Ach ja«, sagte sie. Ihre Stimme klang so tief und belegt wie bei einer Erkältung. »Cat. Ich habe schon von Ihnen gehört.«

»Freut mich, Sie kennenzulernen«, sagte ich. »Ihre Fernsehsendung gefällt mir.«

»Wie nett«, sagte sie. »Basteln Sie gerne, Cat? Ich wette, Sie tun es.«

Das sagte sie in einem so deutlich bösartigen Tonfall, daß mir keine Antwort einfiel. Was war los mit dieser Frau? Alle blickten sie an, und Ada murmelte: »Sehr freundlich.« Sam sagte hinter einem Skizzenblock hervor, den er jetzt in der Hand hielt: »Halt dich zurück, Yolie. Es ist noch viel zu früh.«

Ihr Gesicht wurde weiß unter dem Sonnenbrand, und dann dunkelrot. Dann drehte sie uns demonstrativ den Rücken zu und ging davon, auf die Bar zu.

»Im Gegenteil, ich meine, es ist um einiges zu spät«, hörte ich sie noch im Weggehen sagen.

»Hat mein Deodorant versagt?« fragte ich, und vom Hals her stieg mir die Hitze ins Gesicht. Ich sagte diese Worte so leichthin, wie ich nur konnte. Dann lehnte ich mich in meinem Stuhl neben Maria zurück, dankbar für den Schatten des Sonnenschirms und den Schutz meiner Sonnenbrille, und überlegte, ob ich fliehen sollte. Ich hatte nicht vor, neben diesem schrecklichen Schwimmbecken zu sitzen und mich von dieser schrecklichen Frau beschimpfen zu lassen.

»Ich möchte mich für sie entschuldigen«, sagte Sam. »Sie hat über ihren Agenten gerade sehr schlechte Neuigkeiten erfahren. Der Sender übernimmt ihre Show im nächsten Jahr nicht mehr, und jetzt muß sich der Agent bemühen, einen neuen Sendeplatz zu finden. Das wird er bestimmt, denn sie ist viel zu gut. Aber die Unsicherheit macht sie verrückt, und sie hat zuviel getrunken. Das läßt sie an der Neuen aus. Wenn sie es noch einmal macht, werde ich ihr eine Ohrfeige verpassen.«

»Wir kennen sie, seit sie selbst die Neue war«, ergänzte Ada. »Sam hat sie auf einer Party in der Botschaft kennengelernt, als sie zum ersten Mal in Rom war, und sie zu uns eingeladen; sie hatte ihren Paß und den größten Teil ihres Geldes verloren, und das Hotel hatte sie hinausgeworfen. Damals war sie ein hübsches Ding, Sam hat sie porträtiert. Das Bild ist noch immer in unserer Sammlung. Sie wohnte eine Weile bei uns, bevor sie in die Staaten zurückging und ihre Kolumne für dieses alberne Blättchen begann. Ich bin sicher, daß sie bereits bedauert, Sie angefahren zu haben, Cat. Das wird sie Ihnen selbst sagen, wenn sie wiederkommt.«

Und das tat sie auch. Yolanda Whitney kam mit einem Getränk in einem hohen, eisüberzogenen Glas zurück, das mit Früchten garniert war, nippte daran, legte ihre Hand auf meine Schulter und sagte: »Tut mir leid. Ich habe schlechte Laune und ein bösartiges Mundwerk. Den ganzen Morgen höre ich schon, daß Sie wie aus einem Bild von Raphael aussehen – oder war es Leonardo, Joe? Und solche Bemerkungen lassen einen gemein werden, wenn man selbst wie eine Gestalt von Hieronymus Bosch aussieht.«

Sie lächelte, aber sie sah dabei Sam Forrest an, und mir fiel ein, was Joe gesagt hatte. Es stimmte. Ein hungriger und hoffnungsloser Blick lag in ihren trüben Augen, sobald sie sich auf Sam Forrest richteten. Ich fragte mich, ob er das wußte.

»Nicht wie von Bosch. Eher wie von Vermeer. Das ist ein großer Unterschied«, sagte er und grinste zu ihr hinauf. Ungläubig sah ich, daß er eine Serie von Bleistiftstudien von mir begonnen hatte, und ich spürte, wie mein Gesicht immer heißer brannte. Er versuchte nicht, die Zeichnungen zu verstecken, aber ich konnte sie nicht von der richtigen Seite sehen und wollte den Hals nicht zu auffällig recken. Yolanda Whitney war selbst vor vielen Jahren eines seiner Modelle gewesen. Was war sie sonst noch für ihn gewesen? fragte ich mich. Dachte sie möglicherweise, daß ich für ihn noch etwas anderes sein oder werden könnte als nur ein Objekt für seinen Bleistift? O Gott, ich hatte die starken, klumpenden Untertöne, die ich überall in dieser alten Stadt entdeckte, jetzt schon so satt.

»Sam, Liebling«, sagte Ada. »Leg doch deinen Skizzenblock beiseite. Die arme Cat will bestimmt nicht den ganzen Nachmittag hier sitzen, während du dich mit ihr beschäftigst. Du weißt einfach nicht, wie man sich dabei fühlt. Wie ein Käfer unter dem Vergrößerungsglas.«

»Fühlen Sie sich wie ein Käfer, Cat?« fragte Sam, ohne die Augen von seinem Blatt zu heben. Sein Bleistift flog über das Papier.

»Ja«, sagte ich knapp. »Oder genauer gesagt, wie Micky Maus auf einer dieser Zeichenvorlagen für Schulkinder.«

Er lachte und warf den Skizzenblock beiseite.

»Das reicht ohnehin fürs erste«, sagte er. »Es war ein guter Anfang. Will irgend jemand noch etwas trinken? Ich hole etwas.«

Fast bis zwei Uhr nachmittags saßen wir neben dem Pool, unterhielten uns beiläufig, tranken, schwitzten und aßen ein paar Bissen Sandwich. Ada legte Wattebäusche über ihre Augen und schlief in der Sonne, oder zumindest sah es so aus. Sam streckte sich auf dem Bauch aus und schlief tatsächlich, denn ich hörte ein leises Schnarchen von seinem versteckten Gesicht aufsteigen. Yolanda Whitney trank schweigend und starrte über das Becken hinweg auf Rom, das in der Hitze kochte. Colin und Maria blieben im Pool. Sie paddelten am Rand, hielten sich mit den Händen daran fest und drückten die Körper eng aneinander. Sie küßten sich, knabberten aneinander herum, murmelten sich gegenseitig etwas in die Ohren, und als ich einmal zu ihnen hinübersah, hätte ich geschworen, daß sie sich unter Wasser liebten. Es konnte kaum etwas anderes sein. Ihre Gesichter waren blind und leer, und ihre Münder standen leicht offen, als bekämen sie nicht genug Luft. Niemand sonst schien es zu bemerken.

»Gibt es denn dagegen kein Gesetz?« murmelte ich zu Joe hinüber, der neben mir in einem Stuhl zusammengesunken war und *USA Today* las. Er sah zu ihnen hinüber und grinste.

»In Rom nicht«, sagte er und las weiter.

Kurz nach zwei Uhr verließen wir schließlich den Pool, um uns für Colins und Marias Trauung anzuziehen. Bevor wir unter dem Bogen hindurchgingen, der in die Eingangshalle des Hotels führte, blieb ich stehen und sah mich um. Aus irgendeinem Grund hob sich der Hitzeschleier, der hinter der Brüstung der Poolterrasse über der Stadt gelegen hatte, einen Moment lang, und Rom sah einmal mehr aus wie aus einem Zauberreich entstanden, magisch, klar, üppig und strahlend im eigenen Licht.

Ich wandte mich zu Sam Forrest um, der neben mir stand und die Stadt ebenfalls betrachtete.

»Es liegt alles am Licht, nicht wahr?« sagte ich.
»Natürlich«, sagte er. »Licht ist alles. Das war schon immer so.«

Sie heirateten um sechs Uhr abends im Palazzo dei Conservatori auf dem Campidoglio, dem Kapitolinischen Hügel, dem kleinsten und für mein Ohr klangvollsten der berühmten sieben Hügel von Rom. Von dieser uralten Erhebung aus, von der man sowohl das Forum als auch das weite Gebiet des Vatikans überblicken kann, wurde das religiöse und politische Leben der Stadt von ihrer Gründung an geleitet. Die lange Nacht des Mittelalters konnte dieses Leben nicht ganz auslöschen, und es erlebte seine Wiedergeburt, als Michelangelo den erlesenen kleinen Platz entwarf, der den Hügel noch immer krönt. Wenn die Römer heutzutage mit den Schultern zukken und erklären, gegen das Rathaus könne man ohnehin nichts machen *(»Che posso fare?«)*, dann meinen sie diesen Ort. Von Sam erfuhr ich, daß der Gebäudekomplex so entworfen wurde, daß er dem heidnischen Rom unterhalb des Kapitolinischen Hügels im Südosten den Rücken zuwendet und auf Sankt Peter im Nordwesten blickt. Aber als Joe und ich die Cordonata erstiegen hatten und von der Rückseite des Platzes aus auf die zerbrochenen Säulen, die Bögen und Tempel des Forums blickten, die geheimnisvoll und still schimmerten, hatte ich nicht den Eindruck, daß diese gläubige Zurückweisung viel genützt hatte. Die kleine antike Schale strahlte und glühte vor Leben, nicht weniger als der Platz über ihr.
»O ja«, sagte ich leise, »ewig ist genau das richtige Wort. Es löst im Herzen und im Bauch große Gefühle aus, nicht wahr?«
Joe, der seine Hand locker um meine Taille gelegt hatte, schwieg. Ich lehnte meinen Kopf an seine Schulter. »Woran denkst du?«
»Daß es sich in jeder Weise gelohnt hat, hierherzukommen, um das alles mit dir zu sehen. O bitte, Cat, habe nie wieder Angst, den Berg zu verlassen. Stell dir nur vor, was wir noch vor uns haben, wenn du es schaffst. Ich habe das alles nicht vermißt, während du nicht wegfahren konntest, aber jetzt ... wolltest du das hier eigentlich niemals sehen?«
Ich hätte es nicht sehen wollen, wenn es mir nicht möglich gewesen wäre, dachte ich, aber zu ihm sagte ich: »Ich möchte keine Sekunde davon missen. Es ist wie eine Explosion im Gehirn, die dein Leben

verändern kann. Aber ... es ist noch immer schwer für mich, Joe. Es ist noch immer schwer. Laß mich nicht wieder allein. Sieh zu, daß ich auf den Hügeln bleiben kann, und bleib bei mir.«

Das sagte ich in lockerem Ton, aber meine Stimme zitterte.

»Ich werde dich nicht verlassen«, sagte er, doch seine Stimme klang abwesend, und er blickte mit einem Hunger um sich, der beinahe wütend und gierig wirkte. Die Unsicherheit griff mit weichen Fingern nach meiner Kehle. Erst jetzt schmeckte er die Welt, von der er sich mir zuliebe ferngehalten hatte, und ich konnte mir nicht vorstellen, daß er sich danach damit zufriedengeben würde, wieder nur über ihr zu leben. Weil er Joe war, würde er es versuchen, wenn ich ihn darum bat, aber zufrieden sein würde er nicht. Tränen brannten in meiner Nase, und ich wandte mich vom Rom des Altertums ab, das – im Gegensatz zu mir – noch immer unbesiegt war.

»Komm, laß uns einen Kaffee trinken«, sagte ich. »Am Fuß der Treppe habe ich ein kleines Straßencafé gesehen. Wir haben noch ein bißchen Zeit.«

Wir gingen wieder über die Piazza. Trotz der drückenden Hitze summte sie vor Lärm und Leben. Familien flanierten in der sinkenden Nachmittagssonne, Touristen deuteten auf die Sehenswürdigkeiten, warfen sich in Pose und ließen die Kameraverschlüsse klikken, Männer in dunklen Anzügen und Frauen in weißen Blusen, die offenbar bündelweise wichtige Dokumente trugen, eilten von hier nach dort, Kinder quietschten, lachten und kletterten auf den Brunnen und auf die beiden Löwen aus Granit, die den Fuß der großen Treppe bewachten. Das weiße, schattenlose Licht, das während des gesamten Nachmittags vorgeherrscht hatte, war jetzt durch irgendeinen alchimistischen Vorgang reich, klar und golden geworden und hob Tiefen, Flächen und Schrägen auf die verschiedenartigste Weise hervor. Ich dachte an Sams Worte von vorhin: »Licht ist alles. Das war schon immer so.« Dieses Licht glich in keiner Weise dem, das ich kannte, so schön das Licht auf dem Berg auch oft war. Es war unzweifelhaft das ganz besondere Licht von Rom. Ich stellte mir vor, daß es nur das Licht war, das die Stadt erdbraun, bernsteinfarben und golden färbte, wobei ich über meinen Gedanken lächelte.

Überall standen junge Paare, die auf die Trauung warteten oder gerade geheiratet hatten. Manche Brautpaare, im züchtigen langen, weißen Kleid und im ernsten schwarzen Anzug, stiegen gerade die Treppe der strengen, mittelalterlichen Kirche Santa Maria d'Aracoeli neben der Cordonata hinauf oder hinab. Ihre Ehe band, wie ich wußte, jene eiserne Verbindung, die nur die römisch-katholische Kirche schmieden kann. Die anderen, wie Maria und Colin, heirateten auf dem Standesamt im Conservatori. Auch von diesen waren manche konventionell gekleidet, genau wie diejenigen, die die heiligen Sakramente anstrebten. Die anderen zeigten Garderobe in großer Vielfalt und Fülle. Ich sah Kleider aus den unglaublich teueren Läden rund um die Piazza di Spagna, Seidenjacketts von Armani und Versace, Miniröcke aus Satin und Leder, lange Kleider, die augenscheinlich von liebenden Händen genäht worden waren, und andere, in denen weniger Mühe steckte, Kleider aus Baumwolle und aus Seide, und sogar eines, das offensichtlich in der Hauptsache aus Federn bestand. Jedes Paar bewegte sich in einer Truppe aus lachenden, rufenden, drängelnden Freunden und Verwandten. Die Bars und Cafés am Fuß des Campidoglio waren gerammelt voll mit lärmenden Hochzeitsgesellschaften, die alles mögliche, vom *aqua minerale* bis zum herben Rotwein, tranken, wobei allerdings der Wein überwog. An zwei Paare kann ich mich noch besonders gut erinnern, weil Joe sie fotografierte. Sie sind in meinen Augen typisch für Rom.

Das eine war ein herzzerreißend junges Paar, sie in einem unmodisch geschnittenen, weißen Kleid mit dünnem Schleier, er in einem zu großen, grünlichen Anzug, der wohl schon viele solche familiären Anlässe miterlebt hatte. Sie standen unterhalb des Abhangs auf dem Forum und wirkten winzig vor den Säulen, die im Abendlicht strahlten. Sie hatten die Arme umeinander gelegt und lächelten zu der Festgesellschaft hinauf, die hinter Joe und mir stand. Was mir die Tränen heiß über die Wangen fließen ließ, war vermutlich das Nebeneinander dieser reinen Jugend, der Hoffnung und der alles umfassenden, lebendigen Liebe, und der unnachgiebigen Knochen des toten römischen Reiches. In diesem Moment wünschte ich mir nichts mehr, als daß nichts diesen beiden schaden, sie verändern oder vermindern konnte, die armen römischen Kinder, in deren Leben es wohl wenig gab, was nicht genau das tat.

Das andere Paar hielt in dem mit Fliegendreck übersäten, staubigen kleinen Café hof, in dem wir schließlich einen Platz fanden. Sie waren älter, aber ihr ebenso liebevolles Gefolge jubilierte nicht weniger. Der Bräutigam trug einen wirklich herrlichen weißen Schwalbenschwanz mit weißer Krawatte, und seine Braut, ein dunkler, hübscher Typ, deren Augen und Zähne weiß blitzten und deren schwarzes Haar im Nacken modisch kurz geschnitten war, ein hautenges, trägerloses, kurzes Kleid aus scharlachrotem Satin mit langen Handschuhen, Schuhen mit hohen Absätzen und einem passenden flachen, runden Hütchen. Sie war mindestens im siebten Monat schwanger.

Als sie unsere Blicke spürte, drehte sie sich um und schenkte mir ein blitzendes Lächeln. Sie hob ihr Weinglas und rief: *»Voi anche! Congratulazioni!«*

Verblüfft lächelte ich ihr zu und hob ebenfalls mein Glas, und Joe holte seinen Sprachführer heraus, blätterte darin und begann zu lachen.

»Sie glaubt entweder, daß du auch schwanger bist oder gerade heiratest oder vielleicht auch beides«, sagte er. Ich blickte an mir hinunter und grinste.

»Sie hält uns für ein süßes altes Brautpaar«, sagte ich und betrachtete den großen Strauß aus Lilien und Gipskraut, den ich in der Hand hielt. Eigentlich hatte ich Maria für ihre Hochzeit etwas zum Anziehen schenken wollen, vielleicht etwas Geborgtes oder etwas Blaues, aber Ada hatte sie mit einem wunderschönen Armani-Hosenanzug aus Ekrüseide ausgestattet, und sie würde die Perlen von Colins armer, gequälter Mutter tragen. Die Demütigung hatte Mrs. Gerard so niedergeworfen, daß sie der heidnischen Ziviltrauung ihres Sohnes nicht beiwohnen konnte, und so hatte sie an ihrer Statt die dreireihige Perlenkette geschickt, die schon vor diesem jüngsten »unangenehmen Ereignis« stets die Hälse der Gerard-Bräute geschmückt hatte. Von ihrer Mutter hatte Maria ein blaues Strumpfband und von ihrer Schwester ein geborgtes Leinentaschentuch.

»Dann möchte ich dir die Blumen schenken«, sagte ich und dachte dabei an den edlen Blumenladen im Hotel. Sie hatte begeistert zugestimmt, und jetzt saß ich im Café und umklammerte

Massen von leuchtenden kleinen Lilien in den Farben des Lichtes und der Erde Roms.

»*Grazie!*« rief ich der scharlachroten Braut zu. Joe grinste, nickte und machte über meinen Kopf hinweg eine Geste, die ich nicht sehen konnte, die aber die männlichen Gäste der Festgesellschaft vor Lachen brüllen ließ.

»Was immer du da gemacht hast, paß lieber auf, sonst machst du es dein Leben lang nicht mehr.« Ich lächelte ihm zu. In diesem Augenblick fühlte ich mich tatsächlich fast wie eine Braut, ganz zittrig und atemlos vor Aufregung.

»Ich habe vor, es in sieben Stunden wieder zu machen, oder noch früher, falls wir uns von dem berühmten Hochzeitsessen davonschleichen können«, sagte er.

Jetzt sah ich sie, Maria in ihrem schicken Seidenanzug und Colin sehr korrekt in einem dunklen Sommeranzug, wie sie Hand in Hand auf die Cordonata zurannten. Sam, noch immer in Khakihosen und in einem weiten, flatternden blauen Blazer, und Ada, die in pfirsichfarbener Seide wie eine brennende Kerze wirkte, liefen hinter ihnen her. Ganz am Ende der Gruppe klapperte Yolanda Whitney, in sehr hohen Stöckelschuhen und gehüllt in einen modischen gelben Anzug und mit glänzenden, geflochtenen Haaren. Selbst aus dieser Entfernung sah ich, daß sie ihr bekanntes, fernsehgerechtes Äußeres wieder ganz und gar restauriert hatte. Sie wirkte hübsch, gewinnend und feierlich, die typische junge Lieblingstante, eine gute Fee, die die Verbindung segnete.

Jeder hat mal einen schlechten Tag, dachte ich, und fühlte mich schuldig, weil ich sie am Nachmittag so wenig gemocht, ja beinahe verabscheut hatte. Ich selbst war am Abend zuvor auch nicht eben großartig gewesen.

Sam erblickte uns und winkte mit seinem mächtigen Arm. Er hatte eine weiße Blüte in den gekräuselten roten Pferdeschwanz gesteckt. Der Ohrring blitzte in den letzten Sonnenstrahlen.

»Laßt das Spiel beginnen!« rief er, und wir hängten uns alle mit den Armen ein und rannten das letzte Stück zur Cordonata gemeinsam, zur Hochzeit von Maria und Colin.

Jeder von uns hat andere Erinnerungen daran. Ich erinnere mich an den verstaubten Glanz des alten, roten und goldenen Raumes mit der Gewölbedecke, an dessen Wänden schmale, mit rotgoldenem Samt bezogene Stühle standen. Nur vier Stühle befanden sich vor dem hohen, geschnitzten Schreibtisch des Magistratsbeamten, wo Maria und Colin saßen, mit Sam und Ada als Trauzeugen. Und ich erinnere mich an den Magistratsbeamten, der ein Gesicht wie aus *Die Gärten der Finzi-Contini* hatte und ungerührt eine übelriechende Zigarette rauchte, während wir auf den italienischen Übersetzer warteten. Vor allem erinnere ich mich an Marias Gesicht, als sie Mrs. Colin Gerard wurde. Es strahlte wie ein Freudenfeuer. Und ich erinnere mich daran, daß ich glaubte, weinen zu müssen, es aber nicht tat.

Joe sagte, er erinnerte sich hauptsächlich daran, wie düster und heiß es war. Das Licht und die Klimaanlage funktionierten nicht, keiner wußte, ob sie einfach kaputt waren oder ob wieder gestreikt wurde. Und er erinnerte sich, daß Ada Forrest weinte, und daß er das seltsam fand.

Sam sagte, er erinnere sich vor allem, daß er an seine eigene erste Hochzeit denken mußte, in dem winzigen Wohnzimmer eines Friedensrichters in Elkton, Maryland, das nach Katzenurin stank und von den Schluchzern seiner Cheerleader-Braut, die Mama und Papa vermißte, bebte.

»Und außerdem«, sagte er, »dachte ich, wie gerne ich diesen Magistratsbeamten malen würde, mit der Zigarette, die ihm aus dem Mund hing und den Hush Puppies, die unter seiner Robe hervorsahen. Ich glaube, ich würde das Bild SPQR – Senatus Populusque Romanus – nennen.«

Maria erinnerte sich an die überraschende Liberalität der italienischen Ziviltrauung, bei der betont wird, daß man einander ehren soll, und an die unerwartet liebevolle Forderung, jedes Kind aus dieser Verbindung entsprechend seiner Talente und seines Wesens zu würdigen.

»Ich erinnere mich«, sagte Colin, »daß ich noch nie in meinem Leben so dringend pinkeln mußte. Am liebsten wäre ich zum Forum hinuntergerannt und hätte es hinter einer Säule erledigt.«

»Ich erinnere mich, daß ich dachte, wie wundervoll doch die Erinnerung sein müßte, daß man in Rom geheiratet hat«, sagte Yolanda Whitney. »Das könnte einem auch der Scheidungsrichter nicht nehmen. Aber darüber müßt ihr Kinder euch natürlich keine Gedanken machen.«

Und sie schenkte den neuverheirateten Mr. und Mrs. Gerard ihr fernsehwirksames Lächeln.

Als wir danach im Säulengang des Conservatori herumliefen und warteten, während Joe und Ada Forrest das Hochzeitspaar fotografierten, spazierten Sam, Yolanda und ich auf den Balkon zu, von dem aus man das kaiserliche Rom überblicken konnte. Er hängte sich bei uns ein, und wir gingen ziellos dahin, erschöpft von der Hitze. Dann blieb er stehen und deutete auf eine große, holzgeschnitzte Tür, die verschlossen war und in einen der Museumsräume führte.

»Da drinnen befindet sich ein Bronzetäfelchen, ein ganz kleines, auf dem einfach BRIT steht. Soweit man weiß, ist es das erste Mal in der Weltgeschichte, daß das Wort für ›England‹ oder ›englisch‹ geschrieben wurde.«

Ich spürte, wie sich die Tränen, die ich für Maria und Colin nicht vergossen hatte, in meinen Augen sammelten und mir über die unteren Wimpern auf die Wangen liefen. Ich drehte den Kopf von Sam und Yolanda weg.

Aber er sah es dennoch. »Ich weiß«, sagte er. »Aus irgendeinem Grund raubt einem das den Atem, nicht wahr?«

»Mir nicht«, sagte Yolanda Whitney. »Ich kann diese verdammten, scheinheiligen Engländer nicht ausstehen.«

Ada erzählte uns an diesem Tag beim Abendessen auf witzige Art, daß Yolandas einzige Ehe ein knappes Jahr nach der Hochzeit gescheitert war. Sie hatte einen englischen Nachrichtenmoderator geheiratet, der über viel Charme und noch mehr Unzuverlässigkeit verfügte. Ganz plötzlich hatte er sich entschieden, wieder nach England zu ziehen, um dort mit seiner Mama in deren verschachteltem alten Haus in Padstow zu leben und ein Buch über Schwalben zu schreiben. Er hatte niemals verstanden, warum Yolanda sich weigerte, mit ihm zu kommen.

»Wie viele Leute haben Ihnen schon gesagt, daß eine Schwalbe eben noch keinen Sommer macht?« fragte Joe Yolanda, als Ada diese Geschichte erzählte. Er war offensichtlich sehr angetan von seinem Witz. Ich fand ihn auch komisch.

»Sie sind ungefähr der vierhundertsiebenundzwanzigste«, sagte Yolanda.

In einer kleinen Trattoria an der Piazza della Rotonda gab Sam das Hochzeitsessen für Colin und Maria. Wir saßen an einem langen Tisch, der mit rosafarbenem Leinen und Vasen voll großer, lachsfarbener Gänseblümchen gedeckt war und von flackernden weißen Kerzen in Windlichtern erleuchtet wurde. Der Tisch stand unter einer Markise, direkt an einer der engen Straßen, die auf die Piazza führten, und war nur von einer Reihe kleiner Bäume in Blumentöpfen von dem Tumult der vorbeilaufenden Fußgänger getrennt. Es war eigentlich das erste Mal, daß Joe und ich wirklich mitten in Rom waren, mitten unter der drängelnden, johlenden, schreienden Menschenmenge. Auch auf dem Campidoglio waren viele Leute gewesen, aber da hatten wir uns über der eigentlichen Stadt befunden, und später dann, im hektischen Gedränge der Piazza Venezia, hatte Sam sehr geschickt ein Taxi herbeigerufen, bevor die Schwärme der Menschen, Mopeds und Autos sich zu dicht um mich schließen konnten. Aber jetzt war ich wirklich in Rom, ich ertrank geradezu darin. Ich saß mit dem Rücken zu der engen Straße, aber mit jedem Zentimeter der Gänsehaut in meinem Nacken, auf meinen Schultern und dem Rücken spürte ich, daß sich kaum drei Schritte hinter mir ein ständiger Strom von fremden Menschen ergoß. Ich tat alles, um nicht andauernd meinen Kopf hin und her zu wenden, damit ich sehen konnte, was auf mich zukam. Und ich mußte mich zurückhalten, einfach aus meinem Stuhl zu springen und in das dunkle, niedrige, enge Restaurant zu eilen wie ein wildes Tier in seine Höhle.

Auf dem Tisch standen bereits Flaschen mit Rot- und Weißwein, und ich goß mein erstes Glas hinunter und füllte es wieder, bevor einer der anderen seinen Wein auch nur angerührt hatte. Während der Alkohol tröstlich und heiß in meinen Magen floß, fragte ich mich verzweifelt, ob ich mich erneut betrinken mußte, um hier an diesem Tisch sitzen und die Hochzeit von Maria und Colin feiern zu können. Joe, der zu meiner Linken saß, wandte sich um und sah mich an, wobei er ein bißchen lächelte, aber ich las die Warnung deutlich in seinen Augen: Tu das nicht noch einmal, Cat, um

Himmels willen; genug ist genug. Dann drehte er sich wieder zu Ada Forrest um. Über der würgenden Angst erflammten Verletztheit und Verlegenheit. Ich wußte, daß auch alle anderen seinen Blick gesehen hatten.

Sam, der auf der anderen Seite des Tisches zwischen Maria und Yolanda saß, sah mich einen Augenblick lang aufmerksam an und sagte dann: »Tauschen Sie den Platz mit mir, Cat. Von hier aus können Sie das Pantheon nicht sehen, und das ist einer der wichtigsten Gründe, weshalb man nach Rom kommt – jedenfalls sollte es so sein.«

Er stand auf und rief dabei seinem Freund, dem Kellner Fredo, zu, er solle noch mehr Wein und Brot bringen. Ich stand auf und ging auf wackligen Beinen, die zu versagen drohten, um den Tisch. Zu Ehren des feierlichen Anlasses hatte ich ein weißes Leinenkleid angezogen, wobei ich vergessen hatte, daß Maria und Colin nur standesamtlich heirateten. Das Kleid war inzwischen feucht vom beißenden Schweiß der Angst und der schwülen Nachtluft und wurde knittrig, während es an meinem Körper trocknete. Das Haar in meinem Nacken und an der Stirn war ebenfalls durchfeuchtet. Ich hielt mich am Tisch fest, um nicht das Gleichgewicht zu verlieren, und ließ mich dann in Sams Stuhl fallen. »Danke«, murmelte ich. Ich konnte ihm nicht in sein kupferfarbenes Adlergesicht sehen.

Einen Augenblick lang legte er seine Hand auf meinen Kopf, dann ging er um den Tisch und setzte sich in meinen freien Stuhl. Nun, nachdem ich die dicke Mauer, die aus Stein und vielleicht schon Jahrhunderte alt war, im Rücken hatte, zog sich die Angst in ihr Versteck zurück. Ich atmete tief und zitternd ein, ließ den Atem ausströmen und sah mich um.

»Jetzt«, flüsterte ich. »Jetzt.«

Und als gehorche es mir, drehte sich Rom langsam und schwerfällig herum wie auf einer altertümlichen Drehscheibe, blieb wieder stehen, und die Verzauberung begann.

Nie werde ich die Stunden vergessen, die wir in diesem Café an der Piazza della Rotonda saßen. So schlimm die Angst auch noch vor wenigen Minuten gewesen war, und trotz allem, was danach kam, hat dieses Abendessen noch immer die Patina der Vollkommenheit. Die Silhouette des Pantheons vor dem klaren, grünen

Abendhimmel wurde dunkler, während es Nacht wurde, und das Flutlicht ging an und erleuchtete ihn für uns wie den Wohnsitz sämtlicher Götter, der er ja auch war. Von dort, wo ich saß, konnte ich nur den Säulengang sehen, mit den mächtigen, vollkommen proportionierten Säulen, und den Fries mit dem abgeflachten Dreieck darüber. Wenn man ihn über der Reihe der eingetopften Bäume betrachtete, sah er aus, als wachse er aus einem kleinen Wald. Das Pantheon war wirklich sehr schön und ganz und gar unwiderstehlich. War der Grund dafür einfach, daß es so alt war, schon so lange stand und schon soviel gesehen hatte? Nein, da war noch mehr… Es war eine wirkliche Kraft, die sich von dem Gebäude in die Nacht hinaus und auf den kleinen Platz ergoß. Die Menschenmenge dort, die Familien, die Drogenhändler, die Prostituierten und die Zuhälter, die sehr Jungen und die sehr Alten, die Starken, die Sterbenden, die Liebenden, die Taschendiebe, die Touristen aus Kansas und Khatmandu und die Römer aus allen Stadtvierteln liefen herum, schrien, stritten, aßen, tranken und lachten, und jeder von ihnen war angerührt von der Kraft des Tempels, den Hadrian allen Göttern seiner Welt errichtet hatte.

Ich holte noch einmal tief Luft und schloß die Augen. Als ich sie wieder öffnete, sah mich Sam über den Tisch hinweg an.

»Geht es Ihnen gut?«

Ich lächelte und formte mit meinem Daumen und dem Zeigefinger einen Ring: Alles in Ordnung. Er grinste. Fredo, der mit einer Platte Antipasti hinter mir stand, schnaubte und begann dann laut zu lachen, und die Kellner, die ihm mit Tellern mit Pasta und mit Wein folgten, lachten ebenfalls. Bald lachten wir alle. Ich wußte nicht, was eigentlich so lustig war, aber es war schön, hier auf einer römischen Seitenstraße unter dem Schutz des großartigen, lebendigen Pantheon zu sitzen und freudig zu lachen.

Wir aßen ungeheuer viel und tranken eine Menge Wein. Sam und Joe hielten Tischreden, und wir tranken noch mehr. Und aßen noch mehr. Es war das erste Mal, daß ich die wundervollen, riesigen, fleischigen *porcini* aß, die lecker und so fest wie Steak sind und einfach mit Öl bepinselt gebraten werden. Ich hätte unendlich viele davon essen können. Sämtliche Kellner und der Besitzer kannten Sam, und alle kamen, um ihm auf den Rücken zu klopfen und Maria und Colin zu gratulieren, und als wir endlich mit dem Essen fertig waren, ließ der Besitzer Grappa auf Kosten des Hauses servieren. Wir blieben noch sitzen und nippten an dem süßen, starken, feurigen Getränk. Ich hatte keine Lust, den kerzenerleuchteten Tisch zu verlassen und mich wieder in den Fluß der Menschen vor dem Café zu begeben; jetzt, weit nach Mitternacht, war er zu einem Ozean angeschwollen. Auch die anderen schienen nicht gehen zu wollen.

Ich sah mich am Tisch um. Im flackernden Licht der blakenden Kerzen sahen wir alle ... römisch aus. Sam, der sich über den Tisch beugte, so daß sein scharfgeschnittenes Gesicht von den Kerzen erhellt wurde, hätte ein Barberini sein können. Maria, die Colin eng umschlungen hielt und ihn küßte, roch nach Schweiß und Grappa und hätte ein römisches Mädchen aus einem beliebigen Jahrhundert sein können, das in einer Sommernacht seinen reifenden jungen Körper genoß. Ada, die still war und in ihrem schönen Seidenkleid irgendwie katzenartig und geheimnisvoll wirkte, und Yolanda Whitney, die durch den Wein wieder ihre Haltung verlor, ähnelten Gestalten von Fellini.

»Wir kannten sie schon, als sie nur ein kleines irisches Mädchen aus dem südlichen Boston war, das sich auf einer Studienreise durch Rom befand«, hatte Sam erzählt. »Als sie noch Annie Laurie O'Reilly hieß.« Und jetzt konnte ich hinter der Person, die im Fernsehen zu sehen war, das runde, kleine irische Gesicht und die süße Stupsnase erkennen. Aber ansonsten ... o ja, mit Sicherheit Fellini. Angeregt von der Nacht und vom Wein dachte ich: Ist das nicht passend? Wie freundlich von Rom, uns alle aufzunehmen und zu den Seinen zu machen ...

Nur Joe und Colin sahen nicht römisch aus. Selbst im Schatten des Pantheon, selbst im Licht der Kerzen und leicht glänzend vom Olivenöl, waren sie untrüglich amerikanisch. Colin sah aus wie ein etwas zu elegant gekleideter junger Geschäftsreisender, der sich auf einmal an der Seite eines üppigen südländischen Mädchens wiederfindet, und Joe sah einfach gelangweilt aus.

Wie war das möglich? dachte ich, und mir fiel ein, daß Joe dieses Gesicht immer dann aufsetzte, wenn er sich wirklich unbehaglich und fehl am Platz fühlte. Ich hatte es selten gesehen, denn ich konnte die Gelegenheiten, da er sich in meiner Gegenwart so gefühlt hatte, an einer Hand abzählen.

»Sollten wir nicht allmählich gehen?« sagte ich. »Wir müssen noch ein Taxi finden, und es ist schon schrecklich spät.«

Das brach dem Abend das Genick. Colin und Maria, die in einem kleinen Hotel in der Nähe wohnten, umarmten alle und verschwanden dann, ihre Körper so eng aneinander gepreßt, daß sie wie zusammengeklebt, wie aus einem Stück, wirkten. Sie riefen uns noch einen Abschiedsgruß zu und tauchten dann in die Menge ein, die noch immer nicht weniger dicht war. Sam und Ada gingen in die Küche, um sich bei dem Besitzer zu bedanken, und Joe und ich standen verlegen mit Yolanda Whitney auf dem Bürgersteig und warteten auf die beiden. Yolanda hatte gesagt, sie wollte zu Fuß zum Hotel Hassler, wo sie wohnte, gehen, aber mir war klar, daß sie in ihrer Verfassung nirgendwohin gehen konnte. Sie taumelte, kicherte und hielt sich an Joe fest, und als Sam und Ada zurückkamen, nahmen Sam und Joe sie zwischen sich und faßten sie an den Armen. So gingen wir hinüber zur Via del Corso. Mit derselben traumhaften Sicherheit, die er zuvor auf der Piazza Venezia gezeigt hatte, hielt Sam die Hand in die Höhe, ein Taxi scherte aus dem tosenden Verkehr und hielt am Straßenrand, und Sam lud Joe, mich und Yolanda ein.

»Ladet sie ab und laßt euch zum Hilton fahren«, sagte er. »Wenn wir keines mehr bekommen, gehen wir einfach zu Fuß. Vielleicht machen wir auch noch in einer Bar bei uns in der Nähe halt und betrinken uns endgültig.«

Er grinste anzüglich, und Ada schnitt eine Grimasse, aber sie nahm seinen Arm und drückte ihn. Erstaunt bemerkte ich, daß ich in all den Stunden, die ich mit den beiden verbracht hatte, nie gesehen hatte, daß sie ihn oder er sie berührte.

Als wir auf die Straße hinausschossen, blickte ich zurück, und ich sah, daß sie eng beieinander standen. Er hatte den Kopf weit zu ihrem hinuntergebeugt, und sie sagte ihm etwas ins Ohr.

»Nett, aber unbedeutend«, sagte Yolanda in einer seltsamen, gedämpften Stimme, und ich sah, daß sie sich ebenfalls nach den beiden umgedreht hatte.

Als wir zum Hotel Hassler kamen, war sie so schwach und

orientierungslos, daß Joe sie zu ihrem Zimmer bringen mußte. Ich wartete hinten im Taxi eine scheinbar unendlich lange Zeit. Jedesmal, wenn mich der Fahrer im Rückspiegel ansah, lächelte ich gezwungen in der irrationalen Angst, er könnte keine Lust mehr haben, länger zu warten, mich auf dem Bürgersteig aussetzen und davonfahren. Aber wahrscheinlich würde er doch bleiben, denn die Uhr lief weiter. Der Fahrpreis wurde bestimmt astronomisch.

Es war fast eine halbe Stunde vergangen, als Joe schließlich aus der Eingangstür kam, und ich war so erleichtert, ihn zu sehen, daß ich erst, als er ins Taxi gestiegen war und die Tür hinter sich zugeschlagen hatte, bemerkte, daß er über und über mit Lippenstift beschmiert war, als hätte er Blut getrunken, und daß ihm das helle Haar in die Augen hing. Auch auf dem Kragen seines Seidenhemdes war Lippenstift.

»Joe, du lieber Himmel«, sagte ich und machte eine Pause.

»Frag mich nicht«, sagte er und schnitt eine Grimasse, die tiefe Abscheu zeigte. »Ich erzähle es dir später, aber bitte frage mich jetzt nicht. Ich dachte schon, diese Frau würde mich auf dem Korridor vor ihrem Zimmer vergewaltigen. Herrgott, wie absolut und entsetzlich *sentimental.*«

Er sagte nichts mehr außer den kurzen Anweisungen an den Fahrer, der offenbar noch nie vom Monte Mario oder dem Cavalieri Hilton Hotel gehört hatte, aber ich spürte, daß in ihm irgendein innerer Motor angesprungen war.

In dieser Nacht, als Joe sich mir im Bett zuwandte, sagte ich, zum ersten Mal in meinem ganzen Leben: »Liebster, ich habe einfach entsetzliche Kopfschmerzen.«

Und das stimmte.

7. Kapitel

Wir trafen uns mit Sam am nächsten Morgen auf der Piazza Navona, um dort die ganz besondere Sam-Forrest-Spezial-Fußtour durch Rom zu beginnen. Es war noch nicht einmal acht Uhr, und der große, ovale Platz leuchtete perlweiß im weichen Licht. Die Cafés und Marktstände öffneten gerade, und es waren nur wenige Leute zu sehen: Kinder, die um den hoch aufragenden Bernini-Springbrunnen in der Mitte ein Spiel mit einem Ball und einem Stock spielten, alte Männer, die an Straßentischen Cappuccino tranken, eine Handvoll Leute in geschäftsmäßiger Kleidung, die aus den alten Häusern rund um die Piazza traten, zwei oder drei gutaussehende Frauen, die Hunde spazierenführten. Abgesehen vom ständigen Plätschern des Brunnens war es ruhig. Kein Auto- oder Busverkehr störte die kopfsteingepflasterte Piazza, obwohl das leise Dröhnen des morgendlichen römischen Stoßverkehrs um uns bereits stärker wurde.

Wie er gesagt hatte, wartete Sam bei Tre Scalini auf uns. Er trank Kaffee und las Zeitung, und obwohl er ruhig dasaß und die heroische Größe des riesigen barocken Platzes ihn winzig wirken ließ, zog er die Blicke auf sich. Zum Teil lag das an seiner Kleidung: Er trug Blue jeans, die fast weiß ausgebleicht und auf Kniehöhe abgeschnitten waren, so daß die Fäden fransig um seine mächtigen, rotbehaarten Waden hingen, und ein Jeanshemd, beinahe ebensosehr verwaschen, das bis zur Taille offenstand und dort zusammengeknotet war. Seine Brust wirkte wie das Fell eines großen, roten Bären. Er hatte einen arg mitgenommenen Strohhut von der Sorte, bei der ich an einen Plantagenbesitzer aus dem Süden denken mußte, so tief in die Stirn gezogen, daß er beinahe auf dem rostroten Gebüsch seiner Augenbrauen saß. Der Pferdeschwanz hing ihm über den Rücken, und im Mund steckte eine Zigarette im gleichen Winkel wie Winston Churchills Zigarre. Seine nackten Knöchel standen in riesigen, schmutzigen Joggingschuhen. Ich freute mich so sehr, ihn zu sehen, daß ich in Gelächter ausbrach. Er sah außerordentlich albern und dennoch genau richtig aus.

»Na, fühlst du dich jetzt nicht besser mit deinen Kleidern?« sagte ich zu Joe. Er trug die Khakihose, mit der er in Rom angekommen war, und das gestreifte, ärmellose T-Shirt, das er gestern am Pool angehabt hatte. Sein Oxfordhemd war nicht, wie versprochen, aus der Wäscherei zurückgekommen, und das einzige andere Hemd, das er besaß, lag zusammengeknüllt auf dem Fußboden unseres Badezimmers, denn es hatte scharlachrote Spuren von Yolanda Whitneys Lippenstift. Er trug dunkle Socken und polierte Slipper, weil er keine anderen Schuhe hatte, und war mit seiner Garderobe so unglücklich wie noch nie. Ich hatte Joe nie für eitel gehalten, aber bisher hatte er stets Kleidung getragen, die zum Trinity und auf den Berg gehörte wie der Lorbeer und der Hartriegel dort in die Frühlingswälder, und er kann es nicht ertragen, wenn etwas unpassend ist. Seine Kleidung heute morgen war unpassend. Mit seinen langen, gebräunten Armen und der Brust, auf der bereits glänzende Schweißperlen standen, sah er zwar gut aus, aber unpassend.

Er knurrte ärgerlich. Besonders gern war er heute morgen nicht mitgekommen, denn er könne, wie er sagte, seine Zeit genausogut damit verbringen, Baedekers Rom wie das von Sam Forrest anzusehen. Aber als ich ihn flehentlich bat, war er dennoch mitgegangen.

»Bitte«, hatte ich gesagt, »ich schaffe das einfach nicht ohne dich. Das ist zuviel für mich, da sind zu viele Menschen. Und es ist zu spät, um es noch abzusagen, und außerdem, wie viele Leute können von sich behaupten, daß Sam Forrest ihnen Rom gezeigt hat?«

Daher ging er mit. Ich wußte, daß er mich, ganz egal, wie ärgerlich er auf mich war – und ich wußte genau, daß ihn meine Kopfschmerzen gestern nacht beunruhigt und verunsichert hatten –, nicht allein den Menschenmassen in den Straßen Roms aussetzen würde. Ich wußte auch, daß die Aussicht, im Fakultätsclub eine beiläufige Bemerkung über Sam zu machen, nicht ohne Wirkung auf ihn war.

Jetzt drückte ich seinen Arm und flüsterte ihm ins Ohr: »Du hast schönere Beine.« Er lächelte zögernd, und wir gingen über die Piazza auf Sams Tisch zu.

Sam grinste sein breites Lächeln mit weißblitzenden Zähnen, küßte mich auf beide Wangen und legte Joe kurz den Arm um die Schultern.

»Erst einen Kaffee, bevor wir loslegen«, sagte er und winkte den Kellner herbei. Der Kellner lächelte und rief etwas, das mit Sams Namen endete.

»Kennen Sie denn jeden Kellner in Rom?« sagte ich.

»Die meisten. Gleich als ich ankam, habe ich mir damit gründlich Mühe gegeben. Die Leute glauben immer, man wäre einflußreich, wenn man eingeladen wird, die Vatikanbibliothek zu benutzen, aber man ist erst dann wirklich mächtig, wenn man die meisten Kellner kennt. Na, haben Sie Yolanda gestern ohne internationalen Zwischenfall nach Hause gebracht?«

»Ohne Probleme«, sagte Joe, und im selben Augenblick sagte ich: »Na ja, es war mehr ein häuslicher Zwischenfall.«

Wir sahen einander an. Sam lachte.

»Yolie hat Sie angemacht, Joe, nicht wahr? Ich hätte Sie vorwarnen sollen. Über einem gewissen Promillegehalt an Alkohol im Blut wird Yolie anschmiegsam. Das muß nicht unbedingt ein Problem sein für denjenigen, an den sie sich anschmiegt, aber wenn ich daran gedacht hätte, hätte ich Sie dem nicht ausgesetzt. Ihr erster Tag in Rom war hart genug.«

»Sie war ganz in Ordnung«, sagte Joe kühl. »Doch ich würde es wohl kaum als lästige Pflicht betrachten, wenn sie mich angemacht hätte, wie Sie es nennen.« Ich starrte ihn nur noch an.

Sam zuckte die Achseln und lächelte noch immer.

»Ganz bestimmt nicht«, sagte er. »Also, das wird eine Besichtigungstour zu Fuß, und ich werde euch marschieren lassen bis zum Umfallen. Wir müssen uns bald auf den Weg machen, denn um die Mittagszeit wird es höllisch heiß. Joe, obenherum sind Sie in Ordnung, aber wir sollten Ihnen irgendwo ein paar bequeme Schuhe zum Laufen besorgen. Cat, Sie sind genau richtig angezogen. Das Kleid hält die Sonne ab und reflektiert die Hitze, und Ihre Schuhe haben Kreppsohlen. Gut. Sind Sie soweit fertig?«

Wir tranken unseren Kaffee aus.

»Komme ich mit dem, was ich anhabe, in Kirchen und ähnliches?« sagte Joe und betrachtete seine nackten Arme und die Brust.

»Das ist wirklich alles, was ich habe. Cat hat das Hemd, das ich gestern anhatte, nicht gewaschen.«

»Hast denn selbst keine Händ', Bub?« Sam grinste ihn über seine Schulter hinweg an.

»Was?«

»Während meiner Kinderzeit in Demopolis, Alabama, hatten wir eine schwarze Frau, die für uns arbeitete, und immer, wenn ich mich wie ein kleiner weißer Prinz aufführte und jammerte, sie solle etwas für mich machen, sagte sie: ›Hast denn selbst keine Händ', Bub?‹ Bis heute wasche ich auf Reisen meine Unterwäsche selbst. Ada hält mich für einen Feministen, aber es ist nur der frühe Einfluß dieser alten Zuchtmeisterin in Demopolis.«

Joe wurde rot.

»Ich wollte Cat nicht beschuldigen«, sagte er. »Natürlich muß sie mir nicht die Hemden waschen. Wir haben es beide gestern nacht vergessen.«

»Vielleicht kommt ja dein Koffer heute«, sagte ich. Er tat mir leid, obwohl ich den Impuls zu grinsen unterdrücken mußte. Tatsächlich wusch ich gelegentlich Joes Kleider. Ich bin sicher, er würde meine ebenfalls waschen, wenn ich diejenige wäre, die den ganzen Tag außer Haus ist. Das hatte ich immer eher für ein logistisches als für ein politisches Problem gehalten.

»Ich weiß noch immer nicht, warum Sie wollten, daß ich das anziehe«, sagte ich zu Sam und sah voller Unbehagen an mir hinunter. Als er heute sehr früh am Morgen angerufen hatte, bat er mich, das weiße Leinenkleid anzuziehen, das ich gestern angehabt hatte. Nach der Nacht, die es auf dem Fußboden neben dem Bett, wo ich es beim Ausziehen hatte fallen lassen, verbracht hatte, war es noch sehr viel mehr zerknittert.

»Lassen Sie mir den Willen«, sagte er. »Ich werde Ihnen die Erklärung liefern, noch bevor wir mit unserer Besichtigung fertig sind.«

»Es ist wirklich nur ein *bißchen* zu schmutzig, um es zu tragen«, sagte Joe, und ich wußte, daß er noch immer über die Sache mit dem ungewaschenen Hemd nachbrütete.

»Na ja, wen stört das schon?« sagte ich und trottete hinter Sam her. »Ich habe nicht vor, jemandem zu begegnen, den wir kennen.«

Als erstes nahm er uns mit ins Innere des Pantheons. In meiner Kehle bildete sich ein Klumpen, noch bevor sich meine Augen an die kühle Düsternis gewöhnt hatten. Etwas aus der weichen Wölbung des Raumes, der sich bis zum Zentrum der großen Kuppel aufschwang, senkte sich auf mich herab und gab mir ein tiefes, anhaltendes Gefühl der Ruhe und der Zuflucht. Hier würde ich mich nie fürchten, das spürte ich. Der Marmor des Innenraums war strahlend und schön.

»So eine Farbe muß die Haut eines Zigeuners haben«, sagte ich.

»Ja, so ist es«, antwortete Sam.

Er deutete auf die Öffnung in der Mitte der Kuppel.

»Das diente als Rauchabzug bei den Brandopfern, aber es gibt die Legende, daß der Teufel diese Öffnung gemacht hätte, bei seiner Flucht, als der Tempel zu einer christlichen Kirche geweiht wurde. Ich war einmal hier, während es regnete, und das war ein wundervoller Anblick. Eine einzige Säule strahlenden Regens, die gerade nach unten fiel. Es sieht aus, als könnte man daran emporsteigen.«

»Die Proportionen sind schon erstaunlich«, sagte Joe.

»Reine klassische Geometrie«, erklärte Sam. »Der Radius der Kuppel entspricht genau der Höhe der Wände. Wer hat gesagt, daß die Mathematik keine Kunst wäre?«

»Schon wieder Gott und die Geometrie«, meinte ich lächelnd.

»Wie ich gesagt habe. Ganz Rom ist so.«

Von dort aus tappten wir hinüber zu der strengen kleinen Kirche, die der französischen Gemeinde in Rom gehörte. Die drei großen Caravaggios in der Matthäuskapelle erblühten in ihrem üppigen, vollen Schein, sobald Sam eine Münze in den Apparat steckte, und Joe und ich standen nur noch stumm da und starrten auf die Gemälde. So ein Licht hatte ich noch nie gesehen. Die Dunkelheit des Lichts, dachte ich, die Kraft dunklen Lichts ... Meine Augen begannen wieder zu brennen.

Sam sah die Tränen auf meinem Gesicht.

»Haben Sie vor, in ganz Rom zu weinen?«

»Sieht so aus«, gab ich zurück. »Ist Ihnen das peinlich?«

»Nein. Es berührt mich. Keine der Frauen, die ich kenne, hat in den letzten zwanzig Jahren geweint.«

»Mir ist es peinlich«, sagte Joe. »Wenn das so weitergeht, wirst du noch in Ohnmacht fallen. Wie eine Figur aus Stendhals ›Kartause von Parma‹.«

Aber er legte mir den Arm um die Schulter.

Ich hatte den Eindruck, daß wir einen sehr weiten Weg zurücklegten, durch kurvige, enge Gassen und über breite, vom Verkehr verstopfte Straßen. Die Sonne brannte erbarmungslos herab. Sam marschierte mühelos über das schreckliche Kopfsteinpflaster, während meine Fußsohlen trotz dicker Kreppsohlen schmerzten und brannten, und Joe hinter mir zu hinken begann. Ich drehte mich nach ihm und sah, daß er bleich und tatsächlich richtiggehend schweißgebadet war. Joe spielte vier- oder fünfmal in der Woche Tennis und wog vielleicht fünfzig Pfund weniger als Sam Forrest, aber er war nicht an die Hitze, das Kopfsteinpflaster und den ständigen, donnernden Lärm Roms gewöhnt.

»Wir müssen langsamer gehen«, rief ich Sam zu. »Sonst werden Sie bald zwei häßliche Amerikaner weniger haben.«

Er war ganz zerknirscht und führte uns um eine Ecke in die Via Condotti.

»Wir machen eine Pause im Café Greco«, sagte er. »Das wollte ich ohnehin bald machen. Aber ich habe vergessen, was einem diese Straßen antun können, wenn man sie nicht gewöhnt ist. Das Café wird Ihnen gefallen, Joe, dort trieben sich die ausländischen Literaten herum. Byron, Goethe und diese Typen. Auch Buffalo Bill, wenn ich mich nicht irre. Es ist das älteste Kaffeehaus in Rom. Den *caffè granita* kann ich empfehlen.«

Joe und ich strebten zur Toilette. Im dumpfen Licht des alten Spiegels wirkte mein Gesicht grünbleich und aufgelöst, und das Haar stand mir in feuchten Ringellocken vom Kopf ab. Das weiße Leinenkleid war inzwischen so zerknittert, daß es wie ein feuchtes, gebrauchtes Handtuch an mir klebte. Einen Moment lang mußte ich an eine Wasserleiche denken. So gut es ging, kämmte ich mein Haar, legte neuen Lippenstift auf und ging wieder an unseren winzigen Marmortisch zurück. Vernünftig gekleidete Frauen mit Taschen von Gucci und Armani betrachteten mich, oder zumindest hatte ich den Eindruck. Joe saß bereits neben Sam am Tisch, und die beiden unterhielten sich eifrig. Genauer gesagt, Joe redete, und Sam hörte zu. Er hörte so zu, wie er alles tat, mit seiner ganzen Person. Wenn sich Sam Forrest auf einen konzentrierte, wurde man von seinem Interesse durchbohrt und blutete für ihn. In Joes ganzer Körperhaltung wurde für mich deutlich, wie dankbar er dafür war.

»Worüber redet ihr?« fragte ich, ließ mich auf meinen Stuhl gleiten und nahm einen großen Schluck von dem *caffè granita*, der stark, kalt und belebend war.

»Über Faulkner«, sagte Sam. »Ich wußte gar nichts über ihn, ehe Joe zu erzählen begann. Sie wissen ja, Maler lesen nicht. Aber jetzt werde ich jede Zeile von ihm lesen, und wenn es mich den Rest meines Lebens kostet. Verdammt, mir hat noch nie jemand von ihm erzählt. Das ist alles genau wie bei mir. So bin ich auch aufgewachsen, an solchen Orten, mit solchen Leuten.«

»Auf die eine oder andere Weise gilt das für uns alle, auch wenn wir nicht aus dem Süden stammen«, sagte Joe. »Das ist der Punkt. In gewisser Weise ist Faulkner wie ein Maler. Alles ist in mehreren Schichten aufgetragen. Alles ist impressionistisch. Alles kommt direkt aus dem Gefühl. Zumindest dachte ich immer« – und er wirkte ein bißchen verlegen –, »daß Malen so sein müßte. Die am tiefsten empfundene aller Künste. Diejenige ... die am direktesten mit den existentiellen Dingen des Lebens verbunden ist.«

Sam betrachtete ihn voll Interesse.

»So ist es«, sagte er. »Gut erkannt. Natürlich liegt darüber ein Gitter aus Intellekt und Form, aber darunter ist reines Gefühl. Oder das, was man gesehen hat, wird in Gefühl übersetzt. Aber lassen Sie uns gehen, bevor ich entdecke, daß hinter meiner Arbeit – soweit ich in letzter Zeit überhaupt gearbeitet habe – eine Theorie der Form steckt und mich von ihr davontragen lasse.«

Joe lachte, und sie verließen gemeinsam vor mir das Lokal, zwei Männer, die einander plötzlich mochten, wenn auch nur für kurze Zeit. Zwei Männer, die sich auf einem Feld gemeinsamer Erfahrung getroffen hatten. Während ich hinter ihnen wieder in die weißliche Hitze des Spätvormittags hinaustrat, fühlte ich mich seltsam alleingelassen. Bei Gott, Sam war schließlich *meine* Entdeckung.

»Verdammt noch mal, ihr seid doch alle Sklaven!« rief ich nach vorne. »Wollt ihr euch jetzt auf die Straße hocken und trommeln?«

Sam lachte und streckte einen Arm nach mir aus, und Joe ebenfalls, und nebeneinander stiegen wir hinauf zu einer einfachen braunen Kirche auf einem Vorsprung über der Via Veneto, wo wir, wie Sam sagte, den Tod im römischen Stil sehen würden.

Es war ein nichtssagendes Gebäude, und ich war mir nicht sicher, ob es eigentlich sonderlich alt war. Aber über der Straße, die ich mit Fellini, Mode und attraktiver Dekadenz assoziierte, bildete es eine Insel der Ruhe, die in der pulsierenden Sonne beinahe kühl wirkte. O Gott, wieviel heißer konnte es noch werden? Ich zog das nasse Leinen von meiner Haut ab und fächelte mir mit den Händen Kühlung zu. Joe sah wieder spitznasig und bleich aus, und auf der Haut seiner Schultern und an den Schlüsselbeinen standen rosafarbene Flecken. Sam hingegen sah unter seinem abgerissenen Hut nicht mehr oder weniger rot aus als sonst auch.

Ein Mönch in einem einfachen braunen Habit saß an einem kleinen Ticketschalter und nahm Spenden entgegen. Es kostete keinen Eintritt, aber Sam reichte ihm eine Handvoll Papier. Noch immer konnte ich die Banknoten nicht unterscheiden, aber ich hatte den Eindruck, je kleiner der Geldschein war, desto größer war der Betrag. Ich fand einige amerikanische Dollarnoten und gab sie dem Mönch, der lächelte, mir eine kleine Druckschrift reichte und nickte, aber kein Wort sagte.

»Danke, Vater«, sagte ich und wurde rot. Mir wurde bewußt, daß ich zwar wußte, wie man Priester, Bischöfe und sogar Erzbischöfe der anglikanischen Kirche anspricht, aber nicht, was man zu einem katholischen Mönch sagte. Bestimmt nicht »Bruder«.

»Bruder, hast du mal ein bißchen Geld für mich?« sagte ich leise, und Sam, der mich gehört hatte, warf seinen lächerlich gewandeten Kopf zurück und lachte.

»Hier nicht«, sagte er. »Das Geld stammt von solchen wie Ihnen, Cat. Er hat lebenslange Armut geschworen, obwohl es ihm wie dem Großteil der Geistlichkeit in Rom trotzdem ziemlich gut geht. Das sind Kapuzinermönche. Der Cappuccino ist nach dem Braun ihrer Kutten benannt. Er könnte reden, wenn es sein muß, aber die meisten haben ein Schweigegelübde abgelegt. Vielleicht hat ihr Orden deshalb so lange überlebt. Kommen Sie weiter. Vielleicht finden Sie das, was jetzt kommt, schrecklich, aber ich glaube nicht. Kindern und anderen Wilden gefällt es meist.«

»Und dazu würden Sie mich zählen?«

»Das können Sie sich aussuchen.«

Wir traten ins Innere und gingen durch einen langen, düsteren Gang und über eine Treppe hinunter in die Krypta. Auf der einen Seite sah man eine einfache, grob verputzte Wand, so schön gefurcht wie der ganze alte Putz in Rom. Auf der anderen Seite sah man Knochen. Ein Fach neben dem anderen, eine Zelle über der anderen, nur Knochen. Menschenknochen. Knochen, die ausgeklügelte Friese und Mosaike bildeten, Knochen, die ganze Wände von Zellen und kleinen Räumen formten, Knochen, aus denen Kerzenständer, Möbel und dekorative Wandverkleidungen gemacht waren. Sie standen in bestimmten Mustern, und Sam sagte, daß die meisten der Kerzenständer aus Kreuzbeinen und Wirbeln bestanden, und die Säulen mancher Kammern aus langen Knochen wie Oberschenkel- oder Armknochen. In einigen wenigen Nischen standen ganze Skelette, große und kleine. Offenbar hatte man diese Leichen hier im Ganzen verstaut.

»Wenn Sie besonders reich wären, könnten Sie hier Ihr Skelett oder die Ihrer Kinder für die Ewigkeit unterbringen«, sagte Sam. »Hier liegen ein paar Abkömmlinge aus den großen, alten, frommen Familien. Ich bringe jeden hierher. Besonders die Kinder finden es immer toll. Aber ich habe schon mehr als einen Erwachsenen gesehen, den es regelrecht umgehauen hat. Die Mönche sind daran gewöhnt. Auf der anderen Seite der Piazza betreiben sie eine moderne Erste-Hilfe-Station. Sehen Sie auf dieses Schild.«

Es war klein und leicht zu übersehen. Ich konnte die italienischen Worte nicht entziffern.

»›Was wir heute sind, wirst du einst sein‹«, übersetzte Sam.

Ich stand mitten in diesem Ort der Knochen und lachte. Das war zuviel, das war einfach zu schrecklich. Vielleicht war es auch wunderbar. Ich hätte es nicht zu sagen gewußt. Ein Teil von mir fühlte sich abgestoßen, aber ein größerer Teil war auf seltsame Weise getröstet. Dieser Ort verdrängte den Tod nicht, er zeigte ihn deutlich und in aller Öffentlichkeit. Hier konnte man den Schauder spüren und gleich danach zum Mittagessen gehen.

Ich drehte mich zu Joe um und wandte mich sofort wieder ab. Ich sah, daß er gründlich entsetzt war.

»Geht es Ihnen gut?« fragte Sam.

»Ja«, antwortete ich. »Die Knochen sind wirklich schön, nicht wahr? Dieses starke, glänzende Braun. Das pfirsichbraune Rom. O Mann, es ist wirklich überall.«

Draußen entfaltete ich die Broschüre, die mir der Mönch gegeben hatte. Es war ein Gedicht, abscheulich geschrieben, aus dem Blickwinkel eines abgetriebenen Babys an seine Mutter. Im wesentlichen schien es um Tod und Vergebung zu gehen. Voller Widerwillen zerknüllte ich das Papier.

»Es ist Propaganda gegen Abtreibung«, sagte ich. »Igitt. Wie können sie nur so etwas machen, an diesem Ort? Das ist doch ein kleines Golgatha. Sie sind selbst Ingenieure des Todes, aber sie versuchen immer noch, den Frauen die Sache in die Schuhe zu schieben.«

»Gott und die Physik«, sagte Sam milde, und wir traten in die Mittagshitze hinaus.

Schwitzend trotteten wir durch Straßen, in denen sich ein teurer Modeladen an den anderen reihte. Ich konnte mir zwar nicht vorstellen, daß man in dieser fürchterlichen, brennenden Hitze Lust hatte, Kleider einzukaufen, aber eine große Zahl schick gekleideter Frauen unterschiedlicher Nationalitäten schienen das zu tun. Die meisten von ihnen trugen große Vuitton-Taschen und stolzierten auf so übertrieben hohen Absätzen, daß ich mir nicht vorstellen konnte, wie man darauf laufen konnte, in die Läden. Meine eigenen Füße, die noch immer in Schuhen mit Kreppsohlen steckten, taten weh und brannten. Mir schien, als spürte ich jeden Pflasterstein, auf den ich trat, direkt auf der Fußsohle. Sam, der uns in seinem stetigen Marschschritt ein gutes Stück vorausging, lief zwar überall der Schweiß herunter, aber seine mächtigen Beine schoben sich vorwärts wie von Kolben angetrieben, und der Strohhut saß noch immer auf fröhliche Weise schräg. Neben mir konnte ich Joes schweren Atem hören, und ich sah ihn sorgenvoll an. Er redete nicht viel – seit wir das schauerliche Gästehaus der Kapuziner hinter uns gelassen hatten, hatte er nicht mehr viel gesagt –, aber ich wußte nicht, ob das Leiden körperlicher oder seelischer Natur war. Sein Schweigen beunruhigte mich. Sonst, wenn Joe sich ein bißchen unbehaglich fühlte, scherzte er darüber. War es mehr als nur ein leichtes Mißbehagen, dann bat er einfach darum, daß man stehenblieb.

Wir gingen über eine schmutzige, moderne Straße, deren kunstvolles Verkehrschaos mit dem auf der Piazza Venezia zu vergleichen war, und plötzlich hörte ich Wasserplätschern. Es war nicht das Tröpfeln der vielen kleinen Brunnen, an denen wir vorbeigekommen waren, sondern ein tiefer, kühler Wasserfall, eine wild prasselnde Wassermenge. In diesem Moment glaubte ich, nie etwas Wundervolleres gehört zu haben. Wir kamen auf eine enge, nichtssagende kleine Piazza, und da sah ich sie, genauso, wie ich sie auf unzähligen Zeitschriftenseiten, in vielen Farbfilmen gesehen hatte: die Fontana di Trevi, deren Wasser freudig über die kunstvoll einfach gehaltenen Felsen und den schäumenden großen Neptun in all seiner Fülle sprudelte. Es war eine außerordentliche, spielerische, barocke, übertriebene Phantasie mitten auf einer sehr engen und eigentlich langweiligen Piazza. Mein allergrößter Wunsch in diesem Augenblick war, hineinzusteigen und mich zu den glitzernden Münzen zu legen.

»O Joe, erinnerst du dich an das Lied ›*Three Coins in the Fountain*‹, drei Münzen im Brunnen? Als ich noch klein war, war es sehr bekannt. Ich hielt es für das romantischste Lied der Welt. Kam das nicht in einem Film vor?«

»Der einzige Film darüber, an den ich mich erinnern kann, war von Fellini«, sagte Sam, während er in seinen Hosentaschen wühlte. »Da sind Mastroianni und Ekberg drauf und dran, es mitten im Brunnen miteinander zu treiben, und dann geht das Wasser aus und sein Schwanz wird schlaff, um es unfein auszudrücken. Zumindest war ich mir immer sicher, daß es das war, was die Symbolik andeuten sollte. Hier, dreht euch um, alle beide, und werft eine Münze über die Schulter in den Brunnen. Dann kommt ihr sicher wieder nach Rom zurück.«

»Vielleicht lasse ich das lieber«, murmelte Joe leise, als wir uns durch die Menge der Menschen aus den Stadtrundfahrt-Bussen drängten. Ich lächelte ihn an.

»Du mußt bloß sagen: ›Aber nur im Oktober‹«, meinte ich. Er lächelte zurück. Es war ein angestrengtes, blasses Abbild seines vertrauten, vollen Lächelns, und wir warfen unsere Münzen.

Wir gingen am Corso entlang und dann durch die Via Condotti zur Spanischen Treppe. Die monumentale Treppe selbst war vor Menschen kaum zu sehen. Sam zeigte auf das Haus, in dem Keats gelebt hatte und gestorben war, und fragte, ob wir es gerne besichtigen würden.

»Ein anderes Mal«, sagte ich, denn ich machte mir jetzt ernsthafte Sorgen um Joe. Er war bleich wie ein Gespenst und humpelte beinahe. Sam schien es zum ersten Mal zu bemerken.

»Herrgott, ich habe Sie beinahe umgebracht«, sagte er. »Es wäre kein Wunder, wenn Sie nicht nur einen Hitzschlag, sondern auch noch Blasen an den Füßen bekommen. Schaffen Sie es bis nach oben? Das Hassler hat eine gute Bar. Dort trinken wir etwas, dann besorgen wir Ihnen ein Paar anständige Laufschuhe und fahren mit dem Taxi zum Atelier. Das Ghetto und den alten Aldo Mori heben wir uns für das nächste Mal auf. Sie hätten etwas sagen sollen. Lassen Sie sich doch nicht von Arschlöchern wie mir niedermachen, noch ehe Sie Ihre Kraftreserven angebrochen haben.«

»Mir geht es gut«, sagte Joe mit dünner Stimme. Am liebsten hätte ich ihn geschüttelt, denn er war offensichtlich weit davon entfernt. »Aber ich werde etwas trinken und sehen, ob es hier in der Nähe einige anständige Herrenmodegeschäfte gibt; ich sehe aus wie ein männliches Striptease-Girl. Aber geht ihr nur weiter. Ich weiß, daß Sie Cat noch einiges zeigen wollten, und ich weiß auch, daß sie es sehen möchte. Wir treffen uns dann in Ihrem Atelier zum Mittagessen in ... wann? Eineinhalb Stunden?«

»Nein, ich gehe mit dir einkaufen«, begann ich. »Du siehst nicht gut aus, ich habe Angst ...«

»Cat, ich möchte wirklich eine Weile allein sein«, sagte er hastig mit leiser Stimme, und ich hielt inne. Es hatte mir regelrecht die Sprache verschlagen. Noch nie hatte mir Joe gesagt, daß er meine Gesellschaft nicht wollte. Meine Augen brannten.

»Aber du weißt doch nicht, wo das Atelier ist«, sagte ich und haßte mich selbst, weil ich ihn bedrängte.

»Wenn ich ihn nett frage, wird mir Sam die Adresse geben, da bin ich mir sicher. Und dann sage ich sie dem Taxifahrer und der bringt mich hin«, erklärte Joe mit so sanftem Sarkasmus, daß ich mich umdrehte und die monumentalen Umrisse der Trinità dei Monti oben auf dem Hügel betrachtete, die sich fast schwarz gegen das intensive Blau und Weiß des Himmels abhoben.

»Das klingt vernünftig«, sagte Sam und nahm meinen Arm. »Kommen Sie schon, Cat. Gönnen Sie dem Kerl eine Pause. Vor dem Hassler bekommt er jederzeit ein Taxi. Ich will Ihnen nur noch unbedingt eine Sache zeigen, und dann gehen wir alle zusammen Mittag essen. Ada bringt das Essen von zu Hause mit, und Colin und Maria kommen auch. Ach ja, Joe, übrigens auch Yolanda, das habe ich ganz vergessen. Sie könnten sie doch eigentlich, wenn Sie mit den Einkäufen fertig sind, auf ihrem Zimmer anrufen und fragen, ob sie schon so weit ist? Dann könnten Sie zusammen hinfahren. Sie weiß, wo das Atelier ist. Natürlich nur, wenn Sie sie nach gestern nacht noch ertragen können.«

»Das mache ich gerne«, sagte Joe. »Wir sehen uns dann später.«

Und er wandte sich ab und kletterte die Spanische Treppe hinauf, ohne sich noch einmal umzusehen. Dabei machte er sorgfältige Schritte, als wollte er sich nicht anmerken lassen, daß seine Füße schmerzten und seine Beine vor Hitze wie Gummi waren. Ich sah ihm nach.

»Alles in Ordnung«, sagte Sam und zog mich sanft am Arm. »Nur keine Angst. Er ist erwachsen, und es wird ihm besser gehen, wenn er eine Weile allein sein, sich orientieren und sein eigenes Tempo finden kann. Vielleicht erlebt er sogar ein Abenteuer, etwas, das niemand anders für ihn geplant hat. Lassen Sie ihn sein eigenes Rom entdecken.«

Ich drehte mich von der Treppe weg und ging hinter Sam her zurück auf die Piazza. Ich fühlte mich verlassen und schwach. Wodurch hatte ich Joe verletzt? Er war selten so derart kurzangebunden, daß ich es wirklich nicht wußte. Und was Yolanda Whitney anging, so war ich mir nicht sicher, ob mir dieser Gedanke gefiel.

»Ich wußte nicht, daß wir uns mit Colin, Maria und Yolanda treffen«, sagte ich in neutralem Ton, während ich in das Taxi kletterte, daß er herbeigewinkt hatte.

»Yolie hat heute morgen sehr früh angerufen und gefragt, ob wir sie sehen würden. Sie meinte, ich sollte mich in ihrem Namen dafür entschuldigen, daß sie sich gestern abend so schamlos benommen hat. Ich habe ihr gesagt, sie solle doch zum Mittagessen kommen und es Ihnen selbst sagen. Und Ada meinte, wenn das ohnehin eine größere Veranstaltung werde, würde sie auch noch Colin und Maria anrufen, und wir könnten die Reste des Büfetts von vorgestern aufessen. Machen Sie sich wegen Yolanda keine Gedanken, Cat. Sie haben keinen Grund dazu.«

»Ich habe mir keine Gedanken gemacht«, antwortete ich mit heißem Gesicht.

»O doch, das haben Sie.«

Er nannte dem Fahrer eine Adresse an der Via XX Settembre.

»Wohin fahren wir?« Ich war außerordentlich dankbar, endlich sitzen zu können und mich in einem schattigen, weichen Innenraum zu befinden, selbst wenn wir auf selbstmörderische Weise durch Rom rasten.

»Zu einer Kirche«, sagte Sam. »Santa Maria della Vittoria. Sie ist so barock wie der Hintern eines Gorillas, und was ich Ihnen zeigen will, ist ein Bernini. Er ist nicht gerade mein Lieblingsbildhauer, und ich finde, er wird gewaltig überschätzt. Aber diese Skulptur ist etwas Besonderes, und ich habe meine Gründe, weshalb ich sie Ihnen zeigen will. Sie werden schon sehen.«

Im Innern der Kirche blendete mich der Kontrast zwischen dem strahlendhellen Tageslicht und dem schönen grauen, braunen und rosafarbenen Marmor einen Moment lang, und ich ließ mich von Sam führen. Dabei spürte ich zwar die vielen Menschen um mich herum, aber seltsamerweise nicht das prickelnde, beginnende Köcheln der Furcht. Allmählich paßten sich meine Augen an, und da standen wir auch schon vor einer kleinen Kapelle im hinteren Teil der Kirche. Eine kleine Kuppel genau darüber ließ durch eine Öffnung goldenes Licht einfallen, in dem Staubteilchen tanzten. Die schillernde Festigkeit des Lichtstrahls erinnerte mich an die Lichtsäule im Pantheon und an die Phantasie, daß man daran hochsteigen könnte. Das Licht fiel geradewegs auf eine Skulptur, und als ich sie ansah, hielt ich den Atem an. Dann schloß ich unwillkürlich die Augen.

»Das ist keine ungewöhnliche Reaktion«, sagte Sam, der mich beobachtete. »Die Verzückung der heiligen Therese. Bernini hat sich mit seiner Vorstellung von heiliger Ekstase und Verzückung ziemliche Schwierigkeiten eingehandelt. Ich finde, der Kopf ist eines der schönsten Dinge, die jemals von einem Meißel gestaltet wurden, und wer weiß, vielleicht ist es der vollkommenste Ausdruck der Liebe zu Gott, der je von einem Menschen dargestellt wurde. Eleanor Clark sagt, das Lächeln des Engels, der gerade ansetzt, sie mit seinem Pfeil zu durchbohren, sei eines der besten in der gesamten Geschichte der Bildhauerkunst. Natürlich meint auch ein gewisser President de Brosses aus Frankreich: ›Wenn das Liebe zu Gott sein soll, dann will ich nichts davon wissen.‹«

Ich schlug die Augen auf und starrte auf die Heilige in ihren kunstvoll verzierten, ungeordneten Kleidern. Ihre Verzückung war unzweifelhafft zu sehen. In ihrem blinden, nackten Gesicht stand soviel Leidenschaft, soviel reine, körperliche Begierde und Erfüllung – beides zugleich –, daß ich spürte, wie sich von meinem Unterleib aus langsam eine Hitzewelle in meinem Körper ausbreitete. Die Statue war auf machtvolle Weise schön und auf machtvolle Weise erotisch.

»O mein Gott«, flüsterte ich, »das ist der vollkommene Ausdruck von...«

»Nicht wahr?« sagte Sam. »Man fragt sich, was eigentlich der Unterschied zwischen heiliger und profaner Liebe ist. Ein großes Rätsel, das zentrale Rätsel des Christentums. Ich behaupte, daß es niemals einen Unterschied gab, daß jede Ekstase sinnlich ist und jede Sinnlichkeit ekstatisch. Diese Trennung machen wir nur vom Kopf her, mit nicht geringer Unterstützung von der Mutter Kirche. Das ist ein Grund, weshalb ich den Katholizismus wie den Nationalsozialismus als eine Quelle raffinierter, tödlicher Verletzungen betrachte.«

Ich antwortete nicht. Ich starrte immer noch auf die Heilige, gebannt von ihrer Leidenschaft. Da war etwas, etwas Seltsames...

Auf der anderen Seite der heiligen Therese kniete im Dunkeln eine kleine Nonne. Sie war mir zuvor nicht aufgefallen, weil sie so tief unten kauerte, und ihre Kleidung fast genau dem Dunkel im Helldunkel des Schattens in der Kapelle entsprach. Jetzt starrte ich sie an. Ich wußte sofort, daß sie nicht von einem der Orden in Rom stammte, sondern vom Land, aus der Provinz, vielleicht aus dem Mezzogiorno. Woher ich das wußte, konnte ich nicht sagen, aber ich wußte es. Es zeigte sich an der Rauhheit des Stoffes ihres Habits, dem unscheinbaren, glänzend sauber geschrubbten Gesicht, den rauhen, roten Händen, die sie vor sich gefaltet hatte, und den Fingerknöcheln, die von harter Arbeit geschwollen waren. Ich vermutete, daß sie noch ziemlich jung war, denn in ihrem Gesicht waren keine Falten zu sehen, und ihre offenen Lippen waren so weich und formlos wie die eines Kindes. Ihre Augen waren geschlossen, und wie Schnecken zeichneten die Tränen silberne Spuren über ihre Wangen. Auf ihrem Gesicht stand eine so flammende Sehnsucht und Ergebenheit, daß ich den Kopf abwandte.

Das will ich, dachte ich, und zwar vollständig. Das will ich fühlen.

Sam faßte mich am Ellbogen und führte mich um die Statue herum auf die andere Seite, ein kleines Stück entfernt von der knienden Nonne.

»Ich verfluche die Kirche dafür, daß sie diesem kleinen Mädchen verspricht, was es glaubt, versprochen zu bekommen«, sagte er. Sein Tonfall war sanft, aber er spuckte die Worte geradezu aus.

»Ich dachte gerade, daß ich dieses Gefühl gerne selbst hätte«, sagte ich. »Diese Sicherheit. Diesen ... Lohn, der die ganze Seele erschüttert. Woher wissen Sie, daß sie ihn nicht bekommt? Woher wissen Sie, daß sie ihn nicht schon hat?«

Er stieß einen leisen Ton der Geringschätzung aus.

»Mir ist die Physik und die Geometrie lieber«, sagte er. »Ich glaube, Sie haben unrecht, Cat. Ich glaube, Physik wurde erfunden, um Gott erträglich zu machen.«

Eine Weile lang standen wir schweigend da und betrachteten die heilige Therese.

Dann sagte er: »Was fällt Ihnen noch daran auf?«

»Ich weiß nicht, was ich Ihrer Meinung nach daran sehen soll«, sagte ich unsicher. »Hat es etwas mit der Technik zu tun? Etwas am Marmor?«

»Sehen Sie das Gesicht an. Sehen Sie, wie das Licht auf die Flächen der Wangen und der Stirn fällt, sehen Sie die Nase an und das Kinn. Betrachten Sie die Falten an der Kleidung. Betrachten Sie den Mund ...«

Jetzt sah ich es. Wenn auch vielleicht eher vom Wesen her als vom

Aussehen: Es war mein Gesicht, das ließ sich nicht leugnen. Mein Gesicht, über dem zerknitterten weißen Leinen, das ich jetzt trug. Mein Gesicht, mein Gesicht in Ekstase…

Mein Gesicht, wie es nur ein einziger Mensch auf der Welt jemals gesehen hatte. Woher hatte Sam Forrest das gewußt?

»Ich will jetzt gehen«, sagte ich betäubt.

»Fühlen Sie sich deshalb bitte nicht unbehaglich, Cat«, sagte Sam. »Ich habe Ihnen ja gesagt, daß man Ihr Gesicht überall in Rom sehen kann. Sie haben dieses schmale Gesicht, das typisch ist für die Renaissance, und das hier ist nur eine von mehreren Skulpturen, die ich Ihnen jetzt gleich, noch heute nachmittag, zeigen könnte, und die so aussehen wie Sie. In Florenz werden Sie noch viel mehr davon sehen…«

»Aber Sie haben diese hier ausgesucht, um sie mir zu zeigen. Warum haben Sie das getan, Sam?«

Nach einer sehr langen Pause sagte er: »Ich weiß nicht. Ich weiß es wirklich nicht. Aber ich weiß, daß ich damit keine versteckte Andeutung machen wollte. Ich hoffe, daß Sie mir das glauben.«

Und aus irgendeinem Grund glaubte ich ihm.

Wir waren schon fast am Campo de' Fiori, und das Licht des Nachmittags draußen vor den Fenstern des Taxis fiel schon etwas schräger ein, ehe ich feststellte, daß ich an diesem ganzen langen Vormittag auf den Straßen Roms nicht ein einziges Mal Angst gehabt hatte.

Sams Atelier befand sich in der Via del Pellegrino, direkt beim Campo de' Fiori, im obersten Stockwerk eines schmalen, rostbraunen Hauses, von dem der Putz blätterte. Die Gemüse- und Marktstände auf dem Campo waren leer, als das Taxi an ihnen entlangfuhr, und die Müll- und Abfallmengen waren erstaunlich. Sam meinte, es sei schade, daß wir nicht etwas früher vorbeigekommen seien, um den Markt in seiner ganzen Farbenpracht zu erleben. Auch die Via del Pellegrino schien zu schlafen. Wir stiegen über eine steile, gewundene Treppe, deren Eisengeländer mit blühenden Kletterpflanzen überwuchert war, nach oben und endeten auf einem kleinen Treppenabsatz, auf dem zahlreiche blühende Terracottatöpfe standen. Im Schatten der größten Pflanze schlief eine riesige, rotbraune Katze. Beim Hall unserer Schritte hob sie den vernarbten Räuberkopf, streckte sich lang aus und rollte sich dann wieder zum Schlafen zusammen.

»Ist das Ihr Kater?« fragte ich. »Er sieht genauso aus wie Sie.«

»Vermutlich gehört er mir«, sagte Sam. »Ich habe ihn zwar nie offiziell in Besitz genommen, aber bis jetzt habe ich ihn auch noch nicht hinausgeworfen. Er mag die drei Quadratmeter und das weiche Bett, die ich ihm überlasse, aber meine Arbeit mag er nicht.«

»Hat er einen Namen?«

»Brutto«, sagte er. »Häßlich. Aus irgendeinem Grund liebt ihn die kleine alte Dame, die unter mir wohnt, und wenn ich nicht hier bin, füttert sie ihn freigebig. Sie nennt ihn *›bel pezzo d'uomo‹*, was frei übersetzt attraktiver Mann heißt. Aber über Geschmack läßt sich nicht streiten.«

Die Tür ging auf, und da stand Ada Forrest, silbrig und durchscheinend, in einer hauchdünnen, weiten schwarzen Hose und einem losen, ebenfalls hauchdünnen Oberteil. Ihr Haar war mit einem schwarzen Schal im Nacken zusammengebunden, und das einzig Farbige an ihr waren ihre schmalen, karminrot geschminkten Lippen und eine rotgestreifte Küchenschürze aus Drillich. Sie küßte mich auf beide Wangen, eine leichte, schnelle Berührung, und faßte Sam an die nackte Brust.

»Genau zur rechten Zeit«, sagte sie. »Joe und Colin haben gerade den letzten Korb die Treppe hinaufgeschleppt. Hattet ihr einen schönen Vormittag? Ich hoffe es sehr, denn ihr habt Joe beinahe umgebracht.«

Ich blickte an ihr vorbei in das Atelier, um nach meinem Ehemann Ausschau zu halten. Es war ein riesiger, weiß gestrichener Raum, lichtdurchflutet durch eine Front mit Flügelfenstern, die auf einen Innenhof hinausgingen, und von zwei Oberlichten. Der Fußboden war mit Farbflecken und -spritzern übersät, so daß es wie ein gewollter Tüpfeleffekt wirkte. Auf den Regalen an den drei anderen Wänden lagen Gestelle mit Leinwand und aufgestapelte Malutensilien. Ein Alkoven, der von einem herrlichen chinesischen Wandschirm halb verdeckt war, enthielt ein tiefes Metallspülbecken, einen kleinen Herd und, wie ich vermutete, eine Toilette. Ein kleiner, rostiger Minikühlschrank stand unter dem Spülbecken auf dem

Boden, und auf einem Anrichtetisch aus dickem Holz, der die Messerspuren vieler Jahre zeigte, standen eine Reihe abgedeckter Teller und Steingutgeschirr. Nirgendwo war auch nur ein einziges Gemälde zu entdecken. Unter einem der Fenster stand eine Staffelei, die aber leer war. Von dem tiefen Fensterbrett her drang Palestrina aus einem tragbaren Radiorecorder, und auf einem großen Bambustablett standen Gläser und mehrere Flaschen Wein. Am anderen Ende des Ateliers befand sich ein dickbäuchiger eiserner Kanonenofen, um den einige Stühle mit gefederten Sitzen und eine Studiocouch standen, und dort saß Joe, die langen Beine vor sich ausgestreckt, die Füße auf ein dickes Lederkissen gestützt, und trank Wein. Er sagte etwas zu Yolanda Whitney, die ihm gegenübersaß und etwas trank, das wie Mineralwasser mit einer Zitronenscheibe aussah, und sie lachte. Colin und Maria lagen ineinander verschlungen auf der Couch, nippten am Wein und befingerten einander träge. Jeder und alles in diesem Raum sah luftig, hell, bequem und äußerst einladend aus.

»So also läuft zwischen zwölf und vier Uhr nachmittags das Leben hinter all den geschlossenen Fensterläden ab«, sagte ich. »Joe sieht aus, als wäre er auf wundersame Weise geheilt worden.«

»Wir haben ihm die fiebrige Stirn abgetupft« – Maria kicherte – »und Trauben in seinen Mund fallen lassen.« Sie strahlte in einem roten Sommerkleid. Zu Hause auf dem Berg hatte ich sie nie rot tragen sehen.

»Ja, Trauben haben erstaunliche Heilkräfte«, sagte Joe und lächelte mich über seine Schulter hinweg an. Er trug ein weiches, neues, mattgrünes Hemd mit dem kleinen Polo-Abzeichen von Lauren und schneeweiße Joggingschuhe. Seine Haut war wieder goldbraun, sein Haar zeigte feuchte Spuren vom Kämmen, und er wirkte so kühl und distanziert wie aus goldenem Eis geschnitzt. Zum ersten Mal schien er nach Rom zu passen, oder zumindest in diesen weiten, lichtdurchfluteten nüchternen Raum. Yolanda ihm gegenüber trug ein gestärktes Kleid aus kühlem, blau-weiß-gestreiftem Stoff und Turnschuhe, und hatte ihr Haar mit einem blauen Seidentuch in einem Pferdeschwanz zusammengebunden. Ihr Gesicht war so blankgerieben wie das der kleinen Nonne in der Kirche, abgesehen von einer Spur pinkfarbenem Lippenstift, und auf ihrer kurzen Himmelfahrtsnase saß eine Brille mit bernsteinfarbenem Horngestell. Sie sah aus wie achtzehn, so frischgewaschen wie Joe und genauso unzweifelhaft amerikanisch. Oder genauer gesagt, dachte ich mit einer Spur Bösartigkeit, irisch. Ich konnte sehen, daß Ada Forrest recht gehabt hatte, wenn sie sagte, Yolanda sei, als sie zum ersten Mal nach Rom kam, ein hübsches Ding gewesen. Genauso sah sie jetzt aus: wie ein etwas verbrauchtes hübsches Ding.

Yolanda stand auf, kam auf mich zu und sagte mit leiser, gedämpfter Stimme: »Ich möchte mich noch einmal bei Ihnen entschuldigen. Ich darf nichts trinken, und das weiß ich, und ich werde es auch nicht mehr tun, und dabei bleibt es. Wenn Sie mir diese scheußliche Angelegenheit gestern nacht verzeihen können, dann verspreche ich Ihnen, daß ich Ihren netten Ehemann in Ruhe lasse. Ich würde gerne mit Ihnen beiden befreundet sein.«

Was sollte man darauf antworten? Ich sagte, was jeder gesagt hätte – »Bitte vergessen Sie die Sache, wir wollen Freunde sein« – und dachte dabei, daß sie, solange sie nichts trank, eine angenehme Bekannte abgeben würde, wenn auch keine Freundin. Was hatte ich schon zu verlieren? Wir verließen Rom heute abend. Es war genauso unwahrscheinlich, daß uns die berühmte Yolanda Whitney in den Vereinigten Staaten besuchen würde, wie ich das von Sam Forrest erwartete, wenn unsere gemeinsame Zeit vorüber war. Es schien eher so, als sei sie wie Sam eine charismatische Persönlichkeit, die sich mit jedem anfreundete, der in ihrem Umkreis auftauchte. Das ist, dachte ich, ein Teil dessen, was einen berühmten Menschen ausmacht.

»Wohin seid ihr gegangen, nachdem wir uns getrennt haben?« wollte Joe wissen und goß mir Wein ein.

Ich zögerte.

»Nach Santa Maria della Vittoria«, sagte Sam und warf seinen Hut auf einen Stuhl. Mit seinen beiden großen Händen strich er sich das dichte, drahtig hochstehende, rotgraue Haar nach hinten. In dem weißen Licht seiner Atelierhöhle sah er mehr denn je wie ein rötlicher Falke aus, ein roter Raubvogel, der vor einem weißen Felsen Aufstellung genommen hat. In dem hereinflutenden Licht wirkten seine Augen hellblau.

»Aha«, sagte Yolanda und sah ihn von unten herauf an. »Die heilige Therese.«

»Genau.«

Ada warf erst Sam einen Blick zu und dann mir, wobei sie den weißen Kopf interessiert auf eine Seite beugte.

»Ja«, sagte sie langsam. »Ich sehe es. Eine gute Wahl. Sam hat keinen schlechten Instinkt. Nun, Leute, laßt uns das herrliche Mittagessen zu uns nehmen, das ich durch diesen verdammten Backofen da draußen hergeschleppt habe. Und dann habe ich für Colin und Maria eine kleine Überraschung.«

Trotz der Hitze aßen wir enorme Mengen. Süße römische Melonen, eine Sorte, die es in Amerika nirgendwo gibt und von der ich immer noch nicht weiß, wie sie heißt. Winzige, kalte, gegrillte Hühnchen mit Olivenöl, Rosmarin, Zitronensaft und Pfeffer aus der Mühle. Wundervolle, blutrote Tomaten auf frischem Rukola und darauf Büffelmozzarella und würzige Basilikumblätter. Kalte Tortellini mit geraspeltem Parmesan. Krustiges, frisches Brot und noch mehr Öl. Viel Wein. Niemals habe ich in Italien eine Mahlzeit gegessen, die so einfach und ganz und gar befriedigend war.

Als wir fertig waren, zog Ada ein sauberes Tuch von einer Platte und hielt sie hoch, damit wir sie betrachten konnten. Wir hielten erst den Atem an und begannen dann alle auf einmal zu lachen. Auf der weißen Platte lagen zwei riesige, gelbe Zwiebeln und eine dicke, rote Säule aus gerolltem Proscuitto, die ein vollkommenes Bild von zwei Hoden und einem Penis abgaben.

»Signora Silvestri, die unten wohnt, brachte das herauf, als sie erfuhr, daß ich Neuvermählte zu Gast hätte.« Ada grinste. »Sie sagt, es sei eine alte Sitte aus ihrem Heimatdorf in Kalabrien. Sowohl die Braut als auch der Bräutigam müssen jeweils einen Bissen von allem essen, was sich auf der Platte befindet, und dann ... ich habe vergessen, was dann passiert. Aber ihr versteht schon.«

»Wenn man das nicht versteht, dann ist man vom Hals ab gelähmt«, sagte Colin. »Was für ein Apparat. Hast du das Gefühl, du bist zu kurz gekommen, Ria?«

»Bis jetzt nicht«, sagte sie, faßte nach seinem Hosenschlitz, und er wich lachend aus. »Aber ich habe ja den von Signora Silvestri noch nicht probiert.«

Mein Gesicht und mein Hals liefen rot an, und ich wandte mich ab. Ich war wütend auf mich selbst, und zugleich wollte ich von Colin oder Maria kein solches Gerede mehr hören. Was war nur mit mir los? Die Platte war ja wirklich lustig, auf eine naturhafte, nette Weise lustig. Sie war gut gelaunt und in gutem Glauben überreicht worden. Und ich hielt mich nicht für prüde. Vielleicht war das nach der orgasmusartig verzückten heiligen Therese einfach zuviel. Auf der einen Seite zuviel Sinnlichkeit und auf der anderen Seite zuviel Göttliches. Ich war plötzlich sehr müde.

Ada und Yolanda begannen, die Reste des Mittagessens einzusammeln, und Joe und Colin machten zögerliche Andeutungen, daß sie gerne gehen würden.

»Ich glaube«, sagte Sam Forrest träge in den Raum hinein, »ich möchte Cat gerne malen, und ich erbitte von Ihnen die offizielle Erlaubnis, Joe. Wenn Sie einverstanden sind, daß sie heute nachmittag noch eine Weile hierbleibt und mir sitzt, dann verspreche ich, daß ich sie rechtzeitig zum Abendessen zurückbringe. Wenn sie selbst nichts dagegen hat, natürlich.«

»O Cat, das ist ja wunderbar, ein Sam-Forrest-Porträt von dir!« rief Maria.

»Liebling, das ist eine herrliche Idee«, sagte Ada Forrest. »Sie ist genau richtig, nicht wahr? Das habe ich mir schon gedacht, als ich sie zum ersten Mal sah. Sagen Sie, daß Sie einverstanden sind, Cat!«

»Aber natürlich«, sagte Yolanda. »Cat, Sie sind wirklich gebenedeit unter den Frauen. Er hat bisher nur zwei oder drei Porträts gemalt, soweit ich weiß, natürlich.«

Eines davon war ihres, wie ich mich erinnerte.

Ich sah Joe an. Er sah mich ebenfalls an und wandte dann die Augen ab.

»Ich weiß nicht, wie Sie ein Porträt an einem einzigen Nachmittag malen können«, sagte er, »aber die Entscheidung liegt bei Cat. Es wäre natürlich eine Ehre.«

Ich wußte, daß er die Idee grauenvoll fand.

»Ich weiß nicht...«, setzte ich an, aber Ada schnitt mir das Wort ab.

»Sie müssen es unbedingt machen«, sagte sie. »Yolanda hat recht, er hat erst ganz, ganz wenige gemalt, und die Porträts sind ungeheuer wertvoll, wenn ich das so sagen kann. Die anderen sind in Museen, aber ich kann Ihnen Fotos davon schicken, wenn Sie wieder zu Hause sind. Glauben Sie mir, die Porträts sind schön, ganz anders als alles, was er sonst macht. Ach, Cat, tun Sie es! Es dauert auch nicht lang, er macht ein paar Skizzen und nimmt einige Polaroidfotos auf wegen der Farbe und der Beleuchtung, und das war es dann auch schon. Während Sie sitzen, mache ich mit den anderen etwas Vergnügliches, und dann laden wir euch alle in dieses sagenhafte Dachterrassenrestaurant im Cavalieri ein. Von dort aus hat man den besten Blick in ganz Rom. Und um zehn Uhr bringen wir euch zum Bahnhof. Ihr habt noch genug Zeit.«

Ich sah Sam an.

»Bitte machen Sie es«, sagte er. »Ich würde mich unendlich darüber freuen.«

Mir wurde plötzlich bewußt, daß ich in der kurzen Zeit, die ich ihn kannte und in seiner Gesellschaft war, völlig vergessen hatte, daß er einer der berühmtesten Künstler seiner Zeit war. Es war Sam Forrest, der mich bat und beinahe anflehte, mich malen zu dürfen.

»Natürlich bin ich einverstanden«, sagte ich. »Es ist mir eine sehr große Ehre.«

Die anderen plauderten miteinander und schmiedeten Pläne für den Nachmittag, als sie gingen – außer Joe, der nur wenig sagte, außer: »Sei nett und schau gut aus« –, und dann setzte mich Sam auf einen Stuhl vor der Fensterfront und ließ sich mit einem Block und einer Handvoll Ölkreiden auf einem Hocker nieder. Und er begann, eine Reihe schneller Skizzen zu zeichnen. Anfangs fühlte ich mich steif und verlegen, aber er erzählte ständig alberne Geschichten in seinem Südstaatendialekt, Skurriles über die verschiedenen Leute, die er in Rom kennengelernt hatte, und bald lachte ich und fühlte mich wohl. Er zeichnete Skizze um Skizze, riß das Blatt ab und warf es auf einen Haufen, und nahm mehrere Polaroidfotos von allen Seiten auf, die er mir aber nicht zeigte. Und er redete, und ich lachte.

»Hier sind keine Ihrer Arbeiten, und in Ihrer Wohnung habe ich auch keine gesehen«, sagte ich. »Wie kommt das?«

»Die meisten davon befinden sich in Sammlungen oder Museen oder werden irgendwo ausgestellt. Ich weiß nicht. Ich finde es nicht wichtig, sie um mich zu haben. Wenn ein Gemälde fertig ist, dann ist es für mich abgeschlossen. Wahrscheinlich geht es mir um das Malen selbst. Und wie ich schon gesagt habe, ich habe seit langer Zeit nichts mehr gemalt.«

Er erzählte mir noch eine weitere Geschichte, eine über die katholische Kirche, die auf so giftige Weise lustig war, daß ich, obwohl ich lachte, sagte: »Sie hassen die Kirche wirklich, nicht wahr?«

»Ich hasse sie wirklich.«

»Warum? Wenn ich das fragen darf?«

»Sie dürfen. Ich bin mir nicht sicher, ob ich eine Antwort geben kann, aber Sie dürfen fragen. Nun ... lassen Sie mich überlegen. Ich finde, sie fordert so unmöglich viel von ihren Dienern. Immer genau das, wovon man sich nicht trennen kann, das ist es, was die Kirche will.«

»Sie meinen, daß man das Leben für den Glauben gibt, daß man dafür stirbt?«

»Nein. Ich meine, daß man das aufgeben soll, ohne das man tatsächlich nicht existieren kann.«

Er unterbrach seine Arbeit an der Skizze und sah mich an.

»Würden Sie Ihr Augenlicht für Ihr Kind hingeben, Cat?« fragte er.

Ich öffnete den Mund, um zu sagen, daß ich das natürlich tun würde, aber dann schloß ich ihn wieder. Ich wandte den Blick ab.

»Ich weiß, daß ich natürlich sagen sollte, ja, ich würde mein Augenlicht für ihres geben«, antwortete ich mit leiser, dünner Stimme. »Und ich *habe* das auch gesagt, immer wieder. Aber tief in mir habe ich immer gewußt, daß ich es nicht tun würde. Mein Leben würde ich augenblicklich für ihres geben, aber ich könnte ihr nicht mein Augenlicht geben. Das nicht. Ich kann nicht leben, ohne zu sehen. Und dafür habe ich mich immer geschämt. Dafür schäme ich mich schrecklich.«

Ich spürte, wie mir Tränen in Augen und Nase brannten, und warf ärgerlich den Kopf zurück und schloß die Augen, um sie zu vertreiben.

»Ja«, sagte Sam und zeichnete wie wild. »Bleiben Sie so. Genauso. Sehr gut. Schön. Hören Sie, Cat, ich kann mir nicht einmal vorstellen, wie ein Leben ohne Augenlicht für Sie wäre. Es wäre wohl das Allerschlimmste überhaupt, denn dann könnten Sie nicht mehr sehen, was auf Sie zukommt, bei Ihrer Angst. Natürlich ist das schlimmer als der Tod. Und genau das würde die Kirche von Ihnen verlangen. Weinen Sie nicht, Liebe. Ach, verdammt, es tut mir leid.«

Ich rieb mir mit aller Kraft über die Augen und fragte mich, warum es mir so unmöglich war, ihn anzulügen. Vielleicht, weil er mich verstand. Er begriff mich, und das hatte bisher niemand getan, niemand außer Joe. Wie sollte man so einen Mann anlügen?

»Ich könnte mein Augenlicht auch nicht aufgeben«, sagte er. »Und natürlich wäre es das, was die Kirche von mir verlangen würde. Glücklicherweise braucht mein Kind mein Augenlicht nicht...«

»Was braucht er von Ihnen? Was hat er nicht, das Sie ihm geben könnten?«

»Mich«, sagte er.

»Und das können Sie ihm nicht geben?«

»Nein. Er kann mich nicht ausstehen, noch viel weniger als seine Mutter, und ich langweile mich mit ihm zu Tode. Mich kann ich ihm nicht geben, und ich vermute, daß das der Grund ist, weshalb er mich immer gebraucht hätte, auch wenn er glaubt, es wäre nicht so. Es ist eine Tatsache, Cat, daß in der Tiefe unseres Herzens keiner von uns bereit ist, die lebensnotwendigen, existenziellen, tiefsten Dinge für seine Kinder aufzugeben. Nichts außer unserem Leben. Und das ist das leichteste.«

»Das ist eine ziemlich harte Feststellung, Sam«, sagte ich, aber irgendwie trösteten mich seine Worte.

»Lügen ist so ungefähr das einzige, was ich wirklich ernsthaft zu vermeiden versuche«, sagte Sam Forrest.

Auf dem Weg zurück zum Cavalieri Hilton, in dem Taxi, das Sam für mich gerufen hatte, hatte ich einen weiteren schlimmen Angstanfall. Ich rollte in relativer Ruhe dahin, nachdem ich das Glück hatte, noch einmal eines der wenigen römischen Taxis mit Klimaanlage und einem geistig einigermaßen normalen Fahrer gefunden zu haben, und ich lehnte mich gerade in den Sitz zurück und dachte an die letzten Stunden, die ich in Sams Atelier verbracht hatte, während er wie wild zeichnete. Ich fühlte mich abgespannt und kühl. In diesem Moment überfiel mich die Angst wie eine zubeißende Klapperschlange und bohrte sich tief in meine Kehle. Ich schloß die Augen, ballte die Fäuste und versuchte schnell und flach durch die Nase einzuatmen. Krampfartig schloß ich den Mund, damit ich nicht zu schreien begann, was ich immer getan hatte, wenn die Angst so plötzlich und ungeheuerlich zuschlug, aber ich hätte mir keine Sorgen machen müssen. Ich hätte ohnehin keinen Ton herausgebracht, denn das Gift hatte meine Kehle gelähmt.

Ich glaube, es war so schlimm, weil ich die Angst mindestens einen Tag lang nicht gefühlt hatte, obwohl ich mich in Situationen befand, in denen ich sie erwartet hatte: zu Fuß auf den großen, offenen Plätzen in Rom, auf denen ich geradezu in einer Woge von Menschen ertrank. Aber da war ich nicht allein. Joe war bei mir gewesen. Und Sam.

Als ich fühlte, daß das Taxi die kurvige Straße erreicht hatte, die sich auf den Monte Mario hinaufwand, ließ die lähmende Panik etwas nach, und als wir die Tore des Hilton erreicht hatten, konnte ich meine Augen öffnen, mir den Schweiß vom Gesicht wischen und das feuchte Haar aus der Stirn streichen.

»*Grazie*«, sagte ich krächzend zu dem Fahrer, als er mir die Tür aufmachte. Sam hatte ihn bereits am Campo de' Fiori bezahlt, daher mußte ich nur noch in die weite, ruhige, kühle Hotelhalle fliehen, und das tat ich auch. Während ich durch die schwere Glastür ging, durchfuhr mich ein Gedanke: Weil ich die Augen so fest geschlossen hatte, hatte ich das unglaubliche Panorama Roms vom Berg aus verpaßt. Ich würde es nicht wiedersehen. Um Mitternacht fuhren wir mit dem Zug ab. Ich war überrascht, wie verzweifelt ich bei diesem Gedanken war. Was hatte mir denn dieser Ort gegeben, abgesehen von Angst und Verwirrung?

Aber ich wußte, daß da noch mehr gewesen war. Begeisterung hatte ich gefühlt, gelacht hatte ich, und dann war da noch der Beginn von etwas anderem. Aber das konnte ich noch nicht benennen.

Und dann erinnerte ich mich: Sam und Ada würden uns, bevor der Zug fuhr, zum Essen in das Dachrestaurant einladen, und von dort aus konnte ich Rom noch einmal sehen. Ich würde Sam und Ada noch einmal sehen, und Yolanda Whitney. Ich spürte einen kleinen Schauder echter Freude. Vor zwei Tagen waren sie Fremde für mich gewesen, und das waren sie eigentlich immer noch; nach dem heutigen Abend würde ich sie nicht wiedersehen. Aber für eine kurze, intensive Zeit waren sie an diesem Ort meine Freunde gewesen. Mein Stamm, meine Herde. Unter all diesen lärmenden, fremden Leuten, waren sie *meine* Leute gewesen. Und dann kam mir ein Gedanke, der mich auf der Flucht Richtung Fahrstuhl innehalten ließ: So eine Gemeinschaft bedeutete alles, das war das Leben.

Während der lautlosen Fahrt nach oben lächelte ich mir in den seitlichen Spiegeln im Aufzug zu. Heute zum Abendessen treffe ich meine Clique, sagte ich zu der zerknitterten Frau mit den viel zu großen Augen, die mich daraus anblickte.

Als ich vor meinem Zimmer stand, wurde die Tür von Maria Gerard geöffnet, noch bevor ich den Schlüssel ganz ins Schloß gesteckt hatte. Sie hatte noch immer das rote Kleid an, das sie schon beim Mittagessen getragen hatte, und ihr rundes Gesicht sah bleich und sorgenvoll aus.

»Was ist denn passiert?« fragte ich und blickte an ihr vorbei ins Zimmer. Es war düster, und obwohl die Klimaanlage beinahe kalt war, herrschte jene Schwüle, die ein Raum annimmt, wenn das gnadenlos weiß brennende Licht mit Fensterläden ausgesperrt wird. Das Zimmer schien voller Menschen. Ich blinzelte, um meine Augen an das Halbdunkel zu gewöhnen.

Colin lag auf dem Sofa, den Fuß auf einem Kissen auf der Lehne. Sein Knöchel war mit einer elastischen Binde umwickelt, und die nackten Zehen wirkten in dem düsteren Licht fischig weiß. Am Schreibtisch lehnte ein Paar Krücken, und seine Augen bedeckte ein Waschlappen. Joe lag auf der einen Seite des Bettes, mit Kissen gestützt und ohne Hemd. Auf seiner nackten Brust befanden sich Handtücher, und auf seiner Stirn ebenfalls ein Waschlappen. Ada Forrest saß auf der anderen Seite des Bettes, und neben ihr auf dem Nachttisch stand eine Schale mit Eiswürfeln. Der Fernseher lief, aber der Ton war abgeschaltet, durch die Düsternis flackerte eine amerikanische Serie, was an diesem Ort auch ohne die italienische Synchronisation verrückt wirkte. Ein sprechendes Pferd hätte nicht seltsamer gewirkt als diese erstarrte Gruppe Menschen in unserem Zimmer im Cavalieri Hilton.

»Alles ist in Ordnung oder kommt wieder in Ordnung«, sagte Maria hastig, noch ehe ich Atem holen und zum Sprechen ansetzen konnte. Mein Gesicht, in dem noch Reste der Angst von der Herfahrt standen und wo sich gerade der neue Schrecken abzeichnete, bot wohl einen schrecklichen Anblick.

»Mein Gott, was ist mit Joe passiert? Und mit Colin? Hatten sie einen Unfall?«

Sofort hatte ich ein Bild vor mir, wie das Taxi und das andere Auto in einem glitzernden Regen aus Glassplittern und dem Knirschen reißenden Metalls ineinander rasten, wie die Leute schrien und redeten, und das blökende Hupen der europäischen Notarztwagen, das ich so haßte...

»Nein, außer du nennst es einen Unfall, wenn sich zwei ausgewachsene kleine Jungen produzieren und sich dabei beinahe umbringen«, sagte Maria, und jetzt hörte ich unter der zurückweichenden Angst den Ärger in ihrer Stimme. Ich ging durchs Zimmer, setzte mich auf Joes Seite des Bettes und sah ihn einfach nur an. Er sah mich ebenfalls an, versuchte zu lächeln und schloß die Augen. Ich vermutete, daß es weniger aus Schwäche geschah als aus der Abneigung, meinem Blick zu begegnen. Dann blickte ich Ada Forrest an.

»Will mir irgend jemand etwas dazu sagen?« fragte ich.

Sie schüttelte bedauernd den schmalen, silbernen Kopf und lächelte. In ihrem leichten, schwarzen Anzug sah sie kühl und sehr adrett aus.

»Alle wollten in die Thermen, in die Katakomben und zum Circus Maximus«, sagte sie, »also nahmen wir ein Taxi und fuhren zunächst zum Circus. Es war entsetzlich heiß, ich habe Rom noch nicht oft so erlebt. Ich dachte schon, wir sollten es vielleicht doch nicht machen. Als wir beim Circus Maximus ankamen, war dort praktisch niemand, und wir gingen auf das Spielfeld, oder wie immer man das nennt, und Joe und Colin – sie machten nur Spaß, wirklich...« Sie machte eine Pause.

»Joe grüßte großartig das Publikum und schrie: ›*Morituri te salutant!*‹ und Colin sagte: ›Ich bin schneller als du!‹, und dann sahen sie einander an und rannten um die Wette über die Rennbahn«, schloß Maria. »Ist das nicht nett? Ist das nicht großartig? Bei über fünfunddreißig Grad Hitze? Es ist nur ein Glück, daß Colin hinfiel und sich den Knöchel verstauchte, sonst wäre Joe am Herzschlag oder an Herzversagen gestorben. Ich dachte eine Weile lang, er wäre tot. Wir sind gerade aus dem Krankenhaus zurückgekommen. Rom sehen und sterben.«

»O Schatz«, sagte ich zu Joe, und er schüttelte nur den Kopf, ohne die Augen zu öffnen.

Ich berührte seine Wange. Sie war kalt und feucht. Aber seine Brust hob und senkte sich ruhig unter meiner Hand. Ich sah zu Ada auf. »Wie schlimm ist es?«

»Nicht so sehr schlimm, denke ich«, sagte sie und lächelte ihr geheimnisvolles, kleines, halbes Lächeln. »Ich habe sie ins Krankenhaus Salvator Mundi am Janiculum gebracht. Das kennen Sam und ich am besten. Es wird von einem netten irischen Schwesternorden geführt. Alle sind sehr freundlich und sachlich. Sie haben sofort einen Arzt geholt, der Joe einige Flüssigkeiten in den Arm laufen ließ und Colins Knöchel röntgte. Joe ist in ein paar Stunden wieder auf dem Damm, wenn er sich ruhig verhält und weiterhin Wasser und Säfte trinkt. Colin hat eine ziemlich böse Verstauchung. Er muß in den nächsten ein, zwei Tagen soviel wie möglich liegen. Danach sollte er aber so wenig wie möglich und nur auf Krücken laufen. Aber es wird nichts zurückbleiben.«

»Na, das ist ja noch Glück im Unglück«, sagte ich und versuchte, nicht an die Tage mit Autofahren und Laufen zu denken, die vor uns lagen. Was sollten wir jetzt machen?

»O ja«, sagte Maria, die noch immer wütend war. »Rechtzeitig zur Sommerolympiade ist er wieder in Ordnung. Vielleicht sogar so rechtzeitig, um sich in der Toskana auch noch den anderen Knöchel zu verstauchen.«

»Ich habe schon tausendmal gesagt, daß es mir leid tut«, sagte Colin mit schwacher Stimme unter dem Waschlappen hervor. »Ich weiß nicht, was ich sonst noch sagen soll. Ja, es war dumm. Ja, es verdirbt uns den Rest der Reise, außer ihr beide, du und Cat, tragt mich durch Venedig, Florenz und die Toskana. Nein, ich weiß jetzt nicht, was wir tun sollen, aber wenn du noch wartest, bis die Schmerztabletten wirken, versuche ich, mir etwas auszudenken. Es tut wirklich verdammt weh.«

Seine Stimme klang trotzig wie die eines Kindes, das vergeblich versucht, das Mitleid eines Erwachsenen zu wecken. Ich sah auf einmal Tränen in Marias Augen glänzen. Sie ging zum Fenster, zog den Vorhang beiseite und blickte hinaus in das schwindende Tageslicht. Ich tätschelte Joes Brust, dann stand ich auf, ging hinüber und stellte mich neben sie.

»Mach dir deshalb keine Sorgen, Liebes«, sagte ich. »Wenn es hart auf hart kommt, werden wir einfach in Rom bleiben, bis Colin besser laufen kann. Er kann sich ausruhen, du kannst dich um ihn kümmern, und du und ich und Joe, wir können das besichtigen, was wir sonst verpaßt hätten...«

»Ich glaube nicht, daß ich noch eine weitere Nacht in dem Hotel ertrage«, jammerte Maria. »Cat, du kannst dir einfach nicht vorstellen, wie heiß es dort ist. Wir haben unsere Matratzen auf die Dachterrasse getragen und oben geschlafen...«

»Na ja, dann werden wir euch eben hier unterbringen«, sagte ich. »Auch wenn es wie in Disney World aussieht, es ist wenigstens kühl. Und wir können schwimmen.«

»Das können wir uns nicht einmal im Traum leisten.« Sie wollte sich nicht trösten lassen.

»Netter Versuch, aber kein Treffer«, sagte Joe. Seine Stimme klang schwach und gelangweilt. »Ich habe schon unten angerufen, ob wir noch bleiben können. Sie können nicht einmal uns nach heute abend noch ein Zimmer geben, und schon gar nicht Maria und Colin. Es ist Juli, wie du weißt. Hochsaison. Es tut ihnen schrecklich leid, aber *che posso fare*?«

»Scheiße«, sagte ich. »Joe, wie konntest du nur?« Ich hatte es sehr leise gesagt, aber Joe hatte mich gehört.

»Es tut mir außerordentlich leid, wenn ich dir Unannehmlichkeiten bereite, Cat«, sagte er mit derselben schwachen, trägen Stimme. »Wärst du bei uns gewesen, dann hättest du uns vielleicht mit deiner wohlbekannten Beherrschtheit und Vernunft von derartigen kindischen Ausschweifungen abgehalten. Aber du mußtest ja dein Porträt malen lassen, glaube ich. Oder waren es die Fingernägel?«

Sprachlos sah ich ihn an, und er wurde rot.

»Tut mir leid«, sagte er. »Ich habe mich wirklich entsetzlich gefühlt. Das hat mir ziemliche Angst eingejagt. Ich habe keine Luft mehr bekommen.«

Ich habe mich auch entsetzlich gefühlt, dachte ich. Ich habe auch keine Luft mehr bekommen. Ich habe auch ziemliche Angst gehabt. Das hätte gereicht, um daran zu sterben, ja, Joe? Aber das weißt du natürlich. Du bist derjenige, der versprochen hat, sich um mich zu kümmern, während wir hier sind.

Aber das sprach ich nicht aus. Natürlich nicht. Ich jammere grundsätzlich nicht vor Joe. Und er hatte sich bestimmt wirklich entsetzlich gefühlt und Angst gehabt. Er hätte ohne weiteres sterben können unter dieser erbarmungslosen, schrecklichen Sonne, sterben in einer antiken Arena in Rom, so viele Meilen vom Berg entfernt – und von mir …

»Wir werden uns etwas überlegen«, sagte ich. »Wir müssen das Zimmer erst spät räumen. Wir bestellen uns etwas zum Essen, etwas Kühles zu trinken und reden darüber.«

»Hört zu«, sagte Ada Forrest. »Ich habe voreilig in eure Pläne eingegriffen, aber sagt mir, was ihr davon haltet. Gerade habe ich von unten aus Sam angerufen, und er findet die Idee wunderbar. Wir würden gerne mit euch kommen. Wirklich, das würden wir sehr gerne. Sam kann Joe beim Fahren ablösen, und mit einem weiteren Mann kommen wir problemlos mit Colin zurecht. Außerdem kennen wir beide Venedig und Florenz und die Toskana, wir könnten euch Ecken zeigen, die ihr alleine nicht entdecken würdet, und euch netten Leuten vorstellen. Und auf diese Weise könnte Sam viel gründlicher und entspannter an Cats Porträt arbeiten. Das findet er wirklich toll. Würdet ihr uns mitnehmen? Er packt jetzt gerade für uns beide, und wir würden euch am Bahnhof treffen. Ihr vier könnt euch etwas aufs Zimmer bestellen. Der Zimmerservice ist hier gut.«

Wir schwiegen alle eine Weile. Ich begriff noch gar nicht recht, was hier vorging.

»Natürlich wären wir nicht beleidigt, wenn ihr euch anders entscheidet«, sagte Ada. »Wir können euch auch bei uns zu Hause unterbringen, auch wenn ich nicht sicher bin, ob das sehr bequem für euch wäre. Ihr müßt nur ein Wort sagen, dann rufe ich Sam wieder an …«

»Ach, Ada«, schnaufte Maria. »Du bist wirklich ein Engel, genau wie Mama gesagt hat.«

»Das wäre die Antwort auf ein Gebet«, sagte ich. Meine Stimmung hob sich. »Ich weiß, es ist eine ziemliche Zumutung, aber wenn ihr wirklich wollt...«

»Das kommt überhaupt nicht in Frage«, sagte Joe energisch. Sein Gesicht hatte jetzt wieder bessere Farben. »Wir können euch unmöglich noch weiter zur Last fallen. Mit dem Fahren werde ich schon fertig; der Wagen hat Automatik. Ich kann internationale Verkehrsschilder lesen. Danke, Ada, aber...«

»Kein Aber«, sagte Colin. »Wir nehmen an. Joe, du bist hier noch keinen Meter gefahren. Es gibt kein Tempolimit, und diese schnellen italienischen Limousinen rasen mit zweihundert Stundenkilometer über die Autobahnen. Es ist grauenvoll. Ganz abgesehen von Florenz im Juli oder einigen Straßen in der Toskana. Oder Siena, bei Gott! Anders könnten wir überhaupt nicht fahren!«

»Wir passen nicht alle in das Auto«, sagte Joe knapp. »Es ist ein mittelgroßer Fiat, etwas anderes konnte ich in der Kürze der Zeit nicht bekommen.«

»Nun, wenn es hilft, Yolanda hat gesagt, daß sie mitkäme«, sagte Ada. »Sie hat bereits bei Hertz in Venedig angerufen. Dort haben sie noch ein Auto für sie, jemand hat abgesagt. Sie kennnt die Gegend. Sie ist schon oft dort gefahren. Und CNN hat ihre Sendung übernommen, sie hat also etwas zu feiern. Jetzt wird sie sehr viel besser zu ertragen sein. Wir fahren im Konvoi, das haben Sam und ich, als wir noch sehr jung waren, immer mit Freunden gemacht. Es wird wieder genauso werden.«

»Das könnte gehen«, sagte Joe.

»Es *wird* gehen«, jubelte Maria. »Und es wird so lustig werden, wie... wie eine Reise vom College aus oder so. Wie kann ich dir jemals danken?«

Sie stürmte auf Ada Forrest zu und umarmte sie heftig. Ada lächelte und umarmte sie ebenfalls.

»Indem du dein Leben genießt«, sagte sie, und in diesem Augenblick mochte ich sie ungeheuer gern.

Nach einem gar nicht so schlechten Abendessen auf dem Zimmer saßen Joe, Maria, Colin und ich spät an diesem Abend auf einem Gepäckwagen an der Statione Termini. Es war beinahe Mitternacht, aber von Sam und Ada oder auch von Yolanda Whitney war nichts zu sehen. Maria war mit einem Taxi ins Hotel zurückgefahren und hatte das Gepäck eingesammelt, das nun zusammen mit meinem auf den Wagen gehäuft war. Mit Hilfe von Portiers, Taxifahrern, Schmerztabletten und reichlich Trinkgeldern hatten wir Colin zum Bahnhof und auf den richtigen Bahnsteig geschafft, wo er auf dem Gepäckwagen halb saß und halb lag. Sein bandagierter Fuß war hochgelagert, das Gesicht weiß vor Schmerzen, aber die verbotene Mischung von Schmerztabletten und Wein hielt ihn bei guter Laune. Von unserem Zug nach Venedig war nichts zu sehen. Er würde, wie ein Gepäckträger sagte, mit deutlicher Verspätung kommen. *Che posso fare?*

Ein Bahnbeamter brachte gerade ein Schild mit der Ankunftszeit des Zuges an der Anzeigetafel an, als wir Sam und Ada auf uns zulaufen sahen. Sie trugen leichtes Nylonhandgepäck und eine riesige Strohtasche. Yolanda war bei ihnen, und ein Gepäckträger folgte ihr mit einem großen, hübschen Vuitton-Koffer und zwei Reisetaschen. Sie trug einen langen Baumwollrock und Espadrilles und hielt, genau wie Sam und Ada, eine Flasche Mineralwasser in der Hand. Ada hatte immer noch den weiten, wehenden schwarzen Anzug an, und Sam trug Blue jeans, ein in der Taille geknotetes Hemd und hatte den Plantagenhut in die Stirn gedrückt. Der Pferdeschwanz wehte hinter ihm her. Bei ihrem Anblick hätte ich vor Erleichterung und Freude am liebsten gleichzeitig geweint und gelacht. Hier waren sie, meine Leute.

»Hier kommen die Soldaten«, sagte ich.

»Seid ihr alle bereit?« schrie Sam.

Ich machte wieder das Zeichen der Bestätigung mit dem Daumen und dem Zeigefinger. Sam grinste breit, und Joe und Colin brachen wie kleine Kinder in Gekicher aus. Der Gepäckträger hinter Yolanda verzog düster das Gesicht.

Maria und ich blickten von Joe zu Colin.

»Wollt ihr uns nicht endlich sagen, was daran so lustig ist?« sagte ich.

»Wenn wir nach Hause kommen«, sagte Joe und erstickte beinahe vor Lachen, »dann sage ich es dir, meine liebe Cat. Aber nicht vorher.«

Noch immer stirnrunzelnd ließ der Träger Yolandas Gepäck auf den Bahnsteig fallen, warf mir einen beleidigten Blick zu und marschierte davon. Joe und Sam schafften mühsam das Gepäck in den Zug und trugen Colin dann beinahe hinein. Sie fanden das Abteil der Gerards, brachten die beiden dort unter und suchten und fanden dann unser Abteil.

»Schlaft gut«, sagte Ada Forrest. »Ich habe immer gerne im Zug geschlafen. Und dieser hier ist angenehm, sauber und neu.«

»Wir schlafen bestimmt gut«, sagte ich und küßte sie auf beide Wangen, eine Sitte, die ich allmählich lernte. »Ich weiß keinen anderen Weg, Ihnen zu danken, aber bis zum Ende dieser Reise wird mir schon noch etwas einfallen.«

»Sich von Sam porträtieren zu lassen, ist Dank genug«, sagte sie.

Sam umarmte mich und Joe in gleicher Weise. Wie an dem ersten Abend, als wir uns kennenlernten, roch er nach Schweiß und Gin.

»Erstens, ihr dürft das Wasser nicht trinken«, sagte er. »Besorgt euch vom Schlafwagenschaffner Mineralwasser. Damit solltet ihr euch sogar die Zähne putzen. Das andere ist nur gut genug für die Klospülung. Zweitens, rechnet damit, daß es nach der Ankunft noch mindestens eine Stunde dauert und geht rechtzeitig aufs Klo. Wenn wir nach Venedig kommen, geht es zu wie im Irrenhaus. Der Schaffner hier macht euch morgen früh einen erstklassigen Espresso, wenn ihr ihm heute nacht ein großzügiges Trinkgeld gebt. Es lohnt sich. Und drittens, schlaft gut. Oder was auch immer. Im Zug ist alles besser.«

Er zwinkerte Joe zu und küßte mich auf die Stirn, und dann gingen er und Ada den Gang hinunter zu ihrem eigenen Abteil. Der Zug setzte sich langsam in Bewegung. Als wir das Gepäck in unserem winzigen Abteil untergebracht und die Betten ausgeklappt hatten, schwankte und klapperte er bereits durch die anonymen Vorstädte im Nordosten von Rom.

Wir wuschen uns das Gesicht und putzten uns die Zähne mit dem Mineralwasser, das uns der lächelnde, mit reichlich Trinkgeld versehene Schaffner brachte, und kämpften uns aus den Kleidern. Ich wußte, daß es hoffnungslos war, in dem Gepäckhaufen nach meinem Nachthemd zu suchen, und wir mußten nackt auf die Taschen steigen, um in unsere Betten zu kommen. Joe legte sich zu mir in das untere Bett, und wir lagen eng aneinandergedrängt, von beiden Seiten eingeklemmt und schaukelten durch die Dunkelheit, die in kurzen, vorüberfliegenden Abständen erleuchtet wurde, wenn wir geisterhaft durch kleine Bahnhöfe und wieder ins Dunkel hineinfuhren. Joe griff über mich hinweg und zog die Jalousie herab.

»Wir würden es uns nie verzeihen, wenn wir es nicht tun«, sagte er.

»Nein«, meinte ich und streckte die Hand aus, um ihn auf mich zu ziehen. Sein nackter Rücken war glatt und sehr warm, beinahe heiß. Aber im Abteil war es kühl. Es war sehr lange dunkel, und in dieser Dunkelheit hätten wir überall sein können, nur daß uns das heftige Ruckeln und Schaukeln des Zuges mitriß, und es war tiefer, fester und schneller, als es jemals auf dem Berg gewesen war. Ohne Joes Gewicht auf mir hätte ich zum Schluß wohl den Rücken so sehr durchgedrückt, daß ich aus dem Bett gefallen wäre. Ich spürte, wie sich mein Kopf zurückwarf, wie sich mein Mund öffnete, und ich schmeckte den Schweiß und das Salz an seinem Hals und biß nicht gerade sanft hinein. Als ich zubiß, schrie er nicht nur erlöst, und ich glaube, ich konnte neben dem Salz seiner Haut auch das süß-salzige Blut schmecken.

»Vögeln in Rom ist nicht wie gewöhnliches Vögeln«, flüsterte er später, nachdem sich sein Atem beruhigt hatte.

»Nein«, sagte ich, noch immer am ganzen Leib zitternd.

Viel später, als er bereits mühsam in das obere Bett geklettert war und ich an seinem Atem merkte, daß er schlief, langte ich nach oben und ließ die Jalousie wieder hoch. Dann lag ich im Mondlicht und sah Bäume, Hügel und gelegentlich ein altes Haus und die Bögen sehr, sehr alter, mit Kletterpflanzen bewachsener Brücken und Unterführungen an mir vorüberblitzen. Das Klappern und Schwanken des Zuges übertrug sich auf meinen Körper, und ich spürte, wie mein Atem den Rhythmus des Zuges übernahm. Kurz bevor ich in den Schlaf sank, verspürte ich eine plötzliche Woge heftiger Freude, wie man sie selten jenseits der Kindheit fühlt. Vor uns lag Venedig, sicher auf seiner Insel, sicher in seiner Lagune.

Danach Florenz, die erste der Städte auf den Hügeln. Und nach Florenz die eigentlichen Hügelstädte, die hohen, alten Hügelstädte der Toskana. Sicher, sicher …

Und um mich herum meine Leute, meine Freunde. Joe.

Und Sam Forrest.

8. Kapitel

Bei Morgengrauen kamen wir in Venedig an, aber wie Sam vorausgesagt hatte, dauerte es noch eine ganze Stunde, ehe wir endlich unser Gepäck zusammengesammelt und den Zug verlassen hatten – Colin wütend und unter Schmerzen in dem Feuerwehrtragesitz, den Joe und Sam mit überkreuzten Armen machten. Der Morgen war still, schwül und grau. Noch bevor wir, neben einem Gepäckwagen herlaufend, den man selbst schieben mußte, und auf dem sich unsere Habseligkeiten und ein schmollender, vor Schmerz immer wieder zusammenzuckender Colin befanden, den Quai erreicht hatten, ja, sogar noch, bevor wir den metallgrauen Schatten des Bahnhofs hinter uns gelassen hatten, wußten wir, daß wir in unmittelbarer Nähe des Wassers waren. Auf dem Metalldach des Gepäckschuppens tanzte das Sonnenlicht seinen Wassertanz, statt des Dröhnens der Automobile hörten wir das Tuckern und Plätschern von Booten, auf unserer Haut spürten wir den etwas klebrigen Niederschlag der Salzluft, und wir rochen das Meer – eine starke, dunkle Note in dem vielfältigen Geruch, den Venedig im Sommer ausstrahlt.

Während wir auf unser Gepäck warteten, sprachen wir sorgenvoll darüber, was wir mit Colin machen sollten. Venedig mit seinen Hunderten kleiner, hoher Bogenbrücken, den gewundenen, engen Wegen, den dichten Pulks von Sommertouristen und dem fehlenden Autoverkehr ist kein günstiger Ort für Behinderte. Colin bestand darauf, daß er laufen könne, wenn er sich auf Sam und Joe stütze, aber auf seiner Stirn glänzte kalter Schweiß, und sein Gesicht war verzerrt und eingefallen unter der goldenen Bräune. Der Schmerz ließ ihn alt und kraftlos wirken, und ich vermutete, daß ihm diese erste Erfahrung echter Hilflosigkeit in seinem Erwachsenendasein angst machte. Er sagte fast kein Wort und wehrte Marias besorgte Hände ab. Ich wußte, daß er sich nur ungern helfen ließ. Vielleicht konnten wir dem Fahrer unseres Bootes ein dickes Trinkgeld geben, damit er half, ihn in unser Hotel am Campo La Fenice zu tragen. Es lag etwa fünf Minuten zu Fuß vom Landesteg San Marco entfernt, wenn wir, wie geplant, den Vaporetto Nummer eins nahmen. Sowohl Sam als auch Ada sagten, das sei die weitaus beste und billigste Art, den Canal Grande zum ersten Mal zu sehen. Es sei einfach verrückt, sagten sie, für die Fahrt vom Bahnhof nach San Marco eine Gondel zu mieten.

»Dann müßtet ihr für den Rest der Reise auf das Abendessen verzichten«, sagte Sam. »Gondeln sind das moderne italienische Äquivalent zum Straßenraub.«

Ich konnte mir nicht vorstellen, daß sich Sam und Ada Forrest große Sorgen um Geld machen mußten, aber es war freundlich von ihnen, an das Budget der Neuvermählten Maria und Colin zu denken. Oder auch an unseren Akademikeretat. Das Trinity bezahlte seine Institutsleiter zwar nicht schlecht, aber mit den Forrests konnten wir keinesfalls mithalten. Davon waren wir weit entfernt.

Ada flüsterte Sam etwas zu, und er nickte. Dann machte sie sich auf die Suche nach einem Telefon, und kam wenige Minuten später lächelnd zurück.

»Das Europa und Regina richtet das Wohnzimmer unserer Suite zu einem Schlafzimmer für Sam und mich ein«, sagte sie. »Es liegt direkt am Canal Grande, und man muß überhaupt nicht zu Fuß gehen. Und sie schicken uns die Barkasse. So können Colin und Maria unser Schlafzimmer nehmen, wo wir ein Auge auf sie haben, und Yolie übernimmt ihr Zimmer im Fenice. Ich bin sicher, daß das Zimmer, das sie ihr gestern nacht besorgt haben, nur eine Besenkammer ist. Auf diese Weise ist allen geholfen. Das heißt, wenn es euch Turteltauben nichts ausmacht, das Bad gemeinsam mit uns zu benutzen. Es wird nicht schlimm, Sam badet ohnehin nicht oft.«

Sam sandte ihr ein teuflisches Grinsen.

»O mein Gott, wir können doch nicht euer Schlafzimmer nehmen, Ada.« Colin stöhnte. »Ihr seid ja nicht in Venedig, um euch mit uns das Bad zu teilen und mich zu versorgen. Und wo soll Sam Cat malen?«

»Die Zimmer sind riesig«, sagte sie. »Selbst die Schlafzimmer haben Sitzecken, und alle Zimmer gehen auf den Kanal hinaus. Das

Licht ist wunderschön. Sam kann seine Staffelei an einem der Fenster aufstellen, und dann haben wir noch immer genug Platz, um einen Ball zu veranstalten. Ein Nein dulde ich nicht, mein Lieber. Bis zum Fenice schaffst du es im Moment einfach nicht. Du kannst im Sessel am Fenster sitzen, und von Venedig alles sehen, was sich zu sehen lohnt, und dir sagenhafte Sachen vom Zimmerservice heraufbringen lassen. Wenn wir Venedig verlassen, kannst du schon viel besser laufen und bist damit gerüstet für Florenz. Das ist das einzig Sinnvolle.«

»Ich hasse diesen ganzen Scheiß«, sagte Colin.

»Wie außerordentlich höflich, so etwas zu Ada zu sagen«, meinte Maria gereizt. Ihr Rock und die Bluse waren sehr zerknittert, und unter ihren dunklen Augen waren gelbliche Ringe zu sehen. Ich dachte an die winzigen Klappbetten im Liegewagen und vermutete, daß die zweite Nacht in Maria Gerards Eheleben nicht so verlaufen war, wie sie sich gewünscht hatte. Zweifellos hatte sie in ihren Kleidern geschlafen, wenn sie überhaupt geschlafen hatte. Ich stellte mir vor, daß sie die ganze Nacht eingeklemmt auf dem unteren Bett verbracht hatte, mit Colins verletztem Fuß auf ihrem Schoß, um ihn gegen das Schaukeln und Rumpeln des Zuges zu schützen. Sie hatte allerhöchstens ein wenig gedöst. Für sie hatte es, anders als für Joe und mich, keine transzendent überhöhte, rauschhafte körperliche Liebe gegeben. Ich machte ihr den Ärger in ihrer heiseren Stimme nicht zum Vorwurf. Der verletzte und hilflose Colin rief aus mehreren Gründen wenig Mitleid hervor.

»Das ist schon in Ordnung«, sagte Ada und lächelte ihr kleines Katzenlächeln. Heute trug sie meergrüne Baumwolle, mit einem Muster aus glänzenden Strudeln, und der Stoff schien das Glitzern des Meeres auf dem Schuppendach einzufangen und zurückzuwerfen. Ihr Haar war in ihrem schlanken Nacken hochgebunden, und der grüne Stoff gab ihren Augen die Farbe von Nordmeereis. Alles an Ada Forrest war kühl an diesem schwülen Morgen.

»Also ich nehme das Angebot, euer Zimmer im Fenice zu beziehen, gerne an«, sagte Yolanda Whitney fröhlich, »denn ich kenne die Notunterkunft, die sie mir freihalten. Daher habt ihr gar keine andere Wahl. Sei kein Idiot, Colin, und gönne deiner Braut etwas Erholung. Das Europa hat den besten Blick von ganz Venedig, und sie bedienen dich, als wärst du Michael Jackson. In dem guten alten Fenice geht es dir nicht halb so gut.«

Maria lächelte sie dankbar an, und Sam umarmte sie kurz.

»Komm schon«, sagte er zu Colin. »Für dich beschränke ich mich auf ein Bad täglich, und den Rest der Zeit merkt ihr überhaupt nicht, daß wir da sind. Wir werden absolut diskret sein.«

»Mach es lieber, Sportskamerad«, sagte Joe. »Sonst handelst du dir Ärger ein mit diesen Damen hier.«

»Wir können uns dieses Hotel nicht einmal im Traum leisten«, sagte Colin halsstarrig. »Es war eines derjenigen, das wir uns ausgeschaut hatten, als wir die Reise planten. Herrgott, wir könnten es uns nicht einmal eine Nacht leisten...«

»Das Zimmer geht auf uns«, sagte Ada. »Betrachte es als ein Hochzeitsgeschenk. Außerdem ist es bereits gebucht; es kostet niemanden etwas.«

»Nein. Ihr habt schon zuviel für uns getan. Von jetzt an übernehme ich meine Kosten selber«, sagte Colin. Wenn er diese Seite seines Wesens sehr häufig zeigte, würde er mir unsympathisch werden, dachte ich. Aber natürlich würde er das nicht tun; in all den Jahren, die ich ihn auf dem Berg gekannnt hatte, hatte ich ihn nie so erlebt. Es waren lediglich die Schmerzen und die Enttäuschung. Das war nicht der Colin, den ich kannte.

»Colin«, sagte Ada geduldig, aber mit einer leisen Schärfe in der Stimme, »wir zahlen für keines der Zimmer. Die Suite ist kostenlos, weil Sam... weil Sam eben Sam Forrest ist. Wir haben hier schon oft übernachtet, und der Geschäftsführer ist ein alter Freund von uns. Er besitzt eines der ersten italienischen Werke von Sam. Ich hänge das nicht gerne an die große Glocke, aber wenn es dein puritanisches Gewissen beruhigt, dann erzähle ich dir, daß es unserem Freund eine Ehre ist, Sam Forrest in seinem Hotel zu beherbergen. Wir kämen uns ungehobelt vor, wenn wir versuchen würden, ihn für die Unterkunft zu bezahlen. Wir versuchen es schon lange nicht mehr. Also schadest du niemandem, und du schuldest niemandem etwas, und hier ist außerdem schon das Hotelboot. Wir steigen jetzt auf jeden Fall ein und bringen dich auf dem Zimmer unter und frühstücken anständig. Ich glaube, danach geht es uns allen besser.«

Ich mochte sie immer mehr.

»Dann vielen Dank, Sam und Ada«, murmelte Colin, ohne die beiden anzusehen. »Noch einmal vielen Dank.«

Er sagte nichts mehr, als ihn der Bootsführer, Sam und Joe vorsichtig in dem Hotelboot unterbrachten, und er schwieg während der gesamten Fahrt auf dem Canal Grande. Dafür kann ich ihn allerdings nicht tadeln. Wenn man den Kanal bei der Ausfahrt aus der schattigen Höhle des Gepäckschuppens an einem dunstigen Morgen zum ersten Mal sieht, nimmt er einem regelrecht den Atem. Wir waren schon ein gutes Stück weit und fuhren langsam zwischen filigran verzierten gotischen Balkonen und leeren Anlegepfählen hindurch, vorbei an kleinen, versteckten Kanälen, die sich ins schattige, geheimnisvolle Dunkel wanden, vorbei an den märchenhaften Palazzi in farbigen Kleidern in weichem, knittrigem Rot, Blau, Rosa, Goldgelb und Weiß, vorbei an Gondeln mit klingenförmigem Bug, an flachen Kanalbooten, rücksichtslosen Vaporetti und schlanken, leise tuckernden Privatbooten, bevor überhaupt jemand etwas sagte.

»Oje«, sagte ich leise, während ich Atem holte. »Ach du meine Güte...«

Bis heute ist Venedig für mich so, wie es an diesem ersten Morgen war: eine Stadt, die in der Luft schimmert, irgendwo zwischen Himmel und Erde. Das wiedererstandene Atlantis. Es ist Bewegung, Spiegelbild, Illusion, Nebel, Strahlen, Glitzern, Tanzen und gebrochenes Licht. Ich wußte nicht genau, wo in Venedig ich mich eigentlich befand, und ich konnte nicht mit Sicherheit sagen, was die wirkliche Stadt war, die Stadt aus Stein und Fleisch, und was ihr Zwilling im Wasser. Die Menschen, die ich in den dunklen Gassen sah, waren, so stellte ich mir vor, meistens Gespenster, und ich bin mir sicher, daß ich viele der Gespenster von Venedig für wirkliche Menschen gehalten habe, denen ich zunickte, während wir vorbeifuhren, und sie nickten mir ebenfalls zu. Die buntschillernde Schönheit dieser Stadt bleibt für mich immer phantasmagorisch und verschlingend, denn der Tod lauert hinter allem und das Leben hinter dem Tod. Wer weiß schon, welches Venedig das wirkliche ist, oder ob es überhaupt ein wirkliches Venedig gibt? Es tanzt in der Luft über der Lagune, es versinkt in ihrem dunkelgrünen Wasser, es stirbt und wird stündlich wiedergeboren, wie sich das phantastische Licht ändert. Es ist voller Schätze, die von anderswoher stammen, mit der Beute der Plünderungen von Hunderten von Königen und vielen Jahrhunderten. Venedig selbst scheint nichts zu besitzen, klammert sich aber an jedes neue Auge, jede neue Seele, die in die weite Arterie zu seinem großen Herzen hineingezogen werden, als wollte es sich selbst aus gehaltvollerem Fleisch neu erschaffen. Ich liebe diese Stadt, beinahe bis zu meinem letzten Tag dort liebte ich sie.

Ich bin davon überzeugt, daß Joe sie haßte. Ich weiß nicht genau weshalb. Aber ich habe eine Vermutung: Venedig beraubt einen seiner selbst und läßt einen verändert zurück. Aber ich bin mir nicht sicher. Es konnte auch deshalb sein, weil ich es liebte. Wir begannen uns ernsthaft zu verändern, Joe und ich, auf dieser ersten langsamen Fahrt den Canal Grande hinab. Oder vielleicht wurden wir nur... wir selbst.

Kurz bevor wir unter der Rialtobrücke hindurchfuhren, begegneten wir einer Prozession schwarzer Gondeln, die nur sparsam mit Gold verziert waren und sich unglaublich langsam bewegten. Dunkel gekleidete Männer und Frauen mit schwarzen Schultertüchern und Schals über dem Kopf folgten in weiteren Gondeln derjenigen, die vorausfuhr und in der sich außer dem Gondoliere nur ein Sarg und ein Rechteck aus Blumen befanden. Es war natürlich eine Beerdigung. Wie seltsam, dachte ich, wenn man über das Wasser, aus dem man ja einst gekommen war, zur letzten Ruhestätte gebracht wurde. Es schien irgendwie passend, gleichsam natürlich zu sein. Unser Bootsführer nahm seine Uniformmütze ab, und Ada Forrest schlug ein diskretes Kreuz. Sam schüttelte etwas verächtlich seinen rothaarigen Kopf. Joe starrte verzückt auf die Prozession. Ich wußte, was er sagen würde, noch ehe er es aussprach.

»Tod in Venedig«, sagte er. »Perfekt. Thomas Mann hätte es nicht besser machen können. Sind Sie sicher, daß Sie das nicht für uns arrangiert haben, Sam?«

»Schön, daß es Ihnen gefällt«, sagte Sam. »Aber ich habe nichts damit zu tun. Ich würde den armen Kerl einfach in den Kanal werfen, wie sie es hier mit Hunden und Katzen machen. Thomas Mann mußte offenbar nie für eine Beerdigungsflotte zahlen, denn diese Gondeln fressen das gesamte Familienerbe auf, das Onkel

Aldo oder wer auch immer hinterlassen hat. Aber sie machen es natürlich trotzdem. Ich habe noch nie gehört, daß jemand in einem Vaporetto für immer nach San Michele übersiedelt wäre.«

»Wo ist San Michele?« fragte Yolanda. Das dicke, kastanienbraune Haar hing ihr heute offen auf die Schultern, obwohl die stille Luft bereits drückend wurde, und sie trug ein eng geschnittenes, gelbes Baumwollkleid und Sandalen. Ich fand, daß sie jeden Tag, den ich mit ihr verbrachte, hübscher und jünger aussah. Ihre Augen waren klar; offenbar hatte sie sich an das Mineralwasser gehalten, das sie immer noch bei sich trug.

»Das ist die Beerdigungsinsel«, sagte Sam. »Die Friedhofsinsel. Dort haben diejenigen, die es sich leisten können, eine Gruft, während diejenigen, die es sich nicht leisten können, nach zwölf Jahren in ein Massengrab kommen. Das ist ein richtiges Knochenfeld, als ob dort der Tod wächst. Ganz egal, wer man ist, wenn man nicht zahlt, bleibt man nicht. Zwölf Jahre und Ende.«

»O mein Gott«, sagte Joe. »Das ist ja barbarisch. Warum? Was ist mit den Engländern und Amerikanern, die hier begraben sind? Das müssen doch einige sein. Ist nicht Ezra Pound hier gestorben und ... noch jemand, ich habe vergessen, wer? Werfen sie die Ausländer auch weg?«

»Nein. Es gibt eine eigene protestantische Abteilung, die nicht geräumt wird, außer wenn Hochwasser ist. Dann wird natürlich jeder hinausgeschwemmt. Der Grund für die zwölf Jahre ist einfach: Es gibt auf San Michele oder anderswo in Venedig nicht genug Land, um die Toten aus all den Jahrhunderten unterzubringen. Doch es gibt noch eine eigene Insel der Gebeine, draußen hinter Torcello, wenn Ihnen San Michele noch nicht schauderhaft genug ist.«

»Wer liegt denn dort noch, den wir kennen?« fragte Maria fasziniert.

»Nun, Wagner, Browning und Diaghilew, wenn das für den Anfang genügt. Da gibt es eine ganz nette Geschichte über Diaghilew, in der Abteilung der orthodoxen Kirche. Solange man denken kann, liegt ein Ballettschuh mit Blumen darin auf seinem Grab. Wenn der alte schließlich verrottet ist, erscheint ein neuer. Offenbar weiß niemand, wer die Schuhe bringt.«

»Wie hübsch«, sagte ich, und meine Verzauberung wuchs. »Über die Lagune zum Grab gefahren zu werden, und dann legt jemand einen Ballettschuh darauf. Kein Wunder, daß man hier sooft in einem Atemzug vom Tod und von der Schönheit redet.«

Es kam mir so vor, als sei jeder kleine Kanal, an dem wir vorüberkamen, mit hohen Bogenbrücken überspannt. Venedig schien davon durchzogen, wie von einem Spinnennetz aus verziertem Stein. Ihr Anblick war mir unbehaglich. Ich spürte eine Gänsehaut auf meinen nackten Armen und rieb sie mit den Händen, selbst als die Sonne durchkam und wie der weiße Daumenabdruck eines Mondes am Himmel hing.

Joe sah meine Geste.

»Brücken, überall Brücken«, sagte er leichthin. »Cat wird durchdrehen.«

Die Wut biß mich wie ein stechendes Insekt. Ich antwortete nicht, aber Sam tat es.

»Nun ja, da gibt es diese kleine Heilige, die heilige Zita heißt sie, glaube ich«, sagte er. »Sie ist die Schutzheilige von allen, die über Brücken gehen müssen. Sobald wir anlegen, werde ich Cat eine Medaille von ihr besorgen. Sie wird mit der heiligen Zita auf jeder einzelnen Brücke in Venedig Walzer tanzen.«

Er sah Joe gleichmütig an. An diesem Morgen trug er eine dunkle Sonnenbrille, und ich konnte seine stechenden blauen Augen nicht sehen. Mit seiner dünnen, messerscharfen Nase und dem schmalen Mund erinnerte er mich an einen Falken mit einer Jagdkappe. Der Ohrring glänzte matt. Der Pferdeschwanz war unter den Strohhut geschoben, was ihm ein völlig anderes Aussehen verlieh. Florenz, dachte ich, er sah aus, als gehöre er viel eher nach Florenz als an diesen von Wassern bestimmten, vergänglichen Ort. Das Florenz von Savonarola.

Joe sah ihm geradewegs ins Gesicht. »Das sollten Sie tun«, sagte er. Und dann: »Herrgott, seht euch das an! O mein Gott. Geht denn die Spülung jeder einzelnen Toilette von Venedig in den Canal Grande?«

Ich blickte hinaus, und dann wandte ich mich schnell ab. An der Einmündung eines kleinen Kanals schwappte der aufgetriebene Körper eines kleinen, schwarzweißen Hundes in einer Ansammlung von etwas, das nur menschliche Exkremente sein konnten. In der Mitte tauchte der schlanke, bösartige Kopf einer nagenden Wasserratte auf. Dem Anblick folgte im nächsten Atemzug ein intensiver Gestank.

»Nun, Sie wissen ja, Joe, Tod und Schönheit«, sagte Sam Forrest gelassen. »Das haben Sie selbst gesagt. Oscar Wilde meinte, die Fahrt in einer Gondel sei, als fahre man in einem Sarg durch einen Abwasserkanal. Ich hätte gedacht, daß gerade Sie das begeistern würde. Sie wissen schon, der Schauder des Verfalls? Faulkner?«

»Faulkner hat nicht ins Wasser geschissen«, sagte Joe gereizt. Ich registrierte bedrückt, daß die Stimmung von Venedig sich negativ auf uns auswirkte.

»Woher wissen Sie das?« fragte Sam mit einem mörderischen Lächeln, wie es nur Leute aus den Südstaaten zustande bringen. Ich nahm an, daß er ärgerlich war auf Joe wegen der Bemerkung über mich und die Brücken; der Gedanke schmeichelte mir auf seltsame Weise, aber er war mir auch unangenehm. Ich wollte nicht von diesen beiden Männern so steifbeinig umkreist werden wie eine Hündin von Rüden.

»Wo in Venedig ist Thomas Mann gestorben? Ich meine, seine Romanfigur?« fragte ich Joe hastig.

»Am Lido. Einem Strand. Außerhalb der Lagune, glaube ich«, sagte Joe zerstreut. »Das ist einer der Orte, an die ich dich mitnehmen werde, Cat. Ich wollte ihn schon immer sehen.«

»Ich kann Ihnen jetzt schon sagen, daß er Ihnen nicht gefallen wird«, sagte Sam gleichmütig. »Dort stehen ein Hotel und Appartementbau neben dem anderen, und der Strand ist so voll mit fetten Bäuchen in knappen Badehosen und kleinen Bälgern, die ins Wasser pinkeln, daß man genausogut auf Coney Island sein könnte. Es sieht auch ziemlich so aus. Irgendein literarischer Tod, abgesehen von einem Sonnenstich, dürfte dort schwer zu finden sein. Aber lassen Sie sich von mir nicht entmutigen.«

»Das tue ich auch nicht«, sagte Joe mit seiner Professorenstimme. »Mir ist nicht entgangen, daß wir immer an den Orten landen, die Sie besuchen wollen, aber deshalb entmutigen Sie mich nicht. Cat und ich werden heute nachmittag hinfahren.«

»Joe, ich sitze aber ...«, begann ich und biß mir auf die Zunge. »Aber ich möchte es sehen. Wenn du bis morgen früh wartest ...«

»Ich fahre heute hin«, sagte er. »Du kannst mitkommen oder auch nicht, wie du willst.«

Aber am Ende fuhr er doch nicht an diesem Nachmittag. Zu dem Zeitpunkt, als wir Colin und Maria an der privaten Anlegestelle des Europa abgesetzt hatten, gefolgt von Sam, Ada und dem Gepäck, war der Himmel wieder dunkel geworden, und als wir Yolanda durch das Gewirr der Gassen zurück zum Campo San Fantin und dem Campo La Fenice gleich dahinter gefolgt waren und das kleine, hübsche, mit Wein bewachsene Fenice gefunden hatten, fielen bereits große, warme Regentropfen. Daher holte Ada Forrest am Nachmittag Joe und Yolanda mit einem riesigen Hotelregenschirm ab, um mit ihnen in die Academia zu gehen, und ich wartete, verletzt und einsam, bis Sam kam und mich holte, damit ich ihm wieder saß, diesmal im märchenhaften Licht von Venedig.

»Ich wollte Sie eigentlich in unserem Hotelzimmer zum Mittagessen einladen«, sagte Sam, während er mich durch die Massen auf dem Campo La Fenice führte. »Aber ich glaube, wir machen lieber im Florian halt und essen dort etwas. Als ich gegangen bin, kamen Geräusche aus dem Zimmer der Neuvermählten, die nicht gerade zum Essen passen würden. Ich habe ja schon viel erlebt, aber ich glaube nicht, daß ich so etwas schon einmal gehört habe.«

»Vielleicht ist sein Bein schlimmer geworden?« sagte ich, aber dann wurde mir bewußt, was er meinte, und ich sagte: »Scheiße.«

Er lachte. »Falls das so ist, dann hat er es in diesem Augenblick nicht gemerkt. Inzwischen ist es vielleicht an sechs Stellen gebrochen. Zu Hause hat man mir immer von den Alligatoren erzählt, die angeblich in den Sümpfen schreien sollen, auch wenn keiner, den ich kannte, jemals einen gehört hat. Aber ich glaube, heute vormittag habe ich einen gehört. Gut, daß ich nicht gerade dabei war, Sie zu malen, sonst hätte ich mich vielleicht auf Sie gestürzt. Dieses Mädchen schafft es noch, daß wir alle hinausgeworfen werden.«

Ich spürte eine rotglühende Hitze von meiner Brust aus an meinem Hals aufsteigen. Ich dachte an die beiden, wie sie nackt im Licht des Regens auf einem großen Himmelbett lagen, sich hin und her warfen und ihre Freude laut hinausschrien. Ich dachte an die letzte Nacht im Zug. Ich dachte an Sams lange, geschickte Hände …

Ich ging neben ihm her unter dem Regenschirm, wieder treppauf und treppab, und erst nachdem wir schon auf der anderen Seite waren, wurde mir bewußt, daß ich, von allen Seiten von Menschen umgeben, über eine Brücke gegangen war, ohne die Angst zu spüren. Ich grinste, halb ärgerlich und halb triumphierend. Es war dunkel und eng unter dem Regenschirm, und ich sah wenig von Venedig, abgesehen von schönen, abblätternden Mauern – und von Beinen. Tausenden von Beinen und Füßen, die eilig durch den Regen liefen. Es kam mir vor, als wären wir schon lange Zeit dahingegangen, während ich ständig Sams warmen, moschusartigen Geruch in der Nase hatte, und schließlich fragte ich: »Wo ist das Florian?«

»Hier«, sagte er und führte mich zwischen zwei Säulen in einen langen, dunklen Säulengang, hob den Regenschirm, und wir waren auf der Piazza San Marco. Dem Markusplatz.

Ich tat das, was ich in Italien schon gewohnheitsgemäß tat, wenn mich etwas überwältigte: Ich preßte meine Faust an den Mund, flüsterte: »O mein Gott!« und begann zu weinen. Ich spürte die Tränen aufsteigen, spürte, wie sie mir in die Augen traten, wie sie an meinen unteren Wimpern hingen – und dann lachte ich statt dessen. Es war eine Art Schluckauf, ein Reflex reiner Freude. Die Piazza San Marco war und ist ein Ort, der Freude hervorruft. Selbst im Regen. Selbst wenn er im Juli um die Mittagszeit in der schlimmsten Touristenflut ertrinkt. Selbst wenn der Mann, den du liebst, ärgerlich auf dich ist, und mit zwei hübschen Frauen fortgegangen ist, die das pure Gegenteil von dir sind. Selbst dann.

Wir gingen die überdachte Galerie auf der rechten Seite entlang, und meine Augen weigerten sich, die große Basilika mit ihrer Barockkuppel, den Campanile und den Dogenpalast auf einmal wahrzunehmen. Sie schweiften darüber hinweg, vermieden den direkten Blick und wanderten wie bei einem Flirt wieder zurück. Ich konnte diese Gebäude einfach nicht direkt ansehen. Später, später würde ich hierherkommen, mich hinsetzen und meine Augen das alles aufnehmen lassen, aber nicht jetzt, es war zuviel. Das Pflaster des Platzes glitzerte im Regen, aber dennoch standen überall gedrängte Touristengruppen, die den Taubenschwärmen, deren Flügel ein ständiges, trockenes, schnappendes Geräusch in der schwülen Luft machten, Futter zuwarfen. Aus allen Richtungen zielten und klickten Fotoapparate und surrten Videokameras. Aber die Hunderte von kleinen Stühlen und Tischen, die wie Vorsprünge in den großartigen Platz hineinragten, waren leer, und schwarzgekleidete alte Kellner mit weißen Schürzen klappten einige von ihnen zusammen und brachten sie nach drinnen. Sam schob mich durch eine Tür und in einen weiten, düsteren, dunkel getäfelten Raum mit apfelgrünen Wänden und rauchigen, alten Spiegeln. Wir fanden einen winzigen Tisch und setzten uns auf vergoldete Stühle. Der Raum war nicht überfüllt, aber dennoch wirkte er auf mich, als wäre er vollgestopft mit Menschen, von denen die meisten uns anstarrten.

Sam nahm den unmöglichen, mit feuchten Flecken übersäten Hut ab und fuhr sich mit den Fingern durch sein wildes, drahtiges Haar. In dem Spiegel gegenüber sah ich einen rothaarigen Riesen, der abgerissen und barbarisch wirkte, und eine dünne Frau mit Augen wie schwarze Teiche und feuchtem, hellem Haar, das ihr in Kringeln auf dem Klopf klebte. Eine verwahrloste Frau, eine Bettlerin. Waren wir das? Bestimmt würde man uns aus diesem eleganten Lokal werfen. Da kam schon der Kellner...

»Buon giorno, Signor Forrest«, sagte der alte Mann mit dem feingeschnittenen Gesicht. Er hätte einer der Dogen sein können, er hatte die entsprechenden schwarzen Augen und das Kinn und die Nase, die stolz vorstanden. »Sie möchten Mittag essen? Signora.« Und er nickte mir zu.

»Buon giorno«, sagte Sam freundlich. »Ja, wir wollen essen. Lassen Sie uns mit einem Bellini für die Signora und einem Gin für mich anfangen. Dann entscheiden wir uns.«

Der alte Doge nickte und ging, und ich blickte zu Sam auf.

»Nicht auch hier schon wieder«, sagte ich.

Er lachte, und es klang, als feuere man eine Kanone in einer kleinen Kapelle ab. Köpfe drehten sich zu uns um, ich hörte das Flüstern von ein oder zwei Stimmen: »Forrest. Der Maler. Du weißt schon.«

»Wer ist sie? Seine Frau ist es nicht.«

»Ich weiß es nicht.«

»Meine venezianische Periode liegt schon einige Zeit zurück«, sagte er. »Wir waren hier ziemlich lange. Ins Florian kommt jeder mehrmals am Tag, und da offenbar keiner der Kellner jemals kündigt, stirbt oder hinausgeworfen wird, erinnern sich einige an mich. Ich gebe gute Trinkgelder. Und ich gehe immer nach drinnen. Die meisten Leute sitzen draußen.«

Der Bellini kam, und er war wie Ambrosia. Wir bestellten noch einmal nach.

»Ich kann mich nicht erinnern, daß ich von Ihnen Bilder aus Venedig gesehen habe«, sagte ich. »Wo sind sie?«

»Ich stelle sie nicht aus«, sagte Sam. »Ich habe hier etwa eineinhalb Jahre gearbeitet; wir hatten ein Appartement im Europa. Ich hielt das Licht hier für die tollste Sache überhaupt, ich dachte, ich würde derjenige sein, der der Welt zeigt, wie das Licht von Venedig wirklich ist. Danach könnte man Tizian, Tintoretto, Constable, Sargent und Whistler vergessen, denn Sam Forrests Venedig wäre der absolute Trumpf. Aber ich konnte es nicht malen. Ich habe es nie zustande gebracht. Wenn ich versucht habe, das venezianische Licht zu malen, sah es aus wie deutsche Postkarten aus dem 19. Jahrhundert. Schließlich ist mir klargeworden, daß ich Substanz brauche. Flächen, Winkel, Linien, Farben, Masse – *Kleckse*, wie Ada es nennt. Das Diffuse, Zerstreute kann ich nicht einfangen. Ich komme mir wie ein Esel vor, und das Zeug sieht auch so aus. Die meisten Arbeiten aus dieser Zeit sind in einem Lagerhaus in Rom.«

»Macht Ihnen das etwas aus?«

»Nein. Um die Wahrheit zu sagen, mir hat Venedig noch nie besonders gefallen. Irgend etwas hier weckt in mir den Wunsch, das Trinken aufzugeben und solide zu werden. Übrigens glaube ich, daß es diesmal anders werden könnte. Was dieses Porträt von Ihnen angeht, da habe ich ein gutes Gefühl. Ich glaube, Sie und ich zusammen könnten dieses verdammte, unberechenbare, goldene Licht in den Griff bekommen.«

Ich sagte nichts und fühlte mich verlegen und geschmeichelt.

Wir aßen eine köstliche Suppe aus pürierten Muscheln mit Safran und einen Teller mit winzigen fritierten Garnelen, und tranken Weißwein. Sam erzählte mir, das Florian sei das älteste Café in Italien, und wie sein Rivale, das Quadri auf der anderen Seite des Platzes, verdanke es seine Etablierung dem Krieg. Während der österreichischen Besatzung von 1814–16 war das Quadri das bevorzugte Lokal der Österreicher, und die meisten Venezianer vermieden es und wurden Stammgäste im Florian. Viele alte venezianische Familien halten das noch immer so.

»Ada mag das Quadri«, sagte er grinsend. »Aber Ada mag alles Deutsche. Am liebsten wäre sie eine Habsburg gewesen. Manchmal frühstücken wir hier in verschiedenen Lagern und winken einander boshaft zu. Ich konnte die Deutschen noch nie ertragen, und sie kann ihnen nicht widerstehen. Es ist eben diese alte Sache mit dem Stiefel im Gesicht.«

»Wie Sie über Ada reden, das ist einfach schändlich«, sagte ich nur halb im Scherz. »Sie hält doch Ihr träges Leben überhaupt erst am Laufen. Was, um Himmels willen, würden Sie denn ohne sie machen? Was hätten wir alle ohne sie gemacht, auf dieser Reise? Sie ist die Freundlichkeit in Person.«

»Ich weiß«, sagte er. »Ich sollte damit aufhören. Sie haben recht; ohne Ada könnte ich wirklich nicht existieren. Ich würde mich innerhalb einer Woche in völligem Chaos und totaler Auflösung wiederfinden. Sie läßt mein Leben ablaufen wie eine Schweizer Uhr, sie ist absolut vorzeigbar und außerdem noch eine angenehme Gesellschafterin. Mit ihr langweile ich mich selten. Ich hasse Männer, die eine Frau einen guten Kameraden nennen, aber sie ist das wirklich. Ich kann mir nicht vorstellen, wer es sonst mit mir aushalten würde.«

»Jetzt beschreiben Sie sie wie eine Pfadfinderführerin«, sagte ich. »Was bleibt bei all dieser Sam Forrestheit noch für Ada?«

Er grinste breit, das Grinsen eines roten Wolfs.

»Sie ist Mrs. Sam Forrestheit.«

»Sie arrogantes Arschloch«, sagte ich lachend. »Vielleicht haben Sie Glück, daß Sie Mr. Ada Forrest sein dürfen.«

»Vielleicht«, sagte er. »Sind Sie bereit für ein bißchen Malerei? Dieser verdammte Regen. In Venedig regnet es im Juli nie.«

Die Suite von Ada und Sam Forrest im Europa war genauso, wie Ada sie beschrieben hatte. Die kleine Gasse, die von der Hauptstraße aus auf den unauffälligen, kleinen Campo vor dem Hotel führte, glitzerte dunkel und leer in der Stille nach dem Mittagessen, der Campo selbst war wie ausgestorben und der Hoteleingang wenig einladend. Aber im Inneren zeigte das Hotel die dicken Teppiche und den gewachsten Glanz aller guten Privathotels in der ganzen Welt. Das Foyer im ersten Stock, von dem aus man die beiden großen Räume der Forrests betrat, war groß, mit mattglänzenden Kacheln ausgelegt und mit einem schönen alten Kronleuchter. Das Wohnzimmer, das gleich dahinter lag, war jetzt das Schlafzimmer der Forrests, mit einem nüchternen, weißbezogenen Bett, das in einen Alkoven geschoben war. Es war riesig, wie Inseln verteilten sich dunkle, antike Möbel über den weiten, glänzenden Boden aus italienischen Kacheln, und Orientteppiche in starken Edelsteinfarben leuchteten im düsteren Regenlicht. Die Fenster und Türen, die auf eine Terrasse über dem Canal Grande hinausführten, standen offen, und die reinweißen Vorhänge blähten sich im Zimmer wie vom Wind bewegter Nebel. Die Wände und die hohe Decke waren weiß. Wie in einer Unterwasserwelt tanzten überall die Lichtreflexe des Wassers. Der Raum war mit Blumen in Töpfen und Kübeln, mit Sträußen und einzelnen Knospen in Kristallvasen dekoriert. Ein großer Korb mit Früchten und Käse stand noch unberührt auf einem Kaffeetischchen vor dem Sofa.

»Du meine Güte«, sagte ich. »An dieser Sam Forrestheit muß doch etwas dran sein.«

»Ada kann gut mit Hotelbediensteten umgehen«, sagte er. »Den Champagner habe ich den Neuvermählten übergeben, ehe ich ging, um Sie abzuholen. Wenn ich ehrlich bin, hatte ich die Hoffnung, daß er sie eine Weile außer Gefecht setzt. Möchten Sie etwas Obst?«

»Nein, danke«, sagte ich und fühlte mich plötzlich verlegen angesichts der Tatsache, daß ich mit Sam Forrest in einem Hotelschlafraum stand, auch wenn dieses Zimmer so wenig wie nur möglich einem Boudoir ähnelte. Das Bett, in dem er und Ada vermutlich schlafen würden, war noch völlig glatt und mit Kissen überhäuft. Die Vorhänge waren wie ein Moskitonetz herumgezogen. Man hätte es fast für ein weiteres ganz normales, massives Möbelstück halten können. Aber nur fast.

»Ich werde mal nach Romeo und Julia sehen«, sagte er und verschwand in dem Badezimmer, das die beiden Räume verband. Im nächsten Moment kam er grinsend wieder.

»Sie schlafen. In der Löffelchenstellung. Sie bietet Behinderten großartige Möglichkeiten.«

Sam hatte seine Staffelei vor einem der Fenster aufgestellt, und gegenüber stand für mich ein großer, dicker Polstersessel. Der Rahmen mit der Leinwand, der auf der Staffelei stand, war nicht groß, vielleicht vierzig Zentimeter im Quadrat. Seine Farben und eine etwas ordinär geformte Palette befanden sich auf einem vergoldeten Tisch, den er neben die Staffelei gezogen hatte. Ein dickes Hotelhandtuch mit einem Monogramm bedeckte alles.

»Ist es unmöglich kleinkariert, wenn ich mich frage, ob man Ölfarbe aus Hotelhandtüchern herauswaschen kann oder ob Sie die einfach stehlen?«

»Darüber mache ich mir keine Gedanken mehr«, sagte er. Er hielt einen dicken Pinsel zwischen den Zähnen, während er mit dem blähenden Vorhang am Fenster kämpfte. »Beim ersten Mal, als der Geschäftsführer einen Zirkus deshalb veranstaltete, sagte ihm Ada, er könne möglicherweise ein Vermögen verdienen, wenn er sie als Originalwerke von Sam Forrest verkaufe. Ich weiß nicht, ob er das tat oder noch tut, aber er hat nichts mehr gesagt. Scheiße. Das hat beim ersten Mal gestimmt. Ich glaube, ich werde das Licht durch den Vorhang dämpfen. Setzen Sie sich hierher, dann sehen wir, wie es auf Ihrem Gesicht wirkt.«

»Darf ich erst Ihren Ausblick genießen? Es ist vermutlich das einzige Mal, daß ich den Canal Grande aus einem Hotelfenster sehen kann.«

Wir gingen auf die Terrasse, und ich stützte meine Unterarme auf das gepolsterte Kissen, das vom Hotel für solche Zwecke auf die Balkonbrüstung gelegt worden war. Ich saugte das Nachmittagspanorama an der altertümlichen, sagenumwobenen Wasserstraße in mich auf. Gerade gegenüber, scheinbar so nahe, daß man beinahe in die Fenster hineinsehen konnte, glänzte eine große weiße Kuppel. Sie befand sich genau an der Stelle, wo sich der Canal Grande zum Becken von San Marco weitete, und beherrschte den gesamten Ausblick zu Wasser und am Land. Die Fassade war barock, eine prachtvolle, knollige Blüte unter all den feinverzierten Spitzbögen und den geraden Fassaden.

»Was ist das?« fragte ich.

»Santa Maria della Salute«, sagte Sam, der noch immer den Pinsel im Mund hatte. »Die Pestkirche. Sie wurde im siebzehnten Jahrhundert gebaut, als kleines Dankeschön an Maria, die angeblich einen Ausbruch der Pest verhindert haben soll. Allerdings erst, nachdem schon ein Drittel der Stadtbevölkerung dahingerafft war. Kommen Sie wieder herein, Cat, ich möchte das Licht nicht verpassen. Der Regen und der Nebel haben eine ungewöhnliche Wirkung. Ziehen Sie Ihre Bluse an den Schultern herunter und lehnen Sie den Kopf etwas zurück...«

»Sam...«

Er kam zu mir und zog meine ärmellose, rund ausgeschnittene Bluse an den Schultern ein gutes Stück nach unten, legte einen feinen, seidigen Leinenstoff darüber und drapierte ihn. Sein Gesicht war sehr nahe an meinem, und seine Hände fühlten sich warm an auf meiner nackten Haut, aber sowohl Augen als auch Hände gingen vollständig in ihrer Beschäftigung auf. Ich hätte irgend jemand sein können, ein beliebiges Mannequin. Ich war dankbar, daß er so abgelenkt war, und hoffte, daß er die Röte nicht bemerkte, die sich über meine Brust und den Hals verteilte. Mein Gesicht fühlte sich sehr heiß an. Erst als die Sitzung vorüber war, bemerkte ich, daß er mir eines von Ada Forrests Nachthemden über die Schultern drapiert hatte. Wenigstens vermutete ich, daß es von Ada stammte.

Eine Weile lang malte er schweigend und pfiff dabei tonlos zwischen den Zähnen. Er trat zurück und ließ den Blick erstarren, ging dann wieder vor, um noch hier und da einen Pinselstrich zu setzen, und trat dann wieder zurück. Die dritte oder vierte der übelriechenden italienischen Zigaretten, die er rauchte, verzischte gerade in einer dicken Pfütze brauner Farbe auf seiner Palette, als ich kläglich fragte: »Darf ich mich bewegen?«

Er schüttelte den Kopf, als tauche er gerade aus dem Wasser, und legte den Pinsel beiseite.

»Tut mir leid«, sagte er und rettete die Zigarette. »Sie können sich bewegen, wann immer Sie wollen. Diese Arbeit ist eher interpretierend als ein direktes Abmalen. Bitte, strecken Sie sich nur. Möchten Sie etwas zu trinken?«

»Vielleicht ein Mineralwasser.«

Er schenkte mir etwas aus einer Flasche ein, die von der Bar in einem schönen, alten, bemalten Schrank stammte, und goß sich selbst ein Glas mit Gin ein. Wie ich schon zuvor mehrmals gesehen hatte, trank er ihn ohne Eis.

»Mir hat das nicht gefallen, was Joe heute morgen zu Ihnen gesagt hat, über die Brücken«, sagte er plötzlich. »Ich fand die Bemerkung gemein. Ich habe mich gewundert, warum Sie es so hingenommen haben.«

Ich war überrascht und verwirrt.

»Ich ... es zeigte ja nur, wie sehr er sich in seiner eigenen Haut unwohl fühlte, daß er merkte, wie er sich – nun ja, sich selbst verlor und nicht wußte, wer er war oder wer ich war«, sagte ich. »Sie wissen ja, wie das mit Venedig ist.«

»Erzählen Sie mir, wie das mit Venedig ist«, sagte er und sah mich an.

»Ich weiß, daß ich Ihnen nichts erzähle, was Sie nicht schon wissen, nachdem Sie schon sooft hier waren«, sagte ich. »Und ich will nicht, daß Sie glauben, ich mag die Stadt nicht. Ich liebe sie geradezu. Sie schlägt einen in ihren Bann. Aber da ist etwas, Sam. Etwas ... es sind nicht die Brücken, und Joe weiß das. Es ist, daß ... nichts so ist, wie es scheint. Das fühlt man sofort. Und vielleicht ist auch niemand so, wie er scheint, wenigstens nicht, solange er hier ist. Genau das hat er gefühlt. Er hat die Brücken nur erwähnt, weil ...«

»Weil er eine Möglichkeit sah, seine Frau vor einigen Freunden ein bißchen zu demütigen?«

»Nein. Überhaupt nicht. Niemand sonst weiß von der Brücke; Joe weiß nicht, daß ich ... ich habe ihm nicht erzählt, daß ich es Ihnen gesagt habe. Er würde es selbst nie jemandem erzählen.«

»Darauf würde ich keine Wetten eingehen, Miss Compton Gaillard«, sagte Sam. »Sind Sie bereit, mit der Arbeit fortzufahren?«

»Was sagen Sie da? Daß er es jemandem erzählt hat?«

»Ich sage nur, daß meine liebe Frau ein großes Talent besitzt, aus anderen Leuten die erstaunlichsten Dinge herauszuholen und sie anderen weiterzuerzählen«, sagte er grinsend. »Können Sie den Kopf noch ein kleines bißchen zurücklegen? Sie haben eine hübsche Nackenlinie.«

»Sie haben absolut unrecht, wenn Sie glauben, er habe es Ada oder jemand anderem erzählt.«

Ich legte meinen Kopf zurück und blickte hinauf zur Decke. Er schwieg und arbeitete schnell.

»Wie haben Sie Ada kennengelernt?« fragte ich dann.

»Ich habe sie an der Spanischen Treppe regelrecht aufgelesen«, sagte er. »Das war Mitte der sechziger Jahre, und ich war gerade nach Rom gekommen, um zu malen und mich selbst zu finden und all diese Scheiße, und ich hatte eine Ausstellung in New York mit guten Kritiken gehabt, und ich war vollgestopft mit Scheiße wie eine Weihnachtsgans, und hatte schon jedes Mädchen durch, das seinen Arsch die Spanische Treppe hinauf und hinunter trug. Einige davon habe ich gemalt, und mit allen bin ich ins Bett gegangen. Und dann war sie eines Tages da, in ihrem kleinen schwarzen Minirock, mit hohen Absätzen und weißen Handschuhen, verdammt noch mal, und ihr Haar hatte die Farbe von Rabenfedern, abgesehen von einer einzigen weißen Strähne, und sie trug einen großen Strauß Iris, den sie gerade gekauft hatte. Um sie herum war ein dreifacher Ring schmieriger Kerle, und sie versuchte, sich durchzukämpfen und die Treppe hinaufzugehen, und ich warf mich hinein, nahm sie beim Arm und lud sie ins Hassler zum Tee ein. Das war es, was sie wollte, Tee. Sie war gerade aus irgendeinem fliegenschißgroßen Dorf außerhalb von Neapel gekommen und hatte eine Stelle als Sekretärin bei einem Importeur von Herrenhüten ... und das, nachdem Kennedy Herrenhüte in der ganzen Welt unmöglich gemacht hatte. Sie war noch nie von zu Hause weggewesen. Erst nahm ich sie mit ins Bett, und dann malte ich sie, und dann malte ich sie noch einmal, und um diese Zeit begann ich zu merken, daß mein Leben mit ihr glatter verlief, daher ... heiratete ich sie eben. Im großen und ganzen habe ich das nie bedauert. Sie glaubt wirklich, daß ich ein echtes Genie bin, wissen Sie. Und sie kann auch andere Leute dazu bringen, daß sie das glauben. Langfristig gesehen war sie die beste Investition, die ich jemals getätigt habe. Ada kann etwas möglich machen. Sie ist in der Lage, eine ganze Menge Dinge anzuregen.«

»Lieben Sie sie?«

»Ich liebe sie nicht«, sagte Sam Forrest. »Das ist etwas, worüber ich nicht mehr oft nachdenke. Vermutlich brauche ich sie. Ist das nicht dasselbe?«

»Robert Frost hat einmal etwas gesagt, das mir immer gefallen hat, darüber, daß Liebe und Bedürfnis eines sind«, sagte ich. Das Leben und die Welt von Sam und Ada Forrest, die ich mir nach seinen Worten vorstellte, gefiel mir nicht.

»Lieben Sie Joe?« sagte er.

»Ja, natürlich liebe ich ihn«, sagte ich. »Ich liebe ihn sehr.«

»Aber Sie brauchen ihn nicht.«

»Das mehr als alles andere«, sagte ich.

»Nein, das stimmt nicht. Sie wissen nur noch nicht, daß Sie ihn nicht brauchen. Allerdings glaube ich, daß er es weiß. Sonst hätte er es nicht nötig, Sie an Ihre Ängste zu erinnern, an das, was Sie verkrüppelt. Was machen Sie zu Hause, Cat? Wie verbringen Sie Ihren Alltag? Was haben Sie studiert?«

»Kunstgeschichte«, sagte ich. »Und ich war gut darin. Ich sollte wissenschaftliche Hilfskraft beim Institutsleiter am Trinity werden. Danach hätte ich überall unterrichten können.«

»Wenn Sie es geschafft hätten, Ihren Berg zu verlassen. Aber das konnten Sie natürlich nicht, und dann bekamen Sie Ihr blindes Kind, und als Ihre Tochter aus dem Haus war, hatten Sie Ihren Garten und Joes berufliche Laufbahn ...«

»Sie sagen das so, als hätte ich nie etwas für mich selbst gehabt«, sagte ich ärgerlich. »Ich hatte ein wunderschönes Leben. Ich hatte genau das, was ich wollte. Wir leben ein gutes Leben miteinander, Joe und ich, ein schönes Leben.«

»Und hat er Sie ermutigt, dieses schöne Leben zu verlassen? Wollte er, daß Sie etwas für sich allein haben?«

»Er wollte, was ich wollte. Was wir haben, ist das, was wir uns gewünscht haben.«

»Sind Sie glücklich, Cat?«

»Ja«, sagte ich in scharfem Ton. »Ich bin sehr, sehr glücklich.« Und ich begann zu weinen.

Er legte den Pinsel beiseite, kam zu mir und drückte mich sehr zärtlich an sich. Sein Kinn lag auf meinem Kopf. Ich roch Gin, Schweiß und Farbe: Sam.

»Ich möchte, daß Sie etwas für sich allein haben, Cat, damit er Sie nicht noch einmal so behandeln kann, wie mit den Brücken – wie er Sie heute morgen behandelt hat. Ich wollte Sie nicht zum Weinen bringen. Ich habe eine verdammt beschissene Art, meine Nase in

Dinge zu stecken, die mich nichts angehen und nie etwas angehen werden. Sie sind eine schöne Frau, und ich wünsche Ihnen sehr vieles. Das ist alles. Gehen Sie nach Hause. Es genügt für heute. Ziehen Sie etwas Hübsches an. Wir laden Sie zu Harry's ein, Sie, Joe und Yolie. Das wollte ich eigentlich für den letzten Abend aufheben, aber vielleicht brauchen wir alle es jetzt mehr.«

»Das müssen Sie nicht«, sagte ich. Ich schniefte, aber ich löste mich nicht aus seinen Armen.

»Doch, das muß ich«, sagte Sam.

Um sieben Uhr an diesem Abend gingen Yolanda Whitney und ich zu Fuß vom Fenice zu Harry's Bar an der Calle Vallaresso. Joe hatte gesagt, er würde uns dort ein bißchen später treffen, denn er war sehr spät von seinem Nachmittag mit Yolanda und Ada in der Accademia zurückgekehrt und wollte noch baden und ein Nickerchen halten. Der Regen hatte aufgehört und die Hitze uns wieder eingeholt, und Joe war rot und so zappelig, daß ich dachte, er hätte vielleicht Fieber oder einen Hitzschlag. Aber als ich ihn berührte, fühlte er sich kühl an, und er wehrte meine Bemühungen mit einem schnellen Kuß auf die Stirn und einem Klaps auf das Hinterteil ab, ehe er in voller Länge aufs Bett fiel.

»Geh mit Yolie um sieben«, murmelte er. »Sie ist früher gegangen, sie sagte, sie hätte eine Verabredung. Ich glaube, sie hat hier einen Freund. Ada und ich haben danach noch etwas getrunken, in einer sagenhaften Kneipe, einem Arbeiterlokal, mitten im echten Venedig. Ich nehme dich dorthin mit, bevor wir fahren, denn dort gehen Touristen nicht hin. Wir treffen uns bei Harry's um acht. Vorher fangt ihr ohnehin nicht mit dem Essen an.«

»In Ordnung«, sagte ich. Ich stand auf der Schwelle unseres abgedunkelten Zimmers und sah ihn an. Er hatte mir den Rücken zugewandt. Sein Oberkörper war nackt, und die dunkelgoldenen Locken auf seinem Scheitel bewegten sich in dem Luftzug, den der träge Deckenventilator verursachte. Sein glatter Rücken war mit Schweiß überglänzt. Mir war ebenfalls heiß, in meinem schwarzen, ärmellosen Seidenkleid. Neben den beiden Kleidern, die zusammen mit Joes Gepäck verschwunden waren, war es das eleganteste Kleid, das ich mitgenommen hatte, und ich hatte heute abend Lust, mich schön anzuziehen. Aber jetzt schien es fast zuviel. Meine Strumpfhose war bereits feucht. Ich wandte mich zur Tür. Während ich auf Yolanda wartete, wollte ich in der Hotelhalle noch etwas trinken.

»Cat?«

»Ja?«

»Wie lief das Malen heute nachmittag? Das habe ich fast vergessen.«

Seine Stimme klang schwer und schläfrig.

»Gut«, sagte ich und machte die Tür hinter mir zu.

Yolanda kam um Viertel vor sieben in den kleinen Garten, wo ich saß und Weißwein trank. Sie sah frisch und jung aus, in gelbem Leinen und mit zitronenfarbenen Ohrringen, die ihr beinahe bis auf die Schultern hingen, und sie roch wunderbar nach etwas, das zugleich blumig und bitter war, so wie Venedig selbst. Sie küßte mich auf beide Wangen, und ich gab die Geste zurück, und ganz plötzlich grinsten wir einander wie alte Schulfreundinnen oder wie Kusinen zu. Zwei hübsche, wenn auch nicht mehr ganz junge Frauen, schön angezogen und allein in Venedig, die für heute abend etwas Wundervolles vorhatten. Nicht zum ersten Mal dachte ich, wie vergnüglich es doch sein mußte, in einer großen Familie zusammen mit einer Schwester aufzuwachsen.

»Wo ist Joe?« fragte sie und biß in eines der kleinen Sandwiches, die ich bestellt und dann nicht gegessen hatte.

»Er schläft, nachdem ihn Ada mit all den Tizians und Tintorettos abgefüllt hat und mit weiß Gott was in dieser kleinen Arbeiterkneipe, die alle Wunder der Accademia noch übertrifft«, sagte ich. Möglicherweise hörte ich mich boshaft und eifersüchtig an, und dann wußte ich auf einmal, daß sie das nicht so sehen würde oder daß sie es zumindest verstehen würde. Mir kam ein klarer und bestärkender Gedanke: *Sie ist auf meiner Seite.* Aber ich wußte nicht, in welcher Sache. Ich lachte laut, und sie ebenfalls.

»Na, wenn man mit Ada unterwegs war, muß man schon ein bißchen schlafen. Aber sie ist eine perfekte Gastgeberin. Das müssen Sie zugeben. Eine wahre Perle Mesta von Venedig.«

Wir traten hinaus in die lebhafte Fußgängermenge auf dem Campo und tauchten augenblicklich in das Straßenleben des abendlichen Venedig ein. An jeder Straßenecke, aus jedem Tordurchgang riefen uns alte und junge Männer nach, taten so, als wollten sie uns nachgehen, küßten ihre Fingerspitzen, machten Gesten, die ich glücklicherweise nicht verstand, und liefen bellend, keuchend und heulend neben uns her. Ich weiß nicht, warum mir diese Art der Aufmerksamkeit nicht schon vorher aufgefallen war, auf dem Berg hatte man mich vorgewarnt, daß ich als blonder, heller Typ in Italien eine Menge amouröser Bewunderung auf mich ziehen würde. Aber vor diesem Abend war mir das wirklich noch nicht passiert. Natürlich war ich meistens in Gruppen unterwegs gewesen, und vor allem in Gruppen zusammen mit Joe, Colin und Sam Forrest. Vermutlich waren nicht viele italienische Männer scharf darauf, sich mit einem großen, schäbigen Piraten mit Pferdeschwanz anzulegen.

Anfangs war es lustig, und Yolanda nahm meinen Arm und sagte mir, ich sollte es ignorieren und genießen, und wir lachten, schüttelten die Köpfe, und die hoffnungsvollen Verehrer zogen sich zurück, wobei sie die Hände scherzhaft bekümmert auf die Brust legten. Aber eine Gruppe von drei dunklen, älteren Männern, die nicht lächelten, war nicht auf so theatralische Weise amüsant. Sie hörten nicht auf, ganz nah hinter uns herzugehen. Wir waren schon fast bei Harry's, als ich glaubte, eine Hand an meinem Hinterteil zu spüren, und ich wurde rot und ging schneller. Dann fuhr Yolanda herum und rief der Gruppe einige wütende Worte zu, und ich wußte, sie war ebenfalls betatscht worden.

Einer der Männer antwortete mit ebenso leiser wie schneller Stimme, und da stellte sie sich in ihren kleinen, hochhackigen Schuhen breitbeinig auf, stemmte die Hände in die Hüften und schrie: *»Va a farti frattere, stronzo! Va fanculo! Mi lasci in pace! Chiamo la polizia!«*

Als sich die Männer immer noch nicht zurückzogen, lächelte sie verschlagen, legte ihren Arm um mich und drückte mich. Dann küßte sie mich auf den Mund. Laut und deutlich.

Die Männer drehten sich augenblicklich um und schlichen davon, wobei sie voller Abscheu murmelten.

»Was war denn das?« fragte ich und lachte ein bißchen, aber mein Herz schlug schneller, als mir lieb war. Ich hätte mir am liebsten den Mund mit dem Handrücken abgewischt, aber ich tat es nicht.

»Nun, einer von ihnen hat mir an den Arsch gefaßt, und ich habe ihm gesagt, er soll seine dreckigen Finger bei sich behalten, und er deutete an, daß wir Prostituierte seien und nichts anderes erwarten könnten, und dann sagte ich zu ihm, er soll sich selbst ficken und uns in Ruhe lassen, sonst würde ich die Polizei rufen. Und dann behauptete ich, wir seien Lesbierinnen. Das hilft immer, wenn sonst gar nichts mehr hilft. Es ist komisch, denn eigentlich sollte man glauben, daß in Venedig nichts zu verworfen sein könnte, aber Lesbierinnen bringen italienische Männer absolut auf die Palme. Das ist wahrscheinlich ein direkter Angriff auf ihre Männlichkeit. Sie leiden alle am *gallismo*. Sie sind eitle Gockel.«

Ich mußte so lachen, daß ich mich vorbeugte und mit den Armen meinen Bauch hielt. Sie begann ebenfalls zu lachen. Wir standen noch immer dort, direkt vor Harry's berühmter Bar, lachten hilflos und klammerten uns aneinander, als Sam, Ada und Maria uns fanden.

»Das muß ein guter Witz sein«, sagte Ada Forrest lächelnd. Sie trug schwarz wie ich, aber es gelang ihr, wie ich fand, eher wie eine *Contessa* auszusehen als wie eine Prostituierte.

Sam schob einfach die Hände in die Taschen seines Blazers, wippte in den schmutzigen Turnschuhen, die offenbar seine einzigen Schuhe waren und die er ohne Socken trug, vor und zurück und grinste uns liebevoll an. Sogar Maria lächelte; ich sage sogar, denn ansonsten bot sie ein Bild des Elends. Ihr Gesicht war bleich, und ihre Augen und die Nase waren rot und geschwollen, als hätte sie geweint.

»Yolie hat uns gerade vor einem Schicksal bewahrt, das schlimmer ist als der Tod«, keuchte ich und berichtete von der Auseinandersetzung. Als ich an der Stelle mit den Lesbierinnen angekommen war, lachte Maria laut mit uns allen. Während die anderen vor uns zu Harry's hineingingen, blieb ich zurück und legte meinen Arm um sie.

»Was ist los, Kleines?« fragte ich. »Geht es Colin schlecht? Ist es so schlimm, daß du nicht aus dem Zimmer kommst?«

»Wir hatten gerade einen schrecklichen Streit«, sagte sie mit leiser, hastiger Stimme. »Ich sagte, daß ich gerne mit euch gehen würde, nur dieses eine Mal, um Harry's zu sehen, denn ich habe schon soviel davon gehört, Hemingway und so. Ich würde ganz früh nach Hause kommen und ihm etwas Schönes mitbringen, und den Rest der Zeit, die wir noch hier sind, bei ihm bleiben. Und er ist in die Luft gegangen. Er sagte, ich solle nur gehen, er könne ja mit seinem Stock nach dem Zimmerservice klopfen, und ich sagte, er solle nicht albern sein, ich würde ihm noch etwas bestellen, ehe ich ginge, und er sagte, er erinnere sich, daß ich noch vor kurzem etwas wie ›in kranken und gesunden Tagen‹ gesagt hätte. Ich sagte, ich wollte nur für eine verdammte Stunde zu Harry's gehen, und was denn mit ihm los sei, und dann sagte er, seine Mutter habe vielleicht doch recht gehabt! Ach, Cat... das tat weh! Das hat mich wirklich getroffen!«

Sie begann wieder zu weinen, und ich holte ein Taschentuch hervor, wischte ihr das Gesicht ab und gab ihr meinen Kompaktpuder und den Lippenstift.

»Liebste, es ist doch nur ein Streit. Es ist euer erster, und jetzt mußt du dir keine Sorgen mehr machen, wann er kommt. Das ist wie der erste Kratzer auf einem neuen Auto. Er ist wütend, weil er sich nicht rühren kann, und er kommt sich vor wie ein Narr, weil er selbst schuld ist, und vielleicht tut es immer noch weh, und er langweilt sich, und er würde Venedig auch gerne sehen. Und es ist heiß. Und er weiß, daß er dich daran hindert, das zu sehen, was du in deinen Flitterwochen gerne gesehen hättest, und das macht ihn noch wütender. Er liebt dich, und er glaubt, er hätte dir die Reise verdorben, und das macht ihn so bösartig.«

»Man sollte glauben, daß es genau den gegenteiligen Effekt hätte. Er war noch nie vorher... bösartig. Aber diese Bemerkung über seine Mutter...«

»Er hat die Selbstkontrolle verloren. Und das bedeutet für Männer, glaube ich, etwas anderes als für uns Frauen«, sagte ich. Ganz plötzlich wußte ich, daß das stimmte. Hatte nicht Corinne so etwas gesagt? Darüber mußte ich nachdenken...

»Glaubst du wirklich?«

»Das weiß ich«, sagte ich und umarmte sie schnell.

Als wir die Treppe hinaufkamen, um uns zu den anderen an den großen Tisch am Fenster über dem Canal Grande zu setzen, lächelte sie wieder.

Sam Forrests Lippen formten tonlos das Wort *Danke* in meine Richtung. Ich lächelte und machte das kleine Okay-Zeichen mit Daumen und Zeigefinger. Um uns unterbrachen die frühen Abendessensgäste das Gespräch, stellten die Gläser ab und starrten mich an, und der dunkel gekleidete, vornehme Mann, der gerade mit Sam gesprochen hatte, richtete sich auf und runzelte ganz leicht die Stirn.

Sam beugte sich zu mir und sagte mit leiser Stimme: »Cat, da es Ihnen offensichtlich sonst niemand sagt, werde ich es tun. Einmal ist ein Spaß ja ganz nett, aber was genug ist, ist genug. Wenn man das in Italien macht, nennt man jemanden damit ein Arschloch. Das bedeutet dieses Zeichen: Arschloch. Wenn man eine besonders gute Wirkung erzielen will, muß man dazu noch *Stronzo!* zischen. Inzwischen haben Sie halb Italien Arschloch genannt, meine Liebe, und ich jedenfalls möchte mich nicht mit Signor Cipriani oder sonst einer distinguierten Persönlichkeit Ihretwegen streiten.«

Das Blut wich mir regelrecht aus dem Gesicht, und ich glaubte einen Moment lang, ich müßte ohnmächtig werden. Joe. Joe wußte das. Warum hatte Joe mir das nicht gesagt? Warum hatte er einfach gelacht... und es mir nicht gesagt?

»Das wußte ich wirklich nicht«, flüsterte ich, und Tränen traten mir in die Augen.

»Natürlich wußten Sie das nicht«, sagte Ada Forrest und tätschelte meinen Arm. »Joe hätte es Ihnen längst erklären sollen.«

»Ich frage mich, warum er es nicht getan hat«, sagte Sam mit gleichmütiger Stimme.

»Sie fragen sich, warum wer was nicht getan hat?«

Joe trat an den Tisch. Er sah ausgeruht und frischgewaschen aus, und sein gereinigter Blazer, die Khakihosen und das weiche grüne Hemd, das er in Rom gekauft hatte, standen ihm gut.

»Wir überlegen gerade, warum du mir nicht sagen wolltest, was es bedeutet, wenn ich dieses hübsche kleine, kreisförmige Zeichen mache«, sagte ich. »Das, das Arschloch bedeutet.«

Er lachte.

»Ich weiß, daß ich es dir hätte sagen sollen. Aber du warst so süß, Cat. Du bist, na ja, so eine perfekte Dame, und dann hast du, die keusche Jungfrau vom Berg, diese ganzen Leute so genannt – na ja. Tut mir leid. Herrgott. Du hast es doch nicht schon wieder getan, oder?«

»Nur Sam gegenüber«, sagte ich.

»Na ja.« Joe grinste Sam verschwörerisch an. Sam las in der Weinkarte. Er blickte nicht auf.

»Ich kann euch den *Risotto primavera* empfehlen«, sagte Ada Forrest. »Er ist einfach köstlich.«

Das stimmte. Das ganze Abendessen war großartig. Man stellt sich unter Harry's wahrscheinlich eher ein Touristenlokal vor, aber im Restaurant im oberen Stockwerk wurde uns eine der besten Mahlzeiten serviert, die wir in Italien gegessen haben, und die Bedienung war außerordentlich freundlich und untadelig. Die anderen Gäste waren ruhig und gutaussehend, und irgendwann zwischen dem Risotto und dem Kalbskotelett vergab ich Joe und ließ mich von dem hellen, schönen Stoff dieses Abends einhüllen. Der einzige Mißklang kam von einem Kind, einem kleinen englischen Jungen von etwa sieben Jahren, der ein perfekt geschnittenes kleines Eton-Jackett trug und einen Überbiß hatte wie ein Eichhörnchen. Er schmeichelte sich ständig bei seiner hellhäutigen, kühlen Mutter ein und betrachtete dabei seinen noch helleren, kühleren Vater mit dem metallischen Blick eines Kindes, das sich auf dem Höhepunkt der ödipalen Phase befindet. Seine Stimme hatte jenes schrille Tremolo der britischen Oberklasse, das durch Stahl und Beton dringt, und er quiekte ständig Sätze wie: »Daddy ist heute abend gemein zu uns, nicht wahr, Mummy? Daddy ist gar nicht nett zu uns.« Oder: »Es ist wirklich schade, daß Daddy zu groß ist, um auf Mummys Schoß zu sitzen, weil ich weiß, daß er es gerne will. Aber das kann nur ich.« Und damit kletterte er auf den breiten Schoß seiner Mutter und legte seine Wange an ihren deutlich sonnenverbrannten Busen. Sein Vater, dessen Gesicht in einem neutralen Ausdruck eingefroren war, hob die Augen nicht von seinem Teller, und seine Mutter strich dem Jungen lediglich das dichte Haar aus dem begeisterten Gesicht und sagte, beinahe mit derselben Piepsstimme: »Setz dich und benimm dich wie ein kleiner Mann, Derek, mein Liebling, ja? Daddy nimmt uns nicht mehr in ein schönes Lokal mit, wenn du dich nicht benehmen kannst.«

»Daddy würde diesen kleinen Mistkerl sicher mit Freuden hinaus nach Torcello mitnehmen und dort ertränken«, sagte Sam leise. »Und Mummy bekommt vermutlich von dem Liebling Derek mehr, als sie von Daddy bekommt. Im großen und ganzen hat Daddy meine sämtlichen Sympathien. Herrgott, die englische Oberklasse und ihre kleinen Bälger. Siehst du, was du verpaßt hast, Yolie? Das könntest du sein, die da eine geile kleine Kröte abwehren muß, während dein Alter sich in den Dreisatz einarbeitet.«

Yolanda hob den Kopf und sah Sam geradewegs ins Gesicht.

»Was für ein Glück, daß mir das alles entgangen ist«, sagte sie. Ich sah sie an; was für ein Ton lag da in ihrer Stimme? Hatten die anderen das auch gehört? Hatte ich mir das nur eingebildet? Sam senkte die Augen, und alle aßen weiter.

Du stehst heute abend wirklich etwas neben dir, sagte ich zu mir selbst. Diese Stadt wird dir noch Halluzinationen verursachen, wenn du dich nicht zusammenreißt.

Es war schon ziemlich spät, als wir mit dem Essen fertig waren, und auf dem Rückweg über den Campo La Fenice blieb Sam an einem Blumenkiosk stehen und kaufte Sträuße für mich, Ada, Yolanda und Maria. Es waren kleine Sträußchen, die am Morgen gepflückt worden und schon etwas welk waren. Aber sie waren hübsch, und es war angenehm, mit Blumen in der Hand langsam durch die nächtlichen Gassen von Venedig zu gehen.

Auf dem Bogen einer der hohen kleinen Brücken über einen sehr schmalen Kanal, irgendwo in dem dunklen, stillen Gewirr der winzigen Gassen um die Plätze von San Fantin und La Fenice, blieben wir stehen, beugten uns über die Brüstung und sahen hinab. Auf den anderen Straßen um uns konnten wir Gespräche und Schritte hören und Lichter erkennen, aber diese winzige Brücke und der Kanal darunter waren ganz still. Ein oder zwei einsame Lichter brannten hoch oben in den alten Fenstern, aber sie leuchteten kaum, sondern waren nur Stecknadelköpfe in der dichten, samtigen Dunkelheit. Das sprudelnde Wasser unter uns war grün und schwarz. Wir konnten hören, wie es an die Steine der Toreingänge schlug. Es war, als befände man sich in einem lebhaften und beinahe greifbaren Traum, in dem allerdings kein Ton zu hören war. In den Biegungen des Kanals hing der Dunst, der in die Toreingänge stieg. Keiner von uns sagte ein Wort.

»Schaut«, flüsterte Yolie, und um eine Kurve des Kanals bog eine große, stille Gondel, und dahinter noch eine andere. Wir konnten jetzt den leisen Gesang der Gondolieres hören, der klang, als langweilten sie sich und würden am liebsten nach Hause gehen: *»O Sole mio.«* Ein amerikanisch-italienisches Lied, dachte ich, neapolitanisch, ein Touristenlied. Es paßte nicht in dieses dunkle, orientalische Märchen.

In jeder Gondel saßen drei Paare. Lauter Frauen. Lauter stämmige Frauen jenseits der mittleren Lebensjahre, mit steifen amerikanischen Frisuren und bedruckten, bügelfreien Reisekleidern. Sie saßen still da, mit gefalteten Händen, und sahen halb verzückt und halb verängstigt aus. Witwen, dachte ich. Witwen aus irgendeiner netten Kirchengemeinde im mittleren Westen, die in einer sicheren, großen Gruppe nach Venedig gekommen waren, um verlassen auf dem grünschwarzen Wasser zu sitzen und von gelangweilten Männern angesungen zu werden, die über sie lachten, wenn sie sie endlich an ihrem Billighotel in der Nähe des Bahnhofs abgeladen hatten.

Dennoch hatte die Szenerie in der völligen Stille und fast völligen Dunkelheit etwas Bezauberndes. Ich hoffte, daß die Frauen das ebenfalls wahrnehmen konnten. Denn mehr konnten sie aus La Serenissima, der heiteren Stadt, nicht mit nach Hause nehmen.

»Geben Sie mir die Blumen«, flüsterte Sam, und er stieß einen leisen Ton aus, als die zweite Gondel direkt unter uns vorbeitrieb. Die Frauen blickten nach oben.

»Bellissima!« rief Sam leise hinunter und warf die Blumen einer der Frauen in den Schoß. Sie fing sie auf, und ihr Mund bildete ein vollkommenes O.

»Danke!« rief sie noch unter der Brücke hervor, als die Gondel verschwand. Dann tauchte sie wieder auf. Wir standen noch einen Augenblick da und sahen ihnen nach. Die Frauen unterhielten sich leise und aufgeregt, drehten sich um und winkten. Ich fragte mich, ob sie Sam vielleicht erkannt hatten, aber wahrscheinlich eher nicht. Es war ohnehin genug. Diese Geschichte würden sie noch in vielen Jahren erzählen: von der Nacht in Venedig, als Blumen von einer dunklen Brücke in ihre Gondel fielen.

»Das war eine sehr schöne Geste«, sagte ich.

»Ja, das stimmt, Liebling«, sagte Ada Forrest und faßte Sams Arm.

»Das stimmt«, sagte Joe. »Bestimmt war es das erste Mal seit dem Tod des Gatten, daß ihr jemand Blumen geschenkt hat.«

Er legte lose seinen Arm um mich, und ich blickte hinunter in das grüne Wasser und sah uns alle dort, meine Freunde, meinen Ehemann, mich. In diesem Augenblick hätte ich nur mit großer Mühe sagen können, was von uns wirklich war.

9. Kapitel

Wir trafen uns am nächsten Morgen im Florian zu Cappuccino und Brioches, um zu entscheiden, was wir an dem Tag mit uns anfangen sollten. Irgendwie hatten wir es am vergangenen Abend alle fertiggebracht, dieses Thema zu umgehen; niemand schien den zarten, empfindlichen Schleier, der über der Szene auf der Brücke ruhte, zerreißen zu wollen. Und ich glaube, wir wußten alle, daß es an diesem Vormittag zum Zwist kommen würde. Die Hitze, die der Dunst und der Regen bisher abgemildert hatten, hatte uns endlich von Rom her erreicht, und selbst vor neun Uhr morgens war die Feuchtigkeit bereits erstaunlich und geradezu körperlich greifbar. Weder Joe noch ich hatten gut geschlafen. Ich war lange wachgelegen und hatte gefühlt und gehört, wie er sich hin und her warf. Als wir endlich aufstanden, müde, feucht und langsam, tauschten wir lediglich die rituellen morgendlichen Worte aus. Keiner von uns erwähnte den Lido, aber das Thema hing zwischen uns in der Luft, weiß und brennend, als seien wir bereits dort. Ich wußte, daß er dieses Ziel nicht aufgeben wollte. Und ich wußte, daß ich einfach nicht hinfahren konnte.

Als wir am Empfang vorbeikamen, lag dort eine Nachricht für uns von Yolanda: *Ich muß drüben auf Burano einige kunsthandwerkliche Dinge besorgen. Wir sehen uns beim Mittagessen, und wenn nicht, dann beim Abendessen. Hinterlaßt eine Nachricht, wo. Viele Grüße, Yolie.*

»Was gibt es denn auf Burano, das Yolie interessiert?« erkundigte ich mich bei Sam und Ada, die an einem Tisch vor dem Florian warteten. Am liebsten hätte ich sie beide geschüttelt: Sam sah wie immer zum Schreien vital aus in seiner verschlissenen, abgeschnittenen Blue jeans, dem Jeanshemd, das aus der Hose hing, und dem schrecklichen Hut hoch über der rothaarigen Stirn, und Ada, in ihrem üblichen weiten Baumwollanzug, wirkte wie eine Frau, die ganz aus Eis geschnitzt war. Sie hatten sich bestimmt nicht in feuchten Bettüchern gewälzt, denn im Regina und Europa verbarg sich hinter den blähenden weißen Vorhängen eine wirksame Klimaanlage.

»Spitzennäherei«, sagte Ada. »Das macht fast jede Frau auf der Insel, und die Spitzen sind phantastisch. Bei der genähten Buranospitze und der venezianischen Spitze gibt es sieben verschiedene Stiche, und jede Frau ist auf einen Stich spezialisiert, so daß jedes Teil weitergereicht wird, bis es fertig ist. Das Mittelteil eines Tischtuchs dauert etwa einen Monat. Ich kann mir allerdings nicht vorstellen, daß Yolie versuchen möchte, ihre Zuschauer zum Spitzennähen zu überreden. Es dauerte Jahre, bis man es kann. Ganze Generationen junger Mädchen ruinieren sich damit die Augen...«

Sie brach ab und sah Sam an, der lachte.

»Ich denke, Yolie versucht sich eher im Vögeln als in der Spitzenherstellung«, sagte er. »Die einfachen Fischer von Burano sind als besonders potent und scharf bekannt. Eine Amerikanerin, die einen hübschen, festen Arsch hat und nicht schielt, kann dort schon um elf im Bett liegen, um die Mittagszeit die besten *vongole* der Lagune essen und rechtzeitig zum Tee wieder zurücksein.«

»Wenn Sie meinen, daß sie dorthin fährt, um sich einen Mann zu angeln, dann sollten Sie sich schämen«, sagte ich zu Sam. »Sie hätten sie gestern abend sehen sollen, als uns diese drei widerlichen Kerle vor Harry's angemacht haben. Sie hat sie fast bis Rom gejagt.«

»Yolie will diejenige sein, die die Wahl trifft«, sagte Sam. »Machen Sie sich keine Sorgen um sie, Cat. Seit wir sie kennen, treibt sie sich herum. Sie ist klug und vorsichtig, es wird ihr nichts passieren, und sie holt sich auch nichts. Als Fünfzehnjähriger hatte ich nicht so viele Kondome in der Tasche wie Yolie heute. Sie vögelt eben gerne. Daran ist nichts Schlechtes.«

Ich wußte nicht, was ich sagen sollte, daher sagte ich nichts.

»Das meine ich auch«, erklärte Joe. »Weil wir gerade davon reden, haben die Neuvermählten ihren Streit beigelegt? Ich hatte den Eindruck, daß der Haussegen gestern abend ziemlich schief hing.«

»Den Geräuschen nach zu urteilen, die aus dem ehelichen Schlafzimmer drangen, haben sie sich wieder versöhnt«, sagte Sam. »Mein

Gott, ich hoffe, daß sie es bald ein bißchen satt haben. Ich weiß nicht, ob ich das noch lange ertragen kann.«

»Du hast doch gar nichts gehört. Du bist gestern abend eingeschlafen, noch bevor dein Kopf auf dem Kissen lag«, sagte Ada und lächelte ihn tadelnd an. Also haben sie nicht miteinander geschlafen, dachte ich. Und verbannte den Gedanken, noch ehe er wirklich Raum greifen konnte. Aber während ich in der schwülen Morgenhitze von Venedig saß, hatte ich plötzlich den Eindruck, daß jeder in dieser Lagune ständig mit irgend jemandem vögelte.

»Na ja, schade, daß mir Yolie nicht erzählt hat, daß sie nach Burano fährt«, sagte Ada. »Ich wollte für Maria und Colin ein Stück Spitze besorgen, vielleicht ein Tischtuch. Auf Burano ist es sehr viel billiger als hier. Vielleicht könnten wir auch hinfahren. Würden Sie es gerne sehen, Cat? Die kleine Stadt ist sehr malerisch, und es gibt dort wirklich herrlichen Fisch und Meeresfrüchte.«

Ich dachte an die schielenden Kinder, die fast blinden Mädchen.

»Ich hatte gehofft, heute morgen in aller Ruhe den Markusplatz genießen zu können, Ada«, sagte ich. »Das ist das einzige, was ich wirklich nicht verpassen möchte, und für alles andere scheint es viel zu heiß.«

»Und ich«, sagte Joe in freundlichem Ton, »fahre zum Lido. Wer mitkommen will, kann sich in einer Stunde mit mir auf dem Landesteg treffen.«

Er sah mich nicht an.

»Da werden Sie bestimmt gebraten«, sagte Ada mit einem Lächeln. »Aber ich komme mit. Unser Hotelboot bringt uns kostenlos hinüber. Holen Sie mich ab, dann fahren wir von uns aus. Cat? Sam?«

»Heute morgen habe ich meine Verabredung mit der heiligen Lucy«, sagte Sam. »Cat, wenn Sie mitkommen wollen, dann führe ich Sie danach durch den Markusdom. Aber ich warne Sie, die heilige Lucy lebt in einer äußerst unansehnlichen Kirche am Ende der schmutzigsten Straße von Venedig, aber ich bestehe darauf, der kleinen Dame einen Besuch abzustatten, wann immer ich in der Stadt bin.«

»Wer ist die heilige Lucy?« fragte ich. Ich konnte mir nicht vorstellen, daß Sam, mit seiner glühenden Verachtung für die katholische Kirche, überhaupt eine Heilige besuchte.

»Die heilige Lucy war eine junge Dame aus Syrakus. Sie riß sich, als ein unwillkommener Verehrer ihre schönen Augen pries, diese aus, um ihn nicht weiter in Versuchung zu führen. Die venezianischen Kreuzfahrer nahmen ihren Körper aus Konstantinopel mit und brachten ihn hierher, und ihre sterblichen Überreste sind über der Spendenbox in der Kirche von San Geremia ausgestellt, die allerdings niemals etwas mit ihr zu tun hatte. Eine Weile lang hatte sie in Venedig ihre eigene Kirche, aber von dort hat sie die Eisenbahnbehörde Mitte des 19. Jahrhunderts hinausgeworfen. Ihr Augenlicht wurde auf wundersame Weise wiederhergestellt, und sie wurde die Schutzheilige der Augen, und, dank einer echt venezianischen Logik, der Künstler. Vermutlich ist sie mein einziger Aberglaube. Auf dem Opferstock steht eine Fürbitte: *Heilige Lucy, beschütze meine Augen.* Ich werfe ihr immer ein Bündel Lire hinein. Schaden kann es ja nichts.«

»Ist sie das wirklich?« fragte ich. »Ich meine, sind es ihre… Gebeine oder was?«

»Na ja, sie ist schon ziemlich vertrocknet, aber sie ist es wirklich«, sagte Sam, und sein Wolfsgrinsen wurde breiter. »Kommen Sie mit. Ich zeige sie Ihnen.«

Ich wollte gerade sagen, daß ich vielleicht lieber mit Joe undAda zum Lido fahren würde, als Ada sagte: »Also, Sam, wirklich. Cat will doch die heilige Lucy nicht sehen. Dräng sie nicht. Das wäre zu schmerzhaft.«

»Warum?« fragte Sam. Er war offenbar wirklich erstaunt.

»Ach du meine Güte. Wegen ihrer Tochter. Weißt du, Liebling, manchmal reicht deine Einfühlsamkeit einfach nicht weit genug.« In Adas Stimme war eine Spur von echtem Ärger zu hören.

»Ach je, das tut mir leid, Cat«, sagte Sam schnell. »Ich habe einfach nicht nachgedacht. Dann zeige ich Ihnen den Markusdom. Das mit der heiligen Lucy mache ich morgen…«

»Seien Sie nicht albern«, erwiderte ich. »Ich würde sie wirklich sehr gerne sehen. Ich bin nicht empfindlich, was Laceys Blindheit angeht, Ada, das hat sie uns allen aberzogen.«

»Zu schade, daß Heilige nicht rückwirkend tätig werden können«, sagte Joe. »Sonst könnten wir unsere ganzen Lire zusammenkratzen und den Fluch aufheben, der vor der Geburt auf Lacey lag. Oder die Röteln oder was auch sonst.«

Ich spürte, wie ich innerlich erstarrte und kalt wurde. »Niemand hat feststellen können, was es ausgelöst hat, Joe«, sagte ich. »Das weißt du genau. Es gibt keinen Beweis, daß ich die Röteln hatte. Manchmal... da weiß man es eben nicht.«

»Ich dachte früher, es wäre deine Angst, die sie irgendwie geschädigt hat«, sagte er in so freundlichem Ton, als rede er darüber, was für ein schöner Tag heute sei. »Damals, als sie mit Lacey schwanger war, hat Cat sich vor fast allem gefürchtet. Natürlich sagt mir meine Vernunft, daß es nicht sein kann. Aber manchmal wäre es schon schön, einen Glauben zu haben, in dem Wunder möglich sind. Oder Gründe für Ereignisse zu finden. Findet ihr nicht auch?«

Und er lächelte in die Runde. Es war ein warmes, helles Lächeln, das noch heller wurde durch die stärker gewordene Gesichtsfarbe und den gebleichten Schnurrbart, und ich spürte, wie seine Worte schmerzhaft in mich eindrangen – und gleich darauf spürte ich eine eiskalte Wut.

»Nun, jetzt habe ich keine Angst mehr«, sagte ich. »Vor gar nichts. Wir gehen zusammen, Sam. Ich treffe Sie in zehn Minuten im Foyer des Europa. Ich will mir noch einen Sonnenhut kaufen.«

Ich stand auf und ging über die sonnenbeschienenen Pflastersteine der Piazza San Marco davon. Schon sammelten sich die Schwärme der Touristen und der Tauben. Hinter mir rief Joe: »Cat?«

»Nein«, sagte ich und ging weiter.

Sam und ich waren einige Minuten lang schweigend nebeneinander hergelaufen. Mit den Ellbogen bahnten wir uns den Weg durch die teilnahmslose, schweißverklebte Menge, die sich wie eine mächtige, träge Flutwelle auf die Rialtobrücke zubewegte, als er sagte: »Es ist, weil ich Sie male, nicht wahr? Als wir uns kennenlernten, hat er solche giftigen Bemerkungen noch nicht gemacht. Es hat mit dem Malen angefangen. Was glaubt er? Daß ich außerdem noch mit Ihnen ins Bett gehe? Wir sollten sofort damit aufhören.«

»Nein«, antwortete ich. »Wir werden nicht mit dem Malen aufhören. Erst dann, wenn Sie einen wirklichen Grund dafür haben, etwa, weil es fertig ist, oder wenn Sie feststellen, daß es nichts wird. Es hat angefangen, als sein Gepäck nicht ankam, oder – ich weiß nicht, Sam, es hat angefangen, als Italien ihm außer Kontrolle geriet und er es nicht mehr einfangen konnte. Joe hatte seine Welt immer im Griff. Immer. Er hat mich heute dafür bestraft, daß ich nicht mit ihm zum Lido gehen wollte. Ich habe noch nie das getan, was Joe wollte, es war nur immer so, daß wir beide das gleiche wollten. Aber jetzt, hier in Europa ... es ist, als wären wir eineiige Zwillinge, und man hätte uns immer gesagt, wir seien völlig gleich und einer aus dem Fleisch des anderen. Und eines Tages wachen wir auf und stellen fest, daß wir ganz verschiedene Menschen sind. Wir sind überrascht, verletzt und wütend. Ich bin wirklich sehr ärgerlich auf ihn, denn das, was er gesagt hat, hat mich sehr getroffen, aber ich weiß auch, daß er es nicht so gemeint hat. Und er weiß ohne jeden Zweifel, daß Sie nicht mit mir ... ins Bett gehen. Also lassen wir dieses Thema.«

»Schon vergessen«, sagte Sam. »Aber es wäre klug von ihm, wenn er sich Ihrer nicht so sicher wäre. Wenn er denkt, daß andere Männer nicht daran denken, wenn sie Sie ansehen, dann hat er nicht alle Tassen im Schrank.«

Ich spürte Hitze in meinem Gesicht, an der Brust und tief unten im Bauch. Ich zog mir den Rand des Sonnenhuts, den ich mir gekauft hatte, tief ins Gesicht. In einem winzigen Laden zu meiner Rechten, einem von vielen, die sich unter den Arkaden drängten, sah ich eine Ansammlung von Medaillen, staubig auf schwarzem Samt. Ich vermutete, daß sie religiöse Bedeutung hatten; ich erkannte den geflügelten Löwen des heiligen Markus und den inzwischen arbeitslosen, aber noch immer populären heiligen Christophorus.

»Sie haben mir eine Brückenmedaille versprochen«, sagte ich. »Jetzt haben Sie die Möglichkeit dazu.«

»Das stimmt«, sagte er, ging hinein und begann mit der Ladeninhaberin, einer alten Frau, die so krumm war, daß sie wie ein Zwerg wirkte, ein ernstes Gespräch. Der Singsang in seiner Sprache betonte zusätzlich den lächerlichen Alabamaakzent in seinem Italienisch. Beim Anblick der alten Dame mußte ich an den schrecklichen Kinderzwerg in Daphne du Mauriers Roman *Dreh dich nicht um* denken, und in instinktiver Abscheu zog ich an Sams Arm, aber die dünne Frau drehte sich mit einem so überaus freundlichen und wohlwollenden Lächeln zu mir um, daß ich zurücklächelte.

»Santa Zita«, sagte sie und bot eine kleine, undeutlich geprägte, längliche Medaille an einer zinnfarbenen Kette an. Ich konnte auf der Medaille keine Gesichtszüge erkennen, aber ich lächelte zurück und sagte: *»Grazie.«* Sam drückte ihr ein paar Scheine in die Hand, nahm mir den Hut ab und ließ die Kette über meinen Kopf gleiten. Die Medaille fiel in die kleine Höhlung zwischen meinen feuchten Brüsten, gerade unterhalb meines Blusenausschnitts. Sie fühlte sich eiskalt, schwer und irgendwie wunderbar an.

Die alte Frau tätschelte meinen Arm.

»Sicuro«, sagte sie. »Sicher.«

»Ja. *Si. Grazie*«, sagte ich und zu Sam: »So und jetzt ran an die Brücken.«

»Ich denke, wir nehmen den Vaporetto zum Rialto«, sagte er. »Es ist so verdammt heiß draußen und viel zu voll, um weiter zu Fuß zu gehen. Ich würde Ihnen gerne das Boot des Europa anbieten, aber ich fürchte, es fährt nicht irgendwo in die Nähe der Lista. Außerdem hat es Ada passenderweise für die Dauer unseres Aufenthalts zu Kleopatras Barke gemacht.«

»Heißt das, daß Joe Mark Antonius ist?« fragte ich und begann zu lachen. Wir lachten noch immer, als der Vaporetto Nummer eins am Landungssteg anlegte, und wir einstiegen, um zum Campo San Geremia zu fahren. Ich weiß nicht, warum. Es war gar nicht besonders lustig.

Sam hatte recht, was die Lista di Spagna und die Kirche von San Geremia anging. Auf der Straße ging es zu wie im Karneval, sie war das Auffangbecken für Tagesausflügler, die nicht mehr von Venedig sehen als diese grelle und laute Hauptstraße, und die Kirche hatte kaum mehr zu bieten als die abgerissene kleine Mumie hinter dem Altar und einen schönen alten Campanile. Sam meinte, daß er aus dem 12. Jahrhundert stamme und einer der ältesten wäre, die es in der Stadt noch gibt. Aber trotzdem war ich froh, daß ich mitgekommen war, froh der heiligen Lucy meine Lire zu hinterlassen, so grundlegend und innerlich froh auf eine seltsame, irrationale Art, als hätte ich eine sehr alte Schuld bezahlt.

»Ich glaube«, sagte ich zu Sam, als wir für die Fahrt zurück zum

Markusplatz und den Herrlichkeiten der wartenden Basilika in den Vaporetto stiegen, »daß ich eine außerordentlich gute Katholikin abgegeben hätte. Wie Graham Greene sie liebte.«

»Gott behüte«, sagte er, aber er fragte mich nicht nach einer Erklärung, und ich gab ihm auch keine.

Nach der Lista di Spagna und San Geremia wirkte die übliche Sam-Forrest-Parforce durch San Marco und den Palazzo Ducale, als würde man in einem Kaleidoskop mit Gold, Edelsteinen, Satin und Licht durchgeschüttelt. Ich spürte an keiner Stelle, daß in dieser Republik Venedig jemals etwas im Gleichklang mit dem tatsächlichen Leben gelaufen sei; nichts an dem Reichtum und der Phantasie in ihrem Nationalschatz war von dieser Welt. Die Luft spielte hier vielleicht eine Rolle, und mit Sicherheit das Wasser. Aber die Erde wohl kaum. Selbst ihre Symbole waren Wesen der Phantasie: geflügelte Löwen, Drachen, Einhörner, Chimären, Meerjungfrauen, Seeschlangen und Meerungeheuer. Wenn man mitten unter ihnen stand, schien es nicht viel auszumachen, daß die meisten der echten und symbolischen Edelsteine von Venedig Kriegsbeute, Raubgut und Geplündertes aus einem Dutzend Kulturen und Zivilisationen waren. Hier hatten sie ihre wahre geistige Heimat gefunden, in der Mitte zwischen Wasser und Himmel.

»Was hat Ihnen am besten gefallen?« fragte Sam, als wir auf das Europa und Regina zuspazierten, wo wir uns mit Joe und Ada zum Mittagessen verabredet hatten. Wir waren spät dran, und er machte so lange Schritte, daß ich kaum mitkam.

»Ich denke, die Pferde«, sagte ich. »Die Pferde haben mich begeistert. Sie waren – na ja, Sie wissen schon, ich glaube, liebenswert ist das richtige Wort. Wie gute Karussellpferde, die es lieben, einem Vergnügen zu bereiten.«

Wir gingen durch die dunkle Höhle der Eingangshalle des Europa. Ich blieb kurz vor einem Spiegel stehen, der wie ein tiefer, welliger Teich war, um mir die feuchten Haarsträhnen aus der Stirn zu streichen und mir wie Scarlett auf die Lippen zu beißen, und dann traten wir hinaus auf eine der Terrassen, von der man auf den glitzernden Canal Grande blicken konnte. Nach der Dunkelheit im Foyer war das Licht so hell, daß ich einen Moment lang nichts sehen konnte, und dann entdeckte ich sie. Joe und Ada saßen am äußeren Ende der Terrasse unter einem Sonnenschirm, hatten die Köpfe zueinandergebeugt und redeten, ohne zu lächeln, und ich dachte: Das war ein schlechter Vormittag. Er ist enttäuscht vom Lido und ärgerlich auf sich selbst, weil er darauf bestanden hat.

Ich weiß nicht, woher ich das wußte, aber ich wußte es.

Als wir näherkamen, bemerkte ich, daß sein Gesicht, die Arme und der V-förmige Ausschnitt seines offenen Hemdes rot waren vom Sonnenbrand, und daß sogar Ada Forrests scheinbar völlig unempfindliche weiße Satinhaut von einer pflaumenfarbenen Röte überzogen war. Sie hatte ihre gazeartige weiße Bauernbluse über die Schultern nach unten gezogen und ihr silbriges Haar hochgebunden, und ich sah Sam an und zuckte leicht zusammen. Es war die Art von Sonnenbrand, die später ernstlich wehzutun versprach. Ada schien es nicht zu bemerken, sie redete schnell und ernsthaft. Besänftigend. Beruhigend.

Sam reagierte nicht auf meinen Blick. Er starrte seine Frau ausdruckslos an. Ihre Schultern, um genau zu sein. Ich sah noch einmal hin. Auf der Rückseite ihrer Oberarme, genau dort, wo die weiße Bluse endete, waren deutlich die weißen Abdrücke von Fingern zu sehen, die auf ihrer verbrannten Haut gerade zu verbleichen begannen. Finger, die zugedrückt und festgehalten hatten. Ich wußte, daß es nicht ihre eigenen gewesen waren.

»Man verpaßt eine Menge, wenn man in Venedig zu spät zum Mittagessen kommt«, sagte Sam.

Wir aßen die kalte Bouillon beinahe schweigend. Es war kein Tag, um im Freien Mittag zu essen. Selbst unter dem Sonnenschirm in dieser Ecke der Terrasse, die einem Logenplatz gleichkam, war die Hitze so körperlich anwesend wie ein unerbetener Gast. Kein Wind wehte, und das Glitzern aus dem Canal Grande stach wie kleine, blitzende Messer in die Augen. Ich wußte nicht, was ich sagen konnte, ohne Joe zu verärgern. Alles, was mir einfiel, hatte den Geschmack von »Ich habe es dir ja gesagt«. Ich löffelte die Suppe, auf die ich eigentlich keinen Appetit hatte, und versuchte, nicht auf Adas nackte Arme zu sehen, obwohl die Fingerabdrücke natürlich längst verschwunden waren. Es würde allerdings ziemlich lange dauern, dachte ich, bis diese weißen Zeichen aus meiner eigenen Erinnerung wieder verschwanden. Auf dem Berg hätte ich Joe damit geneckt, und eine sanfte, lachende, vollkommen natürliche Erklärung erhalten. Hier konnte ich das nicht tun. Ich wußte, daß die unerklärten Fingerabdrücke in der gärenden Fremdheit insgesamt Spuren hinterlassen würden wie der Einschluß in einer Versteinerung.

Wir hätten nicht hierherkommen sollen, dachte ich. Nicht nach Venedig, und vielleicht nicht einmal nach Italien.

Als der Kellner die Suppenteller abräumte und den kalten Hummer brachte, schien Joe den Versuch zu machen, seine Verstimmung abzuschütteln. Er lächelte mich an, ein dünnes, angestrengtes Lächeln, und sagte: »Du hattest recht mit deiner Entscheidung, nicht zum Lido zu fahren, Cat. Es war grauenvoll. Die Leute lagen wie die Heringe, und es gab nicht einmal einen sauberen Strandabschnitt, an dem man hätte schwimmen können, wenn man nicht ein Vermögen für eine Badekabine an einem der Hotelstrände ausgab. Das Wasser an den öffentlichen Stränden ist eine Kloake, und das Grand Hotel des Bains ist eine alte Hure. Von jetzt an werde ich deinem Instinkt vertrauen.«

»Aber du hast ziemlich viel Sonne abbekommen«, sagte ich. »Offenbar hast du doch noch einen guten Platz zum Schwimmen gefunden. Mein Gott, Ada, ich hoffe, Sie haben etwas, womit Sie Ihren Rücken und die Schultern pflegen können.«

Joe ließ einen leisen Ton des Abscheus hören, und Ada lachte reuevoll.

»Wir haben uns den Sonnenbrand auf dem Fußmarsch von der Haltestelle des Vaporetto bis zum Strand geholt. Ein Taxi haben wir nicht gefunden, und die Hotels schicken nur für ihre eigenen Gäste einen Wagen. Das hatte ich ganz vergessen. Ich fürchte, das Fiasko am Lido ist vor allem meine Schuld. Ich hätte mich vorher wegen der Hotels und der Taxis erkundigen sollen. Aber im Juli war ich noch nie dort.«

»Sie sind überhaupt nicht schuld daran«, sagte Joe. »Das war allein ich. Mein Gott, dieser Verkehr! Und die Deutschen.«

Ich konnte nicht widerstehen.

»Ich dachte, Aschenbach war Deutscher«, sagte ich.

Er sah mich mit seinen hellen Augen an. Die Lachfältchen, die sie zu Hause im Trinity umgaben, waren nicht zu sehen.

»Thomas Mann verkehrte offenbar in besseren Kreisen.«

»Und selbst so einer ist gestorben«, sagte Sam gleichmütig und machte sich voller Genuß über seinen Hummer her. »War es die Pest oder der Sonnenstich?«

»Generelle Dummheit, glaube ich«, sagte Joe. Er sprach wieder mit seiner Professorenstimme. Ich wußte, daß er *Tod in Venedig* liebte, und die Erzählung in einigen seiner exklusiven Seminare allegorisch auslegte: als Sinnbild für die Korruption und den Tod der Kunst, sobald sie mit der Welt in Berührung kam. Ich fragte mich, ob Sam Forrest das Buch gelesen oder nur davon gehört hatte, und ich fragte mich, was er darüber dachte, falls er es kannte. Er war sosehr in der Welt, wie ein Künstler nur sein konnte, aber anders als die Kunst von Aschenbach schien seine Kunst vor Gesundheit und Vitalität zu strotzen und zu blühen. Mir kam plötzlich der Gedanke, daß Sam vielleicht nicht allzulange in Venedig bleiben sollte. Vielleicht wir alle nicht.

»Wißt ihr«, sagte ich, »ich überlege, ob wir morgen die Neuvermählten nicht einfach einpacken und nach Florenz weiterfahren sollten. Wir würden nur einen Tag in Venedig verlieren, und ich kann mir nicht vorstellen, daß man in dieser Hitze ernsthaft etwas besichtigen kann. Auf den Hügeln ist es bestimmt kühler. Wer trotzdem bleiben will, könnte mit Yolie in ihrem Wagen nachkommen. Ich glaube nur, Joe und Ada sollten nicht mehr in die Sonne gehen und lieber hinauffahren in die Berge . . .«

»Fühlst du dich nicht wohl in Venedig, Cat?« fragte Joe.

»Doch, ich habe mich wohl gefühlt«, sagte ich und sah ihm geradewegs ins Gesicht. Er war der Mensch, der am besten wissen sollte, ob ich mich wohl fühlte oder nicht, er, der mich wie ein altes Lieblingsbuch lesen konnte. »Ich habe mich wohl gefühlt. Bis heute.«

Er wurde rot unter dem Sonnenbrand, und ich wußte, daß er sich an seine Bemerkung beim Frühstück erinnerte, über meine Angst und Laceys Blindheit. Ich wußte auch, daß sie ihm leid tat und daß er vielleicht nach einer versöhnlichen Geste suchte, ohne sich in aller Öffentlichkeit zu entschuldigen. Aber jetzt würde er sich nicht entschuldigen.

»Schade«, sagte er. »Vielleicht solltet ihr vorausfahren; ich bin sicher, daß die Braut und der Bräutigam gerne ein neues Zimmer sehen. Vielleicht fährt Sam dich, oder Yolie. Aber Ada und ich haben uns morgen mit Leuten zum Mittagessen verabredet, die ich gerne kennenlernen würde, daher bleibe ich noch.«

Wir sahen ihn alle an. Ada und ich? Er wurde erneut rot.

»Wir sind eigentlich alle eingeladen«, sagte Ada und blickte von Sam zu mir. »Ich erinnerte mich daran, daß David und Verna Cardigan irgendwann im Juli hier sein wollten, und daher habe ich im Gritti angerufen. Sie sind tatsächlich hier und haben uns für morgen zum Mittagessen eingeladen. Ich habe zugesagt, weil ich wußte, daß du Verna gerne wiedersehen würdest, Liebling« – sie lächelte Sam zu –, »und weil er sagte, er würde dir gerne eine weitere Ausstellung in London finanzieren, wenn du etwas Neues hast. Ich habe ihm gesagt, daß du wohl etwas hättest oder bald etwas haben würdest.«

Sie wandte sich an mich.

»David und Verna Cardigan. Lord und Lady Cardigan, wenn Sie darauf bestehen, obwohl die beiden das bestimmt nicht tun. Sie sind leidenschaftliche Sammler und Förderer von Sam Forrest; er hat Verna vor Jahren einmal gemalt, und David hat das Bild so gut gefallen, daß er für Sam eine der erfolgreichsten Ausstellungen veranstaltete, die Sam je hatte, in London, mit dem Porträt als zentralem Werk. Ich habe ihm erzählt, daß Sam Sie malt, und sie brennen darauf, das Original eines neuen Sam-Forrest-Werkes kennenzulernen. Wie ich Ihnen schon erzählt habe, gibt es davon nicht sehr viele. Verna ist mir das liebste von Sams Porträts, aber natürlich habe ich das von Ihnen noch nicht gesehen, und Sie höchstwahrscheinlich auch nicht. Niemand bekommt seine Gemälde zu Gesicht, ehe sie fertig sind. Und daher … wir möchten Sie natürlich nicht mit Gewalt hier behalten, wenn Sie unbedingt nach Florenz wollen, aber ich wünschte, Sie würden hierbleiben und die beiden kennenlernen. Sie sind wirklich sehr nett. Und wissen Sie, ich dachte, wie ungewöhnlich es ist, Sie, Yolie und Verna, drei der Frauen, die Sam porträtiert hat, leibhaftig an einem Tisch zu haben. Das wäre ein gefundenes Fressen für die englischen Zeitungen. Natürlich erlaubt Sam nicht, daß ich das publik mache, aber es wäre wirklich eine aufsehenerregende Geschichte.«

Ich blickte zu Sam, der grinste und sagte: »Aufsehenerregend, das stimmt«, und dann zu Joe. Joe lächelte mir zu; ich hatte zwar den Eindruck, daß er sich dazu zwingen mußte, aber es war zumindest ein Lächeln, und daher lächelte ich zurück.

»Davon könnte man auf dem Berg noch in ein paar Jahren erzählen«, sagte er, und ich wußte, er wünschte sich sehr, daß ich blieb, Lord und Lady Cardigan kennenlernte und Begeisterungsrufe bei ihnen auslöste, weil mein Porträt das zentrale Werk in Sams neuer Ausstellung in London sein würde. Er wäre wohl auch nicht gerade unglücklich gewesen, wenn die englische Presse davon Wind bekam.

Wo, um Himmels willen, geraten wir da hinein, Joe? dachte ich und sagte: »Dann bin ich natürlich einverstanden. Es war nett von ihnen, uns einzuladen. Ich dachte nur, weil ihr beiden so sonnenverbrannt und unwohl ausseht...«

»Ich werde Joe nach Hause schicken, mit einer Tube von einem wunderbaren Zeug, das ich immer in Rom kaufe, und das die Rötung sofort verschwinden lassen wird«, sagte Ada. »Damit und mit einem kleinen Nickerchen kommt er wieder auf die Beine. Ich selbst habe vor, den ganzen Nachmittag in einem sehr diskreten kleinen Kosmetiksalon in der Nähe des Campo Sant' Angelo zu verbringen. Da gibt es ein kleines Mädchen, das alle möglichen Wunderkuren mit mir veranstaltet. Bis zum Mittagessen mit den Cardigans wird keine Spur Rot mehr zu entdecken sein. Oder auch schon heute beim Abendessen. Sam und ich werden Sie, Joe und Yolie, wenn irgend jemand sie auftreiben kann, in dieses kleine Lokal mitnehmen, wo Joe und ich gestern zu Mittag gegessen haben. Wie haben Sie es genannt, Joe? Den Unterleib von Venedig? Das stimmt eigentlich nicht ganz, aber die Atmosphäre ist interessant, so etwas haben Sie noch nicht gesehen, Cat, und das Essen ist herrlich. Wir werden früh essen müssen, weil es um acht Uhr schließt. Aber wir finden schon noch etwas Vergnügliches für danach. Vielleicht das Vino Vino, mittendrin in eurem Urwald in der Nähe des Fenice.«

»Na«, sagte ich. »Dann scheint ja alles geregelt.«

»Sieht so aus«, sagte Sam.

Bald darauf verließen wir die Terrasse. Sam und ich gingen nach oben zu einer weiteren Porträtsitzung, Joe begab sich ins Hotel, um sich mit Schlaf und Adas Wundermittel wiederherzustellen, und Ada verschwand zu ihrem geheimen Kosmetiksalon. Ich war völlig schlaff vor Erschöpfung, wußte aber nicht, weshalb. Es war eigentlich nichts geschehen beim Mittagessen unter dem Sonnenschirm am Canal Grande, und dennoch, auf eine ganz unterschwellige Weise, war eine ganze Menge passiert.

Als wir in Sam und Adas Suite kamen, öffneten wir ganz leise die andere Tür des Badezimmers und sahen hinein zu Colin und Maria. Sie lagen lose verschlungen auf dem großen Himmelbett und schliefen fest, eine leichte, plissierte Bettdecke über sich gezogen. Die Klimaanlage brummte mit voller Kraft, und der Deckenventilator drehte sich schwerfällig. Aus dem Radio neben dem Bett drang leichte Rockmusik in den großen, düsteren Raum, und auf einem Tablett, das auf einer vergoldeten Konsole stand, befanden sich noch die Reste des Mittagessens, zusammen mit drei leeren Weinflaschen. Sam schloß die Badezimmertür und versperrte diejenige, die in seinen und Adas Raum führte.

»Ich schätze, sie halten sich schadlos, und im Augenblick ist nicht mit ihnen zu rechnen«, sagte er. »Irgendwann kurz vor Mitternacht werden sie wieder auftauchen.«

Ich ging zu meinem Sessel und setzte mich. Er nahm seine Stellung hinter der Staffelei ein, enthüllte das Gemälde und stand einen Augenblick nur da und starrte es an. Er griff nach einem Pinsel, legte ihn dann wieder weg, verließ seinen Platz und stellte sich einen Moment lang vor die Terrassentüren, um hinauszusehen auf den glitzernden Kanal. Die Hände hatte er in die Hosentaschen geschoben, und er schwankte auf seinen großen Turnschuhen vor und zurück. Der Pferdeschwanz schwang auf dem breiten, schweißfleckigen Rücken seines Arbeitshemdes hin und her. Selbst da, wo ich saß, konnte ich die Spannung in ihm fühlen.

»Stimmt etwas nicht?« fragte ich. »Ist etwas mit dem Licht oder so nicht in Ordnung?«

»Nein. Ich meine, ja, das Licht ist zu hell, aber das kann ich noch ändern. Es ist gar nichts, außer daß – Cat, bitte glauben Sie nicht, daß da ... etwas läuft ... zwischen Ada und Joe. Da ist nichts. Ich kann Ihnen versichern, ich wüßte es, wenn etwas läuft.«

»Das glaube ich auch nicht«, sagte ich, aber ich dachte: Das ist es, was Sie glauben, nicht wahr? Oder sich zumindest fragen. »Sie sind sehr oft zusammen, mehr nicht«, sagte ich. »Und er war so wütend auf mich, oder was auch immer sonst an ihm nagt. Ich wollte nicht andeuten, daß Ada...«

»Ada könnte«, sagte er, ohne sich zu mir umzudrehen. Aber ich hörte das Lächeln in seiner Stimme. »Ada hat auch schon, gelegentlich. Aber diesmal ist es nicht so. Ich kenne sie so gut wie mich selbst, ich weiß, wann sie hilfsbereit ist und wann... interessiert. Sie versucht lediglich, Joe zu beschäftigen, solange Sie für mich sitzen. Für Ada ist es sehr wichtig, daß ich wieder male. Sie wird ernsthaft nervös, wenn ich über längere Zeit eine Blockade habe. Sie müssen sich daher keine Sorgen machen, es sei denn, Sie glauben, Joe wäre scharf auf sie.«

»Ich glaube nicht, daß er scharf auf sie ist, wie Sie das so vornehm ausdrücken«, fuhr ich ihn an. »Aber ich glaube, er könnte denken, daß er es ist. Joe und ich haben niemals... es hat noch nie für einen von uns jemand anderen gegeben, seit wir uns kennen. Und jetzt ist alles so seltsam, und er ist sooft mit ihr zusammen, und sie ist so schön. Ich weiß eigentlich gar nicht, was ich wirklich denke.«

»Sie sind auch nicht gerade häßlich, mein Kind«, sagte Sam, wandte sich um und griff nach dem Pinsel. »Er ist verrückt nach Ihnen, jeder Idiot würde das sehen. Sonst wäre er auch nicht so wütend. Aber er muß mit sich selbst ins reine kommen. Er wäre ein Dummkopf, wenn er Sie davonekelt.«

»Ich glaube nicht, daß ihm das gelingen würde.«

»Jeder von uns kann jeden davonekeln, Cat«, sagte er. »Es ist nicht gut, wenn man sich eines Menschen völlig sicher ist.«

»Es kommt mir so vor, als wären Sie sich Adas die meiste Zeit völlig sicher«, sagte ich.

»Im Gegenteil«, antwortete er. »Ich zeige es vielleicht nicht, aber ich bin mir jederzeit bewußt, was Ada will und braucht. Das ist nicht immer dasselbe, aber ich verliere es nie aus dem Blick. Hatten Sie und Joe wirklich nie jemand anderen?«

»Nein«, sagte ich. »Das hatten wir wirklich nie. Ich meine, ich hatte noch nie einen anderen, und er nicht, seit wir uns kennen. Was vorher bei ihm war, weiß ich eigentlich gar nicht. Ist das wirklich so seltsam? Sie hören sich so an, als fänden Sie, daß wir ins *Guinness-Buch der Rekorde* gehören.«

Er lachte leise. »In meiner Welt wäre das so. Nein, ich dachte nur ... Sie haben etwas an sich, da ist etwas in Ihrem Gesicht, das ich noch bei keiner der anderen Frauen, die ich gemalt habe oder malen wollte, gesehen habe. Ich glaube, Unschuld ist nicht das richtige Wort, aber es ist etwas ... wie frisch gefallener Schnee. Noch ganz unberührt. Ich habe mich gerade gefragt, warum mich das ausgerechnet an diesem Punkt meines Lebens so anzieht.«

Die Richtung, in die sich dieses Gespräch entwickelte, gefiel mir nicht.

»Vielleicht sehnen Sie sich nach einem reinen Tisch. Vielleicht müssen Sie eine neue Seite aufschlagen. Vielleicht ist es leichter ... unberührte Gesichter zu malen. Da muß man sich nicht mit soviel kompliziertem Charakter herumschlagen.«

»Sie müssen nicht gleich gereizt werden«, sagte er und begann zu malen. »Ich habe nicht gesagt, daß es Ihnen an Charakter fehlt. Und Sie sind nicht leichter zu malen. Ich glaube ... Ihres ist das schwierigste Porträt, das ich jemals in Angriff genommen habe.«

Eine Weile lang schwieg ich. Er malte rastlos und wie ein Wilder, lief herum, nahm dann einen Spachtel und arbeitete damit schnell weiter. Irgendwann schloß ich die Augen und lehnte meinen Kopf an die Rückenlehne des Sessels. Ich wollte eigentlich nicht eindösen, aber ich spürte, wie mich der Schlaf übermannte. Ich war einfach so müde ...

Ich weiß nicht genau, wann die Geräusche begannen. Ich weiß nur, daß das Licht nicht mehr so schneidend weiß und das Flimmern des Wassers auf der Zimmerdecke langsamer geworden war, als sie meinen leichten Schlaf, oder was immer es war, störten. Ich hob den Kopf auf dem steifen Hals, beugte ihn auf eine Seite und lauschte. Vergleichliches hatte ich noch nie vernommen, und dann erkannte ich es ...

Sam hatte mit dem Malen aufgehört. Er stand regungslos da und blickte auf die verschlossene Badezimmertür.

»Was um Himmels willen ...«, sagte ich und wandte mich den immer lauter werdenden Geräuschen zu, und dann wußte ich es. Das Stoßen und Rumsen, Stoßen und Rumsen, das schneller werdende Quietschen von Federn, ein hoher, dünner, klagender Ton, ein tieferes Stöhnen, das lauter und lauter wurde, scharfe, gedämpfte Worte – *ja, ja, ja, o Gott, ja!* – eine Art tiefes Stöhnen, ein langer, heiserer Ausruf, ein klarer, hoher Schrei, der immer höher und höher stieg und schließlich scharf abbrach, wie abgeschnitten. Und dann Stille.

Ich hatte das alles schon einmal gehört: in einem kleinen, dunklen Zimmer in einem winzigen Haus auf einem Berg auf der anderen Seite der Erde, auf der Rückbank eines alten Wagens, und dann, zum letzten Mal, vom Rücksitz eines Autos aus, das am Rand einer Hängebrücke stand, die über einen steinigen Fluß führte.

Ich legte die Hände auf meine Ohren, schloß die Augen und schaukelte im Sessel vor und zurück. Im nächsten Augenblick kam Sam zu mir und zog meine Hände vorsichtig weg.

»Wovor haben Sie solche Angst?«

Er beugte sich ganz nah über mich. Ich konnte nicht zu ihm aufsehen.

»So hat es geklungen... das haben sie getan, so haben sie sich angehört. Meine Eltern. Ich kann mich erinnern, daß ich sie immer gehört habe, bis ich fünf war. So klang es auch in der Nacht, in der... in der Nacht, als sie...«

»Aber Sie haben keine Angst, es selbst zu tun, Cat. Das verstehe ich nicht. Ich meine, Sie und Joe, Sie tun das doch... oder?«

»Ja«, sagte ich und hatte das Gefühl, ich müßte wieder weinen. Ich hatte keine Kraft mehr zu weinen. »Wir tun es. Wir tun es die ganze Zeit. Aber diese Geräusche... Ich mache keine solchen Geräusche...«

»Was für Geräusche machen Sie dann, Cat?« Seine Stimme war so leise, daß ich ihn kaum vernahm. Aber ich konnte seinen Atem auf meinem Gesicht spüren.

»Gar keine«, flüsterte ich. »Ich mache gar keine. Ich habe nie irgend etwas von mir gegeben. Ich kann nicht. Ich versuche es, ich mache den Mund auf, aber es kommt kein Ton... Joe nennt es den stillen Tod...«

»Wenn Sie still sind, dann können Sie die Gefahr rechtzeitig hören, nicht wahr? Darum geht es doch, oder? Wenn Sie die Töne der Liebe von sich geben, wird die Liebe Sie töten.«

»Ja.«

Er legte seine Arme um mich und zog mich auf die Füße. Er beugte seinen Kopf zu meinem herab, und ich hob meinen Mund zu seinem hinauf, und er küßte mich, lange, süß und sanft, und dann gar nicht mehr sanft. Fest, warm, heiß – seine Hände strichen über meinen Rücken und nach vorne und hinauf zu meinen Brüsten und dann über meinen ganzen Körper, und ich gab ihm jede Berührung zurück, mit noch immer geschlossenen Augen, blind und atemlos. Seltsam, seine Hände waren so groß, sein Mund so hart, ohne die weiche Bürste eines Schnurrbarts. Sein Körper war so riesig. Ich konnte ihn mit meinen Armen gar nicht ganz umfassen, wie ich das bei Joe konnte. Seltsam, seltsam ...

Als er endlich seine Arme von mir löste, keuchte er, als wäre er heftig gerannt, und ich konnte nur dastehen, ihn anstarren und nach Luft schnappen wie ein an Land gezogener Fisch. Hätte ich mich nicht an der Rückenlehne des Sessels festgehalten, dann wären mir wohl die Beine weggesackt.

»Cat«, sagte Sam heiser, »hiermit verspreche ich dir, daß du, noch bevor du Italien verläßt, einen sehr freudigen Schrei ausstoßen wirst, und zwar mit mir, und das wird dich nicht im geringsten umbringen. Aber jetzt nicht.«

»Das hätte nicht geschehen dürfen«, flüsterte ich. »Ich wollte nicht, daß das passiert. Wir dürfen nicht ... wir dürfen nicht mehr zusammensein. Das Malen muß aufhören.«

»Das Malen kann nicht aufhören«, sagte er, und er lächelte mich an, mit einem sehr freundlichen Lächeln, einem normalen Sam-Lächeln. »Aber ich verspreche dir auch, daß ich dich nicht mehr anfassen werde, ehe du mich darum bittest. Und du wirst mich darum bitten, Cat.«

»Ich werde weiterhin für Sie sitzen, wenn ich Ihr Versprechen habe«, sagte ich. »Aber nicht in den nächsten ein bis zwei Tagen. Wir brauchen beide etwas Zeit. Und ich werde nicht darum bitten, Sam.«

»O doch«, sagte er, »das wirst du.«

Als ich zurück ins Fenice kam, lag dort ein Zettel von Joe, auf dem stand, daß er, Ada und Yolanda ins Do Spade nach San Polo gegangen seien. Ich sollte Sam bitten, mich hinzubringen. *Geh nicht allein*, schrieb Joe, *du findest es nie. Du schaffst das nicht allein. Sam weiß, wo es ist. Geh mit ihm.*

Kommt gar nicht in Frage, dachte ich bei mir. Ich zitterte noch immer ein wenig, und mir lief der Schweiß herunter. Ich konnte die Berührung von Sams Händen auf meinem Körper und meine eigenen Arme, die fest um ihn geschlungen waren, noch immer spüren. Es kommt gar nicht in Frage, daß ich ihn darum bitte. Und ich ging hinauf in Joes und mein Zimmer, das so düster und ordentlich war, als sei nie jemand darin gewesen, schälte mich aus den Kleidern und duschte sehr ausführlich. Und dann zog ich mich an, ging hinunter und bat den Hotelboy am Empfang, mir aufzuzeichnen, wie ich zum Do Spade nach San Polo kam.

Er war ein sympathischer, schlanker, blauäugiger Jüngling, der an einen amerikanischen Collegestudenten erinnerte, der den Sommer in Europa verbrachte. Sein nicht schlechtes Englisch war jedoch recht formelhaft, und er hatte einen starken Akzent. Er hatte gehört, wie Joe mich Cat nannte. Jetzt sprach er mich als Signora Gatta – die Katze – an, verlegen und mit einem Lächeln, das zeigte, daß er es nicht respektlos meinte. Als ich nach dem Do Spade fragte, sah er mich überrascht an.

»Signora Gatta treibt sich wohl heute abend herum«, sagte er. »Sind Sie sicher, daß Sie ins Do Spade wollen?«

»Ich bin ganz sicher. Kann ich von hier aus zu Fuß gehen?«

»Sie können zu Fuß gehen, es dauert etwas – na ja, vielleicht zwanzig Minuten«, sagte er langsam, »aber mir wäre es lieber, Sie würden es nicht tun. Es ist *oscuro* ... schwer zu finden. Da ist kein Schild, und es ist nicht die beste Gegend von Venedig für Damen. Nicht einmal für Katzen. Sie wollen doch nicht allein gehen?«

»Nein«, log ich kühn. »Ich treffe mich mit jemandem, der mit mir geht, aber ich will sichergehen. Ich habe gehört, daß es sehr gut sein soll, ganz das ... echte Venedig.«

»Das echte Venedig?« sagte er. »Das Do Spade ist ein Lokal für – für wen? Für die Hoteldiener und Verkäufer rund um den Rialto. Eine Kneipe für Arbeiter. Die meisten von ihnen sind gute Männer, aber sie sind nicht gewöhnt, daß hübsche Kätzchen allein kommen.«

»Danke, daß Sie sich solche Sorgen machen, Alvise, aber ich werde nicht allein sein.« Ich lächelte, nahm den Plan, den er mir gezeichnet hatte, und trat hinaus in das letzte Nachmittagslicht auf dem Campo La Fenice. Plötzlich wünschte ich, wir würden uns hier treffen, in der Taverne. In dem schrägfallenden Licht sah sie fröhlich und freundlich aus, so vertraut, als sei ich hier zu Hause. Mein Heim.

Und dann begann meine Haut zu prickeln, und mein Herz machte den festen, schon fast vergessenen, krampfhaften Sprung, der bedeutete, daß die Angst in ihrem Zwinger erwacht war und den Kopf herausstreckte. Ich blieb einen Augenblick still stehen. Dann drehte ich mich um und ging ins Fenice zurück.

»Ich habe etwas vergessen.« Ich lächelte Avise strahlend zu und rannte die Treppe hinauf, anstatt auf den ältlichen Aufzug zu warten. Oben wühlte ich in meiner Tasche, bis ich das fast volle Glasröhrchen mit Valiumtabletten fand, und nahm zwei davon. Dann nahm ich Sams kleines Zinnmedaillon von der Ankleidekommode und ließ es über meinen Kopf gleiten. Wieder ruhte die heilige Zita schwer und kalt zwischen meinen Brüsten. Sie bildete einen ovalen Abdruck unter meinem gestreiften Jerseykleid, aber das war mir egal. Es war so tröstlich wie ... eine Berührung.

»Sicuro«, flüsterte ich meinem Spiegelbild zu. »Sicher.«

Und diesmal marschierte ich schnell und zielbewußt über den Campo und in das Gewirr der kleinen Gassen hinein, die mich zum Teatro Rossini auf dem Campo Manin bringen würden, der ersten Markierung, nach der ich laut Alvises Plan Ausschau halten sollte. Ich drehte mich nicht um, ehe ich nicht wußte, daß ich den Campo La Fenice nicht mehr sehen konnte. Dann ging ich langsamer und blickte um mich.

Die winzige Gasse, durch die ich ging, unterschied sich in nichts von denjenigen um den Fenice und den San Fantin und von denjenigen, durch die Sam und ich nach San Geremia gegangen waren. Kleine Bogenbrücken, gewundene grüne Kanäle, abblätternde Mauern in weichem Rot, Blau und Rosa, die sich über mir zueinanderbeugten, winzige Plätze, die sich ohne jeden ersichtlichen Grund vor mir eröffneten und von denen jeder in der Mitte den unvermeidlichen überdachten Brunnen hatte. Manche der Gassen führten nirgendwohin, und manche schienen dorthin zu führen, wo ich gerade – wie ich glaubte – herkam. Um mich herum waren Menschen, aber wenige trugen Kameras; ich war keine mehr von ihnen. Ich hatte gelesen, daß Henry James etwas geschrieben hatte über »einen schmalen Kanal mitten in der Stadt – ein Fleck grünen Wassers und die Fläche einer rosafarbenen Wand... eine große, schäbige Fassade mit mittelalterlichen Fenstern und Balkonen – Balkone, auf denen schmutzige Lappen hängen, und unter denen sich, ausgehend von einer niedrigen Treppe mit schleimigen Wasserstufen, ein höhlenartiger Durchgang öffnet. Es ist sehr heiß und still, der Kanal hat einen komischen Geruch, und der ganze Ort ist bezaubernd.«

Ja. Es war bezaubernd. Das war nicht das Venedig, das ich bisher gesehen hatte, aber es war dennoch Venedig und im schwindenden Tageslicht wirklich bezaubernd. Bezaubernd im alten, ursprünglichen Sinn des Wortes: ein Ort der Magie, der Zauberei, der Beschwörung und der Hexenkunst. Ein Ort, der seine Gestalt und seine Natur veränderte, und damit auch unsere: bezaubernd. Die Haare in meinem feuchten Nacken stellten sich auf. Ich nickte den meisten Leuten, an denen ich vorüberkam, steif zu, und manche nickten zurück, aber andere starrten mich nur an, starrten die langbeinige, blonde amerikanische Frau mit einem Jungenhaarschnitt an, die allein durch ihre Gassen und über ihre Brücken wanderte. Einige Männer riefen hinter mir her, und ein oder zwei versuchten auch, mir nachzugehen, aber ich starrte sie an, wie Yolanda es mir beigebracht hatte, und sie verschwanden. Nur ihr Gelächter folgte mir.

Wo waren der Campo Manin, das Teatro Rossini? Ich blieb auf einem winzigen, stillen Platz stehen und studierte Alvises Plan. Die Stelle war leer, ausgestorben, heiß und düster, aber da war etwas in den Schatten neben den sauberen, geschlossenen Türschwellen, Gestalten, die sich rührten, sich bewegten... Katzen. Ich sah genauer hin. Viele Katzen, die durch den Schatten schlichen, mich beobachteten und sich geduldig vor die Schalen kauerten, die für sie hinausgestellt worden waren. Sie waren nicht gerade wild, aber auch keine zahmen Haustiere: Diese Katzen sahen mager und drahtig aus, aber nicht verhungert. Viele Schalen standen herum. Die Menschen in diesem anderen Venedig kümmerten sich um sie, sie waren freundlich, sie würden mir – hatte ich das gedacht? – nichts zuleide tun.

Gleich um die nächste Ecke und über eine Brücke sollte eigentlich der Campo Manin sein, und da war er auch. Hier drängten sich nicht die Touristen und die Leute, die zum Abendessen gingen, wie auf den Plätzen rund um San Marco, aber er war voller Menschen, die spazierengingen, redeten, verschiedene Dinge trugen oder an den abgestoßenen Plastiktischen vor winzigen Cafés saßen. Leute aus dem Viertel. Ich atmete tief durch, und mein Herzschlag wurde ruhiger. Der Plan stimmte. Das nächste, nach einem weiteren Labyrinth aus Gassen und Kanälen, war der Fondaco dei Tedeschi, wo sich das Hauptpostamt befand, direkt bei der Rialtobrücke. Ich war mit Sam dort gewesen. Meine Spur dort war noch nicht verbleicht.

Und danach einfach über die Rialtobrücke und die Ruga degli Orefici geradeaus hinunter bis zur Ruga Vecchio San Giovanni, und dann würde ich das Zeichen der kleinen Do-Mori-Bar sehen, und wenn ich daran vorbeiging, kamen gleich danach die wenigen Tische und Stühle, die zum Do Spade gehörten. Es trug keine Aufschrift, aber dort würden sie auf mich warten. Joe, Yolanda, Ada und Sam.

Das konnte ich schaffen.

Ich lächelte alle Leute um mich herum an, und mein Herz schlug schnell angesichts dieses Erfolges und der letzten verblassenden Spuren der Angst. Dann lief ich mit vollen Segeln aus dem Campo Manin und zurück in das Herz dieses anderen Venedig.

Und in die Dunkelheit. Es war eine Dunkelheit, die mehr war als nur das Ersterben des Lichts, das am östlichen Rand von Ländern, die am Meer liegen, üblich ist. Östlich: Ich hatte vergessen, wie weit östlich wir hier waren. Aber es war mehr als das. Das war die Dunkelheit eines Ortes, an dem sich die Menschen seit Jahrhunderten nach Einbruch der Dunkelheit in ihre Häuser zurückziehen, und diese Häuser waren hoch, standen eng beisammen und hatten nur schmale Fensterschlitze, aus denen kaum Licht drang. Es gab nur Stellen mit geringerer Dunkelheit. Es war die Dunkelheit alten Wassers, das jeden Tag über die Türschwelle tritt und die Fundamente umspült, und manchmal, beim Hochwasser im Winter, auch über die Plätze und Hinterhöfe fließt, und immer unter den Brükken vorbei, die selbst alt sind. Altes Wasser, grün, ruhig und ständig in Bewegung. Wohin ich auch ging in den alten, mit glänzendem Kopfstein gepflasterten Wegen und Gassen, und über zahllose hohe Brücken, konnte ich es hören, wie es sich mit mir bewegte. An diesem Abend war das dunkle Wasser von Venedig wie mein eigener Blutstrom. Meine Schritte klangen darüber und daneben, und schließlich mit ihm. Blut und Wasser liefen gemeinsam. Hinauf und über diese und jene Brücke und durch diese und jene Gasse, auf diesen und jenen toten, vom Mond beschienenen Campo und wieder zurück, in eine andere Gasse, über eine andere Brücke...

Wo waren das Postamt, die Rialtobrücke, die Lichter, die Menschen von Venedig? Ich konnte sie hören, ein Stück weit entfernt auf anderen Straßen, die immer gerade eben nicht zu sehen waren. Aber auch wenn ich die Lichter nicht sehen konnte, so sah ich doch den erleuchteten Himmel, unter dem die Lichter strahlten und der sich jetzt mit Dunst überzog. Doch die Lichter selbst konnte ich nicht finden.

Ich hatte mich verlaufen.

Na gut, bleib stehen, atme tief durch und halte Alvises gekritzelten Plan in das fahle Nachtlicht eines Gemüseladens, der schon lange geschlossen hat. Atme langsam ein und aus. Und noch einmal. Ich war nicht ganz verloren. Wie konnte man auf einer kleinen Insel verloren sein? Irgend jemand hatte gesagt, wer in Venedig verloren geht, wird gefunden. Überall um dich sind Menschen, du kannst ihre Stimmen hören. Geh zu einem der Plätze, wo sie sind, und frage nach dem Weg. Jemand wird ihn dir zeigen.

Hab keine Angst.

Ich habe Angst. Ich habe mich verlaufen, und das Herz wird mir stehenbleiben, ich werde eine Herzattacke bekommen. Niemand wird mich finden, die falschen Leute werden mich finden, jemand wird mich finden und mir Leid antun. Ich muß ganz still sein. Ich muß hören können, wie die Gefahr auf mich zukommt.

Ich stand neben dem schwachen Licht des geschlossenen Ladens und lehnte mich gegen die Steinmauer. Ich atmete ein und aus, ein und aus, wie Corinne es mir beigebracht hatte, und dann sah ich wieder auf den Plan. Den Weg, den man zum Fondaco dei Tedeschi einschlagen mußte, konnte ich so klar vor mir sehen. Aber ich hatte ihn irgendwie verpaßt, und jetzt wußte ich nicht, wie ich wieder auf eine der Straßen kommen sollte, die auf dem Plan eingezeichnet waren, weil ich nicht wußte, wo ich mich befand.

Ich hörte Schritte, unterschiedliche Schritte, rasch, fest und sicher, sie schienen nur eine Gasse weit entfernt. Hier in dieser Gasse mußte es eine Brücke geben, es gab immer eine Brücke. Wenn ich darüber ging, würde ich die Fußgänger finden, und dann würde ich mit ihnen gehen oder direkt hinter ihnen, also wollte ich dorthin, wo sie hingingen. Das war bestimmt ein Ort mit Lichtern und Menschen. Die Schritte klangen so sicher ...

Ich eilte die Gasse hinunter, fand die Brücke und lief hinüber und direkt in die Fußgänger hinein – vier Männer, die nicht wie Ehemänner und Väter auf dem Weg nach Hause oder in eine Bar aussahen. Überhaupt nicht. Sie blieben stehen, ein dunkles Quartett, quer über die ganze Straße, und verstellten mir den Weg.

»Scusi«, sagte ich, und meine Stimme zitterte. »Wo ist das ... wo ... ich muß das Postamt finden ...«

Sie lächelten. Sie lächelten und sahen einander an, und dann sahen sie mich an. Und dann begannen sie mit diesen dümmlichen Tönen, die ich so lustig gefunden hatte, als ich sie zusammen mit Yolanda zum ersten Mal hörte. Das Küssen der Fingerspitzen, die Handbewegungen in der Luft und die kehligen Worte, die ich nicht verstand, deren Bedeutung ich aber genau kannte. Und dann kamen sie ganz langsam auf mich zu.

»Ich will, daß Sie mir sofort sagen, wo das Postamt ist«, sagte ich mit einer hohen, albernen Stimme. »Wenn Sie das nicht tun, rufe ich die Polizei.«

Die Polizei rufen, nur weil mir vier Männer nicht sagen wollen, wo das Postamt ist?

Ich hatte plötzlich die absurde Vorstellung, mich im nächsten Moment auf die Pflastersteine zu setzen und wie eine Irre zu lachen, aber dann sagte ich: »Ach, lassen Sie nur, ich finde es selbst.« Ich drehte mich um und ging sehr schnell den Weg zurück, den ich gekommen war, zu den Stufen, die auf die kleine Brücke hinaufführten. Hinter mir konnte ich hören, wie sie schnell, beinahe im Laufschritt, hinter mir herkamen.

Ich begann zu rennen. Ich rannte über die Brücke und an der anderen Seite hinunter, und durch eine gewundene Straße neben noch einem Kanal, und ahnte vor mir einen Raum, eine Öffnung. Ich rannte darauf zu, so schnell ich konnte, ohne Zögern und ohne Hoffnung. Ich wußte, daß ich ihnen nicht davonlaufen konnte.

Ich erreichte die Öffnung: ein weiterer dunkler Campo, diesmal mit einer kleinen, einfachen Kirche und einem überdachten Brunnen und dunklen Häusern darum, aber sonst nichts. Eine Sackgasse. Kein Ausweg. Ich drehte mich zu den Männern hinter mir um.

»Va a farti frattere, stronzi!« schrie ich. *»Va fanculo!«* Mit zu Klauen gebogenen Fingern ging ich auf sie los, mit fest geschlossenen Augen und aufgerissenem Mund. Ich muß wie eine Irre ausgesehen haben. Weit oben gingen in zwei oder drei Häusern fahle Lichter an. Die Männer blieben stehen, wichen zurück, murmelten einander etwas zu, drehten sich um und schlenderten lachend von dem Campo. Sie blickten nicht zurück. Ich ging hinüber zu der kleinen Kirche und setzte mich auf die Stufen. Bald verlöschten die Lichter in den Häusern wieder.

Ich hatte den Eindruck, daß ich sehr lange dort saß. Ich blickte mich nicht um und sah auch nicht auf meinen Plan. Ich saß nur dort. Ich hatte keine Ahnung, wie spät es war. Bestimmt würden sie mich im Do Spade inzwischen vermissen. Jemand würde nach mir suchen, jemand würde ins Fenice zurückgehen, wo Alvise ihm von dem Plan erzählte, und dann würden sie versuchen, ihm zu folgen. Vielleicht mußte ich nur hier sitzenbleiben, und dann würden sie mich finden. Wenn ich die Szene weiterdachte, sah ich Sam Forrest. Ich sah, wie er um die Ecke aus der Gasse in den Campo bog, und ich hörte ihn sagen: »Um Gottes willen, Cat, wo sind Sie nur gewesen?«

Dann war ein anderes Geräusch zu hören. Ein zartes, zitterndes, würgendes Geräusch, eine Art leises Erbrechen.

Ich sah hinüber in den Schatten eines großen Terracottatopfes, in dem irgendeine tote Pflanze stand, neben der Tür eines der dunklen Häuser. Es war eine Katze. Eine Katze, die sich so sehr zusammenkauerte, daß der Kopf beinahe auf den Pflastersteinen lag: Sie keuchte, rang um Atem und erbrach sich. Diese Katze war sehr krank, ich wußte, daß sie starb. Ich dachte nur: Das ist mehr, als irgend jemand ertragen können muß, und stand auf, um von hier fortzugehen, um den Campo zu verlassen, um meine hoffnungslose Lauferei durch die Straßen fortzusetzen.

Und ich sah die anderen.

Um die sterbende Katze hatten sich andere Katzen versammelt, in einem stillen, schweigenden Kreis. In dem bleichen Licht des verhangenen Himmels zeichneten sie sich dunkel und groß ab. Sie saßen oder kauerten, und sie warteten. Das schreckliche Würgen ging weiter, stockte, hörte auf. Begann von neuem. Ich rannte davon, denn ich fürchtete, daß mich das, was nach dem Tod der Katze auf dem Campo geschehen würde, endgültig verrückt machen könnte.

Ich rannte sehr lange, und als ich stehenbleiben mußte, weil ich Seitenstechen hatte, der Atem in meiner Kehle schmerzte, und schwarze Flecken vor meinen Augen tanzten, befand ich mich an einer Straßenecke, an der sich einige Leute versammelt hatten. Ich hörte auch noch andere Stimmen, gar nicht weit entfernt. Ich sah mich um, und dann begann ich zu rennen, mit einem freudigen Schluchzer in der Kehle. Gerade vor mir lehnte Joe an einer grauen Mauer. Er hatte den Kopf zu einer Person vor sich hinuntergebeugt, und auch wenn ich nur den Rücken sehen konnte, einen schlanken, gebeugten Rücken in seinem Blazer und seinen goldenen Haarschopf, so wußte ich doch an der Art, wie er den Kopf hielt, an der Art, wie er die Hände nach der Person vor ihm ausstreckte, daß es Joe war...

Ich stolperte und fiel beinahe hin und fing mich wieder an seiner Schulter.

»O Gott, ich bin ja so froh, dich zu sehen!« schrie ich, und er drehte sich um.

Lippenstift war über den breiten Mund und unter der großen Nase verschmiert, auf den hängenden Lidern lag dicker, grüner Lidschatten, so traurige, traurige Augen... Rouge saß wie Pestflekken, wie eine Seuche, auf grobporigen Wangen. Wir starrten einander an.

Ich begann zu weinen und rannte an ihm vorbei und um eine Ecke – und befand mich auf dem elegant beleuchteten Campo La Fenice.

Da waren die freundlichen grünen Kletterpflanzen an den kleinen Säulen meines Hotels, und auch die gut gekleideten Spaziergänger, und dort die vertraute Bar, mit Leuten wie mir, Leuten, die ich kannte, die aßen, tranken und lachten. Und mitten unter ihnen saß Sam Forrest, an einem Tisch am Rand des Platzes, und starrte über den Campo hinweg zu mir hinüber. Neben ihm saß Yolanda Whitney. Sie hatten Bier getrunken, und als sie mich sahen, standen sie hastig auf und gingen über den Campo, und ich blieb stehen und ließ sie auf mich zukommen.

Es war Sam, der mich auffing und festhielt, mir das Haar zurückstrich und mich sanft hin und her schaukelte, hin und her. Und es war Sam, der mich auf einen Stuhl setzte und mir mit einer in Mineralwasser getauchten Serviette die Tränen und den Schweiß abwischte, und mir zuhörte, als ich sagte: »Ich dachte, ich würde euch alle finden, aber ich habe mich verlaufen. Ich konnte nicht... ich habe eine Katze sterben sehen, Sam. Und... ich glaube, da waren andere, die sie auffraßen...«

Sein Gesicht verzog sich, und er sagte mit scharfer Stimme: »Verdammt sollen sie sein, daß sie einfach gegangen sind und Sie zurückgelassen haben. Und auch Sie, Cat, weil Sie mich nicht angerufen haben. Wir suchen schon seit zwei Stunden nach Ihnen...«

»Joe«, sagte ich. Ich war erstaunt, wie kühl und normal meine Stimme klang. »Ist Joe hier?«

Jetzt war es Yolanda, die sprach. Sie legte ihre Arme um mich und sagte: »Sie sind im Vino Vino. Sie dachten, Sie würden vielleicht auf die Idee kommen, dorthin zu gehen. Wir... Sam und ich... haben nach Ihnen gesucht. Machen Sie sich wegen der beiden keine Sorgen. Ich werde jedenfalls mit Sicherheit nicht hingehen. Jetzt bringe ich Sie erst einmal hinauf und stecke Sie sofort ins Bett. Sam kann hingehen und ihnen sagen, daß Sie in Sicherheit sind. Wenn er will.«

»Vielleicht tue ich es«, sagte er, »aber vielleicht auch nicht. Schlafen Sie gut, Cat. Wir sehen uns morgen beim Mittagessen mit den verdammten Lord- und Ladyschaften. Ach herrje.«

Er küßte mich auf die Wange und schlurfte in Richtung Markusplatz davon. Yolanda führte mich ins Fenice. Sie hielt den Arm fest und warm um mich gelegt, und brachte mich in unser dunkles Zimmer, schälte mich aus meinen Kleidern und schlug die Bettdecke zurück. Sie schaltete das Licht nicht an, aber den Deckenventilator.

»Schlafen Sie sich aus«, sagte sie. »Und so gegen zehn Uhr werden wir beide ein ausführliches Frühstück zu uns nehmen, und dann gehen wir einkaufen, mit Joe Gaillards American-Express-Karte. Keine Widerrede!«

»Danke, Yolie«, flüsterte ich, und ich wollte noch mehr sagen, aber der Schlaf und der Luftzug des Ventilators zogen mich mit sich fort. Ich habe keine Ahnung, wann Joe nach Hause kam. Ich rührte mich nicht bis nach neun Uhr am nächsten Morgen, und da war er schon wieder gegangen.

10. Kapitel

Da lag ein Zettel. Ich fischte ihn aus dem Kram, der auf dem Schreibtisch stand. Vielleicht würden Joe und ich während der restlichen Reise uns nur noch mittels Zettel verständigen.

Ich bin zu Ada ins Hotel gegangen, um ihr und Maria dabei zu helfen, Colin fertig zu machen und anzuziehen. Er besteht darauf, zum Mittagessen mitzukommen. Wir treffen uns dort. Übrigens, wo warst Du gestern abend? Wir haben eine Ewigkeit auf Dich gewartet. Alles Liebe. J.

Wir haben eine Ewigkeit auf Dich gewartet. Alles Liebe, J. Ich zerknüllte den Zettel und warf ihn in den Papierkorb.

»Was soll dieses *Wir* heißen, Bleichgesicht?« sagte ich laut, und dann preßte ich fest die Lippen aufeinander, weil ich brennende Tränen aufsteigen spürte. Keine Tränen mehr. Ich wollte nicht mehr weinen. Ich hatte vermutlich ohnehin nicht mehr viele Tränen übrig. In mir schien ein weiter, kühler, toter Raum zu sein. Aus diesem Raum heraus würde ich während der noch verbleibenden Tage leben, und dann fuhren wir nach Hause.

Wenn ich daran dachte, kam mir kein Bild in den Sinn.

Ich duschte und zog mich an, wobei ich mich so steif und gebrechlich fühlte, als wäre ich geschlagen worden oder hätte einen Unfall gehabt. Es war noch immer sehr heiß, und die Sonne hatte fast alle Farben aus dem Kanal und dem Himmel gebrannt. Ich wollte einen Kaffee trinken, und dann würde sich vielleicht von selbst etwas für den Vormittag ergeben. Es schien wichtig zu sein, etwas vorzuhaben. Als ich nach unten kam, war es schon fast zehn Uhr.

Der Boy am Empfang – von der Tagschicht, nicht Alvise – teilte mir mit, daß Signora Whitney im Garten auf mich warte, und ich erinnerte mich, daß Yolanda gesagt hatte, wir würden gemeinsam frühstücken und dann einkaufen gehen. Es würde die Zeit vertreiben. Und dann, wenn ich Joe wiedersah, würden wir unter Leuten sein, und ich mußte ihm die Frage nicht stellen, die wie ein Koloß zwischen uns stand.

Warum hast du gestern abend nicht nach mir gesucht?

Und ich mußte die Antwort in seinen Augen nicht entdecken. Ich konnte mir keine Antwort vorstellen, die ausreichend war.

Yolie saß an einem Tisch, trank *caffè lungo* und brütete über irgendeiner Liste. Sie trug eine weiße Leinenbluse, einen geraden, gerafften Rock und Sandalen, hatte das Haar in einem Pferdeschwanz zusammengefaßt und eine Sonnenbrille über die Stirn hochgeschoben. Sie sah aus wie eine Fünfzehnjährige. Ihr Gesicht war frischgewaschen und glänzend, und ihre Augen klar. Ich stellte erstaunt fest, daß sie jeden Tag, den wir mit ihr verbrachten, jünger und gesünder wirkte, und ich erinnerte mich, daß sie seit Rom nichts anderes als Mineralwasser getrunken hatte. Rom war offensichtlich ein Ausrutscher gewesen. Anspannung und Ärger wegen der aus dem Programm genommenen Sendung, die Verzweiflung einer Frau, die sich in einem schnellen, harten Beruf allein durchkämpfte. An diesem Morgen sah sie so ansprechend und gesund aus wie in ihrer Fernsehsendung, und ich mochte sie sehr viel lieber, als ich das je erwartet hätte.

Sie blickte auf und lächelte, und ich lächelte zurück. Es war ein steifes kleines Lächeln, aber es gab mir ein etwas besseres Gefühl. Ich funktionierte wenigstens noch.

»Sind Sie bereit, Joe Gaillard ein bißchen auszurauben?« fragte sie.

»Sie meinen einkaufen?«

Ich vertiefte mich in die Speisekarte, damit ich ihr nicht ins Gesicht sehen mußte. Ich wollte nicht über den gestrigen Abend reden, denn was geschehen war, war zu gewichtig, um darüber zu plaudern. Ich spürte eine Scham, als hätte ich etwas Unwiderrufliches und Peinliches getan, an das sich jeder unwillkürlich erinnern mußte, wenn er an mich dachte. Vielleicht fühlte man sich so, wenn man Alkoholiker war.

»Einkaufen, gemein sein, unausstehlich sein, was immer Sie wollen«, sagte sie und goß mir Kaffee ein. »Er war gestern abend ein Arschloch und Ada auch. Das habe ich ihm auch gesagt. Und ihr werde ich es auch sagen, wenn ich sie sehe.«

»Sie haben ihn heute morgen gesehen?«

»Ich saß hier, bis er herauskam und sich auf den Weg machte, um Ada mit Colin zu helfen, wie er seine barmherzige Tat so nett beschrieb. Und ich fragte ihn so freundlich wie nur möglich, wie es Ihnen heute morgen ginge, und er sagte, er wisse es nicht, denn als er gestern abend nach Hause kam, hätten Sie wie tot geschlafen, und er habe Sie nicht wecken wollen. Und dann habe ich es ihm gegeben.«

»O Gott, Yolie, was haben Sie gesagt?«

»Daß Sie sich in dieser Gegend hinter dem Rialto, wo sich kein normaler Mensch nach Einbruch der Dunkelheit hineinwagt, verlaufen hätten, und daß Sie sich fast zu Tode gesucht hatten nach dem Restaurant, und daß Sie eine Gruppe schmieriger Typen bedrängt und beinahe vergewaltigt hat, und daß Ihnen alle möglichen anderen grauenvollen Dinge begegnet sind, und was er sich eigentlich dabei denke, mit Ada Forrest beim Wein zu sitzen, während Sie sich in Venedig verlaufen, und Sam und ich ganz außer uns geraten bei der Suche nach Ihnen. Und daß ich nicht einmal meinem schlimmsten Feind zumuten würde, diese verdammte Bar allein zu finden, und daß ich bisher der Meinung gewesen sei, Sie seien seine Frau und nicht sein Feind, auch wenn das in letzter Zeit keiner von uns bezeugen kann. Und...«

»O mein Gott«, schnaufte ich. »Das kann doch nicht sein. Ach, Yolie, ich wäre schon damit fertiggeworden. Es ist ja auch nicht wirklich etwas passiert.«

»Nicht?« sagte sie. »Sie haben gezittert und geweint und waren weiß wie die Wand – ich dachte schon, Sie würden in Ohnmacht fallen –, und dann ist nicht wirklich etwas passiert? Cat, ich weiß, es geht mich nichts an, aber es ist ziemlich offensichtlich, daß Sie... daß Sie da irgendeine emotionale Sache herumschleppen oder herumgeschleppt haben. Sie verbergen es gut, aber ich habe das leise Zittern Ihrer Hände gesehen, und die Schweißausbrüche, und die Tabletten in Ihrer Tasche. Ich kenne die Anzeichen, mir ging es einmal selber so. Ich habe das Gefühl, es geht Ihnen jetzt schon viel besser, und vielleicht sind Sie schon fast geheilt, aber man läßt niemanden, der noch empfindlich ist, der gerade erst... gesund wird, in eine solche Situation geraten. Nicht wissentlich. Und er kann nicht sagen, daß er es nicht wußte.«

»Na ja, er wußte nicht, daß ich versuchen würde, auf eigene Faust dorthin zu gehen«, sagte ich. »Auf seinem Zettel bat er mich, Sam anzurufen und mit ihm zu gehen.«

In meinen eigenen Ohren klangen meine Worte vernünftig, ruhig und normal. Vielleicht hatte ich überreagiert, vielleicht war er gar nicht rücksichtslos gewesen.

»Aber das haben Sie nicht getan.«

»Nein. Ich habe herumgetrödelt, bis es so spät war, daß ich wußte, Sam war schon gegangen, und ... na ja, ich wollte sehen, ob ich es schaffe. Es schien so einfach, und es war noch hell. Ich dachte, jeder Idiot könnte das, und ich hatte keine Lust mehr, immer – unfähig zu sein, etwas allein zu tun. Ich bin kein Kind, und ich bin nicht dumm. Aber ich habe es nicht geschafft. Ich glaube ... ich bin noch nicht so weit. Vielleicht werde ich es nie sein. Ich fühle mich wie ein Feigling!«

Sie beugte sich vor und legte ihre Hand auf meine.

»Hören Sie«, sagte sie. »Ich weiß, daß Sie Agoraphobie hatten. Und ich weiß, daß Sie in Therapie waren und stark genug geworden sind, um die ganze lange Reise hierher zu machen, nachdem Sie Ihr ganzes Leben lang unfähig waren, Ihre Heimatstadt zu verlassen. Und Sie glauben, das wäre feige? Sie glauben, was Sie gestern abend mit diesen Typen gemacht haben, wäre feige? Herrgott, Cat, Sie haben sich umgedreht und sich gegen sie verteidigt, und sie regelrecht von dem Campo gejagt und ihnen auch noch gesagt, Sie sollten sich selbst ficken! Ist das feige?«

Wir starrten einander an, und dann begannen wir zu lachen. Die schreckliche Atmosphäre des gestrigen Abends machte in meiner Erinnerung eine geschickte, elegante Wendung und wurde auf düstere Weise lustig. Sie wurde zu etwas, woran man später zurückdenkt und worüber man lacht, eine Geschichte, die man noch viele Jahre immer wieder erzählt. Am liebsten hätte ich über den Tisch gelangt und sie umarmt, ihre gepflegte, braune, stabile Gestalt in meine Arme genommen und so fest gedrückt, wie ich nur konnte.

»Sie haben mir alles beigebracht, was ich weiß«, sagte ich. »Nicht einmal im Traum können Sie sich vorstellen, wie dankbar ich Ihnen dafür bin. Was hat Joe gesagt, als Sie ihm das erzählt haben?«

»Er sagte, es tue ihm leid, er hätte keine Ahnung gehabt«, sagte

Yolanda. »Und um ihm Gerechtigkeit widerfahren zu lassen, ich glaube, es hat ihm auch wirklich leidgetan. Er war ziemlich durcheinander. Er wollte schon hinaufgehen und nach Ihnen sehen, aber ich sagte ihm, das komme nicht in Frage, er solle seine Amex-Karte hergeben und gehen und sich um die Neuvermählten kümmern. Und Sie heute abend ganz allein in ein ganz besonderes Lokal ausführen, und endlich anfangen, Sie so zu behandeln, wie Sie es verdienen, und Sam mit seiner eigenen verdammten Frau zum Essen zu schicken. Er sagte, das würde er tun.«

Mir war ganz schwindlig. Ich konnte mir nicht vorstellen, daß jemand so mit Joe redete. Es war nicht seine Persönlichkeit, die das verbot, sondern einfach die Tatsache, daß er bisher noch nie etwas getan hatte, das solche Worte herausforderte. Es schien unglaublich, daß es dazu kommen konnte. Bisher war er stets nur fürsorglich zu mir gewesen.

Aber schließlich befanden wir uns, dachte ich, jetzt schon seit einigen Tagen an einem Ort, an dem die alten Regeln einfach nicht galten. Plötzlich wäre ich am liebsten losgerannt, tatsächlich gerannt, hinüber zum Europa, um meinen Ehemann am Arm zu packen, ihn da herauszuziehen und mit nach Hause zu nehmen. Ihn einfach ... mit nach Hause zu nehmen.

»Warum konnte Sam denn Ada nicht mit Maria und Colin helfen?« fragte ich, und ich hörte selbst den Mißmut in meiner Stimme.

»Er ist heute morgen nach Torcello gefahren«, sagte Yolie. »Das macht er immer, wenn sie in Venedig sind. Nichts kann ihn daran hindern. Wenn Ada nicht Joe gehabt hätte, hätte sie sich eben selbst behelfen müssen. Das ist nicht so eiskalt und rücksichtslos, wie es klingt; er weiß, daß sie es schafft.«

»Was ist auf Torcello?« wollte ich wissen.

»Ich weiß nicht genau. Das ist eine Art Pilgerfahrt oder so etwas. Ich weiß, daß er dort einen Freund hat, einen Künstler, der Sam mit seinem Boot hinüberfährt nach San Francesco del Deserto. Dort ist ein altes Franziskanerkloster. Es ist eine Art friedliche und idyllische Oase, mit Vögeln, Zypressen und wundervollen Pflanzen, eine Art botanischer Garten. Aber mehr auch nicht, denn dort leben nicht mehr als acht bis neun Mönche. Er hat mir erzählt, daß er hinfährt, aber nicht weshalb, und ich glaube nicht, daß er jemals jemanden mitnimmt. Ich glaube, Sam hat in jeder Stadt einen Ort, eine Art Schlupfloch, einen Rückzugsort, wo er hingeht, wenn die Dinge unangenehm oder zu kompliziert oder überwältigend werden. Besonders dann, wenn er malt oder einen seiner rasenden Arbeitsanfälle bekommt, denn darin läßt er sich von absolut niemandem stören. Darum hat er Orte, an die er sich zurückziehen kann. Außerdem vermute ich stark, daß er Joe und Ada heute morgen aus dem Weg gehen wollte. Er kochte gestern abend regelrecht vor Wut auf die beiden, weil sie Sie alleingelassen haben.«

Ich spürte, wie ich rot wurde.

»Es ist mir außerordentlich unangenehm, wenn ich der Anlaß für ... Tumult bin, für Streitigkeiten«, sagte ich. »Mir wäre es lieber, er hätte nicht das Gefühl, daß er sich vor alldem verstecken muß. Ich wünschte, daß niemand glaubt, er müsse mich in irgendeiner Weise *behandeln.* Allmählich bin ich das leid.«

»Sam hat nicht das Gefühl, daß er irgend etwas tun muß«, sagte Yolanda. »Er tut, was er will. Das ist das einzige, von dem ich wirklich hoffe, daß Sie von ihm in Erinnerung behalten. Sam tut, was er tun will. Und was für ihn selbst nötig ist.«

»Das klingt ziemlich gefühllos«, sagte ich. »Als wäre er arrogant, rücksichtslos oder so. Aber das ist er nicht, er ist der rücksichtsvollste Mann, den ich je kennengelernt habe. Und warum sagen Sie, Sie hoffen, daß ich das in Erinnerung behalte?«

Ich hatte plötzlich keine Lust mehr, ständig um alles herumzuschleichen. Wenn sie mir etwas über Sam Forrest erzählen wollte, dann sollte sie das tun. Und wenn sie irgendwelche Vermutungen in bezug auf Sam Forrest und mich hatte, dann würde ich mir das anhören.

»Es gibt Menschen wie uns, ganz normale Leute«, sagte sie langsam, »und es gibt Menschen wie Sam. Sie sind ... Genies, vermute ich. Sie sind nicht wie andere Menschen. Ein paar Dinge fehlen ihnen einfach. Das kann einem lange Zeit entgehen, denn sie sind normalerweise wärmer und charmanter als jeder andere. Aber schließlich erkennt man, daß bestimmte Dinge, die anderen Menschen wichtig sind, einfach ... nicht da sind. Statt dessen besitzen sie diese enorme Kraft, diese Konzentration, diese Energie, dieses reine *Talent.* Das genügt, solange man es weiß. Aber manche Menschen ... verletztliche, empfindliche Menschen ... werden scheinbar stets verwundet, wenn sie mit ihnen in Kontakt geraten. Daran sollten Sie denken.«

»Wollen Sie mir damit noch etwas anderes sagen, Yolie?« fragte ich. Mein Gesicht brannte.

»Überhaupt nicht«, antwortete sie. »Mehr nicht. Kommen Sie. Sind Sie bereit, einzukaufen bis zum Umfallen?«

Ich stand auf und ging langsam hinter ihr her aus dem Garten des Fenice und über den kleinen Campo dahinter, auf den Markusplatz zu. Die Hitze war wie ein Gewicht, das mich niederdrückte, und ich fühlte mich, als bewegte ich mich auf dem Meeresgrund, verlangsamt, träumerisch und der Wirklichkeit enthoben. Es spielte keine Rolle. Es lohnte sich nicht, weiter nachzufragen. Wer wußte, was sie damit sagen wollte? Waren Joe und ich nicht der Überzeugung gewesen, daß sie ihn früher einmal geliebt hatte und es vielleicht immer noch tat? Ich wollte gar nicht wissen, aus welchem Grund sie so über Sam Forrest redete, und ich war bereit, das Ganze aus meinem Gedächtnis in das Wasser um mich herum gleiten zu lassen. Ich mochte sie, und es ging mir besser, und außerdem war dies mein letzter Tag in Venedig. Genug.

Als wir aus dem dunklen Schatten der Loggias auf die große Piazza traten, um sie auf dem Weg zu den Läden zu überqueren, fiel mir etwas ein.

»Wann hat Joe Ihnen erzählt, daß ich Agoraphobie hatte?« sagte ich. »Es stört mich nicht, daß Sie es wissen, denn es stimmt. Ich war nur etwas überrascht, daß er es Ihnen erzählt hat.«

»Er hat es mir nicht erzählt«, sagte sie. »Ada hat darüber geredet. Irgendwann in Rom.«

Ich sagte nichts, sondern ging nur neben ihr her durch die weiße Helligkeit. Die Luft war erfüllt von dem Wind, den die Sonnensegel um uns erzeugten. Dann wußte sie es. Ada Forrest wußte über meine Angst Bescheid, und dennoch ließ sie zu, daß mein Ehemann ohne mich mit ihr ins Do Spade ging.

Und wenn sie es wußte, wer hatte es ihr erzählt? Sam oder Joe?

Ich wußte nicht, welche Möglichkeit mir mehr Unbehagen bereitete. Und darum ließ ich beide Gedanken zusammen mit jenem anderen ins blaue Wasser gleiten und folgte Yolie.

Wir kauften tatsächlich ein, bis wir kurz vor dem Umfallen waren. Um die Mittagszeit waren unsere Arme beladen mit Paketen aus Wolken von Seidenpapier und wunderschönen marmorierten Einwickelpapieren, die mit Schnüren und Bändern zusammengehalten waren. Ich, die ich eigentlich ungern einkaufen ging und selten etwas auf den ersten Blick mochte, was ich in den Läden und Kaufhäusern auf dem Berg fand, verliebte mich an diesem Morgen in beinahe alles, was ich sah. Ich war geradezu trunken von Dingen. Ich glaube, daß ich eigentlich einen guten Blick für Qualität habe, aber an diesem Tag ließ ich mich von dem Kitsch und den Nippsachen Venedigs bezaubern, und Yolanda mußte mich von dem wertlosen Kram weglotsen und auf das Gold zusteuern. Ich hätte völlig wahllos zugegriffen. Aber so fanden wir Schätze, und wir kauften genug davon, daß mir, wie ich genau wußte, regelrecht die Luft wegbleiben würde, wenn im nächsten Monat die Rechnungen auf dem Berg eintrafen. Aber ich hatte nicht das Gefühl, daß das jemals wirklich passieren würde, und so plünderten wir weiter.

Ich kaufte ein wunderschönes Spitzentischtuch und Servietten für Maria und Colin, Kelchgläser, Krüge und andere phantastische Dinge aus Glas für die Leute auf dem Berg und für Joe und mich, und ließ sie nach Hause schicken. Ich erstand eine großartige breite Krawatte mit Paisleymustern für Sam, wobei ich bei dem Gedanken, wie sie sich auf seiner roten, behaarten Brust machen würde, lachen mußte, Parfüm in einem edlen Kristallgefäß für Ada und einen Schal, der aussah wie Sonnenschein auf Schmetterlingsflügeln für Yolie; außerdem ein silbriggrünes Kleid für mich, ein einfaches, gerade geschnittenes Seidenkleid, das so seltsam und schön aussah, als hätte man mich mit grünem Honig übergossen. Ich wollte es zu unserem Mittagessen mit dem Adel anziehen. In einem Laden ganz hinten am anderen Ende der Piazza, der sich als Ausstatter für englische Gentlemen anpries, ergatterte ich Sachen für Joe, die ich in Amerika nie im Leben zu kaufen gewagt hätte: Hemden aus Sea-Island-Baumwolle, die so fein waren, daß sie sich anfühlten und fielen wie Seide, breite Krawatten, ein sagenhaftes Seidenjackett in gebrochenem Weiß, das so leicht war wie ein Schleier, ein schwarzes Seiden-T-Shirt und einen Panamahut mit einem schwarzen Band. Und eine weiche, silbrige Reisetasche, in der er die ganzen Kleider nach Hause transportieren konnte.

»Auf Kreditkarte, bitte«, sagte ich immer und immer wieder, mit der belegten, verträumten Stimme einer Betrunkenen, die noch eine weitere Runde bestellt, und die Verkäufer, die wie Herzöge und Herzoginnen aussahen, lächelten, sagten *»Si, Signora«* und eilten davon, um meine Einkäufe in Gold und Silber zu verpacken.

Als wir erhitzt, aber befriedigt mit schwer beladenen Armen wieder zum Fenice schlenderten, sagte Yolanda: »Sie sind eine selten begabte Schülerin. Ich könnte Sie innerhalb einer Woche in die Pleite treiben.«

»Man kann es nicht mit ins Grab nehmen«, sagte ich.

Als ich wieder in unser Zimmer trat, schwankend unter der Last meiner Beutestücke, war Joe da. Er hatte sich auf dem Bett ausgestreckt, die Arme hinter dem Kopf verkreuzt und trank Wein. Ohne zu lächeln, sah er mich an.

»Hallo«, sagte er. »Ich habe dich vermißt. Komm her, gib mir einen Kuß und sag mir, daß du das alles hier gestohlen hast. Und dann erzähle ich dir, wie beschissen ich mir wegen gestern abend vorkomme. Das wird eine Weile dauern.«

Ich ließ die Pakete auf das Bett fallen, lief auf seine Seite, warf mich auf das Bett und auf ihn, und drückte ihn nach unten.

»Ich freue mich so, dich zu sehen«, sagte ich.

Es war schon nach ein Uhr, und noch immer lagen wir mit lose verschlungenen Beinen auf dem Bett, und der rumpelnde Deckenventilator kühlte unsere feuchten, bloßen Körper. Alles außer Joe schien weit weg zu sein, ich wußte, wir mußten und würden zweifellos bald miteinander reden, aber ich zögerte, etwas zu sagen. Es genügte, einfach dazusein. In der vergangenen Woche hatte es in unserem Leben kaum einfache Dinge gegeben, und ich hatte wenig Lust, dieses Gefühl zu zerstören. Seit wir miteinander geschlafen hatten, hatte keiner von uns ein Wort gesagt.

»Wir sollten vielleicht aufstehen«, sagte Joe schließlich und beugte sich über mich, um mich zärtlich in die Schulter zu beißen. »Ich weiß nicht, ob es sich schickt, zu einem Mittagessen mit fürstlichen Herrschaften zu spät zu kommen.«

»Sie sind nicht fürstlich«, sagte ich und fuhr mit den Fingerspitzen über den scharfen Rand seines Hüftknochens. »Er ist nicht einmal ein richtiger Lord. Es ist ein Titel, der nicht vererbbar ist. Er hat ihn bekommen, weil er so ein begeisterter Förderer der Künste in Großbritannien ist, was bedeutet, daß er einen Haufen Geld für Leute wie Sam Forrest springen läßt. Er ist Schotte aus Glasgow, der seine erste Million mit der Herstellung von Kunststoff verdient hat, und sie ist Deutsche, aus Ostdeutschland, um genau zu sein. Schauspielerin oder ähnliches. Er hat sie kennengelernt, als sie neunzehn war, sie war gerade erst in London angekommen und spielte hier und da ein paar kleine Rollen. Soviel ich weiß, war sie eine Art Berühmtheit, weil sie mit sechzehn über die Mauer geklettert ist. Im wahrsten Sinne des Wortes, auf Händen und Füßen. Sie soll immer noch Narben vom Stacheldraht an ihren Beinen und Händen haben. Ich glaube, sie ist eine wirkliche Schönheit. Er ist viel älter.«

»Woher, um Himmels willen, weißt du das alles?« fragte er und rekelte und streckte sich. Ich konnte die Knochen seines Rückgrats, der Hüften und der Knie knacken hören und lächelte. Dieses Geräusch würde für mich immer mit Joe verbunden bleiben.

»Yolie. Sie hat es mir heute vormittag erzählt. Sie sagte, Sam sei entschlossen gewesen, Verna zu malen, noch ehe er sie kennenlernte. Er hatte von ihr gehört, und war einfach überwältigt von ihrem Mut. Ada arrangierte dann ein Treffen, als sie und Sam nicht lange nach ihrer Heirat in London waren. Schon nach einer Stunde fragte er Verna, ob er sie malen dürfe, hat Yolie mir erzählt, und der Rest ist ... du weißt schon.«

»Geschichte. Da ist es ja gut, daß sie eine Schönheit war, was hätte er wohl getan, wenn sie so unscheinbar wie eine Knackwurst gewesen wäre?«

»Ich denke, daß er sie trotzdem gemalt hätte. Yolie sagt, er war so fasziniert von ihrer Geschichte, daß er sie einfach nicht als eine unscheinbare Frau sehen konnte. Er hat sie als Walküre gemalt, weißt du. Mit Speer und Feuer und allem, was dazugehört. Es hört sich an wie primitivste deutsche Romantik, aber Yolie sagt, es ist ein erstaunliches Bild. Es hängt in dieser sagenhaften, eleganten, kleinen expressionistischen Galerie in der Nähe der Tate Gallery. Aber nur als Leihgabe von Lord Cardigan. Er heißt übrigens Orkney.«

Er begann zu lachen.

»Mein Gott. Wie die Inseln? Sir Orkney Cardigan. Wie nennt sie ihn, Ork?«

»Sie nennt ihn David, du Dummkopf. Orkney ist nur irgendein zusätzlicher Name. Aber warte, bis du hörst, wie er *sie* nennt.«

»Ich halte den Atem an.«

»Dicki. Abkürzung von Dickerchen. Yolie sagt, das würde sie auch noch aushalten, für vier Millionen Dollar – aber nicht für weniger.«

»Es gibt wenig, was unsere liebe Yolanda nicht weiß, oder?« fragte er. »Oder erzählt.«

Der betont neutrale Tonfall seiner Stimme verriet mir, daß ihn Yolandas Standpauke heute morgen getroffen hatte. Joe kann es nicht leiden, wenn man ihm eine Lektion erteilt.

»Ich habe eine Überraschung für dich«, sagte ich. »Eigentlich mehrere Überraschungen. Sie sind in den großen Schachteln dort drüben. Du kannst sie wieder zurückbringen, wenn sie dir nicht gefallen, aber du brauchst dringend etwas zum Anziehen, und diese Kleider passen einfach perfekt für Italien. Du mußt sie ja erst dann wieder anziehen, wenn wir noch einmal herkommen.«

Er stand auf, öffnete die Schachteln und nahm die Dinge heraus, die ich am Vormittag erstanden hatte. Während er ein Kleidungsstück nach dem anderen hochhielt, lächelte er rätselhaft. Die Jalousien waren heruntergezogen, um die blendende Sonnen auszusperren, und Lichtstreifen fielen auf seine lange, vorgebeugte Gestalt. Wieder einmal dachte ich, was für einen schönen Körper er noch immer hatte, und wie herrlich er sich unter meinen Händen anfühlte. Da blitzte das deutliche Bild eines anderen Körpers vor mir auf: dick, kraftvoll und schweißbedeckt. Ich schüttelte es ab. Dann rollte ich vom Bett, rannte hinüber zu der Hutschachtel auf dem Sofa, zog den hellen Panamahut heraus und stülpte ihn Joe auf den Kopf.

»Voilà! Ganz wie ein Italiener. Oh, Joe, du siehst aus wie ein junger, magerer Marcello Mastroianni!«

Noch immer nackt ging er zu dem hohen Spiegel in der Ecke und betrachtete sich. Er legte den Kopf schräg in verschiedene Richtungen und zog den Hut tiefer in die Stirn. Dann drehte er sich grinsend zu mir um.

»Das ist lächerlich. Wer trägt denn so etwas?«

Aber ich sah, daß er sich mit dem Hut gefiel. Er wollte ihn gar nicht mehr abnehmen.

»Leute, die mit Lord und Lady Cardigan auf der Terrasse des Gritti oder wo auch immer essen«, sagte ich.

»Auf dem Berg wird man mich ausbuhen.«

»Na und? Du bist jetzt nicht auf dem Berg. Setz ihn zum Mittagessen auf, ja? Tust du das für mich?«

»Für dich würde ich alles tragen«, sagte er. Dann trat er auf mich zu, nahm meine beiden Hände und schob mich hinunter auf den Bettrand. Er selbst setzte sich ebenfalls und sah mich an.

»Yolie hat mir heute morgen die Hölle heiß gemacht«, sagte er, »und sie hatte ganz recht. Ich hatte keine Ahnung, was du gestern abend alles durchgemacht hat; es tut mir leid, Kleines. Ich dachte, du hättest einfach beschlossen, nicht zu kommen. Ich hätte mir wirklich nicht träumen lassen, daß du versuchen würdest, dich allein auf den Weg zu machen, aber das ist keine Entschuldigung. Auf dieser Reise habe ich dich viel zu oft allein gelassen. Aber ich werde es nicht wieder tun. Du schlägst dich hier so gut, daß ich ganz vergesse, wie schlimm all die Jahre für dich waren. Verdammte Scheiße, das habe ich dir noch gar nicht gesagt, nicht wahr? Daß ich stolz auf dich bin? Aber solche Sachen wie gestern abend schaffst du noch nicht, und ich werde dich nicht mehr allein lassen. Ich werde mich in Zukunft besser um dich kümmern. Verzeihst du mir?«

Das waren die Worte, die ich hören wollte, und sie hätten mir eigentlich das Gefühl geben sollen, wieder Joes Cat zu sein, zärtlich geliebt und sicher. Aber statt dessen sträubte sich ganz leise etwas in mir.

»Ich habe mich ganz gut geschlagen«, sagte ich. »Hat dir Yolie erzählt, daß ich eine Gruppe von Mistkerlen in die Flucht geschlagen habe, die mich auf einem ausgestorbenen kleinen Campo vergewaltigen oder vielleicht noch Schlimmeres mit mir anstellen wollten? Daß ich mit den Fingernägeln auf sie losgegangen bin und ihnen erklärt habe, sie sollen sich selbst ficken?«

Er lachte und zog mich kurz an sich. Der Hut fiel ihm vom Kopf und rollte auf den Boden, und er stand auf, um ihn einzufangen.

»Möglicherweise hast du eine Gruppe ordentlicher und arbeitsamer Ehemänner und Väter, die auf dem Heimweg von der Kneipe waren, tödlich beleidigt«, sagte er. »Mein Gott, Cat, das hätte ich gerne gesehen! Meine süße kleine Katze, wie sie mit hocherhobenem Schwanz und ausgefahrenen Krallen auf einen Metzger, einen Bäcker und einen Glasmacher zuschießt und schmutzige italienische Worte schreit!«

»Sie wollten mir etwas antun, Joe«, sagte ich.

»Oh, Schatz ...«

»Das stimmt. Du warst nicht dabei. Ich weiß, daß sie das wollten.«

»Na ja, jetzt werden sie keine Chance mehr haben, weil ich dich nicht mehr allein losziehen lasse«, sagte er besänftigend und begann, sich unter den Kleidern, die ich für ihn gekauft hatte, eine Kombination für das Mittagessen zusammenzusuchen. Ich saß noch eine Weile da, blickte auf seinen nackten Rücken und fühlte mich unerklärlich schwach. Dann stand ich auf, duschte und zog mich an.

Er trug den Hut mit seiner geliebten Khakihose, ein seidenes Polohemd und cremefarbenes Jackett, dessen Ärmel er hochgeschoben hatte. Eine Krawatte hatte er zusammengerollt und trug sie als Gürtel. Seine guten Brook-Brothers-Halbschuhe hatte er auf Hochglanz polieren lassen. Er schlüpfte ohne Socken hinein. Seine Knöchel waren schlank, gebräunt und kräftig. Er sah tatsächlich vollkommen anders aus als sonst, theatralisch, fremdländisch und unglaublich gutaussehend. Sein Gesicht war von den Tagen in der brennenden Sonne Italiens dunkler geworden, sein Schnurrbart, der wie gesponnenes Gold in seinem Gesicht saß, dagegen heller. Die Zähne blitzten. Man konnte die blauen Augen unter der Hutkrempe nicht sehen.

»Du liebe Güte!« sagte ich. »Marcello Mastroianni in *Miami Vice*. Kaum zu glauben! Du wirst dich auf der Straße der Frauen kaum erwehren können!«

Er betrachtete sich im Spiegel, lachte und wandte sich an mich. »Das ist ein tolles Kleid«, sagte er. »Hast du es heute gekauft? Dreh dich um und laß es mich ansehen.«

Wie ein Mannequin drehte ich mich langsam vor ihm im Kreis.

»Da fehlt nur noch eine einzige Sache«, sagte er und grinste mich an.

»Was?«

»Zieh deinen BH aus, Cat. Du brauchst ihn sowieso nicht. Dieses Kleid muß über kleine Brustwarzen gleiten.«

»Joe!«

»Willst du es nicht ausprobieren? Für mich? Wenn ich dir zuliebe all dieses Zeug tragen kann, dann könntest du dich doch aus einem BH schälen, um mir einen Gefallen zu tun.«

»Ich würde mir wie ein Callgirl vorkommen«, sagte ich mit heißen Wangen. »Was, um Himmels willen, hast du vor? Willst du meinen Zuhälter spielen? Ich gehe doch nicht mit Lord und Lady Irgendwem und halb Venedig zum Mittagessen und zeige meine Titten!«

»Das kannst du ohne weiteres tun, weil du wie ein florentinischer Engel und nicht wie ein Callgirl aussiehst«, sagte er. »Nicht viele Frauen können das, du wohl. Komm schon, Cat. Trau dich.«

»Das ist absolut pervers«, sagte ich. »Du würdest vor Scham im Boden versinken, wenn irgendeine Bekannte auf dem Berg mit heraushängenden Titten zum Mittagessen käme. Ganz besondes, wenn ich es wäre.«

»Wie du schon sagtest, wir sind jetzt nicht auf dem Berg«, meinte er. »Ich dachte, wenn ich mich schon den Landessitten anpasse, könntest du es auch versuchen.«

Ich ging ins Badezimmer, entledigte mich des BHs und zog das silbergrüne Kleid wieder auf meinem Körper zurecht. Dann betrachtete ich mich im Spiegel. Er hatte recht. Der seidige Stoff des Kleides umschmeichelte meine Brustwarzen, die Hüften und den Bauch wie eine Tunika. Es wirkte lässig und erotisch, auf eine ganz beiläufige Art, und sehr jugendlich. Ich nahm die Ohrringe und die Perlenkette ab, die ich dazu angelegt hatte, streifte die Strumpfhose ab und schlüpfte mit nackten Füßen wieder in die hochhackigen Riemchensandalen, die ich heute vormittag gekauft hatte. So war es richtig, nur Kleid, Schuhe und bloße Haut. Ich ging wieder ins Schlafzimmer und stand da, die Hand in die Hüften gestützt, während er mich prüfend betrachtete.

»Wow«, sagte er leise. »Ich glaube, du ziehst deine Unterwäsche besser wieder an. Du hast doch deinen Slip anbehalten, oder?«

»Herrgott, Joe! Natürlich! Aber den BH werde ich auf keinen Fall wieder anziehen. Du hast damit angefangen, jetzt mußt du auch damit leben. Komm schon, wir sind ohnehin spät dran.«

Wir waren wirklich spät dran. Als wir die Terrasse des Gritti erreichten, saßen die anderen bereits unter einem der unverzichtbaren Schirme. Der Tisch stand wie jener in Sams und Adas Hotel bewußt etwas abseits auf der großen Terrasse und wurde vom Geglitzer des Canal Grande nur durch große Töpfe mit blühenden Bäumen und Büschen getrennt. Als ich auf den ganz leicht schwankenden Boden trat, kam ich mir vor wie auf einem riesigen Schlauchboot, auf seltsame Weise festlich, fröhlich und sorglos.

»Wie Huck und Tom, die auf dem Fluß ausreißen«, sagte ich zu Joe, als er mich am Arm faßte, um mir Halt zu geben.

»Na ja«, meinte er, »daran ist nicht zu denken.« Und damit gingen wir hinüber an den Tisch, an dem man uns erwartete.

Sam und Ada saßen nebeneinander, was ich bei ihnen noch nie erlebt hatte, mit dem Rücken zum Kanal, auf dem das Sonnenlicht tanzte. Sam trug seinen schäbigen Blazer, ein verschwitztes Hemd und Blue jeans, und der Plantagenhut rutschte ihm beinahe auf die Nase. Ada trug ein Futteralkleid aus rotem Leinen, das ihre weißen Schultern frei ließ, und einen riesigen roten Strohhut, der nicht mehr sehen ließ als ihre Sonnenbrille, den roten Mund und das offene silberne Haar, das ihr lose in den Nacken fiel. Der Effekt war spektakulär. Ich bemerkte, daß sich auf der gesamten Terrasse die Blicke immer wieder auf die Gruppe richteten, aber es war nicht zu erkennen, ob Ada oder Sam der Auslöser war. Von neuem wurde ich daran erinnert, daß sein Gesicht in der ganzen Welt bei denjenigen, die die Kunst- und Prominentenszene beobachteten, bekannt war. Doch dann kam ich zu dem Schluß, daß man ihn selbst dann ansehen würde, wenn man nicht wußte, wer er war. Er zog die Aufmerksamkeit auf sich wie ein wildes Tier oder ein Buschfeuer. Als wir näherkamen, stand er auf, betrachtete Joe und mich von oben bis unten und grinste.

»Du liebe Scheiße«, sagte er mit seinem Südstaatendialekt, »unser Besuch zählt den oberen Zehntausend zweifelsohne zu.«

Ich hatte den Eindruck, daß seine Augen ein bißchen länger auf mir ruhten, wurde rot und setzte meine dunkle Sonnenbrille auf. Hinter der sicheren Verdunklung sah ich, wie er ganz leicht nickte.

Rechts von den beiden, auf einer gepolsterten Holzbank, die an dieser Seite der Terrasse an der Reling entlanglief, saß Maria Gerard, und neben ihr halb liegend und halb sitzend Colin Gerard, der sein Bein in voller Länge auf die Bank gelegt hatte. Er war deutlich dünner geworden, seine zuvor golden gebräunte Haut war jetzt senfgelb und schälte sich auf den hohen Wangenknochen, aber er lächelte breit, und in seinem Gesicht stand Röte, hektische Flecken auf beiden Wangen, die wie Theaterschminke wirkten. Damit hätte er eigentlich gesund aussehen sollen, aber so war es nicht. Ich fand, er sah überhaupt nicht gut aus. Sein Haar hing glatt herab und hätte einen Schnitt vertragen können, und unter seinen Augen lagen tiefe, safrangelbe Schatten. Plötzlich machte ich mir Sorgen um ihn, große Sorgen. Er sah aus, als hätte seine schmerzhafte Verletzung ernsthaft an ihm genagt.

Und Maria. Maria war nur ein bleicher Schatten der drallen, fröhlichen jungen Frau, deren Hochzeit wir vor einer Woche gefeiert hatten. Auch sie hatte ihre strahlende Hautfarbe verloren, und den Glanz, der sie umgeben hatte. Ihr wildes dunkles Haar war gerade zurückgebunden und im Nacken zusammengefaßt wie bei einer Bäuerin. Sie hatte sich nicht einmal die Mühe gemacht, Lippenstift aufzulegen. Oder vielleicht hat sie ihn auch abgeleckt, dachte ich, als ich sah, wie sie auf ihrer Unterlippe kaute. Maria legte keinen großen Wert auf Make-up, aber Lippenstift trug sie immer. Ohne diese Farbe wirkte sie blaß und verbraucht, und in einem schwarzen Strickkleid, schwarzen Schuhen und Strümpfen, was ich noch nie an ihr gesehen hatte, ließ sie die ältere Frau erahnen, die sie, wenn sie Pech hatte, einmal werden würde. Selbst als sie aufblickte, um uns zu begrüßen, warf sie Colin einen versteckten Blick zu. Sie macht sich ebenfalls Sorgen, dachte ich. Wir sollten ihn wirklich zu einem Arzt bringen.

Yolanda war nicht zu sehen.

Gegenüber von Maria und Colin und zur Rechten von Sam und Ada saßen die beiden Hauptpersonen dieses Zusammentreffens. Auch ohne zu wissen, wer sie war, hätte man Verna Cardigan richtig eingeschätzt: Sie sah aus wie eine osteuropäische Frau, die einmal sehr schön gewesen war und jetzt enorm viel Geld hatte. Lord Cardigan neben ihr hätte irgendein gebrechlicher alter Mann sein können, der in irgendeinem großen europäischen Hotel wie eine alte Schildkröte die Sonne genießt. Verna hingegen war ohne jeden Zweifel sie selbst und niemand anders.

Sie war jetzt nicht mehr schön, aber sie war auf monumentale Weise gutaussehend, und wahrscheinlich war sie wohl niemals anders gewesen. Doch in ihrer frühen Jugend mußte sie phantastisch ausgesehen haben. Selbst jetzt, mit etwa fünfzig, strahlte sie noch etwas Monumentales aus, wie ein heidnischer Koloß. Wie... ja, wie Sam Forrest. Mein Gott, dachte ich, was für ein passendes Paar müssen sie damals in dieser Zeit in London abgegeben haben, als er sie malte. Ich fragte mich, ob er sie wohl auch geküßt hatte, an einem Nachmittag bei tanzendem Licht, und was danach passiert war. Ich blickte mich am Tisch um und lächelte höflich, während ich darauf wartete, vorgestellt zu werden.

Gestern bin ich einen langen Weg gegangen, dachte ich, eine Entfernung, die nicht nur in Meilen gemessen werden kann. Und ich nahm nicht an, daß ich jemals wieder ganz an meinen Ausgangsort zurückkehren würde.

»Hallo«, sagte ich, ging auf Verna Cardigan zu und streckte ihr die Hand hin. »Ich bin Catherine Gaillard. Es ist sehr nett von Ihnen, daß Sie uns zum Essen eingeladen haben.«

»Ja«, sagte sie mit einer tiefen, von Zigaretten rauchigen Stimme. »Ich wollte Sie kennenlernen. Sie sind also Sams Cat. Ich sehe, er hat noch immer einen guten Blick.«

Sie legte den Kopf schräg, betrachtete mich eingehend und lächelte. Ihre Zähne waren groß und gleichmäßig, leicht gelblich vom Nikotin, uund ihr Lippenstift war von einem verblüffenden Bonbonrosa, so dick und kreidig, wie wir es in den siebziger Jahren trugen. Ihre Augen hatte sie hinter einer riesigen dunklen Sonnenbrille versteckt, aber von den Augenwinkeln aus verliefen fächerartige Fältchen, wenn sie lächelte. Ihr Kinn war groß und breit, ihre Nase adlerartig und die Stirn hoch und leicht gewölbt. Sie trug ihr strohblondes Haar in einem kinnlangen, geraden Bob, und wie bei Marlene Dietrich fiel es ihr über ein Auge. Ihre Haut war oliv, fahl unter der alten Bräune und ledrig, und abgesehen von dem Lippenstift trug sie kein Make-up. Sie war knittrig wie feines, altes Handschuhleder, und ihr Gesicht und der Hals zeigten Falten und hängendes Fleisch, aber das schien ihr vollkommen gleichgültig zu sein. Sie nahm die Sonnenbrille ab, und ihre Augen waren gelb und von dunklen Wimpern umschlossen wie die eines Wolfs. Diese Frau war eine Walküre, ohne jeden Zweifel. Sams Vision hatte sich bewahrheitet.

»Dies ist mein Ehemann David, der ebenfalls darauf brannte, Sie kennenzulernen«, sagte sie. »Er ist der Meinung, daß Sam einen winzigen Tritt von einer Muse brauchen könnte, und hofft, daß Sie ihm den geben. Siehst du, David, sie ist sehr schön. So eine Frau hat er noch nie gemalt. Ich glaube, es wird bald eine neue Ausstellung geben, ja?«

Ihre selbstverständliche Sicherheit und ihr Selbstbewußtsein waren beinahe beängstigend. David Lord Cardigan sah mit einem winzigen Gesicht zu mir auf. Es ähnelte dem eines Äffchens oder einer sehr alten Pappmachémaske, und er lächelte mit dünnen, zusammengepreßten Lippen. Er trug keine Sonnenbrille, und seine Augen waren beinahe farblos und schimmerten milchig. Aber ich nahm an, daß sie einst blau gewesen waren. Sein Haar war semmelblond, wie sich das für einen Schotten gehörte. Was davon noch übriggeblieben war, lag in dünnen Strähnen über seiner fleckigen Kopfhaut. Er hatte Leberflecken und feine, seidige Fältchen, und sein zurückhaltendes Lächeln verriet großen Charme. Es war unmöglich, es nicht zu erwidern.

»Ja, sehr schön«, sagte er mit brüchiger, glockenheller Stimme. »Ein Botticelli in Grün, als habe sie gerade den Frühling gebracht. *La Primavera.* Oder meinen Sie eher Pierro della Francesca, Sam? Auch das ist zu sehen.«

»Vielleicht Bernini«, sagte Ada und lächelte ihr rotes Lächeln.

Die Cardigans schwiegen und betrachteten mich, und dann lächelten sie und nickten beide.

»Man sieht es nicht auf den ersten Blick, aber dann … o ja. Sehr erstaunlich«, sagte Verna Cardigan.

»Ich werde alles daran setzen, Ihre nächste Ausstellung finanzieren zu dürfen, Sam«, erklärte Lord Cardigan mit piepsiger Stimme.

Sam grinste träge.

»Ich glaube, es wäre ihr lieber, wenn man sie als Cat Gaillard sieht«, sagte er. »Stimmt es nicht, Cat?«

»Das wäre nett«, antwortete ich. Ich war sehr angetan von den Cardigans, aber trotzdem auf kindische Weise ärgerlich. Ich mochte es nicht, wenn man mich prüfend betrachtete und katalogisierte, und ich wollte nicht nur als Sam Forrests neues Gemälde gesehen werden. Ich konnte nicht sagen, weshalb es mir wichtig war, wie Lord und Lady Cardigan über mich dachten, denn sie waren genau die Leute, die ich in Sams Umkreis erwartet hatte, als wir nach Rom kamen – Leute aus der internationalen Kunstszene. Und bestimmt würde ich sie nach dem heutigen Tag nie mehr sehen. Trotzdem war es mir wichtig.

»Natürlich«, sagte David Cardigan. »Natürlich sind Sie eine Frau, die für sich selbst steht, meine Liebe, und ohne Zweifel auch eine sehr begabte. Alle Frauen, die Sam porträtiert, sind das. Verna, unsere liebe Yolanda und Ada, die Managerin und Gastgeberin. Was ist Ihr Fachgebiet? Erzählen Sie mir nicht, daß Sie Autorennen fahren.«

»Sie sorgt außerordentlich gut für mich«, sagte Joe, trat vor und beugte sich über Verna Cardigans große, wohlgeformte Hand. Riesige Diamanten blitzten im Sonnenlicht. Ich sah ihn ungläubig an. Er wollte ihr doch nicht etwa die Hand küssen?

»Sie ist eine großartige Gärtnerin«, sagte Sam. »Ihr Garten ist in der ganzen Stadt berühmt. Und sie ist Kunsthistorikerin.«

»Dann werden Sie Florenz lieben«, sagte Verna Cardigan. »All diese wundervolle Kunst, der Boboligarten, und natürlich die Gärten in Fiesole, die Medici-Villa in Poggio und I Tatti, obwohl das inzwischen in Privatbesitz ist, glaube ich ... So, und das ist also Professor Joe. Mmmmh-hmmm. Was für ein herrlicher Hut. Ich glaube, ich nehme ihn mit nach Hause und Sie gleich mit.«

Sie legte den Kopf schräg, und ihr Lächeln wurde breiter. An ihrem ganzen Körper blitzten Diamanten: an den Ohren, am Hals, an den Handgelenken und den Fingern. Bösartig dachte ich, daß Joe, wenn er vorhatte, diese Hand zu küssen, Mühe haben würde, eine freie Stelle zu finden.

Ich lächelte Sam dankbar an und sagte *Danke*, indem ich lediglich den Mund bewegte. Joe lachte, ließ Vernas Hand in ihren Schoß fallen und sagte: »Jederzeit, Lady Cardigan.« Dann schüttelte er Lord Cardigans Hand mit festem Griff.

»Ich freue mich sehr, Sie kennenzulernen, Sir. Vielen Dank für die Einladung zum Mittagessen.«

»Das Vergnügen ist ganz auf meiner Seite«, antwortete Lord Cardigan. Dann wandte er sich an alle: »Finden Sie nicht, daß wir uns noch einen kleinen Schluck genehmigen könnten, nachdem nun alle hier sind? Außer Yolanda. Wo ist das Mädchen?«

»Verdammt, wir könnten noch mehr kleine Schlucke vertragen«, sagte Sam. »Yolie bittet mich, Ihnen ihr herzliches Bedauern auszurichten. Sie hatte plötzliche und dringende Geschäfte drüben auf Burano. Das ist ein Arbeitsurlaub für sie, wissen Sie.«

Ich lachte laut, und Lord Cardigan hob seine verschrumpelte Pfote, um den Kellner herbeizuwinken, und der Nachmittag plätscherte dahin.

Es ist etwas Seltsames an Stunden wie bei diesem Mittagessen, wenn Fremde an einem fremden Ort zusammenkommen, zu so intimen Dingen wie einer gemeinsamen Mahlzeit. Sie haben keinen Hintergrund, und daher schaffen sie sich selbst einen. Wie Amöben formen sie ihre eigene Gestalt, indem sie einfach in die natürlich gegebenen Höhlen und Leerräume gleiten. Menschen benehmen sich anders als sonst, und diejenigen, die sie kennen, wissen, daß sie Schauspieler sind. Vielleicht ist der Grund dafür, daß die anwesenden Fremden keine Vorstellung von ihnen haben und daß sie daher wenigstens einmal ihre Rolle frei wählen können. Auf dieser leise schwankenden, traumhaften Terrasse unter der erbarmungslosen Sonne, im tanzenden Glitzern des leicht fauligen, grünen Wassers wurden wir, für eine kurze Zeitspanne, völlig andere Menschen.

Ada wurde ein Kind, ein hübsches, gewinnendes, kicherndes Kind. Sie berührte die anderen leicht mit ihren langen Fingern, sie tätschelte Knie, ließ ihre Hände auf anderen Händen ruhen, klatschte freudig und sagte immer wieder. »Erzähl Verna und David davon, Sam«, und »Joe, erzähl den anderen, was du am Lido gesagt hast!«

Und auf ihr kapriziöses Drängen hin erzählte Joe tatsächlich, was er am Lido gesagt hatte. Es gelang ihm, es trocken, beiläufig und untertrieben klingen zu lassen und so englisch, daß ich beinahe erwartete, er würde an das Ende jedes Satzes eine bestätigende Frage hängen. Den ganzen Nachmittag gab er sich englisch. Er saß da im Schatten des Sonnenschirms, graziös auf dem Stuhl lümmelnd, seinen nackten Knöchel auf ein Knie gestützt, den Hut tief über eines seiner blauen Augen gezogen und warf mit Lesley-Howard-Einzeilern um sich, bis ich erwartete, daß ihn wenigstens Colin und Maria, die ihn gut kannten, unter Hohngelächter von der Terrasse vertreiben würden. Ich selbst wollte warten, bis wir wieder im Fenice waren und ich seine Laune besser einschätzen konnte, aber dann hatte ich vor, ihn gnadenlos zu necken. Das hätte ich zumindest zu Hause auf dem Berg getan.

Aber Colin lachte ihn nicht aus. Colin wurde zur anderen Hälfte dieses huttragenden, sockenlosen englischen County-Duetts, er gab ihm die Stichworte.

Sie waren mir so außerordentlich fremd, und zugleich so sehr attraktiv und lustig, daß ich nur dasitzen, sie anstarren und trinken konnte. Das taten wir alle. Lord Cardigan bestellte immer wieder Getränke nach, und Joe und Colin beschwörten immer aufs neue das alte britische Empire, und ich saß da und trank und trank und trank und wurde doch nicht betrunken, nur immer mehr gelähmt. Irgendwann, so etwa beim dritten Bellini, wurde mir klar, daß Joe und Colin genauso waren, wie sie zu Hause waren, auf dem Berg, nur daß sie ihre Rollen ganz konsequent auf die Spitze trieben. Oder sie waren so, wie sie gerne gewesen wären, aber nicht zu sein wagten: britisch bis ans Herz. Britische Oberklasse, Oxbridge, auf professorale, geckenhafte, logische Weise englisch. Genau das war der Zweck des Trinity: Es lehrte einen, britisch zu sein, und bestand dann darauf, daß man statt dessen ein Amerikaner aus den Südstaaten blieb. Es mußte für Joe und Colin eine große Erleichterung sein, sich endlich frei zeigen zu können. Zu Hause hätten sie das nie gewagt.

Ich leckte mir den Pfirsichsaft von den Lippen und wußte, daß ich diese erstaunliche Einsicht sofort wieder vergessen würde, sobald ich etwas nüchterner geworden war, und darüber war ich eigentlich glücklich.

Maria wurde giftig, eine sizilianische Fischverkäuferin. Sie warf ihren Kopf zurück, schmollte, stampfte mit dem Fuß auf, verschüttete Wein über die Vorderseite ihres schäbigen schwarzen Kleides, jammerte, nörgelte und schrie Colin sogar ein- oder zweimal mit schriller Stimme an.

»Schaut ihn euch an, wie er herumhüpft und posiert und schauspielert, als wäre er Sir Laurence Olivier!« sagte sie zu der ganzen Versammlung. »Drei Tage lang hat er sich nicht gerührt, ohne gleich zu jammern und zu stöhnen, und ich durfte um Gottes willen meinen Kopf nicht einmal drei Sekunden lang aus dem Zimmer strecken. Erst hat er solche Schmerzen, daß wir nicht einmal zum Essen hinuntergehen können, und plötzlich tut er so, als könnte er einen Marathonlauf hinlegen. Colin! Verdammt noch mal, setz dich hin und führ dich nicht so auf! Wenn du dir noch etwas anderes verknackst, werde ich mich nicht eine Sekunde länger um dich kümmern!«

»Immer mit der Ruhe, meine Liebe«, sagte Colin mit deutlichem englischem Akzent und zwinkerte Joe und Lord Cardigan zu. »Reg dich doch nicht künstlich auf!«

Und alle drei lachten herzlich. Tränen traten in Marias braune Augen, und sie holte tief Luft, um etwas zu schreien, das sie bestimmt später bereuen würde. Ich konnte es ihr nicht verübeln, am liebsten hätte ich Colin selbst eine Ohrfeige versetzt. Heute hatte er nichts von einem Goldjungen an sich.

Ich streckte die Hand aus und faßte sie am Arm.

»Laß es sein, Liebes«, sagte ich leise. »Es liegt etwas in der Luft, und das muß sich entladen. Wenn du es jetzt schaffst, großmütig zu sein, kannst du ihn den Rest seines Lebens herumscheuchen.«

Sie sah mich an. Diese Frau kannte ich nicht.

»Manchmal hasse ich ihn«, sagte sie. Sie machte sich nicht die Mühe, ihre Stimme zu senken.

Sam verstummte, ein Sphinx. Er, der sonst jede Gesellschaft mit seinem gutmütigen Brüllen, seinem lässigen, gnadenlos lustigen Geplauder, seiner puren körperlichen Anwesenheit beherrschte, sagte kein einziges Wort, bis wir gegessen hatten. Er zog den Hut noch tiefer ins Gesicht, bis seine Augen völlig verdeckt waren, ließ das Kinn auf die Brust sinken und lag regungslos in der Sonne. Vielleicht schlief er.

Ich dachte an Yolandas Worte von heute morgen: »Sam hat in jeder

Stadt einen Ort, an den er geht, wenn die Dinge unangenehm oder zu kompliziert oder überwältigend werden.« Vielleicht hatte er auch Orte in sich selbst, an die er sich zurückziehen konnte, wenn ihm etwas nicht gefiel und er nicht weggehen konnte. Vielleicht war er jetzt dort. Ich konnte es ihm nicht verdenken, aber bei dem Gedanken fühlte ich mich seltsam alleingelassen.

Nachdem wir mit dem Essen fertig waren, brachte der Kellner Espresso und Kaffee, und wir blieben noch. Mir war heiß, ich fühlte mich erschöpft und müde, und sehnte mich nach einem Schläfchen in einem abgedunkelten Zimmer. Maria und Sam schwiegen. Aber Joe und Colin schwatzten immer noch, und David und Verna Cardigan klatschten immer noch Beifall und ermutigten sie.

»Ihr seid wundervoll, ihr beiden«, sagte Verna Cardigan. »Ich werde euch beide mit nach Hause nehmen. Joe, vertrauen Sie Ihre Cat tatsächlich Sam an?« Ihr enges Leinenkleid war über die Knie nach oben gerutscht, und jetzt konnte ich die Spuren winziger weißer Narben auf ihren Beinen sehen, totenbleich auf der schäbig wirkenden Sonnenbräune. Also war sie tatsächlich eine Heldin? Egal, auch Heldinnen konnten sich widerlich benehmen. Hoffentlich hörte Sam zu.

Ich bin jetzt diejenige, die er malt, dachte ich. Das gefällt Ihnen nicht, oder?

»Cat ist schon groß genug«, sagte Joe und lächelte Verna Cardigan mit seinem neuen, lässigen, hellen Lächeln an. »Sie macht, was sie will. Das Malen scheint ihr außerordentlich gut zu bekommen.«

»Ha! Sam ist gut, das stimmt!« schrie Lady Cardigan schelmisch.

»Dicki, jetzt bist du aber ein böses Mädchen«, sagte Lord Cardigan liebevoll. »Man kann dich nirgendwohin mitnehmen.«

Ich schob meinen Kaffee beiseite und stand auf. »Ich glaube, wir haben Lord und Lady Cardigan in dieser Hitze viel zu lange aufgehalten. Es wird wirklich Zeit, daß sich jeder von uns ein bißchen ausruht.«

Es waren Proteste zu hören, aber Maria stand ebenfalls auf, und Sam kam unter seinem Hut hervor, erhob sich und streckte sich. In diesem Augenblick fegte ein Windstoß unter den Sonnenschirm, daß die Servietten aufflatterten. Er erstarb wieder, und eine neue, stärkere Bö kam. Dann begann es richtig zu wehen. Der Wind war gleichmäßig und trocken und einfach wundervoll. Auf der ganzen Terrasse gerieten die Leute in Bewegung, streckten sich und schienen zum Leben zu erwachen.

»Das fühlt sich himmlisch an«, sagte ich und streckte meine nackten Arme in den Wind. Der Schweiß darauf schien innerhalb von Sekunden zu trocknen.

»Das ist der Schirocco. Er kommt aus Afrika«, sagte Sam. »Auch wenn er sich jetzt gut anfühlt, warten Sie ein oder zwei Tage. Bis dahin haben wir einander möglicherweise alle umgebracht. Die Sizilianer nennen ihn den Mordwind. Er soll die Leute zu körperlichen Gewalttaten treiben.«

»Darüber werde ich mir morgen Gedanken machen«, sagte ich. »Jetzt im Augenblick finde ich ihn herrlich.«

Lord Cardigan zog von irgendwoher eine kleine Kamera heraus.

»Ich muß ein paar kleine Fotos machen, zur Erinnerung an diesen schönen Tag«, sagte er. »Ich will ein Foto von Catherine Gaillard haben, bevor sie unsterblich wird.«

Ich schüttelte lachend den Kopf, aber er bestand darauf, und so ließ ich mich von ihm knipsen, und dann zusammen mit Sam, und dann wir alle zusammen.

»Das kommt eines Tages in die offizielle Biographie von Sam Forrest«, sagte Joe. Ich wußte, daß er es ernst meinte und freute mich, daß ich dort zu sehen sein würde.

»Und jetzt«, sagte David Cardigan, »eines, auf dem ich auch darauf bin. Joe, wie wäre es?«

»Ja, Joe«, rief Verna Cardigan. »Sie sehen aus wie ein Fotograf von *Le Monde* oder *Town and Country.* Der berühmte Fotojournalist, der uns alle knipst.«

Joe grinste, stand auf, nahm die Kamera und spähte durch den Sucher.

»Dreht euch um und schaut aufs Wasser«, sagte er. »Wenn ihr mit dem Rücken zur Sonne steht, wird es nichts.«

Er ging um uns herum, stellte uns in einer Reihe auf, spähte noch einmal kritisch in den Sucher, trat zurück und stellte uns anders auf. Er ging völlig auf in seiner neuen Rolle als Fotograf berühmter Leute. Joe hatte *Blowup* viermal gesehen.

»Ihr müßt noch näher zusammen«, sagte er, das Auge an den

Sucher gepreßt. »Ich bekomme euch nicht alle aufs Bild. Nein, das reicht immer noch nicht. Einen Moment noch...«

Er trat einen Schritt zurück und dann noch einen.

»Joe!« schrie ich.

Er winkte mir zu, ich solle still sein, trat noch einmal zurück und fiel geradewegs in den Canal Grande. Einen Augenblick lang schaukelte nur sein Hut auf dem öligen Wasser. Ich japste und brachte kein einziges Wort heraus. Auch keiner der anderen sagte etwas. Erst als Joe wieder an die Wasseroberfläche kam, mit geschlossenen Augen, spuckend und um sich schlagend, begannen sich alle zu bewegen und zu reden.

»O Gott, Liebling!« schrie ich und rannte auf ihn zu.

Sam Forrest begann zu lachen.

Es half gar nichts, daß es Sams starke, nackte Arme waren, die Joe aus dem Wasser fischten, als sei er ein Kind.

Überhaupt nichts.

Sehr viel später an diesem Nachmittag, kurz vor Sonnenuntergang, saßen Joe und ich an einem kleinen Tisch vor dem Florian und tranken einen *caffè granita*. Die Luft war kühl und trocken. Der Schirocco hielt an. Die große Piazza war voller Menschen, die spazierengingen, tranken und aßen. Das Licht war klar und blau. Ein paar Tische entfernt spielte ein Quartett.

»I did it my way«, sangen sie mit Tremolo und gingen dann über zu *»Those little-town blues...«*.

»Napoleon nannte das hier das schönste Wohnzimmer in ganz Europa«, sagte ich zu Joe.

»Und der sollte es wissen«, meinte Joe.

Er war sehr schweigsam. Seit er nach einer ausführlichen Dusche wieder ins Zimmer gekommen war, war er schweigsam. Er hatte sich abgeschrubbt, bis seine Haut rauh und rot war, und ich glaubte sogar zu hören, daß er sich erbrach. Aber ich sagte nichts. Auf dem Weg nach Hause, während wir durch die endlosen Gassen marschierten und die Leute ihn, wenn er vorüberplatschte, neugierig ansahen, hatte ich gemeint: »Liebling, das macht absolut gar nichts.« Und mit leiser, hoffnungsloser Stimme hatte er geantwortet: »Cat, bitte. Sag einfach überhaupt nichts.« Daher schwieg ich.

Ich hatte eine Weile geschlafen, und ich glaube, er auch. Etwa um sechs Uhr sagte er: »Zieh dich an. Ich habe dir ein Abendessen versprochen, und das sollst du auch haben.«

»Das muß nicht sein. Ich kann mir ohne weiteres hier etwas kommen lassen...«

»Nein«, sagte er. »Ich will es so. Nur wir beide. Wir trinken etwas im Florian, und dann spazieren wir durch die Gassen, und wenn wir etwas sehen, das uns gefällt, gehen wir hinein.«

Und so waren wir in der Dämmerung an unserem letzten Abend in Venedig losgezogen, er in Shorts, weil er keine andere trockene Hose hatte, ich in Hosen und einem gestreiften Hemd. Er hatte dem Hoteldiener die Khakihosen gegeben, damit sie gewaschen und gebügelt wurden, aber er hatte gesagt, die anderen Sachen sollten sie einfach behalten.

»Sie werden nicht mehr rechtzeitig trocken«, sagte er zu dem Hoteldiener, aber ich wußte, daß er sie einfach nicht mehr sehen wollte.

Er wirkte ruhig, abwesend und nicht wirklich ärgerlich, aber dieses schmutzige grüne Wasser hatte ein elementares Feuer in ihm gelöscht. Ich wußte, daß er schon den Gedanken daran haßte, ekelhaft hatte er es genannt. Exkremente und tote Dinge. Mein Herz schmerzte vor Mitleid mit ihm.

Ich berührte seine Hand. »Wir sollten dir wirklich eine Typhusspritze oder so etwas geben lassen«, meinte ich.

»Ada kennt einen Arzt in Florenz, sie sagte, sie wird ihn anrufen, wenn wir dort sind«, erwiderte er niedergeschlagen. »Sie glaubt, daß er vielleicht sogar ins Hotel kommt.«

»Ich bin wirklich erstaunt, daß sie nicht gleich eine Einwegspritze mit dem richtigen Gegengift aus der Tasche gezogen und dich aufgefordert hat, mitten auf der Terrasse des Gritti die Hosen runterzulassen«, bemerkte ich bösartig. Natürlich kannte Ada in Florenz einen Arzt, der ins Hotel kam.

Joe lachte unwillkürlich, und ich fühlte mich besser.

»Ich finde es schade, daß du den Markusdom und all das nicht gesehen hast«, sagte ich.

»Ich nicht«, antwortete er. »Ich habe Venedig satt. Nichts ist so, wie es scheint. Sie stehlen ja sogar ihre Heiligen.«

»Joe«, sagte ich plötzlich, »willst du nach Hause fahren? Das könnten wir tun. Wir könnten von Florenz aus nach Rom fliegen und von dort aus direkt nach Hause.«

»Willst du denn?«

»Vielleicht«, sagte ich. »Es wäre keine Schande. Vielleicht paßt das alles einfach ... nicht zu uns. Vielleicht sind wir genau diejenigen, die wir zu Hause sind, vielleicht ist es das, was wir am besten können. Es ist ein ehrenwertes Leben, es ist sogar ein wundervolles Leben. Und was macht das schon, wenn es nicht Sams oder Adas Art zu leben ist? Sie könnten nie so leben wie wir.«

»Ich liebe dich, Cat«, sagte er, so leise, daß ich ihn beinahe nicht hörte.

»Ich liebe dich auch.«

Dann hob er den Kopf und sah über mich hinweg, und etwas trat in sein Gesicht, ein hektischer, glänzender Ausdruck, und ich drehte mich um, folgte seinem Blick und sah Sam und Ada Forrest über die Piazza auf uns zukommen, mit David und Verna Cardigan im Schlepptau. Ich sah, wie der Gesichtsausdruck seine Augen erreichte, und wußte, daß ich ihn verloren hatte.

»Wenn man vom Teufel spricht, kommt er!« rief Joe geistreich und erhob sich von seinem Stuhl. »Setzt euch zu uns, ihr Mädchen und Buben. Welches Gift würdet ihr denn gerne zu euch nehmen?«

11. KAPITEL

Er bekam natürlich eine Erkältung. Joe, der auf dem Berg im Januar in kurzen Hosen Tennis spielte, der im kalten Frühlingsregen im durchweichten, offenen Mantel ohne Regenschirm über den ganzen Campus des Trinity lief, holte sich bei seinem Bad im Canal Grande eine schwere Erkältung. Das – und anderes – war der Grund, warum er fast während unseres ganzen Aufenthalts in Florenz richtig krank war. Eine Weile lang machte ich mir große Sorgen um ihn, und ich glaube, der Arzt, den Ada Forrest in Florenz kannte und der tatsächlich ins Hotel kam, war ebenfalls ziemlich besorgt.

»Das Wasser von Venedig ist sehr schmutzig«, sagte er, und gab Joe Injektionen gegen die verschiedensten Krankheiten, darunter Hepatitis, Tetanus und etwas gegen das Fieber.

Noch in der Nacht vor unserer Abfahrt merkte ich, daß er hustete. Das trockene, harte Geräusch, das ich von seinen gelegentlichen Atemwegserkrankungen und den häufigen Erkältungen, die Lacey in ihrer Kindheit gehabt hatte, kannte, beunruhigte mich. Ich stand auf, um ihm ein Aspirin zu geben, und als ich feststellte, daß er vor Kälte zitterte, schaltete ich den Deckenventilator aus. Ich wollte mich schon wieder ins Bett legen, da murmelte er unter der Bettdecke hervor: »Könntest du die Fenster zumachen? Der Luftzug tut mir auf der Haut weh.«

Die restliche Nacht verbrachte ich schweißgebadet und dachte darüber nach, daß ich es bereits vorausgeahnt hatte und wir vielleicht einiges hätten vermeiden können, wenn wir, wie Ada und ich es wollten, nach dem Abendessen gleich ins Hotel zurückgegangen wären und einen Arzt gerufen hätten. Statt dessen waren wir, weil Joe darauf bestand, mit Sam und den Cardigans zu Harry's Bar gegangen. Joe ist selten krank, aber wenn er etwas bekommt, brühtet er die Krankheit mit all ihren Symptomen aus. Vielleicht wäre uns das alles erspart geblieben, wenn er sofort etwas genommen und sich ausgeschlafen hätte, anstatt bis weit in die Nacht hinein viele Bellinis, ein üppiges Essen und danach noch jede Menge Brandy zu genießen. Aber irgendwie glaube ich es eigentlich nicht, denn was an jenem Abend in Joe hochkam, war ebensosehr eine Folge der Demütigung und der Peinlichkeit wie des Kanalwassers. Und so verbrachte er seinen letzten Abend in Venedig mit dem Versuch, die Dummheit, durch die er ins Wasser gefallen war, durch Trinken, Essen und kluge Reden wieder gutzumachen. Tatsächlich war er ein brillanter Unterhalter, er sah gut aus und war zu Lord und Lady Cardigan gleichermaßen äußerst charmant. Ich glaube wirklich, daß sie zu dem Zeitpunkt, als wir uns auf der Piazza San Marco trennten, seinen Fehltritt fast schon vergessen hatten, und er hatte ihnen verziehen, daß sie Zeugen seines Ungeschicks gewesen waren.

Ich nahm nicht an, daß er es uns übrigen jemals verzeihen würde. Besonders Sam konnte er nicht vergeben, weder, daß er gelacht hatte – dieses verdammte, schmetternde Lachen konnte man auch unter Wasser hören –, noch, daß er ihn herausgezogen hatte.

Früh am nächsten Morgen rief ich Ada Forrest an, erzählte ihr von Joes Befinden, und daß ich der Meinung sei, wir sollten einen Arzt rufen.

»Ich komme sofort«, sagte sie und legte auf, noch ehe ich sie davon abhalten konnte. Joe schlief noch immer fest. Er warf sich herum, hustete, war schweißnaß und zitterte dennoch. Ich bestellte mir Kaffee und setzte mich damit an den Schreibtisch, um darüber nachzudenken, was wir nun tun sollten. Da klopfte Ada schon leise an die Tür. Auf Zehenspitzen, damit Joe nicht aufwachte, ließ ich sie herein, und sie legte den Finger an die Lippen, ging leise hinüber zum Bett und blickte auf ihn hinunter. Als könnte er ihre Anwesenheit fühlen, fuhr er zusammen und erwachte.

»Das sieht nicht so gut aus, hmmmm?« sagte sie und legte ihre langen Finger auf seine Stirn.

»Es ist nicht so schlimm«, erklärte er und setzte sich mühsam auf. »Mein Gott, ich sehe bestimmt aus, als wäre ich unter einen Lastwagen gekommen. Was machen Sie hier, Ada? Bin ich gestorben? Ist das der Himmel?«

»Bis dahin ist es noch ein langer Weg«, meinte sie lächelnd. »Sie haben eine scheußliche Erkältung. Wir überlegen, ob wir einen Arzt rufen und vielleicht noch einen Tag länger bleiben sollten. Es wäre ein leichtes, morgen zu fahren, wenn Sie sich wieder besser fühlen.«

»Ich will nicht in Venedig bleiben«, sagte er gereizt. »Ich will heraus aus diesem verdammten ... Pesthauch ... und hinauf in die Hügel. Kennen Sie hier einen Arzt?«

»Nein, aber im Europa kann man uns bestimmt jemanden empfehlen.«

»Kommt nicht in Frage«, sagte Joe, stieg aus dem Bett und stapfte auf zittrigen Beinen ins Badezimmer. Er schlug die Tür hinter sich zu, aber wir konnten seine Stimme deutlich hören: »Ich fahre noch heute vormittag nach Florenz, ob jemand mitkommt oder nicht.«

Sie sah mich an und rollte theatralisch die hellen Augen. Eine Frau, die sich mit der anderen einig war über die unabänderbare Halsstarrigkeit der Männer. Eigentlich war es eine tröstliche Geste, und ich grinste, obwohl ich sehr besorgt war und mich über Joes Dickköpfigkeit ärgerte. Seltsamerweise war ich auch wütend auf Ada, obwohl ich ihr gleichzeitig dankbar war. Wäre sie nicht so früh gekommen, dann hätte ich Joe bestimmt überreden können, im Bett zu bleiben und einen Arzt kommen zu lassen. Das wußte ich genau. Er setzte sich vor Ada Forrest in Szene.

Ich überlegte, ob sie extra früh aufgestanden war, um ihr Make-up aufzulegen, oder einfach damit ins Bett gegangen war. Selbst um diese Tageszeit und nach wenigen Stunden Schlaf sah sie makellos hergerichtet und gepflegt aus. Das silbrige Haar war glatt zurückgekämmt und glänzte wie lackiert, der rote Mund war frisch gemalt, sie hatte ein gestärktes weißes Hemd in die Leinenhose geschoben und trug weiche, flache italienische Schuhe an ihren schmalen Füßen. Für eine tagfüllende Autofahrt war sie vorzüglich gekleidet. Allzeit bereit, die gute Ada, dachte ich.

»Ihr Wunsch ist uns Befehl!« rief sie Joe durch die geschlossene Badezimmertür zu.

Und so brachen wir auf nach Florenz, wir sechs und Yolanda Whitney, in einer Kolonne aus zwei Autos, die von der erbarmungslosen Sonne im Veneto auf die ebene, gerade Landstraße gedrückt und während der ganzen Fahrt vom Schirocco durchgeschüttelt wurden. Dem Mordwind.

Ada legte die Verteilung fest.

»In jedem Auto muß jemand sitzen, der den Weg kennt«, sagte sie, während wir in der Barkasse des Hotels den Canal Grande entlang zur Autovermietung am Bahnhof schaukelten. Joe saß zusammengesunken und mit einem leeren Gesichtsausdruck, der sein ganzes Elend zeigte, neben Colin, dessen Fuß mit Kissen abgestützt war, auf der hinteren Sitzbank. Sam, der halb saß und halb stand, hatte das Gesicht unter der Hutkrempe den herrlichen, farbenfrohen Palazzi zugewandt, an denen wir vorüberfuhren. Er sagte wenig, und es war unmöglich festzustellen, was er dachte. Er hatte sich wieder in sich selbst zurückgezogen. Diese üble Prozession von Krankheit und Zerstörung mußte überwältigend auf ihn wirken. Er war eigentlich mitgekommen, um sich zu erholen und zu malen. Was für eine enorme Belastung sind wir doch für die Forrests geworden, dachte ich düster.

»Ich fahre mit Colin und Maria im Kombi, und Joe kommt mit uns«, sagte sie. »Dann haben sowohl Colin als auch Joe genügend Platz, und Maria und ich können uns beim Fahren abwechseln. Ich kann den Patienten auch die Medizin geben.« Sie lächelte. »Ich habe einen Erste-Hilfe-Kasten dabei.«

»Sam fährt mit Yolie und Cat«, fuhr sie fort. »Er ist ein miserabler Fahrer, aber er kennt die Straßen wie seine Westentasche, und er ist ein starker Mann, falls etwas passieren sollte.«

Sie lächelte ihn an, und er antwortete mit einer leichten, spöttischen Verbeugung.

»Ich habe Verpflegungspakete bestellt, denn zwischen hier und Florenz gibt es eigentlich kein anständiges Restaurant direkt an der Straße. Wir halten irgendwo an und machen Picknick. Ab und zu müssen wir uns sowieso bewegen. Das Essen sieht köstlich aus.«

»Du denkst wirklich an alles«, sagte Maria. »Was hätten wir auf dieser Reise nur ohne dich getan?«

Sie sah aus, als hätte sie seit Tagen keinen Schlaf bekommen. Wann hatte sie soviel Gewicht verloren? Ich fand, daß sowohl sie als auch Colin allmählich dahinwelkten. Wir müssen dringend hinauf in die Hügel, dachte ich. Der Wind hörte nicht auf zu blasen, und heute morgen wirkte er nicht so kühl wie am Nachmittag zuvor. Er trocknete die Haut aus, verzog das Gesicht zu einer Maske, griff mit seinen Fingern in die Haare und sang in den Ohren. Ein trockener Schirocco, der keinen Regen bringt, hatte Sam gesagt, als wir in die Barkasse stiegen.

»Gott sei Dank«, hatte ich geantwortet.

Aber um die Mittagszeit hätte ich Regen herzlich willkommen geheißen. Unsere zerbeulte Limousine hatte keine Klimaanlage, und der Wind, der durch die offenen Fenster hereinkam, war so heiß wie der Atem eines Großfeuers. Dazu kam noch, daß jedesmal, wenn das Handschuhfach geöffnet wurde, das Autoradio aus der Halterung in den Fußraum fiel und nur noch an roten Plastikdrähten baumelte und in den Gedärmen des Autos ein rhythmisches Knirschen zu hören war, das auf einer der vor uns liegenden Bergstraßen eine hoffnungslose Panne in glühender Hitze versprach. Blendende Helligkeit flirrte auf der Straße, und obwohl wir noch nicht auf der Autobahn waren, überholten uns die Autos mit solcher Geschwindigkeit, daß der Opel jedesmal in ihrem Luftzug schaukelte. Yolanda fuhr gleichmäßig und sicher, aber sie redete nicht viel, und Sam auf dem Rücksitz hatte sich in sein Skizzenheft vertieft. Kilometer um Kilometer konnte ich sein eifriges Kritzeln hören. Einmal, als ich mich umdrehte, um etwas zu ihm zu sagen, war er so abwesend, daß ich mich wieder nach vorne wandte, ohne den Mund aufzumachen. Schweiß lief ihm über das Gesicht, und sein Hemd war naß, aber er schien es nicht zu merken. Ich überlegte, was er wohl zeichnete. Bestimmt nicht meinen Hinterkopf. Vor uns schwamm der hübsche, silberblaue Kombi wie ein zitternder Aal in den Hitzewellen, die von der Straße aufstiegen.

Es war heiß. O mein Gott, war es heiß!

Wir fuhren auf die Autobahn. Der Veneto, diese flache, dampfige Ebene, die das Hinterland von Venedig bildet, liegt lose eingebettet zwischen den italienischen Alpen und dem Appenin. Yolie behauptet, daß man an einem klaren Tag beide Bergketten sehen kann. Aber an diesem Tag konnten wir nur den Appenin erkennen. Wie eine seltsame, farblose, milchig glänzende Wolke lag er am südlichen Horizont und schien unerreichbar weit entfernt. Geraume Zeit verbrachte ich damit, die Berge anzustarren und mir zu überlegen, warum sie so schlecht zu erkennen waren. Die Landschaft entlang der Autobahn lag bleich in der hellen Sonne. Aber um uns herum schwebte der Horizont nebelhaft und gespenstisch. Dann bemerkte Yolie mein Erstaunen und sagte: »Das ist die *afa*. Zu Hause nennen wir es Smog. Wir befinden uns in einer Art Becken, aus dem die Luft nur schwer entweichen kann. Auspuffgase, die ganzen Insektizide, die Fürze und der Knoblauchatem ... alles ist da drin. Es kann nicht heraus. Wenn man dann die Feuchtigkeit dazurechnet, so ist es, als befände man sich auf Three Mile Island. Nicht für viel Geld würde ich im Veneto leben. Aber auf der anderen Seite des Gebirges ist die Luft bestimmt klar und strahlend sauber.«

Danach spürte ich eine Weile, wie mir der Atem in der Brust stockte, bald aber verging das Bedürfnis, nur noch flach zu atmen, und ich lehnte meinen Kopf an die Rückenlehne, wischte mir den Schweiß von Gesicht und Hals und sah hinaus auf die Berge. Bitte, dachte ich immer wieder müde, mach, daß wir bald im Gebirge sind. Wenn wir nur endlich dort wären ...

Kurz hinter Ferrara blinkte Ada und deutete auf einen weiten Platz am Rand der Autobahn, wo einige Weiden verrieten, daß es dort Wasser gab. Ein oder zwei weitere Autos parkten noch dort, aber zunächst sah ich keine Menschen. Yolanda hielt hinter dem Kombi, und steif kletterten wir hinaus in die ungeheuere Hitze, um Mittag zu essen.

An der Stelle gab es Wasser, zwar nur ein kleines, stinkendes, tröpfelndes Bächlein, das in einen Sammelbecken aus Beton lief, aber es genügte, um einen Baldachin aus schützenden Weiden zu ernähren. Unter den Bäumen, am Rand des Bächleins, kämpften sich Grasbüschel durch den harten Erdboden. Am einen Ende des Rastplatzes standen einige Picknicktische, die von Familien besetzt waren, Abfallkörbe aus Draht waren aufgestellt, die weitgehend ignoriert wurden. Weiter hinten befand sich ein bunkerähnliches Betongebäude, auf dem *Gabinetti* stand. Ada deutete auf eine Stelle am entgegengesetzten Ende, wo zwar keine Tische standen, aber der Schatten dunkler und das Gras dichter war. Sie, Maria und Sam begannen, Körbe, eine Kühltasche, Decken und ein Picknick-Tischtuch auszuladen. Es hätte mich nicht überrascht, wenn sie auch noch Blumen in einer venezianischen Glasvase dabeigehabt hätten, aber davon war nichts zu sehen. Yolanda breitete die Straßenkarte auf der glühenden Motorhaube des Opel aus, und ich ging, um nach Joe zu sehen.

Er lag ausgestreckt auf dem Rücksitz des Kombis, sein Kopf ruhte auf einem kleinen Reisekissen, und er war mit einem von Adas leichten, schönen Schals zugedeckt. Der Kombi hatte eine Klimaanlage, und die kühle Luft verursachte eine Gänsehaut auf meiner feuchten Haut. Joe hatte die Augen geschlossen, aber er schlug sie auf, als ich die hintere Tür öffnete. Trotz der Kühle war sein Gesicht gerötet, und als ich meine Hand auf seine Stirn legte, spürte ich, wie feucht und heiß sie war. Auch die Falte an seinem Hals war feucht. Er erschauerte leicht.

»Hallo«, krächzte er. »Sind wir schon da?«

»Nein. Mittagspause. Willst du kaltes Hühnchen und Wein?«

»O Gott, bloß nicht. Gar nichts. Außer vielleicht ein bißchen gekühltes Pellegrino. Ada hat welches. Wie weit sind wir denn? Ich muß unbedingt zu einem Arzt. Das scheint mehr zu sein als eine bloße Erkältung.«

»Es ist nicht mehr allzuweit.« Ich wußte, daß wir noch viele Kilometer und Fahrtstunden vor uns hatten. »Ich könnte dir doch eine Kleinigkeit bringen«, sagte ich. »Du hast seit gestern abend nichts mehr gegessen. Das kann nicht gut sein. Und ich habe Aspirin in meiner Tasche...«

»Nein. Ich will nichts. Ada hat irgendein Zeug, mit dem ich mich ein bißchen besser fühle. Würdest du sie rufen?«

»Joe, ich kann...«

»Cat, laß gut sein, bitte. Ich kann das nicht ertragen. Würdest du einfach nur Ada rufen?«

Ich drehte mich um und ging weg, wobei ich die Tür vorsichtig hinter mir schloß. Mein Gesicht brannte, und in meiner Kehle steckte ein harter, schmerzender Klumpen.

»Joe verlangt nach Ihnen«, sagte ich zu Ada Forrest. »Er möchte noch etwas von dem, was Sie ihm immer geben, und ein bißchen gekühltes Mineralwasser. Ich finde, er sieht schrecklich aus. Wäre es nicht besser, wir versuchen, hier einen Arzt aufzutreiben? Was ist denn die nächste größere Stadt, Bologna?«

Geschmeidig stand sie aus dem Gras auf, wo sie gekniet hatte, um Essen und Wein zu verteilen.

»Ach, er hält schon durch, bis wir in Florenz sind«, sagte sie. »Ich gebe ihm Antibiotika und Aspirin. Aber es könnte nicht schaden, ihn mit Eiswasser abzureiben. Ich bin gleich wieder da.«

»Ada, das finde ich sehr nett von Ihnen«, erklärte ich, »aber ich kann ihn selbst abreiben. Gehen Sie nur und geben Sie ihm eine Ihrer Wundertabletten, dann werde ich ihn abreiben.«

Sie lächelte und nickte leicht.

»In einer Plastiktüte in der Kühltasche ist ein sauberer Waschlappen«, sagte sie. »Und in der Thermoskanne ist Eiswasser. Ich komme gleich wieder.«

Und leichtfüßig und mit unhörbaren Schritten in ihren weichen Mokassins ging sie über das karge Gras davon, mit geradem Rücken und fleckenlosem Hemd. Ich starrte auf die Erde, und in meinen Ohren summte es vor Verlegenheit. Ich hatte mich angehört wie ein eifersüchtiges Fischweib.

Maria, Colin und Yolanda sahen einander an und blickten dann beiseite. Sam schob träge einen Finger in sein Glas und bespritzte mich mit kühlem Weißwein. Es fühlte sich herrlich an auf meinem heißen Gesicht.

»Kommen Sie, setzen Sie sich, und überlassen Sie die Arbeit diesem hilfreichen Engel«, sagte er und grinste bösartig. »Sie ist im siebten Himmel, und er fühlt sich wie in der Hölle. So hat jeder etwas davon.«

»Er sieht ziemlich krank aus«, sagte ich so gleichmütig, wie ich konnte.

»Diese Fahrt ist nicht gerade ein Zuckerschlecken«, meinte Colin schwach. Er lag auf dem Rasen, hatte den Kopf in Marias Schoß gebettet und die Augen geschlossen. Sein bandagierter Fuß war ausgestreckt. Sie hielt ihm ein Weinglas an die Lippen und sah völlig ausdruckslos zu ihm hinab.

»Sie Ärmster«, sagte Yolanda, ohne von ihrer Straßenkarte aufzublicken.

»Das sieht mir nach einer Aufgabe für die Misericordia aus«, meinte Sam im Ton salbungsvoller Verkündung. Yolanda kicherte.

»Was ist die Misericordia?« fragte ich, allerdings weniger aus Interesse als vielmehr, um die Aufmerksamkeit von mir abzulenken.

»Vielleicht der älteste Krankentransportdienst der Welt. Er wurde in Florenz gegründet. Die Mitglieder tragen Umhänge und geschlitzte Kapuzen, so daß sie bei ihren freiwilligen Hilfsdiensten von niemandem erkannt werden können. Sie bringen die Toten und Sterbenden kostenlos ins Krankenhaus. Sie stammen aus ganz verschiedenen Gesellschaftskreisen, aber jeder hat Anonymität geschworen. Sie schreiten in einer schweigenden Prozession durch die Straßen, vor ihnen das Hilfsbanner mit dem roten Kreuz. Sie tragen inzwischen Schwarz, im Mittelalter trugen sie Rot. Rote Umhänge, für den Roten Tod. So hat man die Cholera genannt. Eine Glocke wird geläutet – heute klingelt ein Telefon – und schon lassen Männer überall in Florenz alles stehen und liegen, und verschwinden, ohne ein Wort zu sagen. Und bald kann man sie in den Straßen sehen. Ich habe sie sechsundsechzig gesehen, gleich nach der großen Überschwemmung. Es war sehr eindrucksvoll, überall Wasser, Dunkelheit, und dann diese schweigenden, schwarzgekleideten Männer, die das rote Kreuz vor sich hertragen.«

»Was haben Sie während der Flut dort gemacht?« fragte Maria.

»Ich habe bei den Aufräumarbeiten geholfen, wie jeder andere auch.«

Ich stellte mir vor, wie die roten Männer in geordneten Zweierreihen durch die gewundenen, engen mittelalterlichen Gassen gingen. Die Fackeln flackerten, die Umhänge streiften über das Pflaster, ansonsten herrschte Stille...

»Ich glaube, ich würde vor Schreck augenblicklich sterben, wenn ich verletzt wäre und sehen könnte, wie sie auf mich zukommen«, sagte ich.

Sam sah mich voller Interesse an.

»Warum?«

»Ich weiß nicht. Es wäre, als kämen die Engel des Todes auf mich zu, in Zweierreihen, mit den blutroten Flecken und den Henkerskapuzen, und die Feuchtigkeit glitzert auf den alten, grauen Steinen, und dann... Stille...«

Er starrte mich an. Seine Augen schienen nach innen zu blicken.

»Ja«, sagte er langsam. »Das kann ich vor mir sehen. Ja.«

»Ich glaube«, sagte Yolanda, »ich ahne die bevorstehende Geburt eines Gemäldes.«

»Und es könnte nicht schlecht werden«, sagte Sam. Er blickte an uns vorbei und sah ... was? Nichts, was wir sehen konnten.

Ich war seltsam befriedigt, fühlte mich aber auch unbehaglich. Was sah er, wenn seine Augen sich auf diese Weise von uns entfernten?

Ada kam zurück.

»Joe fühlt sich etwas besser und will nicht, daß wir ihn abreiben«, sagte sie. »Ich glaube, er wird jetzt schlafen. Aber trotzdem werde ich Yolies Auto nehmen und zu dem Telefon zurückfahren, an dem wir vorbeigekommen sind – es sind nicht mehr als zwei Kilometer –, und den Arzt anrufen, damit er gleich ins Hotel kommt, wenn wir dort sind. Das spart Zeit, und er kann sich auch gleich Colins Knöchel ansehen. Er hat stärkere Schmerzen, als er jetzt noch haben dürfte.«

Colin murmelte etwas und schloß die Augen. Ich glaubte Maria schnauben zu hören, ganz leise, aber ich war mir nicht sicher.

»Lassen Sie mich mitkommen, Sie sollten das nicht alles allein machen«, sagte ich.

»Nein, essen Sie nur weiter. Vielleicht möchte Yolie jetzt, daß Sie fahren, außer wenn sie den Verstand verloren hat und Sam darum bittet, und dann müssen Sie etwas im Magen haben. Es ist noch ein gutes Stück bis Florenz. Ich kann mich ausruhen. Maria übernimmt jetzt das Fahren.«

Sie stand auf, und Yolanda warf ihr die Schlüssel zu. Dann stieg sie in den Opel und fädelte sich geschickt in den vorbeidröhnenden Verkehrsstrom ein. Ich glaube nicht, daß sie sich dabei überhaupt umdrehte. Der Gedanke, in diesem rasenden Strom Auto zu fahren, verursachte mir körperliche Übelkeit.

Das Essen, das uns das Hotel eingepackt hatte, war sehr gut. Selbst in der Hitze schmeckten das kalte, süße Hühnchen, der knackige Salat und der eiskalte Wein herrlich. Wir waren beinahe fertig, als Ada wiederkam.

»Hat alles geklappt?« fragte Sam.

»Er wird uns erwarten, wenn wir ankommen«, sagte sie und strich sich das silbrige Haar zurück. »Und hört mal her, alle, und sagt mir, was ihr davon haltet: Ich weiß, daß ihr vier« – sie nickte mir, Colin und Maria zu – »im Croce di Malta wohnt. Nun habe ich absolut nichts dagegen, es ist ein schrulliges, wunderbares altes Hotel, aber es liegt direkt an der Hauptstraße, die vom Bahnhof ins Zentrum führt, hat keine Klimaanlage und keine Fensterscheiben, nur Läden. Der Lärm wird grauenvoll sein, und die Hitze, der Dreck und Staub noch viel schlimmer, und ihr werdet kaum zur Ruhe kommen. Darum habe ich in unserem Hotel angerufen, in der Villa Carol, oben in den Hügeln gleich über Oltarno, und sie haben noch Zimmer für euch. Signor Guiducci kennt Sam auch schon seit langer Zeit. Wir wohnen immer dort. Es ist sehr alt, schön und klein, es hat einen Garten, einen Swimmingpool und einen angenehmen Service, und es wird dort etwa fünf Grad kühler sein als unten in der Stadt. Ich verspreche euch, daß Signor Guiducci euch einen vernünftigen Preis macht, und sie haben auch einen Bus, der euch jederzeit kostenlos nach Florenz bringt. Ich glaube wirklich, daß es uns allen dort oben besser gehen wird, aber natürlich, wenn ihr der Meinung seid ...«

»Sie sind einfach ein Engel«, sagte Colin. »Ich nehme das Angebot an. Ich nehme es für uns alle an. Laßt uns sofort aufbrechen.«

Ada sah mich an und lächelte versteckt.

»Cat?«

»Natürlich. Wir sind Ihnen wirklich dankbar«, sagte ich. Wie hätte ich widersprechen können? Sie hatte recht.

»Es wird auch leichter sein für Sam und Sie«, sagte sie. »Mit dem Malen.«

»Ja.«

Auf dem Rückweg zum Auto öffnete ich die Tür des Kombi, beugte mich hinein und fuhr mit den Lippen über Joes Wange. Er fühlte sich sehr viel kühler an, rührte sich aber nicht.

»Wir sehen uns dann in Florenz«, flüsterte ich.

Als ich wieder in den Opel stieg, saß Yolie bereits hinter dem Lenkrad, und Sam neben ihr auf dem Beifahrersitz.

»Jetzt bin ich an der Reihe«, sagte ich, und mein Herz klopfte wie wild. »Das ist nur fair.«

»Das stimmt, und ich bin auch fair«, sagte sie. »Ich weiß, daß Sie gestern mit Joe die ganze Nacht wach waren, und ich fahre gerne. Wenn ich müde werde, dann lasse ich Sam ans Steuer. Er kann auch nicht viel schlimmer fahren als alle anderen auf dieser Straße.«

»Ihr könnt es ja ausprobieren«, meinte Sam freundlich. Er drehte sich zu mir um. »Ist alles in Ordnung?«

»Ich glaube schon. Er scheint kühler zu sein, und er schläft.«

»Ich habe Sie gemeint.«

»Oh, natürlich«, antwortete ich. »Mir geht es gut.«

Aber das stimmte nicht. Ich machte mir Sorgen um Joe, und seine kurzangebundene Art hatte mich sehr verletzt. Voller Wut beobachtete ich, wie er immer abhängiger wurde von Ada, und ich selbst schien mehr und mehr unfähig zu werden, ihm zu helfen oder etwas für ihn zu tun. Ich wollte auch nicht in Adas Villa in den Hügeln, mit Garten, Pool und perfektem, unaufdringlichem Service wohnen. Ich wollte, daß wir allein waren, Joe und ich, falls das überhaupt noch möglich war. Und dann war da etwas, das mit Sam zusammenhing...

Wir waren fast eine Stunde gefahren, in den stahlgrauen Dunst um Bologna hinein und durch ihn hindurch, ehe ich diesem Gefühl einen Namen geben konnte. Ich war enttäuscht, daß er so beschäftigt schien, verletzt und entwürdigt durch die Distanz, die er zwischen uns hergestellt hatte. Was auch immer der Grund für seine Absonderung sein mochte, ich mußte zugeben, daß ich die prikkelnde Spannung, die beinahe greifbare Verbindung, die seit dem Kennenlernen zwischen uns gewachsen war, vermißte. Ich vermißte die Aussicht auf das, was sein Kuß versprochen hatte...

Diese Einsicht erschreckte mich, und ich streckte mich, so gut es ging, auf dem Rücksitz des Opel aus und versuchte zu schlafen. Vor uns schimmerten die Berge. Sie schienen noch immer nicht näher gerückt zu sein und sich in der fahlen Hitze zu verstecken.

Bitte, mach, daß wir bald dort oben sind, in den Bergen...

Wenn wir nur endlich in die Berge kämen...

Lange Zeit lag ich wach und spürte die schwankende Bewegung der Straße unter meinem Kopf und den verkreuzten Armen, ich hörte das Vorbeirauschen der schweren Limousinen, fühlte die gleichförmige Vibration des Wagens und den heißen Wind auf meinem Gesicht und den Armen. Verzweifelt dachte ich schon, ich würde gar nicht einschlafen, aber schließlich glitt ich in jenen Halbschlaf, in den man gewöhnlich im Auto fällt, und bei dem der Verkehrslärm erst immer lauter und lauter wird, dann allmählich verklingt, und dann wieder aufbrandet. Ich weiß nicht, wie lange ich so lag, immer wieder halb einschlummerte und auffuhr, einschlummerte und auffuhr. Irgendwann hörte ich Yolanda und Sam auf dem Vordersitz reden.

»... und es wieder tun«, glaubte ich sie sagen zu hören. »Wie kannst du nur?«

»Es läuft jetzt gerade so gut«, antwortete er, oder ich dachte es zumindest.

»Ich hoffe nur, daß es das wert ist«, sagte Yolandas Stimme in den Singsang der Reifen und der Straße unter meiner Wange hinein.

Was soll es wert sein? wollte ich fragen und mich aufsetzen, um zu sehen, ob wir dem geisterhaften Beistand der Berge bereits näher gekommen waren. Ach, die Berge ...

Aber dann wurde das Dröhnen des Verkehrs in meinen Ohren wieder lauter, und das Summen ihrer Stimmen trat in den Hintergrund, und als ich aufwachte, hatten wir den Appenin bereits durchquert und Florenz ebenfalls, und wir fuhren gerade durch die Tore der Villa Carol. Die Torpfosten waren aus Steinen, die so alt waren, daß sie aufgerauht und wie Satin glattgeschmirgelt waren, und auf ihnen saßen geflügelte Bronzelöwen, die genauso alt aussahen, und Sam sagte gerade: »Wachen Sie auf, Cat. Mein Gott, Sie sehen ja zum Fürchten aus.«

Adas Arzt, ein schlanker, blasser Florentiner mit randloser Brille, den sie Giampolo nannte, wartete in der kühlen, mit Wandteppichen ausgehängten Eingangshalle der Villa Carol, als wir ankamen. Er habe sich die Freiheit genommen, uns anzumelden, sagte er, Carlo Guiducci sei ein alter Freund von ihm. Daher könnten wir sofort auf unsere Zimmer gehen, und er komme mit, um sich um die beiden Patienten zu kümmern. Der Gepäckträger würde unser Gepäck hinaufbringen. Dann müsse er sich allerdings wirklich beeilen, denn Leonora habe Gäste eingeladen. Sam und Ada würden das sicherlich verstehen.

»Vollkommen«, sagte Ada und stand auf, um ihn auf beide Wangen zu küssen. Vor uns her ging er mit seiner abgenutzten Arzttasche die gewundene Treppe hinauf, und Ada folgte ihm. Wir übrigen fuhren in einem eisernen, schnörkelverzierten Aufzug mit einem Fahrstuhlführer in Livree nach oben. Der Fahrstuhl quietschte und wackelte und schien unendlich lange zu brauchen.

Die Villa Carol bleibt wohl für immer einer der schönsten Orte, den ich je gesehen habe. Sie ist ein dreistöckiges Gebäude im römischen Stil, mit hellen, honigfarbenen verputzten Wänden und dem in Florenz allgegenwärtigen roten Ziegeldach, hohen, breiten Fenstern mit grünen Fensterläden und einer graziös geschwungenen Treppe. Das Haus stammt aus dem 15. Jahrhundert, wie Ada sagte. Es steht in einem wunderschönen Park mit den strengen, grünschwarzen Zypressen, die ich so liebe. Seinen besonderen Zauber verdankt es geheimen Grotten, versteckten Anpflanzungen und Quellen, etwas verfallenen Statuen, gemauerten Wegen, die mit Kräutern und Blumen gesäumt sind, und einer langen, überdachten Loggia neben einem glitzernden, blauen Schwimmbecken. Von den Zimmern blickt man über den Pool und auf eine Terrasse mit Sonnenschirmtischen und Stühlen. Immer weht eine kühle Brise, und überall duftet es nach sonnenwarmen Blüten, Basilikum und Thymian. Bienen summen in den Gärten. Von dem Hügel aus, auf dem das Grundstück liegt, kann man auf Florenz hinuntersehen. Noch immer weiß ich nicht, warum ich dennoch eine spontane Abneigung empfand. Ich dachte nur: Was für eine wunderbare Bühne für Ada.

Adas Giampolo erwartete Joe und mich in einem großen Zimmer mit Klinkerfußboden und ausgebleichten, farbigen Fresken an den Wänden. Ein langes, schmales Himmelbett, auf dem sich weiße Spitzenkissen häuften, beherrschte den Raum, dazu dunkle, alte verzierte Kommoden, Stühle und ein Schreibtisch. In einem Alkoven befand sich eine Sitzecke mit einem kleinen Sofa und einem Sessel. Von einem samtgepolsterten Sitz im Fenster aus sah man auf den Park und das Schwimmbecken, und auf einem kleinen Balkon hinter großen Glastüren standen geschwungene Eisenstühle und ein winziger Tisch. Es war ein herrliches Zimmer, dessen kühle Schummerigkeit mich umfing, als ich es hinter Joe betrat. Wie schön mußte es sein, ein Bad zu nehmen und dann in dieses lange Wikingerschiff von einem Bett zu sinken. Schon von der Tür aus konnte ich erkennen, daß es mit Federbetten ausgestattet war.

Es sah auch so aus, als könnte nur ein einzelner wirklich bequem darin schlafen. Verdrießlich dachte ich, daß die Italiener es sich offenbar von den Grabplatten der Marmorsarkophage abgeschaut hatten, bewegungslos und dekorativ auf dem Rücken zu schlafen. Ich ahnte, daß ich entweder ein zusätzliches Bett verlangen oder drei Nächte auf der kleinen Couch im Alkoven verbringen mußte.

Der Arzt horchte Joes Herztöne ab, maß seine Temperatur und den Blutdruck, hörte sich seine Geschichte an, verkündete, was er vom Wasser in Venedig hielt, und gab ihm mehrere Injektionen sowie ein Röhrchen mit Tabletten.

»Soviel Ruhe und Schlaf wie möglich«, sagte er. »Ich werde morgen früh noch einmal anrufen.«

»Danke«, sagte ich.

»Nichts zu danken.«

Colin hatte nicht soviel Glück. Der Arzt tastete und probierte ungerührt an dem Knöchel herum, schnalzte mit der Zunge, schüttelte den Kopf und erklärte, der Knöchel sei nicht verstaucht, sondern gebrochen.

»Er hätte sofort eingerichtet und in Gips gelegt werden müssen«, sagte er mißbilligend. »Kein Wunder, daß er solche Schmerzen hat. Es würde mich nicht überraschen, wenn dauerhafte Schäden blieben.«

Als er abfuhr, saßen Colin und Maria auf dem Rücksitz seines großen, schwarzen Lancia, und er sagte, er würde sie in dem kleinen Krankenhaus nahe Bellosguardo absetzen, wo er Belegbetten habe. Seine Kollegen dort würden den Knöchel einrichten und Colin Schmerztabletten geben. Man würde sich gut um ihn kümmern – »endlich«, aber das sprach er nicht aus.

»Es ist kein großer Aufwand«, sagte er zu einer dankbaren, zitternden Maria. »Ich wohnte in der Nähe. Vielleicht könnten Sam und Ada ihn wieder abholen?«

Und so fuhr Colin ab, wurde versorgt und kehrte schon nach einer Stunde mit einem ordentlichen Gips und Medikamenten zurück. Er sagte, die Schmerzen ließen bereits nach. Joe hatte Tabletten bekommen, war ins Bett gebracht worden und schlief jetzt. Ich saß mit Sam und Ada im Garten in der Nähe des Swimmingpools, nippte an einem Whiskey und versuchte, den tiefen, wertvollen Frieden des toskanischen Zwielichts in mich aufzunehmen. Maria war bei Colin geblieben. Yolanda wohnte in einer kleinen Pension in Oltarno, wo sie immer abstieg, wenn sie in Florenz war. Sie kenne, wie sie sagte, die Besitzer gut und freue sich darauf, sie wiederzusehen.

»Ich werde ein- oder zweimal mit euch zu Abend essen, und vielleicht besichtigen wir einige Parks, Cat«, sagte sie, ehe sie mit dem Opel durch das Tor der Villa Carol verschwand. »Aber ich will unbedingt Fredo und Cari besuchen. Sie sind für mich inzwischen so etwas wie meine Familie. Und sie haben mir eine Überraschung versprochen.«

Sie grinste und war verschwunden.

»Ich frage mich, was für eine Überraschung das ist«, sagte ich, nachdem sie gefahren war, eher um den Bann des entstandenen Schweigens zu brechen, als aus wirklicher Neugier.

»Ich frage mich, wer es ist«, meinte Sam.

»Du hast eine bösartige Phantasie«, erklärte Ada. »Was wir jetzt alle brauchen, ist einfach Ruhe und Erholung.«

Und das bekamen wir. Wir erholten uns während unseres Aufenthalts in Florenz.

Oder genauer gesagt, Ada, Maria und ich erholten uns. Joe schlief. Während der ersten zwei Tage schlief er tief und fest und wachte nur auf, um zu essen, ohne die Augen wirklich zu öffnen, sich eilig zu duschen und dann wieder weiterzuschlafen. Einen Vormittag lang blieb ich bei ihm, aber dann trieb mich die pure Langeweile und die Angst, ihn aufzuwecken, aus dem Zimmer. Ich zog mich in eine dichtbewachsene Laube am Ende des Gartens zurück und verbrachte dort die Zeit bis zum Mittagessen. Dann aß ich allein oder mit Maria und Ada am Schwimmbecken, saß am Nachmittag für Sam, aß zusammen mit Joe zu Abend und saß bis zum Schlafengehen schweigend im Alkoven oder auf dem Balkon und versuchte zu lesen. Die Nacht verbrachte ich auf dem Sofa im Alkoven, aber obwohl ich schlecht schlief, wollte ich nicht um ein Zusatzbett bitten, nicht in diesem Wohnsitz eines längst vergessenen florentinischen Adeligen. Ich fühlte mich geradezu der Zeit enthoben. Doch obwohl ich ruhelos war, wollte ich nicht den Pendelbus nach Florenz besteigen. Ich wußte nicht, was ich wollte, und schien unfähig zu sein, den Bann der trägen, glühendheißen Tage in der Villa Carol zu brechen. Ich wartete, aber ich wußte nicht, worauf.

Maria verbrachte die Vormittage und die Abende mit Colin, aber am Nachmittag schwamm und sonnte sie sich mit Ada, und nach dem ersten Tag gesellte sich Colin zu ihnen an den Pool. Man konnte sehen, daß er keine Schmerzen mehr hatte. Trotz des klobigen Gipses und den Krücken bewegte er sich fast so leichtfüßig wie früher, und oft hörte ich am Nachmittag seine Stimme, wenn ich in dem Sessel saß, den Sam für mich an das Fenster in seinem und Adas Zimmer geschoben hatte. Sie klang fröhlich und spöttisch, voller Kraft. Er hatte seine unbeschwerte, leichtherzige Albernheit zurückgewonnen. Wenn ich aus dem Fenster spähte, konnte ich Colin und Maria sehen, wie sie in der Sonne lagen, glitzernd von Sonnenöl und Wassertropfen, und lachten, wie sie am Pool des Hilton in Rom gelacht hatten. Colin, so fand ich, war wieder er selbst geworden, aber Maria nicht. Sie war zwar wieder glücklich, war wieder jenes sinnliche, romantische Wesen, das sie gewesen war, als wir nach Rom kamen, aber dennoch war sie nicht dieselbe. Sie wirkte jetzt älter, war ganz Frau geworden. Das Mädchen in ihr war verschwunden.

Du wirst dich bemühen müssen, bald ebenso erwachsen zu werden wie sie, Colin, dachte ich, und war von meinem eigenen Gedanken überrascht. Oder du wirst sie verlieren.

Ada rieb sich mit Öl ein und lag auf einer Liege in der Sonne oder schwamm träge im türkisfarbenen Wasser. Das Becken war nicht voll, weil nie mehr als etwa zwanzig Gäste auf einmal in der Villa Carol wohnten, und die meisten von ihnen untertags in Florenz waren. Diejenigen, die am Pool lagen, warfen Ada Forrest mit ihrer Alabasterhaut im schwarzen Bikini und ihrem scharlachroten Mund häufig Blicke zu. Nach dem Mittagessen verschwand sie. Ich weiß nicht, wohin sie ging, jedenfalls nicht in ihr Zimmer. Dort waren Sam und ich.

Inzwischen malte er wie wild und schwieg meistens. Er war so in sich gekehrt wie auf der Fahrt von Venedig hierher, aber es war eine neue Spannung an ihm zu spüren. Es knisterte geradezu. O ja, er plauderte mit mir und machte Witze, wie er es zuvor getan hatte, aber ich hatte nicht den Eindruck, daß er mit ganzen Herzen dabei war, und wir führten keine so tiefen und so langen Gespräche mehr wie zuvor. An meinem Porträt arbeitete er nur am Nachmittag. Was er am Vormittag tat, das wußte ich nicht, aber ich wußte, daß er an etwas arbeitete. Ada sagte es, und ich sah die Berge von Skizzen und die abgedeckte Leinwand, die zusammen mit seinen Kleidern überall im Zimmer verteilt waren. Die Sonnenröte, die er in Venedig angenommen hatte, verlor sich, um seine blauen Augen und den beweglichen Mund waren Farbflecken, und die kupferfarbenen Sommersprossen wirkten maskenartiger denn je. Sein krauser Haarbusch war wild und ungekämmt und hätte dringend einen Schnitt benötigt. Auch ein Bad hätte ihm gut getan. Er wirkte wie ein Besessener.

Am zweiten Nachmittag stand ich auf, um Joe seine Dreiuhrtablette zu geben, wie ich das am ersten Tag getan hatte. Ich hörte, wie Ada nach mir rief und sah hinaus zum Schwimmbecken. Sie winkte zu mir herauf.

»Unterbrechen Sie nicht«, rief sie. »Ich gehe hinauf und gebe ihm seine Medizin. Sie steht auf dem Nachttisch, nicht wahr?«

»Ja«, rief ich zurück. »Aber ich brauche nicht lange.«

»Bleiben Sie, wo Sie sind. Unterbrechen Sie seinen Arbeitsfluß nicht. Ich setze mich ein bißchen zu ihm. Ich muß ohnehin aus der Sonne.«

»Lassen Sie sie«, murmelte Sam hinter seiner Staffelei. Er hielt den Pinsel zwischen den Zähnen und arbeitete mit einem Spachtel, den er hart und rhythmisch auf die Leinwand schlug.

»Sam, ich bin diejenige, die sich um ihn kümmern sollte«, sagte ich.

»Jeder Idiot kann einem Mann eine Tablette geben«, sagte er. »Aber nur Sie können für dieses Porträt sitzen. Kommen Sie, Cat. Wir nähern uns der Vollendung. Es wird einfach großartig, verdammt noch mal.«

Ich setzte mich wieder. Er hatte noch nie zuvor einen Kommentar zu dem Porträt abgegeben.

»Ich bin schon sehr gespannt darauf«, sagte ich. »Es interessiert mich, wie Sie mich sehen.«

Ich angelte nach einem Kompliment, und das wußte ich auch. Ich sehnte mich zurück nach dem früheren, mühelosen Verständnis zwischen uns, diesem Gefühl, für ihn etwas Besonderes zu sein und seine ganze Aufmerksamkeit zu haben. Und ich wollte sie für mich haben, nicht für die Frau auf der Leinwand.

»Es geht nicht darum, wie ich Sie sehe«, sagte er. »Wie ich Sie sehe, das würde Sie möglichereise zu Tode ängstigen oder Ihnen peinlich sein. Dieses Gemälde zeigt etwas, das in Ihnen steckt. Etwas, das nur die Farbe zum Ausdruck bringen kann, die Leinwand und der Pinsel. Manchmal hat es absolut gar nichts damit zu tun, wie ich Sie sehe.«

»Und was glauben Sie? Noch zwei Tage oder drei?«

»Ich weiß nicht genau. Vielleicht werde ich in Siena fertig, noch bevor wir von dort wegfahren. Was ist los, werden Sie müde oder langweilt es Sie? Kein Wunder.«

»Nein«, sagte ich. »Wirklich, das stimmt nicht. Aber ich habe noch gar nichts von Florenz gesehen.«

»Nun, Sie sind ja nicht aus kulturellen Gründen nach Italien gekommen, oder?« Ich hörte, wie der Spachtel weiterkratzte und dann aufhörte. Vermutlich lauschte er seinen eigenen Worten nach und wartete auf meine Antwort.

»Wie meinen Sie das?«

»Ich meine, Sie kamen ja, um die Neuvermählten zu begleiten, oder? Dachte ich zumindest. Aber vielleicht habe ich das auch gar nicht gemeint.«

»Vermutlich haben Sie recht«, sagte ich mit leiser Stimme. »Ich bin wirklich nicht nach Italien gekommen, um die Museums- und Kirchentour zu machen.«

Er schwieg einen Augenblick und wandte sich dann wieder seiner Arbeit zu. Nach ein paar Minuten wußte ich, daß er sich erneut von mir entfernt hatte.

Gegen Ende der Sitzung, als das Licht schon schräger einfiel und ich müde wurde, schob sich eine große, silberweiße Wolke, die wie durchleuchteter Alabaster wirkte, vor die Sonne, und das Licht im Zimmer bekam einen seltsam warmen Glanz.

»Mein Gott, ist das herrlich!« schrie er. »Bleiben Sie so, ganz genau so. Mein Gott, hoffentlich geht diese Wolke nicht weg...«

Er arbeitete hektisch, summte in sich hinein, murmelte leise und tonlos, sprang von der Leinwand weg und stürzte sich wieder darauf. Dann wanderte er durchs Zimmer, hantierte mit den Fensterläden, berührte mich geistesabwesend mit leichtem Tätscheln, bewegte meinen Hals und die Arme und den Kopf mit geschickten, leichten Händen. Er tauchte wieder in die Leinwand ein, malte weiter, zuckte vor, um mein Haar zu berühren und meine Lippen mit seinem Daumen zu schließen. Ich saß ganz still und ließ mich von ihm bewegen wie eine Puppe. Der Atem in meiner Kehle ging schnell und flach.

Er beugte sich vor und küßte mich leicht und weich auf den Mund, und dann rannte er wieder zur Staffelei. Ich glaube nicht, daß er sich dessen, was er tat, überhaupt bewußt war, aber dann streckte er den Kopf an der Leinwand vorbei.

»Habe ich das wirklich getan?« fragte er.

»Das haben Sie getan. Für wen haben Sie mich gehalten?«

»Ich wußte schon, wer Sie sind«, antwortete er. »Das weiß ich immer.«

»Dieser belanglose kleine Kuß hat das aber in keiner Weise bewiesen«, sagte ich und hätte mir am liebsten die Zunge abgebissen.

Er kam langsam auf mich zu und blieb stehen, die Hände in die Hüften gestützt.

»Bitten Sie darum, Cat?«

»Nein ...«

»Sie sollten nicht mehr allzulange damit warten«, sagte er und ging wieder an die Arbeit.

Genau in diesem Moment kam die Sonne flammend hinter der Marmorwolke hervor, und nach ein paar Minuten machten wir Schluß für diesen Tag.

In dieser Nacht hustete Joe trocken und monoton fast bis zum Morgengrauen. Ich nahm die Kissen vom Sofa und eine Decke und schlief auf dem Balkon.

Joe schlief noch, als ich am nächsten Morgen zum Frühstück hinuntergehen wollte. Als ich sein Gesicht berührte, war es kühl und trocken, und ich hatte den Eindruck, daß sein Atem tiefer und kräftiger ging als in den letzten Tagen. Gerade als ich die Tür hinter mir ins Schloß zog, rief er schläfrig: »Cat? Wohin gehst du?«

Ich trat wieder ins Zimmer.

»Hinunter zum Frühstück. Ich dachte, du schläfst noch. Wie geht es dir?«

»Besser, glaube ich«, sagte er. Er streckte sich lang und fest aus. »Oje, mir tut jeder einzelne Muskel weh. Kommst du nachher wieder nach oben?«

»Wenn du das möchtest. Aber ich hatte es eigentlich nicht vor, du hast die ganze Nacht gehustet. Vielleicht solltest du noch ein bißchen schlafen.«

»Ja, vielleicht mache ich das. Aber erst werde ich ausführlich duschen und mich rasieren. Ich weiß, wie ich rieche und mich anfühle. Und dann werde ich mir ein Frühstück bestellen, ein richtiges Frühstück und nicht nur so einen blöden *caffè lungo* und ein hartes Brötchen. Und *dann* schlafe ich noch ein bißchen. Vielleicht stehe ich zum Mittagessen auf. Ißt du mit mir?«

»Natürlich«, sagte ich und strich ihm das glatte Haar aus der Stirn. Es sah dunkler aus, ohne Sonne. Sein Gesicht war blaß und voller goldener Stoppeln. »Aber wir sollten hier oben essen. Vielleicht könntest du zum Abendessen hinuntergehen, wenn du dich danach fühlst. Du solltest langsam machen, denn morgen steht dir die Fahrt nach Siena bevor. Inzwischen bestelle ich dir unten ein anständiges Frühstück.«

»Das alles tut mir leid«, sagte er und sah zu mir auf. »Ich kann mich gar nicht mehr an die Ankunft hier erinnern, und von Florenz werde ich nichts mitbekommen. Hast du wenigstens ein bißchen etwas gesehen?«

»Ich wollte heute morgen eigentlich hinunterfahren«, sagte ich. »Maria meinte, sie wollte einmal durch die Uffizien schlendern. Mir ist es nicht abgegangen, Joe. Jeden Tag und jede Nacht habe ich die ganze Stadt unter uns ausgebreitet liegen sehen, und um die Wahrheit zu sagen, es war gut, ein oder zwei Tage Pause zu machen. Wir waren alle müde. Und so sind wir frisch, wenn wir in die Toskana kommen. Nach Florenz können wir jederzeit wieder fahren, Ada meint, es wäre sowieso nicht die beste Reisezeit. Es ist jetzt vollgestopft mit Studenten und Bussen. Und es ist heiß.«

»Wie geht es Ada?« wollte er wissen. »Das letzte, woran ich mich erinnere, ist, daß mich Ada im Auto mit Tabletten gefüttert hat. Wie geht es den anderen? Wie geht es Colin? Wie läuft es mit dem Porträt?«

»Es geht wohl dem Ende zu«, antwortete ich. »Sam sagt, daß es fertig sein wird, wenn wir aus Siena abfahren. Den anderen geht es gut. Colins Knöchel war gebrochen und nicht verstaucht. Er hat jetzt einen Gips, und es geht ihm viel besser. Von Yolie weiß ich nichts. Sie wohnt irgendwo in der Altstadt zusammen mit einem Gespielen, den ihr ihre freundlichen Wirtsleute besorgt haben. Zumindest behauptet Sam das. Sie wird sich morgen früh mit uns treffen. Du hast nicht viel verpaßt.«

»Ich habe dich vermißt«, sagte er, zog meine Hand an den Mund und küßte die Handfläche.

»Ich dich auch«, sagte ich, und meine Augen füllten sich mit Tränen.

Alle saßen beim Frühstück auf der Terrasse, abgesehen von Sam. Ada sagte, er arbeite am Hintergrund des Porträts.

»Es ist sinnlos, auch nur mit ihm reden zu wollen, wenn er so kurz davor ist, etwas abzuschließen«, sagte sie. »Ich beneide Sie nicht, Cat. Ich werde den Zimmerservice bitten, ihm ein paar rohe Fleischbrocken hineinzuwerfen, und ansonsten habe ich vor, ihm heute nicht in die Quere zu kommen.«

»Wollen Sie mit uns in die Uffizien gehen?«

»O nein«, erklärte Colin. »Sie hat versprochen, mit mir heute vormittag Karten zu spielen. Wenn ich schon nicht nach Florenz hinunter komme, dann kann ich wenigstens Adas ganzes Geld gewinnen.«

»Sei doch nicht so ein Ekel«, sagte Maria in nachsichtigem Tonfall. »Ada hängt seit zwei Tagen hier herum und füttert kranke Leute mit Medikamenten. Laß sie doch einmal verschnaufen. Vielleicht will sie auch einmal etwas Ruhe haben von den Hinkenden und den Lahmen.«

»Es ist nicht sonderlich lustig, hier oben zu sitzen, wenn alle anderen Florenz besichtigen gehen«, sagte er schmollend. Er trug heute morgen karierte Madrasshorts, ein frisch gebügeltes Oxfordhemd und einen offenen Pantoffel an seinem nackten, braunen Fuß. Die Arme und Beine leuchteten rotgolden von der Sonne, sein schön geschnittenes Gesicht war rötlich bronzefarben, und sein

Haar glänzte. Abgesehen von dem eingegipsten Knöchel sah er so vollkommen aus wie eine der Statuen, die wir heute vormittag in der Loggia dei Lanzi besichtigen würden. Weder Schmerzen noch sonst etwas schienen ihn zu bedrücken, und er wirkte wie neugeboren. Schuldbewußt entdeckte ich den Gedanken in mir, daß er zu Hause, auf dem Berg, einem jungen, unsterblichen Gott geglichen hätte. Hier hingegen, in diesem reichen, alten Land, wirkte er beinahe unfertig.

Colin und Maria, ihr solltet vorsichtig sein. Ihr solltet wirklich nach Hause fahren.

»Es macht mir nichts aus, hierzubleiben. Es ist mir sogar lieber« sagte Ada Forrest. Sie trug eine weiße Baumwollhose und ein pfirsichfarbenes T-Shirt, das fast die Farbe ihrer Haut hatte, und sah aus wie eine schimmernde Frucht auf dem Höhepunkt ihrer Reife. »Ich hasse Florenz im Sommer. Ich werde hierbleiben und die vormittäglichen Medikamente verteilen. Muß Joe nicht am Vormittag eine Tablette nehmen?«

»Das kann er allein«, sagte ich. »Es geht ihm schon sehr viel besser. Ich werde ihm Frühstück hinaufschicken lassen, und dann schläft er wieder, und heute abend wird er vielleicht mit uns essen. Machen Sie sich keine Mühe, Ada.«

»Das ist keine Mühe«, antwortete sie.

Der Kleinbus der Villa Carol setzte uns auf Marias Bitte hin auf dem linken Arnoufer am Ponte Vecchio ab, und wir überquerten ihn langsam, vorbei an den kleinen, märchenhaften Juwelierläden links und rechts, die an Aladins Höhle erinnerten, und an den Verkäufern, Porträtmalern und Straßenartisten. Es war, als ginge man durch einen mittelalterlichen Zirkus. Wir befanden uns mitten im Gedränge der langsam dahintreibenden Touristen und Florentiner. Die Brücke roch nach Staub und Menschen, dem kräftigen, fischigen Gestank des Arno und einfach nach der Herrlichkeit, Trockenheit und Dunkelheit des Alters. Leicht prickelnd spürte ich meine alte Angst vor Brücken, ein warnendes Kräuseln an der Oberfläche, wie das unterirdische Knurren eines erwachenden Hundes, aber ich ging ruhig weiter, atmete flach und wartete, wie sich die Angst entwickeln würde. Obwohl weder sie noch ich einer Stütze bedurften, faßte ich Marias Arm, um einen vertrauten Körper zu spüren. Doch die Angst kochte nur auf ganz leiser Flamme und verlieh lediglich meinen Augen eine unnatürliche Klarsicht in der dunklen Menschenmenge der Brücke. Ich erinnerte mich, gelesen zu haben, daß sich bei Streß die Pupille erweitert, damit sie soviel Licht wie möglich aufnimmt und keine Gefahr übersehen werden kann. Dieser Mechanismus half mir auf dem Ponte Vecchio. Ich vermute, daß ich an diesem Vormittag mehr reichhaltige Einzelheiten und Details wahrnahm als jeder andere. Nach einigen Minuten begann ich es zu genießen. Bis heute erinnere ich mich an diesen Spaziergang.

»Es ist wirklich herrlich, nicht wahr?« sagte ich voller Dankbarkeit zu Maria.

»Das stimmt«, schnaufte sie. »Es ist unglaublich. Ich bin so froh, daß wir uns losreißen konnten.«

Fast erwartete ich, sie würde noch »und ganz allein gegangen sind« hinzufügen, aber sie tat es nicht.

An einem Stand blieb ich stehen und kaufte etwas: einen Siegelring für Joe, von dem ich wußte, daß er ihn auf dem Berg bestimmt nicht tragen würde, ein Paar schöner, schlichter Kerzenleuchter aus mattem Silber für Corinne, und einen schweren Goldarmreif mit einem Flachrelief aus Löwen und Einhörnern für Lacey. Sie würde das Gefühl der seidigglatten Oberfläche und der fein ausgearbeiteten Tiere lieben, und an ihrem schlanken Arm sah er bestimmt wundervoll aus. Plötzlich sah ich sie deutlich vor mir, wie sie hier an diesem Ort stand, und ich wußte, daß sie drei Jahre zuvor hier gewesen war. Sie hatte die Gerüche wahrgenommen, den Staub und den stinkenden Fluß, das komplexe Gewirr an Geräuschen gehört, die Pflastersteine unter ihren Füßen und die Präsenz vieler Menschen um sie herum gespürt. Bestimmt war ihr nicht viel entgangen. Sie hatte die Brücke in einer kristallenen Ganzheit wahrgenommen, wie das nur wenige sehende Menschen konnten. Der Gedanke daran schenkte mir ein plötzliches, tiefes Glücksgefühl. In diesem Augenblick vermißte ich sie wie ein frisch amputiertes Glied.

Zum ersten Mal wird mir klar, daß du nicht wirklich behindert bist, mein Liebling, sagte ich schweigend über den riesigen Abstand von vielen Meilen hinweg zu ihr. Ich wünschte, ich hätte das von Anfang an gewußt. Es wäre viel leichter für dich gewesen.

Wir schlängelten uns durch den Verkehr, der auf der Uferstraße entlangraste, und überquerten die Piazza Pesce. Dann betraten wir die Uffizien und damit eine Welt aus Körpern, Schatten und Licht, die einem schier den Atem raubte.

Es wurden zwei Stunden ununterbrochener Sinnlichkeit, intensiver als alles, was ich je zuvor erlebt hatte. Ich wußte, daß viele, vielleicht sogar die meisten der hier hängenden Gemälde religiöse Bezüge aufwiesen, aber dennoch überwältigte mich die reine, lebendige Präsenz des nackten Fleisches. Wäre ich jemals in der Wirklichkeit mit so vielen nackten Körpern konfrontiert gewesen, selbst wenn sie auf so ideale Weise schön waren wie hier, dann hätte das sicher nicht denselben Eindruck auf mich gemacht. Es war der Blick, die Vision in den Augen dieser schon so lange toten Maler, die die Körper so machtvoll, so eigenartig und – für mich – so erotisch lebendig machte. Das war, so wurde mir plötzlich klar, die wesentliche Eigenschaft des künstlerischen Auges. Es war die reine, konzentrierte Aufmerksamkeit, ein gewaltiges Prisma, das alle Außeneinflüssse ausschloß und dem Betrachteten eine überwältigende Unmittelbarkeit verlieh. Die Körper auf diesen Gemälden konnte man geradezu physisch fühlen: die zarte, weiche Haut eines Kindes, wie auf den frühen Madonnenbildern von Cimabue, Duccio und Giotto. Die warmen, feuchten Körper der jungen und überirdischen Frauen wie auf den überreichen, zarten Botticellis, der *Primavera* und der *Geburt der Venus.* Der offen dargebotene und üppige Körper von Credis *Venus.* Die bleichen, weltlichen Medici-Porträts, und die selbstverständlich und auf prickelnde Weise erotisch zur Schau gestellte Haut auf Tizians *Venus von Urbino.* Die unmittelbare Körperlichkeit von Michelangelos *Heiliger Familie.* Meine Haut kribbelte und schrie geradezu nach Berührung. Wir redeten nicht, bis wir die Uffizien verlassen hatten.

»Unglaublich«, sagte Maria. »Ich frage mich, wie viele Kinder wohl nach einem Besuch der Uffizien gezeugt wurden?«

»Wieviel von der Hochstimmung bei Stendhal wohl nur exzessive Geilheit war?« meinte ich. »Obwohl man vermutlich nicht so reagieren darf. Oder es zumindest nicht zugeben sollte. Glaubst du, daß unsere Reaktion irgendwie anormal ist?«

»Nicht so, daß nicht ein nettes, langes Nickerchen in der Villa

Carol alles kurieren könnte.« Maria lächelte süffisant. »Mein Gott, Cat, du wirst ja tatsächlich rot!«

»Das stimmt nicht.« Ich lachte, aber ich wußte, daß sie recht hatte.

Was hätte sie wohl gedacht, wenn ich gesagt hätte: Und in welchem Zimmer der Villa Carol?

Eigentlich hatten wir noch einen Abstecher zu den Skulpturen in der Loggia dei Lanzi machen wollen, doch wir waren länger als geplant im Museum gewesen, und der Fahrer erwartete uns um zwölf Uhr mittags an der Piazza della Signoria. Jetzt war es elf, und wir hatten beide mächtigen Durst. Daher eilten wir auf eines der Straßencafés zu. Selbst dort entkam man dem nackten Fleisch nicht, es war greifbar und zwar beinahe noch deutlicher als auf den Gemälden. Hier waren die geheimen Körperstellen der Luft und der Sonne der Welt ausgesetzt, man konnte sie berühren, ja, sie schrien sogar beinahe danach. Da war Bandirellis knollennasiger *Herkules,* den Cellini mit »einem alten Sack voller Melonen« verglichen hatte. Ammanatis *Neptunbrunnen,* über den der Bildhauer später selbst gottesfürchtig gesagt hatte, er rege die Zügellosigkeit an, Giambolognas *Raub der Sabinerinnen,* die keinen Zweifel daran ließen, wer hier wem was antat, und in der Nähe Donatellos Bronzegruppe mit der ausdruckslosen und in gewisser Weise gründlich verderbten *Judith.*

Und Michelangelos *David.* Selbst als wir uns endlich setzten, um unseren *caffè granita* zu trinken, schweiften unsere Blicke immer wieder zu ihm hinüber.

»Kein Wunder, daß auf dem Wappen der Medicis Hoden zu sehen sind«, sagte Maria. Sie saß im Schatten, streckte aber die Beine in die Sonne. Sie waren inzwischen gebräunt, frisch rasiert und eingecremt. Ihre Zehen in den Sandalen waren nackt und frisch lackiert.

Ich lachte. »Dir ist wirklich alles aufgefallen.«

»Das konnte man ja nicht übersehen. Überall in Florenz sieht man männliche Geschlechtsteile, an jedem Gildenzeichen, jedem Palast, jeder Kirche, jedem Waffenschild und jedem Wappen. Und natürlich an jeder Statue. Hast du in Kunstgeschichte nicht diesen Kurs über florentinische Ikonographie gemacht?«

»O nein. Zu meiner Zeit herrschte noch das strenge Regiment der Episkopalkirche.«

»Man möchte direkt hinauflangen und das kleine Säckchen in die Hand nehmen, nicht wahr?« sagte sie.

»Tu es«, sagte ich und fühlte, wie meine Brust heiß wurde. »Ich freue mich darauf, Colin zu erklären, warum du in Florenz hinter Gittern sitzt.«

Schweigend tranken wir unseren Kaffee. Dann sagte sie: »Hast du das Gefühl, daß du dich veränderst, Cat? Hier in Europa?«

»Wie meinst du das?« Über dieses Thema wollte ich nicht reden.

»Du. Du und Joe. Ich. Colin. Ich fühle mich, als säße ich in einem davonfahrenden Zug, und alles, das mir vertraut war, verschwindet mit Lichtgeschwindigkeit. Es ist, als hätte ich gar nichts mehr unter Kontrolle.«

Das entsprach so sehr meinem eigenen Gefühl hier in Italien, daß ich am liebsten erleichtert ihre Hand ergriffen und losgeplappert, alles ausgespuckt hätte. Aber ich fühlte, daß sie nach einer Sicherheit suchte, daß sich die jüngere Frau an die ältere wandte mit der Bitte um Rat. Wie eine Tochter an die Mutter. Ich wünschte, ich hätte ihr das sagen können, was sie hören wollte. Alles kommt wieder in Ordnung. Du siehst Gespenster. Aber das konnte ich nicht. Sie veränderte sich tatsächlich, hatte sich bereits verändert, vor unseren Augen. Ich wußte, daß ich es nicht kontrollieren konnte.

»Ich glaube, durch eine Reise ins Ausland verändert man sich immer«, sagte ich langsam und überlegt. »Alles ist so vollständig anders, daß es auch deinen Blick auf die Welt ändert. Aber ich glaube nicht, daß es die Menschen zu etwas macht, was nicht in ihnen angelegt ist. Es bereichert sie. Du bist du selbst, nur mehr als vorher.«

An ihrem Gesichtsausdruck sah ich, daß sie mir nicht glaubte. Das hatte sie nicht gemeint. Ich konnte es ihr nicht verübeln. Ich glaubte ja auch nicht daran.

Ich streckte meine Hand aus und legte sie auf ihre.

»Liebes, geh sanft mit dir um. Geh auch mit Colin liebevoll um. Schau dir an, was geschieht. Du bist doch noch so jung, ihr seid beide noch so jung. Ihr habt noch längst nicht eure endgültige

Persönlichkeit, ihr werdet euch im Lauf eures Lebens noch ein Dutzendmal ändern. Jetzt habt ihr gerade erst geheiratet, und seid zum ersten Mal in Europa, und er hat eine schlimme Verletzung, so weit von zu Hause entfernt, und ihr seid mit Menschen zusammen, die ihr nicht kennt, mit Menschen, die ganz anders leben, als ihr das gewohnt seid. Kein Wunder, daß du dich seltsam fühlst. Wie sollte es auch anders sein? Wir hätten euch diese Flitterwochen allein verbringen lassen sollen, Joe und ich, und ich finde, es wäre auch besser gewesen, wenn Ada und Sam zu Hause geblieben wären. Ihr habt gar keine Möglichkeit, euch kennenzulernen.«

»Dafür hatten wir ja die ganzen Jahre zu Hause«, sagte sie zweifelnd, aber ich wußte, daß sie darüber nachdachte.

»Nicht als Ehepaar, nicht als offizielles Paar. Das ist etwas anderes.«

»Aber du und Joe, ihr habt euch auch verändert...«, sagte sie und schwieg dann.

Ich spürte, wie mein Atem plötzlich flach und leise wurde.

»Nicht auf dramatische Weise, das meine ich nicht«, sagte sie hastig. »Nicht schlimm. Ihr seid nur einfach nicht die Menschen, die ich von zu Hause her kenne. *Du* kommst mir... eigenständiger vor, als ich das je erwartet hatte, abenteuerlustig. Zu Hause wärst du niemals allein losgezogen, so wie du das in Venedig getan hast, oder zumindest vermute ich das... wir haben dich wirklich niemals ohne Joe gesehen. Das ist eine gute Veränderung. Aber es bist nicht nur du, er ist ebenfalls anders. Natürlich war er auch krank... ich rede dummes Zeug.« Sie schwieg.

»Das stimmt. Das macht die Hitze. Trink aus.«

»Der einzige, der sich nicht verändert hat, ist Colin«, sagte sie mit leiser Stimme. Sie warf mir durch die gesenkten Wimpern einen Blick zu. Ich wußte, daß wir jetzt beim eigentlichen Problem angelangt waren.

»Er hatte auch nicht viel Gelegenheit dazu«, sagte ich leichthin. »Seit er verheiratet ist, hat er kaum etwas anderes als Hotelzimmer gesehen.«

Ich wollte dieses Thema nicht weiter ausbreiten.

Aber ihr Gesicht hellte sich auf, und sie sagte: »Das stimmt wirklich.« Und ich wußte, daß ich verschont bleiben würde.

Wir tranken aus und hielten nach dem Fahrer des Transporters Ausschau, aber wir konnten seine hübsche braune Livree im Gedränge auf der Piazza nicht entdecken.

»Was hältst du von Ada?« fragte Maria.

Ich werde es nicht tun, dachte ich.

»Wenn sie nicht gewesen wäre, säßen wir noch immer auf dem Bahnsteig in Rom und würden versuchen, nach Venedig zu gelangen«, sagte ich.

»Ich habe sie mir ganz anders vorgestellt«, sagte Maria. »Sie ist in vielem das Gegenteil von den Abkömmlingen der Familie meiner Mutter. Der italienische Stamm unserer Familie ist eigentlich sehr laut und ausgelassen. Wir streiten, brüllen, schreien und machen Szenen. Sie lebt auf einem völlig anderen Planeten. Und sie kommt mir so unheimlich vor, wie eine italienische Ausgabe der Frauen von Stepford. Nur tausendmal klüger. Ich bin ihr wirklich unendlich dankbar, das mußt du mir glauben, aber trotzdem wünsche ich mir, sie würde nach Hause fahren und uns allein lassen, nur uns vier. Es kommt mir vor, als hätte sie irgendwelche raumgreifenden Pläne, aber niemand weiß, welche.«

»Sam wäre wie ein Käfer, der auf den Rücken gefallen ist, wenn sie nach Hause führe«, sagte ich in gelassenem Ton. Diesem plumpen, weltfremden Kind entging wirklich gar nichts.

»Ich wünschte, sie würde ihn mitnehmen«, sagte Maria mit plötzlicher Eindringlichkeit. »Er ist ausgesprochen charmant und ein Genie, und ich weiß, daß ich mich glücklich schätzen darf, ihn in meiner Familie zu haben, aber er... er beansprucht sämtliche Luft in einem geschlossenen Raum für sich.«

»Das ist wahr.« Ich lächelte.

»Stört dich das – du weißt schon, wenn er malt? Wenn du mit ihm allein bist?«

Ihre Wangen wurden rot, und sie blickte in das Glas vor sich. Ich fühlte mich wie benommen. Ganz offensichtlich glaubte sie, daß etwas zwischen Sam und mir vorging oder zumindest vorgehen könnte.

»Nein«, sagte ich. »Es ist sehr leicht, mit ihm zusammenzusein. Er geht völlig auf in dem, was er tut.«

»Ada schenkt er jedenfalls nicht mehr viel Aufmerksamkeit«,

sagte Maria. »Es muß schwer für sie sein. Sie scheint nicht viel für sich allein zu haben. Bestimmt fehlt ihr das. Ich frage mich, wo sie einen Ausgleich findet.«

Plötzlich begriff ich, wohin dieses Gespräch führte. Ich streckte die Hand hoch, um den Kellner zu rufen, und im selben Moment sah ich den Fahrer am Rande der Piazza stehen, wie er die Blicke suchend über die Menge schweifen ließ. Ich stand auf und winkte.

»Hier sind wir!« rief ich.

Auf dem Rückweg zur Villa sprachen wir nur von den Gemälden und Statuen, und von den Dingen, die wir auf dem Ponte Vecchio gekauft hatten. Ich wußte, daß wir dieses Gespräch nicht noch einmal führen würden. Dafür würde ich sorgen.

Als ich unser Zimmer betrat, dämpfte ich meine Schritte und öffnete die Tür ganz leise, für den Fall, daß Joe schlief. Aber er war wach. Mit dem Rücken zum Zimmer und nur in der Schlafanzughose stand er an der Balkontür. Der Luftzug des Deckenventilators wehte ihm durchs Haar, das, wie ich selbst von der Tür aus sehen konnte, frisch gewaschen war. Es hob und senkte sich seidig mit jeder Umdrehung. Sein schmaler Oberkörper sah blaß und dünner aus, so daß seine Rippen sich als schattige Streifen unter der Haut abzeichneten. Er blickte hinaus auf den Park.

Ada Forrest stand in seiner Armbeuge. Ihr Kopf war zu ihm gebeugt, und das silberne Haar, das sie heute offen trug, fiel auf seine Schulter. Ich bemerkte, daß sie nicht so groß war wie ich. Wenn ich stand, reichte ich mit dem Kopf bis zu seiner Nase. Sie ging ihm nur bis ans Kinn. Erst dachte ich, sie wäre nackt bis zur Taille, aber das machte nur das pfirsichfarbene Oberteil, das sie trug. Die beiden rührten sich nicht, und ich stand ebenfalls unbeweglich da. Ich atmete nicht einmal.

Dann beugte Joe den Kopf zu ihr hinab, sie hob den ihren, und er küßte sie. Jetzt bewegte ich mich. Die Luft um mich dröhnte und bebte, als hätte es auf dem leeren Korridor gerade eine riesenhafte, stille Explosion gegeben, eine Druckwelle. Auf Zehenspitzen lief ich über den Flur und die Treppe am Ende des Korridors hinauf zu Sams und Adas Zimmer. Dort klopfte ich an die Tür.

Sam öffnete mir in einem abgetragenen blauen Frotteemantel. Er war tropfnaß und barfuß und blinzelte in den dunklen Gang.

»Was gibt's denn?«

»Nichts, ich habe nur meinen Schlüssel vergessen und ... es ist niemand im Zimmer. Ich dachte, Sie würden mit mir zum Mittagessen hinuntergehen, aber Sie gehen wohl nicht, wie immer? Es war auch eine dumme Idee. Ich bitte einfach den Hoteldiener, mir aufzusperren ...«

Er zog mich ins Zimmer und ließ mich auf einem Alkovensofa Platz nehmen, das genau wie unseres aussah, nur daß es mit verstreuten Kleidern, den Blättern einer italienischen Zeitung und den Überresten seines Frühstücks auf einem Tablett bedeckt war. Er warf die Kleider auf den Boden, um für mich Platz zu schaffen.

»Was ist wirklich los? Sind Sie krank?«

»Nein, ganz bestimmt, das bin ich nicht. Ich bin die Treppe hinaufgerannt, mehr nicht. Und es ist unglaublich heiß, und ich habe nicht gefrühstückt, und Maria und ich waren in den Uffizien, und es war schrecklich voll dort ...«

»Aha«, sagte er. »Stendhal. Wir bestellen uns etwas zum Mittagessen, trinken Wein dazu, und Sie können mir eine Weile sitzen, wenn Sie wollen, und dann entlasse ich Sie, damit Sie bis zum Abendessen ein bißchen schlafen können. Wir werden im Garten essen. Yolie kommt auch. Ihrem Tonfall nach zu urteilen hat sich der Hahn aus dem Staub gemacht.«

»Ach, das tut mir leid«, sagte ich und preßte den Mund fest zu. Ich wußte, wenn ich noch weiterredete, würde ich anfangen zu weinen. Die arme Yolie. Ihr Mann war fort. Sie mußte sich fühlen, als hätte ihr jemand ein Schwert in den Leib gerammt. Ich fühlte mich jedenfalls so.

Er telefonierte mit dem Zimmerservice, um ein Mittagessen zu bestellen, und hielt, während er redete, seinen Blick starr auf mich gerichtet. Genau wie am Tag zuvor lag überall zerknülltes Papier von seinem Skizzenblock, und der starke, stechende Geruch nach Ölfarbe hing in der Luft. Seine Palette war feucht. Er hatte an meinem Porträt gearbeitet. Wie Ada gesagt hatte.

Ich gab mir große Mühe, gelassen und normal zu plaudern und das Mittagessen zu essen und den Wein zu trinken, der dazu serviert wurde, und es gelang mir wohl auch ganz gut. Ich hatte das Gefühl, mich überhaupt nicht in diesem Zimmer, an diesem Ort zu befinden, es war, als sähe ich mir selbst durch eine Glasscheibe zu. Meine Ohren dröhnten noch immer, und meine Lippen waren wie betäubt, aber alles in allem dachte ich, daß ich mich ganz gut schlug. Ich konnte über Sams alberne Scherze lachen. Ich konnte sogar selbst einige neckende Bemerkungen fallenlassen. Aber es war besser, wenn er schwieg, wenn er arbeitete. Während er mit derselben rastlosen Intensität arbeitete wie in den letzten beiden Tagen, konnte ich meinen Kopf an die Rückenlehne des Sessels lehnen und die Augen schließen. Dann war es, als schwebte ich in einer Seifenblase über der Erde.

Lange Zeit arbeitete er schweigend, und ich trieb dahin in meiner Blase und wünschte mir, einen Weg zu finden, wie ich sie unzerstört um mich erhalten konnte. Dann würde ich die Nacht überstehen, und den morgigen Tag, und die Tage danach. Vielleicht konnte ich sie sogar um mich halten, bis ich über den Atlantik geflogen und wieder auf dem Berg war.

Weiter konnte ich nicht sehen.

Vermutlich döste ich ein, denn als Sam sagte: »Na, wer weilt denn da wieder unter den Lebenden«, zuckte ich heftig zusammen und sprang auf, und mein Pulsschlag klang laut in den Ohren. Seine Stimme schien wie ein Kanonenschuß zu dröhnen.

Er stand auf dem Balkon und sah zum Schwimmbecken hinunter, und ich ging zu ihm, um ebenfalls hinabzusehen. Maria, Colin und Joe saßen um den Schirmtisch, wo unsere Gruppe immer saß, tranken etwas und lachten über Ada, die einen geschmeidigen, absurden, kleinen Tanz auf dem heißen Terracottapflaster der Poolterrasse aufführte. Sie trug ihren schwarzen Bikini, hatte ihre silberne Mähne ins Gesicht gezogen und hielt eine scharlachrote Hibiskusblüte zwischen den Zähnen. Eigentlich hätte sie lächerlich wirken sollen, aber sie sah exotisch und wunderschön aus, und außerdem beinahe nackt, wie eine barbarische Kannibalin. Joe legte die Hände an den Mund und rief ihr etwas zu, und sie lachte, warf ihr Haar zurück, rannte zu ihm und pflanzte einen langen Kuß mitten auf seinen Mund. Dann tanzte sie weiter. Colin und Maria lachten, jubelten und klatschten.

»Das sollte ihn gesund machen«, meinte Sam lakonisch, und drehte sich dann um und sah mich an.

»Ist es das, was Sie beschäftigt? Ihr vornehmer Ehemann und meine charmante Frau?« Ich schüttelte den Kopf, aber er sagte: »Ich glaube, das ist es.«

»Nein.«

»Ich hoffe nicht. Das bedeutet nämlich absolut gar nichts. Weniger als nichts. So etwas tut Ada. Manche Frauen kaufen ein oder machen ehrenamtliche Arbeit, Ada küßt andere Männer. Jede nach ihrem Talent.«

Mein Ehemann küßt aber keine anderen Frauen, dachte ich. Zumindest hat er es bisher nicht getan. Und dieser Kuß war nicht wie irgendein gewöhnlicher Kuß.

Laut sagte ich in gleichmütigem Ton: »Das stört mich nicht. Warum sollte es das? Joes Frau küßt Adas Ehemann. Oder haben Sie das vergessen?«

»Wie sollte ich«, sagte Sam und sah mich ohne ein Lächeln an. »Und Sie offensichtlich auch nicht.«

»Aber vielleicht«, sagte ich, und das Brausen in meinen Ohren wurde stärker, bis es in meinem Kopf zu brüllen schien, »sollte Adas Ehemann das noch einmal tun. Nur um sicherzustellen, daß er sich wirklich daran erinnert, wie es ist.«

Er kam wieder ins Zimmer, breitete die Arme für mich aus, und ich warf mich hinein, hob mein Gesicht und schloß die Augen. Als er mich diesmal küßte, als sein Mund sich an meinen Hals und dann zu meiner Brust bewegte, als er mich so fest an seinen Körper zog, daß ich durch seine und meine Kleider die Hitze spüren konnte, entzog ich mich ihm nicht. Ich drückte mich so fest an ihn, daß ich fühlen konnte, wie sich meine Fingernägel durch sein Hemd in seine Haut gruben. Erkläre Ada das erst einmal, dachte ich benommen. Etwas tief in mir, das, seit wir in Italien angekommen waren, verkrampft und eiskalt war, wurde warm, weich und öffnete sich. Ich hörte, wie ein Ton aus meiner Kehle kam. Sein Mund an meiner Brust antwortete mir.

Das Telefon klingelte.

Ich erstarrte. Er rührte sich nicht.

»Soll es doch klingeln«, murmelte er heiser.

Aber der Augenblick war vorbei, zerstört. Schließlich löste er sich von mir, ging zum Schreibtisch und hob den Hörer ab, wobei er das drahtige Gewirr seiner kupferfarbenen Haare am Hals zur Seite strich. Ich stand da und sah hinaus auf den Park. Dabei sah ich zwar, daß Ada wieder auf ihrem Stuhl saß und alle sich ganz normal unterhielten, aber ich registrierte es kaum. Dann fühlte ich, daß Sam hinter mir stand, auch wenn ich ihn nicht sah.

»Es ist Yolie, die wissen will, wann sie kommen soll«, sagte er. Seine Stimme war noch immer belegt und heiser. »Yolie ist doch ein ständiger Störenfried. Nun, Cat, das Klingeln hat Sie gerettet. Außer, Sie bitten mich darum?«

Ich drehte mich zu ihm um, legte meine Hände auf seine Schultern und lächelte. Irgendwie sah das Leben jetzt besser aus. ich hätte nicht zu sagen gewußt, wieso, aber der tiefe, erschrockene Schmerz war verschwunden. Ich fühlte mich allem gewachsen.

»Noch nicht«, sagte ich. »Jetzt noch nicht.«

»Fragen Sie bald, Cat.«

»Das werde ich«, sagte ich. »Das werde ich tun.«

Die Sitzung war vorbei, das wußten wir beide. Ich sammelte meine Sachen zusammen und ging zur Tür. Jetzt war es mir egal, ob Joe in unserem Zimmer war oder nicht. Ich würde mit beidem fertigwerden. Ich hatte eine ausgezeichnete Waffe, die ich mit einem einzigen Wort zünden konnte: Jetzt.

Er brachte mich zur Tür.

»Ich habe ganz vergessen, Sie zu fragen«, sagte er. »Was haben Sie gesehen? Was hat Ihnen am besten gefallen?«

Ich begann zu lachen.

»Geschlechtsteile«, sagte ich. »Ich habe männliche Geschlechtsteile gesehen.«

Ich lachte noch immer, als ich schon an der Treppe war. Und ich hörte, wie er hinter mir ebenfalls zu lachen begann.

Unser letztes Abendessen in Florenz war nicht sonderlich gelungen. Das Essen schmeckte ausgezeichnet, und wir tranken eine ganze Menge Wein vor und während des Essens, und Brandy und Grappa danach, aber es herrschte immer noch ein Gefühl des Unbehagens und der Unruhe. Hätte Joe gewußt, daß ich ihn und Ada in unserem Zimmer gesehen hatte, dann wäre wohl das der Grund gewesen, aber ich war sicher, daß er es nicht bemerkt hatte. Und ich wußte auch, daß ich mich tadellos benahm. Man weiß immer, wenn man etwas gut macht.

Joe hatte geschlafen, als ich in unser Zimmer kam, und ich hatte gebadet und das grüne Kleid angezogen, das ich in Venedig gekauft hatte. Dann war ich hinuntergegangen in die kleine Bibliothek neben der Bar, um bis zum Abendessen zu lesen. Er tauchte erst auf, als wir bereits alle am Tisch auf der Loggia saßen, in der weinbewachsenen Laube, in der ich tagsüber gelegentlich gesessen hatte. Im flackernden Schein der Windlichter sah er sehr mager aus, und unter seinen blauen Augen standen immer noch Schatten, aber sein schmales Gesicht hatte wieder Farbe bekommen, und sein seidiges Haar schien heller, von der Sonne gebleicht. Ich spürte eine Art innerliches Summen an ihm, einen Motor, der leise und stark in seinem Inneren lief. So war er in den frühen Tagen unserer Ehe gewesen, wenn wir beide wußten, daß wir bald miteinander schlafen würden. Mit leichtem, bösartigem Vergnügen registrierte ich, wie er sich neben mich setzte und seinen Arm um mich legte. Seine Hand glitt auf meinem nackten Rücken unter dem Kleid hin und her. Jetzt, gegen Ende des Abends, streichelten seine Finger meine Schulterblätter und fuhren leicht an meiner Wirbelsäule auf und ab. Vergiß es, Kleiner, dachte ich, ich weiß genau, wer dieses Feuer entfacht hat. Ich lächelte ihn an.

»Du siehst gut aus«, flüsterte er mir ins Ohr. »Heute abend bist du richtig hübsch, Cat. Offenbar hast du dich am Vormittag im Museum ausgezeichnet unterhalten.«

Ich drehte mein Gesicht ihm zu und biß ihm erst zart und dann ziemlich fest ins Ohrläppchen. Er zuckte leicht zusammen.

»Es war märchenhaft«, sagte ich. »Maria und ich haben mehr nackte Schwänze gesehen als im Schlafsaal eines U-Boots. Natürlich aus Marmor.«

»Ach, wirklich?« sagte Joe. Sam, auf der anderen Seite des Tisches, lachte. Ich sah ihn an, was ich den ganzen Abend vermieden hatte. Unsere Blicke trafen sich, wir sahen einander in die Augen, und dann wandte ich mich ab.

»Wie schade, daß sie nur aus Marmor waren«, sagte Yolanda.

»Ja, das stimmt«, meinte Maria von der anderen Seite des Tisches. Auf ihren Wangenknochen standen runde, dunkelrosa Flecken, und ihre Augen glitzerten. Colin neben ihr goß seinen Brandy hinunter und sah sie nicht an. Er hatte den ganzen Abend nicht viel gesagt, Maria hatte das Gespräch bestritten.

Sie haben sich wieder gestritten, dachte ich. Wir werden diese Reise nicht überstehen. Keiner von uns.

Yolanda trank ziemlich viel. Es war, soweit ich wußte, das erste Mal seit jener schrecklichen Nacht in Rom, als Joe sie regelrecht ins Hassler hatte tragen müssen. Aber sie war jetzt überhaupt nicht betrunken, nur etwas stiller als sonst, und außerordentlich klar. Ihr Gesicht wirkte voll und etwas aufgeschwemmt, ihr Mund schien geschwollen, und an ihrem Hals befand sich unzweifelhaft ein bereits verblassender Knutschfleck. Als sie an den Tisch getreten war, hatte Sam sie angegrinst und gesagt: »Mein Gott, Yolie, du siehst aus, als hätte man dich hart geritten und nicht trockengerieben.«

»Das stimmt auch«, sagte sie und grinste ihn ebenfalls an. »Wärst du gerne derjenige gewesen?« Zu uns anderen meinte sie: »Ich habe euch alle vermißt. Wie läuft's im Paradies?«

»Sam ist mit Cat fast fertig«, antwortete Ada. Sie schimmerte in seidigem Weiß und lächelte mir über den Tisch hinweg zu. »Und Colin hat das Bein in Gips, aber keine Schmerzen mehr, und Joe geht es viel besser. Maria und Cat waren heute morgen in den Uffizien. Ansonsten hatten wir es hier sehr ruhig. Wir sind fast immer zu Hause geblieben.«

»Das klingt sehr vergnüglich«, meinte Yolie. »Falls ihr es wissen wollt, ich bin auch fast immer zu Hause geblieben, bis heute morgen, als der schöne und talentierte junge Cosimo irgend etwas in den falschen Hals bekam und heimlief zu seiner Mama. Sie wird den Schock ihres Lebens bekommen. Er ist gründlich zugeritten worden, wie Sam es ausdrücken würde.«

»Das kann ich mir vorstellen«, sagte Sam.

Jeder an diesem Tisch hat nur Sex in irgendeiner Form im Kopf, dachte ich plötzlich. Ich habe Sex, Anzüglichkeiten und Untertöne so gründlich satt, daß ich kotzen könnte.

Am Ende der Mahlzeit, als wir noch zusammensaßen, Grappa tranken und allmählich daran dachten, aufzustehen und in unsere Zimmer zu gehen, sagte Joe: »Ich habe etwas sehr Gescheites getan. Bei der Abfahrt aus Venedig habe ich unsere ganzen Reiseschecks im

Hotelsafe vergessen. Ihr müßt uns etwas leihen, bis wir nach Siena kommen.«

Aus irgendeinem Grund wurde ich außerordentlich wütend.

»Verdammt noch mal, Joe«, sagte ich verärgert. »Wann hast du diese sagenhafte Großtat entdeckt?«

»Als ich heute früh aufstand, um ein Bad zu nehmen.«

Er sah mich etwas verwirrt an. Seine Augenbrauen zuckten ärgerlich, denn gewöhnlich bin ich zu Joe nicht sarkastisch.

»Warum hast du es mir nicht gesagt? Das American-Express-Büro ist gleich hinter dem Ponte Vecchio, an der Via Guicciardini. Maria und ich waren ganz in der Nähe.«

»Du warst bereits gegangen, Cat«, erklärte er kühl. »Es macht nichts. Bestimmt gibt es in Siena auch ein Büro.«

Er sah Ada an und hob fragend die Augenbrauen.

»Ja, gibt es«, sagte sie. »Es ist da, wo auch die großen Banken sind. Ich weiß ganz genau, wo. Ich kann morgen nachmittag hingehen und das für euch erledigen. Dann müßt ihr nicht stundenlang Schlange stehen, denn in so kleinen Büros wie in Siena dauert es meistens sehr lange.«

»Ich kann sie schon holen«, sagte er. »Ich fühle mich wieder gut. Wirklich.«

»Vielleicht könnten wir alle zusammen gehen«, sagte ich.

»Ich habe eine bessere Idee«, erklärte Yolie. »Cat, warum bleiben Sie nicht noch einen Tag und besorgen morgen früh hier die Schecks? Dann können wir noch ein wenig durch die Stadt spazieren und vielleicht morgen nachmittag in den Palazzo Pitti gehen. Ich zeige Ihnen mein Florenz. Sie können sich mit mir das Bett teilen, es ist wirklich riesig, und ich verspreche Ihnen auch, daß es vorher frisch bezogen wird. Am Tag darauf fahren wir dann nach Siena und treffen uns wieder mit den anderen. Es sind nur sechzig Kilometer.«

»Ach, wissen Sie, das könnte ich eigentlich machen«, sagte ich langsam. Ich dachte an einen gemütlichen, sonnigen Tag in den Gärten von Florenz und an die versteckten engen Gassen sowie an ein langes Abendessen in irgendeinem winzigen, düsteren Restaurant in einem vergessenen Stadtviertel. Und an Lachen. Leichtigkeit und Lachen.

Joe legte die Hand auf meine Schulter.

»Ich halte das für überhaupt keine gute Idee«, sagte er. »Ich glaube nicht, daß Cat das allein schafft.«

Ich drehte mich um und sah ihn an. Er starrte mich ausdruckslos an.

»Doch, das kann ich«, sagte ich.

»Cat, ich brauche Sie morgen nachmittag noch für eine weitere Stunde«, sagte Sam. »Wir sind jetzt beinahe fertig.«

Ich blickte ihn über den Tisch hinweg an. Im Kerzenlicht sah auch sein Gesicht verschlossen und beinahe fremd aus. Überrascht stellte ich fest, daß meine Wut erneut aufflammte.

»Also, Sam, wirklich«, sagte Ada. »Cat braucht ein bißchen Zeit für sich selbst. Du hast bisher fast jeden ihrer Nachmittage in Beschlag genommen.«

»Ich brauche sie jetzt wirklich«, sagte er.

»Nein, du brauchst sie nicht«, erklärte Yolanda streng. »Du bist verwöhnt. Was ist schon ein einziger Tag? Cat hatte auf dieser Reise noch nicht viel Zeit für sich.«

»Du kannst natürlich machen, was du willst«, sagte Joe abwesend. Er nahm seine Hand von meiner Schulter. »Ada kann für uns bezahlen.«

Am Tisch herrschte Schweigen. Es kräuselte sich wie Wasser, wenn man einen schweren Stein hineingeworfen hat. Im flackernden Licht blickte ich Yolanda an und lächelte. Sie lächelte zurück.

»Wir machen es«, sagte ich.

12. Kapitel

Früh am nächsten Morgen brachen die anderen nach Siena auf. Ada saß am Steuer, Maria neben ihr, Sam allein auf der mittleren Sitzbank, wo er bereits seinen Skizzenblock aufschlug, und Joe und Colin auf dem Rücksitz.

»Das Krankenquartier«, sagte Sam, als die beiden hineinkletterten. Joe warf ihm einen scharfen Blick zu, aber Sam grinste nur wohlwollend und sagte zu mir: »Sie können sich immer noch anders entscheiden, Cat. Sie wissen nicht, was Sie möglicherweise verpassen.«

»Das ist das beste Argument fürs Hierbleiben, das ich je gehört habe«, meinte ich. »Paßt auf euch auf, ihr alle. Wir sehen uns dann morgen beim Mittagessen. Wartet auf uns.«

Joe blickte mich durch das offene Fenster an. Er sah sehr viel besser aus, nach dem Ausruhen und durch die frische Sonnenbräune ähnelte er wieder viel mehr seinem früheren Selbst. Als ich am Abend zuvor aus dem Badezimmer kam, hatte er schon fest geschlafen, und als ich heute morgen erwachte, war er beinahe schon angezogen. Wir sprachen nicht viel, waren aber freundlich zueinander. Ich war erleichtert. Ich wußte, daß er sich gestern abend ernsthaft über meine Entscheidung geärgert hatte. Den Grund dafür kannte ich nicht genau. Es war schwer, an diesem Ort Joes Ärger zu verstehen. Es fiel mir schon bei mir selbst schwer genug.

Doch ich wußte, daß er noch immer wütend auf mich war. Bevor er ins Auto stieg, küßte er mich nur schnell und beiläufig auf die Wange.

»Sei vorsichtig«, sagte er. »Das Ganze gefällt mir noch immer nicht.«

Ich legte meine Hand leicht auf seine.

»Es ist doch nur ein Tag«, antwortete ich.

Ich sah dem Kombi nach, wie er über die gebogene Auffahrt davonfuhr, und ging dann hinaus in den Garten, um auf Yolanda zu warten. Es war so früh, daß die anderen Gäste noch schliefen, und ich hatte die Terrasse und das Schwimmbecken ganz für mich. Noch war die Sonne nicht über die Reihen der Zypressen am Ende des Parks gestiegen, und der Swimmingpool war vollständig glatt, ein Spiegel, in dem die Terracottatöpfe und die Blumen, die wachsamen Finger der Zypressen und das blaue Gewölbe des Himmels, auf dem noch längliche, rosafarbene Wolken standen, zu sehen waren. Der Gesang der Vögel wurde durch nichts gestört. Nur gelegentlich drang von der Straße weit unter uns das zikadenartige Surren von *motorini* herauf. Ich holte tief Luft und inhalierte den Duft von Thymian, von frisch gemähtem Gras und von irgendwoher das volle Aroma frisch gebrühten, starken Kaffees. Ich streckte meine Arme und Beine aus, soweit es ging, schloß die Augen und lächelte. Es war eigentlich das erste Mal, daß ich in Italien allein war. Und zum zweiten Mal in meinem ganzen Leben, daß ich allein war an einem Ort, der nicht der Berg war. Beim ersten Mal, in Venedig, hatte ich mich krank gefühlt und getrieben von Angst. Hier war ich so glücklich, daß mir beinahe schwindlig wurde.

Ein Kellner kam, und ich bestellte eine Kanne Kaffee und zwei Tassen. Meine erste Tasse hatte ich schon fast ausgetrunken, als Yolanda durch die Terrassentür auf mich zukam. Sie trug ihr Haar in einem dicken, glänzenden Zopf auf dem Rücken, hatte eine Bauernbluse an, die über die braunen Schultern nach unten gezogen war, und einen knöchellangen, farbenfroh bedruckten Rock. Allerdings war der Rock bis weit hinauf geschlitzt, wie ich amüsiert feststellte. An den Füßen trug sie Espadrilles, die an den Knöcheln gebunden waren. Sie sah aus wie ein ländliches Gemälde aus dem Mezzogiorno, vielleicht von Mantegna, üppig, gut gelaunt und sehr jung. Ich kenne niemanden, der sein Aussehen derart schnell verändern kann wie Yolanda: Wenn sie über die Stränge geschlagen hatte oder traurig war, sah sie verbraucht, reizlos und beinahe alt aus, und wenn es ihr gut ging, strotzte sie vor Jugend und Gesundheit. Plötzlich wurde mir klar, daß ich nicht wußte, wie alt sie wirklich war. Je nachdem, wann man sie sah, konnte sie irgend etwas zwischen Mitte Dreißig und Mitte Vierzig sein. Ich wußte, daß sie noch studiert hatte, als Sam sie malte, aber wann das genau gewesen war, wußte ich nicht.

»*Buon giorno*«, sagte sie, ließ sich auf den Stuhl gegenüber gleiten und nahm einen großen Schluck Kaffee. »Sind Sie bereit für Mutter Whitneys Magical Mystery Tour? Sie sehen heute morgen aus wie eine französische Klosterschülerin.«

Ich blickte an dem marineblauen Hemdblusenkleid hinab, das ich schon auf der Anreise getragen hatte. Es war leicht, kühl, unempfindlich gegen Schmutz und Knitterfalten, und wirkte mit seinem weißen Matrosenkragen tatsächlich wie eine französische Schuluniform. Besonders neben Yolandas zigeunerhafter Aufmachung. Ich zog eine Grimasse.

»Ich könnte den Rock bis zur Taille aufknöpfen und die oberen drei Knöpfe offenlassen. Dann sähe ich aus wie eine französische Klosterschülerin auf Sauftour.«

»Machen Sie sich keine Mühe. Das ist eine gute Kombination, die Heilige und die Hure. Mit Ihrem Aussehen kommen wir in Kirchen und Klöster, und ich schleppe die Männer an. Das paßt doch ausgezeichnet.«

Ich lachte laut, und Freude stieg lustvoll in meiner Kehle auf. Als wäre ich ein Kind, das zum ersten Mal von zu Hause weg ist, erstreckte sich der Tag abenteuerlich vor mir, so reich und voller Möglichkeiten und Zauber. Und in gewisser Weise stimmte das auch. So etwas hatte ich noch nie zuvor getan: Ich hatte noch nie zuvor zusammen mit einer Freundin völlig ungeplant und spontan Spaß gehabt. Spaß. Das Wort klang in meinen Ohren, als ob es auf der Zunge wundervoll schmecken müßte, so rund und intensiv wie ein Bonbon.

»Spaß«, sagte ich und rollte es in meinem Mund hin und her. »Wir werden Spaß haben.«

Sie grinste mich an.

»Darauf können Sie Ihren Hintern verwetten. Wo ist Ihr Gepäck?«

»Ich habe keines. In meiner Tasche habe ich nur frische Unterwäsche und eine Zahnbürste. Wir werden doch nicht vornehm ausgehen, oder?«

»Überhaupt nicht«, meinte sie, lachte und stand auf. »Dort, wo wir hingehen, sind Sie vielleicht sogar zu gut angezogen. Das gefällt mir, ein Mädchen, das einfach einen Slip einpackt und mehr nicht.«

»Dann lassen Sie uns aufbrechen«, sagte ich.

Ich warf ein Bündel Lire auf den Tisch, und wir gingen durch die Eingangshalle zum Auto, Arm in Arm wie Schulfreundinnen, in den immer strahlender werdenden Tag hinein.

Wir fuhren schließlich doch nicht aufs Land hinaus, um irgendwelche Gartenanlagen zu besichtigen. Als Yolie mich vor dem American-Express-Büro an der Via Guicciardini, gleich bei dem Ponte Vecchio, absetzte, reichte die Schlange schon bis vor die Tür. Obwohl es noch früh war, stand die Sonne hoch am Himmel, der immer heller wurde vor Hitze. Die gedrängte Menschenmenge in dem engen Büro war jetzt schon unruhig und ungeduldig. Die Leute fächelten sich Kühlung zu, rollten die Ärmel hoch, knöpften die Hemden auf und streckten die Hälse, um zu sehen, warum es gerade in ihrer Reihe so lange dauerte. Vier Schalter waren geöffnet, und jeder der Angestellten dahinter war in meinen Augen hoffnungslos überfordert. Die meisten der jammernden, flehenden und dann wütenden Stimmen gehörten Amerikanern. Die meisten der kurz angebundenen, uninteressierten Italienern.

O verdammt noch mal, Joe, das ist überhaupt nicht lustig. Hätte ich dich nur deine Ungeschicklichkeit in Siena selbst ausbügeln lassen, dachte ich, als es zehn Uhr und dann elf Uhr wurde und schließlich auf zwölf zuging. Um zwölf Uhr waren immer noch vier Leute vor mir. Mit der Menge von Papieren, die jeder von ihnen in der Hand hielt, hätte man internationale Finanzkrisen bewältigen können. In keiner der anderen Schlangen sah es besser aus. Mir lief der Schweiß über den Rücken, mein BH war durchweicht, und das Haar in meinem Nacken und an den Schläfen war feucht. Eigentlich hätte man erwartet, daß American Express inzwischen herausgefunden haben könnte, wie heiß es in Florenz die Hälfte des Jahres ist.

Gelegentlich kam Yolie vorbei, um nachzusehen, wie die Lage inzwischen war, und spazierte wieder davon, um über den Ponte Vecchio zu bummeln oder das Auto eilig von der Lücke, die sie entdeckt hatte, zu dem großen öffentlichen Parkplatz auf der Piazza del Carmine umzuparken. Danach blieb sie bei mir.

»Das ist ganz in der Nähe des Lokals, in das ich Sie zum Abendessen mitnehmen wollte«, sagte sie, »und nur ein oder zwei Minuten vom Hotel entfernt. Wenn Sie hier fertig sind, können wir durch diesen Teil der Stadt spazieren und, wenn Sie wollen, die Boboligärten und den Palazzo Pitti besichtigen, und dann Mittag essen. Oder, was wahrscheinlicher ist, wenn man sich das hier ansieht, erst Mittag essen und dann die Besichtigungstour machen. Ich glaube, mit den Villen im Umland wird es nichts mehr.«

»Das tut mir so leid«, sagte ich. »Ich hätte das alles Joe in Siena überlassen sollen. Das ist ein magerer Ersatz für frische Luft und schöne Landschaft.«

Yolie streckte die Arme weit über den Kopf und beugte den Rücken, bis der Zopf die Taille erreichte. Ihre braunen Brüste machten Anstalten, aus der weißen Baumwollbluse zu schlüpfen. Sie ließ die Arme wieder fallen und blieb neben mir stehen, das Körpergewicht auf ein Bein verlagert und die Hand auf der Hüfte. Sie sah sich in dem Raum um und betrachtete langsam und gründlich die Anwesenden.

»So schlecht ist die Landschaft hier gar nicht«, sagte sie.

Ich sah, daß sie einen jungen Mann ins Auge gefaßt hatte, der am Ende der Reihe neben uns stand. Wahrscheinlich war er Student oder vielleicht auch etwas älter, auf jeden Fall ein sonnengebräunter, dunkler, grobschlächtiger junger Mann, dessen Sonnenbrand sich auf der Nase schälte und der die kräftigen Arme und großen Hände eines Footballspielers hatte. Er schien zu niemandem in der Menge zu gehören, wie das bei fast allen anderen jungen Frauen und Männern der Fall war, und er blätterte nicht ungeduldig in irgendwelchen Papieren, zappelte nicht vor Unruhe und streckte auch nicht den Hals, um zu sehen, wann sich seine Schlange wieder vorwärtsbewegte. Man konnte sehen, daß ihm heiß war, sein weißes T-Shirt war naß, so daß sich darunter das dunkle, dichte Brusthaar abzeichnete, aber er fächelte sich keine Kühlung zu und zog auch das T-Shirt nicht aus. Er stand einfach da, wie eine Statue, ein Baum oder vielleicht ein selbstgefälliger Bulle in der Sonne. Er wartete einfach, bis er an der Reihe war. Und er sah Yolanda an.

Yolanda lächelte, und der Junge lächelte ebenfalls. Er wandte weder den Blick ab, noch drehte er den Kopf, wie das die meisten tun, wenn sie unbeabsichtigt in der Öffentlichkeit einen fremden Menschen angelächelt haben. Er sah sie nur an, von Kopf bis Fuß, und lächelte. Es war ein Lächeln, das zu seiner übrigen Person paßte: schwerfällig, langsam und sehr kraftvoll. Auch ihr Lächeln verschwand nicht, und sie blickte auch nicht beiseite. Unglaublich viele Dinge, die, wie ich fand, besser ungesagt blieben, flogen zwischen ihnen in der schwülen Luft hin und her. Ich konnte Yolie beinahe riechen.

»Yolie, also wirklich«, sagte ich ganz leise, und die Schlange vor mir bewegte sich. Ich bemerkte, daß ich als nächste an die Reihe kam.

Sie löste den Blick und drehte sich zu mir um, wobei sie das Lächeln hinter sich herzog wie ein ausgeworfenes Netz.

»Sie haben recht«, sagte sie träge. »Bis er mit seinen Angelegenheiten fertig ist, bin ich nicht mehr in Stimmung. Schade. Das war erstklassiges, amerikanisches Fleisch.«

Sie senkte ihre Stimme nicht. Jemand hinter uns lachte. Mein Gesicht brannte. Endlich kam ich an die Reihe, bekam die Ersatzschecks, und wir drängten uns durch die Menschenmenge zur Tür. Als wir hinaustraten in die helle Luft, drehte sie sich um und warf dem jungen Mann einen Kuß zu.

»Sie haben Glück, wenn er heute abend nicht die Tür einschlägt.«

»Ich habe Glück, wenn er es tut.«

»Sie sind wirklich unverbesserlich, wissen Sie das?«

»Nicht unbedingt. Ich bin nur immer noch geil. Als Cosimo der Schöne die Kurve kratzte, lief ich noch auf Hochtouren.«

»Na, dann atmen Sie tief durch, duschen kalt oder so, und dann gehen wir Mittag essen. Ich lade Sie ein. Suchen Sie sich etwas Schönes aus. Das ist das wenigste, was ich tun kann, nachdem ich Ihnen den ganzen Vormittag verdorben haben.«

»Ihrer war ebenfalls verdorben«, sagte sie gleichmütig. »Mich stört das nicht. Gärten und Villen sehe ich während der nächsten fünf Tage in der Toskana noch genug. Aber hierher komme ich jetzt für mindestens ein Jahr nicht mehr. Und ich würde diesen letzten Tag am liebsten in meiner Gegend verbringen. Es ist der schönste Teil von Florenz, auch wenn es hier weder eine Villa noch einen Swimmingpool gibt.«

»Gott sei Dank«, meinte ich. »Na, dann kommen Sie. Wir gehen zu Fuß.«

In der lastenden, stillen Hitze spazierten wir zum Borgo San Jacopo, wandten uns dort nach links und gingen durch Straßen, die so eng und so dicht mit Häusern und Läden überschattet waren, daß man sich fast in einem Tunnel glaubte. Das Licht hier war ein ständiges Halbdunkel, in das nur einzelne fahle Sonnenstrahlen drangen. Staubflöckchen tanzten darin. Die gelben Fassaden der Häuser glühten schwefelfarben. Yolie hatte recht; dieses Florenz hatte ich noch nicht gesehen. Es war ein abgegrenzter Bezirk, ein Dorf, in dem man das Leben, das hier geführt, und die Arbeit, die hier getan wurde, spüren konnte. Viele Menschen waren auf den engen, kopfsteingepflasterten Straßen unterwegs, betraten und verließen Geschäfte mit Körben und Umhängetaschen, sie unterhielten sich mit lautem Rufen und schlüpften so nah an den Autos und Vespas, die vorüberratterten, vorbei, daß sich ihre Kleider im Luftzug blähten. Ladenbesitzer stellten ihre Waren aus, die von Touristen und Hausfrauen kritisch geprüft wurden, Kinder quiekten und balgten sich, und träge Teenager mit Lautsprecherboxen und Kopfhörern lehnten an ihren Vespas, in den Tordurchgängen der alten Läden oder aneinander, die verhangenen Augen voll kühler Verachtung und dunkle, geschmeidige Lederbekleidung im Wert von vielen hunderttausend Lira am Körper. In den kleinen Straßencafés saßen alte Männer in der Sonne und stritten sich oder spielten Brettspiele.

Eine Straße weiter war das Dorfleben plötzlich verschwunden. Statt dessen sah man elegante Palazzi und vornehme Antiquitätengeschäfte, deren kunstvoll gestaltete Auslagen mich geradezu einschüchterten. Im Innern sah ich nur wenige Leute, und diese wenigen waren so außerordentlich korrekt und dunkel gekleidet, daß ich nicht zu sagen vermochte, ob sie Kunden oder Händler waren.

»Selbst wenn ich Millionärin wäre, hätte ich noch Angst, in einen dieser Läden zu gehen und etwas zu kaufen«, sagte ich zu Yolie. »Ich bin sicher, sie würden mich hinausweisen, weil ich nicht die richtige Kleidung trage.«

»Das ist schon möglich«, sagte sie. »Die Verkäufer in Florenz sind die gröbsten auf der ganzen Welt. Am liebsten wäre es ihnen, man hielte sie für Aristokraten, die nur einmal für einen Tag bei einem Freund eingesprungen sind. Ich weiß nicht, wie sie jemals etwas verkaufen. Aber Amerikaner kaufen dieses Zeug tonnenweise. Ich glaube, am meisten kaufen die Texaner. Die Frauen aus Dallas merken es offenbar nicht, wenn man grob zu ihnen ist.«

»Woher wissen Sie das alles?«

»Es gehört zu meinem Beruf, alles mögliche zu wissen.« Sie grinste mich an. »In meiner Branche ist man um so sicherer, je mehr man weiß. Wissen ist Macht.«

»Es muß schrecklich ermüdend sein, immer mit ausgefahrenen Antennen herumzulaufen«, sagte ich und meinte es auch so.

»Das können Sie glauben. Deshalb komme ich so gerne nach Italien und besonders nach Florenz. Hier interessiert sich niemand dafür, was man weiß oder nicht weiß. In dieser Stadt muß man sehen, schmecken und fühlen. Sie ist nicht so unheimlich wie Venedig, so überwältigend wie Rom und nicht so ländlich wie die Toskana. Obwohl Florenz eine Stadt ist, kann man sich hier fallenlassen. Und es ist ein guter Weidegrund, wenn Sie wissen, was ich meine. Man lernt interessante Männer kennen, ohne sie abwehren zu müssen, bis man einen findet, den man nicht abwehren will. Das ist in anderen Teilen Italiens unmöglich. Den Mezzogiorno kann man vergessen; wenn man dort so herumstreicht, ist man innerhalb von zwei Stunden grün und blau geschlagen oder vergewaltigt.«

Wir spazierten gerade über den Borgo Tegolaio auf die Piazza Santo Spirito zu. Yolie wirkte so weich, glatt und geschmeidig wie eine entspannte Katze, die nahe am glühenden Kaminfeuer lag.

»Haben Sie niemals Angst, daß Ihnen etwas passieren könnte?« sagte ich.

»Nein, überhaupt nicht. Ich kenne mich auf der Straße aus, und ich habe hervorragende Instinkte. Das Buch über Safer-Sex stammt von mir. Ich habe eher Angst, daß mir *nichts* passiert.«

Mir schoß durch den Kopf, daß sie vielleicht pathologisch war: eine Nymphomanin, wenn man dieses traurige, alte Wort voller versteckter Andeutungen überhaupt noch verwendete. Aber das konnte wohl kaum sein. Dazu war sie zu erfolgreich; ihre Karriere war einfach zu steil und zu makellos, um von einem pathologischen Trieb ausgelöst zu sein. Was sie erreicht hatte, verlangte enorme Energie, Entschiedenheit und Entschlossenheit ebenso wie Talent. Ich vergaß den Gedanken wieder, teilweise deshalb, weil es mir an diesem glanzvollen Tag genügte, sie als lustige und anregende Begleiterin bei mir zu haben, und teilweise auch, weil das Betreten der Piazza aus dem schattigen Straßengewirr heraus den Eindruck machte, als käme man nach einer langen, öden Zeit der Dunkelheit ins reine, strahlende Licht.

An einem Ende des baumbestandenen Rechtecks befand sich Brunelleschis Kirche. Streng und klassisch herrschte sie wie ein ferner und schöner, heller Wächter über die Bänke, auf denen sich alte Leute sonnten, und über die Grüppchen ballspielender Kinder und die Schirmkarren mit gebrauchten Kleidern und Blumensträußen, die vom morgendlichen Markt noch übrig waren. In der Mitte der Piazza lag ein Rechteck, das mit alten Bäumen abgegrenzt war, und in dem ein träge plätschernder Springbrunnen die Sonnenstrahlen einfing und in schillernde Regenbögen verwandelte. Hier plantschten und schrien noch mehr Kinder, und die Mütter und Kindermädchen, die sie mit halbem Auge bewachten, plauderten miteinander. Die ganze Piazza war von vornehmen Häusern umgeben, deren Bewohner sich allerdings hinter geschlossenen Fensterläden versteckten, dazwischen befanden sich aber auch einzelne Läden. Bei einigen Läden waren die unvermeidlichen rostigen Metalljalousien heruntergelassen, denn eine lange Mittagssiesta gehörte auch zum Lebensrhythmus von Florenz.

Yolie steuerte mit mir auf eine Trattoria an dem der Kirche gegenüberliegenden Ende des Platzes zu.

»Manno hat die beste *tribollita* in diesem Viertel«, sagte sie und ließ sich auf einen Stuhl sinken. Dankbar tat ich es ihr nach.

»Sind das irgendwelche Eingeweide, oder sollte ich es probieren?«

»Es ist Bohnensuppe. Dachten Sie, ich würde Sie auffordern, Innereien zu essen? Obwohl man das hier überall ganz frisch bekommt, oder mehr noch in San Frediano, wo ich wohne. Dort arbeiteten die Kaldaunenköche. Sie kochten die Kutteln in großen Fässern und lieferten sie früh am Morgen mit dem Schubkarren in der ganzen Stadt aus. In dieser Gegend gibt es noch immer die beste *trippa alla fiorentina.* Vielleicht probieren wir sie heute abend.«

»Sagen Sie mir das bloß nicht vorher«, sagte ich. »Bohnensuppe klingt gut. Mein Gott, bestimmt hat es damals hier ganz schön übel gerochen.«

»Möglicherweise nicht viel schlimmer als jetzt, zumindest früh am Morgen«, erklärte sie. »Hier gibt es viel Drogenabhängige, und bevor die Straßenreinigung kommt, stinkt es scheußlich nach Erbrochenem und Gott weiß was. Manchmal steigt man über Spritzen und noch Schlimmeres.«

»Es ist so schön an diesem Ort, daß man sich das gar nicht vorstellen kann«, sagte ich und sah mich auf der friedvollen Piazza um, die in der allmählich westwärts wandernden Sonne lag.

»Ich weiß nicht, ob ich es traurig finden soll, sinnlos vor allem – diese armen, abgemagerten Kinder, die alles heimlich tun. Die meisten von ihnen sind Ausländer. Sie hocken auf den Kirchenstufen, rauchen, schnupfen, spritzen sich und schleichen sich hinter die Bäume, um zu vögeln. Manchmal komme ich am Abend hierher, weil sie die Kirche so wunderbar beleuchten, daß sie aussieht wie ein Bühnenbild zu *Tosca* oder so. Es sind immer Polizisten in der Nähe und manchmal auch Soldaten. Mich hat hier noch niemand belästigt. Dafür ist Florenz einfach nicht der Ort.«

Dann kam Manno, begrüßte Yolie laut und herzlich und beugte sich über meine Hand, um sie zu küssen. Ehe wir uns versahen, hatten wir eine Karaffe mit Weißwein auf dem Tisch. Wir leerten zwei davon, bevor wir das Essen bestellten. Als die Bohnensuppe kam, stürzten wir uns wie verhungerte Findelkinder darauf und tunkten die Reste mit Mannos dickem, krustigem Brot auf. Dann genehmigten wir uns noch zwei oder drei Gläser *vin santo*. Ich hätte nie geglaubt, daß mir süßer Wein schmecken könnte, aber dieser hier war wundervoll. Er hatte gerade so viel Nachgeschmack, daß er sich auf der Zunge nicht unangenehm anfühlte.

Inzwischen war es schon ziemlich spät. Langsam ließ die Hitze nach, und ein leichter, angenehmer Wind drang durch das Gassengewirr auf den Platz. Er fuhr mir unter das Haar im Nacken und bewegte die spitzenbesetzten Rüschen von Yolies Bluse. Sie streckte sich und sah mich an.

»Wollen Sie wirklich zum Palazzo Pitti und in die Boboligärten? Es ist noch ziemlich lange hell ...«

»Eigentlich will ich nichts anderes, als mich nie mehr bewegen zu müssen«, sagte ich. »Wir könnten noch eine Weile sitzenbleiben, dann vor dem Abendessen ein Schläfchen einlegen und den anderen erzählen, daß wir dort waren.«

»Ich glaube, wir sind Schwestern, die bei der Geburt getrennt wurden«, meinte Yolanda. »Nun, dann erzählen Sie mir doch, wohin Sie nach Siena fahren. Machen Sie die übliche Runde durch das Chiantigebiet? Es gibt dort einige wunderschöne Gärten, auch wenn viele von ihnen nicht mehr rein italienisch sind, sondern eher englisch.«

»Ich weiß nicht genau. Eigentlich haben Maria und Colin unsere Toskanareise geplant, aber ich glaube, Ada hat noch einige Änderungen vorgenommen. San Gimignano, soviel weiß ich noch, und Montepulciano und Pienza. Colin wollte auch noch nach Perugia und Assisi fahren, aber Ada ist mehr für die Küste. Ich weiß, daß wir über Orvieto nach Rom zurückfahren.«

»Offenbar hat Ada einen neuen Bikini.« Yolanda grinste.

»Vielleicht. Sie haben Freunde, die irgendwo bei Elba ein Haus besitzen. Ich hoffe, daß Colin gewinnt, denn ich möchte eigentlich nicht bei jemandem wohnen, den ich nicht kenne. Es ist so schon schwer genug...«

Ohne daß ich den Grund dafür wußte, hatte ich eigentlich sagen wollen: »... einander kennenzulernen.« Aber dann fiel mir auf, wie das klingen würde, und statt dessen sagte ich: »... die Kranken und Gebrechlichen von Hotel zu Hotel zu transportieren.«

Sie blickte mich scharf an, sagte aber nichts. Ich wußte, daß sie von Siena aus nach Rom zurückreisen würde, um dort den neuen Vertrag zu unterschreiben und ihre Recherchen zum Kunsthandwerk aus dem Hotel Hassler zu holen. Dann flog sie nach New York. Plötzlich hatte ich das Gefühl, daß ich sie sehr vermissen würde.

»Freuen Sie sich auf zu Hause?« fragte ich.

Sie lächelte.

»New York ist für mich nicht zu Hause.«

»Wo ist es dann?«

»Eigentlich nirgendwo. Ich habe ein winziges Appartement in New York und einen Anteil an einem kleinen Häuschen droben im Hudson Valley. Aber ich verbringe soviel Zeit auf Reisen. Die Sendung wird in Los Angeles produziert, und darum bin ich dort manchmal zwei oder drei Monate am Stück. Irgendwann würde ich gerne hier zu Hause sein. In Florenz.«

Ich dachte darüber nach, wie seltsam es sein würde, »zu Hause« zu sagen und dabei dieses kleine Eck von Florenz zu meinen. Wie fremdartig ihr Leben war, das ohne ein Zentrum, ohne ein Herzstück verlief. Wie merkwürdig es für mich wäre, so etwas nicht zu haben. Schon bei dem Gedanken daran begann die Angst leise in meiner Kehle zu pulsieren. Aber vielleicht war sie selbst das Zentrum. Das wäre etwas ganz anderes, das wäre wirkliche Kraft, wirkliche Stärke, die kein Zuhause braucht.

»Warum hier?« wollte ich wissen.

»Weil es hier mehr gibt, was mir gefällt, als irgendwoanders in der Welt.« Sie lächelte, und dieses Lächeln ließ keinen Zweifel darüber aufkommen, was sie meinte.

»Haben Sie jemals daran gedacht, wieder zu heiraten und sich irgendwo niederzulassen?« Es schien jetzt nicht peinlich, ihr diese Frage zu stellen.

»Schon sehr lange nicht mehr. Nicht mehr, seit ich gelernt habe, allein zu leben. Nicht, solange soviel gutes, junges Material herumstolziert. Und das Nette daran ist, wenn sich einer in seinen Gefühlen verletzt sieht und zur Mama nach Hause läuft, wie mein lieber zuletzt Bejammerter, dann steht immer schon einer hinter ihm. Ich mache mir nichts vor, ich werde nicht auf ewig jung bleiben, aber vielleicht bleibe ich immer reich, und das wird mir enorm helfen.«

Ich lachte hilflos. Ihre Worte klangen ziemlich zynisch, beinahe ordinär, und von jeder anderen hätte ich sie gräßlich gefunden. Aber sie sagte das so leichthin, mit so hellen Augen und runden Wangen, und sie paßte so gut in ihre straffe Haut und fühlte sich so wohl, grinste mit so offener Freude, daß man nur lachen konnte. Gleichzeitig fragte ich mich, was für eine Ehefrau, was für eine Mutter sie wohl abgegeben hätte, wenn sie jemand anderen als den vogelbeobachtenden britischen Nachrichtensprecher geheiratet hätte. Wahrscheinlich hätte sie meine Betrachtungsweise für hoffnungslos provinziell gehalten, aber eine andere hatte ich nicht. Das Wunder war eigentlich, daß wir einander nicht unausstehlich fanden, die so ganz Weltliche und die Unweltliche. Es war ein schöner Tag gewesen. Und ich glaube, sie fand das auch.

»Was ist mit Ihnen, was werden Sie tun, wenn Sie nach Hause kommen?«

»Ach, ich werde...«

Ich machte eine Pause. Vor meinem inneren Auge sah ich mein schönes Steinhaus am Felsabbruch, sah die hellen, luftigen Räume und den üppigen Garten, der in der Sommersonne träumte oder im Buschfeuer des Herbstes brannte. Ich sah unser Schlafzimmer, Joes und meines, mit seinem Himmelbett, und die Küche, das warme Herz des Hauses.

Aber ich sah keine Menschen darin. Ich konnte mich selbst nicht darin finden. Ich konnte Joe nicht sehen.

»Ich werde das Unkraut im Garten jäten«, sagte ich mit fester Stimme. »Er wird wie ein Dschungel aussehen. Es wird mindestens eine Woche dauern, bis alles wieder sauber und aufgeräumt ist, und dann muß sich Joe auf seine Herbstkurse vorbereiten, und wir besuchen alle Freunde, geben vielleicht ein großes Abendessen und führen unsere Dias vor. Und Lacey kommt zwischen den Semestern für zwei oder drei Wochen nach Hause. Das wird himmlisch.«

»Und danach?«

»Danach werden wir einfach weiterleben, so wie wir das immer getan haben. Nicht jeder führt so ein Zigeunerleben wie Sie, Yolie, so schön es auch sein mag. Wir haben immer sehr ruhig gelebt, und das werden wir wieder tun.«

»Wirklich? Ich frage mich, ob Sie das noch können«, sagte sie ernsthaft. »Haben Sie eine Vorstellung, was für einen Aufruhr dieses Porträt verursachen wird, wenn Sam schließlich die neue Ausstellung zusammenstellt? Jede Zeitung und jede Kunstzeitschrift auf der ganzen Welt wird Sie anrufen.«

»Das bezweifle ich«, sagte ich. Der Gedanke war beunruhigend. So weit hatte ich nicht vorausgedacht. »Außerdem, woher wollen Sie wissen, daß es zu einer neuen Ausstellung kommen wird? Und wenn, dann dauert es doch sicher noch ein oder zwei Jahre.«

»Ach, eine neue Ausstellung gibt es bestimmt«, sagte sie. »Das zu verhindern, ist inzwischen so unmöglich, als wollte man die Niagarafälle aufhalten. Aber Sie haben recht, darüber müssen Sie sich keine Sorgen machen. Davon sollten Sie sich Ihr Leben nicht verändern lassen...«

Ihre Stimme verklang, und ich fragte mich plötzlich, ob ihr Leben grundsätzlich sich verändert hatte, weil sie eines von Sams Objekten gewesen war. Joe und ich hatten anfangs geglaubt, daß sie ihn geliebt hat und vielleicht noch immer liebe, aber diesen Gedanken hatte ich längst verworfen. Die Beziehung, die sie zueinander hatten, war dazu zu beiläufig, zu unbelastet, die einfache Kameradschaft alter Freunde. Bestimmt war es unerträglich, soviel Zeit, wie sie auf dieser Reise in seiner Gegenwart verbracht hatte, mit jemandem zusammenzusein, den man liebte, von dem man aber nicht ebenfalls geliebt wurde. Das wäre zu schmerzhaft. Yolie konzentrierte sich ganz und gar auf das genaue Gegenteil von Leiden.

Wir verließen die Piazza Santo Spirito und gingen langsam zurück zu ihrem kleinen Hotel in der Nähe des Borgo San Frediano. Wir kamen durch die Via dell'Ardiglione, jene schmale Straße, in der Filippo Lippi 1406 zur Welt gekommen war. Die Straße schien mir nicht breit genug, als daß hier Autos fahren konnten, und tatsächlich schien uns im Schatten der hohen, vorgebeugten alten Häuser das 15. Jahrhundert zu umgeben. Der Lärm des modernen Florenz war so fern, daß er nicht störte. Als Yolie auf Lippis Haus, Nummer dreißig, deutete, flüsterte sie.

Wir überquerten die Piazza del Carmine, die teilweise von der Kirche Santa Maria del Carmine überschattet wurde, vorbei an dem Parkplatz, auf dem der staubige Opel in der Abendsonne schmollte. Ich grinste ihn an, dieses vertraute, wenn auch mürrische Teil dieser seltsamen alten Gegend. Dann bogen wir in den Borgo San Frediano und gingen die kleine Straße oder eigentlich Gasse hinunter, die zu ihrem Hotel führte. Es war winzig und schmal, vier Stockwerke hoch und mit derselben fleckigen gelben Fassade wie die Häuser, an die es angrenzte; die Eingangshalle war ein dunkler Korridor, der nach Tomatensoße roch und eine allgemeine Verachtung für Deodorant verriet. Vor uns erhob sich ein rostiger kleiner offener Aufzug.

Wir schaukelten mit dem Aufzug nach oben. Yolie bediente die quietschenden alten Schalthebel fachmännisch und brachte den Fahrstuhl nur Zentimeter vor dem obersten Stockwerk zu einem wackelnden Stillstand.

»In diesem Teil von San Frediano leben vor allem Arbeiter«, sagte sie. »Früher waren sie Lumpensammler, Färber und Kaldaunenköche, und sie sehen sich gerne heute noch als großartige Kerle, so hart wie Straßenkatzen und sagenhaft ungewöhnlich. Sie benehmen sich wie in einem schlechten Film der fünfziger Jahre. Aber eigentlich sind die meisten von ihnen sehr anständige Leute, richtige Schätze. Wenn sie dich einmal kennen, zählst du zur Familie. Seit ich zum ersten Mal hier war, hat sich die Gegend sehr verbessert. Ständig eröffnen neue Läden, Bistros und malerische kleine Restaurants, und allmählich bekommen wir auch die etwas abenteuerlustigeren Touristen hier zu sehen.«

Der Aufzug entließ uns in eine helle Halle mit Kachelboden, die voller Pflanzen stand und mit bequemen, wenn auch etwas abgenutzten alten Sesseln und Sofas, kleinen Tischen und Stühlen ausgestattet war. Einige Gäste, die dort Kaffee oder Wein tranken, begrüßten Yolanda lautstark. Hinter der Halle lag ein Dachgarten, der einem tropischen Gewächshaus glich. Dort saßen ebenfalls einige Pensionsgäste und genossen bei einem Glas Wein den Blick über die verwinkelten roten Dächer und die Kuppel von San Frediano. Dahinter floß der schiefergraue Arno, an dessen gegenüberliegenden Ufer die Kirche Ognissanti lag. Ein Wald von Telefondrähten und Fernsehantennen konkurrierte, soweit das Auge reichte, mit einem spinnwebartigen Gewirr aus Wäscheleinen, doch das Ganze wirkte liebenswert wie auf einer Bühne. Ich spürte, wie mich ein friedliches Gefühl überkam, und seufzte dankbar.

Yolies Zimmer war groß, hatte eine hohe Decke und war karg möbliert, mit einem riesigen, dunklen Bett, das frisch weiß bezogen, aber mit Kleidern übersät war. Zur Ausstattung gehörte ein Schrank, der groß genug war, um darin zu schlafen, ein Tisch und ein Stuhl neben der Terrassentür, die auf das Dach hinausführte, und ein hochbeiniger Schreibtisch. Der Lärm von der Straße war enorm, aber er störte mich nicht. Schließlich war das der übliche abendliche Verkehr. Später würde es vermutlich ruhiger sein; es war, so stellte ich mir vor, wie im Bug eines Schiffes hoch über dem Arno zu schlafen. Yolie streckte den Kopf aus der Tür und schrie jemandem namens Butti etwas in schnellem Italienisch zu, und ich ging in das winzige saubere Bad, ließ Wasser in die große, klauenfüßige Wanne laufen und stieg hinein. Yolie brachte mir ein Glas Rotwein, so schwer und sauer, daß es mir die Zunge zusammenzog, und ich lag da, ließ das lauwarme Wasser um mich herumplätschern, trank gelegentlich einen Schluck und dachte an gar nichts, außer daß ich glücklich war. Als ich, eingehüllt in ein riesiges Badetuch, aus dem Bad kam, lag sie ausgestreckt auf dem Bett und trank Wein, der aus einer neuen Flasche stammte. Die leere Flasche stand auf dem Tisch. Neben der Tür, die auf den Korridor hinausging, warteten ein gepackter Koffer und zwei übervolle Louis-Vuitton-Reisetaschen.

»Sie sind ja schon ganz und gar bereit«, sagte ich.

»Ich bin für alles und jedes bereit.«

Wir setzten uns eine Weile hinaus auf den Dachgarten und leerten die zweite Flasche Wein. Schnell brach die Nacht herein, und das rosafarbene und goldene Licht, das über der Altstadt und dem Fluß gelegen hatte, nahm einen staubigen Blauton an. Die Sichel des weißen Mondes stieg direkt hinter Ognissanti auf und schien mit der Turmspitze am Himmel festgepinnt. Der Straßenlärm unter uns war ein bißchen leiser geworden, aber ich konnte noch immer Gesprächsfetzen und das Dröhnen des Verkehrs hören. Aber der Lärm war nicht störend.

»Möchten Sie noch mehr Wein?« fragte Yolanda dann und betrachtete die leere Flasche. Wir lagen beide tief in unseren Stühlen und hatten die Füße auf die niedrige Dachbrüstung gelegt.

»Nein. Ich bin schon sturzbetrunken. Ich dachte eigentlich, Sie hätten es aufgegeben.«

»Die harten Sachen schon, aber nicht den Wein. Aus irgendeinem Grund macht mir Wein nichts aus.«

Ich sah sie von der Seite her an. Offenbar hatte sie recht. Auf ihren Wangen standen leuchtend rote Flecke, aber ihre Augen waren klar, und das Lächeln und die Stimme fest. In der Dämmerung sah sie hübsch und entspannt aus und jünger denn je.

»Was mich angeht«, meinte ich, »so habe ich einen rasenden Hunger. Ich könnte eine ganze Kuh aufessen.«

»Das machen wir vielleicht auch. Haben Sie schon *bistecca alla fiorentina* gegessen? Das ist Steak von den hiesigen Rindern, das mit Olivenöl und Pfeffer bestrichen gegrillt wird. Es schmeckt herrlich.«

»Ich habe es nicht wörtlich gemeint«, sagte ich. »Ich bin nicht nach Italien gekommen, um hier Steak zu essen. Was für Spezialitäten, abgesehen von Steak und Kutteln, gibt es denn hier noch?«

»Hasen, Wildschweinfleisch, Lerchen, Drosseln ...«

»Dabei sollen die Toskaner doch angeblich die zivilisiertesten aller Italiener sein! Könnten wir nicht einfach nur Spaghetti oder so etwas essen?«

Wir fuhren mit dem wackeligen Fahrstuhl nach unten und wandten uns nach links, hinein in die Gasse, die vom Borgo San Frediano weg führte. Kurz darauf bogen wir wieder nach links ab, in eine Passage, die so eng und dunkel war, daß ich sie erst gar nicht als Straße erkannte. Hier glänzte eine fettige Feuchtigkeit auf den Pflastersteinen, die vermutlich niemals ganz trockneten, denn mit Sicherheit drangen hier weder Sonne noch Wind herein. Die Dächer über uns lehnten sich so eng aneinander, daß man mit einem Schritt ohne weiteres von einem zum anderen gelangen konnte, und die geschlossenen Türen waren aus dickem, feuchtem, dunklem Holz. Hier gab es offenbar keine Fußgänger. Hier schien überhaupt niemand zu leben.

»Sind Sie sicher, daß wir hier richtig sind?« sagte ich, und merkte erst, nachdem ich die Worte ausgesprochen hatte, daß ich flüsterte.

»Ich bin sicher. Ich gehe immer hierher. Es kann nichts geschehen, es ist nur dunkel.«

Ich stolperte hinter ihr durch die Finsternis, wobei ich auf den glitschigen, unebenen Pflastersteinen ausrutschte. Dann blieb sie stehen. Ich blieb ebenfalls stehen, sah allerdings nichts.

»Hier«, sagte Yolie und verschwand eine schmale, gewundene Steintreppe hinunter, die so dunkel war, daß ich sie übersehen hatte. Ich stürzte hinterher, denn ich wollte nicht einen Augenblick allein in dieser dunklen Gasse sein. Dann stand ich hinter ihr in der völligen Dunkelheit, hörte ein tiefes, metallisches Klingen und bemerkte, daß sie mit einem Messingklopfer an eine Tür schlug. Ich konnte nichts erkennen.

Da öffnete sich die Tür, Licht floß hinaus ins Treppenhaus, und wir gingen hinein.

Hinterher konnte ich mich nicht mehr an den Namen des Restaurants erinnern, und ich weiß ihn auch jetzt nicht. Vielleicht hatte Yolie ihn mir nie gesagt, oder es hatte gar keinen Namen. Es schien jene Art von Lokal zu sein, das lediglich den Namen des Besitzers trägt. Ich lernte ihn auch auf der Stelle kennen oder zumindest jemanden, von dem ich annahm, daß es der Besitzer war: ein vierschrötiger, dicker Riese, der Yolie umarmte und mich mit einem Knurren begrüßte. Sie nannte ihn Taddo oder Tadeo, aber sie sagte mir nicht, wer er war. Yolie stellte mir niemanden namentlich vor. Dabei schien sie viele der Anwesenden zu kennen, die in den dunklen Ecken saßen oder standen, tranken, tanzten, sich küßten oder vielleicht noch anderes taten – möglicherweise aßen sogar einige von ihnen. Doch sie sprach niemanden mit Namen an. Ich hätte ohnehin nichts verstanden. Das Getöse war zu laut.

Es war eine Art Keller. Die Wände zeigten fleckigen Verputz, der einmal weiß gewesen war, und die hintere Wand bestand tatsächlich nur aus Erde und Steinen, der alten Erde dieser Gegend. Überall auf den unebenen Wänden waren Gemälde oder Poster befestigt, aber der Rauch war so dick und die Gemälde selbst so schmutzig, daß ich nichts darauf erkennen konnte. Gruppen von Menschen tauchten aus der Dunkelheit auf wie Schiffe aus dichtem Nebel, sie schienen ineinander verknotet wie Figuren auf einem Bild von Hieronymus Bosch, und alle waren offenbar jung. Heavymetal-Rock vom Band dröhnte durch das höhlenartige Gewölbe. Wir drängten uns durch die Menge. Hände wurden ausgestreckt, die Yolie berührten: Sie zwickten sie in die Wange, glitten gefährlich nah an den Brüsten über ihre Schultern, und legten sich auf ihren Rock, wo das Hinterteil war. Es waren vertrauliche Berührungen, denn sie kannte die Gäste offensichtlich und warf ihnen im Vorübergehen auf italienisch irgendwelche Bemerkungen zu. Während ich mir hinter ihr her den Weg bahnte, folgten mir Kommentare, die ich vom Tonfall, wenn auch nicht vom Inhalt her verstand, aber niemand berührte mich.

Tadeo hatte uns ganz im hinteren Teil des Raumes einen Tisch freigehalten. Wir schoben uns auf die Stühle. Hier war es ruhiger, und man hatte einen guten Blick, wenn man das so bezeichnen konnte, auf den gesamten langen Raum und die Bar, die den Raum von der gegenüberliegenden Wand aus zur Hälfte teilte. Um die Bar standen junge Männer in Dreierreihen. Alle wandten sich uns zu, mit langsamen, beinahe unverschämten Blicken, die wie Finger auf der Haut waren. Yolie starrte sie ebenfalls an, mit schräggelegtem Kopf, und ihre Augen betrachteten sie so prüfend, wie die Männer uns betrachteten. Dann warf sie der Menge einen Handkuß zu, rief einige gutturale Worte, und alle lachten und wandten sich wieder ihren Gläsern zu.

»Was haben Sie zu ihnen gesagt?« fragte ich in fröhlichem Tonfall. Dieser Ort machte mir beinahe angst. So etwas hatte ich noch nie gesehen.

»Sie sollten es vergessen, ich hätte sie alle schon einmal gesehen, und wir wollten nichts von ihnen. Heute abend zumindest.«

»O mein Gott, Sie haben doch nicht...«

»Natürlich nicht mit diesen Worten. Aber ich kenne sie alle. Ich komme oft hierher. Abgesehen davon, daß es die beste Pasta von Florenz gibt, ist es ein richtiger Supermarkt.«

Ich spürte ganz leichte Abscheu aufsteigen. Allmählich war es genug. Mir reichte es, wie sehr sie von jungen Männern besessen war. Ich wünschte mir ein gemütliches Abendessen, eine ruhige Nacht, und morgen früh wollte ich mich sofort auf den Weg nach Siena machen. Ich stellte fest, daß ich Joe ziemlich vermißte. Plötzlich fiel mir ein, daß dies die erste Nacht war, die ich jemals getrennt von ihm verbrachte, abgesehen von seinen seltenen Geschäftsreisen vom Trinity aus.

Ich betrachtete erneut den Raum und die Bar, an der sich eine Reihe junger Männer drängte. Außer bei zwei oder drei Paaren, die in der Mitte tanzten, und ein oder zwei anderen, die sich an Tischen am anderen Ende des Lokals sehr vertieft küßten, sah ich keine Frauen. Beinahe alle hier waren männlich.

»Es ist tatsächlich ein Supermarkt«, sagte ich. »Wo sind eigentlich die Frauen?«

»Ach, sie kommen und gehen«, meinte Yolie. »Die meisten sind jetzt im Obergeschoß.«

Jetzt dämmerte es mir.

»Mein Gott, Yolie, das ist ein... ein *bordello!*«

»Vielleicht eher ein altmodisches Hurenhaus«, sagte sie und grinste mich von der Seite her an. »Nur keine Angst. Ihre Tugend ist bei mir in besten Händen. Ich habe schon vor langer Zeit klargestellt, daß ich nicht hier arbeite. Ich kaufe nur ein. Wo wäre es günstiger? Und wie ich schon sagte, die Pasta ist die beste, die ich jemals gegessen habe.«

Ein Kellner erschien mit drei Flaschen Wein. Er goß ihn für Yolie und mich in dicke, etwas angeschlagene Gläser. Sie probierte, zog eine freudige Grimasse und nickte, und erkundigte, welche Pasta es heute gebe.

»*Salsiccia di cinghiale*«, sagte er.

»*Due*«, sagte Yolie. »*Più tardi.*«

Er nickte und ging, und sie forderte mich mit einer Geste auf, den Wein zu probieren. Ich tat es. Er war schwer, herb und dickflüssig. Er wärmte mich bis zu den Zehen.

»Na ja«, meinte sie, hob ihr Glas und stieß mit meinem an. »Auf Ihren Abend in einem Florentiner Hurenhaus. Damit haben Sie ein Tischgespräch für die nächsten Jahre.«

Ich trank mein Glas aus, und sie goß nach. Plötzlich verloren dieser Ort und der Abend alles Bedrohliche. Es würde tatsächlich eine herrliche Geschichte abgeben, dachte ich. Ich wußte, daß ich sie auf dem Berg immer wieder erzählen würde. So etwas liebte das Trinity. Joe würde jedesmal lachen und im geheimen neidisch sein, daß das nicht ihm passiert war. Früher oder später würde die Geschichte dann so abgeändert werden, daß er darin vorkam. Aber das war egal. Morgen abend in Siena würde ich beim Abendessen davon erzählen.

Sam hätte dieser Abend großartig gefallen, dachte ich. Ich lachte laut.

»Fühlen Sie sich besser?« fragte Yolie und lächelte mich über den Tisch hinweg an. Sie war bereits bei ihrem dritten Glas Wein.

»Ja«, antwortete ich. »Ich habe wohl wie ein kleines, unschuldiges Mädchen ausgesehen.«

»Keinesfalls. Sie sehen eigentlich sehr gut aus, Cat. Eine ganz andere Frau als die, die ich in Rom kennenlernte.«

Ich dachte an diese Begegnung. Sie war es, die eine andere Frau war, nicht ich.

»Wirklich? Ich fühle mich nicht anders«, sagte ich.

»Ach, das glaube ich schon. Denken Sie einmal darüber nach«, sagte sie.

Wir tranken die erste Flasche Wein aus und begannen mit der zweiten. Diese war schon halb leer, ehe sie wieder zu reden begann.

»Wie läuft es mit dem Porträt?«

»Es ist fast fertig«, sagte ich. »Sam meinte, er würde es möglicherweise in Siena beenden.«

»Aha. Und Sie haben es noch nicht gesehen?«

»Niemand hat es gesehen.«

Sie lachte. »Ada schon. Darauf können Sie wetten.«

»Sie sagt, daß sie es nicht gesehen hat«, meinte ich.

»Das heißt gar nichts. Ada sagt immer das, was nötig ist. Darum ist sie an Bord. Sie hat es ganz bestimmt gesehen. Wenn er es ihr nicht gezeigt hat, hat sie es heimlich getan. Das ist nicht schwer, denn er versteckt seine Arbeit nicht.«

Ich betrachtete sie genauer. Leuchteten die hellen Augen nicht ein bißchen zu sehr, war nicht ihr Mund ein bißchen steif, die Worte ein kleines bißchen genuschelt? Ich war mir nicht sicher. Mein eigenes Gesicht war gerötet, und meine Lippen fühlten sich größer als sonst und etwas taub an. Ich sollte aufhören, Wein zu trinken, dachte ich, aber ich tat es nicht. Ich trank noch ein weiteres Glas. Inzwischen hatten wir die zweite Flasche ausgetrunken.

»Sie mögen Ada nicht, nicht wahr?« sagte ich.

»Nein. Sie auch nicht. Keine Frau mag sie.«

»Warum können Sie sie nicht leiden?« wollte ich wissen. Meine Worte klangen schwerfällig. Wahrscheinlich hätte ich dieses Gespräch sofort beenden sollen, aber ich wollte nicht.

»Nein«, sagte Yolie mit dem Blick einer Eule, »Sie zuerst. Warum mögen Sie sie nicht? Vögelt sie mit Joe?«

»Herrgott! Nein!« schrie ich. Ich war völlig geschockt. An der Bar wandten sich Köpfe in unsere Richtung.

Sie schwieg, sah mich an und lächelte leicht. Ich spürte, daß mein Gesicht knallrot war.

»Aha«, sagte sie leise.

»Nein«, sagte ich noch einmal. »Sie geht nicht mit ihm ins Bett. Das glaube ich nicht. Aber sie küßt ihn. Oder er sie oder sie einander. Ich habe sie gestern gesehen, während des Mittagessens. Ach, was weiß denn ich? Vielleicht tut sie es ja, schließlich hatten sie genug Zeit...«

»Nun, und Sie, vögeln Sie mit Sam?«

Durch den Schleier des Chianti spürte ich einen deutlichen, scharfen Stich von Wut.

»Das tue ich bestimmt nicht. Warum glauben Sie, daß ich das tun sollte?«

»Er tut es, wenn er Porträts malt«, sagte Yolie sachlich und griff nach der dritten Flasche. Sie verschüttete ein bißchen Wein auf den groben Holztisch, hielt ihren Finger hinein und leckte ihn ab. Dann sah sie mich an.

»Das soll kein Vorwurf sein. Es ist nur, weil Sie soviel Zeit mit ihm verbringen, und weil Sie sehr verletzlich wirken. Das war von Anfang an so. Sam findet das aufregend. Nicht einmal ein paar Küsse, Cat? Nicht einmal eine gewisse Versuchung? Er ist unwiderstehlich, wenn der Damm zu brechen beginnt. Ich weiß das.«

»Ich mag dieses Gerede nicht, Yolie«, sagte ich trotz meiner dicken Zunge mit soviel Würde, wie ich aufbringen konnte.

»Aha«, sagte sie. »Also gab es tatsächlich ein bißchen Geflirte. Gott sei Dank. Ich hatte schon Angst, er würde es diesmal nicht schaffen, und Sie wären eigentlich eine Heilige. Na, dann können Sie Joe aber keine großen Vorwürfe machen.«

»Das ist etwas ganz anderes! Etwas absolut anderes!«

»So?«

»Jawohl. Ich habe Sam nicht als erste geküßt, er hat mich geküßt. Und dann habe ich ihm gesagt, daß es nicht weitergehen kann.«

»Aber Sie haben weiterhin für ihn gesessen«, bemerkte sie. »Ging es denn weiter?«

Ich schwieg. Es war natürlich weitergegangen. Auf meine Veranlassung hin. Aber nur, weil Joe ...

Ich spürte, wie mir Tränen in die Augen stiegen. Sie legte ihre Hand auf meine, auf der Tischplatte.

»Amerikaner in Italien benehmen sich immer schlecht, Cat. Das tun wir alle, auf die eine oder andere Weise. Aber Sie sollten jetzt damit aufhören, bevor es weitergeht als Küssen. Und das wird es früher oder später. Vielleicht früher, wenn er mit dem Porträt schon fast fertig ist. Er wird Ihnen wehtun.«

»Vielleicht tue ich ihm weh«, sagte ich verärgert.

»Ach, Cat, das können Sie nicht. Ich wünschte, Sie könnten es. Da ist nichts, was man verletzen könnte. Als ich ihn kennenlernte, da wartete ich darauf, seine dunkle Seite kennenzulernen. Sie müssen wissen, daß jedes Genie eine hat: die wilden Tobsuchtsanfälle, die romantische Trunkenheit, die schwarze Verzweiflung, was auch immer. Es ist ein Teil des Geheimnisses, das die Genialität begleitet und das einen Menschen erst zu so außerordentlichen Leistungen befähigt.«

Sie stolperte sehr bei »außerordentliche Leistungen«, fuhr aber fort.

»Aber Sam hat keine dunkle Seite. Seine andere Seite ist nur diese flache, reine Scheibe aus Konzentration und Energie, die in seine Arbeit fließen. Eine glatte, gerade, harte, glänzende Oberfläche. Man könnte sie nicht mal mit Dynamit aufbrechen. Es gibt nichts, was ihn verletzen könnte.«

Jetzt war ich wütend, richtig wütend.

»Sie reden, als wäre er unmenschlich. Das ist er nicht. Er ist der menschlichste Mensch, den ich jemals kennengelernt habe. Wenn Sie das nicht wissen, dann kennen Sie ihn gar nicht wirklich.«

Sie starrte mich an und blinzelte ein bißchen, als wollte sie mein Gesicht genau betrachten.

»Sie haben vor, mit ihm zu schlafen? Wenn Sie das wollen, sollten Sie sich besser beeilen. Sie haben nur noch Zeit bis zu dem Moment, in dem das Gemälde fertig ist. Danach sind Sie Geschichte.«

Ich wollte mich aus meinem Stuhl erheben. Sie streckte die Hand aus und faßte mein Handgelenk. Ihr Griff war fest.

»Bleiben Sie«, sagte sie. »Ich muß Ihnen etwas über Ada und Sam erzählen. Es ist zu Ihrem eigenen Besten, Cat. Wirklich.«

Ich setzte mich wieder, ganz langsam, und zwar weniger, um zu hören, was sie zu sagen hatte, sondern weil mir klar wurde, daß ich nicht sicher war, wie ich zum Hotel zurückfinden sollte. Aber ich war auch neugierig.

»Haben Sie mit ihm gevögelt, Yolie?« fragte ich und dachte währenddessen, daß ich nicht gedacht hätte, dieses Wort jemals jemand anderem als Joe gegenüber zu verwenden. Jetzt verstreute ich es wie Grassamen.

Yolie grinste breit.

»Na und ob. Vom ersten Tag an. Überall. In Taxis, in Tordurchgängen, auf dem Janiculum am hellichten Tag. In seinem Studio: Er hatte ein Zimmer irgendwo in Trastevere, einen großen, riesigen, schäbigen Raum, in dem nichts stand außer einem Tisch, einem

Stuhl und einer Staffelei, und dessen ganze Wand ein wundervoller, alter Wandteppich aus Brokat einnahm. Wir trieben es auf dem Stuhl und auf dem Tisch und schafften es, den Teppich von der Wand zu reißen. Seine Wirtin warf ihn deshalb hinaus. Damals war er natürlich viel jünger, und ich war noch im College ...«

Ihre Stimme verklang, und das Lächeln wurde weich. Ihre Augen blickten in die Ferne.

»Sie haben ihn geliebt, nicht wahr?« sagte ich ruhig.

»O ja. Und während dieser Zeit hat er mich ebenfalls geliebt. Er spielt so etwas nicht vor. Die Mühe würde er sich gar nicht machen. Aber sobald das Gemälde fertig war, noch bevor die Farbe trocken war, war es vorbei. Ich wurde eine Art Haustier, eines von Sam Forrests Mädchen, ein Mitglied der Familie. Er behält uns, wissen Sie. Es hat Jahre gedauert, bis ich darüber hinweg war.«

Du bist noch immer nicht darüber hinweg, dachte ich. Laut sagte ich: »Wo war Ada während der ganzen Zeit?«

»Wer weiß? Einkaufen. Oder vorgebeugt mit dem Auge am Schlüsselloch. Irgendwo. Nirgendwo. Ich machte mir immer Gedanken wegen Ada. Sie war schrecklich gut zu mir, und ich wollte ihr wirklich nicht wehtun. Aber später habe ich begriffen, daß sie das Ganze noch gefördert hat. Sie war es, die das Porträt vorgeschlagen hatte, und die mich bat, bei ihnen zu wohnen. Sie hat uns geradezu verkuppelt.«

»Das ist krankhaft. Wirklich«, sagte ich, und meine Stimme zitterte.

»Bleiben Sie da«, sagte Yolie, legte einen Hand auf meinen Arm und stand auf. »Ich muß pinkeln. Dringend. Ich bin sofort wieder da. Gehen Sie nicht weg, ja, Cat?«

»Ich gehe nicht weg«, sagte ich.

Ich saß da und hielt den Blick auf die Tischplatte gerichtet. Es ist alles zerstört, dachte ich. Danach wird nichts mehr so sein wie vorher, kann es nicht mehr sein. Sie hat natürlich unrecht, was Sam angeht, aber ich wünschte, ich hätte dieses Gerede nie gehört. Ich wünschte, ich wäre mit den anderen nach Siena gefahren ...

Ich fragte mich, ob ich sie zum Essen überreden konnte, wenn sie wiederkam, ob sie essen und wieder nüchtern werden würde, damit wir nicht weiter davon sprachen. Oder noch besser, daß wir einfach ins Hotelzimmer zurückgingen und schliefen. Dann blickte ich auf, in die Richtung, in die sie verschwunden war, und ich sah sie. Sie stand auf der Schwelle zur Toilette, stützte sich mit einer Hand ab und hatte die andere auf die Hüfte gelegt. Sie sah einen jungen Mann an, der an der Bar stand. Ich hatte ihn vorher nicht gesehen; er war groß, schlank und wirkte in dem Schummerlicht sehr blaß. Sein glänzendes, blauschwarzes Haar hing ihm von einem Scheitelpunkt aus in die Stirn, wie die Kappe eines mittelalterlichen Hofnarren. Er stand seitlich an der Bar, so daß er mir sein Profil zuwandte, und er blickte durch den rauchgeschwängerten Raum direkt auf Yolanda. Seine Nase war wie eine Klippe, ein Vorsprung, ein Schnabel, und sein Mund rot und dünn. Er lächelte leicht, und seine Hand lag wie beiläufig auf einer enormen Erektion. Sie straffte seine Hose und stand hervor wie der Bug eines Wikingerschiffes. Ich sah, wie er den Blick darauf senkte, und ihn dann wieder auf Yolandas Gesicht richtete. Ihre Augen folgten den seinen, erfaßten den gespannten Stoff, und wanderten dann an seinem Körper entlang nach oben zu seinem Gesicht. Sie lächelte ebenfalls.

Ich wußte, daß wir nicht gehen würden.

Mit unsicheren Schritten wankte sie zurück zu unserem Tisch und setzte sich wieder, wobei sie immer noch den jungen Mann anlächelte. Dann wandte sie sich an mich.

»Ein Neuer in der Runde«, sagte sie.

»Hören Sie. Warum lassen wir uns das Essen nicht einpacken und gehen ins Hotel?« fragte ich in heiterem Tonfall. »Wir haben beide zuviel Wein getrunken.«

»Nein. Sie müssen mir zuhören. Es ist wichtig.«

Sie war jetzt ernst. Ich wußte, daß sie das, was sie sagen zu müssen glaubte, auch sagen würde, ganz egal, wie ich reagierte. Nun, dann würde ich sie eben anhören. Vielleicht war sie dann bereit zu gehen.

»Schießen Sie los«, sagte ich.

»Nun, erstens war Ada keine Sekretärin, als Sam sie auf der Spanischen Treppe kennenlernte«, sagte Yolie. »Sie war eine Prostituierte. Jung, allein, weit weg von zu Hause, ganz besonders aussehend und von Todesangst getrieben. Auf der Spanischen Treppe zog sie alle Register, weil sie sich keine Wohnung leisten konnte. Er war jung und dumm, er wollte sie malen, und er tat es, und währenddessen verliebte er sich in sie. Zum Dank dafür steckte sie ihn an. Mit Tripper. Gott weiß, wie lange sie das schon hatte. Aus irgendeinem Grund hatte er keine Symptome, zunächst zumindest. Als er es dann merkte und zum Arzt ging, war der Schaden schon passiert. Seitdem ist er unfruchtbar. Später wurde er über lange Zeiten hinweg impotent. Er hat ihr immer dafür die Schuld gegeben, obwohl ihm die Ärzte sagten, es habe absolut nichts mit der Krankheit zu tun. Sie ist natürlich ebenfalls unfruchtbar. Nicht lange danach hatte sie eine Hysterektomie.«

»Ich glaube, sie blieben zusammen, weil Ada es einfach so wollte«, fuhr Yolie fort. »Ihr Wille ist unglaublich. Sie stilisierte sich selbst im wahrsten Sinne des Wortes zu der Ada, die Sie heute sehen, glanzvoll, heiter, zuversichtlich und fähig, sein Leben und seine Arbeit zu organisieren, wie niemand anders das jemals konnte. Nur durch sie ist er der Maler geworden, der er heute ist. Als die Impotenz begann, fingen zugleich lange Phasen der künstlerischen Blockade an, während derer er nicht malen konnte. Es war einfach nichts da. Er war impotent in jeder Weise. Von der ersten solchen Phase heilte sie ihn, indem sie Verna Cardigan dazu brachte, ihm zu sitzen. Er verliebte sich in Verna, wurde wieder potent in jeder Beziehung, und hatte die erste große Ausstellung seines Lebens. Als ich ihn auf der Party in der Botschaft kennenlernte und er mich nach Hause zu Ada brachte, war er mitten in einer neuen Blockade. Mit freundlicher Genehmigung von Ada heilte ich ihn davon. Die Zeit der Fruchtbarkeit, die ich anregte, hielt lange Jahre an, aber er hatte wieder eine Trockenperiode bis zu diesem Sommer. Bis Sie kamen. Ich muß Ihnen nicht erzählen, wie leicht Ada es Sam machte, Sie zu malen; sie hat Joe im wahrsten Sinne des Wortes übernommen, damit Sie mit Sam allein sein konnten. Ich habe sie dabei beobachtet, und das weiß sie. Sie hätte alles getan, um Sam wieder auf die Reihe zu bekommen, auch Ihren Ehemann geküßt oder mit ihm geschlafen, wenn es nötig gewesen wäre. Ihnen ging allmählich das Geld aus, und Sam bekam nicht mehr so viele Anrufe von den Kunstzeitschriften. Mit der geplanten Ausstellung haben sie möglicherweise bis an ihr Lebensende ausgesorgt.«

Ich starrte sie an.

»Ich will damit nicht sagen, daß er gar nichts für Sie fühlt«, sagte

Yolie. »Aber Sie müssen wissen, daß er sein Pulver verschossen hat, sobald das Porträt fertig ist. Kein Vögeln mehr. Keine Cat mehr, außer wenn Sie gerne ein Haustier werden möchten. Ich habe mich oft gefragt, ob Ada es nicht vermißt. Wer weiß? Vielleicht holt sie es sich woanders. Vielleicht bekommt sie alles, was sie braucht, von den Männern seiner Objekte. Vielleicht braucht sie gar nichts, außer Mrs. Sam Forrest zu sein. Das glaubt Sam.«

»Woher wissen Sie das? Hat er Ihnen das erzählt?« Ich brachte kaum ein Flüstern heraus. Meine Ohren rauschten, und mein Herz schlug laut.

»Nein. Sie hat es mir erzählt, sehr viel später, bei einem Sherry im Doney's, ganz kühl und gelassen.«

»Warum?«

»Wer weiß?« meinte Yolie. »Ich weiß es nicht. Ich weiß nicht, wer oder was sie ist. Wenn sie geglaubt hat, ihre Erzählung würde mich von Sam ›kurieren‹, dann hat sie recht gehabt.«

Zorn schüttelte mich.

»Nein, sie hatte nicht recht! Sie sind nicht einmal ansatzweise über ihn hinweg! Wenn Sie es wären, dann würden Sie mir so etwas nicht erzählen. Sie sind eifersüchtig, Sie wollen, daß ich aufhöre ...«

Ich unterbrach mich. Mein Atem ging rasselnd, und ich hörte über das Geplauder an der Bar hinweg meine Worte, als lauschte ich einer Fremden. Einer verrückten Fremden. Am liebsten wäre ich aufgestanden und aus dem Lokal gelaufen, aber ich war mir nicht sicher, ob meine Beine mich trugen. So war er nicht, so konnte er nicht sein, nichts davon war wahr. Das hatte sie sich ausgedacht, sie hatte mich gebeten, noch zu bleiben, damit sie mir diesen monströsen Unsinn erzählen und mich daran hindern konnte, bei ihm zu sein. Ich dachte an meinen ersten Eindruck von ihr, betrunken und kriegerisch, am Pool in Rom. So saß sie mir jetzt auch gegenüber. Zumindest sah sie betrunken aus. Ihr Gesicht war schlaff, und der Blick wanderte ziellos. Der Lippenstift war an den Mundwinkeln verlaufen.

Aber in ihren Augen standen weder Bosheit noch Ärger. Sie sah mich eine lange Weile an, mit einem Ausdruck, der Mitleid glich, und dann zuckte sie die Achseln.

Sie wandte ihren Kopf zur Bar und formte Worte mit dem Mund, ohne etwas zu sagen. Langsam zog sie den elastischen Ausschnitt der Bauernbluse über ihre Schultern, enthüllte eine große, braune Brust und berührte sie mit ihren Fingerspitzen. Sie lächelte. An der Bar hinter mir war eine Lärmexplosion zu hören: Pfiffe, Schmatzen von Lippen, Gelächter.

Der Zorn würgte mich beinahe. Stolpernd kämpfte ich mich auf die Füße.

»Ich werde nicht hierbleiben und mir das ansehen«, sagte ich wütend. »Ich werde mir nicht noch mehr von diesem Quatsch anhören!«

»Wohin gehen Sie, Cat?«

Sie sah noch immer den jungen Mann an der Bar an und lächelte. Sie sandte ihm einen Kuß.

»Zurück ins Hotelzimmer. Irgendwohin. Das hier ist ekelhaft.«

Sie zuckte die Achseln, unterbrach den Augenkontakt mit dem jungen Mann und angelte den Zimmerschlüssel aus ihrer Tasche. Sie reichte ihn mir.

»Ich glaube, ich bleibe noch ein bißchen«, sagte sie. »Sperren Sie selbst auf. Schlafen Sie. Nur keine Sorge, morgen bin ich vollständig auf dem Damm. Sie werden schon sehen. Vergessen Sie das.«

Einen Augenblick lang rührte ich mich nicht.

»Gehen Sie schon. Auf der Straße sind Sie sicher. Ich bleibe nicht mehr lang. Es wird nur ein paar Minuten dauern ...«

Ich nahm den Schlüssel, drehte mich um und ging aus dem Restaurant. Als ich an dem jungen Mann vorbeikam, sah ich, daß er durch den Raum auf sie zuging, wobei er seine Erektion wie eine Schlachtstandarte vor sich hertrug.

An der Tür hörte ich sie rufen: »Cat?« Ich blieb stehen und blickte zurück. Der Junge hatte jetzt den Tisch erreicht und beugte sich über sie. Über seine Schulter hinweg lächelte sie mich breit an.

»Schlafen Sie besser bald mit ihm!«

Sie lachte. Ich rannte aus dem Lokal und die Treppen hinauf. Dann bog ich rechts ab, noch einmal rechts und befand mich vor der Pension, noch bevor ich ein zweites Mal tief durchgeschnauft hatte. Als ich das Zimmer erreicht hatte, schaltete ich nicht einmal das Licht an. Ich holte aus meiner Handtasche das fast vergessene Röhrchen mit Schlaftabletten, die mir Corinne auf die Reise mitgegeben hatte, schluckte zwei mit Wasser hinunter, warf meine Kleider ab und kroch nackt in das riesige, weiße Bett. Der Verkehrslärm von der Straße unten ging ununterbrochen weiter, aber ich hörte nichts. Ich schlief praktisch schon, bevor mein Kopf das Kissen berührte.

Als am nächsten Morgen der Berufsverkehr einsetzte, wachte ich auf. Erschlagen und mit dem Nachgeschmack des gestrigen Weines und der Tabletten im Mund setzte ich mich auf. Yolanda war nicht da, und auf der anderen Seite des Bettes hatte niemand geschlafen. Aber ich entdeckte einen Zettel, der mit Pflaster am Badezimmerspiegel befestigt war:

Ich habe beschlossen, noch ein Weilchen zu bleiben. Der Autoschlüssel ist auf der Kommode unter Ihrer Handtasche. Das Auto steht auf dem Parkplatz an der Piazza del Carmine; Sie haben es gestern gesehen. Wenn Sie aus dem Hotel kommen, rechts, und dann die erste links. Eine Wegbeschreibung ist auf der Rückseite dieses Zettels. Nehmen Sie den Wagen und fahren Sie nach Siena und sagen Sie den anderen, daß ich nachkomme oder vielleicht anrufe.

Alles Liebe, Y.

Ich ließ mich auf den Badezimmerboden sinken.

»Ich kann nicht allein nach Siena fahren«, flüsterte ich laut. Ich blickte noch einmal auf den Zettel. Da war noch ein Postskriptum.

Doch, das schaffen Sie! stand da.

Ich ließ meinen Kopf auf die angezogenen Knie fallen und legte die Hände übers Gesicht. Die Angst kroch auf wie bei einem Vulkanausbruch, stärker als sie jemals auf dem Berg oder irgendwoanders gewesen war. Ich begann zu weinen und mich hin und her zu schaukeln.

»Hilf mir, Sam«, flüsterte ich und schaukelte. »Hilf mir, Joe.«

Dann: »Ich will meine Mutter!«

Die Angst stieg in meinen Mund, erfüllte meine Augen und floß in meine Fingerspitzen. Sie schien in meinem Kopf zu explodieren, mit einem riesigen, weißen, tonlosen Krachen. Ich spürte die

Druckwelle in meiner Brust, den Beinen, den Zähnen. Dann verschwand sie allmählich, und eisige Wut überfiel mich wie eine Lawine. Einen kurzen Moment lang schüttelte sie mich durch und durch, und dann beruhigte sie sich und wurde zu einer silbrig schimmernden, einer kalten, alles treibenden Flamme.

Ich stand auf, zog mich an, holte den Wagen vom Parkplatz auf der Piazza del Carmine und fuhr nach Siena.

13. Kapitel

Yolanda leitete mich auf die Landstraße, was viel länger dauerte, weil der Weg eng und kurvig war. Oft mußte ich beinahe bis auf Schrittgeschwindigkeit abbremsen, um mich durch eine besonders scharfe Haarnadelkurve zu winden, und einmal hing ich beinahe eine Stunde lang hinter einem altertümlichen, behelfsmäßig verschnürten Lastwagen voller landwirtschaftlicher Geräte, die so rostig waren, daß sie einem Schrotthaufen glichen. Anfangs kochte ich noch so vor Wut und dem schillernden Vorgeschmack des Triumphes, daß ich innerlich ständig auf Yolanda schimpfte und diese unmögliche Route der Liste ihrer Verfehlungen, die ich in meinem Kopf abspulte, anfügte. Aber bald erkannte ich, daß sie mir die Toskana geschenkt hatte. Auf der Autobahn, in der heißen, vorüberheulenden Brandung der großen Autos und Lastwagen, hätte ich die Landschaft verpaßt.

Ich fuhr über die Chiantigiana, die aus dem 18. Jahrhundert stammende Weinstraße von Florenz nach Siena. Geführt von Yolies gekritzelten, aber überraschend klaren Wegweisungen, die an der Piazza del Carmine begannen, erreichte ich sie auf der Piazza Ferruci. Meine Hände und Zähne waren so fest zusammengepreßt, daß die Muskeln noch tagelang schmerzen würden, und ich atmete wohl kein einziges Mal voll und tief durch, ehe ich nicht bereits den halben Weg hinter mir hatte. Wut schafft eine erstaunliche Klarsicht: Als ich in den Wagen stieg, war ich so wütend, daß ich wie in einem Tunnel lediglich die Straßen und Zeichen sah, die sie auf ihrem Plan angegeben hatte. Der kreischende Verkehrsstrom, der in der Altstadt um mich herum herrschte, hätte ebensogut gar nicht existieren können. Ich legte den Plan auf den Sitz neben mich, bog ab, wo ich sollte, verließ die Straße, wo die Zeichnung es sagte, und bemerkte zu meiner großen Überraschung, daß ich mich tatsächlich auf der Piazza Ferruci befand. Es versetzt mich immer in Erstaunen, wenn Pläne funktionieren.

Von dort aus fuhr ich auf die SS 222 und rollte gemütlich aus Florenz hinaus, wobei ich den versprochenen blauen Wegweisern nach Greve und Siena folgte. Nach Grassina öffnete sich die ländliche Weite, und das gesamte Panorama der Toskana lag vor mir, ein staubig blaugrüner Hügel hinter dem anderen, die in rundlichen Wellen bis zum Horizont verliefen. Jetzt sah ich sie zum ersten Mal deutlich, die *città di colli*, die kleinen Städte auf den Hügeln. Sie krönten die weichgeformten Gipfel wie von Zypressen bewachte Würfel aus hellbraunem Zucker mit roten Dächern. Ihre dicken Türme stiegen gen Himmel, der bereits hier blauer war als ich es in Florenz oder irgendwoanders in Italien jemals gesehen hatte. Jede Stadt saß allein auf ihrem Hügel, jede sah genauso aus wie die daneben, und doch wieder ganz anders. Jede war von einer weiten Woge bewirtschafteten Landes umgeben, einem Patchwork aus Grün, Gold und staubigem Rosa, das bis an die Mauern der Städte reichte. Um die Städte und um die einzeln stehenden Gehöfte und Villen, die ich auf den nahegelegenen Hügeln sah, standen hochaufragend die schwarzen Zypressen und die einander zugeneigten, eleganten Pinien.

»Ach«, sagte ich laut in den warmen Wind hinein, der durch das Wagenfenster hereinkam und weiche, staubige Erde und eine trokkene Süße wie Stroh in der Sonne mit sich trug. »Ach!«

Kurz nachdem ich an einer großen, barocken Villa vorbeigekommen war, sah ich ein Schild, das verriet, daß ich in die Anbauregion des Chianti classico kam. Nicht lange danach machte die Straße eine scharfe Kurve und führte hinunter auf Greve zu. Hier sah ich das erste große Sonnenblumenfeld.

Über diese Felder hatte ich weder etwas gehört noch gelesen. Mit dem vertrauten Gefühl, alten Freunden zu begegnen, betrachtete ich die niedrigen Weinstöcke und die silbergrauen Haine aus Olivenbäumen, das intensive Smaragdgrün der Maisfelder und sogar das helle Gold der Weizenfelder. Aber auf die Sonnenblumen war ich nicht vorbereitet. Sie waren unglaubliche, phantastische, impressionistische Phantasien: flammende Sonnen von van Gogh mit Herzen aus reinem, rot-orangefarbenem Feuer. Viele Hektar von ihnen erstreckten sich meilenweit entlang der Straße. Sie waren wie Lava, die sich über die Hänge ergoß und in den weichgeschwungenen, Frauenkörpern ähnelnden Tälern zum Stillstand kam, durchbrochen von schmalen Bändern aus Straßen und schwarzgrünen Zypressen. Zum ersten Mal seit der Piazza del Carmine hielt ich den Wagen an, legte meinen Kopf auf das Lenkrad und weinte.

Ich wußte, daß diese Tränen für vielerlei standen. Zunächst für den bloßen Schock trunkener Schönheit, ein klassischer Stendhal-Effekt. Ich weinte vor Freude über die Sonnenblumen. Aber da waren noch andere, tiefere Beweggründe: zum einen Joes Seitensprung und die häßliche Raffinesse in der Geschichte, die mir Yolanda am Abend zuvor erzählt hatte, und die starke Abscheu gegen ihr Verhalten gegenüber dem jungen Mann in der Trattoria. Verwirrung und Trauer vermischten sich mit diesen Gefühlen sowie der Erschöpfung nach den langen Reisetagen, und die Erkenntnis, daß ich mich selbst verlor, zusammen mit beinahe allem, was mir vertraut war. Dazu spürte ich auch tiefe, dauerhafte Wut über Yolanda, von der ich wußte, daß sie mich nicht verlassen würde. Und eine naive Sehnsucht nach Joe. Eine Sehnsucht nach Sam Forrest, alles andere als naiv. Und zum andern über alldem der Triumph: das Gefühl, es geschafft zu haben. Ein Jubel, der so stark war, daß ich nur noch weinen konnte. Ich machte diese Fahrt tatsächlich, allein und ohne Schwierigkeiten. In etwa einer Stunde würde ich es geschafft haben. In diesem Augenblick konnte ich mir nicht vorstellen, daß es in der Welt etwas gab, das ich nicht konnte.

Ich weinte, weil ich so eine Kraft noch nie empfunden hatte.

Ich weinte, weil ich mich nicht mehr fürchtete und wußte, daß ich mich nie mehr fürchten würde, daß die große, alte Angst vorüber war. Sie würde niemals zurückkommen.

Ich wischte mir mit den Handballen über die Augen, legte den Gang ein und fuhr weiter. Ich mußte kleinen entgegenkommenden Autos ausweichen, ich sah Bauern und Hirten in den Feldern und Familien, die an der Straße entlanggingen. Ich winkte ihnen zu, und sie winkten zurück. An diesem überirdischen Morgen hielt ich sie für etwas ganz Besonderes, direkte Nachkommen der geheimnisvollen Etrusker, deren spielerische, schöne Kunst ich so liebte. Ich fühlte mich ihnen in gewisser Weise verwandt. Irgendwie glaubte ich zu verstehen, warum sie beschlossen hatten, hier auf diesen Hügeln zu bleiben, und nur zögernd in die Städte außerhalb der

Toskana fuhren. Sam hatte mir erzählt, daß die Toskaner fast alle am *campanilismo* litten, der außerordentlichen Treue zu ihren eigenen Mauern. Ich hatte gelacht, aber jetzt machte diese Bemerkung für mich Sinn. Diese von Krämpfen geschüttelte alte Erde war sicher. Ich spürte die Sicherheit tief in mir, sie drang summend aus der Erde selbst bis in mein Innerstes. Vielleicht – ganz bestimmt – waren andere Gegenden der Toskana und Umbriens wild und ungastlich, aber hier, im Chianti, lag über den Knochen der Erde eine dichte und unzerstörbare Schicht der Dauerhaftigkeit. Die alten Städte veränderten sich nicht. Sie waren schon ganz geboren, geplant worden. Nichts an ihnen war Stückwerk, das der Veränderung ausgeliefert war. Jede Stadt hatte einen Zweck: Sie schützte und nährte. Jedes Stückchen Erde hatte seinen Sinn: Es trug Früchte und sorgte für Nahrung. Und die reine Schönheit der Landschaft war ebenso Teil der Städte wie die Mauersteine und der Mörtel. Ich erinnerte mich, vor unserer Reise gelesen zu haben, daß ein früher Papst aus der Toskana einen Palast um eine schöne Szenerie herumgebaut habe. Es war das erste Mal in der europäischen Architektur, daß jemand auf diese Idee gekommen war.

Ich bog bei Castellina links ab, hinein in das grüne Herz des Chianti, kam durch Radda und Gaiole, und fuhr auf der SS 408 hinunter auf Siena zu. Als ich die kleine Straße erreicht hatte, die in die Hügel direkt über Siena hineinführte, wo laut Yolies Plan die Villa dei Falconi liegen sollte, sirrte ich wie eine Stimmgabel in einer Art verrücktem Entzücken. Die Straße führte aufwärts, und ich begann zu singen. Ich sang die Marseillaise, *»We Shall Overcome«* und *»Waltzing Matilda«*. In voller Lautstärke beendete ich gerade *»Waltzing Matilda«*, als ich mit dem Wagen zwischen die beiden steinernen Torpfosten der Villa dei Falconi einbog und im knirschenden Kies abbremste.

Es war ein großes, ausladendes, honigfarben verputztes Gebäude, das weitaus ländlicher wirkte als die Villa Carol, weniger elegant und nicht annähernd so alt. Es war wohl im letzten Jahrhundert gebaut worden, vielleicht für einen reichen Bauern und seine Familie, denn es wirkte praktisch und solide. Die Wände und Dachziegel waren verwittert und ausgebleicht, und die dunklen Holzrahmen der tief liegenden Fenster und die mächtige offene

Eingangstür waren im Lauf der Zeit silbrig geworden. Hier lebte kein Adel, dachte ich zufrieden. Nur Generationen von Menschen, die sich in Harmonie mit dem Rhythmus der Jahreszeiten und der Erde befanden. Vor dem Haus befand sich ein Halbkreis aus glattgerechtem Kies, und auf jeder Seite sah ich Hecken, Obstbäume und geometrisch angelegte Gärten, die von fest angelegten Wegen geteilt und in Abständen mit riesigen Terracottatöpfen mit Zitronenbäumen, Rosen und Malvenbüschen versehen waren. In regelmäßigen Abständen befanden sich Steinbänke, auf denen unter der hochstehenden Sonne allerdings niemand ausruhte, und auch sonst sah ich niemanden in den Gärten. Der weiche, warme Wind roch herrlich, ich konnte Rosen und vielleicht Gardenien erkennen, und roch eine leichte Wolke aus Zitronenmelisse, Thymian, Basilikum und anderen scharfen und pfeffrig riechenden Pflanzen, die verriet, daß sich ganz in der Nähe ein richtiger Kräutergarten befinden mußte. Wie würde ich es genießen, diesen Garten zu erforschen! Voll Behagen würde ich Stunden damit verbringen, hier in der Sonne zu träumen, eine warme alte Mauer im Rücken. Eigentlich hatte ich nicht schon wieder zwangsweise außerhalb einer Stadt in einer von Ada Forrests Villen mit Swimmingpool wohnen wollen, aber die Villa dei Falconi war anders. Wie eine stämmige, mütterliche Bäuerin nahm sie mich schon beim Eintreten in die Arme.

Bestimmt hat ihr irgend jemand erzählt, daß die heilige Katharina hier geboren ist oder so etwas, dachte ich bei mir, stieg aus dem Wagen und ging auf die Villa zu. Hinter dem Haus tat sich dunkel, kühl und geheim ein dichtes Gewirr aus Bäumen und Pflanzen auf, und ich sah, daß das Land dahinter stark abfiel. Pfade aus Trittsteinen führten hinunter in das Dickicht und die Haine zu beiden Seiten. Ich ging einen der Wege ein Stück hinab und sah, daß hinter dem kleinen Wald tatsächlich ein weiter Abgrund lag. Durch eine Lücke zwischen den dicht stehenden Zypressen konnte ich auf einem niedrigeren Hügel, weit über ein tief eingeschnittenes, rotes Tal hinweg, gerade noch sehen, wie sich das helle Gewirr der Häuser von Siena den Abhang hinunter zog. Die Spitze des großen, kaffeefarbenen Torre del Mangia streckte sich in den Himmel, der jetzt in der frühen Nachmittagssonne so blau wie das Meer war.

Ich schloß die Augen und hielt mein Gesicht in die Sonne, spürte ihr süßes Gewicht auf meinen Lidern, Wangenknochen und Lippen, lächelte sehr breit, ging dann den Pfad wieder hinauf und trat in das Haus.

Im Inneren nahm mir die kühle Dunkelheit einen Moment lang das Augenlicht. Dann erfaßte ich allmählich eine kleine, geflieste Eingangshalle, hinter der ein großer Aufenthaltsraum lag. Er wurde von einem großen offenen Kamin beherrscht, in dem ich mühelos aufrecht hätte stehen können. Ich dachte an Winternächte, an Stürme und knisternde Flammen, und einen Augenblick lang wurde ich machtvoll an den Berg erinnert. Tiefe, bequem ausgesessene Sofas und Ledersessel standen herum, und kleine Tische und schmale Teppichinseln waren über den Boden verteilt. Am anderen Ende des Raumes befand sich eine Bar mit Stühlen, Tischen, Sesseln und einem großen Fernseher, der auf einem eigenen Tisch stand; die Ecke erinnerte an einen amerikanischen Vorstadt-Partykeller aus den fünfziger Jahren und war leer. Daneben stand ein großes, abgestoßenes Klavier. Die lange Seitenwand war voll verglast und öffnete sich durch mehrere Türen auf eine weite Terrasse. Von der Terrasse aus blickte man direkt hinein ins Blau, denn die Spitzen der Bäume sahen gerade eben über die niedrige, steinerne Umfassungsmauer. Ein oder zwei Personen saßen dort, sie plauderten und tranken, aber der allgemeine Eindruck war kühle, saubere Leere und Erwartung. Ich nahm an, daß die meisten Gäste beim Mittagessen waren oder ihre Siesta hielten, und wandte mich der kleinen, verglasten Kabine in der Eingangshalle zu. Hinter dem offenen Fenster saß ein kräftig gebauter Mann mit einem tiefschwarzen Bürstenschnitt und bläulichen Wangen und arbeitete an einem Computer.

»*Buon giorno*«, sagte ich, und er hob den Kopf und sah mich an mit Augen, die die Farbe von arktischem Eis, ein seltsam durchscheinendes Grün, hatten.

»*Si, signora?*«

»*Sono la signora Gaillard*«, sagte ich deutlich. »*Il mio marito è qui… Signor Gaillard?*«

Auf der Fahrt hatte ich es wieder und wieder geübt: »Mein Name ist Catherine Gaillard«, würde ich voll Selbstvertrauen in fließendem Italienisch sagen. »Mein Ehemann Mr. Gaillard ist hier. Wo kann ich ihn finden?«

Aber unter dem festen grünen Blick fielen mir keine italienischen Worte mehr ein. Ich hatte noch nie einen grünäugigen Italiener gesehen. Aus irgendeinem Grund ärgerte ich mich.

»Ich bin gerade aus Florenz gekommen«, sagte ich kühl. Es klang sogar auf englisch wundervoll, wenn man es so beiläufig hinwarf. Ich bin gerade aus Florenz gekommen. Allein.

»O ja, Mrs. Gaillard«, sagte der Mann in perfektem Englisch mit nur leichtem Akzent, der schwer und dunkel und überhaupt nicht italienisch klang. »Ihr Ehemann und seine Freunde sind auf der Poolterrasse. Ich glaube, sie warten mit dem Mittagessen auf Sie und die andere Signora. Ist sie ...?«

Er blickte über meine Schulter hinweg auf den Parkplatz.

»Sie wurde in Florenz aufgehalten«, sagte ich. »Sie wird nicht kommen.«

»Aha. Darf ich dann vielleicht das Zimmer weitergeben? Ich habe viele dringende ...«

»Bitte tun Sie das«, sagte ich, und meine Wangen glühten wegen des indirekten Tadels. Offenbar riefen Leute, die ihre reservierten Zimmer in der Villa dei Falconi nicht nutzen konnten, schon lange vorher an.

»Es kam sehr plötzlich«, fügte ich hinzu.

»Ja.«

Das Telefon klingelte schrill, und er wandte sich um, um den Hörer abzunehmen.

»Wo ist die Poolterrasse?« fragte ich seinen Hinterkopf.

»Den Weg hinunter«, sagte er mit dem Rücken zu mir und machte eine Geste zur Tür. »Sie können sie gar nicht verfehlen.«

Ich blieb einen Augenblick stehen, um zu warten, daß er noch mehr sagte, aber er brach in einen unverständlichen Wortschwall aus, der so klang, als würde er noch eine Weile anhalten.

»Vergiß das Trinkgeld, Kleiner«, sagte ich leise und ging zurück in den Garten. Ich betrachtete beide Pfade, aber es war nicht zu erkennen, wo sie endeten. Ich zuckte die Achseln und wählte denjenigen, den ich bereits vorhin ein kurzes Stück hinabgegangen war.

Die alten Steinplatten führten eine Weile fast eben durch das Unterholz, und dann ging es eine enge, moosige und glitschige Treppe ohne Geländer hinunter. Danach war der Pfad erdig und führte steil nach unten. Die Bäume und Sträucher standen immer dichter, bis die Sonne beinahe nicht mehr durchdrang, das Licht wurde grün und flackernd, und die Erde roch nach feucht und geheimnisvoll. Ich hörte leises Rascheln und einmal ein lautes Krachen, als ob etwas sehr Schweres durch das Gehölz davonlief, und blieb einen Augenblick stehen. Was hatte ich über die Tierwelt in der Toskana gehört? Es gab Schlangen, natürlich, und Eichhörnchen und so etwas, aber... was sonst noch? Wildschweine, erinnerte ich mich. Man aß viel Wildschweinfleisch in der Toskana. Aber bestimmt würde ein Wildschwein ein lautes Krachen verursachen.

Ich ging noch ein paar Schritte weiter, aber langsamer als zuvor. Bestimmt führte dieser Weg nicht zur Poolterrasse. Ich streckte den Kopf um einen dicken Rhododendron und sah eine kleine Lichtung, eine natürliche Schneise, wo das Sonnenlicht nur gebrochen auf die nackte, festgetretene Erde fiel und ein leiser Wind wehte. Auf der Lichtung stand eine Art verfallener Schuppen, wie für Gartengeräte, und dahinter gähnte ein weiter Abgrund, dessen Ende ich nicht erkennen konnte. Aber er war schmal und von einer schaukelnden Seilhängebrücke überspannt, die jahrhundertealt zu sein schien. Mein Herz machte einen Übelkeit erregenden Sprung, und ich drehte mich um, um den Weg, den ich gekommen war, wieder zurückzugehen. Dabei sah ich den Falken.

Er saß auf der anderen Seite der Lichtung, auf einer Stange in einem hohen, zylinderförmigen Gehege aus rostigem Eisen. Das Gehege reichte vom Boden der Lichtung bis in die unteren Zweige des Baumes, der sich darüberbeugte. Die Tür war mit einem Lederriemen zugebunden, aber der Falke hätte auch so nicht entkommen können, denn er war mit einer schmalen Leine aus Leder, die einen der gelben Füße wie eine Fessel umgab, an die Sitzstange gebunden. Der Falke war etwa so groß wie eine große Krähe und hatte ein glattes, schiefergraues Federkleid, das auf der cremefarbenen Brust gestreift und gefleckt war. Sein Kopf war schwarz, wie die lederne Kapuze eines Henkers, die unter seinem weißen Kinn bogenförmig wie Koteletten auslief. Der gelbe Schnabel war mächtig und gebogen, und die Klauen schrecklich und wie aus Stahl. Der Vogel betrachtete mich ungerührt mit den kalten, gelbgerandeten Augen eines Henkers. Selbst in dem Gehege wirkte er in der grünen Düsternis wild, ohne Spuren der Gefangenschaft und Zähmung durch den Menschen. Aber er war ein Gefangener. Er konnte nicht einmal die Flügel ausbreiten, wenn er das wollte. Das Gehege war zu schmal.

Seltsamerweise brannte meine Brust vor Kummer, und meine Kehle schmerzte. Ich trat näher heran und legte meinen Finger leicht an einen der verrosteten Stäbe. Die gelbgerandeten Augen folgten mir, aber der Falke bewegte sich nicht.

»Du bist wirklich schön«, sagte ich leise. »Wem gehörst du denn? Wer kümmert sich um dich?«

Der Falke hob leicht die Flügel und bewegte sich auf der Sitzstange, dann sank er wieder zusammen. Er rührte sich nicht noch einmal. Ich stand lange Zeit da und starrte ihn an. Ohne einen klaren Gedanken zu fassen, badete ich in seiner Wildheit. Neben der Sitzstange war ein Metallbecher mit abgestandenem Wasser befestigt, aber ich sah kein Futter. Ich sah noch einmal in die kalten, schwefelgelben und schwarzen Augen und wandte mich dann ab. Unklares Schuldgefühl und Schmerz trafen mich wie ein Pfeil.

Als ich den Garten wieder erreichte, rannte ich.

Am Ende des anderen Weges – dieser war durchgehend gepflastert, gerecht und gemäht, und mit festem Geländer gesäumt – hörte ich den hellen Klang von Stimmen, Gelächter und Plätschern, und begann erneut zu laufen. Ich spürte, wie meine Lippen vor Lachen zu zittern begannen, wie ich den Tränen gefährlich nahe war. Ich hörte Sams vollen Tenor und Adas helles, klingendes Lachen.

Ich hörte Joe lachen.

Ich ging langsamer, strich mir über das Haar, biß mir auf die Lippen, um sie röter zu machen, und bog um die letzte Wegkurve. Da saßen sie, um einen weißgedeckten Tisch, am äußersten Ende eines ovalen Swimmingpools.

Einen Augenblick lang stand ich still da und sah sie nur an. Sam saß am Kopfende des Tisches und erzählte eine Geschichte. Mit seinen großen, sommersprossigen Händen zeichnete er komplizierte Muster in die Luft, und die Sonne, die durch die Blätter fiel, warf flammende Kupferpfennige auf sein drahtiges Haar. Der schreckliche Plantagenhut lag neben ihm auf dem Boden. Er trug ein gestreiftes Polohemd über der kurzen Badehose, die ich schon am Pool in Rom an ihm gesehen hatte, und irgendein raffiniertes Lichtspiel ließ seine Augen selbst aus der Entfernung entflammen und blau aufblitzen. Ich spürte, wie sich meine Mundwinkel nach oben bogen. Hallo, Sam, sagte ich im stillen.

Ada saß neben ihm in einem roten Frotteemantel und hatte ein rotes Handtuch um ihren schmalen Kopf gewickelt. Ihre Augen waren von der großen, schwarzen Sonnenbrille geschützt, und sie lachte. Es klang wie eine Flöte.

Auf ihrer anderen Seite beugte sich Joe vor, um etwas auf Sam zu antworten. Er lachte ebenfalls, und das blonde Haar fiel ihm über die Augen. Ich konnte erkennen, daß es feucht war. Er trug sein blaues Oxfordhemd über der Badehose, und seine nackten Füße waren braun. Braun waren auch seinen langen Beine und die Unterarme, braun mit einem Schleier goldener Haare. Aus irgendeinem Grund verursachte der Anblick seiner starken Handgelenke und Unterarme wieder einen Knoten in meiner Kehle.

Sam blickte auf, als hätte ich seinen Namen gerufen, und sah mich. Nur einen kurzen Augenblick lang rührten wir uns beide nicht, sahen einander in die Augen, und dann stand er auf und sang laut: »Hier ist sie ... Miss America!« Joe und Ada wandten sich ebenfalls um und standen auf. Joe grinste und kam auf mich zu.

Ich lief um den Swimmingpool und umarmte ihn fest, wobei ich mein Gesicht in seinem Hemd vergrub. Es war warm und roch nach Sonnenlicht und Joe.

Er küßte mich leicht und führte mich zum Tisch, den Arm um meine Schultern gelegt. Sam streckte die Arme aus und umarmte mich, und Ada gab mir ihren üblichen leichten Kuß, auf die linke und die rechte Wange. Sie roch wie immer nach ihrem grünen, leicht bitteren Duft.

»Wir hatten euch schon aufgegeben«, sagte Joe, zog einen Stuhl für mich an die andere Seite des Tisches und setzte sich neben mich. »War es schön? Wo ist Yolie?«

»Yolie hatte eine Verabredung im Samarra oder so«, sagte ich und grinste in die Runde. »Sie hat beschlossen, in Florenz zu bleiben.«

Ich beobachtete, wie diese Feststellung alle am Tisch nach und nach erreichte.

»Wer hat dich dann hergefahren?« fragte Joe ernsthaft verwirrt.

»Niemand«, sagte ich und versuchte, nicht zu grinsen wie ein Honigkuchenpferd. »Ich bin mit dem Auto hergefahren. Ich glaube nicht, daß sie noch nachkommt.«

Einen Moment lang herrschte Schweigen, dann sagte Sam: »Das haben Sie getan!«

Ich sah zu ihm hinüber. Er lächelte nicht richtig, aber seine Mundwinkel waren etwas nach oben gezogen.

Mit leicht geneigtem Kopf betrachtete er mich genau. Dann sagte er: »Ich glaube, Sie haben es tatsächlich getan. Nicht schlecht, Cat!«

»Das hast du getan? Das hast du wirklich getan?« Joe schien noch immer nicht zu begreifen, was ich gesagt hatte.

»Ich habe es wirklich getan«, wiederholte ich und beobachtete, wie sich die Tragweite dieser Tatsache allmählich in seinen Augen und seinem Gesicht abzeichnete. Er lächelte mich an, langsam und zögernd zunächst, und dann ganz breit. Es war ein entzücktes Lächeln, aber auch etwas vorsichtig und beinahe scheu. Seit den ersten Tagen seines Werbens um mich hatte ich so ein Lächeln bei Joe nicht mehr gesehen. Es ließ ihn auf absurde Weise jung wirken.

»Na, Cat«, sagte er. »Du altes Kätzchen. Herzlichen Glückwunsch.«

Er beugte sich vor und gab mir noch einen Kuß. Ich berührte seine Wange und lehnte mich in meinem Stuhl zurück.

Ada, die mir gegenüber neben Sam saß, sah mich lange und nachdenklich an. Dann drehte sie ihren Kopf zu Sam. Der Blick, den sie tauschten, war ebenfalls lang, aber unergründlich, ich konnte ihn nicht einordnen. Dann sah sie mich wieder an und lächelte ihr kleines, dreieckiges Katzenlächeln.

»Cat, meine Liebe, ich finde, das schreit geradezu nach Champagner«, sagte sie und blickte sich um.

Und wie auf den Ton einer Pfeife, den nur Hunde und Kellner vernehmen können, tauchte ein junger Mann in schwarzer Hose, einer Fliege und einem gestärkten weißen Hemd neben ihr auf. Ada sagte etwas zu ihm in weichem, schnellem Italienisch, und er nickte, verbeugte sich leicht und ging.

»Und jetzt«, sagte Ada, »erzählen Sie uns alles darüber. Erzählen Sie uns von gestern abend, und wie es kam, daß Sie allein hierherfahren mußten – also wirklich, diese Yolie. Sam, du solltest noch einmal mit ihr reden. Erzählen Sie, wie die Fahrt verlief.«

Plötzlich war ich müde. Müde bis auf die Knochen und so beschwingt von meinem Triumph, als hätte ich bereits eine ganze Menge von dem Champagner getrunken. Ich stellte fest, daß ich nicht über die Fahrt reden wollte, ich hatte mich auf den Augenblick gefreut, in dem sie erfuhren, daß ich es getan hatte, und den hatte ich bekommen. Und bestimmt wollte ich nicht über den gestrigen Abend sprechen. Hier, in der warmen Sonne dieses schönen Ortes, der still in den schützenden Hügeln ruhte, schien der vergangene Abend unglaublich geschmacklos, Yolie selbst schien geschmacklos, und was sie mir erzählt hatte, schien geschmacklos und vor allem völlig unglaublich. Ich wußte, daß ich ihnen nicht davon erzählen würde. Vielleicht würde ich es Joe erzählen, später und nicht in allen Einzelheiten. Aber niemals Sam und Ada. Niemals Colin und Maria.

»Ada, Sie glauben gar nicht, wie uninteressant es war«, sagte ich. »Wirklich, da gibt es gar nichts zu erzählen. Vielleicht später, wenn uns der Gesprächsstoff ausgeht und wir einander nur noch anstarren. Jetzt würde ich viel lieber hören, was ihr alle gestern abend und heute morgen gemacht habt. Wo habt ihr zu Abend gegessen? Wart ihr schon in Siena? Wo sind Colin und Maria?«

»In umgekehrter Reihenfolge«, sagte Sam, der mich immer noch scharf ansah. »Colin und Maria sind in ihrem Zimmer und führen den Streit von gestern abend fort. Oder beginnen vielleicht schon einen neuen. Oder, wenn wir alle sehr viel Glück haben, dann vögeln sie und versöhnen sich wieder. Sie werden es bald wissen, denn die beiden haben das Zimmer neben Ihnen. Wenn Stille herrscht, dann können Sie davon ausgehen, daß die Feindseligkeiten noch nicht beigelegt wurden. Wenn Sie allerdings einen Schrei vernehmen wie am Beginn einer Skalpfeier der Siouxindianer ...«

»Sam«, sagte Ada in mildem Tonfall. Er grinste.

»Na gut. Ja, wir haben gestern abend in einem schönen Lokal gegessen, aber nicht so schön, wie wir heute abend essen werden. Wir haben das Beste für Sie aufgehoben. Das wird Ihr Siegesmahl. Vielleicht gibt es auch noch etwas anderes zu feiern. Und ja, Ada, Joe und Maria waren heute morgen in Siena beim Einkaufen. Ich habe am Hintergrund des Porträts gearbeitet. Colin hat, glaube ich, in seinem Zimmer meditiert.«

»Was hast du gekauft?« fragte ich Joe. »Ist Siena sehr schön? Ich kann es kaum erwarten, es zu sehen.«

»Es ist wirklich sehr schön«, sagte er. »Sehr dunkel und ernst, sehr... was? Mittelalterlich. Hier haben sie die Renaissance nie wahrgenommen. Die meisten Sehenswürdigkeiten habe ich mir für dich aufgehoben. Ada und Maria haben mich schamlos als Tragesel mißbraucht, ich mußte unter Sklavenlasten über steile alte Straßen wanken...«

»Das meiste davon hat Ihnen gehört«, sagte Ada. »Cat, Sie werden kaum glauben, was Ihr Ehemann alles gekauft hat.«

»Was?« Ich blickte von ihr zu Joe. Sie begann zu lachen.

»Nun, abgesehen von einem vollständigen Tafelservice...«

»Geschirr?« Ich sah Joe an. Hatte er tatsächlich Geschirr gekauft, ohne daß ich dabei war?

»Wenn es dir nicht gefällt, bringe ich es wieder zurück«, sagte er. »Aber es ist wirklich schön. Mit Blau, Gelb und Weiß, sehr rustikal, sehr... natürlich. Ada sagt, es ist eines der ältesten Sieneser Muster. Ich dachte, daß es in der Küche toll aussehen wird.«

»Da bin ich ja gespannt«, sagte ich und lächelte zögernd. Meine Küche zu Hause auf dem Berg ist grün, cremefarben und terracotta.

»Aber warten Sie, das ist noch nicht alles!« Ada kicherte. »Er hat ein Weihwasserbecken gekauft!«

»Ein was?«

»Ein kleines, weißes Keramikbecken, für einen Privathaushalt, wissen Sie. Mit gelber und blauer Glasur und ganz zarter Schnörkelverzierung. Es ist wirklich sehr hübsch. Aber ein Weihwasserbecken! Joe! Er wirkt so...«

»...so sehr anglikanisch«, sagte ich und begann ebenfalls zu lachen. »Der typische Engländer. Ich weiß. Ich kann es geradezu vor mir sehen, der Leiter des englischen Instituts, mit seinem eigenen Weihwasserbecken. Wir werden es verstecken müssen, wenn wir Besuch bekommen, wie man es früher in England mit katholischen Priestern gemacht hat.«

Ada und ich saßen im Sonnenlicht und lachten, und Joe sah uns an und begann dann ebenfalls zu lachen. Einen Augenblick lang waren wir alle beinahe hysterisch. Wir lachten sehr lange.

»Weißt du, ich dachte, man könnte darin Schlüssel und solche Sachen aufbewahren«, sagte er, und wir begannen von neuem. Diesmal hörten wir erst damit auf, als der junge Kellner, der über unsere Albernheit lächelte, den Champagner brachte.

Wir tranken viel an diesem Tag, drei Flaschen, und auch noch Wein zum Mittagessen. Wir lachten noch mehr, unterhielten uns über nebensächliche Dinge und faulenzten am Pool, bis das Licht schräg durch die Bäume fiel und die leise Brise zu einem kühlen Wind wurde. Schließlich streckte sich Ada und machte Anstalten, aufzustehen.

»Ich glaube, ich gehe nach oben«, sagte sie. »Ich bin wirklich ziemlich müde. Ihr drei könnt ja noch bleiben.«

Ich sah sie an. Noch nie hatte ich erlebt, daß Ada Müdigkeit eingestanden hätte. Aber ihre Stimme war brüchig, und sie wirkte tatsächlich erschöpft, irgendwie schlaff und leer. Nur kurz fragte ich mich, ob sie sich vielleicht bei Joe angesteckt hatte, und schob den Gedanken dann beiseite.

»Bitte, gehen Sie nur«, sagte ich. »Wir haben Sie auf dieser Reise ja geradezu ausgesaugt. Schlafen Sie sich aus.«

Sam sah sie von unten herauf an. Da war wieder dieser Blick, lange, unergründlich.

»Tu das«, sagte er. »Du hast es dir verdient.«

»Kommst du auch?«

»Gleich. Aber ich werde dich nicht stören«, sagte er. »Ich werde noch ein bißchen an dem Porträt arbeiten. Treffen wir uns doch um halb sieben in der Bar. Vielleicht habe ich für euch alle eine Überraschung.«

»Was denn?« wollte ich wissen.

»Na«, meinte er und blickte mich an, seinen großen, kupferfarbenen Kopf zur Seite gelegt. Der Hut saß wieder tief, fast auf seiner Nase. »Wenn ich Ihnen das erzählte, wäre es ja keine Überraschung mehr.«

Also standen wir alle auf, gingen den Pfad hinauf zur Villa und über eine Wendeltreppe in unsere Zimmer. Das von Joe und mir lag am Ende des obersten Stockwerks, und man konnte über das Tal auf

Siena auf dem gegenüberliegenden Hügel blicken. In der späten Nachmittagssonne schien die Stadt in der warmen Luft zu schweben und glich einem Wunder.

»Das ist schön«, sagte ich. »Ich glaube, dieses Hotel gefällt mir besser als alles, was wir bisher hatten.«

Das Zimmer war groß, mit dickem, weißem Verputz wie bei einem Stall, aber durchflutet von Luft und Licht. Es gab keine Vorhänge, nur Fensterläden, und aus dem Garten drangen üppige Düfte herein. Das Badezimmer allerdings war luxuriös, ganz aus bronzefarbenem Marmor und Chrom, mit Stapeln dicker, weißer Handtücher und einem Whirlpool. In den Badezimmerfenstern standen Töpfe mit Geranien, und auch von hier konnte man über das Tal auf die Stadt sehen. An mehreren Stellen lagen Stücke rosiger, durchsichtiger Glyzerinbadeseife. Ganz plötzlich wollte ich nichts dringlicher als ein langes, heißes Bad.

Als ich, eingewickelt in eines der großen Handtücher, aus dem Badezimmer kam, lag Joe auf seiner Seite des Bettes auf dem Rükken und sah mich an. Sein Gesichtsausdruck war ernst.

»Bist du sicher, daß es dir gut geht?« fragte er. »Jetzt ist genau das passiert, was ich unbedingt vermeiden wollte: daß du allein hierherkommen mußtest. Yolanda ist eine entsetzlich unzuverlässige Person. Ich bin ziemlich wütend auf sie. Ich weiß, daß mehr dahintersteckt, als du erzählen willst...«

»Es geht mir ausgezeichnet«, sagte ich. »Es hat mir gut getan. Siehst du das denn nicht?«

»Offenbar nicht. Ich bin mir auch nicht sicher, ob du es sehen kannst, Herrgott, Cat, seit unserer Heirat warst du nur einmal auf eigene Faust unterwegs – ich meine, abgesehen von der Therapie mit Corinne –, und das war in Venedig. Und was ist passiert? Es hat dich beinahe umgebracht.«

Ich setzte mich auf die andere Seite des Bettes und sah zu ihm hinüber. »Es war nicht Venedig oder die Tatsache, daß ich allein war, was mich beinahe umgebracht hätte«, sagte ich langsam. Es schien mir sehr wichtig, daß er verstand, was ich sagte. »Es war die *Angst* vor diesen Dingen, die mir schadete. Joe. Die *Angst* davor, allein zu sein, die *Angst*, mich zu verlaufen, die *Angst* vor alldem... daran war nichts Gefährliches außer meiner eigenen Angst. Und so war es schon immer. Und Joe ... sie ist verschwunden. Die Angst ist verschwunden.«

Er sah mich sehr lange an, ohne etwas zu sagen. Aber seine Augen sprachen.

Wie sollen wir leben ohne deine Angst? fragten sie.

Wie wir es können, antwortete ich mit meinen Augen. Denn ich werde nicht wieder mit ihr leben.

Dann streckte er, noch immer ohne ein Wort zu sagen, seine Hand aus und drückte meine, drehte sich um und schlief ein. Lange lag ich da, betrachtete seinen Rücken, die Reihen der Rippen unter seiner braunen Haut, die beiden Wirbel oben am Hals.

Ich wünschte, du hättest sie nicht geküßt, dachte ich. Vielleicht habe ich kein Recht, mir das zu wünschen, aber ich tue es. Oder zumindest wünsche ich mir, ich hätte es nicht gesehen. Ich weiß nicht, wie sehr das die Situation verändert.

Nach einer Weile fiel auch ich in einen leichten Schlaf, aber es dauerte nicht lange und schien mich nicht zu entspannen. Als ich erwachte, ganz plötzlich und vollständig, summte in mir noch immer die seltsame, zarte Vibration, die mich seit Florenz begleitete. Es war keine Wut, obwohl auch die noch immer da war, tief im Inneren, eine kalte Wut auf Yolanda. Und es war auch nicht die Begeisterung darüber, daß die Angst verschwunden war. Es war ein vollkommen anderes Gefühl, so, als hielte ich den Atem an, als warte ich auf etwas. Es war wie Champagner in meinen Adern.

Ich versuchte still zu liegen, aber es gelang mir nicht, und ich wollte Joe noch nicht aufwecken. Ich stand auf und zog mich leise an, wobei ich das weiße Leinenkleid hervorholte, das Sam am liebsten hatte, wenn ich für ihn saß. Ich hatte es in Florenz waschen und bügeln lassen, und die unbekannten Hände hatten ihm ein gestärktes, seidiges Aussehen verliehen. Es fühlte sich wunderbar an auf meinem Körper. Ich schlüpfe in Sandalen und lief auf Zehenspitzen zur Tür, schloß sie lautlos hinter mir und ging nach unten.

An der Bar betrat ich den Aufenthaltsraum, aber dort sah ich kein bekanntes Gesicht. Während wir ausgeruht hatten, war die Bar von einer Gruppe Amerikaner besetzt worden, die um das Klavier saßen und standen und laut sangen, während einer von ihnen darauf herumklopfte. Es konnte keinen Zweifel geben, daß sie alle Amerikaner waren. Sie waren wohl etwa in Joes und Sams Alter, vielleicht auch etwas jünger, und die meisten von ihnen trugen, was Joe und seinesgleichen auf dem Berg *»Cleveland pur«* nannten: weiße Gürtel und weiße Schuhe, karierte Hosen und Polohemden in Pastellfarben. Joe verstand das nicht als Kompliment.

Sie waren zu siebt oder acht, und sie hatten allesamt Sonnenbrand auf Wangen und Nase. Sie stammten aus dem Süden und sprachen einen langsamen, aufdringlichen Dialekt, der schon jetzt durch vermutlich große Mengen Bourbon etwas undeutlich war. Zwei leere, bernsteinfarbene Flaschen und eine halbvolle standen auf dem runden Tisch, den sie besetzt hatten, und die meisten hielten halbvolle Gläser in den Händen. Sie grölten gerade die letzten Zeilen von *»Go Alabama, Crimson Tide«*, als ich hinunterkam, und sie endeten mit einem unisono geschrienen *»Roll Tide!«*, als ich auf der Schwelle stand. Dem folgten eine Reihe Hurraschreie und ein langer, seltsamer Ausruf, den ich für die Alabamaversion eines Rebellenschreis hielt. So etwas gab es auch auf dem Berg, aber es wurde eigentlich nur bei Footballspielen und Partys der Studentenvereinigung eingesetzt, und auf keinen Fall klang er so. Ein oder zwei von ihnen schlugen mit der flachen Hand aufs Klavier. Dann begann der Klavierspieler mit *»Dixie«*, und sie fielen ein. Ich wollte mich schon umdrehen und gehen, aber einer von ihnen sah mich.

»Hallooooo!« rief er. »Schaut doch mal her! Wer ist denn diese Süße, die da den Kopf durch unsere Tür streckt?«

Das Lied brach ab, und alle drehten sich um und grinsten mich an. Einer von ihnen begann mit *»The Sweetheart of Sigma Chi«* – der Liebling der Sigma-Chi-Studentenvereinigung –, und alle stimmten ein und kamen singend auf mich zu. Fluchtartig trat ich einen Schritt zurück, aber einer von ihnen faßte mich am Oberarm, und im nächten Moment hatten sie mich schon eingekreist.

Mit flammendrotem Gesicht, halb lachend und halb ärgerlich, stand ich da, als sie mir ihr Ständchen brachten. Ich konnte die Ausdünstungen des Bourbon riechen. Ich hatte keine Angst, fühlte mich aber überfallen, in die Ecke getrieben und war verlegen. Sie paßten so überhaupt nicht hierher, daß es beinahe obszön wirkte. Aber sie waren außerordentlich gut gelaunt, und ich wußte, daß sie mir nichts Böses wollten. Ich ließ sie das Lied zu Ende singen, und dann sagte ich mit einem Lächeln: »Ich fühle mich sehr geschmeichelt, aber jetzt muß ich gehen. Mein Mann wartet auf mich.«

Als sie meinen Akzent hörten, brachen sie in einen erneuten Jubelchor aus.

»Ich habe gleich gesehen, daß sie eine Schönheit aus dem Süden ist! Ihr nicht?« johlte derjenige, der mich am Arm hielt. »Wie heißt du denn, Süße? Woher stammst du?«

Sein Dialekt klang auf theatralische Weise übertrieben, und ich mußte lachen. Sie ähnelten so sehr den Vereinigungsbrüdern auf den Wochenendfesten am Trinity, sie waren ungehobelt und lächerlich, und benahmen sich miserabel, aber andererseits waren sie im Grunde richtig nett, und wirkten sehr jung, trotz ihrer Bäuche, dem dünn werdenden Haar und den feinen Fältchen um die Augen.

»Ich bin Cat Gaillard aus Montview, Tennessee, und ich muß jetzt wirklich gehen«, sagte ich. »Bitte singen Sie doch weiter.«

Weitere freudige Aufschreie ertönten, und es wurde wieder aufs Klavier geschlagen. Einer von ihnen sagte: »Wir sind die Verbindungsklasse 1964 der Delta Kappa Epsilon, Universität von Alabama, zumindest ein Teil davon. Zu Ihren Diensten, liebste Miz Cat Gaillard. Vier der besten Jahre unseres Lebens haben wir gemeinsam in einer Wohnung im Deke-Gebäude verbracht. Unser geschätzter Präsident hier, Mr. Reggie Haynes, Esquire, aus Talladega und mittlerweile Birmingham, hat durch den Verkauf von Ford-Automobilen eine Italienreise gewonnen und uns alle aufgefordert, ihn zu einem kleinen Wiedersehenstreffen zu begleiten, nur wir Dekes, ohne die Damen. Aber ich glaube, für Sie würden wir eine Ausnahme machen!«

»Deke! Deke! Deke!« brüllten sie. Ich versuchte, meinen Arm wegzuziehen, aber mein Leibwächter ließ mich nicht los. Doch dann lockerte sich plötzlich, mit einem Blick über meine Schulter, der Griff.

Sam Forrest stand direkt hinter mir und sah sie mit mildem Blick an. Er trug den blauen Blazer, zerknitterte Seersuckerhosen, ein weißes T-Shirt mit hellen Rotweinflecken, Sandalen ohne Socken und den obligatorischen Plantagenhut. Er überschattete seine Augen, aber in diesem Schatten entdeckte ich ein blaues Glitzern, und der goldene Ohrring blitzte in der Dunkelheit. Der Pferdeschwanz sprang wie eine mit Frisiercreme bearbeitete Locke unter dem Hut hervor. In meiner Brust stieg Gelächter auf. Hier in dem halbdunklen Aufenthaltsraum sah er aus wie jemand, der aus einem italienischen Wanderzirkus entkommen war.

Er streckte die Hand aus und entzog meinen Arm dem Griff des Cleveland-Pur-Deke, der mich schweigend losließ.

»Vielleicht entschuldigen Sie die Dame«, sagte er in einem langsamen, weichen Tonfall, der überhaupt nicht seiner gewohnten Stimme ähnelte. Er klang außerordentlich kühl und höflich, aber in gewisser Weise mörderisch.

»Natürlich«, murmelte mein Leibwächter uund trat einen Schritt zurück. »Wir wollten niemanden beleidigen. Wir haben nur den Akzent gehört, und er hat uns an zu Hause erinnert. Eine hübsche Dame, eine von uns in einem fremden Land, wissen Sie. Wirklich, wir wollten Sie nicht beleidigen.«

»Das habe ich auch nicht angenommen.« Ich lächelte ihn an und wollte ihm plötzlich aus der Verlegenheit helfen, seine Demütigung vor der Gruppe verringern. Sie schwiegen alle.

»Sam, das ist die Deke-Verbindungsklasse von 1964 aus 'Bama. Vielleicht kennst du einige von ihnen.«

»Sie waren auch an der Universität von Alabama?« sagte einer von ihnen zögernd. »Haben Sie dort gewohnt?«

»Das war eine Weile vor Ihnen«, sagte Sam freundlich. »Nun, macht mal weiter mit eurer Feier, Jungs. Meine Frau und ich sind anderswo verabredet.«

Er legte mir die Hand auf die Schulter, schob mich herum und führte mich in die Eingangshalle. Hinter mir hörte ich unterdrücktes Gemurmel, und dann, einen Augenblick später, fing das Klavier wieder zu spielen an, und sie begannen zu singen. Ich hörte das Klirren von Gläsern und wußte, daß der Rest des Bourbon die Runde machte.

»Sie sind wirklich ein *stronzo*«, sagte ich halb lachend und halb schmollend zu ihm. »›Meine Frau und ich sind anderswo verabredet‹, also wirklich. Was haben Sie geglaubt, daß sie mit mir machen, mich todsingen? Das war doch ziemlich unpassend.«

»Ich mag meine Landsleute nicht besonders, wenn sie in Gruppen auftreten«, sagte er fröhlich. »Sie sind laut, grabschen nach Frauen und benehmen sich so sehr wie zu Hause, daß ich mich fühle, als wäre ich im Partyraum der Phi Delta nach einem Footballspiel und würde mich gerade über die neuen Wildlederschuhe irgendeines kleinen Mädchens erbrechen. Ich habe mir ziemliche Mühe gegeben, dem allen zu entgehen. Und jetzt kommen sie damit hierher.«

»Also, Sie haben mir vermutlich die Einladung zu einem Drink verdorben, darum sollten Sie mich eigentlich auf die Terrasse einladen«, sagte ich. »Joe wird bald herunterkommen. Ich glaube, ich hätte gerne einen Bourbon.«

»Diese Mädchen aus dem Süden ändern sich doch nie...«, sagte Sam. »Suchen Sie uns einen Platz. Ich frage den Geschäftsführer, ob er einen Kellner für uns hat.«

»Gut. Ach... warten Sie. Ich möchte ihn selbst etwas fragen«, sagte ich und ging mit ihm zu dem kleinen Fenster.

Der grünäugige Mann nickte uns zu. Sein Kiefer wirkte jetzt, in der Dämmerung, noch bläulicher.

»Signora?«

»Ich wollte Sie wegen des Falken fragen«, sagte ich. »Heute nachmittag bin ich den falschen Weg hinuntergegangen und auf sein Gehege gestoßen. Gehört er Ihnen? Lassen Sie ihn jemals heraus? Er ist ein wunderschöner Vogel.«

»Er ist ein Weibchen«, sagte der Mann und lächelte. Dadurch veränderte sich sein Gesicht vollständig, es wurde ein sympathisches Gesicht. »Sie ist ein Wanderfalke und noch ziemlich jung, ein Jagdfalke. Ich habe sie selbst trainiert. Sie gehört eigentlich dem Besitzer, aber er ist inzwischen sehr alt, lebt in Florenz und kommt nicht mehr oft hierher. Daher habe ich sie übernommen. Sie heißt Guinevere und ist die dritte Guinevere, seit ich hier bin. Es gab immer schon Falken auf Falconi, daher unser Name, wissen Sie. Im letzten Jahrhundert war das ein Jagdsitz, und man hat hier mit Wanderfalken gejagt. Sie ist ein guter Jäger, aber manchmal ist sie etwas schlecht gelaunt.«

Er hielt den Arm in die Höhe, so daß sein Jackettärmel nach hinten fiel, und ich sah dort eine Linie schmaler, runder, weißer Narben, wie ferne Vögel im Flug.

»Hat sie nach Ihnen gepickt?« fragte ich ungläubig. Ich dachte an den grausamen Schnabel.

»Nein, diese Narben stammen von ihren Füßen. Wir nennen die Füße der Raubvögel nicht Klauen. Die Füße sind sehr stark und damit durchbohrt und packt sie ihre Beute. Erst dann frißt sie sie. Es war mein Fehler. Ich habe sie einmal ohne Armschutz fliegen lassen. Sie hat vorher nie versucht, mich zu packen. Sie ist sehr klug und wußte genau, daß ich keinen Armschutz trage.«

»Wann gehen Sie mit ihr jagen?« fragte Sam. Seine blauen Augen waren konzentriert, und um seinen Mund spielte ein Lächeln. Ich wußte, daß ihn der Gedanke an den Falken faszinierte. Nicht zum ersten Mal dachte ich, daß er selbst das Gesicht eines Falken hatte.

»Wissen Sie, ich jage nicht mit ihr, wenn Leute in der Nähe sind«, sagte der Geschäftsführer. »Sie ist unzuverlässig, und das kann ich nicht verantworten. Und dann macht sie den Leuten angst. Sie hat einen sehr – wie würden Sie sagen – sehr unheimlichen Ruf. Er klingt über dem Tal sehr feindlich, ganz hoch, dünn und geisterhaft: *Gäh-gäh-gäh!* Ganz und gar nicht wie ein Vogel. Ich jage mit ihr sehr früh am Morgen, wenn noch niemand in der Nähe ist.«

»Was fängt sie?«

»Ach, Nagetiere, große Insekten. Andere Vögel. Gelegentlich ein Kaninchen.«

Ich stellte mir den Vogel vor, sehr hoch oben, ein Schatten, der schweigend über die alten, roten Hügel fliegt, und dann der Schrei und das Flattern und das dünne Quieken des durchbohrten Opfers. Ich schauderte.

»Das klingt richtig mittelalterlich«, sagte ich. »Ich kann den Falken direkt vor mir sehen, da draußen über dem alten Tal und der alten Stadt. Als wäre die Zeit vor einigen Jahrhunderten stehengeblieben.«

»Ganz genauso ist es«, sagte der Geschäftsführer. »Seit der Gründung von Siena wurde hier mit Falken gejagt. Ich spüre das Alter dieser Gegend sehr deutlich, wenn ich mit ihr jage.«

»Womit füttern Sie sie?« fragte ich.

»Gar nicht. Sie muß mager und ein bißchen hungrig bleiben für die Jagd.«

Ich spürte wieder die Welle des Mitleids, die ich schon gefühlt hatte, als ich den schönen, gefangenen Vogel zum ersten Mal sah.

»Hat sie jemals versucht, zu entkommen ... ist sie einfach nicht zurückgekehrt?« wollte ich wissen.

»O nein. Sie weiß nicht, wie es ist, frei zu fliegen. Sie ist niemals geflogen, ohne wieder zum Arm zurückzukehren. Für sie ist das ein Teil des Fluges – wie die Muster.«

»Die Muster?«

»Falken fliegen in bestimmten Mustern über die Hügel und Schluchten. Das scheint in ihrer Natur zu liegen, in der Wildnis machen sie das ebenfalls. Sie teilen ihr Jagdgebiet in Muster ein und fliegen sie ab, wobei sie nach unten schauen. Ich glaube, das macht es leichter und klarer für sie.«

»Herrgott, das würde ich gerne sehen«, sagte Sam.

»Ich wollte, ich könnte Sie einladen, uns am Morgen einmal zu begleiten, aber ich traue mich nicht«, sagte der Mann. »Ich kann nicht voraussagen, wie sie reagieren wird. Ich kann die Verantwortung nicht übernehmen.«

»Ich verstehe«, sagte Sam. Wir gingen, und er blickte in die Ferne, wo die Abendsonne über den Türmen von Siena glitzerte. Ich wußte, daß er mit seinen Gedanken bei dem Falken war, der droben in der dünnen, blauen Luft in den alten Flugmustern dahinglitt. Plötzlich hatte ich das Bedürfnis, ihn wie ein Kind zu umarmen. Ich wollte ihm das Geschenk des Falkenflugs machen.

Wir gingen auf die Terrasse hinter dem Aufenthaltsraum hinaus, und nickten im Vorübergehen den Alabama Dekes zu, die ihre Gläser hoben. Als wir gegangen waren, begannen sie wieder zu singen. Joe, Colin und Maria saßen an einem großen Tisch auf einer Seite der Terrasse. Die anderen Tische waren leer.

»Habt ihr den Tisch mit Cleveland-Pur-Typen gesehen?« sagte Joe grinsend, als wir uns setzten. Er trank Bourbon. Colin und Maria saßen nebeneinander, und in ihren Gesichtern stand wie gemalt ein höfliches, freundliches Lächeln. Also hatten sie ihren Streit noch nicht beigelegt. Sie tranken Wein und sahen einander nicht an.

»Natürlich. Sie waren gerade dabei, Cat in ihr Zelt zu schleppen, als ich dazwischentrat und sie rettete«, sagte Sam. »Wie ist denn das mit dem Bourbon? Cat hat gesagt, sie wolle auch einen; seid ihr auf irgendeine psychedelische Art verbunden?«

»Angeblich ist das bei Leuten so, die lange miteinander verheiratet sind«, sagte Maria fröhlich und wurde dann rot. Ich konnte mir nicht denken, wieso, und verspürte nur eine leise Erschöpfung. Ich hatte keine Lust mehr, noch länger Untertöne zu entziffern und mich um Bräute zu kümmern, die mit den Nerven am Ende waren.

»Sie haben dich angemacht, Cat?« meinte Joe amüsiert. »Das sind nette Jungs aus der Heimat. Sie haben sich vorgestellt und versucht, mir den traditionellen Händedruck zu verabreichen. Und sie haben mich eingeladen, mich ihnen später anzuschließen, zu einer Art Mädchensuche in Siena. Nach dem Abendessen natürlich. Einer hat mich immer wieder gefragt, wie man eigentlich in einer Stadt, in der es keine Parkplätze gibt, an Mädchen rankommen soll. Ich glaube, Sie fahren mit einem großen amerikanischen Bus durch Italien. Ihr Anführer hat mir erzählt, die Sitze seien mit Leopardenmuster bezogen und hinten liege eine große Matratze. Siehst du, was du verpaßt hast?«

»Oh, schweig still, mein Herz.«

»Herrgott«, sagte Colin in moralischem Tonfall, »die sprichwörtlichen häßlichen Amerikaner. Ihr dürft mich alle kastrieren, wenn ich in zwanzig Jahren so werde.«

Maria sah ihn gleichmütig an, und Joe und Sam lachten. In seinem Blazer und den leichten grauen Flanellhosen, von denen ein Bein für den Gips aufgeschnitten war, wirkte er so jung, sauber und gutaussehend. So ganz und gar amerikanisch. Es brauchte nicht viel Vorstellungskraft, sich Jahre, Pfunde und Enttäuschungen dazuzudenken. Wenn er Pech hatte, würde er später den Alabama Dekes nicht unähnlich werden.

Der Kellner brachte Bourbon und Eis, und Sam goß für sich selbst, Joe und mich ein. Wir stießen mit den Gläsern an und berührten mit unseren Whiskeygläsern die Stielgläser von Colin und Maria, und Sam sagte: »Auf den Anfang und das Ende.«

»Welchen Anfang?« wollte ich wissen. »Welches Ende?«

»Über den Anfang weiß ich nichts«, meinte er. »Ich dachte, Sie wüßten das. Nachdem Sie ganz allein hierhergefahren sind, meine ich. Vielleicht eine ganz neue Cat. Aber das Ende ist das Ende der

Arbeit an dem Gemälde. Ich habe heute nachmittag beschlossen, daß es jetzt fertig ist. Keine Sklavenarbeit mehr an einer heißen Staffelei, Cat. Ich dachte, ich könnte es euch allen enthüllen, bevor wir zum Abendessen gehen.«

»Sam!« rief ich. »Ist es wirklich fertig? Ich dachte, Sie sagten...«

»Ja, aber ich habe es noch einmal angesehen und mir wurde bewußt, daß es fertig ist. Ich würde es nur verderben, wenn ich noch weiter daran arbeite. Sie machen doch mit, oder wollen Sie lieber doch nicht?«

Ich schwieg. Plötzlich wollte ich das Gemälde nicht mehr sehen. Ich wollte nicht, daß die Tage, an denen ich für ihn gesessen hatte, vorüber waren. Ich war noch nicht bereit, sie aufzugeben. Ihn aufzugeben.

»Wir wollen es unbedingt sehen«, sagte Joe. Maria und Colin stimmten ein. Sam stand auf und ging hinein, um das Gemälde zu holen. Wir saßen alle schweigend da und sahen einander an.

»Ist euch klar, daß das ein historischer Augenblick ist?« sagte Maria. »Die Enthüllung eines neuen Gemäldes von Sam Forrest, des zentralen Werkes seiner nächsten großen Einzelausstellung, die um die ganze Welt gehen wird? Und wenn man sich vorstellt, daß du es bist, Cat, stell dir nur vor, wie du es deinen Kindern und Enkeln zeigen wirst.«

»Verdammt, Maria«, sagte Colin leise, und ich sah, wie sie sich an Lacey erinnerte und zusammenzuckte. Ich streckte die Hand aus und tätschelte ihr Knie.

»Sie wird es wissen«, sagte ich. »Sie wird es genauso wissen wie alle anderen. Und ich rechne fest damit, Enkelkinder zu bekommen, und es wird ihnen allen äußerst peinlich sein, daß ihre Großmutter von der Wand irgendeines Museums heruntergrinst.«

»Was ist das für ein Gefühl?« fragte sie. »Es muß doch seltsam sein, zu wissen, daß die Leute in aller Welt dich auf ewig anschauen werden.«

»Ich glaube, darüber habe ich noch gar nicht nachgedacht«, sagte ich langsam. »Es ist gar kein besonderes Gefühl, denn ich bin es ja nicht, die berühmt ist. Sam wird es sein, über den die internationale Kunstszene redet, nicht ich. Niemand kennt die Namen von Personen auf Porträts, man kennt sie nur durch die Künstler.«

»Stimmt«, sagte Colin. »Wie die Mona Lisa.«

Joe sagte nichts und goß noch mehr Whiskey ein.

»Stört es dich?« fragte ich.

»Nein. Ich fühle mich geehrt, daß er dich ausgewählt hat. Aber es ist schon ein seltsames Gefühl. Ich dachte gerade an all die Menschen, die das Bild sehen, und die sich vielleicht fragen, wer du bist oder warst, und ob du wohl einen Ehemann oder einen Freund hattest. Ich werde Mr. Catherine Gaillard sein.«

»Sei doch nicht albern«, sagte ich. »Er wird es bestimmt nicht *Porträt von Catherine Gaillard* nennen. Das tun Künstler nie.«

»Wie wird er es dann nennen?«

»Ich weiß nicht. *Frau in weißem Kleid* vielleicht oder *Gelangweilte Frau am Fenster.* Frag ihn.«

»Das werde ich«, sagte Joe.

Er trank seinen Bourbon aus und goß sich einen neuen ein, und ich hielt ihm mein Glas hin. In meinem Kopf begann es auf angenehme Weise zu summen. Aber in meinem Bauch befand sich ein angstvoller Knoten. Ich wünschte mir, ich hätte Sam gebeten, das Porträt nicht herunterzubringen. Ich hätte es erst allein mit ihm sehen sollen.

Ich trank den Bourbon aus.

Sam kam mit einem länglichen Gegenstand zurück, der in Zeitungspapier verpackt und mit einer Schnur zugebunden war. Ada war nicht bei ihm.

»Wo ist Ada?« fragte Joe.

»Ada hat eine Schlaftablette genommen und ist ins Bett gegangen«, sagte Sam. »Sie bittet mich, sie bei euch zu entschuldigen. Bis morgen früh wird sie vollkommen unansprechbar sein. Sie schnarchte schon, als ich nach oben kam.«

»Was ist los mit ihr?« fragte Joe, und seine Stimme klang besorgt, was mir nicht gefiel. »Sie ist doch nicht krank, oder?«

Ich wußte auf einmal, daß er an seine Erkältung dachte, und ich senkte den Blick auf das Glas in meiner Hand. Tief in mir nagte der Ärger.

»Nein, das tut sie gelegentlich, nachdem sie eine Weile lang auf vollen Touren gelaufen ist«, sagte Sam. »Das ist wie ein Lifting oder so etwas. Es gehört zu ihrer persönlichen Körperpflege. Auf diese Weise hält sie Diät. Morgen früh wird sie sagenhaft hungrig sein.«

»Wir werden sie heute abend vermissen«, sagte ich, und Sam grinste mich an. Mir war klar, daß er wußte, daß ich das nicht ehrlich meinte. Ich fragte mich, was er sonst noch über Ada wußte auf dieser Reise, und ob es ihm etwas ausmachte. Über beides machte er keine Andeutungen.

»Na, dann mal los«, sagte er und fingerte an der Schnur um das Gemälde.

»Trara!« sang Maria.

Plötzlich wäre ich am liebsten aufgestanden und davongelaufen.

Sam stellte das Gemälde auf den Stuhl, auf dem Ada gesessen wäre, faltete die Arme und sah uns an.

»Halten Sie sich fest, Cat«, sagte er.

Zunächst herrschte Stille, und dann hörte man zweimal ein heftiges Schnaufen. Dann war es wieder still. Ich hob meine Hand zum Mund und stellte fest, daß meine Lippen geöffnet waren. Dann erst wurde mir klar, daß ein Schnaufen von mir gestammt hatte. Ich weiß bis heute nicht, wer das andere ausgestoßen hatte. Vielleicht Maria.

Das war ich, daran gab es keinen Zweifel. In akribischen Pinselstrichen, die teilweise von kühnen Farben überdeckt wurden, sah ich mein eigenes Gesicht, ertränkt in einem diffusen weißen Licht, das unverkennbar das heiße Licht des Nachmittags war. Mein eigenes Gesicht, mit zurückgeworfenem Kopf, geschlossenen Augen und geöffnetem Mund. Der Hals war so sehr angespannt, daß er unnatürlich angelaufen war; Sam hatte die Art und Weise, wie ich von der Brust her zu erröten pflegte, ganz genau erfaßt. Nur mein Kopf und die Schultern ... nackte Schultern, die wie von Schweiß glänzten, und nur mit einer Andeutung von zerknittertem weißen Leinen umgeben waren. Nur mein Kopf, und das Haar an meinem Halsansatz und den Schläfen war wie die ganze übrige Haut feucht und glänzte von Licht und Schweiß.

Nur mein Kopf und das Gesicht, in einer so sinnlichen und deutlichen Ekstase, daß selbst ich sofort wußte, woher sie stammte: von Berninis heiliger Therese, in der Kirche in Rom. Ich spürte die Kraft in meinen Lenden, in meinem Unterleib. Ich sah aus wie die

Statue von Bernini, daran gab es keinen Zweifel; sein Auge hatte ihn nicht getrogen.

Es sah auch so aus wie ich und niemand anderes, ich im Augenblick des Orgasmus, ich beim Liebesakt. Ich, wie mich außer Joe Gaillard noch nie jemand zuvor gesehen hatte.

Ich bekam keine Luft. Ich konnte meine Augen nicht davon lösen.

»Das ist das Kleid, das du heute abend trägst, nicht wahr?« sagte Maria dann mit einer hohen, albernen Stimme.

Colin räusperte sich. »Das ist ein großartiges Werk, Sam«, sagte er in professoralem Tonfall. »Voller Kraft. Ganz eigenständig, über alle Stile und Schulen erhaben. Natürlich ist das nicht wirklich Cat, aber es ist sehr beeindruckend...« Seine Stimme verstummte. Er blickte auf seine Hände.

Ich hob meine Augen und sah Sam ins Gesicht. Er lächelte leicht und warf mir einen fragenden Blick zu. Ich glaube nicht, daß er irgend etwas Ungewöhnliches an dem Gemälde sah. Er wartete nur darauf, was ich darüber dachte.

Ich sah zu Joe hinüber. Sein Gesicht war unbeweglich und aschfahl. Er wandte den Blick nicht von dem Gemälde.

»Es ist nach einer Statue von Bernini gestaltet, die wir in Rom an dem Tag gesehen haben, als du nicht mehr mitgekommen bist«, sagte ich zu Joe im Plauderton. »An dem Tag, als ihr, Colin und du, das Wettrennen gemacht habt, weißt du noch? Ich wünschte, du hättest die Statue gesehen, die Ähnlichkeit ist bemerkenswert. Sam erwähnte das damals schon. Ada fand es ebenfalls, ich weiß noch, daß sie ihm zustimmte... Die Statue heißt *Die Verzückung der heiligen Therese...*«

Ich unterbrach mich.

Schließlich wandte er mir seinen Blick zu. Seine Augen waren ausdruckslos und dunkel.

»Vielleicht könnte er das Bild dann *Der Höhepunkt der lieben Cat* nennen«, sagte Joe, erhob sich und ging auf den Aufenthaltsraum zu.

Ich stand auf und rannte ihm nach, mit gummiweichen, zitternden Beinen. Ich hielt ihn auf, indem ich meine Hand auf seinen Arm legte. Er drehte sich um, sah mich an, und diesen Blick werde ich niemals vergessen. Nichts lag darin außer enormer, kalter Abscheu. Er entzog mir seinen Arm, blieb aber stehen, ohne sich zu rühren.

»So etwas tut er eben, Joe«, sagte ich. »Du weißt doch, daß er Verna Cardigan als Brünhilde gemalt hat. Ich weiß, daß er an die heilige Therese dachte, als er mich in Rom zum ersten Mal sah... Bitte tu das nicht. Bitte verdirb nicht alles. Es ist... du *weißt* doch, daß da nichts war...«

»Ich weiß«, sagte Joe sehr deutlich, »daß er weiß, wie meine Frau aussieht, wenn sie gevögelt wird. Das weiß ich. Und jetzt wird es auch die ganze Welt wissen. Cat, erwartest du wirklich, daß ich auf die Vernissage gehe, Krabben mit einem Zahnstocher esse, am Wein nippe und sage: ›Ja, das ist meine kleine Frau, wenn sie kommt wie ein D-Zug?‹ Bestimmt werde ich das tun. Ganz bestimmt.«

»Wie kannst du so etwas sagen? Ich habe nie in meinem Leben mit jemand anderem als dir geschlafen! Das weißt du! Das *weißt* du!« Meine Stimme versagte. Ich bekam keine Luft mehr.

Hinter mir sagte Sam Forrest: »Nur mit der Ruhe, Joe. Das hat Cat nicht verdient. Wenn Sie jemanden anschreien wollen, schreien Sie mich an. Das ist genau die Haltung der heiligen Therese, Sie sollten ihr keine Vorwürfe machen, ehe Sie nicht die Statue gesehen haben. Herrgott, Mann, was glauben Sie eigentlich...«

»Woher wissen Sie es?« spuckte ihm Joe ins Gesicht mit einer Stimme, die ich nicht kannte und noch nie gehört hatte. Er sah nicht Sam an, sondern mich. »Woher sonst sollten Sie es wissen?«

»Ich bin Maler«, sagte Sam. »Ich male, was ich sehe. Sie sieht für alle Welt aus wie Berninis *Therese*, ich sah es, als ich sie zum ersten Mal zu Gesicht bekam, in unserer Wohnung in Rom. Es tut mir leid, wenn Sie verärgert sind, aber wenn ich Sie wäre, würde ich Cat nicht beschuldigen. Sie hat nichts Falsches getan. Nichts. Tatsächlich könnte es sein, daß sie Ihnen gerne Fragen stellen würde über die Zeit, die *Sie* mit meiner lieben Frau verbracht haben!«

Mir wurde schlagartig heiß und übel. Bitte hört damit auf, dachte ich dumpf. Bitte hört alle damit auf.

Joes Gesicht wurde noch weißer, aber er löste den Blick von meinem Gesicht. Er drehte sich wieder um und ging in den Aufenthaltsraum. Kurz hinter der Schwelle blickte er über seine Schulter zurück. »Hast du geschrien, Cat?« fragte er.

Mit blinden Augen wandte ich mich ab und ging wieder zu meinem Stuhl. Ich hörte Joe etwas zu der Gruppe von Dekes sagen, die um das Klavier standen, und hörte, wie sie lachten und kreischten, und als sie wieder zu singen begannen, hörte ich seinen vollen Tenor unter ihnen heraus.

»Roll your leg over, oh, roll your leg over«, sangen sie. *»Roll your leg over the man in the moon.«*

»Ich glaube, wir lassen das Abendessen ausfallen«, sagte Maria mit dünner Stimme. Sie stand auf und verließ die Terrasse. Colin sah Sam und mich an, hob dann die Hände und ließ sie schweigend wieder fallen und folgte ihr. Seine Krücken klapperten laut.

»Na dann«, sagte Sam darauf. »Wie wäre es mit einem weiteren Whiskey, heilige Katharina, schmerzensreiche?«

»Bitte«, sagte ich und hielt ihm mein Glas hin.

Wir tranken schweigend. Ich umklammerte mein Glas fest, um das leise Zittern zu unterbinden, das erneut in meinem Bauch begonnen hatte und nun jeden Teil meines Körpers erfaßt hatte. Es war wie ein kleiner Motor. Ich glaube nicht, daß Sam es sah, aber ich konnte nicht damit aufhören.

Mir fiel einfach nichts ein, was ich zu ihm sagen konnte. Am liebsten wäre ich einfach auf der Terrasse sitzengeblieben, mit den toskanischen Baumspitzen zu meinen Füßen und dem leichten Abendwind, der nach dem Staub der rötlichen Hügel schmeckte, auf meinem Gesicht, bis alle gegangen waren, die Nacht hereinbrach und ich ungesehen in mein Zimmer gelangen konnte. Ich wußte, daß ich mit Joe darüber reden mußte, aber die Überwindung schien so viel Kraft zu verlangen, daß es geradezu lächerlich war, als hätte man von mir gefordert, ganz allein einen Berg zu bewegen oder ein Meer zu leeren.

»Das ist kein guter Abend für Kunstfans«, sagte Sam. Er lag zusammengesunken in seinem Stuhl, hatte die langen Beine geradewegs vor sich ausgestreckt und kaute Eisbrocken. Seine Augen wirkten sehr blau in der Dämmerung.

»Es ist ein sehr schönes Gemälde«, sagte ich wie betäubt. »Das ist es wirklich. Bitte glauben Sie nicht, daß ich das nicht denke. Aber es... ich glaube, ich wußte einfach nicht, daß Sie so etwas tun würden.«

»Wirklich nicht?«

Ich gab keine Antwort. Hatte ich es nicht gewußt? Ich war mir auf einmal nicht mehr sicher.

»Ich werde gleich hineingehen und mit ihm reden«, sagte er. »Sobald diese Arschlöcher gegangen sind. Ich kann ihm klarmachen, was ich getan habe, und daß Sie und ich nicht – na ja, was auch immer. Ich kann ihn vielleicht sogar dazu bringen, daß es ihm gefällt oder daß er wenigstens glaubt, daß es ihm gefällt. Das habe ich schon einmal getan. Herrgott, Sie hätten David Cardigan hören sollen, als er zum ersten Mal sah, was ich aus Verna gemacht hatte, und jetzt tut er so, als hätte er das Porträt selber erfunden.«

»Was haben Sie denn mit Verna gemacht?« sagte ich.

»Na ja, eine ihrer Titten hängt heraus«, sagte er. »Und die waren damals ein toller Anblick. Eine Art Ausleger, könnte man sagen.«

Trotz meines Kummers brach ich in Gelächter aus.

»Was, zum Teufel, soll ich nur mit Ihnen machen?« sagte ich den Tränen nahe. »Und was soll ich mit ihm machen?«

»Was Sie mit mir machen sollen, weiß ich nicht. Das liegt bei Ihnen. Ich werde mit ihm reden. Obwohl ich ihn noch ein bißchen toben lassen sollte. Mir hat überhaupt nicht gefallen, was er zu Ihnen gesagt hat. Ihnen sollte es auch nicht gefallen.«

»Es hat mir auch nicht gefallen«, sagte ich. »Ich finde es furchtbar, was er zu mir gesagt hat. So etwas hat er noch nie gesagt. Aber Sam, diese Reise war nicht einfach für ihn. Zu Hause ist er ... ich weiß nicht. Völlig kontrolliert. Da sehen so viele Leute zu ihm auf. Er ist wirklich gut in seinem Beruf. Und hier passiert ihm etwas, sobald er sich umdreht. Er fällt in den Kanal. Sie ziehen ihn heraus. Sie haben ihn nicht gerade als Helden dastehen lassen, wissen Sie.«

»Verdammt noch mal, Cat, ich habe nicht versucht, ihm Schwierigkeiten zu machen«, sagte er mit einem ärgerlichen Stirnrunzeln. »Die meiste Zeit habe ich überhaupt nicht an ihn gedacht. Wenn er das Gefühl hat, in Italien bloßgestellt worden zu sein, dann ist das sein Problem. Nicht meines, nicht Ihres.«

»Ich weiß«, sagte ich.

Nach dem letzten Whiskey sah die Welt gar nicht mehr so schlimm aus. Ich fühlte mich plötzlich faul und zugleich beweglich, träge und zugleich kraftvoll auf seltsame und lässige Art und Weise.

Ich streckte mich und rollte den Kopf nach hinten, bis ich die Wirbel knacken hörte, und sagte. »Na, dann lassen Sie uns diese Flasche austrinken, und dann gehen wir beide und reden mit ihm. Wickeln Sie das Gemälde wieder ein und bringen Sie es nach oben, dann führen wir ihn groß zum Essen aus und machen ihn vielleicht ein bißchen betrunken. Morgen früh sieht dann alles schon viel weniger schlimm aus. Joe ist nicht nachtragend.«

Wir tranken die zwei Zentimeter Whiskey, die noch in der Flasche waren, aus. Sam streckte die Hand aus und berührte meine Wange ganz leicht mit einem Finger. Nur diese Berührung. Ich langte nach oben und legte meinen Finger dorthin, wo seiner gelegen hatte.

»Irgendwie tut es mir leid, daß das Gemälde fertig ist«, sagte er.

»Mir auch.«

»Vielleicht könnte ich noch ein bißchen etwas daran herumarbeiten«, sagte er mit leiser Stimme. »Dann müßten Sie mir noch ein paarmal sitzen...«

»Das könnten Sie vielleicht«, sagte ich. Meine Stimme war heiser, und ich räusperte mich.

»Warten wir mal ab, was passiert«, sagte Sam. »Ja? Wir haben noch viel von der Toskana vor uns.«

»Ja.«

Er stand auf, reichte mir seine Hand und zog mich hoch. Dann ließ er meine Hand fallen, und wir gingen in die Bar, um mit Joe zu reden. Es war jetzt vollkommen dunkel. Die Lampen in der Bar waren eingeschaltet, und in dem riesigen Kamin flackerte ein kleines Feuer, aber der Raum war leer. Die Dekes waren verschwunden. Und Joe war ebenfalls verschwunden.

Ich warf Sam einen Blick zu und ging schnell zum Empfang. Der grünäugige Mann war nicht da. Eine schwere, junge Frau mit unmöglichem, karminrotem Haar, das auf ihrem Kopf hoch aufgetürmt war, sortierte irgendwelche Formulare. Sie blickte auf und lächelte höflich.

»Sind die Herren aus der Bar fortgegangen?« fragte ich.

»Ja«, sagte sie. Sie war unverkennbar Italienerin und hatte im Englischen einen harten Akzent. »Sie gegangen sind nach Siena für Essen und Haulen. Sie gegangen in große Wagen.«

»Haulen?« fragte ich begriffsstutzig.

Sie grinste, warf den Kopf zurück und imitierte das Heulen eines Wolfes. Ich konnte die Dekes geradezu vor mir sehen.

»Aha ... da war noch ein anderer Herr bei ihnen, noch ein Amerikaner, groß, blond, er trug ein blaues Jackett. Ist er auch mitgegangen?« fragte ich.

Sie starrte mich nur an. Mir wurde klar, daß diese Beschreibung auch auf jeden der Dekes gepaßt hätte. Also versuchte ich es noch einmal.

»Gaillard. Ein Mr. Joe Gaillard.«

»Ach, Choe. Sie Missis Choe? Er Ihnen eine Nachricht hinterlassen.«

Ich nickte, und sie reichte sie mir. Sie steckte in einem verschlossenen Umschlag der Villa dei Falconi. Ich öffnete ihn.

Ich bin mit den Dekes ein bißchen auf die Reise gegangen, stand da. *Vielleicht sehe ich Dich morgen. Vielleicht auch in Rom. Oder vielleicht in einer Galerie.*

Er hatte mit einem großen, geschwungenen J. unterschrieben. Die Schrift und die Unterschrift waren unsicher und schief. Er war betrunken, dachte ich.

»Was ist los?« fragte Sam. Er sah mich genau an.

»Joe hat beschlossen, sich den Dekes anzuschließen und die Welt zu sehen«, sagte ich und kicherte.

Aber das Kichern klang eher wie ein Schluckauf. Vielleicht auch ein Schluchzen.

»Herrgott noch mal«, sagte er. »Dieses Arschloch. Wollen Sie nach Siena hinüberfahren und sie suchen? In den Seitenstraßen gibt es ein paar ziemlich unanständige Läden, und irgend jemand wird ihnen schon einen zeigen. Es sollte eigentlich kein Problem sein, den Bus zu finden, denn es gibt nur ein oder zwei öffentliche Parkplätze, wo sie ihn abstellen können.«

»Nein«, sagte ich. »Ich will nicht. Statt dessen will ich nach Siena oder sonstwohin fahren, herrlich zu Abend essen und dann irgendwohin zum Tanzen gehen. Oder so etwas. Wollen Sie mich zum Abendessen ausführen?«

»Das mache ich gerne«, sagte er. »Und auch alles andere.«

»Können Sie tanzen, Sam?«

»Wie ein Nilpferd. Aber ich kann etwas anderes, und das kann ich sagenhaft gut.«

»Dann«, sagte ich und nahm seinen Arm, »lassen Sie uns etwas anderes machen.«

»Sie haben mich darum gebeten, Cat...«

14. Kapitel

Wir aßen nicht zu Abend. Vermutlich wußte ich das schon, als wir mit dem Auto davonfuhren. Ich hatte das überdeutliche Gefühl, daß an diesem Abend eine völlig andere Frau in meiner Haut steckte und auf dem Sitz neben Sam Forrest saß, während er auf barbarische Weise die kurvige Straße nach Siena hinunterfuhr. Diese Frau lachte, wenn er waghalsig die Kurven schnitt und Kies auf schwindelerregend steil überhängende Felsen spritzte, diese Frau lachte, wenn die entgegenkommenden Autos unserem Wagen auswichen, wild hupten, und von den Lippen der Fahrer wütendes Gefluche abzulesen war, begleitet von den entsprechenden Gesten. Diese Frau beugte ihren Kopf weit im Sitz zurück, streckte die Arme und bog den Rücken, bis das Leinen ihres Kleides über den Brüsten aufreizend spannte. Diese Frau klammerte sich an den Arm des Mannes auf dem Fahrersitz, beugte ihren Kopf zu ihm, um ihn nicht allzu vorsichtig in die Schultern zu beißen, sang ein bißchen und summte den Rest der Strecke.

Diese Frau war nicht wegen des Abendessens mitgekommen.

»Was machen wir zuerst?« fragte Sam, als er den Wagen in eine enge Lücke auf dem Parkplatz neben der Kathedrale rammte. Die ehemalige Catherine Gaillard wäre zitternd und bleich ausgestiegen und hätte um ein Abendessen gebeten, aber die Frau, die diese Catherine weit fort und tief nach innen geschoben hatte, stieg tänzelnd aus und verlangte etwas zu trinken.

»Ich will noch mehr Bourbon«, sagte ich. »Und dann vielleicht noch mehr irgendwoanders. In zwielichtigen Spelunken, Sam. Kann man in Siena durch die Kneipen ziehen? Das will ich. Und dann will ich tanzen gehen. Danach können wir vielleicht etwas essen.«

Sam lachte.

»Das Nachtleben von Siena bietet nicht besonders viel; hier geht man in Clubs. Wenn die Leute es hier krachen lassen wollen, tun sie das gewöhnlich in ihrem Club gleich um die Ecke von zu Hause. Aber ich weiß schon, was wir machen können. Unten in der Altstadt gibt es ein paar kleine Lokale, die Ihnen schäbig genug sein könnten. Haben Sie Lust, ein bißchen zu laufen?«

»Ich habe auf alles Lust. Die Frage ist, ob Sie Lust haben. Ich habe gesehen, daß Sie beim Aussteigen aus dem Auto gestolpert sind.«

»Sie ebenfalls, meine stolze Schönheit. Ich bin erstaunt, daß wir nicht beide krabbeln. Glauben Sie wirklich, daß Sie weiterhin harte Sachen trinken sollten? Wein wäre vielleicht vernünftiger.«

Ich wirbelte herum, legte meine Hände auf seine Schultern und streckte mich nach oben zu seinem Gesicht.

»Das ist kein Abend für Wein«, sagte ich. Und dann tanzte ich davon und drehte auf einem Fuß eine Pirouette, so daß der Rock meines Kleides glockenförmig abstand.

Er fing mich am Arm auf und blickte mit einem Lächeln auf mich herab.

»Und wen haben wir da heute abend?« wollte er wissen.

»Katharina von Siena«, sagte ich. »In dieser Stadt wird man noch lange von ihr sprechen. Und für Sie gilt das ebenfalls.«

»Das glaube ich«, sagte er, und nicht allzu sicheren Schrittes marschierten wir hinein in das Gewirr enger Straßen, die in das Herz von Siena führten.

Die Altstadt drängt sich um den großen, offenen, fächerförmigen Campo und besteht aus einem Durcheinander von schlichten mittelalterlichen Häusern, Palazzi und Geschäften, deren schlichte Ziegelfassaden von kleinen Fenstern mit Läden überzogen sind. Die Häuser stehen so dicht beieinander, daß in den Gassen kein Platz für Bürgersteige bleibt. Jedenfalls sah ich an diesem Abend keine. Aber es gab auch keine Autos. Durch diese Straßen hätten sie nicht fahren können, denn sie waren zu eng und zu steil, sie endeten manchmal plötzlich vor einer flachen Treppe, die dann wenig später wieder in die nächste Gasse überging. An jeder Straßenseite grenzte ein Haus direkt an das nächste, so daß der Eindruck entstand, als ginge man zwischen hohen, unbezwingbaren Mauern. Während ich neben Sam dahintorkelte, mich an seinen Arm klammerte und auf den groben Pflastersteinen stolperte, sah ich vor allem senkrechte

Linien und Dunkelheit. Die Läden waren durch korrodierte Eisengitter geschützt. Die Fensterläden waren verschlossen, und das wenige Licht, das herausdrang, war blaß und schwach. Und dennoch glühte Siena sogar in der Dunkelheit. Der Stein, aus dem die Häuser gebaut waren, schien helle Gold-, Gelb- und Rottöne in die dunkle Nacht zu senden, und die Ziegeldächer brannten wie Holzscheite. Am Himmel stand ein riesiger, weißer Mond, in dessen Licht wir auf der Fahrt in die Stadt gebadet hatten. Aber dieses Licht fiel nicht bis in die Straßen, denn die Dächer beugten sich zu dicht darüber. Trotz alledem glühte Siena an diesem Abend auf seine eigene Weise.

»Es ist, als befände man sich im Herzen eines mit Asche bedeckten Feuers«, sagte ich einmal.

»Gebranntes Siena«, sagte Sam. »Das ist die Farbe der Erde hier in der Gegend. Daraus entsteht eines der besten Farbpigmente. Ich verwende es sehr viel, es ist der Untergrund für einen großen Teil Ihres Porträts. Die meisten Häuser sind daraus gebaut. Es gibt ein Sprichwort, ich glaube, es ist das Motto eines der Verwaltungsdistrikte: ›Das Rot der Koralle brennt in meinem Herzen.‹«

»Das finde ich wunderbar«, sagte ich, drückte seinen Arm und stolperte. Er fing mich auf. »Ich glaube, das wird mein Motto sein für heute abend.« Ich kicherte. »Ich werde das Korallenrot sein, das in Ihrem Herzen brennt. Passen Sie auf, ich verbrenne Sie.«

»Das glaube ich Ihnen«, sagte er, beugte sich über mich und küßte mich auf den Scheitel. Ich legte meine Arme um seinen Nacken und küßte ihn, voll und fest, und dann löste ich mich aus seiner bestimmter werdenden Umarmung und zog ihn die Gasse entlang.

»Wir sind noch in keiner Kneipe gewesen«, sagte er.

Er ließ hinter mir einen Ton hören, der ein Lachen oder ein leises Stöhnen sein konnte.

Neben mir marschierte er eine alte dunkle Straße hinunter und eine andere wieder hinauf, und ich hatte überhaupt keine Ahnung, wo wir eigentlich waren. Ab und zu begegneten wir irgendwelchen Fußgängern. Sie alle schienen das gleiche Ziel zu haben wie wir: Man ging nach unten. Hin und her, hinein und hinaus, aber immer und unweigerlich nach unten. Als ich schließlich schon außer Atem kam und die schwammige Starre der Nüchternheit zu spüren begann, sagte ich:

»Verdammt, Sam, wir hätten einfach eine Flasche kaufen und uns ins Auto setzen sollen. Wohin gehen wir eigentlich?«

»Hierher«, sagte er, und wir traten aus dem Durcheinander der Gassen auf einen großen, offenen Platz, der von erleuchteten roten Türmen und anmutigen mittelalterlichen Palazzi und Häusern begrenzt war. Nach der klaustrophobischen Dunkelheit schien er ganz aus Licht zu bestehen. Lichter strahlten in den symmetrischen Gebäuden, die ihn umrandeten; Lichter hoben die Umrisse und Einzelheiten der schönen Türme hervor; Lichter schienen direkt von den Pflastersteinen der Piazza aus zum Mond hinaufzuleuchten, der direkt über dem großen Turm mit der weißen Spitze lag. Dem Torre del Mangia.

»O mein Gott«, sagte ich schnaufend und blinzelte. »Das ist der Campo, nicht wahr?«

»Stimmt. Na, war das den Fußmarsch wert?«

»Ich habe noch nie etwas so Außergewöhnliches gesehen«, sagte ich. »Er ist umwerfend. Beinahe macht er einem angst. Wie kann man sich hier jemals entspannen? Man muß ja die ganze Zeit aufrecht sitzen.«

»Trotzdem entspannen sich die Leute hier«, sagte Sam. »Das hier ist der große Spielplatz der Stadt. Es gibt Läden, Cafés und Restaurants, und tagsüber drängen sich hier die Menschen. Und Sie sollten ihn einmal während des Palio sehen, dem großen, mittelalterlichen Pferderennen. Dann ist das hier ein Zirkus. Wir haben ihn um eine Woche verpaßt. Passen Sie auf, wo Sie hintreten, vielleicht liegen noch einige Andenken herum. Wenn sich Ihre Augen an das Licht gewöhnt haben, werden Sie sehen, daß hier ganz schön viel los ist.«

Allmählich paßten sich meine Augen an. Er hatte recht. Arm in Arm gingen Paare über die große, muschelförmige Piazza oder saßen in den Straßencafés. Es herrschte ein reges Kommen und Gehen.

»Trinken wir hier etwas? Es ist so schrecklich hell«, sagte ich.

»Erst werden wir etwas essen«, sagte Sam. »Wenn ich eine ausschweifende Nacht mit Katharina von Siena durchhalten soll, muß ich etwas im Magen haben, sonst müssen Sie mich als bewußtloses Etwas nach Hause fahren. Und das wollen wir doch nicht.«

Ich rieb mein Gesicht an seinem Oberarm.

»Nein, das wollen wir nicht.«

Aber schließlich aßen wir doch nicht. Sams Ziel war Il Campo, direkt an der Piazza, aber es war hoffnungslos überfüllt. Die Schlange der Wartenden reichte bis vor die Tür.

»Ich dachte, für Sam Forrest öffnen sich alle Türen«, sagte ich. »Wissen die Leute denn nicht, wen sie da abgewiesen haben?«

»Die Türen öffnen sich für Ada Forrest«, antwortete Sam. »Ich habe nicht annähernd ihre Ausstrahlung.«

Wir versuchten es bei ein paar anderen Restaurants auf dem Platz, aber alle waren gleichermaßen überfüllt. Schließlich führte mich Sam wieder in die Dunkelheit, in das Gewirr der Gassen hinter dem Palazzo Pubblico. Nach einem weiteren, scheinbar endlosen, Stolpermarsch durch die Dunkelheit fanden wir ein winziges Lokal, eher eine Bruchbude, in dem nur einige dunkel gekleidete Männer saßen und etwas tranken.

»Vielleicht gibt es hier Sandwiches«, sagte Sam und ließ sich an einen der abgestoßenen Tische im Hintergrund sinken.

»Es gibt Whiskey«, sagte ich, als ich die Batterie von Flaschen über der winzigen, schmutzigen Bar erblickte. »Das ist ein gutes Zeichen.«

»Wir sind verloren«, erklärte Sam. »Aber Sie übernehmen die Verantwortung.«

Ein schweigender Kellner brachte uns eine Flasche Whiskey und dicke, unsaubere Gläser an den Tisch und ging wieder. Ich weiß nicht, was für ein Whiskey es war. Er schmeckte scharf und streng. Ich goß jedem von uns ein halbes Glas ein und hob meines zum Toast.

»Auf das *dolce vita*«, sagte ich. »Und auf vieles von dem anderen.«

»Auf das andere«, antwortete er ernst, und wir tranken.

Dann schien der Abend zu verschwimmen, mit weichen, flakkernden Umrissen, die plötzlich scharf und dann wieder undeutlich wurden. Wir tranken eine Flasche Whiskey und gingen dann irgendwo anders hin, in ein dunkles Gewölbe voller schweigender, anonym aussehender Leute. Das Ambiente war dem ersten Lokal nicht unähnlich. Auch dort tranken wir Whiskey. Irgendwo in dieser Kneipe oder auch in der nächsten stand eine Musikbox. Ich erinnere mich noch, wie ich Sam lachend aus dem Stuhl hochzog und mit ihm in einem winzigen, dunklen Eck neben der Musikbox tanzte, umgeben von leeren Tischen, auf denen bereits die Stühle lagen. Ich glaube, es waren noch ein paar Leute an der Bar, aber ganz sicher war ich mir nicht. Ich wußte, daß ich genug getrunken hatte, um die Cat Gaillard, die ich ein paar Stunden zuvor noch gewesen war, glatt zu erledigen, aber diese neue Frau stand noch immer aufrecht. Sie stand auf den Beinen, hatte den Körper fest gegen den von Sam Forrest gedrückt, die Arme um seinen Hals gelegt und ihr Gesicht gegen seine Brust gepreßt. Diese Frau saugte an seinem Hals, küßte sein Gesicht, hielt ihren Mund an seinen und wurde wieder geküßt. Diese Frau wiegte sich noch weiter mit dem großen Mann, als die Musik geendet hatte und nur noch das düstere Licht flackerte.

Sam wandte das Haupt und blickte mit starrem Blick auf mich herab; er schüttelte den Kopf, als tauchte er aus Wasser auf. Ich klammerte mich noch immer an ihn, saugte das Gefühl ein, seinen Körper an meinem zu spüren, war verschmiert und geschwollen von seinen Küssen. Er hob mein Kinn mit der Hand.

»Ich glaube, sie wollen, daß wir gehen«, sagte er heiser. »Was jetzt, Cat?«

»Jetzt«, sagte ich, ließ meinen Kopf über seinen Arm nach hinten fallen und richtete ihn sofort wieder auf, »jetzt bitte ich darum.«

Er schwieg einen Augenblick, und dann sagte er mit belegter Stimme: »Bist du sicher? Aus Trotz mit jemandem zu schlafen tut einem hinterher leid.«

»Es ist kein Trotz, wenn man es will«, sagte ich.

»Dann laß uns nach Hause fahren.«

Aber als wir draußen auf den dunklen Bürgersteig traten, wurde offensichtlich, daß keiner von uns den langen, dunklen Aufstieg zum Parkplatz an der Kathedrale schaffen würde. Wir lehnten uns einen Moment lang aneinander, und dann sagte er: »Ich bitte den Geschäftsführer, uns ein Taxi zu rufen. Wir würden selbst keines finden. Wir können das Auto morgen holen, oder es jemanden vom Hotel erledigen lassen.«

»Es gibt kein Morgen«, sagte ich. »Es gibt nur heute nacht.«

»Warte hier auf mich«, sagte er und ging zurück in die Bar.

Als er zurückkam, zog ich ihn in den Schatten und küßte ihn erneut. Wir küßten uns noch immer, als der Taxifahrer um die Ecke bog, um uns abzuholen, und wir klammerten uns fest aneinander, während wir hinter ihm her zu einer der Straßen stolperten, die für Autos passierbar waren. Der Fahrer fuhr ruckartig an, und wir fielen gemeinsam auf dem Rücksitz nach hinten und einander in die Arme. Zu dem Zeitpunkt, als das Taxi auf dem Kies vor der dunklen Villa dei Falconi anhielt, bestand die Welt für mich nur noch aus Gefühl, Sam und dem starken Geruch seines Körpers und Atems.

Nachdem das Taxi weggefahren war, standen wir einen Augenblick lang da und blickten an der schlafenden Villa nach oben. Zumindest an der Vorderfassade waren keine Lichter zu sehen. Das Zimmer von Joe und mir war dunkel, und das von Sam und Ada am anderen Ende ebenfalls. Ich warf einen Blick auf den Parkplatz auf der anderen Straßenseite, dort stand kein Bus. Es war das erste Mal, registrierte ich nebelhaft, daß ich in dieser Nacht an Joe dachte. Der Gedanke verschwand wieder.

Der kiesige Halbkreis leuchtete geisterhaft weiß im hellen Mondlicht. Sam blickte auf mich herab.

»Wir stehen hier wie im Flutlicht. Da können wir nicht bleiben. Was hast du dir vorgestellt, Cat?« Seine Zunge war ebensoschwer wie meine.

Ich zögerte. Was *hatte* ich mir vorgestellt? Jetzt wußte ich zwar, daß ich mit ihm schlafen würde, und zwar bald, aber wo hatte ich mir das vorgestellt? Ich wußte es nicht.

»Vermutlich geht es weder in deinem noch in meinem Zimmer«, sagte ich. »Und das Auto ist unten in der Stadt. Was meinst *du* denn?«

Er holte tief Luft.

»Herrgott, alles, wenn es nicht weit weg ist ... Ich kann nicht mehr lange warten.«

»Ich weiß nicht«, sagte ich. Aber dann wußte ich es.

»Das ist ausgezeichnet«, sagte ich und nahm ihn bei der Hand. »Das ist absolut vollkommen. Dieser Ort ist wie für uns gemacht.«

Ich zog ihn hinter mir her um die Villa herum und in das Gewirr der Büsche und Bäume hinein, die dahinterlagen. Drei Schritte, und die Dunkelheit hatte uns verschluckt.

»Mein Gott, Cat, in zehn Jahren werden sie unsere Skelette finden«, flüsterte Sam hinter mir. »Wir fallen hinunter, ohne jemals am Boden aufzutreffen.«

Aber ich wußte es besser. Es war, als wären mir die Nacht und das Mondlicht durch meine Haut ins Blut gedrungen; Dunkelheit und Wildnis hielten mich aufrecht wie unsichtbare Hände. Ich fühlte mich auf übernatürliche Weise klar, konnte mich orientieren und sicher voranschreiten, ein Wesen der Nacht, etwas Wildes. Ich würde nicht fallen, und ich würde ihn nicht fallen lassen.

»Komm mit«, flüsterte ich ihm zu nach hinten. »Du bist sicher.«

Das war er. Wir waren es beide. Meine Füße spürten den Weg unter den Sohlen meiner Schuhe; meine Augen sahen die Umrisse der Bäume, Büsche und Dornensträucher, als wären sie für mich erleuchtet. Ich ging den glitschigen, überwachsenen Pfad hinab wie eine mit Flutlicht erleuchtete Landstraße, und er folgte mir, stolpernd, knurrend und mit rudernden Armen, aber ohne zu stürzen. Als wir die Lichtung erreichten, versetzte die Nacht und das, was vor mir lag, meinen ganzen Körper in nervöse Aufruhr. Ich lachte und war wie manisch.

»Voilà«, sagte ich und trat auf den kleinen Talboden, wo das Falkengehege stand.

Das Mondlicht war hier so hell, daß es so fest und greifbar schien, als könnte man daran zum Himmel, zum kalten Mond selbst hinaufsteigen. Vielleicht, dachte ich verzückt, tun wir das auch. Danach. Danach …

»O verdammt«, keuchte Sam. Er blickte sich auf dem kleinen Talboden um und ging dann hinüber zum Falkengehege. Wir konnten den Vogel in dem weißen, strahlenden Licht deutlich sehen. Still saß der Falke da in seinem mattglänzenden grauen Federkleid, und blickte uns unter der schwarzen Haube hervor mit den gelbumrandeten Henkersaugen starr an. Sam legte ganz langsam einen Finger in das Gehege. Der Vogel hob schweigend die breiten Flügel, soweit er konnte, beugte den Kopf nach unten, rührte sich aber nicht von der Stange weg. Langsam, wie er das schon einmal getan hatte, fiel er dann in seine ursprüngliche Haltung zurück und sah uns dabei weiterhin an.

»O verdammt«, sagte Sam noch einmal keuchend zu sich selbst. »Das will ich malen.«

»Na, ist das ein guter Ort?« meinte ich.

Er sah mich an und blickte sich dann auf der Lichtung um.

»Du meinst in diesem kleinen Schuppen dort?«

»Nein. Ich meine, genau hier. Auf dem Boden. Im Mondlicht. Mit dem Falken als Zeugen. Genau hier, Sam.«

Er sah mich noch eine Weile an, lächelte leicht und ging dann hinüber zu dem Schuppen und öffnete die quietschende Tür.

»Ich will nicht dort hinein ...«

»Nein.«

Er beugte sich in den Schuppen, und als er sich wieder aufrichtete, hielt er eine zerfetzte Decke in der Hand. Er schüttelte sie heftig aus, und die Staubmotten flatterten schwankend hinein in die Strahlen des Mondlichts.

»Da ist auch ein Kissen«, sagte er. »Jemand anders hat oder hatte schon dieselbe Idee. Willst du das Kissen?«

Schweigend schüttelte ich den Kopf. Ich sah ihn an.

Er breitete die Decke auf dem Boden der Lichtung aus, trat darauf und sah sich zu mir um.

»Dann komm her zu mir«, sagte er.

Ich ging auf ihn zu und blieb dann stehen. »Warte. Warte nur einen Moment. Bleib dort. Ich will es so.«

Lächelnd setzte er sich mit untergeschlagenen Beinen auf die Decke.

»Wie ich schon sagte, Cat. Du solltest nicht zu lange warten.«

Ich rannte über die Lichtung und duckte mich hinein in den kleinen Schuppen. Er war gehäuft voll mit Gerümpel und roch nach verrottendem Stoff, Staub und etwas wie staubigem Getreide. Ich spürte, wie Spinnweben auf meinem Gesicht zerrissen, aber sie störten mich in dieser Nacht nicht. In dieser Nacht spürte ich nichts außer dem stetigen, schönen Summen meines eigenen Blutes und noch immer den Abdruck seines Körpers auf meinem.

Ich knöpfte das weiße Leinenkleid auf und ließ es auf den Boden fallen. Ich hakte meinen BH auf und ließ ihn fallen, zog den Slip aus und auch die Schuhe. Einen Augenblick lang schloß ich die Augen, dann öffnete ich sie wieder, duckte mich, um den Schuppen zu verlassen und stand vor ihm im Licht des Mondes.

Es kam mir vor, als wäre ich lange dagestanden, ehe er etwas sagte. Das weiße Licht des Mondes, in dem ich badete, war auf meinem nackten Körper beinahe spürbar, es war, als würde ich überall von winzigen, prickelnden Fingern berührt. Sie brannten beinahe, aber ich konnte nicht unterscheiden, ob es ein kaltes oder ein heißes Brennen war. Als er noch immer nichts sagte, hob ich meine Arme unter dem Gewicht des Mondes, hielt sie über meinem Kopf in die Höhe und drehte mich sehr langsam im Kreis.

»Sehe ich so aus, wie du es dir vorgestellt hast?« Meine Stimme saß tief in meiner Kehle.

»Ich wußte, wie du aussiehst«, sagte er, und seine Stimme war ebenfalls belegt. »Ich wußte es, als ich begann, dich zu malen. Wie du aussehen würdest. Wie du... sein wirst. Ich habe dich schon gesehen; ich habe schon mit dir geschlafen, Hunderte von Malen.«

Ich spürte eine Art Schalheit, eine Enttäuschung aufflackern. Ich ließ meine Arme fallen.

»Ich hoffe, das Original kommt dem Bild nahe«, sagte ich.

»Es ist hundertmal schöner«, keuchte er. »Tausendmal schöner. Mein Gott, bist du schön! Komm, Cat...«

Er richtete sich auf die Knie auf und streckte die Arme nach mir aus. Er begehrte mich, ich sah, daß er mich begehrte.

»Warte nur noch einen Augenblick«, sagte ich, und ein neuer Gedanke schoß durch meinen Kopf. Ein guter Gedanke, ein wundervoller Gedanke. »Warte und sieh mir zu. Sieh mir zu, Sam!«

»Verdammt, Cat!« sagte er und dann: »Gut, ich sehe dir zu.«

Ich drehte mich um und rannte über die Lichtung auf die kleine Hängebrücke zu. Ich glaube, er bemerkte sie wohl jetzt erst.

»Ich hoffe, du kommst nicht auf die Idee, aus therapeutischen Gründen auf diesem Ding zu vögeln«, sagte er, und unter seinen Worten klang Lachen.

»Nein, jetzt sieh mir zu!«

»Ich sehe dir zu.«

Ich blieb am Beginn der Brücke stehen, holte tief Luft und rannte dann hinauf. Sie wackelte und schwankte auf Übelkeit erregende Weise, und das Herz stieg mir in die Kehle, aber ich blieb nicht stehen. Ich ließ mich von meinen Beinen bis in die Mitte tragen. Dann blieb ich stehen und blickte nach unten.

Unter mir war nichts als schwarze Dunkelheit. Seitlich von mir war ebenfalls nichts. Und nichts in der Luft über mir. Hier, auf dieser Brücke, die über der Dunkelheit schwang, reichten die Finger des Mondes nur bis zu den äußersten Baumwipfeln, die einen Baldachin formten über dem, was auch immer unten lag. Ich stand still, löste meine Hände von den feuchten Seilen an jeder Seite, die das einzige Geländer der Brücke waren, und ließ sie herabhängen. Ich schloß die Augen. Ich hörte weder das Geräusch von Wasser, noch konnte ich die Erde spüren. Die Brücke hätte sich ohne weiteres über einen Spalt mitten im Herzen des Planeten spannen können.

Ich stand eine Weile dort und lauschte auf das tiefe, vertraute Klopfen meines Blutes an den Stellen, wo man den Puls spüren konnte, ohne an etwas anderes zu denken als das Gefühl der tiefen Nacht auf meinem nackten Körper. Dann dachte ich daran, wie sich Sams Hände auf ihm anfühlen würden, mein Pulsschlag beschleunigte sich, und ich drehte mich um, rannte wieder von der Brücke und über die Lichtung zur Decke.

Er lag mit geschlossenen Augen auf der Seite, und seine Brust hob und senkte sich regelmäßig.

Ganz plötzlich fühlte ich mich sehr müde und fror. Ich kniete mich neben ihn und schüttelte ihn. Eine leise nächtliche Brise, die vorher noch nicht dagewesen war, tastete mich mit ihren Fingern ab, griff in geheime Spalten und Falten, in mein Haar, an meine Lippen.

»Wach auf«, flüsterte ich und schüttelte ihn an der Schulter. »Sam, wach auf!«

»Nur einen Moment«, murmelte er, ohne die Augen zu öffnen. »Muß nur einen Moment ausruhen. Nur ein bißchen. Dann machen wir es ...«

»Sam, mir ist kalt.«

»Komm her«, sagte er, die Augen noch immer geschlossen, und streckte die Arme nach mir aus.

Ich stand noch einen Augenblick länger, ließ mich dann auf die

Decke fallen und schmiegte mich in seine Arme. Mir war sehr kalt. Ich schob mich ganz nah an ihn und rückte mich zurecht, bis mein Körper in ganzer Länge an ihn gepreßt war. Er war wunderbar warm. Ich legte mein Gesicht in die Höhlung an seinem Hals, und er schloß beide Arme um mich und zog mich an sich.

»Ruh dich nur ein bißchen aus«, flüsterte er. Der Wind bewegte meine Haare.

»Nur einen Moment«, sagte ich. Mir war jetzt ganz warm. »Nur einen Moment lang.«

Ich schloß die Augen...

Als ich sie wieder aufschlug, war die Lichtung grau von dem Licht, das kurz vor Sonnenaufgang am Himmel steht, und er war verschwunden.

Ich setzte mich auf und sah mich blitzschnell auf der Lichtung um. Er hatte mir sein blaues Jackett umgelegt, und ich hielt es fest um mich gezogen. Auf der Lichtung lag jetzt kalter Tau. Alles schien feucht, kalt und leer. Vielleicht war er in den Schuppen gegangen oder über die Brücke.

Aber ich wußte, daß es nicht so war. In der Luft um mich war nichts von ihm zu spüren. Wenn er in der Nähe gewesen wäre, hätte ich es gewußt. Ich legte mich wieder auf die Decke, zog das Jackett fester um mich, rollte mich auf der Seite zu einem kleinen Ball zusammen und schloß wieder die Augen.

Ich glaube nicht, daß ich lange so lag, aber ich schien viele gesprochene Worte zu hören. Sie waren nicht von Bildern begleitet, aber die Worte waren so deutlich, als läge diejenige, die sie ausgesprochen hatte, neben mir.

»Amerikaner in Italien benehmen sich immer schlecht, Cat. Das tun wir alle, auf die eine oder andere Weise«, hatte Yolanda gesagt.

Und: »Eine glatte, gerade, harte, glänzende Oberfläche. Man könnte sie nicht einmal mit Dynamit aufbrechen.«

Und: »Ich muß Ihnen nicht erzählen, wie leicht es Ada Sam machte, Sie zu malen, sie hat Joe im wahrsten Sinne des Wortes übernommen, damit Sie mit Sam allein sein können. Ich habe sie dabei beobachtet.«

Und, etwas früher: »Es ist Ihre Verletzlichkeit, die Sam aufregend findet.«

Aber ich war gestern abend nicht verletzlich gewesen.

Und er hatte auch nicht mit mir geschlafen.

»Schlafen Sie besser bald mit ihm!« hatte mir Yolanda vom Tisch des Restaurants in Florenz aus nachgerufen.

Offenbar hatte ich zu lange gewartet. Er hatte bereits mit einer Frau geschlafen, und zwar mit der Frau auf der Leinwand. Die Frau, die gestern abend in seinen Armen lag, war nur das Bild gewesen.

O ja, es würde bald eine neue Ausstellung geben. Er brannte, pulsierte geradezu vor neuen Bildern.

Ich hatte geglaubt, selbst der Grund für das Brennen zu sein.

Ich lag da, hatte das Gesicht an die alte Erde des Hügels gepreßt und wußte, daß ich nicht sicher war und niemals sicher sein würde. Und daß es keine Rolle spielte.

Dann stand ich auf, wobei ich noch immer das Jackett um mich zusammenhielt, und sah mich auf der Lichtung um. Er hatte mein Kleid ordentlich zusammengefaltet und es zusammen mit meinen Schuhen und der Unterwäsche an den Rand der Decke gelegt. Ich zog alles an und strich das Kleid und meine wirren Haare glatt. Der Falke bewegte schweigend die großen Flügel und legte den Kopf schräg. Aber er ließ keinen Ton hören.

Ich ging über die Lichtung und öffnete die Tür zu seinem Gehege. Ich griff hinein und löste das Lederband. Dann trat ich zurück und sah ihn an.

»Na los«, flüsterte ich. »Flieg. Kein Gehege mehr für dich. Nicht mehr.«

Aber er duckte sich ängstlich gegen die Stäbe auf der anderen Seite und rührte sich nicht.

»Das kann ich dir nicht verdenken«, sagte ich. »Es ist nicht sonderlich toll hier draußen.«

Schon wollte ich die Lichtung verlassen, aber dann blieb ich stehen, drehte mich um und ging wieder auf die Brücke, bis in die Mitte, und sah hinunter. Die Brücke selbst lag im ersten schwachen Licht, aber was auch immer sich darunter befand, war noch immer dunkel. Ich knüllte das blaue Jackett zusammen, hielt es über das Seilgeländer und ließ es fallen. Ich hörte es durchs Gebüsch brechen, aber nicht, wie es auftraf. Dann ging ich zurück, über die Lichtung und den Pfad hinauf zur Villa dei Falconi. Die Tür zum Falkengehege schloß ich nicht.

Als ich auf den Kieshalbkreis trat, war es hell geworden, aber noch immer sehr früh. Ein Gärtner schob eine Schubkarre einen gemauerten Weg an der anderen Seite des Gartens entlang, und ein älterer Mann in einem Trainingsanzug und Joggingschuhen kam aus der Villa und lief die Straße Richtung Siena hinunter. Er nickte mir zu, als er loslief. Aber keiner sagte etwas. Vermutlich sah ich in meinem weißen Kleid aus wie eine Erscheinung aus den taukühlen Wäldern im Morgengrauen, aber dieses Gespenst hatte nicht mehr die Kraft, jemandem Angst einzujagen.

Es war niemand in der Eingangshalle, aber irgendwo aus dem Hintergrund hörte ich Geschirrklappern und roch frischgebrühten Kaffee. Das Fenster des Geschäftsführers war verschlossen. Ich blieb auf dem polierten Fußboden stehen, als gerade ein Sonnenstrahl über die Reihe der Bäume im Osten fiel und ließ mich von der zarten Wärme berühren. Einen Augenblick lang stand ich darin wie in einer warmen Dusche. Dann wandte ich mich um und stieg leise die Treppe hinauf.

Sämtliche Türen auf meinem Korridor waren verschlossen, und es war kein Ton zu vernehmen. Ich wußte nicht, was ich erwartet hatte. An meiner eigenen Tür blieb ich stehen und griff in die Tasche meines Kleides, um den Schlüssel herauszuholen, aber dann sah ich, daß die Tür einen Spalt weit offenstand. Ich schob sie auf und trat ein. Ich fühlte nichts außer dem unbedingten Bedürfnis zu schlafen.

Joe saß auf der anderen Seite des großen Bettes und hielt den Kopf dem großen Fenster zugewandt, von dem aus man die Silhouette von Siena erblicken konnte. Er trug noch immer das Oxfordhemd und die Khakihosen von gestern abend, aber er hatte keine Krawatte an, und das Hemd war verknittert, als hätte er es aus der Schmutzwäsche geholt. Das Haar fiel ihm über die Augen, und selbst von der Schwelle aus konnte ich die Bartstoppeln auf seinem Kinn glitzern sehen. Er hielt das Telefon in der Hand, ohne es zu benutzen.

Langsam drehte er sich zu mir um, und ich sah, daß seine Augen in die bläulichen Höhlen gesunken waren, was immer anzeigt, daß er zu wenig geschlafen hat, und daß sein Gesicht dreckig war, tatsächlich richtig verschmutzt. Er holte tief Luft und ließ den Atem in einem langen, zitternden Seufzer ausfließen. Seine Lippen bewegten sich, aber er sagte nichts, und dann sagte er: »Cat. Wo bist du gewesen?«

Seine Stimme war alt. Dünn und zart, brüchig, alt.

Ich schüttelte den Kopf und sah ihn an.

»Ich habe die ganze Nacht nach dir gesucht«, sagte er mit seiner uralten Stimme. »Du warst gestern abend nicht da, als ich zurückkam, und in Sams und Adas Zimmer konnte ich niemanden wachbekommen, und Colin und Maria wußten nicht, wo du warst, und auch der Geschäftsführer nicht. Und das Auto war verschwunden. Ich bin wieder nach Siena gefahren, um nach dir zu suchen. Ich war in jedem Restaurant, jeder Bar, jedem Lokal und jeder Kneipe und auf jeder Hintertreppe, die ich finden konnte, ich war mit einem Taxifahrer unterwegs, und er hat ebenfalls gesucht. Heute morgen wollte ich hier draußen in den Hügeln suchen. Gerade habe ich mit der Polizei geredet. Sie wollten, daß ich komme und irgend etwas unterschreibe. Irgendwelche *documenti.*«

Unglaublicherweise lächelte er, aber nicht lange. Sein Mund begann zu zittern, und er schloß ihn. Er stand auf, ging zum Fenster und legte seine Hände auf das Fensterbrett, als wollte er sein Gewicht dort ablegen. Mit dem Rücken zu mir und noch immer mit der alten, eierschalendünnen Stimme sagte er: »Sie sind gefahren, weißt du. Sam und Ada. Colin und Maria. Zurück nach Rom im Kombi. Ich habe sie gesehen, als ich heute morgen zurückkam.«

Er unterbrach sich, und ich nickte, als ob er mich sehen könnte. Natürlich waren sie gefahren. Das hatte ich bereits unten auf der Lichtung gewußt. Sam war in der Luft dieses Ortes nicht mehr zu spüren. Jetzt würde Ada ausruhen können. Ihre Arbeit war getan; seine begann gerade erst. Das hatte der Blick bedeutet, den sie gestern beim Mittagessen gewechselt hatten. Er hatte es sogar laut zu ihr gesagt: »Du hast es verdient.«

Ich sagte noch immer nichts. Ich blickte auf Joes Rücken.

»Cat«, sagte er schließlich. »Du und Forrest. Habt ihr...?«

»Nein«, sagte ich. »Nein, wir haben es nie getan.«

Er rührte sich nicht, aber seine Schultern fielen herab.

Dann legte er die Hände ans Gesicht und rieb sich die Augen.

Dabei sah ich, daß seine rechte Hand mit etwas Weißem umwickelt war, etwas Weißem mit roten Flecken. Offenbar sein Taschentuch. Ich trat ein Stück weit ins Zimmer, weit genug, um zu sehen, daß die Hand geschwollen war und die Haut sich rötlich um das straff gespannte Tuch wölbte.

»Was hast du mit deiner Hand gemacht?« fragte ich. Es war meine eigene Stimme, wie seltsam.

Er drehte sich noch immer nicht um.

»Ich habe ihn niedergeschlagen«, sagte er.

»Du hast Sam Forrest niedergeschlagen?«

»Ich habe ihn gefragt, wo du bist. Er wollte es mir nicht sagen. Er sagte, du solltest selbst entscheiden, ob du es mir erzählen willst oder nicht. Und... dann habe ich ihn niedergeschlagen.«

Seine Stimme klang seltsam, ich hatte plötzlich den wilden Gedanken, er könnte vielleicht lachen.

»Wow«, sagte ich. Es klang genauso dümmlich, wie es war, aber mir fiel nichts anderes ein.

Jetzt lachte er tatsächlich. Er legte sein Gesicht in die Hände und lachte und lachte, daß seine Schultern bebten. Und dann holte er tief und mühsam Atem, und ich wußte, daß er weinte und nicht lachte. Er weinte aus tiefster Seele und mit dem ganzen Körper, wie ich es noch nie zuvor gehört hatte; er weinte und kämpfte dagegen an.

»Bitte nicht«, sagte ich leise. »Bitte nicht.«

»Ich dachte, du wärst gegangen«, sagte er. Er konnte kaum sprechen. »Ich dachte, du wärst einfach gegangen. Ich wäre gestorben, wenn du das getan hättest, Cat. Ich hätte dir keine Schuld gegeben, aber ich wäre gestorben.«

Ich ging um das Bett herum, legte meine Hände von hinten auf seine Schultern und schob ihn zum Bett. Das Schluchzen hörte nicht auf, und ich sah ihm nicht ins Gesicht. Ich konnte mir nicht vorstellen, daß er das gewollt hätte. Ich setzte ihn aufs Bett und schlug die Decke zurück.

»Laß uns schlafen«, sagte ich. »Das brauchen wir jetzt beide am meisten, mehr als alles andere. Komm schon, schlüpf rein. Wir werden beide schlafen. Und danach reden wir.«

Er sagte nichts weiter, aber er schlüpfte ins Bett und unter die Decke. Noch immer in Hose und Hemd rollte er sich auf die Seite, wie er das zu Hause tat, den Blick von mir abgewandt. Ich zog ihm die Decke hinauf bis ans Kinn. Noch als ich zum Fenster ging und die Läden schloß, konnte ich seinen Atem hören, verkrampft, unkontrolliert. Er schluchzte nicht mehr, aber er atmete auch nicht wie gewöhnlich.

Ich schlüpfte aus meinem Kleid und den Schuhen und kroch auf der anderen Seite ins Bett. Dort lag ich und sah zur Decke hinauf. Schmale Sonnenstreifen, die jetzt nicht mehr weiß, sondern gelb waren, fielen durch die Läden und tanzten dort oben. Sie wirkten hypnotisch. Ich weiß nicht, wie lange ich sie ansah. Ich schien unfähig, einen Gedanken zu fassen, daher lag ich einfach da und betrachtete die Sonnenflecken.

Nach einer langen Weile sagte Joe: »Was soll jetzt werden?«

Er drehte sich nicht zu mir um.

»Ich weiß nicht«, antwortete ich.

Eine weitere Pause trat ein, und dann: »Können wir nach Hause fahren?«

»Wann immer du willst.«

»Nein ... ich meine, *können* wir es? Können wir wieder nach Hause fahren?«

Wie an jenem Morgen in Florenz, als ich mit Yolanda auf der Poolterrasse saß – war das wirklich erst zwei Tage her? –, dachte ich an das gemauerte Haus am Felsabbruch. Wieder sah ich es vor mir: Ich sah die hellen Räume, die von der dünnen, klaren Luft des Berges erfüllt waren, einen nach dem anderen; ich sah meinen Garten mit den Blumen in voller Blüte; ich sah die sauberen Arbeitsflächen und die Bodenfliesen der Küche; ich sah die Sofas, die von der jahrelangen Benutzung eingesessen waren, sah Kissen, auf denen noch die Abdrücke unserer Köpfe zu sehen waren, und frisch gesaugte Teppiche, auf denen sich dennoch unsere Fußspuren befanden.

Aber uns sah ich nicht. Joe und ich waren nicht dort. Aber dann blickte ich noch einmal hin, und ich sah unsere Schatten. Wir beide, eine schattenhafte Cat und ein schattenhafter Joe, nahe beieinander in der Sonne im Wohnzimmer, in der Sonne in der Küche. Wir waren doch da. Wir waren noch immer da. Ich konnte uns nur nicht sehen.

»Ich glaube schon«, sagte ich.

Er sagte nichts mehr. Aber im nächsten Augenblick langte er mit seiner verbundenen Hand über die Schulter und legte sie auf meine Hüfte, und ich legte meine Hand leicht darauf. Ich ließ sie dort liegen und lauschte auf seinen Atem. Sehr bald ging er langsamer und tiefer, und seine Hand wurde schlaff und glitt unter meiner hervor. Joe war immer schon leicht eingeschlafen.

Dann spürte ich, wie mich selbst der Schlaf übermannte. Ich spürte seine Umrisse vor mir, weiß, tief und so weit wie ein Gletscher. In Gedanken streckte ich die Arme aus nach ihm, denn ich wollte diese große, weiche, knisternde Weiße, und nichts anderes.

Aber bevor sie mich erreichte, hörte ich den Falken. Ich wußte augenblicklich, was dieser urtümliche, geisterhafte Schrei in der Luft hoch über der Villa war.

»Gäh«, rief er. *»Gäh, gäh..«*

Mit geschlossenen Augen, den Mund zu einem Lächeln verzogen, lag ich da und lauschte ihm. Ich hörte, wie er seine alten, immergleichen Flugmuster in die hohe, dünne blaue Luft zeichnete, vor und zurück, vor und zurück. Der Ruf verschwand und kam wieder, verschwand und kam wieder. Ich lag da und wartete.

Schließlich kam er nicht mehr. Ich lauschte, wie er noch ein letztes Mal in das hohe, morgendliche Himmelsgewölbe stieg, und dann leiser und leiser wurde und schließlich verschwand. Ich hörte ihn nicht mehr.

Aber wenn ich aufstehen, zum Fenster gehen, mich hinausbeugen und hinaufsehen würde, dann könnte ich den Falken vielleicht sehen, nur für einen Augenblick, nur einen Pulsschlag lang, ein Fleck vor der Sonne, der jetzt über den Turmspitzen der Stadt auf dem Hügel unter uns schwebte.